Thomas Stangl

Der einzige Ort

Roman

Literaturverlag Droschl

> ... humiliated at how impossible it is to desire
> any Terrain in its interminable unfolding,
> ev'ry last Pebble, dip and rain-path.
>
> Thomas Pynchon, *Mason & Dixon*

I

Zunächst ist da das Bild einer Stadt ohne Menschen (so scheint es aus dieser Entfernung, nach diesem Zeitmaß), niemand stellt sich den Blicken entgegen; da sind nur Häuser aus Lehm und Straßen, durch die sich der Sand schiebt, in Schichten von unterschiedlicher Dichte und Festigkeit; flüchtige weiche Muster, Schleifen und Spiralen formen sich, Riffe und Wellenkämme steigen für einen Augenblick aus der Tiefe auf, um dann zu brechen und wieder zu versinken, die Grenze zwischen Boden und Luft verschwindet; in gelben Wolken treiben die Sandkörner, endlose Insektenschwärme, durch die Gassen, Dünen schieben sich an die Mauern und Tore heran, klettern sie hoch. Eine Stadt mit verschiedenen Namen, ineinandergeschichtete Bilder: In Salah, die Stadt mit dem Namen *Salziges Auge*, die langsam, vom Wind getrieben, weiterwandert, denn während am einen Ende der Stadt die Häuser unter der Wüste versinken, entstehen sie am anderen immer neu; Ghadames, wie ein einziger verwinkelter Bau, vor Jahrtausenden in einen Felsen eingeschnitten, die Stadt der Schatten; dann Tombuctoo, umkreist von Ruinen, mit gleichförmigen Häusern, die sich unter den wiederkehrenden Stürmen ducken, mit Straßen, die von Jahr zu Jahr ansteigen, als wollte die Wüste sich an die Stelle der Menschen setzen, in die Innenräume vordringen, sie ausfüllen, ersticken und bewahren. So können (der Kamerablick ist nach Belieben zu beschleunigen und zu verlangsamen, reicht ins beliebig Nahe oder Ferne, holt das Zukünftige oder das Vergangene heran, schiebt es wieder fort) die Türen mit ihren Ziernägeln und Eisenbeschlägen einmal zu halb verschütteten Höhleneingängen werden; wenn wir die Häuser (mit ihren engen Holzstiegen, den langgezogenen schmalen Zimmern, den Fenstern in die Innenhöfe) durchstreifen, so meinen wir, sind die Mosaikböden unsichtbar und die Teppiche zerfallen, wir versinken mit den Füßen im Sand, wirbeln kleine Fontänen von Sand auf, atmen (falls wir noch Atemluft brauchen) den Sand ein. Stimmen lösen sich dann aus dem Schweigen oder dem Lärm, in dem sie verborgen waren, von dem sie immer angezogen bleiben, Geschichten oder Fetzen von Geschichten, nicht für unsere Ohren bestimmt, nicht in unserer Sprache erzählt, ein Reden, das sich durch die Jahrhunderte zieht und sich in den Jahrhunderten verliert; ein Reden, in das schrille Klänge hineinschneiden, aber sonst (ein Husten, ein Stich in der Tiefe der Lunge) blieben wir ja blind, taub, ohne jede Macht.

Störe nicht die Geister in ihrer ewigen Ruhe, warnen die Griots (das Bild eines schlanken alten Mannes in einer weißen Toba, mit weißer Schädelkappe auf dem kahlen Kopf und fein zurechtgestutztem weißem Kinnbart; eine isolierte Figur: da ist kein Dorf, da ist keine Schar von Zuhörern, kein Boden unter seinen Füßen), ihre Warnung ist Teil des Erzählens oder Singens, sein Anfang oder Ende, doch die Quelle und der Gegenstand des Gesangs (ein Fluß mit Klippen, Strömungen, Engstellen und Untiefen, doch unveränderlichem Lauf) ist Soundjata Keita, der erste König von Mandingo, der Mann mit den zwei Namen, der siebte und letzte Eroberer, der Niani zur größten Stadt der Erde gemacht hat. Der Djeli Mamadou Kouyaté überläßt einem Autor die Geschichte: sobald sie verraten ist, kann sie die Sprache, die Gestalt wechseln, zerschnitten und neu zusammengesetzt werden, auf dem Papier ruhen oder (fast) verloren gehen, in der Fremde unverständlich werden; er sagt, die Griots haben gelernt und geschworen, zu vermitteln, was zu vermitteln ist, und zu verschweigen, was zu verschweigen ist; sie sind Brunnen der Wörter und nur durch sie und in ihnen lebten die Geschichten von Soundjata und von den vielen Mansas, die nach ihm in Mandingo geherrscht haben, fort, neue Städte, heißt es (ein Lächeln, aus dem wir nichts herauslesen, ein Mund, der sich nicht öffnet), entstanden und verschwanden: der Auserwählte Gottes Hadj Mansa Mussa ließ in Mekka Häuser für die Pilger von Mandingo errichten, doch die Städte, die er gründete, gibt es alle nicht mehr: Karanina, Djèdjèfé, Bourunkuna, jeder hat die Namen von seinen Lehrern gehört und an seine Schüler weitergegeben, heute (stumme Blicke, eine notwendige Feindseligkeit) stehen sie in den Büchern. Geh nicht in die toten Städte, die Vergangenheit zu befragen, denn die Geister verzeihen nie, sagt Mamadou Kouyaté: vergebliche Wiederholung einer Warnung, die Generationen von Griots vor ihm ausgesprochen haben, ein Rhythmus, der sich aus Wiederholungen speist, als könnte man in jedem Satz die ganze Reihe von Sprechern mithören, die, an den Palaverbaum am Hauptplatz gelehnt, ihren festen Platz (sie sind Belen Tigui: Meister des Wortes, Meister des Baumes) lehrten, sangen und dem Balaphon, wir zitieren eine andere Stimme, sanfte und wilde Töne entlockten, *the soft and wild tunes of the ballyphone*. Gesichtszüge, die ineinander übergehen, immer fast die gleichen Gewänder und Gesten, winzige Variationen anstelle einer Abfolge, dies wäre, endlos, in einer einzigen Bildschleife, für sie die Zeit, dies wäre ihre Zeit gewesen.

Wenn das Geschriebene auch auf den ersten Blick wie ein fast zufälliger Schnitt durch die Vorgänge des Denkens, Erlebens, Erinnerns, Erzählens erscheint: nur von hier aus wird Denken, Erleben, Erinnern, Erzählen möglich sein. Beklemmung und Freiheit sind fast eins, die Augen geschlossen, auf den Leinwänden der Lider zeichnen sich Lichtflächen ab, Farben entstehen, klarer und reiner als man sie wirklichen Gegenständen zutrauen würde, Verbindungen, die zugleich ungreifbar und offenkundig sind. Jeder Ort muß einem bekannt vorkommen, gerade weil man ihn in seinem Geheimnis entdeckt; jede Bewegung muß erscheinen wie ein Zurückgleiten, ins Innere des Gegenstands. Als gäbe es einen erinnerten Raum, der über Tode, Übersetzungen und Interpretationen hinweg unzerstört geblieben ist, in den man schlafwandlerisch immer wieder eintreten kann; nur in einem selbst wäre immer etwas da, das den Ort von einem entfernt hält, die Verletzung, der Schnitt. Ein Mann namens Joseph Cartaphilus folgt in einer Erzählung von Borges Gerüchten, die von einem Fluß sprechen, dessen Wasser Unsterblichkeit gibt, und von einer Stadt der Unsterblichen, reich an Bollwerken, Amphitheatern und Tempeln. Sein Weg führt ihn, vom Nil (dem Aegyptos) an westwärts, in ein klar eingrenzbares Gebiet, das aber hinter den Wüsten versteckt, wie von einer Faltung der Landkarten verborgen ist. Daß diese barbarischen Weltgegenden, wo die Erde Ungeheuer gebiert, in ihrem Schoß eine berühmte Stadt bergen soll, schreibt er (Cartaphilus, Borges), erschien uns allen unbegreiflich. Er irrt durch die schwarze Wüste; nahe am Verdursten (an einem einzigen ungeheuren Tag, den Sonne, Durst und Furcht vor dem Durst vervielfachten) sieht er, am anderen Ufer eines trüben, von Abfällen und Sand stockenden Flusses, die Pyramiden und Türme der Stadt auf einem schwarzen Tafelberg; er träumt von einem winzigen glänzenden Labyrinth. Borges' Erzählung handelt vom vollkommenen Gewinn und vom vollkommenen Verlust (denn es geht ihr noch die Person des Erzählers verloren), läßt aber, wenn das Ende naht, Wörter bleiben.
Herodot berichtet im zweiten Buch seiner Historien von einer Gruppe von jungen Abenteurern aus der Gegend von Syrtis, den Söhnen von Nasamonierfürsten, die sich bei einer Expedition, anscheinend einer Art von Initiationsreise, weiter als jeder andere zuvor von ihrer Heimat entfernen; sie durchqueren

die Gebiete von Libyen, wo nur mehr wilde Tiere hausen, und die endlosen Sandwüsten und kommen, als sie in einer Oase Früchte von einem Baum pflücken wollen, in die Gefangenschaft eines Volkes von kleinen Menschen mit dunkler Haut. Diese Menschen sind Magier; sie bringen ihre Gefangenen über Sumpfgebiete hinweg in ihre Stadt, die von Osten nach Westen von einem großen Fluß voller Krokodile durchquert wird. Szenen mit Fragen, die ohne Antwort bleiben, mit vergeblichen Versuchen der Verständigung, mit Anklagen oder Erklärungen müssen folgen; die Stadt mit dem Fluß ohne Namen (dem Fluß, der Namen wie Orte wechseln wird) erscheint den Gefangenen (an diese Angst halten wir uns) wie eine Region ohne Sprache, eine Region, wo man die Sprache verliert; die Verstrickung in Übersetzungen, Mißverständnisse und die Ängste, den Stolz und die Einsamkeit des Unübersetzbaren scheint aber nicht ausweglos gewesen zu sein. Herodot, der die Geschichte von einigen Leuten aus Kyrene gehört hat, die sie vom König der Ammonier gehört haben, der einmal von Nasamoniern besucht wurde, sagt nichts darüber, wie die jungen Männer wieder in ihre Heimat zurückkommen; ob sie aus Gutmütigkeit oder Desinteresse oder durch eine Art von Vertrag (und wechselseitigen Betrug) freigelassen werden, ob sie durch Gewalt oder List entkommen, in einer Flucht, deren Abenteuer nicht erzählt sind und niemals erzählt werden. Je näher man den Rändern der Welt kommt, desto wilder verwachsen im Raum der Beschreibung die Landschaft und ihre Bewohner. Südlich von den Nasamoniern leben in der Gegend voll von wilden Tieren (Strauße, die unter der Erde leben, kleine einhörnige Schlangen) die Garamanten, die jeden Kontakt mit Menschen vermeiden, keine Kriegswaffen besitzen und sich nicht zu verteidigen wissen; sie besiedeln einen Hügel aus Salz, über das sie eine dünne Schicht Erde breiten, um Getreide anbauen zu können; die Hörner ihrer Rinder sind nach unten gebogen, und sie müssen beim Grasen rückwärts gehen, um nicht im Boden steckenzubleiben. Auf ägyptischen Bildern sind allerdings nicht Bauern und Viehzüchter, sondern Krieger und Feldherren der Garamanten dargestellt: die Umrisse von großen und schlanken Männern mit geflochtenem Haar und tätowierten Armen an der steinernen Mauer eines Königsgrabes, kniend oder stehend, im perlenbesetzten Lendenschurz mit über der Brust gekreuzten längsgestreiften Gürteln oder in offene, vielfältig gemusterte Mäntel gekleidet, alle tragen sie am Kinn spitze Bärte; das lange Haar ist mit Federn geschmückt, in ihren Händen halten sie Schwerter, Äxte oder Bögen. Die friedlichen und schutzlosen Garamanten gehen, wie Herodot bald selbst sagt (es ist die erste in einer langen Reihe von Umkehrungen), in Streitwägen, die von vier Rössern gezogen werden, auf Jagd nach den äthiopischen Höhlenmenschen, den Troglodyten, die anstatt zu sprechen schrille Schreie ausstoßen wie Fledermäuse; fast wie Fledermäuse, jedoch flach auf der Erde, schwirren sie auch herum, sie sind geschwinder zu Fuß als alle anderen Menschen, von denen man je gehört hat. Sie ernähren sich von Schlangen und Eidechsen; man kann sich vorstellen, wie sie, fast nur Schatten, ihnen in die Ritzen im Boden und die winzigen Felsnischen folgen. Soldaten (Jäger, Sportler) aus dem Norden, beinahe Europäer, Mischwesen aus Mensch, Tier und Maschine trachten ihnen nach dem Leben: wir stellen uns vor, die Troglodyten sind immer nackt und wie enthäutet, schlafen schutzlos wie Mäusekinder, mit rasch und flüchtig schlagenden Herzen, auf dem Boden, in den Höhlen, die sie gemeinsam mit den Reptilien, mit großen, zarten Insekten mit durchscheinenden Flügeln und mit ihren Fledermausbrüdern bewohnen. In Heliodors *Aethiopischen Geschichten*, einem Abenteuerroman aus dem vierten Jahrhundert, in dem er (ein hellenischer Bischof, der über heidnische Barbaren spricht) mit genrebegründender Verlogenheit die Fährnisse keuscher und überirdisch schöner Liebender schildert, die andauernd in Gefangenschaft geraten, getrennt und wieder verbunden, mit dem Tode oder (schlimmer noch) der Verheiratung mit Fremden, Ungläubigen bedroht werden, tauchen die Troglodyten während einer langwierigen Schlachtbeschreibung kurz als nackte, bloßfüßige und kaum bewaffnete Krieger wieder auf, deren höchste Kunst im Ausweichen besteht; sobald sie eine Überlegenheit des Feindes bemerken, verkriechen sie sich in enge Löcher und verborgene Felsspalten. Sie laufen so schnell, daß sie Reiter und Streitwägen überholen können; das Kämpfen und Sterben ist für sie ein Spiel. An ihrem Kopf tragen sie einen Kranz von Pfeilen, die aus dem Rückenknochen von Drachen gefertigt sind, sie springen, während sie einen Pfeil nach dem anderen abschießen, übermütig wie Satyrn umher, mit einer Schwerelosigkeit, die ihren plumpen Feinden provokant und gespenstisch erscheint. Die Nacktheit gibt und nimmt ihnen den Körper.

Auf seinem Weg in die geheimnisvolle Stadt durchquert Joseph Cartaphilus die Länder der Troglodyten und der Garamanten, dann, zehn Tagesreisen weiter westlich, erreicht er (wenn wir uns nicht täuschen) den Salzhügel, auf dem die Ataranten wohnen, die einzigen Menschen ohne Namen; sie erwarten den Tod und verfluchen die Sonne, weil sie ihr Land und alles Lebendige mit ihrer Glut vernichtet; nochmals zehn Tagesreisen weiter westlich würde er das Atlasgebirge vor sich sehen, schmal und kreisförmig wie eine Säule zum Himmel erhoben, sich in den Wolken verlierend; seine Bewohner, die Atlanten (sie scheinen schon den Grenzen der Pflanzenwelt nahegerückt), essen keine Lebewesen und träumen nicht; das erscheint uns nahe am äußersten Traum. Die Stadt der Unsterblichen selbst ist nur durch einen Brunnen und ein unterirdisches Gelaß mit neun Türen (von denen sich nur eine zum Weg durch das Labyrinth öffnet) zu erreichen, sie ist menschenleer; ihre verwirrende, allen Zwecken entgegengesetzte Architektur löst in Cartaphilus, solange er noch sterblich ist, eine tiefe Verzweiflung aus. Stumme und stumpfe, grauhäutige, nackte Männer leben in den Höhlen vor der Stadt; Cartaphilus glaubt, in ihnen die Troglodyten wiederzufinden, später merkt er, daß diese halbtierischen, scheinbar degenerierten Wesen die ermüdeten und – zwischen den Spiegeln gefangen – in ihr gleichgültiges Denken verlorenen Unsterblichen sind, die vor Jahrhunderten ihre Stadt verlassen, zerstört und als Parodie wiederaufgebaut haben.

Ein gewisser Cornelius Balbus aus Gadés in Spanien wird zur Zeit des Augustus für seine Feldzüge gegen die Städte der Garamanten als erster Zugewanderter mit einem Triumphzug geehrt. Er hat Talgae jenseits der schwarzen Berge von Phazania erobert, Debris – wo einer Quelle durch ein Wunder zwölf Stunden am Tag heißes und zwölf Stunden am Tag kaltes Wasser entspringt – und die berühmte Hauptstadt Garama, die Städte Cyramus, Baracum, Buluba, Alasit, Galia, Balla, Maxalla und Zigama, Plinius, der diese Geschichte überliefert, zählt fünfundzwanzig Orte auf. Ein Fluß namens Dasibari, den er erwähnt, wird von manchen für den Djoliba, den Niger gehalten; Balbus hätte dann, in einer schwer vorstellbaren Anstrengung, als Anführer einer Armee, von der Unzählige in der Wüste zugrundegegangen sein müssen, Eroberungszüge späterer Jahrtausende vorweggenommen, ohne eine Spur in den durchquerten Landschaften zu hinterlassen, ohne sie in den Karten des Weltreichs, dem er dient, einschreiben zu können. Nur durch Zufall hätte er mit einigen seiner Weggefährten überlebt und seinen sinnlosen Triumph für einen kurzen Moment in seiner Hauptstadt als gefeierter Held ausleben dürfen, bevor er binnen kurzem wieder in Vergessenheit gerät. Auf der wachen Seite der Geschichte sind die Ziele der Römer und die Dienste, die der ausländische Heerführer ihnen leistet, einfacher zu bestimmen. Plinius schreibt von einem Berg namens Gyri, wo wertvolle Steine – Karfunkel oder Lapislazuli – gewonnen werden; man weiß heute, daß die Troglodyten, schnell gewinnen sie menschliche Gestalt, diese Halbedelsteine abgebaut haben und daß die Kriegszüge der Garamanten im Lauf der Zeit in Handelsbeziehungen übergegangen sind; sie kaufen den Troglodyten die Steine für Kaurimuscheln ab, wie sie in den Ruinen ihrer Städte zu finden sind und wie sie, mit rasch wechselndem Wert, bis zur Zeit der späteren Eroberer und Kolonialisten in einem weiten Gebiet vom Westen Afrikas bis nach Indien verwendet werden. Man weiß auch, daß die Häuser der Garamanten so wie später die Häuser in den Dörfern und Städten der Sahara und südlich der Sahara aus Lehm errichtet sind und zumeist nur aus einem einzigen fensterlosen Raum bestehen, der von Menschen, Ziegen, Rindern, Schweinen, Schafen und Hunden gemeinsam bewohnt wird. Die Garamanten lieben, so scheint es, ihre Hunde und können ihnen vertrauen; in einem Abschnitt seiner Naturgeschichte, der von den Haustieren handelt, erwähnt Plinius einen namenlosen Garamantenkönig, den seine zweihundert Hunde aus dem Exil heimholen: ein zielgerichteter Marsch der Tiere, die stumm und abgemagert, doch mit gebleckten Zähnen und triefenden Lefzen über hunderte Meilen durch die Wüste jagen und allein durch ihren Anblick jeden vertreiben, der sich ihnen in den Weg stellen will; ein Schutz, der in der wachen Welt wenig wirksam erscheint. Man erahnt, wie es den von den Römern gefangenen und (neben den wertvolleren Steinen) als Sklaven oder als Schaustücke mitgebrachten Garamanten ergangen ist. Ein Fußbodenmosaik, das in Leptis Magna an der libyschen Küste freigelegt wurde, zeigt einen stehenden, an eine Stange gefesselten Barbaren, den viele als einen Garamanten identifizieren: es ist ein Wilder wie aus dem Bilderbuch, ein fast nackter Mann mit tiefliegenden Augen, krummer Nase, krausem Haar und struppigem Bart, zwei Raubtiere sind gerade dabei, ihn zu zerfleischen.

Die erzählerischen Gesetzmäßigkeiten, denen Reisen ans Ende der Welt folgen müssen, sind vielleicht Rückstände halb vergessener magischer Rituale, und jede der Reisen stellt die Wiederholung und Variation früherer Reisen dar; das Wirkliche folgt nur (bis zur Ermüdung) durch die Geschichte hindurch diesen Gesetzen. Der Reisende hat Mühen, Verzögerungen und Todesgefahren zu überwinden, eine Abfolge von öden Wegstrecken wie Schichten von Leere; er hat Verletzungen, eine Art von Zerstückelung zu überstehen, einen äußersten Verlust, dem ein zweifelhafter Gewinn gegenübersteht; er muß, um etwas zu entdecken, zerstören, was er entdecken will, oder seinen eigenen Wunsch zerstören, etwas zu entdecken: ein Feld von Möglichkeiten zwischen dem Realen und dem Imaginären, zwischen dem Mord, der Entzauberung und Enttäuschung und der Selbstauslöschung. Das Fremde und der eigene Traum von der Fremdheit (das Gleichgewicht zwischen dem Eigenen und Fremden) stehen auf dem Spiel, die Namen drohen sich von geheimnisvollen Chiffren in bloße Bezeichnungen zu verwandeln. Der Staatsdichter Vergil schmeichelt seinem Kaiser, er würde die Herrschaft Roms bis zu den Indiern und den Garamanten ausdehnen, bis hin zu den äußersten erreichbaren, fast schon jenseitigen Punkten der Erde; ist man erst einmal angekommen, so hat man bloß wirkliche Menschen vor sich, die man töten kann; man hat bloß das Netz von wirklichen Wegen ausgedehnt. Vor der römischen Eroberung war es unmöglich, Straßen

ins Land der Garamanten offenzuhalten, weil nur diesen (Plinius redet als guter Propagandist von Räuberbanden) die unter einer Sandschicht versteckten Orte der Wasserstellen bekannt waren; sie selbst konnten das Wasser leicht wieder freilegen, doch jeder Eindringling wäre rettungslos verdurstet. Einige Zeit nach dem Krieg wird das Eintreffen einer garamantischen Handelsdelegation in Rom vermeldet; das Aufsehen, das die fast unbekleideten, tätowierten und bemalten Botschafter mit ihren schwarzen, von Butter glänzenden Haarzöpfchen erregen (die Mädchen lieben sie), ist rasch verflogen; in den nächsten Jahrhunderten herrschen vielfältige und für beide Seiten fruchtbare Handelsbeziehungen zwischen der Peripherie des Imperiums und seinem Zentrum, ohne daß man sich hier wie dort für die anderen im mindesten interessierte.
Einige der Straßen werden in Karawanenwegen bis heute überlebt haben und in den letzten Jahrzehnten in Asphaltbänder umgewandelt worden sein (wenige Autos fahren; stundenlang unterwegs durch eine Landschaft, in der sich nichts bewegt als unmerklich langsam die Sonne am Himmel; alleine sein mit dem Tageslicht, bevor am Horizont die Berge auftauchen; manchmal überdeckt eine dünne Schicht von verwehtem Sand den Asphalt). Was den Reisenden (Touristen oder Archäologen) im Fezzan in der Nähe des Dorfes Germa, früher eine berühmte Hauptstadt, auffällt, sind vor allem die ausgedehnten Gräberfelder; Gräber in verschiedenen Formen, verwitterte Steinmonumente auf den kahlen Ebenen oder dunkle Vogelnester an den Berghängen, man hat die Zahl dieser Grabstellen auf fünfzigtausend geschätzt: da sind kleine Pyramiden und Stufenpyramiden nach ägyptischem oder hellenistischem Vorbild, da sind spitz zulaufende Türme aus großen Steinblöcken, als wäre eine christliche Kirche bis übers Dach im Wüstenboden versunken, da sind an den Hängen der Berge Steinkränze rund um die Orte, an denen Tote, so scheint es, zum bewachten Schlaf gebettet wurden. Das Skelett (zumindest eines ist verblieben und nicht von Grabräubern geschändet oder von gefräßigen Tieren abgenagt und verschleppt, stattdessen ins Museum und ins Innere eines wiederaufgebauten Grabmals verbracht worden) liegt mit angezogenen Knien, in der Haltung eines Embryos, in der Mitte des Kreises; an den niederen Mauern, wie für ein Tiergehege, lehnen die Amphoren, in denen berauschende Getränke dem Toten fürs Leben im Jenseits bereitgestellt wurden; außerhalb dieser Mauern schützt, größer als ein Mensch, eine Stele in Form einer vierfingrigen, daumenlosen Hand den Ort und seinen dauerhaften Bewohner. In diese Hand sind einige Zeichen in einer Schrift namens Tifinagh eingraviert, die manche Tuaregs noch zu entziffern und zu deuten wissen.

Nach der Zerstörung kann man das Bild zurückkehren lassen, in bequemer Distanz, jenseits der Grenze, von der die offene Hand mit ihrem Haltesignal einen abweist. Haut, die sich über dem Rund der Augäpfel spannt; hinter den Namen, den Legenden, dem Bildungsschrott sichtbar die Gespenster jener Höhlenmenschen, die unter Zeitschichten vergraben sind, ohne Halt, ohne Fesseln und ohne Aussicht, wie es die Art von Gespenstern ist. In der Phantasie des deutschen Afrikanisten, Hochstaplers, Liebhabers und Irren Leo Frobenius tauchen die Garamanten nach Jahrhunderten aus dem Dunkel wieder auf, nach Westafrika gewandert, wohin sie, Reiche gründend, ihre Kultur verpflanzen und dafür sorgen, daß nichts von dem den Europäern Lesbaren und, wie sie glauben, Geerbten ganz aus der Wirklichkeit verschwunden ist. Vielleicht folgen wir auf etwas weniger direkte Weise einem ähnlichen Ziel wie jener deutsche Professor, weniger gläubig als er, bescheidener in der Welt der Buchstaben verbleibend. Doch es gibt den Moment, wo sich die Sätze verschließen; alle Analogien werden unmöglich, weil man vergeblich nach Zusammenhängen forscht und die Hände ins Leere greifen; der Boden unter den Füßen ist eins, das andere sind die Sätze, die zwischen Schreibenden und Lesenden weitergereicht werden, die Lettern auf dem Papier und im Stein. Eine plötzliche letzte Verbindung dann, ein letzter Gedanke in seinem abgetrennten Kopf (er, die Person, die endlich auftaucht, sich aus der Leere heraustastet, unbestimmt und immer in der falschen Zeit, die sich auf den Weg macht und schon am Ende ihres Weges ist), der Ort steht fest, sonst kaum etwas, es muß ein Gedanke, ein Satz sein, der an diese Grenze paßt, zu einer Geschichte gehört, die sich an der Grenze zwischen dem Wirklichen und der Täuschung, zwischen dem Eigenen und dem Fremden formen soll; ein verschwindender Satz: Bestimmungen entstehen und verschwinden hier. Eine hoffnungslose, aufs niemals Erlebte gerichtete Bemühung hält das Spiel in Gang; eine versuchte Annäherung, die nie gelingt, weil sich die Sehnsucht immer nur in sich selbst dreht und wuchert, fast ohne Träger.

Mit der Verantwortung vor dem Toten. Mit der Angst, weil man das, was an ihm wirklich war, verfehlt haben wird. Weil immer zu wenig von seinen Erinnerungen aufbewahrt ist: und der Ersatz, den man findet, ist in jedem Fall Verrat. Die Bewegung des Planeten, die Tage und Nächte erzeugt; der Irrsinn, so zu tun, als könnte man rückwärts gezogen werden, eintauchen in ein Feld, das immer noch vorhanden wäre, jenseits der vollkommenen Vernichtung; als würde einen der Rhythmus von Tagen und Nächten halten können, eine

zarte Überbrückung auf eingebildeten Wegen, im Traum über die Abgründe hinweg.
Dann sehen, wie vor zweihundert Jahren ein Mensch geboren wird, von dem man fast nur seinen Tod kennt; ihm in die Lücke des Unbekannten folgen, einen Weg in die Lücke des Unbekannten für ihn bereiten, Gesten und Regungen, Gedanken und Gefühle an ihn anpassen, an seine Tage und Nächte; als könnten menschliche Augen sie wiedersehen.

Der Konsul läßt ihm in einer automatischen Höflichkeitsgeste den Vortritt; er ist noch vom grellen Sonnenlicht geblendet, das ihn (er ließ das Verdeck des Wagens öffnen) an diesem heißen Frühlingstag auf seinem Weg vom Hafen über das Konsulat bis hin zu diesem Ort, den man Den Garten nennt, begleitet und umhüllt hat; selbst als er in den Salon geführt wird, dauert es einige Sekunden, bis die Gegenstände langsam aus der Dämmerung hervortreten. Glasvitrinen und Anrichten, Tische und Beistelltischchen aus Mahagoni und Satinholz verschränken die Teppiche und die Tapeten miteinander; ein Kristallüster senkt sich vom Plafond; die Armlehnen der Sofas und Sessel sind mit Sphingen und Löwenköpfen versehen. Ein Gemälde über einem Sofa verdoppelt die Gestalt des Konsuls; ein dicker Kopf wie ein Ballon, der aus einem Uniformkragen herauswächst. Er kennt Salons wie diese von vielen lästigen Nachmittagen und Abenden her; es ist, als wäre er in einer absurden Anstrengung von England übers Meer nach England gereist, das Ziel und der Ausgangspunkt wären identisch, nur daß hier ein scharfer Schnitt durchs Bild geht und keine Durchlässe und unscharfen Stellen das Außen und das Innen ineinander übergehen lassen. Das Zimmer und das Haus erscheinen ihm im nachhinein (wenn sein ganzes Leben im verengten Gedächtnisraum Platz gefunden hat) wie die ersten in einer Reihe von dunklen Zimmern und fensterlosen Häusern, die die Etappenziele seiner Reise darstellen; und doch wird er hier lange Nachmittage verbracht haben, ein in die Wand geschnittenes Quadrat aus unwirklich glühendem, weiß, grün und blau eingefärbtem Licht sacht von sich wegschiebend, seine Augen aufs Meer jenseits der Gartenmauer und der palmbewachsenen Ebene gerichtet, voll von Erwartung. Die Hitze läßt sich nicht aus dem Hausinneren vertreiben und die Luft ist stickig; er fühlt sich in diesen ersten Augenblicken, im raschen Übergang der Empfindungen, sogleich mit dieser Familie zusammen eingeschlossen in einer engen Kiste; in einer prunkvoll ausstaffierten Kiste von täuschender Geräumigkeit; in einer riesigen ägyptischen Grabkammer (so deutlich und unnennbar wie im Traum soll ihm jeder Moment werden). Er versucht, auf die Gespräche und Verhandlungen vorauszuschauen, in denen diese Eindrücke sich auflösen werden und die Wege in den Kontinent hinab sich für ihn öffnen; wie durch ein Wegkippen der Mauern; eine Welt, die sich stetig anreichert, ein sich verzweigendes und weitendes Netz; der Raum der Landkarten, der nach und nach körperlich und bewohnbar wird, mit einem Himmel über dem Kopf und Erde unter den Füßen. Dann ist es aber ein Blick, der die Gleichgewichte verändert und die festen Verschränkungen löst; er nimmt gar nicht die Person wahr, er könnte die Gesichtszüge nicht beschreiben, er würde sie nicht wiedererkennen; nur dieser Blick fließt durch den Raum und zieht Schneisen von Leichtigkeit. In seiner Nähe (er zweifelt nicht daran, daß er den Blick angezogen hat, er zweifelt nicht an sich selbst) lichtet er die Atmosphäre in engeren Schleifen, er schaut gar nicht wirklich zurück; er spürt – eine fast unmerkliche Verformung von seinen Schläfen bis hinab in den Nacken, Bewegungen im Rückenmark, in den Gedärmen – den sanften Sog; es ist zu früh, alles noch unbestimmt; eine parallele Reihe von Spiegelungen kann hier beginnen, sich zur Klarheit steigern, später abrupt und doch nicht unerwartet abbrechen.

Der Konsul spricht seinen Namen aus, Major Gordon Laing, es ist wichtig, daß er keinen der Namensteile ausläßt, der Gast wird einer blassen dicklichen Frau vorgestellt: dunkle Augen, die kurz (doch fast angestrengt) Freude und Lebendigkeit simulieren und ein im Korsett unterm schwarzen Kleid hochgepreßter Busen; er weiß, wessen Tochter die Konsulsgattin sein soll, jeder kennt die Gerüchte; wie ein Möbelstück ist sie hier, weit von den Salons, in die sie gepaßt hätte, abgestellt; sie freut sich immer, sagt sie, einen Landsmann hier in der Fremde zu begrüßen, und sie ist ganz besonders stolz, einen Mann der Wissenschaft in ihrem bescheidenen Haus beherbergen zu können, er sagt, er ist entzückt, eine so charmante Dame kennenzulernen, und stolz, der Gast einer so edlen und verdienten Familie zu sein und nur dank ihrer Großzügigkeit seinen Beitrag für die Zivilisation (er sagt nicht fürs Land, fällt dem Konsul auf) leisten zu können, auch wenn er niemals den Rang seiner Gastgeber usw., er fürchtet nicht, die Schmeicheleien zu übertreiben, denn man hat ihm einiges über den Konsul erzählt, und im übrigen hört er sich gerne selbst reden. Es wäre so schön gewesen, sagt die Frau, wenn sie ihm die ganze große Familie vorstellen könnten, doch die Ältesten sind schon aus dem Haus und die Söhne im Internat, es sind nur die mittlere und die jüngste Tochter zugegen; ich bin entzückt, Emma, ich bin entzückt, Jane. Kurz hält er die Hand in seiner Hand; Gesichtszüge, die dem Fremden ein unbewegtes neutrales Lächeln darbieten; sie nimmt das Buch wieder auf, in dem sie gelesen hat, er wird sie nach diesem Buch fragen, wenn sich die Gelegenheit bietet. Man hat von seiner Krankheit gehört, hoffentlich fühlt er sich schon besser, er sieht noch etwas mitgenommen aus?, die dickliche Frau greift nach seinem Arm wie um ihre Besorgnis auch seinem Körper mitzuteilen. Er fühlt sich schon viel besser, er hat kein Fieber mehr, er ist sicher, daß die kurze Zeit, die er in Tripolis verbringen wird, ausreicht, um seine ganze Stärke und Gesundheit wiederzuerlangen.

Man zeigt ihm das Haus, das der Konsul nach seinen eigenen Plänen errichten hat lassen, unser kleines Paradies, unser Fleckchen England, sagt die Frau, die hinter den Männern zurückbleibt, als dürfte sie sich nicht zu weit vom Platz rühren, und sie auf diese fast mechanische Weise alleine läßt. Er gleitet an der Seite des Konsuls durch Zimmerfluchten, museumshafte Erscheinungen von Schreibtischen, in denen (er sieht es durchs Holz und durch die Intarsien aus Elfenbein oder Horn hindurch) Schichten von Geheimfächern das Privatarchiv des Konsuls beherbergen, von überdimensionalen Eßzimmertischen mit gedrechselten Beinen, von Sphingen, die sich an den Füßen der Sessel niederkauern, Schlangen, die sich um Kandelaber winden, riesigen Musen, die auf dem (leicht deplaziert wirkenden) Kaminsims stehen oder an der Standuhr lehnen, von kleinen Ruhebetten in der Form von Nilschiffchen und rätselhaften Statuetten und kleinen Kästchen in gläsernen Vitrinen tauchen aus dem Strom der Erklärungen auf, denen er mit dem geschulten Anschein von Aufmerksamkeit lauscht, gegeneinanderlaufende Spiralen wie an den Stuhlbeinen und in den Teppichmustern; sie lassen die drei Salons des Erdgeschosses hinter sich zurück, die es erlauben, in harmonischer Weise die Räume für die Arbeit, fürs gesellschaftliche Leben, so beschränkt es hier auch zu sein hat, und für die Familie (denken Sie selbst daran, eine Familie zu gründen? Nun ja, im Augenblick ist es so, daß –) zu verteilen, und gelangen wieder ins Vestibül, wo ein europäisch gekleideter Araber lautlos aus einer Türe tritt und hinter einer anderen Türe (er hat Recht, hier die Küche zu vermuten) wieder verschwindet Der Konsul, der keinen Blick auf den Mann verschwendet hat und von dem Mann nicht angesehen wurde, sagt, man kommt nicht umhin, solche Leute ins Haus zu lassen, aber natürlich haben wir eigene Hütten fürs Personal gebaut, damit wir in der Nacht sicher sind, man weiß ja nie. Im Garten hinter dem Haus erwartet sie, nachdem sie einen Block von Hitze und Licht durchquert haben, der Schatten von Obstbäumen, seltsam zusammengedrängt auf engstem Raum, Orangenblüten und reife Pfirsiche an den grünen Zweigen, junge Olivenbäume (unsere Nachkommen werden in hundert Jahren an uns denken, meint der Konsul), von hohen Palmen überragt, der Eindruck ineinander verfließender Farben, durch die man sich, wie durch einen aus üppigen Düften geformten Raum, bewegt.

Wir sind hier vollkommen autark und nicht auf Tripolis angewiesen, sagt der Konsul, das ganze Haus kann ich von diesen paar Hektar Grund ernähren, wenn man die richtige Art der Bewässerung anwendet, ist es gar kein Problem, diesen Boden fruchtbar zu machen, ganz richtig, meint Laing, es ist nur eine Frage von ein paar Jahrzehnten, bis die Ingenieurskunst all die Wüstengebiete in nutzbares Land wird verwandelt haben, es besteht kein Zweifel, daß nicht nur dem afrikanischen Kontinent dadurch ein ungeheurer Aufschwung bevorsteht. Vor zehn Jahren war nichts von all diesen Wundern da, mit aller Bescheidenheit muß ich sagen, was Sie hier sehen, lieber Major, ist alles mein Werk, er beginnt ausführlich zu erklären, wie er die Brunnen graben und die Wasserleitungen legen hat lassen, Laing (wie so oft und vielleicht zu oft als es gut für ihn sein wird, ist die Versuchung übermächtig, dem Konsul nicht zuzuhören) meint, schon zu wissen, was ein Brunnen ist. Drüben liegen die Gemüsebeete, da können sich auch die Mädchen ein bißchen beschäftigen, sagt der Konsul beiläufig, ja, antwortet Laing etwas zu gedehnt, ohne daß zu diesem Zeitpunkt von ihm eine Antwort erwartet worden wäre. Wenn draußen die Pest ausbricht (im ersten Moment hat Laing Mühe, dem Konsul zu folgen), tangiert uns das hier drinnen nicht im mindesten, in diesen Ländern kann man nicht vorsichtig genug sein, Pest, Typhus, Cholera, Fleckfieber, Bürgerkriege, weiß der Teufel, was die hier ausbrüten, wir haben eine eigene Verbindung zum Hafen, ich kann die Geschäfte von hier aus genauso gut führen wie aus der Stadt; mit einem Fingerschnippen kann ich die Schleusen dichtmachen und den Garten in eine Quarantänestation verwandeln. Nur daß die Gesunden drinnen sind und die Kranken draußen, sagt Laing und tötet seine Ironie sogleich durch ein möglichst herzlich wirkendes Lachen ab. Der Konsul, der, wie es scheint, ohnehin durch Ironie so wenig zu gefährden ist wie durch Seuchen, stimmt ein und lenkt die Schritte zum Haus zurück.
Durch einen eigenen Eingang, auf dessen steinernem weißen Vordach ein steinernes weißes Kreuz sich erhebt, betreten sie die Kapelle, einen engen und dunklen Raum mit fast kahlen Wänden; zwei Bankreihen aus schwarzbraunem Holz stehen dem mit einem spitzenbesetzten weißen Tuch belegten Tischchen, das als Altar dient, und dem Rednerpult für die Predigten gegenüber; an der Rückwand hängt das einzige Gemälde, ein Christus mit grauer Haut an einem Kreuz von gleicher Farbe, das sich kaum vom wolkigen nördlichen Himmel abhebt, der beinahe wie ein Teil der Mauer erscheint; nur das schwach glänzende Gold des Rahmens setzt die Flächen voneinander ab. Sie lesen hier auch selbst die Messe, fragt Laing. Natürlich, sagt der Konsul, dessen Gesicht mit hochgezogenen Augenbrauen noch einiges an Masse gewinnt, jeden Morgen;

wer da fehlt, kann gleich zu den Franzosen oder zu den Wilden gehen. Gerade in Afrika ist es wichtig, ein Beispiel zu geben, sagt Laing in voller Zustimmung, während er sich, als gäbe es etwas zu sehen, durch den Raum bewegt und seinen Blick über die dunklen Flächen wandern läßt, hier wären mancherorts Verbesserungen nötig. In Sierra Leone habe ich die unglückliche Geschichte von einem Priester verfolgen müssen, der einen seiner Schüler im Zorn totgeprügelt hat, ein anderer lebte ganz offen mit seiner schwarzen Konkubine zusammen. Und ich habe nicht gezählt, wie oft ich Priester in Freetown gesehen habe, die frühmorgens bis oben hin voll mit Rum waren und besoffen auf der Straße lagen, was bei den Anhängern Mahomets einen nicht gerade vorteilhaften Eindruck hinterläßt. Es gibt keine englischen Priester, die betrunken auf der Straße liegen, sagt der Konsul apodiktisch und starrt in Laings Gesicht, zweifellos, antwortet Laing, ohne den Blick des Konsuls erwidern zu dürfen, er bleibt ein wenig im Nachklang der Buchstaben dieses Wortes *certainly* ruhen, bevor er (seine Finger in den weißen Handschuhen streichen über die Rücklehne der hinteren Sitzbank) dem Schweigen seinen gebührenden Platz läßt, seltsam, daß es in dieser Kapelle kaum kühler ist als draußen in der Sonne. Den Rest des Nachmittages wird er in angenehmer Müdigkeit in seinem Zimmer im ersten Stock verbringen, angekleidet auf dem Bett liegend, bei geöffnetem Fenster, durch das Vogelgezwitscher dringt und das Rauschen des Windes in den Bäumen, in dem er das Rauschen des Meeres wiedererkennt, es zieht sich in seinen Geist hinein, vermischt sich mit dem Rauschen des Blutes in seinen Adern, hinter seinen Schläfen; er schreitet voran, indem er aufs Denken und Planen verzichtet und sich diesen Geräuschen überläßt; dieser Gedanke fliegt ihn an, bevor er ihn im Halbschlaf sogleich wieder vergißt. Eine Karaffe mit klarem kühlem Wasser steht auf dem Tischchen neben seinem Bett; könnte er seinen Arm ausstrecken, würde er sie erreichen; Schritte und Stimmen im Erdgeschoß werden lauter, ein sehr leises Klopfen, beinahe nur ein Scharren an seiner Türe und eine zarte Stimme werden ihn aus seinem Zustand herausholen und zum Abendessen rufen.

Langsam, doch mit mechanischer Sicherheit lernt er, wie er zu sprechen hat; die erprobten Sprechweisen sind ihm verfügbar; alles ist nur eine Frage der Auswahl. Jeder Ort und jede Begegnung erweitern seinen Schatz und dehnen seine Möglichkeiten aus, neue Orte zu erobern und in neuen Begegnungen Gewinner zu sein. Er hört beim Abendessen seine eigene, ruhige Stimme, die, bevor sein Moment gekommen ist, mit absichtsvoller Sparsamkeit und gezielter Absichtslosigkeit ihre Akzente im dahinlaufenden Gespräch setzt. Der Konsul Hanmer Warrington erzählt zwischen Suppe und Hauptgericht zum ersten

Mal jene Geschichte, auf die er in den nächsten acht Wochen bei fast jedem Abendessen anspielen wird; wie er vor fünfzehn Jahren, damals war ich kaum älter als Sie heute, neben seinem Freund Wellington in offener Schlacht den Spaniern gegenüberstand und (Gesten, zum Glück ohne Eßbesteck) mit größter Lust hierhin und dahin schlagend auf seinem Roß dahinflog (es hätte mir nichts ausgemacht, fürs Vaterland zu fallen) und wie plötzlich, für einen Moment hängt er in der Luft, das Pferd unter ihm wegsinkt; dann erst hört er den Schuß knallen, so laut, als wäre er direkt an seinem Ohr abgefeuert worden; sie haben mir das Pferd direkt unter dem Hintern weggeschossen, das ist die einzige Erzählung von hinreichender Dramatik, um das Aussprechen des Wortes *Hintern* in diesem Haus zu rechtfertigen. Er liegt nur sekundenlang (Laing stellt sich ein unbewegliches dickes Kind in einem staubigen roten Mantel vor) auf der Erde neben dem noch röchelnden Pferd (das er für seine treuen Dienste jetzt noch in Erinnerung hat, ein Pferd ist doch mehr als nur irgendein Vieh), rappelt sich aber, damals war ich schlanker als heute, lieber junger Freund, schnell auf, die Feinde so nahe, daß usf., er hat schon mit sich abgeschlossen, nun aber (er ist wie taub geworden von dem Lärm rund um ihn) ist es, als hätte sich ihm ein Gespenst genähert, er spürt einen festen Griff unter den Achseln, von hinten wird er gepackt und auf ein anderes Pferd gezogen, und Sie glauben nicht, wer es war, der mich gerettet hat. Wellington, möchte Laing sagen, aber er hält sich zurück, der Herzog Wellington, sagt von der anderen Tischseite her in müdem Ton Emma, die bis jetzt geschwiegen hat und von jetzt an fast das ganze Abendessen lang weiter schweigen wird, und sie fügt ganz leise ein *Mittlerweile* hinzu, nur ein sehr schnelles, scharfes, wie ferngesteuertes Zischen der neben Emma sitzenden Mutter verrät, daß die Bemerkung nicht ungehört blieb, Emma nimmt einen tiefen Schluck Wasser, man hat den Mädchen keinen Wein eingeschenkt. Laing verstärkt seine Selbstkontrolle, in der Luft über dem Tisch mit dem Silberbesteck und den goldgeränderten Tellern, auf denen nun jeder seinen Rinderbraten und einen Berg Kartoffeln liegen hat, entsteht, während der Konsul (es gibt, sagt er, Momente, in denen ein Mann seine wahre Größe zeigt) seine Geschichte in ungebrochener Ausführlichkeit ins Allgemeinste hin weitererzählt, ein dichtes System von Blicken und vermiedenen Blicken; er ist es vorerst zufrieden, daß nicht von ihm erwartet wird, allzu viel zum Gespräch beizutragen, und konzentriert sich darauf, die Spannung in diesem System aufrechtzuerhalten; so selten wie möglich zu Emma zu blicken und sie dennoch merken zu lassen, daß er nur in diesen seltenen Momenten wirklich da ist; in den Eltern des Mädchens zugleich den genau entgegengesetzten Eindruck entstehen zu lassen. Er beginnt Gefallen an seinem Aufenthalt hier zu finden. Er läßt eine Beschreibung der Hitze in Spanien und Ausführungen über den Einfluß klimatischer Bedingungen auf die Kriegsführung über sich ergehen, dann (der Abstand erscheint ihm ausreichend, die Verbindung aber immerhin noch gegeben) beantwortet er die Pferdegeschichte in einem etwas riskanten Zug mit seiner eigenen Pferdegeschichte vom Einzug nach Falaba, in die Hauptstadt des Landes Sootina im Westen Afrikas; wo er, das aber nur nebenbei gesagt, den Quellen des Niger schon einmal auf nur eine Tagesreise hin nahe gekommen war.

Er verschränkt seine Beine und spürt den Stoff seiner Hose, der an den Knöcheln reibt, eine Berührung, die die Härchen an seiner weißen Haut gegen den Strich zieht, ein zartes Lustgefühl. Er kann diese Stadt, in der er beinahe gestorben wäre (das liegt unterhalb alles Gesprächsstoffs, er wird es beim Tischgespräch und bei jedem Gespräch in dieser Gesellschaft verschweigen), vor sich sehen, wo auch immer er sich befindet, er kennt die Ordnung ihrer Straßen und den Rhythmus seiner Wege durch diese Straßen, er erkennt die Menschen wieder, die ihm begegnen, eine freundliche Traumgesellschaft, er erkennt die Gerüche und die Geräusche wieder, den Himmel über den runden Lehmhäusern mit ihren spitzen Dächern aus Stroh. Falaba ist von einem breiten und tiefen Graben und einer Palisade aus Hartholz umgeben; aus diesem alten Wall wachsen, so als wollte die Natur selbst die Stadt vor ihren Feinden verbergen, Bäume und Sträucher, deren Laubwerk zugleich Schutz ist für die Wachen (Bilder dunkler kaum bekleideter mit Speeren bewaffneter Körper entstehen in den Köpfen der Zuhörer), die Tag und Nacht die Umgebung der Stadt im Auge haben, eine schöne fruchtbare Hochebene, die sich in sanften vielfarbigen Wellen weit bis zu den Bergwäldern hinzieht. Sieben Tore führen in die Stadt hinein; man geleitete uns zum Nordtor, und von dort aus ritt ich an der Spitze meiner Gesellschaft auf einer Art von Prachtstraße von einer halben Meile Länge zum Hauptplatz im Innern von Falaba (er zögert einen Augenblick lang, als wolle er den ganz einfachen Kunstgriff finden, der die verschiedenen Orte und ihre Bewohner zusammenführt), dort erwarteten mich (denn man hält es auf beiden Seite für einen ganz besonderen Moment, wenn der erste dieser legendären weißen Menschen aus dem Fooroto nye mafola, dem Land des Geldes, eine Stadt oder eine Ortschaft betritt) schon zweihundert mit Perlenketten geschmückte und mit Musketen, Bogen und Speeren bewaffnete Männer, in ihrer Mitte, in einem schwarzen losen Gewand und als einziger unbewaffnet, der König, mein späterer Freund Assana Yeera. Der Konsul runzelt die Stirn; die Wangen seiner Frau, die gesagt hat, daß sie den Wein nicht recht verträgt, sind gerötet; ich mußte, sagt Laing in einem nachlässigen Schwung, ohnehin einen wilden Anblick bieten mit meinem langen Bart, den ich seit der Abreise aus Sierra Leone nicht mehr rasiert hatte, meiner nicht mehr ganz sauberen Kleidung und den kaputten, oft geflickten Stiefeln, die mir schon von den Füßen fielen; als dann diese zweihundert auf dem Boden sitzenden Männer ihre Gewehre richteten und eine Salve zu meiner Begrüßung in die Luft schossen, erschrak durch diesen plötzlichen Lärm mein Pferd und scheute; ich hatte weder Sporen noch Peitsche und konnte es nur am Zügel zurückreißen, bloß habe ich mich dabei im Kraftaufwand ein wenig verschätzt und so stark angezogen, daß das Pferd rückwärts in die Menge stolperte, die Männer in der Nähe sprangen auf und das ganze Empfangskomitee geriet in Unordnung. Ich hatte Fieber und war für einen Moment selbst verwirrt; in einem gedehnten Augenblick sieht sich Laing, unter seiner Uniform schwitzend, schon nach hinten rutschen und ganz langsam aufs Kreuz plumpsen, einem dieser Krieger in den Schoß, mit einem kindlich blöden Gesichtsausdruck zu seinen undurchdringlichen schwarzen Augen aufschauend, er überspringt diese Phantasie, ich hielt mich gerade noch recht verdreht im Sattel, sagt er, und zieht eine Schulter leicht nach unten, die Leute setzten sich wieder hin, murmelten und sahen mich entgeistert an; ich richtete mich auf, tat, als ob nichts geschehen wäre, und ließ die Salutschüsse erwidern, die Honoratioren von Falaba waren wohl nicht sehr beeindruckt von den Reitkünsten des ersten Europäers, den sie zu Gesicht bekamen, aber der König, dem die Wurzel eines alten Baumes als Thron, sein Stamm als Lehne und seine Zweige als Baldachin dienten, lud mich sogleich ein, den Platz an seiner Seite einzunehmen, eine herzlichere Begrüßung als die seine hätte man sich kaum wünschen können; ein warmer Blitz von schräg gegenüber trifft dann und wann, während er gezielt und virtuos oberflächliche Angriffe auf seine eigene Haut richtet, Laings Augen; er spürt, daß der Wein und das üppige Essen seinem Fieber nicht gutgetan haben, was ist das, fragt er sich plötzlich, ein Auge, dieses glatte Weiße (wenn er es zwischen den Fingern hielte, um die Verbindung zu schließen, er leert mit einem tiefen Schluck das Glas; eine Begrüßung, die als Spiegel für eine andere dienen soll, doch hier steht er am Anfang und nicht am Ende des Weges, er hat den Eindruck, daß er nicht aufhören darf zu reden).

Ich habe den Bericht gelesen, diesmal werden Sie ohne Probleme die Quellen des Niger erreichen, sagt der Konsul, der Laings befremdliche Geschichte seinem Bild schon eingepaßt hat, Jane, die neben dem Major Alexander Gordon Laing sitzt, in dieser Zeit, in der kleine Mädchen gelehrt werden, für Uniformen zu schwärmen, ist begeistert von den fremden Welten, die sich ihr hier zu öffnen scheinen, und fragt nach dem König von Sootina, wie konnte er sich mit diesem Mann verständigen, hat er Knochen im Haar getragen und Menschen gefressen? Laing beschreibt (so als würde sie für Emma gefragt haben, und Emma sieht ihn durch Jane an, und Jane und Emma wissen es) Assana Yeera, einen siebzigjährigen, immer in schlichtes Schwarz gekleideten Mahometaner mit unwandelbaren Gewohnheiten, der aus Rücksicht auf seine heidnischen Landsleute, die großen Festtage ausgenommen, nur heimlich betet. Er trägt einen Turban, nicht viel anders als die Araber hier; sein Gesicht ist durch eine Wunde, die er sich in einer Schlacht gegen die Fulahs zugezogen hat, entstellt: eine Kugel hat seine Wangen durchbohrt und die Vorderzähne ausgeschossen. Dieser Mann ist offen, bescheiden und herzlich und glaubt, wie alle Afrikaner, an die Kraft und die Wahrheit seiner Träume, er hält ein zahmes Krokodil als Haustier (jeden Nachmittag, nachdem er seine Gerichtsstunde gehalten hat, besucht er es und redet mit ihm), er hat seine Erziehung unter den besten Gelehrten des Fouta Djallon genossen und spricht auch ein gutes Englisch; allerdings hat er vor mir noch nie mit einem Engländer geredet, und seine Aussprache war mir vor allem in den ersten Tagen kaum verständlich; das gibt Laing die Gelegenheit zu einer kleinen Vorführung seiner Schauspielkunst, er läßt seine Gastgeber raten, welche Tiere sich hinter den Worten *Soonake*, *Hause* oder *Alfa* verbergen und gibt sich dabei den schweren Akzent eines in seine Müdigkeit absinkenden Betrunkenen, der die Wörter durch zusätzliche Vokale oder durchs Abbrechen von konsonantischen Klippen erst für sich genießbar und aussprechbar machen muß, *Schlange* schreit Jane laut hinaus, der Konsul läßt sich überraschenderweise dazu herab, an diesem Spiel teilzunehmen und drückt, während er sich zugleich den Eindruck gibt, an anderes zu denken, in einem gewundenen Satz seine Meinung aus, daß ganz sicherlich von einen Hund die Rede war, seine Frau (ein kindlicher Ton, ein unterdrücktes Kichern haben sich in ihre Stimme eingeschlichen) verbessert ihn, es hat *Hause* geheißen, das muß *horse* sein und sicher nicht *hound*, dann ist es wieder Jane, die, mit der Hilfe einer kurzen pantomimischen Darstellung von Seiten des Majors, das Tier Alfa als Elefanten identifiziert, Emma schweigt, beginnt aber in einem ganz bestimmten Moment laut zu lachen, wie ein abgegrenzter Körper, denkt Laing, ragt dieses Lachen aus dem allgemeinen Gelächter hervor. Unvermittelt sagt er, der König war wie ein Vater für mich (das Gelächter bröckelt ab und geht in ein Räuspern und in Stille über), beim Abschied konnten wir beide kaum die Tränen zurückhalten, wir wußten, daß wir einander niemals wiedersehen würden, ich hoffe, der König ist noch am Leben und in der Lage, die Verbesserungen in seinem Reich durchzuführen, die ich angeregt habe; der Konsul beginnt eine Erörterung darüber, ob es zulässig ist, das Wort König für einen Wilden zu verwenden, aber das alles, dieses primitive Häuptlingsgetue und den heidnischen Stumpfsinn, wird es sowieso bald nicht mehr geben, wir haben das Land praktisch in der Tasche und müssen nur aufpassen, daß man es uns nicht noch im letzten Moment wegschnappt. Laing drückt seinen linken Oberschenkel gegen das harte, dicke, dunkle Tischbein, der Saum des weißen Tischtuches ruht auf seinem Schoß; Emma wird von ihrer Mutter gefragt, ob sie sich unwohl fühlt und ob sie sich nicht zurückziehen möchte, sie ist so still, aber nein, Mutter, mir geht es gut, es würde mich aber interessieren, Major (das ist das erste Mal, daß sie direkt das Wort an ihn richtet), welcher Art die Verbesserungen waren, die Sie für das Königreich Sootina anzuregen wußten. Es geht ein Diplomat an unserer kleinen Emma verloren, sagt der Konsul (falls er sich noch an die vorlaute Bemerkung von zuvor erinnert und es für angemessen hält, sich dafür zu rächen, oder falls ihm daran liegt, seine Macht bei jeder Gelegenheit zu zeigen, oder aus anderen Gründen, die uns noch unbekannt sind, nach den Regeln seines eigenen Spieles, ansonsten schweigt er für den Moment), wofür sich dieses Mädchen nicht alles interessiert, paß nur auf, daß du uns nicht zu gescheit wirst, so findest du nie einen Mann.

Laing, den derlei Bemerkungen immer anekeln (sofern es nicht er selbst ist, der sie von sich gibt), muß, gleichermaßen höflich dem Konsul und Emma gegenüber, zunächst diesen Scherz übergehen und sodann versuchen, zu beiden zugleich zu sprechen; er muß sie beide mit der gleichen nüchternen Freundlichkeit ansehen und ihnen darlegen, wie vernünftig, wie spannend und wie menschenfreundlich seine Ideen über den Freihandel und die Abschaffung der Sklaverei sind, er spürt sehr deutlich, daß er in der letzten Nacht, wie immer vor bedeutenden Etappenzielen an seinem Weg, nicht geschlafen hat, und er beginnt sich so zu fühlen, als wäre er der Betrunkene, den er gerade erst dargestellt hat. Der arabische Bedienstete, den er am Nachmittag gesehen hat und den er, nach seinen weiteren stummen Auftritten im Verlauf dieses Abendessens, nun schon selbst kaum noch wahrnimmt, räumt die leergegessenen Teller vom Tisch. Er erzählt von den kleinen Kriegen, die aus nichtigen Gründen zwischen den Völkern Westafrikas geführt werden, nur weil es keine andere Beschäftigung für die Leute gibt, und vom Sklavenhandel, von dem aller Reichtum dieser Länder abhängt; er malt aus, wie er (diese Geschichte hat er für sein Buch erfunden, das bei Murray in London herauskommen wird, während er auf seiner Reise ist, bei der Rückkehr wird ihn ein druckfrisches Exemplar erwarten) den König zu Tränen gerührt hat, indem er ihm den Schmutz und Gestank, den Hunger, die Qualen der Gefangenschaft, die Prügel, die Folter und das Sterben auf den Sklavenschiffen nach Amerika geschildert hat, vor einigen Jahren hat er zufällig auf einem solchen Schiff den Atlantik überquert; er malt den Zwiespalt des Königs zwischen den unseligen Traditionen seines Landes und den vernünftigen Argumenten des Christenmenschen aus; er wiederholt, knapp, weil er denkt, das wird die Frauen nicht interessieren, die Pläne zur Öffnung der Handelsrouten (ein Netz von Wegen, dichter und dichter, kreuz und quer über den Kontinent, unbehindert von Wüsten und Urwäldern, kratzende Striche im Papier) und zur Förderung von Landwirtschaft und Handwerk; freie Menschen, die durch ihre eigene Arbeit zu Wohlstand kommen; das klingt sehr schön, sagt Assana Yeera, und ich weiß, daß Sie es gut meinen, aber das alles ist langwierig und mühsam, und ich glaube nicht, daß es jemals so viel einbringt wie der Sklavenhandel, Laing (alle Blicke richten sich auf ihn, er bewundert über die Müdigkeit hinweg in diesen Blicken seine eigene sichtbare Leidenschaft) hat keinen Grund, sich an diese Worte zu erinnern. Und die Frauen, fragt die Frau des Konsuls, wie leben die Frauen in diesem Land, es ist ganz eigenartig, sagt Laing, darüber hinaus, daß ich die afrikanischen Frauen, was ihre Sitten und nicht zuletzt ihre Schönheit betrifft, in keiner Weise als Vorbild oder auch nur als Vergleich mit usf., in Sootina sind die Verhältnisse geradezu umgedreht, er nimmt einen tiefen Schluck von seinem Wein, um seine Stimme nicht allzu seifig werden zu lassen, sein Glas ist leer, man schenkt ihm nicht nach. Die Frauen bauen hier Häuser und arbeiten wie selbstverständlich als Barbiere, Ärzte und Chirurgen, während die Männer nähen, Wäsche waschen und die Tiere melken, und nur im Krieg zu einer eigentlich männlichen Beschäftigung finden; gerade daß der König und seine Berater, fügt Laing hinzu, Männer sind.

Er merkt, daß er mit dieser Geschichte Phantasien auslöst, allerdings meint die Frau des Konsuls, ungewöhnlich laut auflachend, das sind ja Verhältnisse, man könnte meinen, Sie würden von Geisteskranken erzählen, die Kinder, die Wilden und die Irren sind nicht weit auseinander, stimmt der Konsul zu; das weitere über die Frauen von Falaba kann Laing, der weiß, was er der Gesellschaft wohlgeborener Damen schuldig ist, später beim Brandy dem Konsul erzählen; der Brandy wird ihn (eine nach der andern, dem Alter nach gestaffelt, haben sich die weiblichen Mitglieder der Konsulsfamilie zurückgezogen) wecken und wieder nüchtern machen, er wird fürchten, wieder nicht schlafen zu können; dann wird er sich wundern, wie roh und dumm der Konsul sein muß (noch viel schwerer von Begriff als man ihm geschildert hat), um so zufrieden und kumpelhaft freundlich zu sein nach diesem Abend, an dem er sich doch so weit vorgewagt hat, viel weiter als er es je beabsichtigt hat können, und sich zu einigen fast provokanten Gesten hinreißen hat lassen. Warrington, seine

Hand auf der Schulter des Gastes und sein rotes Gesicht so nah an dem seinen, daß er den Atem zu spüren und zu riechen hat, gibt sich leutselig und wird immer lauter, während er zum ersten Mal (und so als hätte er die Abwesenheit seiner Gattin dafür abgewartet) Anekdoten von seiner Freundschaft mit dem Prinzregenten, dem nunmehrigen König George, von sich gibt und sich müht, Clubs und Spielsalons von der letzten Jahrhundertwende wieder lebendig werden zu lassen; Laing freut sich, schweigen zu dürfen und sich auf Signale der Überraschung und Bewunderung zu beschränken, er muß denken, es ist ein Privileg, in diesen intimen Geschichten so nahe an die innersten Kreise der Macht seines Königreiches herangeführt zu werden.

Als er die Treppen hochgeht, sieht er im Lichtschein des Kandelabers am Treppenabsatz nur ein glänzendes Gitter aus horizontalen Messingstangen, sich nach oben hin verjüngend, das den Teppich, eine flache, dunkelrote Landschaft aus Wolle, auf den Stufen hält, er hat Schwierigkeiten, einen Fuß nach dem anderen zu setzen und konzentriert sich darauf, diese Schwierigkeiten dem Konsul, der vielleicht hinter ihm her schaut, nicht sichtbar werden zu lassen (und wenn ihn selbst ein solches Gitter hielte und einsperrte?), ihm wird schwarz vor den Augen, doch er denkt, die Hand ohne Krampf am Geländer ruhend, er findet blind den Weg zu seinem Zimmer, in dem ihn (unhörbar leise zuerst, dann immer lauter) das Meeresrauschen erwartet, es ist die dritte Türe, am Ende des Ganges, hinter einer der Türen auf der anderen Seite, links von der Treppe, er denkt es und glaubt in seinem Dunkel hineinzusehen, ist wahrscheinlich das Zimmer der Mädchen, die in dem verschlossenen Raum Geschichten austauschen, deren Gegenstand nur er sein kann, oder schon in Schlaf versunken sind, ganz in ihr unzugängliches Inneres; er selbst (nie kann er, im ersten Stock angekommen, diese andere Richtung einschlagen) beschwört den tiefen Schlaf, der ihn in der ersten Nacht an einem neuen Ort – da seine ersten Aufgaben erledigt und die Fäden geknüpft sind – erwartet; er versucht, mit dem, was er an Willen in sich hat, dieses Vergessen und diese Vernichtung herbeizurufen und sich nicht an die letzte Nacht zu erinnern, an die erwartungsvolle Aufregung, in der ihm sein plump daliegender Körper, der sich sinnlos an den Laken rieb, immer lästiger wurde, während er wie eine Uhr zu registrieren hatte, wie das Schiff unendlich langsam über die Wellen schaukelte; eine Wüste, in der die Zeit sich mit dem Raum zerdehnte, während er nicht von der Stelle kam. Er verschließt die Türe; er kleidet sich aus und erinnert sich im nächsten Moment nicht, wie er sich ausgekleidet hat; er trinkt mit einer Gier, die ihm fremd ist, in einem Zug ein ganzes Glas Wasser aus der Karaffe, die ihm hier immer bereitgestellt ist, er hofft, das Wasser wird für die Nacht reichen. Im Bett liegend, angeekelt vom Tabakgeschmack in seinem Mund, erkennt er, daß seine Gedanken nicht zu beherrschen sind; das Blut verteilt sie in seinem Körper und löst sie in sinnlose Partikel auf; das Fieber scheint ihn nicht loslassen zu wollen.

Von Süden her, jenem Toten entgegen, den er, nach unseren Maßstäben, knapp verfehlen wird, nähert sich an die zwei Jahre später der Bäckerjunge und Waise aus Frankreich dem Ort, um den die Geschichte kreist, diesem fast zufälligen Zentrum, dem magischen Ort, dem man, aus Angst vor der sicheren Enttäuschung, im Erzählen beinahe ausweichen möchte. Es ist ein Mann, der von niemandem beauftragt und von niemandem unterstützt wird, als Kind hat er eine Manie für Landkarten entwickelt, von der die wenigen Jahre seines Lebens bestimmt sind, die zu erzählen lohnen und in denen er, schnell alternd und sich dem Ehrengrab nähernd, in faden Provinzstädten seiner Heimat gestrandet, später selbst nur für kurze Zeit gelebt zu haben glaubt. Eine seltsame einsame Anstrengung in einem Zeitalter, in dem die europäischen Mächte um die Aufteilung der Erde kämpfen und in Geographischen Gesellschaften, den Reisen, die in ihrem Namen unternommen werden, den Aufträgen, die sie vergeben, den ethnologischen (oder eher in einer wilden Form rassenkundlichen), geologischen und geographischen Studien, die sich in ihren Archiven sammeln, wissenschaftliche, militärische und ökonomische Interessen eng miteinander verflochten sind, einander decken und einander dienen; sodaß keiner der Beteiligten jemals wissen wird, Agent welches Vernichtungswerkes er letztlich ist, wie sehr er (anscheinend tödlich nüchtern und nur von vernünftigen Überlegungen geleitet) aber zugleich Teil an fremden Bildern hat, in denen man ihn (so wie letztlich sich selbst), auf einen winzigen, zufälligen, verwischten Punkt geschrumpft, aufgehen lassen kann.
René Caillié hat sich eine Geschichte zurechtgelegt, die ihn, am Punkt unseres Einstiegs, bisher hat er es mit ein wenig Glück vermocht, sich in ihr zu halten und seine Rolle zu erfüllen, bis nach Cambaya im Fouta Djallon getragen hat. Er hat sich an diesem Tag der Ankunft gegen Sonnenuntergang von Reisegefährten und Gastgebern entfernt und zum ersten Mal alleine, wie ein beliebiger Spaziergänger, die Holzpalisaden durchschritten, die dieses Dorf von einigen hundert runden Hütten umzäunen, die ihm (der Gedanke befremdet ihn, er schreibt ihn niemals auf) sauberer und wohnlicher erschienen als manches Haus, das er unter den Europäern gesehen und bewohnt hat. Wege aus rötlichem festgetretenem Sand haben ihn zum flachen, hinter Bäumen und Sträuchern fast verborgenen Ufer des Flusses Tankisso geführt; er schiebt sich durch

diesen Vorhang und hockt sich nieder, an den Stamm eines höheren Baumes gelehnt, dessen Äste sich über den Flußlauf biegen und ihn umschließen zu wollen scheinen, es ist, als hätte er nun, alleine mit dem Wasser, der Erde und dem Laubwerk, kurze Zeit einen Raum für sich, der Vorhang hat sich hinter ihm wieder geschlossen, die Wölbung des Geästs bildet eine niedere Decke, die langsame Strömung des Flusses könnte ihn fortziehen, ohne daß er diesen Raum zu verlassen hätte. Er zieht unter seinem Burnus den Koran hervor und beginnt mit dem Bleistift eines jener losen Blätter zu bekritzeln, die den Umfang des Heiligen Buches, das er mit sich trägt, im Laufe der Monate verdoppeln werden: eine heimliche, gehetzte Tätigkeit, auf die er an keinem Tag verzichten kann und bei der er näher daran ist, sich zu verraten und in tödlicher Entblößung dazustehen als jemals sonst. In winzigen Buchstaben malt er undeutlich von ihm verstandene, schwer in lateinische Schrift zu transkribierende Ortsnamen und memorierte Entfernungsangaben nieder oder vereinzelte Stichworte, die ihn einmal an markante Orte, Personen oder Ereignisse erinnern sollen (und die ohne jenes dahinterliegende, urwaldartig wuchernde, nicht für das wenige Papier, das ihm zur Verfügung steht, und vielleicht von ihm gar niemals für Papier zu bändigende Gebiet seiner Eindrücke und Erfahrungen nichts bedeuten; die für jeden, der zufällig auf diese Notizen stoßen würde und sie entziffern könnte, nichts bedeuten würden; die ihm selbst, wenn er schneller vergessen sollte, als seinen Weg zurück in zivilisierte Regionen zu finden, unverständlich wären). Zwischen ihm und dem Dorf erstrecken sich seitwärts des Weges, jetzt noch als öde und ausgetrocknete Flächen, die Reisfelder, die sich in den nächsten Wochen, vom Fluß überschwemmt, in weite feuchte Wiesen verwandeln werden, mit, wie ihm sein Führer Ibrahim versichert hat, bis zu vier Fuß hohen Halmen zur Zeit der Ernte; die jungen Männer aus seiner Handelskarawane, Fulahs und Mandingos, die alle aus Cambaya stammen, wollen zur Ernte im Ort bleiben, um mitzuhelfen oder wohl eher um ihre Sklaven zu beaufsichtigen, so auch Ibrahim, den er gerne dazu überreden würde, bei ihm zu bleiben, doch ihm fehlen die Worte und die Argumente. Durchs Laub über ihm dringt für eine Sekunde ein Lichtschwall, die Sonne bricht sein kleines Schattenreich auf, er hört auf zu schreiben, hebt den Kopf, ordnet die Sonne ins Bild ein; er sieht mit zusammengekniffenen Augen den rötlichen Feuerball über dem Fluß stehen, dann langsam dem Lauf des Flusses entlang über den wolkenlosen Himmel nach Westen ziehen, zu dem Meer hin, über das er vor einer unendlich langen Zeit unter einem anderen Namen und als eine andere Person gekommen ist: eine andere Person, ein in seinem Inneren noch verborgenes winziges Ding, in dem seine europäischen Erfah-

rungen, Erwartungen und Überzeugungen aufbewahrt sind, der Keim seines Buches und seines Ruhmes (das ist ihr einziger Wert), der sich entfalten wird, um jenen anderen, den er jetzt darstellt, zu umhüllen, zu überdecken und, so hofft er, vollständig auszulöschen. Seine verdreckte und löchrig gewordene lose Baumwollhose endet auf halber Höhe seiner Knöchel in Fransen, darunter zeigen sich (jetzt von der tiefer stehenden Sonne beschienen und scharf konturiert) seine knochigen nackten Füße, die weiße und rötliche Haut von einer Schmutzschicht bedeckt, Ameisen krabbeln in scheinbar ziellosen Wegen über diese kleinen Landschaften aus Haut und Erde, suchen vielleicht Stellen, wo sie sich in die Haut bohren könnten, er schaut, sein Lederetui und den Stoß von losen Blättern im Schoß, auf die große Zehe, von der ihm am Tag zuvor ein Nagel abgegangen ist, ein ferner Schmerz erreicht ihn, wenn er seine Aufmerksamkeit nicht gerade auf wesentlichere Dinge konzentriert hat, von dieser Wunde aus weichem rötlichem, fast jungfräulichem Fleisch inmitten der ledrig gewordenen Haut seiner Füße, er tupft vorsichtig mit seinem Zeigefinger auf die Stelle, wie um eine engere Verbindung mit dem Schmerz herzustellen.
Unter dem Gestell, das auf dem Platz vor der Moschee errichtet ist (ein paar Stecken und darüber ein Ziegenfell, wie für einen Marktstand), legt er seine Geschenke, bunte Stoffe und eine aufsehenerregende englische Schere, ab. Er verspürt eine merkwürdige Befriedigung, als die Finger des Alten langsam und prüfend über seinen Mund, seine Stirn fahren, die Bögen der Augenbrauen nachziehen, die flache Hand sekundenlang ganz ruhig auf seinem Schädel liegenbleibt (er selbst hat, wie um sich anzupassen, die Augen geschlossen) und dann die leise Stimme, als würde sie sich nicht an ihn und kaum überhaupt an Menschen richten, ihre Beurteilung verkündet, zweisprachig, wie um sicher zu gehen, daß diese weißhäutige Figur etwas versteht, el Arab, el Arab acagnie, a wo´d, Araber, Araber, du bist gut, du bist gut; Caillié weiß selbst nicht, ob er auf seine Verkleidung und seine Verstellungskünste stolz ist oder ob er sich geehrt fühlt, von diesem Greis gewürdigt zu werden. Möchtest du nicht bei uns bleiben, wird er dann gefragt, das Lächeln des Alten geht an ihm vorbei, wir finden schon ein Stück Land und eine Frau für dich, du würdest es schön hier haben, Caillié ist nicht sicher, ob es sich um einen Scherz handelt, eine Höflichkeitsfloskel oder ein ernstgemeintes Angebot, mit der Hilfe von Ibrahim, der seine stockenden, zwischen Pular und Malinke schwankenden Sätze ergänzt, lehnt er dankend ab. Er bekommt den Satz zu hören, den er in jedem Ort von den Honoratioren, denen er vorgestellt wird, zu hören bekommt (er steht noch ganz am Anfang dieser Kette von Wiederholungen, die nur eine der Ketten ist, die ihn weitertragen): sein Entschluß, sagt man, war mutig und

edel, man gibt ihm den Segen und man wünscht ihm von ganzem Herzen Erfolg und ein Wiedersehen mit seiner Familie. Er empfängt (Ibrahim führt dem Alten die Hand) zwei Kolanüsse, dankt noch einmal, diesmal ohne Hilfe, und fügt sich, in gebückter Haltung ein paar Schritte rückwärts gehend, wieder dem Kreis von Männern ein, die um den Chef des Dorfes, Ibrahims Vater, versammelt sind; alle schweigen jetzt, Caillié zählt, während er auf die rissigen und verhornten Füße des Chefs mit ihren gelblichen Sohlen und ihren abgestumpften Zehen wie verwitterte Steinklumpen starrt, gewohnheitsmäßig in seinem Kopf die ablaufenden Sekunden und Minuten mit, er fragt sich, ob dieser erschreckend magere Mann mit grauer Haut, der unter einem Baldachin aus rohen Ästen auf dem Boden sitzt, eingeschlafen ist, sein Kopf ist auf die Schulter gesunken; daß die Augen halboffen sind, besagt nichts, es sind nur graue pupillenlose Bälle, gut, sagt der Chef plötzlich, laßt einen Ochsen schlachten, feiert, meine Kinder, Gott beschütze euch, und erklärt damit das Palaver für beendet. Zwei seiner Söhne helfen ihm beim Aufstehen, der Teppich unter ihm verrutscht dabei leicht, während sein linkes Knie nachzugeben scheint und er einen Moment lang schief und hilflos dasteht, Schritt für Schritt führen ihn die Söhne dann zu seinem Haus zurück, eine äußerst langwierige Angelegenheit, während derer die anderen Männer ohne sich zu rühren am Boden sitzenbleiben. Caillié muß hoffen, daß nicht seinetwegen der Ochse geschlachtet wird, er könnte mit soviel Beachtung nichts anfangen, er ist einfach ein Fremder, der ein paar Tage im Dorf bleiben wird und keine andere Ehre als die eines gewöhnlichen Gastes beansprucht.

Er kann im Haus von einer von Ibrahims Ehefrauen schlafen; sie treffen die Frau, die einiges jünger ist als ihr Mann und wohl auch einiges jünger als er, vielleicht gerade zwanzig (Caillié bleibt unfähig, das Alter afrikanischer Frauen einzuschätzen), vor ihrem Haus sitzend an, sie trägt die weiten blauen Gewänder der islamischen Fulahfrauen und ist unverschleiert, ihre Zähne sind mit Tabak eingeschmiert, eine Kette mit Kaurimuscheln schmückt ihren Hinterkopf. Große goldene Ohrringe geraten in eine sanft schaukelnde Bewegung, als sie den Kopf seitlich legt, man meint das leise Klirren des Metalls zu hören. Ibrahim stellt sie nicht vor, sie lächelt, als Caillié sie fragt, wie sie heißt, sie sagt ihren Namen, Caillié wird ihn nicht aufschreiben, ich bin Abdallah, sagt er, ich weiß, sagt sie. Er erkennt sie unter den Tänzerinnen wieder, denen er am Abend aus einer Art von Halbschlaf heraus zusieht; eckige Bewegungen des Kopfes und des Oberkörpers, Perlenschmuck, der im Schein des Feuers glitzernde Signale aussendet, er fühlt seine bleiernen Glieder vom Boden angezogen werden, er sieht sich in der Masse der Dorfbevölkerung (ein Klatschen und Aufstampfen zu den Klängen von Kora und Balaphon, ein vollkommener und unbezweifelbarer Rhythmus von Rede und Gegenrede, von Sprache, Gesang und schrillen Schreien) verschwinden. Zum ersten Mal seit Wochen ißt er Fleisch; das Kauen bereitet ihm Mühe. Er fragt sich, was mit dem Angebot eines Schlafplatzes verknüpft ist und ob es eine Beleidigung seines Führers darstellt, wenn er seine Zurückhaltung beibehält, er kann es nicht glauben. Ein Tierfell ist für ihn an der Rückwand des großen runden Innenraumes bereitgelegt; Töpfe, Körbe und Kalebassen, die an den Wänden stehen oder von der Decke hängen, beinhalten den Hausrat (einer der Körbe, immerhin schwer genug, daß er Mühe hat, ihn hochzuheben, seine paar eigenen Habseligkeiten; er führt alles mit sich, was er besitzt, kein Mensch und kein Heim und kein Konto warten auf ihn), drei oder vier weitere Matten liegen in der Mitte des Raumes. Alles, was mir gehört, gehört auch dir, ein Beweis des Vertrauens (in ihn selbst oder in die Regeln) oder ein Beweis der Gleichgültigkeit; es ist immer gut, es bei den Worten zu belassen und nicht zu den Tatsachen vordringen zu wollen. Würde er mit der Frau schlafen, wäre es ein Geschäft zwischen ihm und ihrem Mann; schläft er nicht mit der Frau, ist es auch ein Geschäft zwischen ihm und ihrem Mann. Die Geräusche des draußen auf der Straße einsetzenden Dorflebens wecken ihn, als es noch dunkel ist; im Dämmerlicht, das dann durch den Türvorhang dringt, erscheint ein dunkles Schulterblatt, die Konturen zeichnen sich scharf ab, er schaut auf den glänzenden nackten Rücken, der sich im Schlaf hebt und senkt, den schwarzen geflochtenen Haarschopf, die Hand der Frau, deren Arm um den eigenen Brustkorb geschmiegt ist, sehr schlanke Finger, ruhende kleine Tiere. Sie liegt zwei oder drei Meter von ihm entfernt; er riecht von seiner Schlafstelle an der Wand aus diese Gegenwart eines menschlichen Körpers, die Butter, mit der ihre Haut eingeschmiert ist, den Nachtschweiß; er riecht den unbestimmbaren Duft nach Frau, er weiß nicht, warum ihm Céleste einfällt, mit ihren dünnen unbeweglichen Beinen unter der Daunendecke, wenn er sie am Sonntagmorgen in ihrem Zimmer besucht, er erzählt ihr von Robinson Crusoe, dem Mann, der dieselben Initialen hat wie er, und von Afrika und den weißen Flächen auf dessen Landkarten, sie streicht ihm mit einer mütterlichen Geste übers Haar, er hat, noch in Schlafhaltung, mit angezogenen Beinen, eine Hand zwischen die warmen Schenkel gelegt, ihm fällt auf, daß er seit Wochen keine Erektion gehabt hat. Ein kleines Kind krabbelt auf ihn zu, bon jour, möchte er sagen, er sagt, andiarama, das Kind schlägt ihm lachend mit der Hand auf die Brust und sagt, la forto, la forto, er zuckt zusammen. Die Frau dreht sich um und lacht, sie steht auf, holt das Kind zu sich heran, ruhig, ruhig, sagt sie. Er wundert sich, daß die Frau, obwohl sie sich gestern in ihrer Kleidung hingelegt hat, jetzt, nachdem sie die Decke abgeworfen hat, völlig nackt ist, aber es gelingt ihm nicht, dem eine Bedeutung beizumessen. Sie hockt sich hin, bindet sich ihr Tuch um die Hüften und gibt dem Kind, es mag drei oder vier Jahre alt sein, die Brust, ein kleineres Kind, den Daumen im Mund, schläft noch. Er denkt, es ist Zeit aufzustehen und zu beten, er hat den Geschmack von Blut am Gaumen. Er glättet seine staubige Coussabe, wirft sich das Manteltuch um den Kopf und nickt seiner Gastgeberin zu, sie bedeutet ihm, daß er zu essen bekommen wird, er dankt, er wäscht sich vor dem Haus Gesicht, Hände und Füße und macht sich auf den Weg zur Moschee.

Seine Handlungen und Bewegungen, bis hin zur kleinsten Geste, sind notwendigerweise und in Wahrheit ohne sein Zutun immer von ritueller Bedeutung, ein Ritus, der andere Riten beantwortet und zerstört, nichts Zufälliges und Einfaches ist ihm möglich. Wie Spuren der Entweihung liegen (ganz langsam verblassend, bevor seine Sätze sie einmal erneuern werden) hinter ihm die Wege, die ihn einen Monat lang, die Nähe der Hauptstadt wie durch Zufall vermeidend, über die Gebirge und die weiten Weiden des Fouta Djallon geführt haben, in seine Knochen noch eingeschrieben: sein Blick von seinen Schritten gelenkt, jedes Bild durch eine Bewegung seiner Füße, eine kleine Belastung, ein Ziehen in seinen Schenkeln, einen kleinen Schmerz in seinen Fußsohlen vom vorherigen abgesetzt. Er sieht sich als eine von zwölf kleinen Figuren, sich langsam fortbewegenden Punkten in der Landschaft, manchmal in einer dichten Kette, manchmal weiter auseinandergezogen, so daß der Zusammenhang der Karawane nur im Überblick erkennbar ist, er möchte sich in nichts von den anderen Figuren unterscheiden; er schämt sich beinahe, als einziger außer Ibrahim keine Last auf seinem Kopf zu transportieren, auch Ibrahims mitgereiste Ehefrau trägt einen der fünfzig Pfund schweren Körbe, ohne daß das Gehen ihr eine größere Anstrengung bereitet als den anderen und als ihm, der sich vorkommt wie ein müßiger hoher Herr und doch jeden Abend vor Erschöpfung entkräftet hinsinkt. Er sieht den Himmel, der meist noch ohne Wolken ist, klar von der Erde abgegrenzt, eine makellose Fläche, er sieht Hirse- und Reisfelder, schwarze und weiße Ziegen, er sieht in den Tälern große Herden von wohlgenährten Rindern; dies hier ist, sagt man mit Stolz, das Land der Milch; es heißt (der Kamerablick ist nach Belieben zu beschleunigen und zu verlangsamen, reicht ins beliebig Nahe oder Ferne, holt das Zukünftige und das Vergangene heran, schiebt es wieder fort), die Fulahs lieben ihre Rinder wie kein anderes Volk, sie folgen ihnen über die Weiden, statt sie zu treiben, und lassen ihr Leben ganz von ihnen lenken (so sind sie über den Kontinent gezogen und haben ihre großen Reiche gegründet, ohne je an einem

Ort, an dem sie sich festgesetzt haben, ihre Vergangenheit als Hirten und als Nomaden zu vergessen), sie verstehen und reden sogar die Sprache der Rinder, und in ihrer Pular oder Ful genannten, die Linguisten durch ihre Merkwürdigkeit beeindruckenden eigenen Sprache finden sich die Rinder zusammen mit der Sonne in einer durch eine besondere Endung hervorgehobenen Wortklasse; es gibt eigene Wörter wie *Sume* für eine weiße Kuh mit schwarzen Lippen und Ohren, *Njale* für eine weiße Kuh, *Njawe* für eine weißrote Kuh, *Djabaje* für eine rote Kuh, *Fataraje* für eine Kuh mit runden Flecken, *Kurije* für eine Kuh mit langen Hörnern und kleinem Höcker, *Mbutuje* für eine Mastkuh, *Wula'bale* für eine schwarze Kuh mit weißer Stirn. Der Sprung über knapp zwei Jahrhunderte zeigt uns eine Schwarzweißfotografie von freundlich dreinschauenden schlanken Rindern mit langen, gebogenen Hörnern, die sich im Bildraum zusammendrängen, als wüßten sie, daß sie für ein Gruppenfoto posieren; auf *Pulaaku.net, Home of the FulBe and Haal-Pular nation*, nimmt dieses Foto fast die ganze erste Seite ein. Eine Heimat im Unwirklichen, Techniken der Distanz: Caillié, der sich bemüht, unsichtbar zu werden und nicht als einziges außerhalb der Normalität dieses Lebens zu stehen, muß andererseits die Frage immer wieder von sich weg schieben, was denn Besonderes daran ist, über diesen Boden zu gehen, der andauernd von Hirten und Händlern bereit wird, in einer Gegend, die ihn mit ihrer landwirtschaftlichen Prägung und den verstreuten kleinen Dörfern beinahe an seinen westfranzösischen Herkunftsort erinnern könnte. Sein Bewußtsein verschränkt sich auf eigentümliche Weise mit seinem Fortschreiten. Er hat keine Uhr bei sich und kann seinen Kompaß nur benützen, wenn ihm niemand dabei zusieht; auf diese Weise (alle Bewegungen, Wahrnehmungen und selbst Empfindungen aufeinander abgestimmt) muß er sämtliche Richtungsänderungen registieren und in seinem Kopf speichern; *das Land schreiben*, nennen die Afrikaner diese mit Recht von ihnen gefürchtete Angewohnheit der Europäer, die sie normalerweise ohne die Hilfe ihrer Apparate nicht bewältigen können. Caillié selbst ist eine neuartige Maschine von höchster Präzision, er zeichnet in seinem Gedächtnis ein abstraktes Bild der Landschaft; leert sie von allem außer dem wenigen Notwendigen und Verwendbaren, so wie er selbst sich von allem außer dem wenigen Notwendigen und Verwendbaren geleert hat. Er sieht in den Bergen, Tälern, Schluchten und Flüssen, in den Feldern, Wiesen und Dörfern und in der Sonne am Himmel, deren Bewegung der seinen entgegenläuft, nichts als Markierungen seiner Wegstrecke: zerstört seine Erfahrungen, das Wuchernde, hinter seinem Rükken, das doch wiederkehren und, in Ausschnitten, Blitzlichtern, immer wieder sichtbar werden muß. Der Weg soll ihm (könnte er sich doch über die Tage,

Wochen und Monate zu einer solchen Strenge hin formen) kaum weniger monoton erscheinen als auf seinen Übungsmärschen in Freetown, die ihm das Ansehen eines Wahnsinnigen gaben: um seine tägliche Marschration zu bestimmen, ein Gefühl für Entfernungen zu erlernen und seine Geschwindigkeit automatisch feststellen zu können, ist er dort Tag für Tag über Wochen hin stundenlang zwischen den Meilensteinen in der Waterstreet und zwischen dem Paradeplatz und der Mauer des Liberated African´s Yard hin- und hergegangen, ohne auf die entgeisterten oder mitleidigen Blicke der Einwohner (schottische Kolonisten, die sich schnell zu Tode tranken oder an der Malaria zugrundegingen, befreite, schon in neue Abhängigkeit geratene Sklaven aus allen Völkern Westafrikas, Sklavenhändler, die von diesem idealen Ort aus heimlich weiter ihrem Geschäft nachgingen) zu achten. Er bewegt sich in einem mathematischen Modell, ist nichts als ein Vektor, der sich durch ein Raster schiebt. Wenn er längere Zeit an einem Ort ist, sieht er sich abstumpfen, so als wäre er noch falsch getaktet und die Anspannung seiner Nerven wäre nicht mit den Anforderungen des Lebens in einem Dorf oder in einer kleinen Stadt in Übereinstimmung zu bringen. Die Freundlichkeit der Bewohner (er sieht und hört immer zu viel und nicht zu wenig; je mehr er hört, desto mehr fehlt, um sich ein Bild zu machen) scheint ihm nicht weniger beunruhigend, als es eine offene Feindseligkeit wäre. In der Stadt Digui, als es über Nacht zu regnen beginnt, ist der Weg vor seiner Hütte am Morgen mit großen Steinen ausgelegt, damit er nicht durch den Schlamm zu waten hat. Fremde, erklärt ihm Ibrahim, muß man achten, denn man weiß nicht, ob sie nicht in ihrem eigenen Land Könige sind, so wie man Schwangere achten muß, weil man nicht weiß, ob sie nicht einen Prinzen gebären werden. Zugleich aber verbietet man ihm, die Moschee zu betreten, er wehrt sich nicht und besteht nicht auf seinem Recht, sondern zieht sich die Kapuze über den Kopf und schleicht zu seiner Hütte zurück, um seine Matte vor dem Eingang im Schlamm auszubreiten und demonstrativ zu beten (in seinem Kopf trennt er fein säuberlich den eigenen vom fremden Gott und die Worte, die für den einen und für den anderen bestimmt sind). Nachts aber schreckt er aus dem Schlaf, und ihm scheint, er hätte sich auch tagsüber benommen wie ein Schlafender; seine Angst, alle hier würden wissen, daß er in Wahrheit kein Moslem ist, wird für lange Minuten einer tödlichen Klarsicht zur Gewißheit, er kann nicht an die gute Miene und die Nachsicht der Menschen glauben; welches Spiel, mit dem man sein Spiel durchkreuzen will, steht hinter ihrem Betragen; welche Falle wird für ihn aufgebaut, jeder Schlag seines hämmernden Herzens schließt ihn fester in seiner Gewißheit ein, in den schlimmsten Momenten spürt er, daß sein ganzer Plan von Anfang an schwachsinnig war und die Franzosen und die Engländer in Saint Louis und in Freetown recht hatten, wenn sie ihn für einen Irren hielten und sich weigerten, seine Expedition zu finanzieren; nicht nur der Tod, sondern auch die äußerste Demütigung erwarten ihn als einziger Lohn seiner Mühen; das Bild des Stillstands, der Ort, an dem alle Perspektiven zusammenfallen, erscheint vorgezeichnet; sein hilflos daliegender Körper ist sein Sarg.

In Cambaya (immer wird es sein, als gäbe es eine unmittelbare Entsprechung zwischen Cailliés schwankendem Vertrauen in die Menschen im allgemeinen und in seinen Führer im besonderen und den Orten, an denen er sich befindet, dem Boden unter seinen Füßen) gilt Ibrahims besonderer Schutz vielleicht mehr, hier steht ihm der Zugang zur Moschee frei. Er macht von dieser Erlaubnis sogar öfter Gebrauch, als ihm lieb ist; von der zweiten Nacht an, er weiß nicht genau, was zu dieser Entscheidung geführt hat, schläft er im Haus des örtlichen Koranlehrers, eines freundlichen alten Mannes, der ein wenig zum Fanatismus neigt; morgens und abends sieht er ihn im Kreis seiner weißgekleideten Schüler am Feuer sitzen, den Stock in seiner Hand, und auf Lücken und Fehler in der Koranrezitation warten; um drei Uhr früh wird er in jeder Nacht von ihm geweckt und (ein Weg von einigen hundert Schritt durch die Stadtmauern hindurch und an stillen dunklen Häusern vorbei, vor denen Hunde und kleine Ziegen schlafen) in die Moschee mitgenommen, in der sich zu dieser Stunde niemand sonst befindet; sie beten gemeinsam im Dämmerlicht, das die weißen Lehmmauern grau schimmern läßt, und der Lehrer beklagt sich, daß die laxen Dorfbewohner nicht daran denken, seinen Aufrufen zum Morgengebet zu folgen, Caillié nickt und murmelt auf Arabisch zustimmende Worte; die Rufe der vielen Hähne des Dorfes setzen draußen ein und formen ein dichtes Klanggitter. Eines Tages (hinter ihm liegt ein touristisches Programm mit Besichtigungen der Felder Ibrahims, einem Abendessen in einem echten Sklavenhaushalt mit scheußlicher Gombosauce ohne Butter und Salz, er kostet höflich, während Ibrahim sich weigert, Besuchen bei Ibrahims Freunden, den Herren dieser Stadt, und Palavern mit seinem Führer selbst, der wenig redet, so als sollte er alles von selbst verstehen, aber immerhin verspricht, einen Nachfolger für sich zu suchen), als er in der Moschee seine Gebete beendet hat und ins Freie tritt, er hat keine Schuhe, die er sich wieder anziehen könnte, spricht ihn ein Mann, der einen sehr sauberen weißen Burnus trägt, in einer Sprache an, die er nicht versteht. Er hat den Mann (im nachhinein kann er ihn von den anderen unterscheiden) schon öfter gesehen, wenn er auf dem Weg zu seinen Feldern an Cailliés Haus vorbeikam, es muß ein Mandingo sein, seine Haut ist dunkler als die von Cailliés Gastgebern und Caillié glaubt, es aus der

Kleidung und der Haartracht schließen zu können (wie ein Schüler vor dem Abschlußexamen hat er vor seinem Aufbruch wochenlang alle Fakten, die er über die Völker des Westsoudan zusammentragen hatte können, auswendig gelernt und immer wieder in seinem Kopf wiederholt, bis in seine Träume hinein, in denen die Wörter und die Gestalten ineinander übergingen), aber der Mann redet nicht Malinke; Caillié starrt ihn an; der Mann macht lange Pausen, als würde er nach Ausdrücken suchen, und entlockt seinem Kehlkopf seltsame Geräusche, eine Art von kurzem Aufhusten, *Marabut* versteht Caillié (er vermißt Ibrahim, der einen Sprachenmix, das Englisch einschloß, beherrschte und ihm immer gedolmetscht hat, in diesem Moment schmerzlich) dann plötzlich, und er ahnt, daß dieser Mann seine Gelehrsamkeit beweisen und ihm eine Geschichte auf Arabisch erzählen möchte, er bekommt nur mit, daß er in Ägypten gewesen ist oder jemanden kennt, der in Ägypten gewesen ist oder einen Ägypter kennt, der bis hierher gekommen ist; er versucht, diese Geschichte über sich ergehen zu lassen. Der Mann hält plötzlich inne und schaut Caillié (der sich bemüht, den verächtlichen Gesichtsausdruck, auf den er durch den Blick des Mandingos rückschließen kann, unauffällig wieder aus seinen Zügen zu entfernen) mißtrauisch an, eine kleine Gruppe hat sich rund um die beiden gebildet, es wäre nützlich zu wissen, welche Stellung der Mandingo in Cambaya hat, soll er einfach sagen, der Mann kann gar nicht Arabisch, seine Aussprache ist beschissen? Der Himmel, der bei Sonnenaufgang noch klar war und die Gegenstände deutlich voneinander absetzte, zieht sich jetzt wie in diesen Tagen immer gegen Mittag gelblich und trüb mit den Menschen und der Erde zusammen; er sagt, in einem Versuch, diplomatisch und ehrlich zugleich zu sein (so will er diese dichte Umgebung durchdringen), ich hatte am Anfang Schwierigkeiten mit deinem Arabisch, aber ich freue mich, von Ägypten zu hören, das ist kein besonderer Erfolg, zumal er den Fehler begeht, Malinke (oder was er für Malinke hält) statt Arabisch zu sprechen. Ägypten hatte er bisher als eine Art Zauberwort benutzen können: ein großes islamisches Reich, das nur dem Namen nach bekannt ist, wo aber noch niemand je gewesen ist; im Verlauf von Ibrahims Vorstellungen in jedem Dorf war Cailliés Heimat noch dazu immer näher an Mekka gerückt, wodurch sein Ansehen (von rätselhaften Vorfällen wie dem Moscheeverbot von Digui abgesehen) von Dorf zu Dorf stieg; der unüberwindbare Abstand dieses Reisenden vom wirklichen Leben (man sieht ihn als kleines, dünnes, von seltsam heller Haut umhülltes stilles Wesen, ein engelhaftes Tier, vorbeigehen und sich unbemerkbar stellen) gab ihm für manche einen Anschein von Heiligkeit; manchmal schien es ihm, der Eindruck, den seine Geschichte hinterließ, würde jede Vorstellung, die er sich davon gemacht hatte, weit übersteigen; das banale Wort Heimkehr nähme nach und nach eine überschießende, die Dimensionen der Welt verschiebende, jeden Rahmen einer menschlichen Lebensbewegung sprengende und fast schon gespenstische Bedeutung an; was hat er letztlich selbst davon zu halten, daß er in ein Leben zurückkehren will, das es nie gegeben hat, und einem Bild der Kindheit folgt; sagt er nicht, ohne es zu wissen, die Wahrheit, nur ein paar Wörter und Ortsnamen, nur ein paar Namen von Illusionen sind auszutauschen? Nun scheint der rettende Abstand in kürzester Zeit zu schrumpfen; in einem Malinke, das er nur allzu gut versteht, von einer ausladenden höhnischen Geste begleitet, wendet sich der Mandingo an die anwachsende Menge der Umstehenden und gibt ihnen eine ausführliche Beschreibung der Szene, die alle gerade miterlebt haben, er zieht, von hilflosen entschuldigenden Einwürfen Cailliés nur bestärkt, den unwiderlegbaren, in eine Abfolge von üppigen Bildern gekleideten Schluß, daß es sich bei diesem angeblichen Ägypter und frommen Moslem um einen Christen und einen betrügerischen Hund handelt, der sich ins Land eingeschlichen hat, um es von seinen schweinefleischfressenden schnapstrinkenden geldgierigen Landsleuten erobern und zerstören zu lassen; niemand kommt auf die Idee zu widersprechen, niemand scheint überrascht zu sein. Der Affe bebaut sein Land nicht, damit der Gorilla erntet, sagt jemand. Caillié (sein Blick huscht über weiße Zähne und Augäpfel, bunte Turbane) spürt, daß er in diesem Moment, bevor die bloße Lust am Skandal sich zur Wut aufschaukelt, nichts anderes tun kann als sich zurückzuziehen; er ist von der Haut entkleidet, die als die seine angesehen werden soll, es bedarf einiger Zeit und einiger Geschmeidigkeit, sie sich wieder anzupassen. Er bleibt an diesem Nachmittag und Abend im Haus; er spürt durch die Wände hindurch die Blicke der Vorbeigehenden; das Wort, in dem seine ganze Angst enthalten ist, verbreitet sich, er hört das Gemurmel oder glaubt es zu hören, er kann die Gedanken der Menschen lesen, *la forto, la forto*, er wird froh sein können, wenn sie ihm nur aus dem Weg gehen und ihn beschimpfen und nicht beschließen, ihn loszuwerden und nach Timbo zu schicken, er steckt den Kopf in sein Heiliges Buch und murmelt einige Verse, die sich mit dem leisen Gesang einer Frau vermischen, die im Hof gerade dabei ist ein Huhn zu rupfen; der magere kopflose Körper des Tiers mit seiner weißen, obszön nackten Haut, unter der sich Brust und Schenkel abzeichnen, und den wegstehenden gespreizten Krallen zieht seinen Blick an, er hebt den Türvorhang ein Stück hoch, er sieht den Rücken der Frau, die schnellen, geschickten Bewegungen ihrer Hände, er läßt den Vorhang wieder los und wendet sich zurück zu den Worten des Propheten. Er liest, *trag vor im Namen deines Herrn, der erschuf,*

erschuf den Menschen aus geronnenem Blut, er liest, er besteht aus geronnenem Blut, aus Sprache und aus Vertrauen.

Er verbringt eine schlaflose Nacht auf seiner Matte, die er zum Eingang der Hütte verlegt hat; im Innern glaubt er keine Luft zu bekommen; jetzt in der schwülen Jahreszeit vor dem Regen läßt man das Feuer in den Häusern nicht ausgehen, um die Moskitos abzuwehren, und der Rauch legt sich auf seine Augen und seine Atemwege und verschließt sie. Von dem Haus weg, das am Rand des Dorfes gelegen ist, senkt das Gelände sich ab, er liegt mit offenen Augen da, über ihm zieht der Rauch aus dem Haus ab; Erde und Himmel sind bewegte Lichtflächen von gleicher Schwerelosigkeit, die einander aus der Entfernung spiegeln und betrachten. Er sieht sich hinter seinem Blick herfliegen und im Flug wieder das Sehen lernen, die Weite entsteht unter seinem Blick, die Ebenen, die Wälder, die Flüsse und die Gebirge dieses Kontinents, im Südosten, viele Meilen entfernt, spielt ein intensiveres Wetterleuchten als er es je gesehen hat um die Bergspitzen von Kankan-Fodéa jenseits des Niger, dort wird er sich in wenigen Wochen befinden, sein Blick ist ihm vorausgegangen, und der Blick und der Körper umspannen das Land, Sehnsucht und Geduld sind für ihn versöhnt. Ein Dunkel, das für Bruchteile von Sekunden in allen Farben leuchtet, er überläßt seine Gedanken dem Rhythmus von Licht und Dunkel, dem ganz leisen Donnergrollen, das den Blitzen (er zählt die Sekunden) folgt, mit jedem Atemzug lernt er wieder zu atmen, seine Angst ist verschwunden, er glaubt an die äußerste Klarheit und Sicherheit, die in der Gefahr für ihn bereit liegt. Es ist eine Nacht wie die Verdoppelung und Erfüllung einer anderen Nacht ohne Schlaf, sein Herzschlag ist ruhig und regelmäßig, aus der Klarsicht formt sich das Vertrauen, aus der Lüge die Wahrheit, aus der Einsamkeit die Gesellschaft. Die Rauchschwaden werden dünner, der Plan für den nächsten Tag bildet sich wie von selbst in seinem Geist, es bedarf keiner Überlegung, sondern nur des Wartens, die Wirklichkeit wird seine Idee einfach ausfüllen: er braucht die Situation nicht zu beherrschen, das ist der Fehler, zu dem er immer wieder geneigt hat, er muß nur die Situation herrschen lassen, er braucht keine Wörter und keine Gesichtsausdrücke zu suchen, er muß die Wörter und die Gesichtsausdrücke entstehen lassen, so als hätte er alles vergessen, seine europäische Anspannung und sein europäisches Erbe; er könnte bewußtlos in der Landschaft schwimmen, in seinem eigenen Element. So wartet er auch in der Schlaflosigkeit nicht auf den Schlaf, sondern ist glücklich, die Schritte im Haus hinter ihm zu hören (ohne ihn anzureden, geht sein Gastgeber an ihm vorbei zur Moschee) und ein stilleres Leuchten am Horizont wahrzunehmen, das ihm das Ende der Gewitter und der Nacht anzeigt. Für einen Moment wird ihm kalt, und er möchte sich in seine Decke hüllen, um doch noch ein wenig zu schlafen, aber er zwingt sich aufzustehen, die Kälte kriecht unter seiner dünnen weiten Hose die Knie hoch.

Er sitzt vor dem Haus, das Buch, in dem er angestrengt liest, im Schoß, zuweilen schaut er auf, um die Vorübergehenden im Blick zu halten, manchmal murmelt er, halb im Glauben an die Magie dieser Worte, einzelne Suren vor sich hin, er wiederholt sie, wie um sie auswendig zu lernen und zu den geheimen Ebenen von Sinn durchzudringen, sie mit seiner Stimme zu öffnen. Sein Gesicht (es hat bloß einige Stunden gedauert, dann nimmt er die weite weiße Toba schon aus der Ferne, wie eine flackernde, wehende Lichtfläche, wahr, verfolgt ihre Bewegung, ihr Größerwerden) formt sich zu einem ratlosen Ausdruck, als der gelehrte Mann nahekommt; dieser, eine Ziege an einem Strick hinter sich führend, würdigt ihn wie zur äußersten Strafe keines Blickes und will wortlos vorbeigehen, hallo, Freund, ruft Caillié ihn an, kannst du mir helfen, ich verstehe den Beginn dieser Sure nicht; das Gesicht des Mannes, der sich umdreht, nur kurz zögert und sich dann zu ihm hinhockt, nimmt im Augenblick jenen Ausdruck strahlender Freundlichkeit und vollkommener Offenheit an, wie sie Caillié noch nirgendwo sonst als hier in Afrika gesehen hat (und instinktiv möchte er zurückschrecken und gerade darin einen neuen Ansatzpunkt für sein Mißtrauen finden). Er ist trotz aller Zuversicht erstaunt, wie gut sein billiger Trick funktioniert, wenn er jetzt keine Dummheit macht, hat er mehr als nur einen Zeugen gewonnen. Er liest, *Bei den sich in Reihe Reihenden, Und den scheuchend Verscheuchenden, Und den Ermahnung Vorlesenden, Wahrlich euer Gott ist einzig,* und schaut dem anderen in die Augen. Der Mandingo erwidert seinen Blick, nickt, wiegt seinen Kopf, wiederholt träumerisch *wa-l-ssafati-saffan; fa-l-zadjirati zadjran; fa-l-talirati dhikran* und beginnt (zum Glück immerhin auf Malinke, ich verstehe, wird er später zu Caillié sagen, daß du nicht mehr so gut Arabisch kannst, wenn du schon als Kind von den Nazarenern aus dem Land des Propheten entführt worden bist und die Zeichen im heiligen Buch und in deinem Herzen hattest, aber nicht das lebendige gesprochene Wort in deinem Ohr und auf deiner Zunge) eine lange Erklärung, die Caillié, der schon mit französischen Predigten Schwierigkeiten hatte, noch weniger versteht als die Verse, die er sich für diesen Zweck ausgesucht hat. Mit leiser und weicher Stimme erzählt der Mandingo etwas von Wesen, die mit geschlossenen Füßen gehen (und dieses Gehen, man weiß es, ist ein Schweben, eine Fortbewegung als ungebrochenes Ding, ohne auf einen Widerstand zu treffen), den Engeln und den Geistern der Vorwelt, die immer da sind; er malt zugleich, wie um in den Schriftzeichen, in den Reihen der Zeilen, diese Wesen wiederzufinden und um jeder einzelnen Verschlingung der Schriftzeichen jene Festigkeit und eine größtmögliche Deutlichkeit zu geben, die Verse aus dem Gedächtnis auf ein Blatt Papier, das Caillié ihm bereitstellt; von Zeit zu Zeit stupst ihn, während er spricht, die Ziege in den Rücken. Der Mandingo zeigt, was er geschrieben hat; er wird Caillié das Geschenk in noch wertvollerer Form zurückgeben, er hat das Blatt Papier in ein Grisgris verwandelt. Hier ist, sagt er, die Macht der Geister gegenüber den Teufeln festgehalten und nutzbar gemacht, sie haben mit Sternen nach ihnen geworfen, damit sie ihrem Rat fernbleiben, diesen Zauber kann man im Schreiben wiederholen. Caillié denkt, er sollte in den Spuren am Papier diese Beine, diese Flügel und Sterne, diese Zwischenwelt wahrzunehmen vermögen, er nickt nur ernst, er will davon nichts wissen; dieser Mann besitzt etwas, das er selbst niemals besitzen wird, er gibt etwas her, das, so denkt er, nicht bei ihm ankommt (und doch beginnt hier ein Austausch von Amuletten, der immer wieder für ihn von Bedeutung sein und vielleicht sein Überleben sichern wird; er lernt diese Währung kennen, die in unbestimmbaren, weitreichenden Regionen Gültigkeit besitzt). Zum Glück muß er kaum reden, denn der Mann hat auch Verständnis dafür, daß die Malinkekenntnisse des Fremden nur zum Zuhören und Nicken ausreichen; Caillié zeigt jedenfalls seine große Dankbarkeit, und für die letzten Tage in Cambaya ist nicht nur das Gemurmel der Leute verstummt, er hat auch einen engen Freund gewonnen, beim Abschied überreicht ihm der Mandingo (Caillié freut sich mehr als er sich über das Grisgris freuen konnte) ein Paar Sandalen, er umarmt ihn und weint; Caillié selbst merkt, daß ihm die Tränen kommen, aber er ist sich nicht sicher, ob er wirklich weint oder nur Tränen heuchelt; wie sollte er hier im Inneren Afrikas an einem Menschen hängen können; er glaubt, wird er schreiben, nicht, daß ein Weißer mit einem Neger wirklich befreundet sein kann; dann wird er (nach kurzem Zögern, bevor er den Satz in sein Standardrepertoire aufnimmt und, mit Variationen für Bambaras, Mauren und Sourgeons, etwa alle hundert Seiten in seinem ausufernden Manuskript wiederholt) noch hinzusetzen, die Mandingos sind faul, lügnerisch, fanatisch, dumm und gefräßig, schließlich muß er zu einem Urteil kommen, die Leser, mit dem großen Geographen Jomard an ihrer Spitze und ganzen Rudeln von Baronen, Ministern und Generälen hinter ihm (eine atemberaubende Perspektive) erwarten das, früher, als er noch nichts darzustellen schien, hätten solche Leute ihn nicht einmal angespuckt, geschweige denn hätten sie ihm je zugehört, nun sieht er sie vor seiner Geschichte und seinem Werk verstummen. Es macht nichts, daß du nicht aussiehst wie ein Araber, sagt irritierenderweise noch ganz zuletzt, leise, so als dürfte ihnen keiner zuhören und in der Art einer

39

Segnung, der Mandingo, Hauptsache du hast den Glauben an Allah und an den Propheten in dir. Gott ist groß, antwortet Caillié.

Diesem Abschied, Ende Mai, nach fast drei Wochen Aufenthalt in Cambaya, um sechs Uhr morgens unter blaugrauen tiefliegenden Wolkenschwaden, gehen Tage voraus, in denen die Mahlzeiten und die Palaver mit Ibrahim und seinen Cousins, Brüdern und Freunden (deren Frauen tauchen immer nur kurz und stumm auf, um das Essen herbeizuschaffen und das Geschirr wieder wegzuräumen, höflich rührt Ibrahim mit den Fingern den Reis um, bevor er ihn aufteilt) Caillié langsam lästiger werden und das Verhalten seines Führers ihm zuweilen bedrohlich erscheint. Immerhin hat er seinen Nachfolger, einen stillen und etwas düster wirkenden, sehr mageren Menschen namens Lamfia vorgestellt und wärmstens empfohlen; er soll ihn, es ist nicht ganz klar, bis Kankan, seinen Heimatort, oder vielleicht sogar, in einem seltsamen geschwungenen Bogen über den Südosten in den Norden bis nach Djenne bringen; vor allem fällt Caillié das große Interesse auf, das Lamfia an seinem Regenschirm zeigt (er ist der erste einer ganzen Reihe von Afrikareisenden mit dem seltsamen Spleen, einen Regenschirm wie einen Talisman immer mit sich zu schleppen). Ansonsten aber wird er von Ibrahim, der doch früher selber vor den zudringlichen Dorfchefs Ausreden für ihn in dieser Angelegenheit erfunden hat, mit insistentem Gerede über Timbo bedrängt; warum nimmt er nicht den normalen Weg, der eigentlich allen Reisenden vorgeschrieben ist, und präsentiert sich in der Hauptstadt des Fouta Djallon dem Almamy Tierno Yayayé, der bald von seinem Djihad gegen Gott weiß wen (Caillié hat die Männer in den Moscheen oft über diesen unsinnigen Krieg schimpfen gehört) zurück sein wird; er würde dort sicher großzügige Unterstützung erhalten, denn der Almamy liebt Menschen, die aus dem Land des Propheten stammen, sie öffnen ihren Gastgebern, wir dürfen uns darauf freuen (Caillié senkt bescheiden den Kopf), die Pforten des Himmels; er würde ihm ein Pferd, einen Führer, ein Empfehlungsschreiben geben; die Schwester des Almamy übrigens ist gerade in der Stadt, sie wohnt bei meiner Frau, die du ja kennst (es ist wie in einem schlechten Theaterstück), sie hat von einem Forto erzählt, der aus demselben Land kommt wie du, das heißt, wie deine Entführer, du weißt, was ich meine, er hält sich jetzt schon seit zwei Monaten in Timbo auf und gibt sich unglaublich freigiebig, bald wird dieser Hund nichts mehr bei sich haben und man wird ihn zurückschicken, er behauptet, er möchte die Quellen des Djoliba besuchen, aber jeder weiß, daß es den Fortos nur um die Goldminen von Bouré geht, willst du übrigens über Bouré reisen? Wie heißt dieser Mann, fragt Caillié unschuldig, Lesno, antwortet Ibrahim, Caillié hat noch nie von diesem Mann gehört, er bemitleidet ihn und ist froh, daß er ihm ungefährlich ist, armer naiver Tropf. Er hat den Eindruck, es geht Ibrahim, abgesehen von einer Erhöhung des Honorars, vor allem darum, zu erkunden, welche Ausreden Caillié von selbst einfallen; ihm zu zeigen, daß er weiß, was es zu wissen gibt, und herauszufinden, wie lange Caillié imstande ist, im Anschein der Natürlichkeit so zu tun, als wüßte er nicht, was Ibrahim weiß. Allerdings will Caillié selbst seinem Eindruck nicht glauben; er will niemanden unterhalb des Almamy, eines Mannes, der in einem zweistöckigen steinernen Palast wohnen soll, für weltgewandt und intelligent genug halten, um seine Verkleidung zu durchschauen und ihm ernsthaft gefährlich zu werden; so variiert er seine Sorgen über den nahen Beginn der Regenzeit und die hohen Berge, die zwischen Cambaya und Timbo liegen, auch wenn es nur zwei Tagesreisen sein mögen, er hat von Bergen genug; und wer weiß, wann Yayayé von seinem Krieg zurückkommt, er kann sich keine Verzögerung erlauben, seine Sehnsucht ist so groß, die Eltern (ein fernes, blasses Bild einer Gruppe von graugekleideten Männern, die an einem Seil ein Schiff zum Meer ziehen, taucht vom Dunkel angezogen kurz in Cailliés Geist auf) wieder in die Arme zu schließen (eine Hand, die sich um seine Hand krampft, keine Gesichter, niemals ein Gesicht, weder der ferne Mann noch die nahe Frau, weder im Wachen noch im Traum), immer nickt man nachdenklich und scheint ihm rechtzugeben, um einige Zeit später die Frage zu wiederholen; immerhin vergeht währenddessen die Zeit, der Abreisetermin wird festgesetzt; über alle Sätze und alle Stunden hinweg, von einem Couscous und einem Huhn mit Reis bis zum nächsten, von einer Schale Milch und einer Gombosauce bis zur nächsten, rückt dieser Termin näher, dazwischen sitzt er vor dem Haus, betet mit seinem Gastgeber, wandert zum Fluß, um seine Notizen zu machen, immer an dieselbe Stelle, wie in ein zweites Heim, das nur er kennt; er plaudert mit seinem Mandingofreund oder teilt verdächtige europäische Medikamente an immer mehr und immer gesünder wirkende Patienten aus; wenn Ibrahims Frauen ihm auf der Straße begegnen, lachen sie, wie zur Antwort auf seinen höflichen Gruß; er schenkt ihnen (er denkt, das wird erwartet) Bernstein, Stoffe und Korallen; nachmittags spielt er im Hof zwischen Ibrahims Haus und den Häusern seiner Frauen, im Schatten der überhängenden Strohdächer, mit den Kindern. Lamfia (allein daß dieser Mann aus Kankan ausgesucht wurde, scheint doch Cailliés Plan zu bestätigen) ist bei einigen der Gespräche über die Timboangelegenheit dabei, er lauscht zumeist schweigend; einerseits ist Caillié nunmehr froh, Ibrahim bald los zu sein, andererseits beginnt er schon, sich vor Lamfia zu fürchten und seinen alten Führer zu vermissen. Mit einer seltsamen Freude erfährt er am Vorabend der Abreise (ein Rundbrief aus Timbo ist angekommen), daß Yayayé, den er haßt, ohne ihn zu kennen, wegen seines Kriegsabenteuers in seiner Abwesenheit durch den Ältestenrat abgesetzt worden ist, das macht seine Ausreden zwar noch etwas dünner, da ein neuer Almamy schon vorhanden zu sein scheint, aber es ist zu spät, die Pläne zu ändern, die Acht-Mann-Karawane (inklusive Caillié, Lamfia und dessen Ehefrau) steht, am nächsten Morgen sieht er zum letzten Mal den Tankisso, nahe an seinem Plätzchen überqueren sie auf einer neuen Brücke diesen Fluß, aus der Ferne hört er das Rauschen der Wasserfälle, Ibrahim ist bis hierher mitgekommen und hat seinen Regenschirm und den Blechtopf mit den Reiskuchen, die er als Proviant mitnimmt, getragen; auch der Koranlehrer ist dabei und betet während des Gehens leise vor sich hin. Caillié erlernt die Abschiedszeremonie, während er sie ausführt: ein dreimal wiederholtes Salamalékoum, das er zurückgibt; er wiederholt auch das *Allahiselmak*, bevor ihm einfällt, daß das so etwas wie *Gute Reise* heißt, man lacht, er verschenkt Seidentaschentücher und Scheren und empfängt Kolanüsse, er schaut sich nicht mehr um. In knapp zwei Wochen wird er, schon fiebernd, bei der Stadt Kouroussa zum ersten Mal den Fluß erreichen, der als Niger oder Djoliba bekannt ist, Kopfschmerzen quälen ihn, verstärkt durch die Schwälle von Hitze, die durch seinen Körper gehen und ihn niederdrücken, er ist kaum imstande zu gehen. Tausende lärmende Schwalben sammeln sich in den Stadtmauern für die Abreise nach Norden, ihre schrillen Schreie liegen über dem Fluß und der Stadt. Einen ganzen Vormittag lang wartet er am Ufer in der prallen Sonne auf die Fähre, auf der er, zwischen Packeseln und halbnackten heidnischen Djallonke, den Fluß überqueren wird, den er erst nach Monaten, viel später als er je gedacht hätte, an einer anderen Stelle, breiter, mächtiger und langsamer, fast zum Meer geworden, wiedersieht.

Am höchsten Punkt der Erde, so erzählt der Ritter John de Mandeville (alias Jean de Bourgogne, alias Jean de la Barbe), Professor der Medizin in Lüttich, der im Jahr 1322, bevor ihn die Gicht zur Ruhe zwang, die ganze Welt bereist hat (wenn auch die meisten seiner Wege über handgeschriebene Folianten von Pausanias, Philostratos, Ptolemaios, Roger Bacon und vielen unbekannten anderen und durch die entlegenen Inselwelten seiner Einbildungskraft führen), an einem Ort so hoch, daß er beinah die Bahn des Mondes berührt, liegt jenseits des Landes der Finsternis das Paradies. Es ist von einer Mauer umschlossen; man weiß nicht, woraus die Mauer erbaut ist, denn sie ist ganz von Moos bedeckt; sie reicht vom Süden nach Norden und hat nur eine Pforte, die durch ein brennendes Feuer verschlossen ist. Hier ist eine Quelle, aus der (den

Worten der Genesis entsprechend) die vier heiligen Flüsse, der Nil oder Gison (was in der Sprache der Äthiopier und der Ägypter *allzeit bewegt* bedeutet), der Euphrat, der Tigris und der Ganges entspringen; ihre Wasser sind so tosend, daß kein Sterblicher über sie hinaufgelangen kann; so ist das Paradies auf allen Wegen verschlossen. Der Nil fließt zunächst durch die Wüsten Indiens; dann versinkt er in der Erde und läuft (wie jener Fluß Aleph, *through caverns measureless to man*) unter vielen Ländern hindurch; endlich bricht er durch ein Gebirge zwischen Indien und Äthiopien, das Atlantis heißt, und kommt nach Ägypten, wo er bei der Stadt Alexandria ins Meer mündet. Krokodile (eine Art von großen Schlangen) leben am Fluß, nachts auf dem Wasser und während des Tages auf dem Lande in Felsen und Höhlen; im Winter fressen sie nicht, sondern liegen *als in einem Traum*; sie töten und fressen auch Menschen, dabei aber weinen sie. Im Land Äthiopien gibt es auch (phantastisches Echo ferner Geschichten, das die leeren Räume auf den Landkarten besiedeln wird) menschliche Wesen mit nur einem Fuß, die dennoch schneller als alle anderen Menschen laufen; ihr Fuß ist so groß und so breit, daß er ihrem ganzen Leib Schatten gibt, wenn sie sich auf den Rücken legen und den Fuß gegen die Sonne halten. Alle Wasser werden hier trüb und salzig wegen der Hitze; alle Gefühle und alle Antriebe sind gelähmt; Männer und Frauen liegen von morgens bis nach Mittag nackt in den Flüssen, bis zum Gesicht im Wasser, und die Frauen haben keine Scham vor den Männern.

Unter den vielen Ländern, die Mandeville besucht, in seiner seltsam schwerelosen Art des Reisens, bei der er selbst kaum eine Gestalt annimmt und den Bereisten niemals auffällig oder lästig wird, ist auch das Reich des Priesterkönigs Johannes, einer gespenstischen Figur eines christlichen Herrschers, die zur Zeit der Kreuzzüge entsteht und im Lauf der Zeit – bevor sie unnötig wird, weil die christlichen Nationen diesen Stützpunkt in der Fremde nicht mehr brauchen, so sehr ist ihre eigene Macht schon gewachsen und so sehr haben sich ihre Erwartungen an ferne Länder gewandelt – von Asien nach Äthiopien rutscht, hin zur geheimnisvollen alten Stadt Meroë, die, auf einer Insel im Nil gelegen, schon in alten Zeiten als das Ende der bewohnbaren Welt bekannt war. In Mandevilles Bericht ist der Priesterkönig mit den Khans der Tataren verschwägert, und sein Land hat sich auf den t-förmig verdrehten Karten der Europäer zwischen Indien und China geschoben; er steht so wie der Papst in Europa über allen Königen Asiens, die ja in Wahrheit (bis hin zu den menschenfreundlichen communistischen Kannibalen der Andamanen und Nikobaren) alle die Überlegenheit und die Weisheit des Christentums anerkennen; im Land dieses großen Königs breitet sich ein Sandmeer aus, das, den Gesetzen des Mondes

gehorchend, Ebbe und Flut hat wie andere Meere und immer in Bewegung ist; niemand wagt es zu befahren, so ist auch niemandem bekannt, welches Land jenseits des Meeres liegt. Manchmal findet man Sandmeerfische an den Ufern, die an der Luft erstickt sind wie sie im Wasser ersticken würden. Ein Strom von edlen Steinen fließt von den Bergen an drei Tagen in der Woche ins Sandmeer hinab und wird vom Sandmeer verschluckt. Es scheint tröstlich, daß es selbst hier an den äußersten Grenzen der Welt, wo sie als ganzes schon abzurutschen droht und verlorenzugehen in einem schwarzen Loch, das ins Innere anderer Welten führen könnte, das Vertraute gibt, die Herrschaft eines christlichen Königs, das Prinzip aller Herrschaft ist gültig. Auch die Insel Ceylon, mit ihren riesigen Hügeln von Gold, ist dem Priesterkönig untertan, hundegroße Ameisen bewachen diese Hügel; eine Aufgabe, die diesen Tieren offenbar liegt, bei den Troglodyten Äthiopiens tragen sie, wie Heliodor erwähnt, für ihre menschlichen oder halb menschlichen Herren von unbekannten Feldern her Gold zusammen; ihnen scheinen auf finstere Weise die schwarzen Sklaven zu entsprechen, die einer noch vor hundert Jahren geläufigen Legende gemäß den Goldschatz des Sultans von Marokko in der Stadt Meknes hüten, »hinter dreifachen eisernen Thüren«, so der Reisende Oskar Lenz (ein stockdummer Rassist und Antisemit aus Wien, der im Auftrag des Deutschen Kaisers unterwegs ist), »gelange man in einen dunklen Gang, an dessen Ende ein Saal sich befinde, von wo aus man durch eine Fallthür die unterirdische Schatzkammer erreiche. Das Haus selbst wird von drei hundert Negersklaven bewacht, die nie lebend dasselbe verlassen dürfen, ein lebendiges Grab, und nur einmal im Jahr käme der Sultan oder einer seiner Getreuen, um neues Gold zu dem alten Haufen zu werfen.« Diese Sklaven, die in ihrem unterirdischen Gefängnis niemals die Sonne sehen, nähmen im Lauf der Zeit, heißt es in anderen Quellen, eine weiße Hautfarbe an, eine ironische Fügung der Geschichte.
Man könnte, wie das Reich des Priesterkönigs Johannes, ohne an Macht zu verlieren, von einem Kontinent in den anderen wandern, den wirklichen oder phantasierten Flüssen folgen und an jedem Ende der Meere von Sand große Städte finden, niemandem bekannt, Heimstätten für die eigenen Träume vom Gold, von Riten und (entblößten und doch unberührbaren) Menschenkörpern (mit der Geographie aber werden sich die Träume ändern wie mit den Träumen die Geographie). Niemand, schreibt Roger Bacon, fünfzig Jahre vor jener Reise des John Mandeville, kann bezweifeln, daß Wege über den Erdboden auf Reisen des Geistes verweisen, oder daß irdische Städte auf geistigen Straßen zu parallelen geistigen Städten führen. Die Wörter und die Dinge, das Lesen und das Sehen, das Wirkliche und die Symbole und Geschichten sind

noch nahe beieinander; die Zeit scheint den festgestellten Dingen noch nichts anzuhaben. Wie Mandeville im Heiligen Land nach mehr als tausend Jahren frische Spuren der biblischen Ereignisse findet (ein Fußabdruck Christi an der Stelle, wo er sich bei seiner Himmelfahrt abstützte, Milch von der Brust der Jungfrau Maria als weiße Flecken in rotem Marmorstein, ein Abdruck des Körpers Mose im Fels), als wären diese Geschichten in ihrer Unbezweifelbarkeit eins mit dem Raum und ihre Spuren so nah aneinandergerückt, daß der Raum einem Wohnzimmer gliche, so kann auch Bacon (bei dem zugleich aber das forttreibende Denken und der Forschergeist schon daran sind, diese Einheit zu zerbrechen) sich auf alte Bücher berufen, im Vertrauen, die beschriebenen Orte und Völker wiederzufinden, im Vertrauen, alle neue Wissenschaft würde den Sinn der alten Bücher bestätigen und bereichern. Er wiederholt die Berichte von der alten Hauptstadt Meroë und die Geschichten von den Troglodyten und den Garamanten, deren Reich er im Westen bis zum Atlasgebirge, dem Land der Hesperiden, ausgedehnt sieht, und fügt ihnen als kleines Detail hinzu, daß die Garamanten keine Ehe kennen, sondern (nur die Männer bestimmen die Perspektive) mit der Frau leben, die ihnen gerade gefällt. Von anderen Völkern Äthiopiens als Garamanten, Troglodyten und Hesperiden will er nicht sprechen, weil sie degeneriert und keine wirklichen Menschen mehr sind; er sucht, schreibt er, in den Schriften und in der Philosophie nur die bemerkenswerten und gefeierten Orte, wo imperiale Völker in der Zukunft auftauchen werden oder in der Vergangenheit aufgetaucht sind, um die Welt zu verwüsten. Die Geographie ist eine Kriegswissenschaft; nur daß hier, in Erwartung des Antichrists, die Plätze für Täter und Opfer noch anders geordnet zu sein scheinen als in späteren Zeiten, und daß alle Orte noch eingefaßt bleiben von den unerreichbaren Grenzregionen des Paradieses und der Hölle und nah an den Planeten und Sternen liegen, mit ihnen verbunden in einem engen Geflecht von astronomischen und astrologischen, allegorischen und mathematischen, materiellen und religiösen Beziehungen. So unerreichbar die fremden Städte auch erscheinen, da sie fest in einem Sinnzusammenhang verortet sind, der die ganze Welt umschließt, sind sie doch nahe und den Geschichten wie den Wissenschaften und den Glaubenswahrheiten verfügbar; kein Abgrund trennt einen von der Fremde.

In den sich über die Jahrhunderte hinziehenden Diskussionen über den Verlauf und die Quellen des Nil (ein verzweigtes, immer größere Teile der Welt durchdringendes Netz von Vorstellungen, Berechnungen und Berichten) erscheint immer wieder der große, von Osten nach Westen verlaufende afrikanische Strom, an den es die jungen Nasamonier einmal verschlagen hatte. Wo der Nil nach seinem Weg vom Paradiese her durchs Unsichtbare in die bewohnbare Welt hervorbricht, darüber gibt es, so Bacon, die unterschiedlichsten Meinungen; Seneca erzählt von einer Militärexpedition Kaiser Neros, die in ein grasbewachsenes, weder zu Fuß noch mit Booten überwindbares Sumpfgebiet in Äthiopien führte, in dem die Eingeborenen das Quellgebiet des Nil vermuteten; dieselbe Meinung vertritt der Kirchenvater Orosius; dagegen meint Plinius, der Nil hätte seine Quellen nahe dem Atlasgebirge, er würde den Kontinent beinahe zur Gänze quer durchschneiden und wäre also identisch mit dem namenlosen afrikanischen Fluß, es gäbe, argumentiert Plinius, hier wie dort auch Krokodile, die gleichen Arten von Fischen und Monster von derselben Form. Bacon schließt sich den Autoritäten des Kaisers und des Kirchenvaters an; immerhin berichtet aber auch Orosius von der Existenz des zweiten Flusses, der (auf geheimnisvolle Weise vom Paradies im Osten angezogen) in einem riesigen See nahe dem Nil enden würde; es könnte sein, daß dieser See wiederum in den Nil abfließt und so ein großes afrikanisches Flußsystem existiert.

Zwei Jahrhunderte nach Bacons Tod taucht, weit nach Westen gewandert, ein solcher See in den Berichten auf, die in portugiesischen Handelsstationen auf der Insel Arguim an der Küste Mauretaniens erstellt werden. Nach einem »Vertilgungskrieg gegen die unbeträchtliche Bevölkerung des Küstenlands«, so ein deutscher Historiker aus dem 19. Jahrhundert, hatten die europäischen Eindringlinge versucht, Handelsbeziehungen mit dem Landesinneren aufzubauen; neben Geschichten von weißen Raben, schwarzen Papageien und Turteltauben, die den Luftraum über dem Inneren Afrikas beherrschen, und von sieben Goldgruben im Besitz von sieben Königen, die ihre riesigen Lippen immerzu mit Salz bestreuen, aus Angst, sie würden ihnen sonst abfallen, bringen sie durch die Karawanen aus dem Kontinent in Erfahrung, daß die größte und wichtigste Stadt Afrikas Tabucoto oder Tombocuto heißt und am Flusse Enyll liegt; hier stapelt sich das Gold aus den sieben Minen und wird gegen Salz getauscht; in einer seltsamen, scheuen Form von Handel legt eine Art von *deformierten Negern*, die so häßlich sind, daß sie sich niemandem zeigen wollen, Hügel von Salz außerhalb der Stadtmauern nieder; die Käufer aus dem Innern der Stadt wählen aus, so viel sie wollen, und lassen das entsprechende Gewicht an Gold zurück, in der nächsten Nacht holen die Neger sich das Gold ab. Hinter dem Fluß Enyll verbirgt sich, wie unschwer zu erkennen ist, der Nil – ein Wort, das hier allerdings verwirrenderweise Eigenname zugleich ist wie allgemeine Bezeichnung für *großes Wasser* und auf jeden bemerkenswerteren Fluß angewandt wird; für die Portugiesen vermischen sich in diesem Wort zumindest Senegal und Niger miteinander, nach der Niltheorie von einem

Verlauf nach Westen hin, die auch die arabischen Geographen des Mittelalters vertreten, würden Senegal und Niger so zum schwarzafrikanischen Nil. Dieser Fluß mit seinen ausgreifenden Verzweigungen soll einen großen See, fast ein Binnenmeer bilden, und an der Spitze dieses Sees liege das Land Tabucoto, mit seiner gleichnamigen Hauptstadt direkt am Seeufer. König João II. plant, über den Senegal Schiffe dorthin zu schicken, aber ein Felsen namens Felu, dessen Sprengung zu teuer kommt, versperrt schon nach wenigen Meilen den Weg; er unternimmt einen Versuch, auf dem Landweg eine hochrangige Gesandtschaft in dieses Reich, das man nur zwanzig oder dreißig Tagesreisen entfernt glaubt, gelangen zu lassen; sie soll einen Brief an den König von *Tungubutu* überbringen, in dem dieser unbekannte Herrscher mit seiner großen Weisheit als Schiedsrichter für die diversen Konflikte, in die sich die Portugiesen mit ihrer kurzlebigen Kolonie verstrickt hatten, angerufen und seine Fürsprache für die Handelsinteressen der Europäer erbeten wird; immerhin kommen schon seit Jahrhunderten zwei Drittel des in Europa gehandelten Goldes aus Westafrika, und es wäre günstig, die lästigen maurischen Zwischenhändler auszuschalten. Die portugiesische Delegation kommt nie in die Nähe ihres Ziels und hinterläßt weder in der Heimat noch in der Fremde den geringsten Eindruck.

Etwa in derselben Zeit, in der Mandevilles Bericht erscheint, hält sich ein Jurist und Gelehrter aus Tanger namens Abu Abdallah Mohammed ibn Mohammed ibn Abdallah ibn Battuta al-Lawarti al-Tanji, im Inneren Afrikas auf; es ist eine der letzten Stationen einer jahrzehntelangen Reise, auf der er (ohne in die Nähe des Paradieses zu kommen, aber auch ohne für längere Zeit das Gebiet der Rechtgläubigen zu verlassen) weitgehend ungehindert fast genau die Gebiete durchquerte, die Mandeville mit den Gestalten seiner Phantasie bevölkert hat. Als Ibn Battuta am Beginn seiner Reise, ein Jahr nach dem Aufbruch, bei Alexandria auf einer Strohmatratze auf dem Dach einer Mönchsklause schlief, sah er sich im Traum auf einem großen Vogel nach Mekka und weiter ostwärts über die Steppen und Gebirge Asiens, dann nach Süden ins Land der Schwarzen fliegen; diesen Traum übersetzt er in den kommenden Jahren geduldig in sein Leben. Da und dort hat er in Indien oder im Kaukasus flüchtige Ehen geführt oder mit Sklavinnen unterwegs ein paar Kinder gezeugt und zurückgelassen, er hat sich auf den Malediven bemüht, die allzu lockeren Sitten zu verändern, Nachrichten aus dem Land namens Cathay oder China gesammelt (für Mandeville das schönste Land der Erde, wo am Fluß Yangtse weise Pygmäen leben, die allerdings höchstens sieben Jahre alt werden, und wo sogar die *schönen Tiere*, in Klöstern gehalten, gescheiter sind als anderswo), Sardinien, die Krim, das große und wohlhabende Mogadischu sowie Konstantinopel mit seinen dreckstarrenden Kirchen besucht, in Persien oder im Großreich des Mohammed Tughluq, Sultan von Delhi, für ein paar Monate als Richter gearbeitet, ohne daß er eine der Landessprachen beherrscht hätte. Nach einer kurzen Heimkehr (alle, die er gekannt hatte, waren inzwischen tot) und einem Abstecher nach Andalusien macht er sich nach Süden auf, um die letzten ihm noch unbekannten Gegenden des Dar al-Islam aufzusuchen; man weiß von einem moslemischen, von Schwarzen beherrschten Reich namens Melle oder Mali jenseits der Wüste, und seit vor dreißig Jahren der König dieses Reiches Mansa Mussa (was so viel wie König Moses bedeutet) im Zuge seiner Hadj mit seinem Gefolge von sechstausend oder sechzigtausend Mann riesiges Aufsehen erregt und in Ägypten soviel Gold auf den Markt geworfen hatte, daß er eine Wirtschaftskrise auslöste, genoß dieses Reich einen legendären Ruf, die Kunde war im übrigen sogar bis nach Europa vorgedrungen und ließ in einem katalanischen Atlas des vierzehnten Jahrhunderts in der Leere des Kontinents zwischen Zeichnungen von stilisierten Wilden und phantasierten Tieren eine Stadt namens Tenbuch erscheinen.

Ein Anflug von Müdigkeit und Enttäuschung spricht aus den Beschreibungen und Interpretationen des gealterten Reisenden, der nach seiner Heimkehr noch zehn oder zwanzig Jahre leben wird, genug um ein dickes Buch zu veröffentlichen, das nach knapp fünfhundert Jahren auch die Neugier der Europäer erregen wird. Zehn Tage hält sich Ibn Battuta in der Stadt Taghaza auf, in der keine Pflanze wächst und die Häuser aus Salz, mit Dächern aus Kamelhaut, gebaut sind; er verliert kein Wort über die Sklaven, die in Massen in den Salzminen zugrundegehen, aber das Leben hier verdrießt ihn, die Hitze ist drückend, man ist belästigt von zahllosen kleinen Fliegen, die einem in Mund und Augen kriechen, und von Läusen, gegen die man sich mit Quecksilberhalsbändern erwehren muß; die Ernährung beschränkt sich auf brackiges Wasser und alte Datteln. Er schreibt von den Dämonen, die Reisende verrückt machen und sie in der Wüste zugrundegehen lassen, und von den Sanddünen, die jeden Tag ihren Ort wechseln, so daß die Landschaft niemals wiederzuerkennen ist; er wundert sich über einen halbblinden Führer, der die Karawane durch diese eintönige, schwankende Umwelt sicher nach Walata bringt; dort ist es aber auch nicht viel angenehmer zu leben als in Taghaza; außerdem entwickelt Ibn Battuta einen gewissen Zorn auf die Einheimischen, die seltsame Sitten pflegen; die Männer sind nicht eifersüchtig auf ihre berückend schönen Frauen, die einfach mit anderen Männern reden und lachen, Freunde und Gefährten haben und, wie ihm scheint, sogar höher geschätzt werden als die Männer; er ist enttäuscht von dem Brei aus Milch, Hirse und Honig, den ihm seine Gastgeber Tag für Tag vorsetzen, als wäre es das Beste auf der Welt, er fühlt sich als Weißer eher verachtet als hochgeschätzt, fragt sich, was er hier zu suchen hat, und überlegt, ob er nicht umkehren soll. Wenn er schon da ist, will er aber doch wenigstens auch die Hauptstadt von Melle besichtigen, die südlich des großen Flusses liegt, den er für den Nil hält; der Name dieser Stadt und ihr genauer Ort sind bis heute umstritten, manche nennen sie Melli wie das Reich, das von ihr aus regiert wurde, manche nennen sie Niani oder (in einer Emphase, die der Größe verdankt ist, zu der die Stadt seit König Soundjata herangewachsen war) Niani-Niani. Die Reise hierher ist einfach; in diesem Land braucht man keine Räuber und keine betrügerischen Händler und Gastgeber zu fürchten; er glaubt, den Nil nach vielen Jahren wiederzusehen, den Fluß, der (wie er in Ägypten schrieb) in der Süße seines Geschmackes, in seiner Länge und in seiner Nützlichkeit alle anderen Flüsse übertrifft; er betrachtet aus sicherer Entfernung ein Krokodil, das am Ufer schläft, und findet, es sieht aus wie ein kleines Boot; als er scheißen muß, stellt sich ein Einheimischer zwischen ihn und den Fluß, um ihn vor den Krokodilen zu schützen, was ihn zunächst empört und, als er den Grund seines Verhaltens herausfindet, immer noch peinlich berührt. Nach wenigen Wochen der Reise gelangt er in die Hauptstadt und findet im Viertel der Weißen, nahe dem Friedhof, ein Haus vor, das für ihn bereitgestellt ist; er ißt abends unvorsichtigerweise eine von den Einheimischen bevorzugte Speise, einen Brei aus einer ihm unbekannten Wurzel, bricht am nächsten Tag beim Morgengebet zusammen und ist zwei Monate lang krank; zwei Sommermonate des Jahres 753 islamischer Zeitrechnung, ein unsichtbarer Punkt auf der Landkarte: der Körper dieses Reisenden, der uns niemals nahe kommt, eingesperrt in ein gemietetes Haus in der fremden Stadt, von Unbekannten gepflegt, vielleicht bettlägrig, von Hitze, Durchfall und Erbrechen geplagt; erst als er wieder auf den Beinen ist, setzen seine Aufzeichnungen wieder ein.

Die Eindrücke, die er wiedergibt, sind zwiespältig; es scheint ihm, als würde er sich in einem Zwischenreich befinden, einerseits in einem Land der Rechtgläubigen, andererseits doch unter Heiden und Barbaren; in dem König von Melle Mansa Sulayman, dem er bald seine Aufwartung macht, findet er keinen moslemischen Prester John, sondern einen Knauserer, der ihm kaum Gastgeschenke macht und sich (obwohl Ibn Battuta auf seiner Weitgereistheit besteht und droht, dem König eine schlechte Nachrede bei anderen Sultanen zu verschaffen) überhaupt beleidigenderweise kaum für ihn interessiert, und der andererseits ein üppiges und exotisches Hofzeremoniell pflegt, das dem Reisenden vorkommt wie ein uninterpretierbarer, sich zäh hinziehender, widerlich sinnloser Traum. Auch der König selbst bewegt sich in diesem

Zeremoniell ganz langsam und kommt sogar öfters zum Stillstand, während er sich, von Musikern geleitet und von dreihundert Sklaven gefolgt, in eine rote samtene Tunika aus europäischen Stoffen gekleidet und einen goldenen Tarbusch auf dem Kopf, zu seinem Thron unter einem Baldachin im Palasthof begibt, es ist als ob die Zeit für ihn einen eigenen Rhythmus annähme, er hielte sich, einsam und mächtig, in einer ihn fest umschließenden Wabe auf. Der Anblick der Dichter, die die Genealogie der Königsdynastie besingen und die Taten des Königs, die ihn überleben werden, und dabei Federkleider am Körper tragen und eine hölzerne Maske am Kopf, mit einem roten Schnabel wie dem einer Drossel, weist zurück in Zeitalter vor der Verkündigung des wahren Glaubens und vielleicht vor dem Menschen, eine Anziehungskraft, der alles an Ibn Battuta widersteht, er fügt diese Bräuche in seine Liste der *schlechten Dinge, die es bei den Schwarzen gibt,* ein. Besonders befremdlich findet er auch, daß die Menschen sich Staub und Asche über den Kopf streuen, wenn sie mit dem König sprechen (was nur über eine Kette von nah aneinander stehenden, einander die immer gleiche Nachricht zuschreienden Vermittlern möglich ist), daß sie Hunde, Esel und Kadaver essen, und vor allem, daß die Sklavinnen, die Dienerinnen und die jungen Mädchen, selbst die Töchter des Königs, splitternackt herumlaufen, und das auch während des Ramadan, er schreibt über diese Mädchen mit schwellenden Brüsten, die er nachts gemeinsam mit den nackten Sklavinnen, die Speisen servieren, ohne jeden Schleier aus dem Palast kommen sieht. Auf einer parallelen Liste der *guten Dinge, die es bei den Schwarzen gibt,* verzeichnet Ibn Battuta, neben ihrem Sinn für Gerechtigkeit, der großen Sicherheit in ihrem Land und ihrer Ehrlichkeit auch den Weißen gegenüber, die Genauigkeit, mit der sie die Gebetszeiten einhalten, und ihren Eifer im Lehren des Koran, der durch den häufigen Anblick von an Händen und Füßen gefesselten Kindern und jungen Männern erwiesen wird, die im Auswendiglernen ihrer Suren nachlässig sind.
Ein halbes Jahr nach seiner Genesung macht sich Ibn Battuta auf den Heimweg von seiner letzten Reise (falls es nach all den Jahren noch ein Daheim für ihn gibt außer in den Worten, die auf immer für ihn feststehen, Worte seines Gottes, die von allem, was ein Gläubiger von sich geben kann, nur kommentiert und ergänzt werden), auf einem Kamel reitend erreicht er wieder den Fluß, an einer Stelle, wo er zum ersten Mal Nilpferde zu Gesicht bekommt, er beschreibt sie, als wären sie aus ihm bekannten Tieren zusammengesetze Mischwesen. In einer Stadt, die von einem schwarzen Hadji regiert wird, erzählt man ihm Räubersgeschichten von nahen Kannibalenvölkern, die Seidenmäntel und große Ohrgehänge tragen, am liebsten die Brüste und die Hände von jungen Frauen

essen und ihre Körper mit dem Blut ihrer Opfer schmücken; er selbst sei außer Gefahr, weil Weiße nach Ansicht der Kannibalen ungenießbar sind, ein weißer Qadi hat vier Jahre als so etwas wie ein erfolgloser Missionar bei ihnen überlebt; ungerechterweise beherbergen diese Kannibalen ertragreiche Goldminen in ihrem Land. Wenig später erreicht Battuta einen Ort namens Tumbuktu einige Meilen nördlich des großen Flusses; ein Ort, über den es nicht sehr viel zu erwähnen gibt; nur daß seine Bewohner fast alle vom Stamm der Massufa sind (also Tuaregs) und den Gesichtsschleier tragen, und daß das Grab des Dichters Abu Ishaq as-Sahili aus Granada hier liegt, ein Mann, den man dort *at-Tuwayjin* nannte, *kleiner Kochtopf*; man weiß nicht, womit er diese Bezeichnung verdiente, vielleicht hat sie ihn so weit weg von Al-Andaluz und in sein Grab hinein getrieben. Auf einem aus einem einzigen Baumstamm herausgeschnittenen Boot segelt Ibn Battuta vom Hafen Tumbuktus, Kabara, aus weiter nach Osten, zu eindrucksvolleren Städten wie Gawgaw hin, bevor er (anstatt den ganzen Weg zum Paradies oder wenigstens nach Ägypten zu nehmen) erneut und ein letztes Mal die Wüste durchquert. Exemplare seines Buches nehmen in den folgenden Jahrhunderten den gegenläufigen Weg und kehren in die zahlreichen und kostbaren Bibliotheken der Stadt, die er Tumbuktu nannte, zurück; Abderrahman ben Abdallah ben Imran ben Amir es-Sa'di wird in einem klassischen Geschichtswerk aus dem siebzehnten Jahrhundert der christlichen Zeitrechnung, dem *Tarikh es-Soudan* (an dessen Existenz viele Europäer nicht glauben wollten), von Ibn Battuta sprechen und seine Beschreibung der Reise des Mansa Mussa zitieren; im selben Jahrhundert schreiben übrigens ein gewisser Abraham Ortelius und ein gewisser Johannes Vivianus in der gelehrten Stadt Lüttich die Inschrift von einem anderen seither längst dem Erdboden gleich gemachten Grabstein ab und liefern so den einzigen Nachweis, daß es *Johannes de Mandeville, auch de Barbe benannt, Ritter, Herr von Hampdi, geboren in England, Professor der Medizin, ein trefflicher Redner, sehr reich begütert, ein Wohltäter der Armen, der nahezu die ganze Welt bereist hat und in Lüttich sein Leben im Jahre des Herrn 1372 am siebzehnten Tage des Monats November beschloß*, auch als Person gegeben hat, nicht nur als den beliebigen Namen über Geschichten, die einen damals gerade noch bekannten, längst obskur gewordenen Bestseller des Spätmittelalters gebildet haben.

Während seines Aufenthaltes in Tripolis (niemals hatte er in diese Stadt kommen wollen) führt Laing zwei Leben, über deren Beziehung zueinander (wenn es denn eine gibt) er sich nicht sicher sein kann; die dritte Ebene, von der aus er sich vielleicht Klarsicht verschaffen könnte, hält er konsequent von seinem

Bewußtsein und seinem Tagesablauf fern; es ist, als dürfte er auch in sich selbst nie alleine sein; seine Ideen und Gefühle werden geformt von einem Blick, der sich ganz langsam und vorsichtig auch in Wörter zu übersetzen beginnt, und von einer Arbeit, die zuweilen eher als Selbstzweck erscheint, als daß sie ein Ziel verfolgte und einem Sinn gehorchte. Zwei Formen von Alexander Gordon Laing, die wie in einem Automatentheater abwechselnd in den Vordergrund gezogen werden und wieder im Hintergrund verschwinden; ihnen entsprechen zwei Orte: einerseits der Garten, Nachmittage im Schatten der Obstbäume, Tee oder Sherry, eine kühlende Meeresbrise (die man sich zumindest einredet, wenn man sie schon nicht spürt), immer sind zu viele und auf schickliche Weise nicht zu vertreibende Leute anwesend, so daß die ohnehin indirekte Sprechweise noch eine weitere Drehung erhält, nur die Dienerschaft hat immerhin den unschätzbaren Vorteil, daß sie gesichtslos bleibt und nicht ins Gespräch gezogen werden muß; andererseits das Konsulat, wo Listen erstellt, von geduldigen Sekretären kopiert, abgeändert, vernichtet und wieder neu erstellt werden, man fügt sie Briefen und Ansuchen bei, die nach London oder zum Bashaw von Tripolis abgeschickt werden, um ausreichende Finanzierung, freies Geleit und diplomatische Unterstützung zu erlangen; man organisiert und verschiebt Termine, knüpft Kontakte zu Leuten, die man für wichtig hält, die aber immer gerade auf eine unberechenbare Weise im Hinterland unterwegs und gerade im Augenblick nicht greifbar zu sein scheinen; Laing wird in diesen Bemühungen, so scheint ihm, geleitet und zugleich behindert vom Konsul, für jeden Schritt vorwärts macht er zumindest auch einen Schritt zurück; zugleich ist es undenkbar, irgendetwas ohne diesen Repräsentanten der Krone zu unternehmen; Laing muß versuchen, hinreichend diplomatisches Geschick zu entwickeln, um seine eigenen Vorschläge auf eine Weise darzulegen, daß der Konsul den Eindruck gewinnt, sie kämen von ihm selbst, es fällt ihm aber, gerade in den ersten Wochen, ungewohnt schwer, überhaupt Vorschläge zu machen, weil man sich ausschließlich im Gewirr innenpolitischer und konsularischer Beziehungen und Intrigen dieser Stadt Tripolis zu bewegen scheint; noch dazu gefiltert durch die ausgeprägten und nur selten rational erklärbaren Abneigungen und Vorlieben des Konsuls, gegen die unmöglich anzukommen ist. Während er (mit der, wie er erfahren hat, einzigen Droschke der Stadt) zwischen diesen beiden Orten unterwegs ist, in den engen Gassen der Altstadt immer in Gefahr, zwischen den Mauern oder in den Menschenmassen steckenzubleiben, die Stadtmauer durchquerend, die (vom Schiff aus die Erscheinung eines hohen blendend weißen Rings, der die bunten Reliefs der Palmwälder und der Stadt mit den Flaggen auf vielen Häusern und den schlanken Minaretten der

Moscheen voneinander trennt) im Näherkommen immer schäbiger und verfallener wirkt, geht wie über einen flüchtigen Schlaf hinweg, von niemandem wahrgenommen, auch für ihn selbst nur ein gewöhnlicher Stimmungswechsel, die Verwandlung vor sich. Die Müdigkeit, die ihn während seiner eigentlichen Tätigkeit abstumpfen und zum Darsteller seiner selbst (des Soldaten und Forschers) werden läßt, macht einer natürlich wirkenden Gelassenheit Platz, unter der durchscheint, was man für Witz und Feuer halten muß.
Es ist von Beginn an selbstverständlich, daß Emma immer da ist und an den Nachmittagen im Garten oder im Salon in seiner Nähe; die einzige selbstverständliche Gegenwart, der er unangestrengt begegnen kann, in der jenes Bild, von dem er glaubt, es wird von ihm erwartet, wie von selbst entsteht und sich mit Details und Hinweisen füllt. Die Rollen scheinen klar verteilt; der stille Körper mit dem Buch oder der Näharbeit auf den Knien und der weißen Haube im Haar, und der gestikulierende Körper, von dem die Geschichten ausgehen, Schatten des Laubwerks zeichnen ein Muster in Laings Gesicht, Emmas sporadische Fragen und Antworten geben seinem Sprechen den Rhythmus und treiben es weiter, direkt in sie hinein, wo ihnen nichts entgegenstehen kann: doch dieser äußere Anschein, wie er sich in den Augen der Mutter und des Vaters bilden mag, die mit ihren langweiligen Einwürfen das Gespräch auf die Ebene des Geplauders oder des Nützlichen herunterholen möchten, hat nichts mit den wirklichen kleinen Kämpfen und Triumphen, den Verschiebungen, Annäherungen und Entfernungen und den triumphalen Aufgaben und Entblößungen zu tun; nichts mit dem, was Emma und was Laing vom Geschehen wissen, und nichts mit dem, was, keinem von ihnen beiden, vielleicht auch keinem anderen bekannt und vielleicht von keinem gewollt und geplant, wirklich geschieht. Er erzählt ihr Geschichten aus Westafrika und aus Westindien und faltet mit seiner Stimme und seinen Händen die Welt vor ihr auf (hinter ihren geschlossenen Augenlidern tauchen die geträumten und erinnerten Bilder der Schiffsreise in ihrer frühen Kindheit wieder auf, die Stille, die sich vors Rauschen des Meeres und den Lärm der Matrosen schiebt, den Stillstand im Schaukeln der Brigg auf den Wellen, ein Rauschen und eine Stille, die ihr gemeinsam mit diesem Mann vom nahen Strand her wiedergegeben wird, vom Rauschen des Bluts in ihren Adern beantwortet, sie hat Tripolis seither nicht mehr verlassen, sie wartet auf die Wiederholung, das Teilen des Traums, in einem entscheidenden Moment, einem Halbsatz, der keinem auffallen muß); er redet von den Zelten aus Gras der Sootina-Armee, die er (sein Blick, das verschweigt er, geschärft vom Wechselfieber) wie eine fremdartige Vegetation, meilenweit über die Savanne ausgedehnt, von einer Anhöhe her lange betrach-

tete, ein Kriegslager, das (der Konsul ist gerade nicht anwesend) einen majestätischeren Anblick bieten mußte als jedes Heerlager aus den europäischen Kriegen, und von der wilden Musik, die ganz plötzlich diese Landschaft zerriß und das Bild selbst in Bewegung versetzte; er redet von den Flüssen von Timanee und dem blauen Gebirge von Kooronko, das den ganzen Horizont ausfüllt; er erzählt vom neunzigjährigen König von Rokon mit seiner Krokodilshaut, seinem zwei Fuß langen schütteren Kinnbart, seinen vollkommen verdreckten grünlichbraunen Hosen, seinen geschwollenen zehenlosen Füßen, die aus diesen Hosen hervorschauen, von seinem mißtrauischen Blick wie ein komischer Alter in einer italienischen Komödie und von seiner Gier nach Rum; er beschreibt die Griots mit ihren weichen spitzen Hüten, die abends im Auftrag des Königs von Seemera vor seiner Tür standen und ihn mit ihren Fiedeln aus nur einer Saite, die sie wunderbar variantenreich zum Schwingen brachten, in den Schlaf geleiteten, und den Greegree der Stadt Toma, in der vor Laing noch nie ein Europäer war, seine schlangenhaften Tanzbewegungen, seinen Schmuck aus Knochen und Totenköpfen, seinen langen Bart und sein langes Haar, die zu Zöpfen geflochten sind, und seine, Laings, Überraschung, als die Voraussage, um die er diesen Wilden in spielerischer Überlegenheit bat, tatsächlich eintraf; er erzählt von der Geheimgesellschaft der Purrah, deren unentzifferbare Zeichen an den Hausmauern und den Bäumen vieler Orte wahrzunehmen sind, niemand wagt über diese Organisation zu sprechen, die Furcht, die sie auslöst, sagt Laing, mag jener gleichkommen, die die Heilige Inquisition in Spanien verbreitet, sie würde wohl einen guten Stoff für einen afrikanischen Maturin oder Lewis abgeben (haben Sie den *Melmoth* gelesen?, wirft Emma ein, Laing ist überrascht und beinahe erregt über diese Frage); er beschreibt die Palaver, eine Mischung aus Gerichtsverfahren, Parlamentssitzung und Theateraufführungen, die auf einer Art von Forum inmitten der Stadt abgehalten werden, mit langen und wohl strukturierten Reden und Gegenreden, als könnten die Redner vom Blatt ablesen, mit einer Rhetorik, die ihn manchmal sogar an den *Julius Cäsar* erinnerte, er selbst fand sich, auch wenn es um seine eigenen Angelegenheiten ging, in diesen Theaterstücken als Darsteller wieder, es bereitete ihm fast ein größeres Vergnügen, nach den Regeln zu spielen und diese Regeln für sich auszunützen, als einfach sein Ziel zu erreichen; die Fulahs übrigens (der Konsul ist anwesend und schüttelt ungläubig den Kopf) protokollieren diese Palaver sogar sorgfältig für ihre Archive, während anderswo die Gesänge der Griots und der Jelle-Männer diese Archive ersetzen. Vielleicht, sagt Emma mit einem Lächeln, werden Sie ein Held bei den Fulahs sein, wenn dort in Zukunft diese Protokolle wiedergefunden werden; wenn man Ihnen zuhört, sagt sie an einem anderen Tag, ernster, muß man Afrika lieben (sie würde gerne hinzufügen, daß sie Afrika immer gehaßt hat, aber sie bleibt vor dieser Grenze stehen), ich habe England, sagt Laing, keine Sekunde vermißt, während ich in Westafrika war, der Konsul ist abwesend, seine Frau, an einem Jäckchen für einen fernen Winter strickend, schaut ins Leere; Emma schaut dem Mann in die Augen und träumt von der Vernichtung ihrer Welt; sie wird aus dem Nichts neugeboren. Es gibt einen Zeitpunkt, an dem sie zu sprechen und zu erzählen beginnt, kleinräumige, auf kein Außen verweisende, nur für dieses Gespräch bestehende Sätze, funkelnde Ideen (der Zeitpunkt ist der richtige, kein Zweifel, doch für uns sind kaum Spuren hinterlassen, nichts, das noch lesbar wäre), wenn er dann schweigt und nickt, glaubt sie, seine Wärme zu spüren; es ist, als würde er das verstehen, was ungesagt bleiben muß und höchstens zitiert werden kann, aus fremden Wörtern und Sätzen übernommen, während es nagend, von den Wörtern unberührbar im verborgensten Inneren ihres Körpers arbeitet.

Tag für Tag, während er durch das Bab al-Khendy Tor fährt, hat er den Palast direkt über sich, dessen Pforten ihm, ohne daß er den Grund wüßte, verschlossen bleiben; er ist überzeugt, daß der Bashaw und die osmanischen Autoritäten der Stadt größtes Interesse an seinem Unternehmen haben, denn er zweifelt nicht am Gewinn, den ein erweiterter Freihandel allen Beteiligten bringen würde, doch der Bashaw Youssouf Karamanli hat sich damit begnügt, ihm über die Wege des Shawish, einer lästigen wortkargen Person, die ohne klare Beschäftigung immer im Konsulat herumhängt, und des Konsuls selbst, ein knappes Begrüßungsschreiben zu schicken, seither läßt er, trotz all der Gesuche, die im Konsulat in Schönschrift fabriziert und in noch elegantere arabische Zeichen übertragen werden, nichts von sich hören; manche meinen, während des Ramadan würde der Bashaw niemals jemanden empfangen, manche meinen, seine einzige Konzentration gelte einem Aufstand, der im Bergland von Ghari im Gang sein soll; der Konsul wiederum ist überzeugt, daß die Franzosen den Bashaw bestochen haben und es nur darauf ankäme, diese Konkurrenz auszuspielen und die eigenen Bestechungsversuche, sobald man erst zu Seiner Hoheit vorgedrungen ist, dementsprechend geschickt und großzügig zu sein hätten. An manchen Vormittagsstunden flüchtet Laing aus dem Konsulat und läßt sich durch die Stadt treiben; er will nichts denken und (er vergißt, daß er seine Uniform trägt) in der Masse verschwinden, in seinem Kopf schreibt er auf, was er sieht. Das Gewirr von arabischen, maltesischen, italienischen und griechischen Satzfetzen erzeugt eine betäubende Musik, er hat ständig leichte Kopfschmerzen, und die Kleider kratzen an seiner schweißfeuchten Haut, er scheint, noch geschwächt und abgemagert von seiner Krankheit (und vielleicht mehr noch von der Quecksilberkur, mit der man sie zu heilen versuchte), die Hitze stärker zu empfinden als früher, vielleicht wird er auch schon alt, und das wird seine letzte große Unternehmung sein, er hat sein dreißigstes Jahr hinter sich, sein lockiges dunkelblondes Haar, sagen ihm die Spiegel und zeigen ihm, deutlicher noch, die Alpträume, in denen er seine Auflösung empfindet und vorwegnimmt, wird an der Stirn schütter. Er kauft auf den Märkten, ohne zu feilschen, Früchte, die er in seine Tasche steckt und manchmal hier vergißt; er beobachtet die Frauen in bunten Schleiern, mit nackten Gesichtern und großen dunklen Augen, die teetrinkenden weißbärtigen Männer, die vor ihren Läden oder ihren Wohnungen hocken, hinter ihnen ein Vorhang aus flatternden Schnüren; er beobachtet die europäischen Messerstecher und Taschendiebe, die in dieser Stadt außerhalb jedes Gesetzes zu leben scheinen und völlig ungeniert ihrem Geschäft nachgehen, auch er muß zusehen, ohne eingreifen zu können, er wundert sich, daß die Einheimischen ihre Geduld und ihre Freundlichkeit bewahren und sich weder dazu aufraffen, dieses Gesindel hinauszuwerfen, noch nach dem Beispiel, das die zivilisierte Welt ihnen hier bietet, selbst degenerieren; er muß sich eingestehen, daß Landsleute von ihm wie der große Captain Lyon, die vom Fanatismus und der Intoleranz der Bewohner dieser Stadt geschrieben haben, einfach logen, um sich selbst als unerschrockene Reisende in ein besseres Licht zu setzen. Der Palast, den er im Osten sich über der Stadt erheben sieht, wenn das Straßengewirr sich lichtet, oder wenn er (manchmal zu seinem Erstaunen, weil sein Orientierungssinn ihn im Stich gelassen hat), an den Hafen gekommen ist, scheint ihm riesenhaft und unförmig, wild aufeinander gehäufte unbehauene Steine unter einer dünnen Schicht von Mörtel; er stellt sich ein Inneres vor, das aus düsteren labyrinthischen Gängen und kahlen Sälen besteht, er denkt eher an ein Gefängnis als an ein prächtiges Schloß oder eine imposante Wehrburg, mit zwei, drei Kanonensalven, wird er schreiben, könnte man diesen Steinhaufen zum Einsturz bringen, man könnte diese Stadt leichter einnehmen als manche Mandingostadt (er weiß, daß all das geschehen wird, er ist sich sicher, daß der Fortschritt es verlangt).

Das bedrückende Gefühl, den ganzen Tag nichts getan zu haben und eitler Beobachter eines fremden Lebens zu sein (als hätte er sich in den Monaten seiner Krankheit eben darauf vorbereitet, Vorbereitung und Unternehmung werden einander gleich, Spaziergänge mit dünnem Nutzen und diplomatische Bemühungen, in deren Objekt er sich, in die Clubsessel des Konsulats vergraben, kaum noch wiedererkennt), löst sich langsam auf, während er sich dem Garten nähert, getragen vom Rhythmus der Huftritte und den Schlägen und dem

Holpern des Wagens auf den schlechten Straßen, er weiß, daß er erwartet wird, ohne daß er sich fragen würde, warum; er nähert sich Gedanken, die ihm gelten, das allein belebt und kräftigt ihn; in diese sich verschlingende Gedankenwelt eingewoben glaubt er sich unverletzbar. Er selbst braucht währenddessen nicht daran zu denken, wer ihn erwartet; auch die Gesichtszüge (jemand wird sie bald malen, um sie ihm, einmal der Gesellschaft wieder entzogen, bereitzustellen und sozusagen zu sichern) haben sich ihm nicht eingeprägt; vielleicht gelingt es ihm, jeden Tag von neuem überrascht und getroffen zu werden, vielleicht hat auch einzig eine unbestimmte Empfindung in ihm Platz gegriffen, die er niemals analysiert und für die er kein wirkliches Interesse haben muß: der Platz ist dann in seinem Innern und nirgendwo sonst, die Empfindung gehört ihm und niemand anderem; niemand kann Ansprüche an ihn stellen, es ist nur seine eigene Biographie, die sich fortschreibt, das Recht der Auserwähltheit gibt ihm blinde Gewißheit und Gewalt über alles, was ihn betrifft. Für Momente sind diese Unterscheidungen gleichgültig, er weiß, wenn er den Druck der Hand spürt und wenn ihr Blick ihn trifft, wieder, daß die Welt belebt ist, die Leere verschwindet hinter ihm, andere Menschen sind kaum noch wahrnehmbar, es ist die kurze Zeit, in der das beiden genügt. Sie zeichnet (in einem Vertrauen, das er hinnimmt, ohne unter der Oberfläche der Zeichnung weiter zu suchen) kleine Wege, deutet an, wie ihre Tage verlaufen, die eng begrenzten Regionen, in denen sie Herrschaft über die Zeit und die Dinge gewinnt, sie verschwindet in ihrem Zimmer, taucht wieder auf, zeigt ihm (die Gesichter ganz nah aneinander, jeder spürt den Atem des anderen an der Wange, der Geruch des anderen durchsetzt die Atemluft und verwandelt das Atmen in ein gieriges Küssen über die Entfernung hinweg) ihre Gesteinssammlung, aufgeklaubte oder, er weiß nicht, von wem, ihr mitgebrachte, rötlich und silbern schillernde kantige Brocken, deren Namen sie (während im unwahrnehmbaren Hintergrund die Frau des Konsuls lautstark Anweisungen an Bedienstete gibt) einander zuflüstern, als gäbe es ein Geheimnis darin; sie spricht über Chemie, diese Wissenschaft, von der sie sich in ihrer auf ihre zukünftige Rolle abgestimmten Ausbildung nur wenige Grundbegriffe aneignen hat können, die sie aber mehr fasziniert als alle anderen, die Vervielfältigung der Elemente in all den Neuentdeckungen, die (es ist beinahe das gleiche wie er es im Gebiet der Geographie unternimmt) die Welt immer weiter bereichern, das Spiel, in dem sich diese Elemente miteinander verbinden, die Übergänge zwischen dem Flüssigen, dem Festen und dem in der Luft sich wieder zerstreuenden Gasförmigen; sie diskutieren über die Frage, ob es Moleküle gibt, während seines Aufenthalts in Schottland (zu kurz, um gesund zu werden, haben ihm alle gesagt, zu lang, um seine Verwandtschaft auszuhalten, antwortet er) hat er in irgendeiner Zeitschrift über diese Frage gelesen, er improvisiert, was ihm darüber noch einfällt, beginnt Unsinn zu reden, sie fällt ihm ins Wort, er hält inne, für einen Moment mit einem betroffenen, einfältigen Gesichtsausdruck, sie schaut ihn an und lacht, er fällt in ihr Lachen ein, in der Euphorie einer gemeinsamen Auflösung; die Frau des Konsuls schaut zu ihnen hin; für einen Moment kommt es Laing vor, als würde nicht schlecht verhohlene Strenge, sondern eine wirkliche Verzweiflung diesen Blick von gespielter Gleichgültigkeit verzerren. Um sie weder anlächeln noch ins Gespräch ziehen zu müssen, tut er so, als hätte er diesen Blick nicht bemerkt. Ihm fallen Bücher zum Thema ein, die er Emma schenken kann, am nächsten Morgen wird er einen Brief an seinen Freund Bandinel in England schreiben, mit einer etwas gewundenen Erwähnung der *young lady in question*, für die diese Bücher bestimmt sind, das Tischchen mit seinen Papieren steht am Fenster, und sein Blick wandert vom Briefpapier hin zum Meer hinter dem Glas und den Bäumen, hinter einem Fenster wie dem seinen kann aus einem Zimmer wie dem seinen, aus vom Schlaf noch verklebten Augen, ein anderer Blick, in einer Berührung, von der niemand weiß, dem seinen entlanggleiten, sich in ihn verschlingen, in ihn übergehen (Gegenstände aus der Geisterwelt, flüssige Dinge), sich zusammen mit ihm in der Luft über dem Meer verlieren (kleine Kristalle, glitzernder Staub, Lichtatome). Sein Frühstück nimmt er allein mit dem Konsul ein, der mit großen schaufelnden Bewegungen das Essen in sich hineinschlingt und dem Gast Pasteten, Speck, Nierchen, Würste und Portwein zum Tee aufdrängt, damit er (Sie schauen immer noch aus wie ein Beistrich, Major, mit Verlaub) wieder zu Kräften kommt. Laing würgt daran und gibt den Tag schon jetzt für sich verloren; er wird in der Kutsche den Körper des Konsuls nah an dem seinen spüren und den Eindruck haben, daß dieser Körper im Verlauf der Fahrt breiter und breiter wird, was zu seiner Erschöpfung nur beiträgt; er versucht vergeblich, mit seinen Gedanken im Garten zurückzubleiben oder sich selbst vorauszugehen in die Wüste hinter dem Horizont, in die Leere und Einsamkeit, die er sucht, um sie zu zerstören oder zerstört zu werden.

Fast überraschend und auf eine indirekte Weise kommt nach zwei Wochen die Zusage zu einer Audienz beim Bashaw, es bedarf dazu eines Umwegs über den Palast eines gewissen Mohammed D´Ghies, eines einflußreichen Kaufmannes, dessen Söhne und Brüder Ministerämter beim Bashaw einnehmen; der Konsul hat bisher vor D´Ghies gewarnt, weil er ihn für einen Spießgesellen des französischen Konsuls Baron Rousseau hält; der Brief, den man dennoch an ihn gerichtet hat, führt zu einer prompten Einladung in ein fast fensterloses, von außen unscheinbar und abweisend wirkendes großes Haus in der Altstadt. Ein Diener geleitet Laing und den Konsul über eine breite Treppe ins Obergeschoß, in einen großen, abgesehen von einem dreibeinigen Tischchen mit Elfenbeinintarsien in der Mitte des Raums und einer Truhe mit silbernen Beschlägen in einer hinteren Ecke fast unmöblierten, mit fein gemusterten Teppichen ausgelegten, zum Innenhof sich öffnenden Raum, in dem eine seltsame Stille herrscht; sie werden hier von einem ungemein freundlichen alten Mann empfangen, der aufsteht, um ihnen die Hände zu schütteln und ihnen mit einer Handbewegung einen Platz auf den Kissen am Boden anzubieten, sie mit Tee und süßen Plätzchen bewirten läßt, sie sogleich in reinstem Englisch zum Abendessen einlädt und sich im Verlauf einer stundenlangen Unterhaltung, die (in einem freundlichen Umgehen aller möglichen Widersprüche) Themen wie die Verfassung des Vereinigten Königreiches, Lord Byron (dessen Gedichte Herr D´Ghies mehr schätzt als seinen politischen Verstand), den Handel zwischen ihren beiden Ländern, die großen Städte und ihre Verwaltung, den Zustand der Straßen und die Sicherheit auf diesen Straßen, die Architektur europäischer und osmanischer Bauwerke umfaßt, nach allen Einzelheiten von Laings Plänen erkundigt, ihm, wie es scheint von Herzen, alles Glück und Gottes Beistand bei seiner Unternehmung wünscht und (ohne daß er, wie er sagt, so vermessen wäre zu glauben, ein so weitgereister Mann hätte seine Ratschläge nötig) einige Empfehlungen, was die Route (Fezzan oder Ghadames), passende Kleidung und Ausrüstung und den Umgang mit den Angehörigen verschiedener Völker der Sahara betrifft. Laing ist glücklich, daß auch der Konsul, wie von der Akustik des Raums bezwungen, seine Stimme dämpft; das leise Dahingleiten in der Unterhaltung erfrischt ihn; es ist, als würde die Stille nicht nur ein akustisches Phänomen sein, sondern die Atmosphäre dieses Raumes im Ganzen gestalten, als eine Art von Kühle, in der aller Druck von ihm genommen ist; als sie sich nach dem Abendessen (Lammfleisch, Reis, Joghurt, scharfe rötlich und grünlich schillernde Saucen, würziges Weißbrot und Huhn, Laing liebt Hühnerfleisch, all das auf Silber- und Porzellangeschirr, von diskreten Dienern herbeigetragen und entfernt), einer letzten Schale Tee und einem Gläschen Raki, das D´Ghies seinen Gästen servieren läßt, ohne selbst davon zu trinken, erheben wollen, winkt der Gastgeber noch einmal einen Diener herbei und läßt sich ein Blatt Papier geben; darauf, bereits unterschrieben und besiegelt, ist der Wunsch ausgedrückt, dem Träger dieses Briefes möge *von jedem unserer Freunde & Correspondenten während seiner Reise jegliche Summe, welcher Er bedarf, vorgeschossen werden & Seine Rechnung zum Englischen Consul in Tripolis gebracht, wo sie beglichen wird.* Er hat keinen Zweifel, sagt D´Ghies, daß der Bashaw, wenn die beiden Gentlemen Seiner Hoheit am nächsten Tag die Ehre eines Besuches erweisen, einen gleichen Kreditbrief für Laing ausstellen wird, Seine Hoheit ist höchst interessiert an den Unternehmungen des jungen Engländers, von dem er so viel Vorteilhaftes gehört hat, und begierig darauf, seine Bekanntschaft zu machen und von ihm selbst seine mutigen Vorhaben dargelegt zu bekommen, man darf sich trotz allem, sagt der Konsul später im Arbeits- oder auch Raucherzimmer des Gartens bei einem Glas Brandy, das diesen alles in allem höchst erfolgreich verlaufenen Tag beschließen soll, von der Freundlichkeit eines Arabers nicht täuschen lassen, diese Rasse hat die Hinterlist im Blut; auch ein gebildeter Araber ist immer noch ein Araber, und meistens sind die Gebildeten die Schlimmsten, Sie werden das bald gelernt haben, ich merke übrigens, sagt er dann noch (und als wären die beiden Orte für Laing vertauscht, fühlt er die Hitze und die Lähmung hier im Garten, während er sich in der Stadt frei und leicht gefühlt hat), daß Sie sehr oft und sehr gerne mit meiner Tochter Emma zusammen sind, meine Frau berichtet das gleiche, Ihre Tochter, sagt Laing, ist eine bemerkenswerte junge Dame, und ich hoffe, Sie zweifeln nicht daran, daß mein Verhalten ihr gegenüber höchst respektvoll ist, ich zweifle keinen Augenblick daran, sagt der Konsul, daß Ihre Absichten höchst respektvolle sind, er hebt das Glas und zeigt aufs Etikett der Flasche, von diesem spanischen Brandy hier lasse ich mir jedes Jahr ein Kistchen aus Jerez rüberschicken, ich liebe dieses Gesöff.

Nach einer guten Stunde Wartezeit (eine kleine Warteschleife im Innern der größeren, ein Netz von Spiralen bis ins unendlich Kleine hinein, das Laing einschließt; der Konsul kocht vor Wut und ist dann liebenswürdig und fast unterwürfig, wie ihn Laing noch nie gesehen hat) in einem Vorraum, von dem aus man, denkt Laing, genausogut in einen orientalischen Kerker verbracht werden könnte wie in einen Thronsaal, werden sie am nächsten Vormittag wirklich vom Bashaw empfangen, der sich nicht bemüht, seinen äußersten Widerwillen zu verbergen, und es schafft, im Verlauf einer einstündigen Unterredung kein einziges Lächeln zu zeigen; andererseits hat dieses Verhalten nicht den geringsten Einfluß auf den Inhalt der Unterredung. Der Bashaw erkundigt sich nach der Familie des Konsuls und spricht, mit langen, beunruhigenden Pausen zwischen den Sätzen und inmitten seiner Sätze, von der Freundschaft zu England und dem Wohlwollen der Wissenschaft der Geographie gegenüber; alle zehn Minuten faßt der Dolmetscher, der zwischen dem Bashaw und den Engländern steht, pauschal die Aussagen des Bashaw zusammen, die wenigen Einwürfe der Engländer Satz für Satz; als der Konsul sich in einer der Pausen vorbeugt, seine Finger aneinanderreibt und den Mund zu einem Grinsen verzieht, glaubt

Laing nach dem Gesichtsausdruck des Bashaw für einen Moment, sie würden sofort von den im Hintergrund mit der steifen Haltung und dem strengen und zugleich neutralen Blick aller Leibwächter dieser Welt dastehenden schwer bewaffneten Männern in Ketten gelegt, aber der Bashaw setzt nur zu einer neuen langsamen Rede an, der der Konsul mit periodischem Kopfnicken folgt, es ist, sagt er, wie Ihnen sicherlich klar ist, mit meiner Würde und mit der Würde meines Amtes in keiner Weise vereinbar, von irgendjemandem Geld anzunehmen, geschweige denn, von einer fremden Macht (eine lange Pause preßt die Gäste, die so weit Arabisch verstehen, daß sie bei der Sprechweise des Bashaw kaum auf eine Übersetzung angewiesen sind, in die Samtpolster ihrer Stühle), es besteht aber auch kein Zweifel, daß ein ausgeglichenes Budget für ein wohlgeordnetes Staatsganzes von höchster Wichtigkeit ist, es ist geradezu ein Zeichen der Staatskunst (der Konsul nickt und hält den Kopf schräg), das Budget ausgeglichen zu halten, und doch hat Gott gewollt (sehr, sehr lange Pause), daß derzeit Mangel herrscht, was es der Verwaltung und dem von Gott und dem Sultan eingesetzten Haupt dieser Verwaltung erschwert, ihre Aufgaben auszufüllen und (noch längere Pause) was zweifellos zum höchsten Bedauern Seiner Hoheit auch die Abreise des jungen Freundes verzögern würde, zumal von anderer Seite (Laing schaut den Konsul an, der ins Nichts starrt) Interesse besteht, diese Abreise zu verhindern und auch auf verschiedene Art, Sie verstehen, in diese Richtung zu wirken, wie ein gemeinsamer Freund des Konsuls und Seiner Hoheit verschiedentlich angedeutet hat; man einigt sich schnell auf einen Betrag von zweitausend Talern. Ein Papier, wie angekündigt fast gleich lautend wie das Papier, das ihnen D´Ghies überreichte, wird herbeigeholt; jemand drückt dem abwesend dreinschauenden Bashaw eine Feder in die Hand, und er bringt eine Unterschrift hervor, in der er als Der Sklave Gottes, Joussef Bashaw Caramanli (offenbar gibt es mehrere Übersetzer) firmiert; Verbeugungen der Gäste, Anrufungen Gottes und ein erschöpftes Kopfnicken des Bashaw sowie die Überreichung von zwei kleinen silbernen Pistolen als Gastgeschenke (jeder Fürst, denkt Laing, muß Riesenhaufen von diesem Zeug in seinen Abstellkammern aufbewahren) beenden die Audienz; sie werden durch lange, winkelige (aber hell ausgeleuchtete und mit Stuckornamenten an den Wänden versehene) Gänge und über mehrere quadratische Höfe mit schönen Torbögen und seichten Wasserbecken aus dem Palast geführt. Wir müssen uns darauf gefaßt machen, daß der Betrag noch weiter steigen wird, sagt der Konsul, aber das wird wohl auch schon die schwierigste Klippe der Expedition sein, als nächstes werden wir die beiden Scheichs anschleppen lassen, die wir für Sie ausgesucht haben, Herr Babani ist bereits in der Stadt; wichtiger, sagt Laing, dürfte fürs erste wohl aber der Tuarick-Chef sein; das ist, sagt der Konsul, aber auch der schwierigere Fall, vorgestern ist ein Brief im Konsulat eingelangt, wonach Hatita sich ungemein darauf freut, den Engländer durch sein Land zu führen und so weiter, Sie kennen diesen Schmus, er will Sie jedenfalls sicher ans Ziel bringen und auf Sie aufpassen wie auf seinen eigenen Sohn, aber er kommt derzeit nicht aus Ghadames weg, weil er dort irgendwelche Dinge mit seiner Familie zu regeln hat. Warum erfährt Laing das erst jetzt, es ist die Antwort auf einen Brief, den er selbst geschrieben hat, warum hat man sie ihm nicht gegeben, er stellt sich vor, daß er, bei all den Diskrepanzen zwischen Anschein und Substanz, den äußeren Formen und den wirklichen Intentionen, die hier größer und unverständlicher zu sein scheinen als anderswo, aus diesem Brief und seiner Wortwahl immerhin etwas über den Charakter und die Intelligenz Hatitas herauslesen könnte. Kann ich diesen Brief bekommen, fragt er wie nebenbei, kein Wunder, daß unser Scheich Probleme in der Familie hat, sagt der Konsul anstatt zu antworten, bei den vielen Frauen dieser Leute, aber bei ihm werden zweitausend Taler immerhin sicher reichen, damit er seine Familie vergißt und, wenn er schon nicht hierherkommt, wenigstens in Ghadames wartet, bis Sie dort sind; zu diesem Zeitpunkt steht, nach den Auskünften von D'Ghies, die Route fest, der Weg über Ghadames und Tuat ist die Standardhandelsverbindung, der Konsul sagt, es gibt keinen Unterschied zu einer Kutschenfahrt zwischen London und Edinburgh, außer daß die Gegend langweiliger und die Post ein wenig unzuverlässiger ist, aber das erstere ist nur unangenehm und nicht schädlich, das letztere läßt sich mit Geld einfach regeln; er setzt hinzu, Sie werden, wenn Sie einmal so alt sind wie ich, Laing, erfahren haben, daß jeder bestechlich ist; nur ist es nicht immer so offensichtlich wie bei den Arabern und bei Ihren Wilden. Im Konsulat (in das sie dieser kleine Spaziergang quer durch die Altstadt zurückführt, in zwei Schritt Abstand gefolgt vom Shawish, der seit der Begrüßung am Morgen noch kein Wort gesprochen hat) wird ein neuer Kostenvoranschlag, der wievielte ist es, aufgestellt, die alten Phantasiezahlen werden durch neue ersetzt, die Bestechungsgelder über den Daumen gepeilt hinzugerechnet, vom Endbetrag ein Stückchen wieder abgezogen, damit er weniger unverschämt erscheint: schließlich, sagt der Konsul, sind Sie nicht der einzige, der eine Reise im Auftrag des Ministeriums und der Geographischen Gesellschaft unternimmt, wahrscheinlich werden Sie in Tombuctoo schon mit einem Landsmann zusammentreffen. Laing weiß nur zu genau, welcher Landsmann hier gemeint ist, er bemüht sich, dem Konsul nicht mehr zuzuhören, sobald er, was er andauernd und anscheinend absichtslos zu tun pflegt, Clapperton erwähnt, diesen arroganten Saufkopf, der in Benin sitzt, den besseren (oder auch, Laing ist mit sich nicht einig, einen absolut unsinnigen) Weg vor sich hat und sich das Geld aus London nachschmeißen läßt, Laing beschließt, seine Angelegenheit so weit es geht von den Machenschaften des Konsulats zu lösen und selbst in die Hand zu nehmen (ohne aber dem Konsul dabei in die Quere zu kommen, was aus immer mehr Gründen fatal für ihn wäre); er schickt seinen eigenen Kostenvoranschlag ans Ministerium und lobt im selben Brief den Konsul (diesen exzellenten Mann, dem so viele Reisende alles verdanken) in den höchsten Tönen, es gibt keine Diplomatie ohne Lügen, keinen Erfolg und keine Erfüllung ohne kleine Betrügereien und eine fast automatisch gelingende, fast zur Natur gewordene Verstellung.

Er ist sich, ungewohnt für ihn, bis fast zum Ende nicht sicher, ob er überhaupt Absichten hat, aber vielleicht liegt es daran, daß er bisher immer nur ein einziges Ziel verfolgt hat; einmal spürt er an der Stirn die Finger Emmas, die (sie streicht sanft seine Haare zur Seite, er schließt die Augen), beinahe ohne seine Haut zu berühren, kleine Kreise um seine Narben an beiden Schläfen ziehen, er erzählt ihr die andere Geschichte aus Falaba (und alles, was er nun zu Emma über diesen Ort sagt, verändert und verstärkt die Bedeutung dieses Namens für ihn; als wäre die erste zarte Verbindung, die dieser Name vor Wochen bei einem Abendessen im Garten, war es wirklich schon am ersten Abend oder täuscht er sich darüber, geknüpft hat, zugleich die Chiffre für das Geheimnis, das sie gemeinsam hüten, einen Schatz, der ihnen gehört, ohne daß sie wagen könnten, ihn zu benutzen oder auch nur zu benennen, sonst bräche die Magie, aber mit jedem scheinbar bedeutungslosen Satz über Falaba kann er sich tiefer ins Innere des magischen Kreises bewegen und die Gefährtin mit sich ziehen; eine Welt aus runden Häusern unter einem afrikanischen Himmel, eine Welt aus roten und schwarzen Steinen wie Meteoriten von fremden Sternen, eine Welt, die sich durch neuartige chemische Verbindungen verwandelt und veredelt; bis es, denkt sie, kein Außerhalb mehr gibt, alle Wörter gehören nur noch ihnen beiden und können nur noch von ihnen verstanden werden, sie würden an einem Ort leben, der allen anderen unzugänglich ist, er weiß nicht, daß sie schon weiter gegangen ist als er, weiter als er jemals gehen wird); er erzählt, wie an dem Abend der Ankunft vor seiner Hütte zu seiner Ehre Sängerinnen und Ballaphonspieler eine scheinbar unendlich lange monotone und zugleich wilde Musikdarbietung gaben, die in seinem Kopf merkwürdige Veränderungen durchlief; bis er merkte, daß er es war, der sich veränderte, er schien sich in einzelne Empfindungen, einzelne Körperteile aufzulösen und zu verlieren, und plötzlich war an seiner Stelle nur noch die Musik da, ein fortlaufender Rhythmus, ein Gesang, dessen Worte ohne Bedeutung waren, er sah nichts, dachte nichts, konnte sich nicht bewegen (er hatte keine Angst, sagt er, um Emma keine Angst zu machen; ich sollte Ihnen gar nicht so schreckliche und unerfreuliche Dinge erzählen; aber ja, erzählen Sie, ich wünschte, ich wäre an diesem Tag bei Ihnen gewesen, ich wünschte, ich wäre an diesem Tag in ihrem Kopf gewesen, verzeihen Sie, wenn ich Unsinn rede), er merkte irgendwann, daß die Musik aufhörte, und doch schien sie in seinem Kopf weiterzugehen, jemand sprach ihn aus der Ferne an und er antwortete nicht, er geriet in einen Zustand zwischen Schlaf und Wachen, in dem er, wie er später erfuhr, drei Tage zubrachte. Wenn Sie bei meinem Aufwachen dabei gewesen wären, er weiß nicht, ob er scherzt oder im Ernst redet, hätte ich geglaubt im Paradies zu sein und meinen Engel bei mir zu haben (ihre Hand krampft sich um die seine, diese Berührung ist erlaubt, eine sehr kleine, kühle, dennoch etwas feuchte Hand, er könnte sie mit dem Fingernagel ritzen, um das Blut zu kosten, das ihr Herz durch ihren Körper pumpt), ich wußte nicht, wo ich war, in der Mitte des Raums verglühte die Asche des Feuers, das man hier entzündet hatte, eine Kerze stand neben meinem Lager, in diesem Dämmerlicht sah ich die Gesichter meines Burschen und einiger Bewohnerinnen und Bewohner der Stadt; dann spürte ich das Pochen an meinen Schläfen, bewegen konnte ich mich immer noch nicht, meine Beine und mein Rücken schmerzten (er fragt sich, warum er ihr das erzählen muß und warum sie ihm zuhören will); man sagte mir, daß ein Arzt aus Falaba mich zur Ader gelassen hatte (er erwähnt nicht den möglichen, den fast sicheren Tod, sondern nur das Überleben, und doch weiß er, was sie mithört), sie haben dort eine interessante Methode, ein Schnitt mit dem Rasiermesser an jeder Schläfe, dann wird über die Wunden ein kleines Gefäß gestülpt, dem man mit einer Kerze den Sauerstoff entzogen hat, das Blut, das man mir abnahm, war dickflüssig und fast vollständig verklumpt; als würde man fremdartige Gegenstände aus mir herausziehen müssen, eine schwierige und langwierige Operation, erzählte man, langwieriger als üblich, so langsam und leblos war mein Blut geworden, so hartnäckig hielten sich die schlechten Säfte in meinem Innern. Noch am selben Tag kam mich der König persönlich besuchen, allein und zu Fuß, er hatte mich während meiner Bewußtlosigkeit täglich besucht, sagten mir meine Leute, er legte mir die Hand auf die Stirn und schwieg eine Zeit lang, er hat mich in seine Gebete eingeschlossen, sagte er dann, und Gott in seiner Güte und Weisheit hat es gut mit Ihnen und mit unserer Stadt gemeint. Erst später versteht Laing die Doppelbedeutung und den Eigennutz dieses Gebets, er kann es dem König, ehrlich gesagt, nicht übel nehmen, er spricht nie davon; lieber sieht er zu, wie der Ort entrückt und sein Bild sich verwandelt (der König ist Teil des Inventars): ein Ort der Rekonvaleszenz, mit einer Verlangsamung der Welt und einer Zärtlichkeit aller Beziehungen; der Aufhebung und Umformung der Schmerzen, eines milden Lichtes, das allem einen neuen Glanz gibt; kaum noch die Stadt nahe des Flusses Niger, an die er sich erinnert, sondern ein imaginärer Ort, der erst zwischen ihnen entsteht, hier im Innern des kleinen Kosmos des Konsuls, in dem sie für kürzere oder für längere Zeit eingeschlossen sind; in einem flüchtigen Bild (eine weite lichtdurchflutete Landschaft, ein Meer aus Gras, aus dem sich leichtgebaute Häuser heben) fügt eine Art Feenkönig mit weißem Bart und weitem schwarzem Mantel die Hände eines Paars ineinander, welche Augen nehmen dieses Bild wahr; sie sitzen dem Eingang der Kapelle gegenüber, um diese Stunde ist hier der meiste Schatten, Emmas kleine Schwester Jane, ein paar Schritte entfernt, hält ihrer strickenden Mutter die Wolle und schaut mit verschmitztem, listigem Blick immer wieder zu ihnen herüber, ihre Hände gefangen in einem Oval aus loser, gespannter Wolle. Seit damals, sagt Laing im Scherz, bin ich dabei zu genesen, er ist geschützt genug, um sich nicht vor Emma zu schämen, und er kennt die Wirkung seiner Sätze, allerdings ist es eigentlich die Wahrheit, und er weiß nicht, daß der Höhepunkt dieser Arbeit ihm noch bevorsteht, weniges wird er dann bewahrt haben, kaum seine Gestalt, kaum sein Gesicht, und doch wird er weitermachen, die letzten Schritte zu seinem Ziel, fast schon ein Gespenst.

Nur flüsternd und nur wenn der Konsul (die Mutter ist weniger gefährlich) nicht in der Nähe ist, redet Emma von ihrem Bruder Frederic; seit zwei Jahren (sie erinnert sich an das Geschrei des letzten Streits, die stummen Diener im Hintergrund, die nun auch taub schienen) hat sie ihn nicht gesehen, obwohl er, zum Unterschied von ihren verheirateten älteren Schwestern und Brüdern, in Tripolis lebt; und seit er fortgegangen ist, sagt sie, hat sie mit niemandem sprechen können, seitdem (aber vielleicht spricht sie diese Dinge gar nicht mehr aus; vielleicht flüstert sie so leise, daß auch Laing sie nicht mehr hören kann; vielleicht stellt sie sich, nachts vor dem Einschlafen, zukünftige, immer aufgeschobene Gespräche mit Laing vor, in denen sie alles sagen wird können, was sie sagen möchte, und ihre ganze Person aus der Verborgenheit heraustreten lassen) hat sie sich allein gefühlt, nur mit ihrer kleinen Schwester als Gesellschaft, mit ihren Büchern und ihren Steinen als armseligem Spielzeug; sie hat gewartet und nicht gewußt worauf; wenn man sie entführt hätte und am Ende getötet, wer auch immer, Eingeborene oder Feinde Englands, das heißt, des Konsuls, es wäre ihr (das verschweigt sie) recht gewesen; bis vor wenigen Wochen, bis er gekommen ist; fast als wäre Frederic zurückgekommen, obwohl es natürlich nicht zu vergleichen ist, aber sie spricht mit ihm so frei wie mit keinem außer Frederic, sie fühlt sich mit ihm frei und nicht mehr wie sonst eingeschlossen in diesem Haus und in diesem Land; Frederic hat ihr von den Arabern erzählt, fast so wie Laing ihr von den Afrikanern erzählt (allerdings war er über den Basar von Tripolis und die unterirdischen Absteigen, in denen man süßen, berauschenden marokkanischen Tabak rauchte, nicht hinausgekommen), und nur sie hat von seiner Absicht gewußt, den Namen und die Identität zu wechseln, seine Kleidung und seinen Glauben; sie träumt von diesem Anblick: ein arabischer Mann mit verhülltem Gesicht und dunkler Haut, der zugleich ihr Bruder ist, an der Pforte des Gartens; für mich, sagte der Konsul, ist er gestorben, jeden Bettler würde ich eher ins Haus lassen als diesen Verräter (in vier Jahren, bei einem Begräbnis, folgt die Umarmung und Versöhnung); aus der Fremdheit dieses Anblicks (lange weiße Gewänder wie die eines Gespenstes) würde sie jemand in ihrer eigenen Sprache anreden, den sie wiedererkennen und umarmen könnte. Sie fragt Laing, ob er nicht als Araber gekleidet leichter vorankommen würde; Laing schweigt eine Zeit lang, er weiß, daß die Frage (sie entspricht den Anregungen, die er von D´Ghies und einigen anderen bekommen hat), obwohl sie ihm etwas deplaziert scheint, nicht dumm ist; aber er kann sein Bild nicht mit dem Bild eines gewöhnlichen herumvagabundierenden maghrebinischen Kaufmanns vereinbaren, schon gar nicht mit einer heuchlerischen Vorspiegelung eines solchen Maghrebinerdaseins und womöglich des Verleugnens der Religion; es widerspricht seinem Ehrgeiz und seiner Eitelkeit. Er sagt, das wäre eine sehr geschickte Methode, Miss Emma, aber Sie wissen, daß ich im Auftrag des Königs unterwegs bin, es wäre, fürchte ich, nicht angemessen, die Uniform Seiner Majestät zu verstecken, ich hoffe, Sie sind überzeugt, mich auch so bald gesund wiedersehen zu können, natürlich ist sie das, in wenigen Monaten wird er an der Pforte des Gartens stehen, in seinen Stiefeln, seinen weißen Kniehosen und Handschuhen, seinem roten Rock, mit seinen dunkelblonden Haarlocken und den schütteren Stellen an der Stirn, über die sie gerne, an den Narben ansetzend, streichen würde, dann ihre Finger durch seinen Haarschopf bis in den Nacken ziehend; sie sagt, wenn Sie wieder zurückgekommen sind, werden Sie dann in Tripolis bleiben; sie weiß, sie hofft auch, daß es nicht so sein kann; würden Sie gerne anderswo leben, sagt Laing, es ist, als würde er die Antwort bereits kennen, sie im voraus in Emmas Gesicht gelesen haben, dieses Fragen und Antworten wäre nicht etwas, das sich zwischen zwei verschiedenen Menschen abspielte, sondern ein freies Gleiten durchs selbe Sprachgebiet; hinein ins Unwahrscheinliche und Unmögliche: ein kleines Häuschen im Innern des Kontinents, in jenem Falaba, wohin sie mit Laing (sie glaubt, diesen Ort selbst schon geträumt und vergessen zu haben, die

Meere aus Gras, ihre Hände am kühlen Lehm der Hausmauern) zurückkehren könnte, oder in der großen Hauptstadt, die er entdecken wird, Bewohner, die Christen geworden sind durch ihr Beispiel und das Beispiel ihres Königs, ein Fliegen Seite an Seite über die Wüste und die Savanne, einförmige, in der Sonne glitzernde Landschaften, eine spielerisch ausgesponnene Idee, an deren Verwirklichung sie nicht zu glauben brauchen, und doch erscheint sie ihnen wahr. Ich werde mich, sagt Emma (Glitzern im Weiß ihrer Augen), kleiden wie die Frauen dort; aber wissen Sie denn, wie die Frauen dort gekleidet sind (Lächeln, das ein Lächeln widerspiegelt); sagen Sie es mir, Major; Himmel, nein, das kann ich nicht, näher als in diesen Sätzen wird Laing ihrem nackten Körper niemals kommen. Auf ihren Schenkeln (Kleid und Unterkleid spannen über dem Fleisch, wenn sie tiefer in ihren Sessel rutscht und die Knie etwas anzieht) hat Emma den *Melmoth* liegen, der sie (vielleicht nur einer zufälligen Erwähnung wegen, die wie jeder Zufall dieser Wochen Bedeutung gewinnen und sich ins Unendliche fortschreiben soll) in diesen Tagen wieder begleitet; lesen Sie mir etwas vor, sagt Laing, sie blättert ein wenig und findet eine Ansprache des Wanderers Melmoth an sein Opfer Immalee, das unschuldige Naturgeschöpf, das er auf einer Insel im indischen Ozean vorgefunden hat; nach Sekunden des Schweigens setzt sie an, *zu lieben bedeutet ja* (und Laing findet es seltsam, in Emmas heller ruhiger Stimme, die sich immer am Rande eines Lachens zu bewegen scheint, diese wilden Sätze einer teuflischen Figur wiederzuhören) *in einer Welt zu leben, die das Herz sich selbst erschaffen hat, in einer Welt, deren Formen und Farben so leuchtend wie trügerisch und unwirklich sind; für jene, die da lieben, gibt es weder Tag noch Nacht, nicht Sommer noch Winter, nicht Gesellschaft noch Verlassenheit, in ihrer Welt der Liebe gibt es nur ein einziges Wesen, und dieses Wesen ist ihnen ihre Welt und zugleich ihr einziger Bewohner.* Sie liest ganz leise, fast ist nur der Hauch ihrer Stimme da, und der Sinn der Sätze geht in diesem bloßen Rauschen unter, sie spricht fremde Sätze unterhalb ihres Denkens: *Erst wenn du nicht mehr du selbst bist und jedes Opfer gering achtest, es wäre denn das Opfer deiner selbst, empfindest du, was Liebe ist; zu lieben, es bedeutet ja, das eigne, armselige Leben nicht mehr zu beachten, wär's im Geiste, wär's im Fleisch, und Eltern, Vaterland, Natur, Gesellschaft, selbst die Heilige Religion (du zitterst, Immalee) für nichts zu achten denn für Weihrauchkörner, die vom Altar des Herzens wir verbrennen als Duftgewölke und als Opferrauch.*
Als sie aufhört, ist ganz klar, daß keiner von ihnen diese Sätze kommentieren wird; weder dürfte sie einer von ihnen bestätigen und sich zu eigen machen, noch könnten sie sie abschwächen und beginnen, wieder vernünftig zu reden, verständlich etwa auch für die Konsulsfrau, die nun (denn diese Tage sind

entscheidend) etwas größere Distanz zu ihnen wahrt, ohne sie doch je ganz alleine zu lassen. Eine seltsame Scheu und eine Art von Erschrecken mischen sich in Laings Verwunderung und Begeisterung darüber, daß er sich mit diesem jungen Mädchen zusammen in einem so wilden Buch bewegen kann, daß sie ihre Eltern überlisten können und so etwas zu lesen bekommen hat (wohl von ihrem Bruder, denkt er, und er ist sich nicht sicher, ob er Emmas Liebe zu diesem Frederic teilen will); sie sagt (vielleicht das Deutlichste, was sie zu ihm gesagt hat und je zu ihm sagen wird), es ist mein Glück, daß Gott mir einen Wanderer aus Fleisch und Blut auf meine Insel geschickt hat; als wäre ihre heimatliche Insel nicht die Naturidylle, sondern ein Kerker der Inquisition, und er sollte sie in ein Paradies zurückführen, wo sie niemals als im Traum gewesen ist, in die Einsamkeit und Vollkommenheit, die sie teilen würden; eine Umkehrung, halb aber noch in der Schwebe gehalten, von der seine Angst ausgeht: als wären diese Gegensätze von Gott und Teufel, von Fleisch und Blut und der Substanz der Gespenster, von Menschen, Engeln und Dämonen unsicher geworden, einfach durch die Erwähnung einer Möglichkeit, kurz kann ihm auch Emma unheimlich werden. Er sagt fast versehentlich, in einer Eile, die ihn plötzlich erfaßt, daß er wohl schon am Ziel wäre, wenn er von Südwesten aus gestartet wäre und durchs Mandingoland, wo er sich auskennt, gezogen; umso schneller wäre ich wieder zurück, setzt er unsinnigerweise hinzu, für einen Moment entsteht ein tiefes Loch; dann fragt er, ob denn der Konsul nichts dagegen hat, daß sie solche Bücher wie den *Melmoth* liest, sie sagt, Vater kennt keine Romane, das interessiert ihn nicht und ist alles gleich für ihn, eine Sache für Frauen und Nichtstuer, allerdings hat er Gedichtbände von Byron und von Lamartine weggeworfen, die sie lange in ihrem Nachtkästchen versteckt hatte und zum Teil auswendig gelernt, das hängt aber wohl eher mit der Person zusammen, von der sie sie geschenkt erhalten hat, Laing nickt wissend, und sie gibt ihm keine Erklärung, es wäre nicht mehr sinnvoll, hier eine Erklärung hinzuzufügen, weil all das, die Verzweiflung vergangener Monate, keine Rolle mehr für sie spielt, keine Rolle mehr für sie spielen darf: sie hatte eine einzige Chance zu erwarten, jetzt weiß sie, daß die Erwartung nicht vergeblich war; es ist nur auf ihre Bereitschaft angekommen, die kleinen Wunden schmerzen nicht, neue Wunden werden sie nicht schmerzen; sie mußte bereit sein, sich wegschwemmen zu lassen, vom ersten Moment an, jeder seiner Geschichten anzugehören, bereit verbrannt zu werden, Duftwolken in der Atemluft, Rauch, kleine Kristalle, glitzernder Staub, sie wird die Signale auf ihre Art lesen und alles überhören, was nicht der Notwendigkeit entspricht.
Manchmal schaut Laing, in dieser Zeit, in der die wichtigen Dinge sich zu

klären beginnen, während er durch die Altstadt streift, den jungen Arabern ins Gesicht, ob nicht Züge Emmas (oder gar des Konsuls) in den ihren zu erkennen sind, aus Interesse oder aus Eifersucht, er wüßte es nicht zu sagen, vielleicht ist es nur die Art von Geistesabwesenheit, in der er, abseits seiner großen Aufgabe, auch noch als private Person weiterexistiert. Nach und nach sammeln sich seine Reisegefährten, er trifft sie zumeist im Konsulat an und wird sie, für die letzten paar Wochen seines Aufenthalts, in eine Art Trainingslager nahe des Gartens stecken. Ein scheuer und trauriger Mann, dessen Vornamen er immer verwechseln wird, soll als Übersetzer Verwendung finden (Laing fragt sich, wie jemand, der kaum spricht, übersetzen soll, aber der Mann ist ihm sympathisch, und er will dem Konsul keinen Anlaß zu einer Tirade über die mosaische Rasse geben; außerdem scheint niemand sonst verfügbar, der die arabische und die englische Sprache beherrscht und bereit ist, an der Expedition teilzunehmen), sein Freund und Diener Jack Le Bore trifft aus Malta ein, wo er ihn zuletzt während seiner Krankheit und seines unfreiwillig verlängerten Aufenthalts betreut hat (er blieb zurück, um das Nachsenden von zwischen England und Malta irregeleitetem Gepäck zu überwachen, und zwang Laing so, für einige Wochen ohne eigenen Diener auszukommen); Le Bores Ankunft hat auch die Erinnerung an seine Krankheit in Falaba wieder in ihm wachgerufen, denn damals lernten sie einander kennen; bei der neuen Begegnung (Laing wartet am Hafen; er erkennt schon von weitem unter den Gestalten am Anlegeboot die mächtige Figur in der Uniform eines Unteroffiziers und das kluge dunkle Gesicht, er zwingt sich dazu, nicht zu winken) wiederholt Le Bore breit lachend die Worte, mit denen er, ihm aus Sierra Leone nachgereist, nach langem Zweifel den Kranken ansprach, der mit seinem Bart, der Eingeborenenkleidung, die er damals trug, und seinem sonnenverbrannten, gelblichen, ausgezehrten Gesicht unerkennbar geworden war: *Mon Dieu, je pensois que vous etiez Arabe*, Laing stimmt in das Lachen ein, sie umarmen sich; allein durch die Gegenwart von Le Bore fühlt sich Laing sicherer, er erzählt ihm über den Konsul und über Emma und über alle Schwierigkeiten, die sich ergeben haben, besonders über jene Lösungen, die sich als neue Schwierigkeiten entpuppen, irgendwann bekommt er, während er Le Bore zum Konsulat begleitet, den Eindruck, er wird beobachtet, aber er sieht unter den Passanten außer dem Shawish, der sich zeitweilig vom Konsul loslöst und ihm zuwendet, niemanden, der ihm bekannt wäre, er findet es schön, mit welcher Selbstverständlichkeit der Shawish gemeinsam mit ihnen das von einem geflügelten Löwen bewachte Konsulatsgebäude betritt. Die Präsentation des Scheichs Babani beginnt vielversprechend, Laing faßt sofort Vertrauen zu dem großen dünnen

Mann mit dem schütteren weißen Bart und dem unverstellten Blick, immer geht er in ersten Begegnungen nach dem Blick, dem einzigen Zugang, so meint er, zu einem inneren Kern der Person, der durch den Einfluß von Erziehung, Regierung und Religion nicht getroffen und zerstört wird; der Scheich begrüßt ihn warmherzig wie einen alten Freund, allerdings, für Laings Geschmack, auch etwas wortreich, und dieses Übermaß an nicht immer miteinander in begreifbarem Zusammenhang stehenden Worten bestimmt auch das weitere Gespräch, das eher eigenartig und nicht ganz Laings Vorstellungen gemäß verläuft. Babani zeigt sich zunächst von größter Sicherheit und besonderem Optimismus, es ist nur allzu deutlich, warum der Konsul diesem Mann so sehr vertraut; mit zufriedenem Lächeln sitzt Hanmer Warrington hinter dem Schreibtisch, das Bild des Königs und sein eigenes Bild (beide, wie Laing aus einer scheinbar beiläufigen Bemerkung des Konsuls erfahren hat, von Thomas Lawrence gemalt) über sich, und hört Überlegungen und Berechnungen zu, die so vage und leichtfertig sind, daß sie von ihm selbst stammen könnten, alle seine Voraussagen werden bestätigt, vielleicht ist dieser Scheich auch die einzige Quelle aller Voraussagen. Herr Babani ist oft nach Tombuctoo gereist, und er kennt die Wegstrecke wie seine Westentasche, er hat, wie es zunächst heißt, sogar dreißig Jahre in dieser Stadt gelebt, und noch heute leben (wenn auch seine eigentliche Familie in Ghadames daheim ist) seine Söhne und Enkel dort; die Reise kann nicht mehr als dreiunddreißig Tage dauern; auch wenn vielleicht der Sommer nicht die beste Jahreszeit für eine solche Unternehmung ist, aber der Major ist ja abgehärtet, er kennt ja Afrika, nicht wahr, und mit einer hinreichend großen Karawane sollte auch das kein Problem werden, Laing nickt nur, er sitzt dem Araber schräg gegenüber; in ihre Clubsessel eingesunken scheinen sie einen Kopf kleiner als der jenseits des Schreibtisches wie ein Richter über ihre Verhandlung thronende Konsul. Laing verfolgt die Taktik, die unvermeidlichen maghrebinischen Höflichkeitsfloskeln (am Beginn des Gesprächs konzentriert, im weiteren fein verteilt wie Übergänge in einem Musikstück oder wie im Hintergrund laufende orchestrierende Nebenstimmen) auf ein Mindestmaß zu beschränken und sich dem Ziel des Gesprächs mit einer gewissen Konsequenz anzunähern; während Babani in einer verschlungenen, aber letztlich doch gegenläufigen Bewegung, diesem Ziel auszuweichen und den Hintergrund und den Vordergrund des Gesprächsstückes durch eine unendliche Variation von Schmeicheleien auszutauschen trachtet; alles, was er irgendwann festzustellen schien, löst er später spielerisch wieder auf, der Konsul, mit seinen andauernden bestätigenden Einwürfen (richtig, genau wie ich sage, ganz meine Meinung, klare Sache, wunderbar, darauf stoßen wir an) scheint die Widersprüchlichkeiten nicht zur Kenntnis zu nehmen und macht keinerlei Anstalten, Laing zu Hilfe zu kommen. Die Worte vermischen sich mit dem Rauch, der aus den Pfeifen der Männer aufsteigt, blaue, durchsichtige, sanft giftige, sich schnell auflösende Kreise, Spiralen, Wirbel und Wolken, aus denen sich Erinnerungen und Bilder formen können, ihn aus dem Gespräch lösen, die Orte verschieben und austauschen. Mitten im Gespräch läßt der Konsul Tee servieren, er läßt es sich nicht nehmen, aus einer zum Vorschein gebrachten Karaffe selbst einen großen Schuß Rum in die eigene Tasse zu gießen (fünfzig-fünfzig ist ein gutes Maß, sagt er, so als würde er noch etwas anderes damit meinen, Laing akzeptiert eine kleinere Alkoholzugabe, Babani wehrt mit einer höflichen Geste ab, ach ja, ich weiß schon, ihr seid da kapriziös, sagt der Konsul, Laing fragt sich, ob der Dolmetscher (ein konsulatseigener Mann, nicht Nahum) das korrekt übersetzen wird und was der Mahometaner in diesem Fall von Warringtons Höflichkeit sowie im allgemeinen von der englischen Kunst der Teezubereitung halten mag; und vor allem welche Rückschlüsse auf seine Handelspartner und sein eigenes Verhalten ihnen gegenüber er daraus zieht. Jedenfalls verändern sich die Dinge im Lauf des Gesprächs so weit, daß die wahrscheinlichste Version aus Laings Sicht darauf hinausläuft, daß Babani vor zweiundzwanzig Jahren zumindest neun Tage in Tombuctoo verbracht hat und offenbar wirklich Verwandte und Bekannte von ihm, mit denen er auch in Korrespondenz steht, jetzt noch dort leben, das ist immerhin mehr als nichts, auch die Reise nach Tombuctoo dauert mit größter Wahrscheinlichkeit nicht kürzer und nicht länger als drei mal dreiunddreißig Tage, mit den Zwischenstops in Ghadames und im Tuat. Da es mit der Position Babanis nicht vereinbar wäre, ihn in das Camp beim Garten einzuladen (beziehungsweise einzusperren) wird ihn Laing wohl erst im Lauf der Reise besser kennenlernen können; gegen den Termin der Abreise hat Babani (soweit es jedenfalls die Organisation seiner Waren erlaubt und soferne unter seinen Geschäftspartnern da und dort nicht noch unerwartete Schwierigkeiten entstehen) nichts einzuwenden; man verabschiedet sich so herzlich, wie man einander begrüßt hat.

Laing hat zugleich eine sehr gute und eine sehr schlechte Meinung von seinem zukünftigen Führer und Begleiter gewonnen; eine beunruhigende Gleichzeitigkeit, auch wenn er einräumt, daß die Tyrannei der Osmanenherrschaft die Menschen hier verbiegt und (er selbst, von seinen Wahrheiten und seiner Aufrichtigkeit überzeugt, steht wieder darüber) ihnen die Verstellung zur zweiten Natur macht; im Verlauf der Wochen und Monate wird sich diese Gleichzeitigkeit in eine nicht weniger beunruhigende Abfolge auffalten, doch dann wird Laing lernen, darauf nicht mehr zu achten, sondern ganz und gar an seiner jeweiligen Meinung festzuhalten und Freundschaft und bedingungsloses Vertrauen, nach kurzen, allerdings schmerzhaften Übergängen, mit Angst, Haß und Verachtung zu vertauschen (bevor er am Ende, wie immer rekonvaleszent, aber mit vom Fieber noch weichen Knien und dröhnendem Schädel an Babanis Grab stehend, zum Frieden und zur Überzeugung kommen mag, sich eigentlich immer getäuscht zu haben). Die letzte Etappe der Reise, der zweite der rasch aufeinanderfolgenden Höhepunkte, nachdem er, vielleicht nach den neunundneunzig Tagen, den Zwischenraum der Wüste (die ihn in seinem neu erwachten Tatendrang eigentlich kaum noch interessiert) überwunden haben wird, soll über den Fluß Niger bestritten werden und wo auch immer (er tippt auf den Golf von Benin) zurück ans Meer führen, im Vorausblick darauf organisiert Laing im Hafenviertel eine bescheidene Schiffsausrüstung (zerlegte Boote mitsamt Takelage, Segeln, Steuerrudern und Bleiloten), für eine Mannschaft von einem knappen Dutzend Personen, die, denkt er, ausreichen wird; zwei Bootsleute (in Sierra Leone aufgegriffene, mit den Namen Rogers und Harris versehene befreite Sklaven, von ihm selbst im voraus ausgesucht, allein ihre Herkunft flößt ihm Vertrauen und heimatliche Gefühle ein) läßt er sich von der Armee schicken; er erzählt ihnen, daß sie bald wieder nahe ihrer Heimat sein werden, und sie schenken ihm ein trauriges und verwirrtes Lächeln. Außerdem erwirbt er elf Kamele, zwei Maultiere, sieben Wasserschläuche, sechs Pistolen, zwei davon mit Silbergriffen, ein krummes Schwert, zehn vergoldete Stilette und diverse andere Waffen sowie Glaswaren und Stoffe (darunter ein schönes Kleid für die Königin von Tombuctoo), und läßt das ganze Zeug ins Camp schicken, die Rechnung geht ans Ministerium in London. Er zieht selbst ins Camp um, wo er Le Bore bei sich hat und nicht auf das Personal der Konsulsfamilie angewiesen ist, der Konsul (Sie wissen, wie gern wir Sie bei uns zu Gast hatten, aber die Aufgabe geht vor; wenn die Pflicht ruft usw.) hält ihn kaum zurück; schön langsam bevölkert sich das Grundstück, die Ladung wird abgelagert und in handliche Ballen verpackt, seine Tiere und die Tiere Babanis, die, von einigen seiner Leute begleitet, eintreffen, stehen in kleinen Gruppen herum, freuen sich, daß sie nichts zu tun haben, und fressen das Gras ab; er plaudert mit Le Bore und den Bootsleuten über Afrika, er läßt sich von den Kameltreibern zeigen, wie man Essen für unterwegs vorbereitet, und kostet etwas widerwillig von dem Zeug, und er gewöhnt sich wieder daran, im Zelt zu wohnen; da sich die Abreise nun aus verschiedensten Gründen erneut verzögert und nicht wirklich etwas zu trainieren ist, kommt er sich mit der Zeit allerdings ein wenig wie ein Kind vor, das im Garten des Elternhauses den Abenteurer spielt, bevor es von der Mutter zum Essen gerufen wird; er könnte zwar versuchen, den Tagesablauf der Wüstenreise zu simulieren, aber gerade jetzt, da er seine Quecksilberträume voller langwieriger, ganz und gar unverständlicher Geschichten wieder loswird und tief wie ein Säugling schläft, scheint ihm das wenig sinnvoll; immer noch und lieber als je zuvor verbringt er seine Nachmittage und Abende in zivilisierter Gesellschaft, später beobachtet er, im Freien sitzend, an seiner Pfeife saugend, die nach und nach verlöschenden Lichter des Hauses unter dem weiten schwarzen Nachthimmel, flackernde gelbe Signale der Bewohntheit und Heimeligkeit, schwach sichtbar zwischen den Schatten der Obstbäume, durch Mauern und Glasscheiben von der Außenwelt und von seinen Blicken getrennt, eine andere Welt; er weiß, hinter welchem Fenster sich Emma aufs Schlafengehen vorbereitet; aus seiner Entfernung kann er nichts im Innern des Hauses erkennen, nur ihre Blicke, noch nah genug, könnten sich, wenn sie zufällig aus dem Fenster sieht, im Schwarz der nächtlichen Atmosphäre treffen, jetzt aus entgegengesetzten Richtungen aufeinander zu treibend; neben ihm sitzt Jack Le Bore, und sie schweigen gemeinsam; alle Ungeduld fällt von ihm ab, er verliert das Gefühl für die Zeit. Einmal besichtigt der Konsul das Camp und zeigt sich hochzufrieden, alles scheint ihm wohlorganisiert; Laing erfährt, daß er zweitausend Taler an Hatita geschickt hat, damit der auch wirklich in Ghadames wartet; nach London (das erfährt Laing nicht) hat er zugleich einen Brief mit der Bitte um Rat in einer delikateren Angelegenheit abgesendet, obwohl er für sich längst (wir wissen nicht wann) die Lösung in dieser Angelegenheit gefunden hat; was Laing, durch eine unbedachte Bemerkung in einem Brief des Königlichen Kolonial- und Kriegsministers Lord Bathurst, sehr wohl mitbekommt, ist, daß Clapperton dank der Protektion des Konsuls einen Geldbetrag überwiesen bekam, der die ihm zur Verfügung stehenden Mittel weit übersteigt, ihm hat der Konsul auf Druck des Ministeriums noch eigenhändig seine Voranschläge zusammengestrichen, er kocht innerlich vor Wut, doch er weiß, daß ihm Warrington gegenüber niemals ein Wort über die Feder kommen darf und daß er auch in seinen Schreiben nach London niemals etwas von seinem Lob für den Generalkonsul Seiner Majestät zurücknehmen wird dürfen, wo auch immer er sich befindet, er bleibt in seiner Hand, er bleibt in den Händen all dieser Leute.

Keine Stimme, nur mehr das Echo, wäre es anders, wir könnten (gehetztes Blättern in den Vokabelheften, immer einen Schritt hintennach, immer einen verborgenen Zusammenhang verfehlend) nichts verstehen, das Bild des Sprechers ist ersetzt durch das Bild einer Landschaft, nicht mehr als ein Nachbild,

in der Ferne der große Fluß, Menschen sind nicht zu sehen, und wenn, dann fügen sie sich dem Bild ein, winzige Figuren, sie kommen nicht zu Wort, es sind nicht ihre Worte, die wir hören, sondern von den Menschen, denken wir, schon losgelöste bloße Zeichen, dem Vergangenen verschrieben, ein Blick ins Weite, das ist das Bild, eine flache Landschaft mit gelblichen hohen Halmen, ihr Rauschen im Wind, Felder und Wiesen, niedere Büsche, ein Schweben, ein Gehen in der Luft mit geschlossenen Füßen. Im Rhythmus der Bewegung, des Sprechens formt sich der Zusammenhang, die Idee eines Gleichklangs oder einer bezeichnenden Verschiebung; Stimme und Landschaft (aus dem Unsichtbaren heraus, ins Unsichtbare hinein), Echo und Nachbild bedingen einander. *N'ko* heißt *ich sage*: alle, die *n'ko* sagen, deren Sprache ist klar, es ist die Sprache der Savanne, des weiten Blicks, nicht vom Wirren, Dunklen des Waldes und dem Aberglauben seiner Menschen verformt; alle, die *n'ko* sagen, haben sich aus diesem Wirren, Dunklen gelöst und wollen nichts mehr von ihm wissen, nichts mehr von den Menschen des Waldes, die Wilde sind, ohne Regeln und Religion, vielleicht, man erzählt es sich oder erzählt es jedenfalls Fremden, die so etwas gerne hören, essen sie auch Menschen; sie verstehen nicht *Ich* und *Ich sage* zu sagen, wie die Mandingos es tun; die Mandingos sind das Volk, dessen Sprache klar ist. Ein Himmel, über den mit dem Wind dunkle Wolken ziehen, ein Film in unseren Köpfen, mit den Geisterstimmen zwischen Himmel und Erde, weggeweht, wie durch die rasche Bewegung der vorwärtsjagenden Kamera, so ist es in Wahrheit, endlose Kamerafahrten im Zeitraffer, den Blick ins Vergangene gerichtet, dort ruhen die Stimmen. Wir aber bringen die Zeiten untereinander. Ein Gemurmel voll fremdartiger Namen, arabische und afrikanische Wörter, ineinandergemischt; von jeder Sprache verstehen wir nur Brocken: die uns nicht zu sprechen erlauben, aber als Hindernisse zu benützen sind. In jedem der Dörfer ist ein bestimmtes Haus, alle sieben Jahre neu zu errichten, mit den gleichen in den Türstock geschnitzten Zeichen, die Quelle oder der Durchgangsort der Erzählung: nur die Belen Tigui vom Clan der Diabaté aus diesem Haus kennen die geheime Geschichte, von der die erzählte Geschichte bloß eine Variante ist, zunächst den Zwecken von Macht und Glauben gemäß zurechtgeschnitten, nun erneut für fremde Zwecke verdreht und verfälscht, ein Haus, ein Baum, ein Platz, durch nichts für uns aus der Landschaft hervorgehoben: nur sie kennen die Ursprünge von Segen und Fluch, die Ahnen unter der Erde, unter dem Wasser, den Flüssen, die Ursprünge von Macht und Vernunft.
Ich sage (oder die Maske spricht, die dauerhaftere Stimme, weitergegeben, zufällig an uns), in den geheimen Gegenständen und Gesängen ist das Wissen

von den Ahnen und Urahnen der Keita aufgehoben, die Namen aller Herrscher von Mandingo: der Name von Bilali Bounoma, dem treuen Diener des Propheten, von seinem ältesten Sohn Lawalo, der aus der Heiligen Stadt westwärts nach Mandingo zieht und König wird; von dessen Sohn Latal Kalabi; von dessen Sohn Damal Kalabi; von dessen Sohn Lahilatoul Kalabi, dem ersten schwarzen Fürsten, der nach Mekka pilgert und nach sieben Jahren, fast schon vergessen und aufgegeben (doch Gott hat ihn in der Wüste vor dem Verdursten bewahrt), aus Mekka zurückkehrt; von Lahilatoul Kalabis beiden Söhnen Kalabi Bomba und Kalabi Dauman, deren Älterer die Königsmacht wählt, während der Jüngere zum Urahn aller Wanderer und Nomaden wird; von Kalabi Bombas Sohn Malabi Kani; von dessen Sohn Simbon Bamari Tagnogokelin; von dessen Sohn M′Bali Néné; von dessen Sohn Bello; von dessen Sohn Bello Bakön; von dessen Sohn Magan Kon Fatta, genannt Frako Maghan Keigu, Maghan der Schöne; und von dessen Sohn Soundjata dem Großen, dem siebenten und letzten Welteroberer, dessen Taten noch jene des Königs des Goldes und des Silbers Dhu′l-Qarnain (den man auch als Alexander den Großen kennt) übertreffen.

Dies ist ihre Zeit: über Jahrhunderte währt das Reich von Ghana, das erste der großen Reiche des Westsoudan, das von zwanzig weißen und von zwanzig schwarzen und rechtgläubigen Königen vom Clan der Cissé (schwarze Nachkommen des Dhu′l-Qarnain) beherrscht wird, unter dem Schutz der Schlange von Wagadou-Bida, die dem Land Fluch und Segen bringt, zuerst durch das jährliche Opfer einer Jungfrau, dann durch den Bruch dieses Gesetzes, als Ahmadou Séfédokotè (oder Ahmed der Schweigsame), um seine Verlobte zu retten, der Schlange den Kopf und die sieben nachwachsenden Köpfe abschlägt und ins Land Bouré schleudert, das seither so reich an Gold ist, zugleich aber auszutrocknen und zur Wüste zu werden beginnt. Durch den Frevel ist der Niedergang des großen Ghana besiegelt, das Reich zerfällt. Soumaoro Kanté, der König von Sosso, wird zum mächtigsten Herrscher in den Gebieten südlich und westlich des großen Djoliba. Er ist ein Mann aus dem Geschlecht der Schmiede, die das Feuer gebändigt haben und Zauberkräfte besitzen, und er haßt und verachtet die Menschen; er folgt nur seiner Lust und seinem Haß und raubt die Frauen aus den Dörfern der Umgebung, zu seinen dreihundert Ehefrauen kommen ungezählte Sklavinnen und Geliebte hinzu. Er kann Pfeile im Flug auffangen oder sich mitten in der Schlacht in eine Fliege verwandeln und auf die Nase des Gegners setzen, um ihn zu verhöhnen. Er haust in einem Turm inmitten der Stadt Sosso, von seinen Fetischen (Eulen, Schlangen, Totenköpfen, Krummsäbeln, dreischneidigen Messern) umgeben, unerreich-

bar: hundertachtundachtzig Festungen schützen die Stadt, und drei Mauern umschließen die sieben Stockwerke des Turmes; die Gänge und Treppen (mit ihrem ungewissen Licht) sind von Gespenstern aus vergangenen und zukünftigen Tagen bewohnt; das innerste Gemach im obersten Stockwerk, wo der König thront, ist mit Menschenhaut tapeziert und mit Teppichen von Menschenhaut ausgelegt, der Haut der neun Könige, die er selbst getötet hat, ihre Schädel schmücken das Zimmer. Als Soumaoro die Gefahr geweissagt wird, die ihm von einem Sohn des Frako Maghan Keigu droht, läßt er dessen elf älteste Söhne töten, den zwölften aber verschont er, weil er nur ein Krüppel ist, ein abstoßend häßliches, fettes und gefräßiges Kind mit unbeweglichen dünnen Beinen, das die ersten sieben oder siebzehn Jahre seines Lebens in einem Loch in der Erde verbringen wird, nur die Schultern und der riesige Kopf schauen heraus: manche sagen, nachts kriecht es wie ein Tier aus seinem Loch, schleppt sich über die Erde und stiehlt das Essen aus den Häusern der Nachbarn. Dieses Kind ist Maghan Data, Mari Data, Sogo Sogo Simbon Salaba oder Soundjata, der Held mit den vielen Namen, den man den Helden mit den zwei Namen nennt (dies ist seine Zeit): die beiden Totemtiere seiner Ahnen, der Büffel und der Löwe, formen sein Zeichen; er ist Sohn Maghans des Schönen vom Stamm der Keita, der Löwen, und von Sogolon, der Büffelsfrau, Doppel des Büffels von Do, der hundertundsieben Jäger getötet hat, bevor er sich Maghan dem Schönen ergibt, müde geworden und durch die Großzügigkeit des fremden Königs (wir überhören die Details, man kann sie sich vorstellen) mit der Welt versöhnt. Nachts verwandelt sich Sogolon, die Jungverheiratete, in ihr Doppel, ein brüllendes wildes Tier, und Maghan der Schöne kommt nicht an seine Frau heran, bevor er sie mit einer List (wir überhören die Details, man kann sie sich vorstellen) in Ohnmacht fallen läßt und sie ihm als Mensch, als Frau ausgeliefert ist, in dieser Nacht wird Soundjata gezeugt.
Soundjata hat die Häßlichkeit von seiner buckligen Mutter geerbt: den unförmigen Leib, die fremden dunklen riesigen Augen, die dem Gesicht nicht anzugehören scheinen, keinem menschlichen Gesicht. Der von allen verspottete, lächerliche, dem Anschein nach stockdumme Jüngling stemmt sich eines Tages (Schweißperlen auf seiner Stirn, ein seltsames Lachen) an einer mächtigen Eisenstange hoch (eine Bewegung von pflanzenhafter Langsamkeit, ein Geborenwerden, Auferstehen) und krümmt mit seiner gewaltigen Kraft die Stange dabei so sehr, daß sie ihm in der Folge als Bogen dienen kann; gleich stakt er wie ein Riese durchs Dorf, schon ohne Stütze, schweißbedeckt, nackt und haarlos, und reißt beiläufig Bäume aus, die er seiner dankbaren Mutter zu Füßen legt, lange genug ist sie wegen dieses Kindes gedemütigt worden. In der Zeit der

Wanderschaft, der Ausbildung und des Exils lernt Soundjata (sein Vater ist tot und die Macht usurpiert) die Tiere im Busch kennen, die stummen Brüder der Menschen, er lernt das Jagen und den Kampf und erfährt durch die Stimmen der Griots von den Taten seiner Ahnen, vom Propheten und von seinem Vorgänger Dhu´l-Qarnain; er nimmt diese Geschichten in sich auf, um sie fortzusetzen, den Wörtern zu folgen (denn es gibt keine Kluft zwischen den Wörtern und den Dingen, dem Sprechen und dem Handeln). Nach sieben Jahren ist er bereit, gegen Sosso zu ziehen und das Reich der Schmiede zu zerstören.

Alles geschieht mit großer Notwendigkeit und ohne daß jemand an den Gesetzen der Geschichte etwas ändern hätte können, als Soumaoro Kanté auch das kleine Mandingo überfallen und Niani zerstört hat, schickt man Boten um Hilfe zu Soundjata, dessen Ruf noch vor seiner ersten Schlacht legendär geworden ist; alle Völker nahe des mächtigen Djoliba, die Mandingos, die Djallonke und die Cissé in Wagadou, dem alten Ghana, die Bewohner von Sibi, von Do, von Kri und von Tabon, der Stadt mit dem eisernen Tor, ersehen die Befreiung und wissen, woher sie sie zu erwarten haben (seine Geschichte geht Soundjata voraus, folgt ihm, erreicht ihn selbst nur am Rande, kaum ist der Mensch, kaum das Wirkliche notwendig). Er besiegt die Heere von Soumaoro in den Schlachten bei Tabon (die Ebene vor der Stadt ist schwarz von Kämpfern, Bewegung im Feld durch einen überraschenden Angriff Soundjatas, die Auflösung der feindlichen Reihen, die Flucht der überlebenden Soldaten Sossos, Leichen mit gespaltenem Schädel, Verwundete und Verstümmelte bleiben zurück, ihre Schmerzensschreie hallen durch die Nacht, verhallen im Leeren) und bei Nagueboria, wo er zum ersten Mal Soumaoro selbst gegenübersteht: ein Moment der Stille, des Stillstands, der König der Schmiede in eiserner Rüstung und mit gehörntem Helm inmitten seiner Leute; dann (im Schnelldurchlauf) die Kämpfe, die Linien Soundjatas ziehen sich wie Gummi und bilden im Schlachtfeld immer neue Formen; die plumpen Schmiede sind verwirrt, es regnet Pfeile auf sie herab, sie sterben oder fliehen; nur (Verzögerung, schwirrende Hitze, in der, aus dem Bild ausgeschnitten, die Gestalt geformt wird) Soumaoro auf seinem schwarzen Pferd wechselt den Ort und ist frei von Orten, erscheint nach verlorener Schlacht, gerade noch scheinbar in Reichweite von Soundjatas Speeren, auf einem Hügel in der Ferne, einsam und mächtig wie ein Gespensterkönig, und verschwindet sogleich aus der sichtbaren Welt; er kann nicht nur neunundsechzig verschiedene Gestalten annehmen, sondern auch, wenn notwendig, auf eine Gestalt verzichten. Soundjata (kurz bekommt dieser Körper seine Schwere zurück, auf dem Rücken liegend, so muß es sein, mit breiten Schultern, die Brust hebt und senkt sich) verbringt eine schlaflose

Nacht, aufgewühlt vom Vergangenen und vom Kommenden (hastige Atemzüge und Pulsschläge, die das Maß der Zeit bilden, die Zeit zerdehnen, ein verschwommenes Bild dieses Leibes, wie schon unter Wasser), doch er ist ohne Zweifel: er kann nicht zweifeln, nur der Bahn folgen, bald werden, vom Haß auf den Tyrannen getrieben, ein Griot und eine Frau (die bevorzugte unter Soumaoros dreihundert Frauen) ihm die Geheimnisse der Zauberkünste des Königs von Sosso verraten; ein Hahnensporn hat ihm seine Kräfte verliehen, nur ein Hahnensporn kann sie ihm rauben.
Soundjata schickt eine sprechende Eule mit der Kriegserklärung (ich bin die erdrosselnde Liane, ich bin ein heißhungriger Hahn, ich bin der Regen, der die Glut auslöscht, ich bin der reißende Strom, der dich davonträgt) nach Sosso, Soumaoro nimmt die Herausforderung an und verkündet Soundjata durch die Stimme einer eigenen Eule, daß er der mächtige Baumwollbaum ist, der auf alle anderen Bäume herabblickt, und daß der Kopf Soundjatas Nummer Zehn in seiner Sammlung sein wird. In der dritten großen Schlacht, der Schlacht bei Krina stehen die versammelten Heere der Mandingos, der Djallonke, von Wagadou, von Sibi, von Do, von Kri, von Mema und von Tabon den Schmieden von Sosso, die dennoch in der Übermacht scheinen, gegenüber; die Sonne brennt auf die weite, von kleinen Menschenkörpern (lebenden, sterbenden und toten) angefüllte Ebene von Krin herab; als die Sonne am höchsten Punkt ihrer Bahn steht (der Sohn der Sogolon in seiner engen ockerfarbenen Hose eines Jägers wirft keinen Schatten, der Schmiedekönig in seiner Rüstung wirft keinen Schatten, nichts wirft einen Schatten, jedes Ding steht für sich) schießt Soundjata den Holzpfeil mit dem weißen Hahnensporn ab, den sein Griot ihm vorbereitet hat, der Schuß streift Soumaoro nur an der Schulter, doch die Zukunft ist entschieden; er zittert wie ein Fieberkranker und fühlt seine Kräfte schwinden, sein Pferd duckt sich, seine Männer ergeben sich, der Vogel von Krina, schwarz und riesig, der Unglücksvogel, kreist am blauen Himmel über ihm, die Schatten kehren zurück. Von Soundjata verfolgt flüchtet Soumaoro durch unbewohnte Gebiete; ein Pfeil trifft und tötet sein schwarzes Pferd; er flieht zu Fuß weiter, das Geröll und die Felsen des Gebirges von Koulikoro hoch; als er eine Höhle erblickt, steigt er in die Finsternis hinab, das Rauschen des unterirdischen Flusses zieht ihn, sage ich, an; der Höhleneingang verschließt sich, und der Berg nimmt ihn in sich auf, vielleicht wird er selbst in einen Felsen verwandelt, vielleicht gleitet er in den Fluß, vielleicht lebt er bis heute in dem Berg. Soundjata läßt das Gebirge noch eine Zeit lang bewachen und zieht bald als Sieger in die prachtvolle Stadt Sosso ein, die hilflos noch eine Nacht lang von einem Statthalter verteidigt wird. Zuerst fangen die

Strohhütten nahe den Stadtmauern Feuer, von brennenden Pfeilen getroffen; Panik verbreitet sich; die Mandingos dringen, die Mauern überkletternd, in die Stadt ein und metzeln die Bewohner nieder, Frauen und Kinder betteln um ihr Leben, in Soumaoros siebenstöckigem Palast mit dem früher unüberwindbaren eisernen Tor (Soundjata betritt ein einziges Mal das Zauberzimmer im siebenten Stock, schenkt ihm einen einzigen Blick) sterben, nicht mehr vom Zauber erhalten, die Eulen und die Schlangen schon dahin, die Hauttapeten vergilben, werden vom Feuer erfaßt, verkohlt und unter den Trümmern begraben: die Stadt Sosso mit ihren hundertachtundachtzig Festungen, der Wall der Fetische gegen die Wahrheit Allahs, ist dem Erdboden gleichgemacht; die Schmiede verstreuen sich im Land und tragen von nun an auf alle Zeit (wenn es alle Zeit gibt) den Makel einer unreinen Kaste. Wo einst die Stadt Sosso lag, breitet sich Dornengestrüpp aus, und Rebhühner hüpfen durchs Gelände, nur in den Gesängen der Griots wird die Stadt wieder lebendig, um (ein Bild, dann nur mehr die Schemen, wiederholte Formeln, dann nur mehr die Buchstaben, etwas anstelle der Erinnerung, etwas an Stelle der Sicherheiten) wieder und wieder zerstört zu werden. Fünfundzwanzig Jahre lang bleibt Soundjata an der Macht, er erobert Diaghan, Kita und Kourou-Koto ohne Blutvergießen, indem er die Geister günstig stimmt, ihnen hundert weiße Rinder, hundert weiße Schafböcke und hundert weiße Hähne opfert (und die Hähne sterben auf dem Rücken liegend, mit der Brust zum Himmel, die Verbindung klappt); Fouta und das Goldland Bouré unterwerfen sich ihm; in einem großen Fest erkennen ihn die zwölf Könige des Klaren Landes als den Großkönig an. Er sitzt auf seiner Estrade, auf einer Bank aus Ebenholz, ein Bogen aus Elefantenstoßzähnen über seinem Haupt, seine Waffen aus reinem Gold in seiner Hand, sein Leib in eine neue, aus zwanzig verschiedenen Stoffen geschneiderte Hose gehüllt, wie sie niemand als er, der Mansa, je tragen wird dürfen; mit leiser Stimme spricht er dem Belen Tigui an seiner Seite ins Ohr und teilt (der Belen Tigui im Federkleid, mit der hölzernen Maske, singt seine Sätze laut nach) vor den versammelten Königen die Welt auf: er legt die Grenzen der Gebiete der Kamara, der Keita, der Konde, der Djallonke, der Tounkara, der Cissé, der Koroma und der Toure und die Gesetze all dieser Länder fest. Er überquert bei Kouroussa oder anderswo den Djoliba und kehrt nach Niani zurück, in eine zerstörte Stadt, wo ihn selbst niemand mehr, aber jeder schon seine Legende kennt (ist er nicht längst schon ein anderer geworden, wie oft schon?); Niani wird neu aufgebaut und wächst weit über die alten Stadtmauern hinaus; es ist Stapelplatz für Gold, Ziel der Salzkarawanen und Station der Mekkapilger und wird, unter der weisen Herrschaft Soundjatas (Maghan Datas, Mari Datas,

Sogo Sogo Simbon Salabas), die vom Sonnenaufgang bis zum Sonnenuntergang reicht, zum Mittelpunkt der Welt. Archäologen späterer Zeiten finden Gräberhügel an der Stelle der alten Hauptstadt, kreisförmig angeordnet: im Zentrum, im größten Hügel der Fürst mit seinen Waffen und Insignien; dann seine Frauen; dann die Diener, dann in weitem Umkreis flache Felder voll von unbestimmbaren Skeletten.

Eine Stadt ersetzt die zurückgelassene Stadt, eine Person ersetzt die zurückgelassene Person, jede Begegnung, jede Beziehung, jeder Ort erscheint René Caillié als Wiederholung, Intensivierung und Verlust, so kann er auch, wie er es bis zum Moment der endgültigen Leere immer wieder tun wird, seine Angst gegen eine größere Angst vertauschen und dazwischen den Moment der Befreiung genießen. Die Stadt Kankan gefällt ihm zunächst ganz außerordentlich: die breiten, sauberen, von Dattel- und Papayabäumen gesäumten Straßen, die Häuser mit den kleinen Gärtchen im Hinterhof, die zwei Stadttore und die beiden (allerdings für seinen Geschmack etwas unförmigen) Moscheen und vor allem die wohlhabenden und freundlichen Einwohner; hier wird es ihm gelingen, seinen Führer Lamfia Keita loszuwerden, dessen Blicke, dessen Lächeln und dessen Zuvorkommenheit er mit jedem Tag weniger erträgt. Die Karawane ist auf dem Weg zu dieser Stadt auf an die achtzig Mann angewachsen, Caillié stakst, immer nahe an seinem Führer, schweigsam zwischen den Männern und den Eseln voran, das Gehen bereitet ihm mehr und mehr Schmerzen, fast ständig hat er seinen Regenschirm aufgespannt, entweder als schwachen Schutz gegen die Wolkenbrüche (er kämpft mit dem Sturm, der ihm den Schirm umdreht, binnen Sekunden ist er vollkommen durchnäßt) oder als Sonnenschutz oder auch, auf Anraten Lamfias, beim Einzug in Kankan als Zeichen der Würde, das auf seinen Führer zurückstrahlen soll, mittlerweile ist Caillié-Abdallah zum Cherif aus Mekka geworden; man betrachtet ihn in den kleinen Dörfern mit Ehrfurcht, kniet vor ihm hin und verbirgt dann mit Mühe seine Enttäuschung darüber, daß er keine Grisgris fabrizieren kann, weil sein Arabisch zu schlecht ist. Einmal, bei einer Rast auf freiem Feld, hockt er gerade schreibend hinter einem Busch, als Lamfias Frau näherkommt; Caillié zieht seine Hose herunter, schreibt er, hört er Lamfia rufen, nein, ruft die Frau zurück, er scheißt, Caillié fragt sich mit pochendem Herzen, ob er diese Szene wirklich erlebt, oder ob es sich um einen Fiebertraum handelt, er möchte aufwachen, das ist zuviel verlangt, es gibt kein Wachsein, nur ein Doppelspiel, das, Einbildung und Wirklichkeit vertauschend und vermischend, immer neue Formen hervorbringt. Er muß in Lamfias Haus wohnen, in einem Raum ohne Möbel, das Weiß dieser

Mauern ist (wie durch geheime Lichtquellen) selbst nachts um ihn, er muß sich von Lamfias Dienern und Sklaven versorgen lassen, sich von ihm als Dolmetscher und plötzlich wortreicher Anwalt gegen das anfängliche Mißtrauen des Dogou-Tigui von Kankan Mamadi-Sanici und der Stadtältesten verteidigen lassen, er muß auch, weil er unfähig ist zu feilschen und sich nicht auf den Markt wagt, seine Einkäufe von ihm erledigen lassen. In einem Ausbruch von Angst und Selbstgerechtigkeit bezichtigt er seinen Führer schließlich vor dem Dogou-Tigui, der außer Bürgermeister auch Gerichtspräsident ist, des Diebstahls; er ist sich sicher, daß ihm diverse Stoffe, diverse glitzernde Perlen fehlen (und tragen nicht die Frauen seines Führers jetzt ganz offen Ketten aus ebensolchen Perlen?), er ist sich sicher, daß das nur der Anfang ist, schleichend würde ihm alles genommen werden. Er fühlt sich (die Blicke der Männer, zu denen er spricht, von ihm abgewandt, ihre Hände im Spiel mit Rosenkränzen) entblößt und zu allem entschlossen, er kann und will nicht mehr zurück. Der Gerichtstag wird festgesetzt, da er (wenn er auch nicht weiß, ob und wann er weiterkommt) ein Reisender ist, schon für den nächsten Tag; er verbringt eine Nacht voller zerklüfteter, die Verhandlung vorwegnehmender Träume, in dem Bewußtsein der Entblößung, nicht mehr daheim in seinem weißen Zimmer, das winzige Gänge austreibt, an deren Ende ihn immer neue düstere Gerichtssäle erwarten, Höhlen unter der Erde oder unter Wasser, Richter in Uniformen und kaum noch menschliche Fratzen, ein lähmender Druck, der ihm die Worte im Mund umdreht und sie verfaulen läßt. Die ganze Stadt scheint am nächsten Tag ihre Weitläufigkeit aufzugeben und sich um ihn zusammenzuziehen; das strohgedeckte, im allgemeinen schlecht besuchte Gebäude der Frauenmoschee faßt die Menge der Zuschauer nicht, die Leute drängen sich vor den Toren. Er glaubt, er ist ruhig, er ist sich von Beginn an sicher, daß ihm nichts geschehen kann; er führt Beweis und antwortet auf alle Fragen, Lamfia selbst übersetzt und widerlegt gleichzeitig seine Argumente, was eine große allgemeine Zufriedenheit auslöst, jeder einzelne Punkt wird ausführlich erörtert und von jedem der Stadtältesten für sich diskutiert, Caillié hat den Eindruck, diese Geschichte könnte unendlich lange weitergehen, ohne daß ein Ergebnis zu erhoffen oder zu befürchten wäre; er bewundert die Geduld und das Interesse der Zuhörer; er kann (als interesseloser Beobachter zweiten Grades) zusehen, wie sie stumm auf dem Boden sitzend jeder Wendung des Schauspiels folgen und ihren Nachbarn oder dem Podium mit Blicken und Gesten die Zustimmung zu jedem, dem vorherigen widersprechenden oder es bekräftigenden Argument in seiner Schönheit und Grazie bedeuten. All das erscheint ihm wie das Wellengekräusel auf einer Wasserfläche; er könnte mit Leichtigkeit über dieses Gewässer hinwegsteigen, wenige Schritte würden ihn an das unendlich weit entfernte andere Ufer jenseits der Menschenmenge tragen. Schließlich zeigt man sich, als die Stunde des Abendgebets naherückt, beiden Parteien gegenüber nachsichtig, man verzichtet sogar (ohne daß das Publikum murren würde) auf den eine Zeit lang diskutierten Gottesbeweis, bei dem ein rotglühendes Eisen und die Zungen von Kläger und Beklagtem die Hauptrollen spielen würden. Offenbar versteht niemand die sehr wirre Geschichte von angeblich verschlossenen Toren und Seesäcken, Anwesenheiten und Abwesenheiten während eines Festes und fälschlich beschuldigten kleinen Sklavinnen, doch es geht um die Einordnung der Szene in den größeren Zusammenhang, nicht um den Inhalt, es geht um die prinzipielle Wiederholbarkeit (und auf dunklere, verschlungenere Art gilt das nicht nur fürs Gericht, sondern auch für die Figur Caillié: so kann man auf Details verzichten, als wären sie anderswoher zu holen), außerdem bemitleidet man den armen Fremden, der nicht imstande ist, irgendeine verständliche Sprache zu reden, und seine Heimat so sehr zu vermissen scheint. Abdallah bekommt, so versteht er das Urteil, in allen Punkten recht, aber Lamfia wird trotzdem nicht bestraft; Caillié ist ebenso erleichtert wie enttäuscht, und Lamfia scheint durch die Episode kaum irritiert, er bezeichnet Abdallah weiterhin als Cherif und gibt sich ehrerbietig und eher gekränkt als feindselig, er spekuliert vielleicht auf eine lukrative Versöhnung. Caillié wird nur umso mißtrauischer; er denkt, wenn er mit Lamfia durch den Wald von Ouassoulu weiterreist, der in seiner aus wenigen Informationen gespeisten Vorstellung ohnehin ein Ort dunkler Gefahren ist, wird er zweifellos ermordet werden; anscheinend hält ihn Lamfia für reich und glaubt, nur die versteckten Schätze noch nicht gefunden zu haben. Zum Glück wird ihm aber bei der Verhandlung nicht nur ein neues Quartier, weit entfernt von Lamfias Haus, im Viertel der maurischen Händler, zugesprochen, es findet sich auch ein neuer Führer. Man macht eine Inventur all seiner Habseligkeiten, damit derlei Geschichten in Zukunft eindeutiger ablaufen, es gelingt ihm, seine Notizen und ein wenig Gold und Bernstein währenddessen versteckt zu halten.

Er kann sich sich in den Wochen, die er noch in Kankan verbringt, halbwegs von seinem Fieber erholen, er plaudert gerne mit seinem neuen Nachbarn, einem alten Mauren mit einer schwarzen Ehefrau und einem kranken Sohn, der ihn oft zum Essen einlädt und ihn ins Herz schließt (obwohl er noch niemals einen Menschen mit so einer langen Nase gesehen hat, Caillié stimmt in sein Lachen mit ein und läßt es über sich ergehen, daß jener Mohammed die Echtheit von Abdallahs Nase überprüft und Frau und Sohn es ihm nachmachen). Mohammed erzählt ihm von der großen Stadt Djenne, wo er in seiner Jugend öfters gewesen ist, von dem Fluß, der wie ein Meer ist, und von der Moschee, die schöner ist als alle anderen Gebäude auf der Welt; wäre nicht der Sohn, sagt er, während sie im Schatten eines großen Orangenbaums im Hof sitzen und Tee trinken, würde er ihn selbst bis zum Djoliba führen, aber Allah hat ihm zugleich den Wohlstand gegeben, der ihm erlaubt, in Kankan zu bleiben und nicht mehr auf Reisen zu gehen, und die Plage, die ihn zwingt, in Kankan zu bleiben und für den Jungen zu sorgen. Wenn Caillié Lamfia oder einer seiner Frauen oder einem seiner Brüder, Söhne und Neffen auf der Straße begegnet (das läßt sich, obwohl er kaum aus dem Haus geht, schwer vermeiden), starren sie an ihm vorbei, und er schaut zu Boden; diese Begegnungen lassen ihn die Weiterreise herbeisehnen, er erfährt auch, daß im August das ganze Land im Nordosten unter Wasser steht, und es ist bereits Mitte Juli; er erschrickt, als er von Mohammed und anderen hört, daß die Reise nach Djenne noch über drei Monate dauern soll, das erscheint ihm jetzt noch als ein unendlich langer Zeitraum. Was er zurückläßt, all die Gesichter und Gesten, versinkt hinter ihm wieder im Dunkel, aus dem er es für Augenblicke und für seine knappen Notizen geholt hat; er teilt mit Mohammed, der ihn, an den Maisfeldern und den hübschen kleinen Dörfchen der Ebene von Kankan vorbei, aus der Stadt begleitet, eine Kolanuß und hinterläßt einen weißen Topf als Geschenk, er geht (seine kleiner werdende Figur in der Karawane, der Landschaft, vom Blick des gleich vergessenen Freundes, wie von einer Kamera in fixer Position, noch verfolgt bis zur Auflösung) voran in ein anderes, tieferes Dunkel.

Durch eine Regenwand (denn von jetzt an regnet es beinahe ständig) steigen die vierzehn Männer mit ihren Packeseln abends in den Wald von Ouassoulu hinein, den man, aus Angst vor Räubern, wie Caillié zu verstehen glaubt, tagsüber nicht durchqueren kann, das erscheint ihm, bei aller Bereitschaft zur Furcht, etwas absurd, aber er stellt keine Fragen, womöglich hängt diese Vorsicht mit Geistern zusammen, und er will sich um derlei Dinge nicht kümmern. Caillié weiß nicht genau, ob sein neuer Führer Fulah oder Mandingo ist, er soll eine Art Heiliger sein und heißt Arafanba, ein nichtssagender Name, Caillié ist, in dem Zustand, in den er hineingerät, jeden Tag und jede Stunde etwas tiefer, nur froh, daß er nie etwas von ihm verlangt, wenig spricht und dankbar für alle Geschenke ist. Seine Arme streifen an mannshohen feuchten Farnen an, die Schreie der Nachtvögel und der Hyänen sind zu hören, Fetzen von Geschichten von Angst oder Wut, die in der Finsternis und Leere verschwinden, selbst das Quaken der Frösche erscheint Caillié verzweifelt, weil all diese Tiere nur diesen einen Ort kennen, an dem sie sterben werden. Es ist kalt, und das Fieber, dessen Steigen sein inneres Thermometer registriert, verstärkt das Kältegefühl, man versinkt mit den Füßen im Schlamm, und schon in den ersten Tagen zerreißen Cailliés Sandalen, er weiß sie nicht zu flicken und niemanden darum zu bitten. Das Wasser rinnt in seinen Kragen, er fühlt sich nackt; manchmal glaubt er, seine Haut, die Grenzen seines Körpers lösen sich auf. Er geht mit bloßen Füßen weiter, die sich bald in taube Eisklumpen verwandeln, während der Rasten taut er am Feuer auf und sieht zu, wie die Schmerzen sich ausbreiten; er bekommt seinen Anteil an den gerösteten Erdnüssen, viel mehr an Proviant hat man nicht dabei. Die kalte Coussabe klebt an seiner Haut: er weiß sich im Schlaf unter Wasser gefangen und zuckt hilflos, in vergeblichen Versuchen, von der Stelle zu kommen. In wachsender Hast zieht die Karawane jenseits des Waldes durch Gegenden, wo nur vereinzelte abgerissene Fulahfamilien, halbnackte Frauen, Männer mit schlecht geschnittenen Bärten und mit Tabak vollgestopften Nasen, dickbäuchige Kinder wohnen; sie überquert, auf verfallenen Brücken und durch Furten, bis zu den Hüften im Wasser, Nebenflüsse des Djoliba; es regnet weiter, und er denkt nicht mehr daran seinen Schirm aufzuspannen, ihm genügt, daß er ihn bei sich hat, er hält sich daran fest. Die wohlhabenderen kleinen Dörfer weiter im Nordosten werden, wie er, ohne die Energie, Fragen zu stellen, meint, von Fulahs bewohnt, die aber eine andere Sprache sprechen und keine Religion und keine Sklaven haben, deshalb (er glaubt an die Segnungen des Privateigentums) sind ihre Felder auch besser bestellt als die im Fouta Djallon, er stellt sich vor, an einem Herbsttag, am Fluß Mignon entlang, durch die Felder von Mauzé zu ziehen, wie er es in seiner Jugend oft getan hat, immer allein, ohne darauf zu achten, wie sich sein Haar und seine Kleider durchnässen (im Haus der Großmutter warten auf ihn der Ofen, an dem seine Kleider trocknen werden, und Wolldecken, in die er seinen schmächtigen weißen Körper hüllen wird, Finger, die über seine Stirn streichen), voller Lust am stundenlangen Marschieren, in seinen Gedanken in unwirklichen tropischen Gegenden, die nahe Wolkendecke über ihm ist die Verbindung, die Felder hier und dort sind die Verbindung; ein seltsames Verschwimmen der Unterschiede, wie in einer wechselseitigen Spiegelung, zugleich ein Aufklaren in seinem Kopf, eine Helligkeit und Freundlichkeit, deren Widerschein (wenn es nicht umgekehrt ist) auf seine Umgebung zurückstrahlt; als wäre da nichts als das Licht.

Manchmal hat er jetzt zum Schlafen wieder ein Dach über dem Kopf. Die Leute sind neugierig, aber belästigen ihn nicht mit offenkundigem Mißtrauen, sie schenken ihm Milch und da und dort ein Huhn oder sogar ein Schaf, ein Europäer, denkt er, könnte hier auch ohne Verkleidung reisen, er wird nur immer wieder gefragt, ob seine Haut echt ist oder ob sich darunter nicht sein wahres schwarzes Ich verbirgt; er wird gefragt, wieviele Kinder er hat, und er antwortet kleinlaut in seinem Pidgin-Malinke, *até, ne até din-din*, und Frauen? setzt man dann ungläubig fort, du hast auch keine Frauen? *até*, sagt er, er wartet mit all dem (immer spricht er so, als hätte er noch gar nicht angefangen zu leben) auf seine Heimkehr (wenn in Wahrheit sein Leben vielleicht schon zu Ende ist), man tut, als würde man seine Antwort verstehen und könne sie akzeptieren. Was die Frauen aus der Gegend betrifft (unvorstellbare Nähe, die es bedeuten würde, eine von ihnen auszusuchen und mitzunehmen und auf diese Art vielleicht unauffälliger zu reisen), so unterscheiden sie sich deutlich von den Fulah- und Mandingofrauen, sie haben zugespitzte Zähne, schnupfen Tabak und tanzen gerne, aber sie sind (das sagt er sich immer wieder vor und schreibt er immer wieder auf, er schaut aus seiner fast unendlichen Distanz auf die Reihe von Brüsten, ihr Auf und Ab nach dem Takt der Bewegung) nicht indezent, sie knien im übrigen devot vor den Männern nieder und senken den Kopf, was ihn verwirrt und beschämt, wenn es beim Überreichen der Schale Milch ihm gilt; sonst hat er keinen direkten Kontakt, empfängt nur dann und wann beglückt ein Lächeln, das er seinem exotischen Aussehen verdankt. Begeistert ist er von einer Zwanzig-Mann-Blaskapelle, die er eines Abends in einer kleinen Ortschaft unter einem Bombaxbaum auf der Stelle tretend marschieren sieht, er verliert sich im ungewohnten, wilden und zugleich harmonischen Klang und bewundert die federgeschmückten Köpfe und die bunten Kleider der Männer, für kurze Zeit vergißt er, betäubt von der Musik und dem flackernden Feuerschein, die abgeschabte Haut an seinen Füßen, die blutigen Stellen, die bei jedem Tritt, bei jeder Berührung mit der Außenwelt schmerzen; jeden Abend versucht er, die Füße mit Blättern und ein wenig Leinen zu umwickeln, doch am nächsten Morgen löst sich diese dünne Schutzschicht auf den feuchten Wegen bald auf. Auch in Sigala, der Hauptstadt von Ouassoulu, halten sich die Reisenden nur einen Nachmittag und eine Nacht auf; der König läßt dem weitgereisten Araber und seinem Führer eine Einladung zukommen, sie durchqueren das kleine Dorf seiner Ehefrauen und ein Gewirr von langen schmalen Gängen zwischen Erdwällen und gelangen dann statt in den erwarteten Palast in eine einfache runde Hütte ohne Möbel, in der ein Heuhaufen in einer Ecke darauf hindeutet, daß ein Pferd mit dem König zusammenlebt. Caillié empfindet beim Anblick der Teekanne aus Zinn und der kupfernen Teller, aus denen ihnen, kaum daß sie auf Kissen am Boden Platz genommen haben, serviert wird, einen Schock, der ihn selbst befremdet; er erkennt, ohne daß er es wagen würde, sein Interesse zu zeigen und sich die Reliefs genauer anzusehen, sehr alte portugiesische Fabrikate darin, und er möchte weinen (können Dinge einsam sein, fragt er sich später in einem Traum, der damit endet, daß sein Mund sich mit schwerer dunkler Erde anfüllt, die klumpige Zunge an den Gaumen gedrückt wird, er in einem vergeblichen Versuch, wieder zu Atem zu kommen, die Erde hinabwürgt, sie erreicht seine Lunge und sein Herz, das er dann plötzlich, mit der Gewißheit zu sterben, in seiner Hand hält und, in der stockfinsteren Hütte erwacht – seine einzige Sinneswahrnehmung ist das dumpfe Geräusch des Regens, der draußen gleichmäßig auf den Boden rieselt – , auch noch für einige Augenblicke, mit rasendem Pochen, weiter in der Hand zu halten glaubt), doch er muß wie immer ernst lächeln, nicken, stockende Erklärungen zu seiner Geschichte geben, die von Arafanba erzählt wird, und für die Glückwünsche danken, die hier immerhin leichter zu ertragen sind, weil sie nur seinen Mut und Familiensinn und nicht seinen Glauben betreffen: ich weiß es ja nicht, muß oder darf er auf die Frage antworten, ob sein Vater und seine Mutter noch leben, er starrt auf den Teller vor ihm.

Der erste und größte Mansa ist nirgendwo begraben; die Geschichte und das Datum seines Todes sind unbekannt, man weiß nur, daß sein Körper im Fluß Sankarani nahe Niani verschwindet, auf den Grund sinkt und dort verfault oder ausharrt oder aber zum Djoliba und dann zum Meer im Westen weitergetragen wird; vielleicht hat Soundjata den Tod gesucht, vielleicht hat ihn der Tod ganz beiläufig, mit der Hilfe des Flusses und seiner Strömungen, erfaßt, vielleicht entgeht er, weil seine Geschichte kein Ende findet, keinen Ort für ein Ende, der Auflösung, so mag es scheinen. Alles Erzählte trägt sich im siebenten Jahrhundert der Hedjra, dem 13. Jahrhundert der christlichen Zeitrechnung zu, noch zweihundert Jahre (die Bewegung des Planeten, die Tage und Nächte erzeugt, Sonne und Mond, die über den Himmel des Klaren Landes wandern, im Auftauchen und Verschwinden den Gläubigen die Zeiten der Gebete und des Fastens anzeigen) hält die Macht des großen Reiches der Mandingo (in der Sprache der Fulahs Malinke oder Melle oder Mali genannt), sein Gold, sein Elfenbein, seine Straußenfedern und seine Sklaven gelangen über den Maghreb, Andalusien und das Mittelmeer nach Europa, Textilien, Kupfer-, Silber- und Eisenwaren, Papier, Bücher, Waffen, Parfums, Schmuck, Gewürze und Getreide werden über die maurischen Mittler (wie durch eine Schutzschicht, die nur für Momente durchbrochen wird) nach Melli eingeführt; die Könige Yérélinkon oder Mansa Oulen, Sohn Soundjatas, wegen seiner kupferfarbenen Haut der Rote König genannt, Ko Mamadi oder Gao, Bata Mande Bory oder Aboubakary, Niani Mamadou, der versucht, mit einem Ruderboot den Ozean im Westen zu erkunden und zu entdecken, was auf der anderen Seite ist, und nie mehr zurückkehrt, Kankou Mussa, genannt Hadj Mansa Mussa, Maghan Soma Bouréma Ken, der Zauberer, Sulayman (unfreundlich zu Reisenden), Mari-Djata der Zweite, Mansa Mussa der Zweite und Maghan der Dritte herrschen und werden begraben, dann schrumpft die Macht, andere treten an ihre Stelle, die Quellen werden dünn, bis heute ist jedoch, seit mehr als tausend Jahren, der Clan der Keita der königliche Clan im Land der Mandingos. Alle Städte, von denen ich gesprochen habe, sind verschwunden, zu sehen (Blick, der übers Land zieht, vorwärtsgetrieben, von der Illusion zugleich immer zurückgehalten) sind noch der Wald, den Soundjata liebte, die Lichtung, in der das Fest zur Gründung des Großreichs von Melle stattfand, das Balaphon des Königs Soumaoro, und der Vogel von Krina, der zwischen Sonne und Erde über den Himmel kreist.

Das Weitergehen ist wie ein Versinken, ein Schritt für Schritt sich Hineindrehen in den Schlamm, in die Erde, in welche Substanz auch immer, bis hin zu einem Ort, wo niemand angetroffen und niemand wiedergetroffen werden kann, wohin ihm niemand folgen wird; jene Stadt Tiémé, die sich, scheinbar der nahe, vorzeitige Endpunkt der Reise, für immer seinem Gehirn einbrennen wird (er liegt auf dem Rücken, mit offenem Mund, den Kopf auf das Päckchen mit seinen Aufzeichnungen und seinen bescheidenen Schätzen gebettet, auf einer Matte in einer angemieteten Hütte, zwischen großen Getreidesäcken, im Rauch), ist vielleicht nur ein Bild dieses Ortes, soweit er jemals sichtbar zu machen ist, eine Skizze, flüchtig, so lange auch der Aufenthalt hier dauert, fast körperlos, so sehr er auch zurückgeworfen ist auf seinen Körper. Nach Sigala gibt es keine Reis-, Yam-, Mais- oder Tabakfelder mehr, nur noch das reisähnliche armselige Gewächs, das man Foigné nennt; zu den Schmerzen, zum Regen und zur Kälte (Caillié hüllt sich in seinen Burnus wie in eine Decke, die Fransen der Kapuze hängen ihm in die Stirn, so sitzt er in den Pausen wie ins Gebet versunken auf einem Stein, seine Papiere versteckt in der Hand) kommt der Hunger hinzu; er ist in den Augen der Einwohner zu sehen und wird in René Cailliés Magen und an seinem Gaumen mehr und mehr spürbar. Man hofft vergeblich auf die Ankunft in Sambatikila: die (wenn sich Caillié nicht täuscht) von Mandingos bewohnte große Stadt mit den elf Fuß hohen doppelten Stadtmauern und den engen Gassen wirkt beinahe entvölkert, die Straßen sind von einer Schlammschicht bedeckt; zuweilen scheint es, die ganze Stadt mit ihren niederen Lehmhäusern ist nah daran, sich im Schlamm aufzulösen. Der Himmel, die Erde, die Häuser, alles ist von derselben Farbe, von derselben kalten und feuchten Konsistenz. Es bedarf der besonderen Gastfreundschaft eines Ortsbewohners, um auch nur an etwas Milch zu kommen; auch der Almamy (ein arabisch gekleideter, sehr gepflegter alter Mann mit einem roten Turban, der sie in seinem mit Kerzen aus Pflanzenbutter beleuchteten, über dreißig Fuß langen, fast leeren Schlafzimmer auf seinem Bett liegend und Rosenkranz betend empfängt, aber auf eine zeremonielle Begrüßung – salamalécum, malécum salam, enékindé, a kindé und so fort – wert legt) denkt nicht daran, den Gästen etwas aufzuwarten oder mitzugeben; man erfährt, daß deshalb nirgendwo etwas zu essen gekauft werden kann, weil der Almamy kürzlich den wöchentlichen Markt verboten hat, er ist (anscheinend durch Stimmen, die er im Traum gehört hat) zur Überzeugung gekommen, daß das Kaufen und Verkaufen, das Feilschen und Plaudern die Leute nur vom Beten abhält. Vor der nächsten Ernte, die erst in einigen Wochen eingebracht werden kann, sind keine neuen Nahrungsmittel zu erwarten. Nach einer Nacht, in der Caillié auf seinen Magen horcht anstatt zu schlafen, erwartet ihn immerhin ein Frühstück, das Arafanba organisieren hat können, ein ungesalzener Hirsebrei, der bei allem Hunger nur mit Mühe hinabzuwürgen ist, Caillié wagt noch nicht, die Salzvorräte anzutasten, die er vor Kankan, im Wissen um die Kostbarkeit dieses Gutes in den Regionen, die er durchqueren würde, angelegt hat. Die Karawane nach Djenne, erfährt er bei einem neuen Besuch beim Almamy (er bekommt einen silbernen Armreifen geschenkt und gibt einige seiner Scheren und Tücher ab, Arafanba hat dankenswerterweise die Erwartungen gedämpft und ihn als armen Mann angekündigt), startet in Tiémé drei Tagesreisen weiter östlich, Caillié hört diesen ganz gleichgültigen Städtenamen zum ersten Mal, schreibt ihn zum ersten Mal auf. Arafanba, der nach Kankan zurückmuß, wird ihn nicht dorthin begleiten können; Caillié hängt im unwirtlichen Sambatikila fest. Es kümmert ihn weniger, daß er eigentlich gar nicht gehen kann (seine Wunde will nicht vernarben, stattdessen scheint sie zu wachsen und ein schillerndes Eigenleben anzunehmen, mit einer perversen Neugier, als wäre er nur der Beobachter seiner Unternehmung und seines Lebens, wird er drei Tage lang jeden Abend den linken Fuß aufs Knie des anderen Beines legen und sich hinabbeugen, um aus der Nähe im Licht einer Kerze die Veränderungen in der kleinen Welt zu betrachten, die sich an seinem Körper geöffnet hat: Sprünge in der ledrigen Haut, die sich ablösen läßt wie eine Eischale, darunter immer farbenprächtigere Schichten, rötlich glänzend wie neugeborene Wesen mitten in dem Grau in Grau seiner Umgebung, der Menschenhaut, der Kleider, des Schlammes, des Himmels, dann neue Farben, neue Flüssigkeiten, eine neue Ausdehnung), was diese Oberflächlichkeiten betrifft, vertraut er auf einen kräftigen Stock, den er sich organisiert und zurechtgeschnitzt hat; viel schwerer wiegt für ihn der Verdruß über die erzwungene Pause, verbunden mit so etwas wie einer Angst, die letzte Post zu verpassen und dem Gutdünken des zweifelhaften Monarchen ausgeliefert zu bleiben, mit ihm und seiner Stadt langsam unter Wasser und Schlamm zu versinken, oder zuvor schon, auf die Ernte wartend, gemeinsam mit allen Bewohnern (ausgenommen vermutlich der Almamy) zu verhungern; er notiert eine wütende Bemerkung über die Faulheit der afrikanischen Bauern, über ihren Fanatismus und ihre Dummheit. Der Almamy überrascht ihn aber schon am nächsten Tag, indem er verspricht, ihm einen neuen Führer zu besorgen, einen Mann aus Tiémé, der sogar (Caillié kann sich nicht erklären, wozu) bereits in der Stadt ist und bald nach Djenne weiter möchte, Caillié fragt kaum nach dem Namen, er würde jeden akzeptieren, selbst Lamfia, wenn er durch irgendein Wunder wieder auftauchen sollte; es scheint selbstverständlich zu sein, daß die Kette niemals abreißt, daß immer und in jedem Ort jemand auf den Fremden wartet; allerdings, denkt Caillié, wird er kaum das Glück haben, noch einmal jemanden wie Arafanba zu finden (oder von jemandem wie Arafanba übernommen zu werden). Er lenkt sich in der nächsten schlaflosen Nacht mit dem kleinen Vokabelheft, das er angelegt hat, von seiner Existenz (das heißt, den dissonanten, intensiven und ausdauernden Beiträgen seiner einzelnen Körperteile) ab; um zehn Uhr morgens stapft die neue Reisegruppe (der Almamy verabschiedet sie zu Pferd und läßt die Ältesten von Mekka schön grüßen) durch den Schlamm der Straßen aus der Stadt, hinaus auf die schlammigen Landstraßen, Arafanba begleitet ihn noch eine Strecke weit und weint beim Abschied, Caillié vermißt ihn schon und weint mit ihm, trotzdem hat er sein Gesicht gleich vergessen; es erstaunt ihn aber und beschäftigt ihn (mit einem leisen, unbestimmten Schuldgefühl) noch eine Weile, daß Arafanba nicht einmal ein Abschiedsgeschenk von ihm angenommen hat (du brauchst all das mehr als ich, Abdallah, Gott sei mit dir auf allen deinen Wegen); man kann sich fragen, ob er einfach bescheiden oder konventionell höflich gewesen ist, oder ob er als erster im Gesicht des Fremden etwas gelesen hat, von dem dieser selbst nichts weiß oder wissen will, etwas, das einen tieferen und entschiedeneren Respekt in ihm auslöst als er ihn einem beliebigen anderen Gast entgegenbringen könnte: nicht unbedingt den nahen Tod, aber eine an die Grenzen des Wahnsinns vorangetriebene Bereitschaft, einen Zwang, der diesen angeblichen Araber antreibt: die Ziele sind für diesen Zwang beinahe gleichgültig, wie die Person und ihre Identität vor ihm gleichgültig wird, mit allen ihren Eigenheiten und spezifischen Zügen nur noch etwas Verschwindendes, Zufälliges ist; stärker ist die Qual und stärker als die Qual der Zwang; der Mann, der sich Abdallah nennt, kommt weiter, indem er sich auslöscht; vielleicht ist das in seinem Gesicht und in seinem Verhalten zu diesem Zeitpunkt (wer weiß, wie lange schon, und wer weiß, wie lange noch) sichtbar. Feiner Regen begleitet Caillié auf seinem Weg, Wolkenbrüche sorgen für Abwechslung; wenn der Stock, denkt er, allein für ihn gehen könnte, ein Hüpfen auf einem Bein, das Ticken einer Uhr; eine vage, nagende Trauer ist vom Abschied von Arafanba zurückgeblieben; keinen Moment hat Caillié die Gedanken an ein eigentliches Ziel im Kopf, immer nur an seinen nächsten Schritt: die weißgekleidete Gestalt vor ihm hält ihr Tempo, dreht sich nicht um und spricht nicht mit ihm, er versucht den Abstand nicht größer werden zu lassen, der geschorene Hinterkopf unter einer weißen Kappe ist für ihn wie die Karotte, die man einem Esel vorhält; wenn sich Geländeformen durch den Regen hindurch am Horizont zeigen, klammert er sich an die Idee, diesen rötlichen oder grauen Hügel, diesen großen Baobab, diese Hütte zu erreichen; im äußersten Fall kann er an das nächste Dorf denken, das Dach über seinem Kopf und den kurzen Schlaf, den er (unter den Schmerzen, die einen festen Strich durch sein Bewußtsein ziehen, hindurchtauchend) finden wird dürfen. Tiémé, Heimatort seines neuen Führers, nimmt bereits eine Art von Unwirklichkeit, eine magische, jenseitige Bedeutung für ihn an: als könnte ihm nichts mehr passieren, wenn er erst diesen Ort erreicht hätte, in diesen Buchstaben, die nichts als seine Hoffnung bezeichneten, untergeschlüpft wäre. Jeder weiß, daß Träume dieser Art nirgendwo Erfüllung finden, sich allenfalls auf seltsame, unangenehme Art und Weise umdrehen und verkehren. Der Weg ist mit Sträuchern überwachsen, scharfe Strohhalme schaben an Cailliés Wunden und öffnen sie immer wieder, lassen einen schwachen, vom Regenwasser verdünnten Blutstrom in die schwarze Erde sickern; man hält (das T und die Akzente über den Es sind Pfähle eines Gerüstes, das Caillié trägt, das I-E-M seidene Tücher, die ihn umhüllen und von den Orten der Wirklichkeit lösen) Rast in winzigen Bambaradörfern mit kleinen schmutzigen Hütten, die Männer, die diese Dörfer bewohnen, sind nackt bis auf ein Baumwollband zwischen den Schenkeln, sie tragen Schafsschwänze und Widderhörner als Grisgris um den Hals. Man bekommt geröstete Erdnüsse zu essen, die Hühner, die frei herumlaufen, scheinen tabu zu sein, einmal sieht Caillié einen alten Mann vor seiner Hütte sitzen und selbstvergessen einen weißen Hahn streicheln, der sich mit geschlossenen Augen in seinen Schoß schmiegt. Caillié ist schon zu müde, um nach den Namen der Dörfer, nach dem Namen jenes großen vegetationslosen Berges im Südosten, den er noch registriert und verortet, zu fragen, er müßte seine Schritte beschleunigen oder laut rufen, um mit seinem Führer reden zu können, diese Anstrengungen übersteigen seine Möglichkeiten. Manchmal scheint es ihm, als ob er mit jedem Schritt auch alle vorherigen Schritte wiederholen müßte und sozusagen gleichzeitig vorwärts und rückwärts gehen; es ist kein Weiterkommen, sondern eine Kulmination, daher die wachsende Last, die Schwere in seinem Körper; wie kreuz und quer eingeschobene Balken, er droht, die Orientierung zu verlieren.

Am dritten August 1827, gegen halb zwei Uhr nachmittags, erreicht René Caillié Tiémé. Ein Stillstand, ersehnt und gefürchtet, als Zentrum aller Bewegung: alle Orte wären verdichtet in einem Ort, alles flüchtig Erlebte würde fest und unauslöschbar; man tritt auf der Stelle, es geht, außer ins Innere und Innerste hinein, nicht weiter, nicht weiter abwärts. Caillié sieht die Ansammlung von gleichförmigen strohgedeckten Häusern, dahinter, drei bis vier Meilen im Nordosten (die Maschine arbeitet noch), durch einen plötzlichen Riß in der Wolkendecke sichtbar geworden, eine Bergkette, deren höchster, dicht bewachsener, nur am Gipfel kahler Berg (unwirklich scharfe Schattenlinien in den grünen und braunen Flächen, die das Sonnenlicht dem Blick eingebrannt hat) wie ein einsamer Dom über der Stadt thront und das Bild verfestigt. Der Führer faßt den Fremden, der sich kaum noch auf den Beinen halten kann und immer wieder von Schüttelfrost gebeutelt wird, um die Hüften und bringt ihn, sagt er, zum Haus seines älteren Bruders Baba; das Haus ist leer, Caillié hat (aber fast wird er schon getragen, fast schwindet schon sein Bewußtsein, er möchte kotzen, doch sein Magen ist leer) noch ein paar Meter zu gehen, eine alte Frau empfängt sie in einem Haus, das genauso aussieht wie das erste, vielleicht ist es auch dasselbe, vielleicht hat Cailliés Bewußtsein nur ausgesetzt, man weiß nicht, wie die Episoden dieses Traums miteinander verbunden sind, warum nicht nach ganz anderen Gesetzen als denen von Raum und Zeit; sie greift dem Fremden an die Stirn und sagt etwas zu dem Führer, der mit den Schultern zuckt; sie wechseln noch einige Worte, dann umschlingt, während der Führer sich abwendet und geht, ein Arm, der nur aus verrunzelter Haut und aus Knochen besteht, mit unerklärlicher Kraft den Arm Cailliés; die Alte führt ihn zur Matte, die neben dem Feuer in einer Ecke des Raumes liegt; sie hilft ihm beim Hinlegen, breitet eine Wolldecke über ihn und streicht ihm (*doi-doi*, sagt sie, *sinoho*) noch einmal, während er die Augen schließt, über die Wangen. Es ist die Lesehöhle, in die er vor seiner Großmutter oder dem Onkel flüchtet, das Bett, in dem er die Nächte durchliest und sich immer wieder in Robinson Crusoe verwandelt, doch die Geschichten, in die er jetzt versetzt ist (mit einer Plötzlichkeit und einer Intensität, die ihm von vornherein jede Möglichkeit eines Verstehens rauben, er muß sich selbst mit seinem Denken immer erst nachhetzen), fransen aus, finden nicht zu einem Ende, er stürzt von einer Geschichte in die andere, plötzlich abgeschnittene Bilder, zerfetzte Regionen ohne Koordinaten, er verfügt nicht über eine entsprechende Technik, um sie zu lesen, um sich in ihnen zu bewegen. Er erkennt auch die eigene Gestalt nicht: das Wesen, das (mit gedrungenem Körper, dann dreifach und vielfach vorhanden, Gestalten, die im Feuer nahe dem Bett verschwinden) in seinem Rücken lebt, hat nichts mit den winzigen schlangenartigen Tieren oder Menschen zu tun, die in der Gegend seiner Wunde in Kämpfe verwickelt sind; dann sind da seine Schläfen und seine Schenkel, Blitze und Regen, er selbst ist auch der Regen und entsteht und vergeht für Augenblicke in der Luft über der Landschaft. Seltsamerweise fühlt er sich besser, als er abends aufwacht, die alte Frau sitzt an seinem Lager, er fühlt sich leicht und kann sich ohne Mühe aufrichten, als sie ihm eine Schale Milch und eine Kräutersauce serviert; er schmeckt mit größtem Vergnügen das Salz aus der Sauce heraus; dennoch kann er nur wenig essen, seine Kehle scheint verschlossen, seine Augen sind verklebt und tränen von dem Rauch, der den Raum in Nebel legt, fast übergangslos versinkt er wieder in einen diesmal leichteren Schlaf. Am nächsten Morgen ist er sogar fähig aufzustehen; ein netter alter Mann, der sich als das Oberhaupt seiner Gastgeberfamilie vorstellt, bringt ihm Yams mit Sauce zum Frühstück, wiederum gesalzen, und führt ihn (der Alte paßt sich dem Tempo des jungen Fremden an, der sich schwitzend und mit hochrotem Gesicht Schritt für Schritt voranarbeitet) zum Stadtchef, der auch zur Familie gehört; er ist, wenn Caillié recht versteht, der Vater seines Führers und von Baba, dessen Ankunft für die nächsten Tage erwartet wird. Caillié bekommt ein Stück Fleisch als Geschenk, er schnuppert daran und ist geistesgegenwärtig genug, sein Entsetzen und seine Abscheu zu zeigen, als er Wildschweingeruch identifiziert (es fällt ihm beim Zustand seines Magens nicht besonders schwer, obwohl er zugleich Sehnsucht nach derlei lange vermißten Genüssen hat), man lacht ihn aus und erklärt, daß die einheimischen Wildschweine durchaus *halal* sind, außerdem hat Gott sicher nichts dagegen, wenn er sich, dünn wie er ist, einmal etwas Gutes gönnt.

Er erfährt, daß seine Gastgeberin Manman heißt, und daß es ihr eigenes Bett ist, das sie ihm zur Verfügung gestellt hat, sie brät das Fleischstück für ihn und erzählt ihm von ihren Söhnen, vor allem dem Älteren, und von ihrem Alltag, er ist immer schläfrig, versteht die vielleicht eher inhaltsleeren, wenig abenteuerlichen Geschichten zur Hälfte, ansonsten übernimmt er die Laute und gliedert sie den Bildererzählungen seines Halbschlafs ein (eine Schiebevorrichtung, hinter deren Technik er nicht kommt, läßt die Welt vor seinen Augen entstehen und wieder verschwinden: dazwischen kommt kurz sein

Herz zum Stillstand, die Stimme an seinem Ohr überspielt den Spalt). Er weiß nicht, ob Manman in demselben Raum schläft wie er; wenn er abends, kaum daß es dunkel geworden ist, einschläft, arbeitet sie draußen im Hof, wenn er morgens wieder aufwacht, bereitet sie gerade ein Frühstück für ihn vor. Er hat kaum Schmerzen und dank der Chinintabletten, deren Vorrat er jetzt anzutasten wagt, weniger Fieber, aber sein Fuß schwillt an, und er hegt die dunkle Befürchtung, daß außer Blut, Wasser und Eiter auch noch die Eier von irgendwelchen Würmern oder Spinnen die gelblichblaue Schwellung um die offene Stelle herum füllen. In zwei Tagen soll dem Fahrplan gemäß die Karawane starten, es ist klar, daß er bis dahin nicht so weit wiederhergestellt sein wird, daß er mit den anderen mitkommen kann; die Vorstellung, spätestens nach wenigen Tagen oder Wochen im heidnischen Bambaraland zwischen Tiémé und Djenne gestrandet zu sein, unter Leuten, die keine Religion und keine Moral kennen und über die seine moslemischen Brüder schon einige abschätzige oder warnende Bemerkungen fallen haben lassen, ängstigt ihn; was würden sie (die angeblich Hunde, Katzen, Ratten und Eidechsen essen) mit einem hilflosen Fremden, einem bleichen unbeweglichen Wesen anstellen, das wie vom Himmel gefallen unter ihnen erscheint: zu welchen Spielen würde diese Gelegenheit sie verführen. Caillié gewöhnt sich an die Idee, daß er eine Zeit lang, bis zum Abreisetermin der nächsten Karawane, in der Stadt bleiben wird müssen; hier kann er sich alles besorgen, was er braucht, sozusagen befindet er sich an der Grenze der Zivilisation. Der leibhaftige Baba besucht ihn, er erweist sich als ein unangenehm kräftiger Vierzigjähriger mit strahlend weißen Zähnen; ich habe schon viel von Ihnen gehört, sagt Caillié zur Begrüßung und kommt sich etwas dumm dabei vor. Der Mandingo erkundigt sich freundlich nach dem Befinden seines bedeutenden Gastes, beide zeigen sich zuversichtlich, beide halten es für vernünftig, die Abreise aufzuschieben; Caillié verspricht, seine Gastgeberin mit Stoffen und Scheren für seinen weiteren Aufenthalt zu vergüten. Baba winkt nachlässig ab, er schlägt vor, Caillié könnte eine eigene Wohnung beziehen, sie einigen sich auf einen Mietpreis von einer Schere; am Tag, an dem die Karawane loszieht (er steht wie ein Dorfgreis auf seinen Stock gestützt am Straßenrand und schaut sich den Vorbeimarsch der Männer und Frauen mit den Körben voller Kolanüsse auf ihren Köpfen an, kleine Glöckchen an ihrer Kleidung erzeugen die Melodie zum Rhythmus des Marsches), läßt er seine Matte, seinen Seesack und seine Wolldecke in eine Hütte neben der von ihm bisher bewohnten transportieren; eigentlich ist das ein Lagerhaus voller Getreidesäcke, aber so nimmt er wenigstens niemandem den Schlafplatz weg; außerdem gewinnt er (wenn er auch nie dieses fremde Ei-

gentum angreifen würde) die abstrakte Sicherheit, hier nicht zu verhungern. Er fühlt sich beinahe überschwenglich glücklich, so als wäre er zum ersten Mal in seinem Leben wirklich zuhause und hätte zum ersten Mal in seinem Leben etwas wirklich nur für sich; hier könnte er allein sein, die Zeit ausnützen und mit seinen Notizen und seinen Erinnerungen arbeiten, so daß er, wenn er schon mit dem Körper nicht weiterkäme, doch in seinem Kopf Fortschritte machen würde; doch gleich in der ersten Nacht in der neuen Behausung steigt Cailliés Fieber in ungeahnte Höhen. Er schläft keine Sekunde, eher erreicht er einen Zustand von Wachheit, von dessen Möglichkeit er bisher nichts wußte: jeder Moment, jeder einzelne Gedanke sind von einer unerträglichen Klarheit; er ist angespannt, sitzt aufrecht auf seiner Matte, aus Angst, innerlich zu zerreißen, sobald er sich hinlegte; er hat Angst vor den eigenen Atemzügen und dem eigenen Herzschlag. Er nimmt alle paar Stunden eine Dosis Chininsulphat, gegen Morgen döst er immerhin ruhig dahin, spürt nur das Ziehen in seinem Kreuz und in seinen Schenkeln, überläßt sich halbwegs diesem Schmerz. Manman scheint zu erschrecken, als sie die Hütte betritt, um ihm seinen Frühstücksbrei zu bringen, und in seine offenen Augen mit den geweiteten Pupillen schaut, Caillié versucht, ihr zuzulächeln, sie schaut ernst zur Seite.
Wenige Minuten nachdem Manman die Hütte verlassen hat, taucht Baba mit einigen arabischen Büchern und einer ovalen Schiefertafel in der Hand auf; Caillié fühlt sich beruhigt und beunruhigt zugleich, wie bei der Ankunft eines Hausarztes mit seiner Tasche und seinen Instrumenten. Baba, das gewohnte Lächeln ins Gesicht geschnitten, begrüßt ihn, greift ihm auf die Stirn und auf die Wangen, nickt und beginnt in seinen Büchern zu blättern. Er zeigt eine Souveränität dabei, die Caillié auf die Nerven geht; offenbar kennt dieser Mann keinen Zweifel an den Heilungskräften des Koran und an seinen eigenen Fähigkeiten, diese Heilungskräfte anzuwenden; Caillié denkt, Baba wird, nicht nur, weil das dynastisch vermutlich vorgesehen ist, ohne Zweifel der nächste Chef dieser Stadt sein; wenn er in Europa geboren wäre und weiße Haut hätte, würde er auch dort Bürgermeister, Minister, Gouverneur, General oder Präsident werden, er hat ihm ja dankbar zu sein (immerhin gibt er sich freundlicher ihm gegenüber als die Bürgermeister, Minister, Generäle, Gouverneure und Präsidenten aus Frankreich und England es jemals zu ihm waren), aber er mag, sagt er sich, diesen wichtigtuerischen Neger nicht, er mag es nicht, auf ihn angewiesen zu sein. Er erinnert sich an das einzige Mal, daß seine Großmutter den Arzt ins Haus holte, das lange, zu lange Warten, die grauenhaften Gebete, dann die ernsten Blicke des dunkelgekleideten Mannes, man läßt den Zwölfjährigen unbeachtet an der offenen Zimmertür stehen, während der Körper

seiner Mutter begutachtet, das Nachthemd den Rücken hochgeschoben wird, dann der Kopf mit dem Mund, der sich schon nicht mehr schließen will, und der spitzen weißen Nase wieder aufs Kissen gebettet, daß es so schnell geht, sagt die Großmutter, René läuft durch die Felder, das laute Röcheln in seinem Ohr, die gelbe Sonne am blauen Himmel über den gelben Feldern, der Wind, der in den Ähren rauscht. Baba hat eine passende Stelle gefunden, Caillié wundert sich, daß es auch eigene Kommentare für solche Zauberkunststücke zu geben scheint. *Wa-l-ssafati-saffan; fa-l-zadjirati zadjran; fa-l-talirati dhikran*, liest Baba in, wie es scheint, tadellosem Arabisch vor (nun, ich habe Freunde in Djenne, meint er später einmal auf eine Frage Cailliés hin), er erklärt, daß Caillié diese Verse auf eine Tafel zu malen, dann die Schrift abzuwaschen und das Abwaschwasser sorgfältig zu sammeln hat, dann muß er dieses Wasser trinken und auf die Heilkräfte des Koran vertrauen, er läßt ihm eine Korantafel zurück. Ganz selbstverständlich beginnt Caillié, die angegebenen Zeichen abzumalen, er merkt kaum, daß er dabei die Handlungen eines anderen nachstellt (keine Notwendigkeit, sich an ein Gesicht zu erinnern), ganz ohne Zuschauer spielt er die Rolle; nichts in ihm steht diesem Spiel entgegen. Er wäscht die Tafel sorgfältig ab und sammelt das Wasser; er schaut sich die graue Flüssigkeit in seiner Trinkschale an, dann schüttet er sie weg, bleiche Schlieren, die sich im Regenwasser auflösen. Am nächsten Morgen geht es ihm viel besser, das Fieber ist gesunken; Baba besucht ihn vormittags erneut und zeigt eine aufrichtige Freude und einen ganz uneitlen Stolz über den Erfolg seiner Behandlung, er wird Caillié wieder sympathischer, Abdallah dankt aufrichtig und merkt sich den Trick.

Ein paar Tage lang glaubt er wirklich zu gesunden, die Schwellung an seiner Wunde geht langsam zurück, ohne daß Tiere herauskröchen oder herausgezogen werden müßten (er denkt an jene endlosen Würmer, die man angeblich nah an der Haut mehrmals täglich Zoll für Zoll auf einem Stöckchen aufspulen muß), er gewöhnt sich daran, im Haus liegen zu bleiben und zwei Mal am Tag von Manman seine Mahlzeiten geliefert zu bekommen, im allgemeinen eine Schale Reis und eine Schale mit *Tau*, einem Mehlbrei von graugrüner Farbe, der manchmal mit Kräutern, mit Erdnußsauce oder mit Trockenfisch verfeinert wird, aber leider niemals auch nur eine Prise Salz enthält (ganz vorsichtig arbeitet Caillié seine eigenen Vorräte ab), er hat den Eindruck, sich in seinem Verhalten gar nicht allzu sehr von den anderen Männern in dieser Stadt zu unterscheiden, die während der Regenzeit zumeist in den Häusern bleiben und wenn, dann nur mit komischen hohen Holzschuhen für kurze Wege ins Freie gehen; dagegen sieht er, wenn er in seiner Türöffnung (mit der wenig anständigen Schnitzerei einer länglichen männlichen Figur mit großem Glied und darunter, mit ihr sozusagen zusammengesteckt, einer länglichen weiblichen Figur mit dicken Zitzen auf dem Türstock) sitzt, den Vorhang beiseitegeschoben, und auf die Straße hinausschaut, die bloßfüßigen Frauen mit Wassereimern oder Holzstößen auf ihren Köpfen durch die Stadt laufen und knöcheltief im Schlamm versinken, das erregt, sagt er sich, sein Mitleid, seine Sympathie und seine Bewunderung; dennoch fühlt er sich unbehaglich, wenn die Frauen zu ihm herschauen und lachen: er kann dieses Lachen nicht einordnen, spürt und versteht nicht, ob es freundlich ist oder höhnisch, welche Ideen, welche Gedanken, welche Wahrnehmung seiner Person er aus ihm herauslesen können sollte. Es ist besser von der Türe fernzubleiben, er lernt, den Mangel an Bewegung nicht mehr als ein Verschulden gegen seine Aufgabe und gegen seinen Körper, gegen sein ganzes Leben zu sehen, die Schmerzen, immer wenn er den Fuß aufsetzt, erinnern ihn an die Schonung, die dieses elende Körperglied noch eine Zeit lang braucht, wenn es ihm weiter von Nutzen sein soll; er lernt, die Zeit verstreichen zu lassen. Er registriert, wie ihn eine Art von Lähmung erfaßt, als würde die beständige Feuchtigkeit nicht nur durch seine Kleider, sondern auch durch seine Haut und sein Fleisch sickern und bis in seine Knochen eindringen, sie würden sich vollsaugen wie Schwämme, mit geschlossenen Augen glaubt er dieses Knochengerüst wahrzunehmen, es ist von ähnlicher Konsistenz wie die Mauern seines Hauses, auf deren Innenwänden sich Wassertropfen zu kleinen lehmigen Rinnsalen formen, steht in einer engen und geheimen Verbindung zu diesen Mauern, die den Nebel eher anzuziehen und im Hausinneren zu sammeln als abzuhalten scheinen; manchmal glaubt Caillié in einer Hoffnung, die sich in seinem Dahindämmern bildet, draußen im Regen sei es trockener und angenehmer als hier drinnen in diesem beständigen kühlen Dampfbad, sicher ist es in seiner Hütte feuchter als in allen anderen, denn er hat das ansonsten unvermeidliche Feuer auslöschen müssen, er kann den Rauch, den Geruch von verbrennendem Holz, der sich mit den Gerüchen vermischt, die von seinem eigenen Körper ausgehen, das Halskratzen, den Husten und die Atemnot nicht ertragen. Er hofft, bis Ende des Monats, wenn auch der Regen nachlassen müßte, so weit zu sein, daß er die Stadt (diesen Schlammpanzer, in dem er zu ersticken fürchtet) wieder verlassen kann, Baba, der Clan- und der Stadtchef, die ihn alle paar Tage besuchen, manchmal ein Huhn oder sogar das Fleisch einer Ziege mitbringen, bestärken ihn in dieser Ansicht (aber ja, Abdallah, ist okay, gar kein Problem, du schaffst es) und versprechen ihm Unterstützung, das heißt, einen Führer und womöglich eine außerplanmäßige Karawane. Ein zwei Stunden am Tag schafft es Caillié, die Einsamkeit auszunützen und an seinem Malinke-Vokabelheft zu arbeiten, *ka mandinga kon?*, *aman tojo lo* (für alle Dialoge ein *Ich weiß nicht* als Rückzugspunkt), *okai*, nettes kleines Wort, das er sich als erstes gemerkt hat, *asegué, asegué* (das wiederholt er sich immer wieder, *ich bin müde, ich bin fertig*, das wiederholt er auch zu Manman, wenn sie sich nach seinem Befinden erkundigt, *adiba*, sagt sie warmherzig, *barca*, antwortet er, im Versuch, ihr Lächeln zu erwidern, *barca*, sagt er auch, nachdem sie ihm das Essen hingestellt hat), *abété, atété, ouari, alenté, sigui*, notiert und memoriert er, und *bi, ba, mi, da, asegué, asegué*; er entdeckt in sich die Fähigkeit, die einfachsten Wörter wieder zu vergessen, manchmal sogar mitten im Gespräch, der Anblick seines geduldig wartenden Gegenüber verwirrt ihn noch zusätzlich.

Eines Abends bemerkt er eine neue Wunde an seinem Fuß, knapp neben der Stelle, wo die alte Wunde halb verheilt ist; am nächsten Morgen (er hat besser geschlafen als jemals zuvor in dieser Stadt, tief und traumlos, und glaubt für einen Moment nach dem Aufwachen wieder ganz gesund und bei Kräften zu sein) ist der Fuß so geschwollen, daß er kaum noch als Fuß zu erkennen ist; er hat beinahe Angst, dieses in allen Farben schillernde klumpige Ding zu berühren, und wartet mit klopfendem Herzen auf Manman. Ganz unvermittelt setzt auch der Schmerz ein, um sich dann kontinuierlich zu steigern; er schließt wieder die Augen, so als wollte er sich vor der alten Frau schlafend oder tot stellen; er liegt auf dem Rücken, die Beine weggestreckt; erst als sie direkt über ihm hockt und der Geruch nach ranziger Butter die Geruchsmischung der Hütte durcheinanderbringt, merkt er, daß er nicht mehr allein ist. Er schaut auf und öffnet den Mund, anstatt etwas zu sagen, streift er die Decke ab und zeigt auf seinen Fuß. Sie sagt etwas, worin das Wort *Allah* vorkommt, Caillié hofft, daß sie nicht wieder Baba für eine Korankur holt; er träumt von einem kühlen Umschlag, von Salben und trockenen weißen Leintüchern. Sie stellt den Topf mit der Frühstückssauce ab, kniet neben ihm hin, spuckt sich auf die Finger und fährt ihm über die Wunde, er zuckt kurz zurück, aber er spürt die Berührung kaum, sie hat nichts Unangenehmes für ihn. Sie hat schon viel gesehen, sagt sie, aber so etwas noch nie, an sich ist das wenig tröstlich, aber er bezieht eine merkwürdige Zuversicht aus dieser ehrlichen Auskunft, umso mehr, als Manman verspricht, sich sogleich aufzumachen, um Baobabblätter zu sammeln und daraus eine Heilsalbe für ihn zusammenzubrauen. Er wartet geduldig auf ihre Rückkehr; er bietet seinen Turban als Verbandszeug an, Manman wehrt entrüstet ab, der warme Brei, den sie gekocht hat und nun (während Caillié auf ihren braunen Nacken und ihren fast haarlosen Hinterkopf schaut) auf seine Wunde, seine Schwellung, sein Geschwür, seinen Körper schmiert, würde diesen schönen Stoff verderben, und was wäre er ohne Turban, sie holt einen Packen Blätter aus Falten in ihrem farblosen Kittel, die er bisher nicht wahrgenommen hat, hervor und verwandelt das häßliche Bein in ein schönes, fest verschnürtes Paket. Er glaubt, den Baobabbrei an seiner Haut arbeiten zu spüren, die gefühllose Schicht durchdringen, sich vorschieben in die Kanäle, die die unsichtbaren Schauplätze des Kampfes sind; sein Schicksal und mehr als nur sein Schicksal hängen von diesem Kampf ab, Linien, die sich wie Gummi ziehen, ein Regen von Schmerzpunkte herausschießenden Pfeilen, Höhlen, die sich schließen, Quellen, die versickern. Bei der Visite am nächsten Morgen wird Manman von ihrem Ältesten begleitet (sein Gebiß, denkt Caillié, bekommt gerade im Gegensatz zur Zahnlosigkeit seiner Mutter etwas Schamloses), er plaudert sehr locker und sorglos mit Caillié, während er sich seinen Fuß anschaut (tut das weh? ah so, ja); als er hinausgeht (Manman erneuert den Verband, es ist eine Wohltat, den frischen grünen Belag auf der Schwellung zu spüren), murmelt er allerdings etwas, in dem das Wort *téguet* vorkommt, wie Caillié zu verstehen meint; er kramt das Wörterbuch hervor und liest *abschneiden* als Übersetzung; er ist sich nicht absolut sicher über den Zusammenhang, über Konjunktiv oder Indikativ, nähere oder fernere Zukunft, Bejahung oder Verneinung; vielleicht hat er sich auch früher, beim Notieren dieses Wortes getäuscht; vielleicht hat er sich aus seiner Überempfindlichkeit oder aus seinem Fieber heraus heute verhört; im übrigen ist Baba kein Arzt (aber das ist auch nicht wirklich eine Beruhigung); und Caillié sagt sich, es ist nur der Fuß, der Kopf und die Organe sind gesund, schlimmstenfalls könnte er auf Krücken nach Temboctou humpeln, er ist bereit, den lieben Gott unter allen Namen, auf die er hört, um Unterstützung zu bitten; doch in seinem Inneren fühlt er sich fallen, wie man sich in manchen Träumen oder im Halbschlaf fallen fühlt, für einen kurzen Moment, den man nicht ertragen kann und aus dem man ins Aufwachen flüchtet, nur daß sein Stürzen etwas Langsameres, Anhaltendes, Entscheidendes ist. Er versucht ganz still zu halten, aufs Denken zu verzichten; sein Hinterkopf, seit Tagen unrasiert und mit Haarstoppeln besetzt, drückt auf den Seesack, er fixiert die Rußschicht an der Decke und stellt sich vor, in einer Blase unter Wasser zu schlafen; von weit weg erreicht ihn das Kampfgeschehen, von einer Sinneswahrnehmung in die andere kippend, ein Schmerz, sein Nachlassen, eine eigentümliche schneidende Musik, ein eintöniges Trommeln mit unerwarteten Brüchen, ein Bild, mit Landschaften, die ihm angehören, die er nicht loswerden kann oder möchte; die Teilnehmer an dieser Schlacht sind nicht an den Ort gebunden, selbst den Schauplatz, sein Fleisch, können sie im Sprung oder in einem Weggleiten verlassen, allerdings nur, um sofort ersetzt zu werden. Irgendwann friert unvermutet das Bild ein: er ist dann darin gefangen, an einem Punkt am Ende des Schlafes, mit all seinem Denken und allen seinen Wahrnehmungen konzentriert in dem kranken Körperglied; Beobachter und Beobachtetes fallen in der Angst zusammen: am Ende steht der Übergang der Farben (aller Farben) in ein dunkles Blau, ein Violett, ins Schwarz; absterbendes Gewebe, nicht anders als eine verdorrende Pflanze; wenn er im kompletten Dunkel dieser Nächte aufwacht, glaubt er es zu sehen, in der nahen und nächsten Zukunft, in die er sich selbst vorauseilt; wenn er tagsüber aufwacht, glaubt er es zu sehen, in der klebrigen Rußschicht, die in diesem Spätsommer (wie er es früher genannt hätte), in dieser Regenzeit (wie er es jetzt nennt) des Jahres 1827 nach Christus, des Jahres 1242 der Hedjra, seinen Himmel darstellt.

Als Voraussetzung eine konsequente Verengung, dann geht es nur noch um den Zwang hauszuhalten: auf seiner Insel, auf engstem Raum, mit geringsten Mitteln einen vollständigen Ersatz für die menschliche Gesellschaft und für alle Zusammenhänge zu finden, in denen sich andere bewegen. Für jedes Gift gibt es ein Gegengift, für jede Krankheit das passende Heilmittel. Käme er zu einer perfekten Kontrolle über seine wenigen Werkzeuge, so könnte er wie von selbst in die Bewusstlosigkeit gleiten, der Raum wäre abgeschlossen, da wären nur noch Mittel und Gegenmittel, nichts mehr von ihm, nichts mehr von uns.

Wie man für die Städte, die er aufsucht, und für die Führer, deren er sich bedient, beinahe Nummern an Stelle von Namen und Beschreibungen einsetzen könnte, folgen auch seine inneren Zustände schlichten und gleichförmigen Gesetzen; auch das Gleichgewicht, das langsame Einschaukeln in einen neuen Alltag, ist immer nur eine Frage des Wartens; bisher dauern die schlimmen Phasen nur kurze Zeit an, dann, ganz langsam, unter den neuen Voraussetzungen gerät Caillié wieder in jenen Zustand eines minimalen Funktionierens, der ihm erlaubt, einen beständigen Fortschritt, eine beständige Annäherung an sein Ziel, eine immer weiterreichende Kenntnis seines Spielfelds und der hier gültigen Bewegungsregeln aus jedem Moment seines Daseins – auch noch aus den Desastern und Abstürzen – herauszulesen. Aus der richtigen Perspektive wären alle Gesetzmäßigkeiten zu zerstören.
Vielleicht ist es, wie alles Funktionieren, hier wie dort, schon nur ein auf der Zerstörung aufgebauter Irrsinn, das, was an seinem Körper vor sich geht, als einen Heilungsprozeß anzusehen; mit einer Art von Befriedigung beobachtet Caillié bei jedem Verbandswechsel Blut und Eiter, die sich mit dem Pflanzen-

sud vermischt haben; durch leichtes Pressen kann man aus tieferen Schichten des Fleisches weitere dickflüssige Eiterströme hervorlocken, dann wird die Schwellung sichtbar flacher und er hat die Illusion, er könne freier atmen. Die Wunde an seinem zweiten Fuß ist im Vergleich unbedeutend, reicht aber aus, daß er für fast einen Monat unfähig ist auch nur auf einem Bein zu hüpfen; er versucht sich nicht zu Bewußtsein kommen zu lassen, daß er vollkommen auf Manman angewiesen ist; sie geht für ihn einkaufen, kocht für ihn, pflegt seine Wunden und wäscht ihn auch, wenn es allzu notwendig erscheint; unglücklicherweise bekommt er mehrere Tage lang wieder Durchfall, wie schon öfters, diesmal allerdings kann er nicht abseits des Weges ruhige Plätzchen suchen, sondern muß hilflos mit kostbaren Papieren an sich herumwischen, bis endlich seine Wirtin, Haushälterin, Krankenschwester, diese alte, aus dem Nichts für ihn erschienene fremde Mutter, in sein Haus kommt. Zuweilen kotzt er auch in einen der Töpfe, die er mitführt, Manman nimmt den Topf, schüttet ihn hinter der Hütte aus, der Regen verwischt die Spuren seines Körperinneren. Der Geruch im Raum (ist das sein eigener Geruch, ist es das, was er in Wahrheit zu verstecken versuchte, was ihn unter den Masken eines beliebigen Glaubens, einer beliebigen Herkunft, eines beliebigen Namens ausmacht) verdichtet sich, wird immer undurchdringlicher, immer schwerer zu ertragen. Manman wäscht seine Hose und seine Coussabe; er verfügt über zwei Garnituren Wäsche, während seiner Verdauungsprobleme ist es einfacher, auf die Hose zu verzichten. Manchmal, wenn Manman es eilig hat oder wenn die Arbeit an diesem Gast ihr allzu beanspruchend erscheint, bringt sie einige ihrer Schwiegertöchter mit, Caillié, der sich früher einmal, in anderen Situationen (fast kann man schon denken, als eine andere Person) sehr gerne mit jungen eingeborenen Frauen unterhalten hat, möchte geschlechtslose Krankenschwestern in ihnen sehen (ihre seitwärts in gedrechselten Zöpfen und Bällchen abstehenden Haare würden die Nonnenhäubchen ersetzen), aber es wäre ihm lieber, wenn Manman allein gekommen wäre, das Lachen, wenn eine der Frauen sein unbeschnittenes Zizi mit dem Zeigefinger schaukeln läßt, irritiert ihn, din-din, sagen sie mit schriller Stimme, din-din; ihre Armreifen klirren, wenn sie sich bewegen; versucht er, sich mit der Hand zu schützen, lachen sie nur umso mehr; er spürt das kalte Metall der Reifen auf seiner Haut, riecht den verführerischen und ekelhaften Butterduft, schaut, während die Frau mit dem Rücken zu ihm sich über seinen Körper beugt, durch den Achselausschnitt einer rötlichen, über die Schulter geworfenen Pagne auf eine nackte Brust mit zitternder Spitze; die Zärtlichkeit, die in diesen Momenten von ihm Besitz nimmt, richtet sich auf nichts und niemanden, kann keinen Ausdruck finden und sucht keinen Ausdruck; er möchte gerne weinen, aber das darf er, ohne den rituellen Anlaß eines Abschieds, selbst an diesem Ort und in dieser Verfassung nur tun, wenn er allein ist und sich unbeobachtet weiß. Er ist Manman dafür dankbar, daß sie die Schwiegertöchter zurechtweist, wenn ihre Scherze zu weit gehen, und sie schließlich verscheucht. Alles in allem ist das aber nur eine Episode, mit Auswirkungen höchstens für die nächste, wenige Wochen andauernde Phase der Kräftigung und des Aufseins am Ende der Regenzeit, während der Septembergewitter und der beginnenden Oktoberhitze; manchmal ist in der Zeit seiner Bettlägrigkeit noch eine der Schwiegertöchter zu ihm ins Haus gekommen und hat ihn an Stelle Manmans das Essen gebracht, immer fragt er, ob seine Wohltäterin krank ist, nein nein, versichert man ihm mit einem koketten Lächeln, magst du denn mein Essen nicht? und er ist schon wieder imstande, eine scherzhafte Unterhaltung zu führen; wenn auch mit einer etwas beunruhigenden Unsicherheit über die möglichen Nebenbedeutungen eines jeden Satzes. Auf seinen Stock gestützt, spaziert er dann (eher um seine Muskeln wieder an die Bewegung zu gewöhnen, als um etwas zu erledigen oder etwas kennenzulernen) in den immer längeren regenfreien Phasen durch die Stadt, nur um wieder tiefer in die Unsicherheit und die Beunruhigung hineinzugeraten: mit verblüffender Offenheit lachen fremde Frauen in seiner Gegenwart über sein Hinken und ahmen ihn nach; er hört am Hauptplatz mit, wie sich zwei Männer über ihn unterhalten, so als wäre er nicht da; der eine von ihnen ist einmal am Gambia gewesen und kennt, sagt er, die Weißen; diese Leute, sagt er, wohnen alle in riesigen Häusern voller Geld und lassen es von Sklaven bewachen, sie sind zu gierig, um irgendetwas davon herzugeben, eher, sagt er, lassen sie sich töten als einem Verhungernden etwas abzugeben, der andere nickt bedeutungsvoll, der erste beschreibt nun mit Gesten und Worten die riesigen Häuser, zehnmal so groß wie die Moschee von Kankan, und ist gleich von einem Kreis von faszinierten Zuhörern umgeben; dann kommen die Frauen (was mag man ihnen über Abdallah, über den Forto, über die Weißen erzählt haben) in Gruppen in Cailliés Haus, um ihn zu besuchen oder zu begutachten, sie zupfen an seinen Kleidern, schubsen ihn herum, knuddeln und zerren an ihm wie Kinder an einem Haustier, sie imitieren seine stockende Sprechweise und seine unbeholfenen und ausdruckslosen europäischen Gesten und brechen immer wieder synchron oder abwechselnd in ein Gelächter aus, auf das es keine Reaktion gibt, mit der er sich nicht erneut lächerlich machen würde. Er dient, wie es scheint, mittlerweile der ganzen Stadt zur Unterhaltung, es ist wie bei den Engländern und wie schon zuvor (nach seiner Rückkehr von den Braknas-Mauren, als er vergeblich auf Unterstützung wartete und sich weigerte, wieder europäische Kleider anzuziehen) bei den Franzosen, fast noch schlimmer, an allen Ecken und Enden laufen seine Imitatoren durch die Straßen; die Sehnsucht, von hier wegzukommen und alles zu vergessen, was ihm hier begegnet ist (selbst Manman, ihre Hände, ihr zahnloses Lächeln), verstärkt sich, er bestimmt und verwirft Tage für mögliche Abreisetermine, rechnet am Kalender der nächsten Wochen herum und verhandelt mit Baba und mit den Stadtobersten über Reisemöglichkeiten; die Entwicklung seiner Wunde, die fast nur noch ein kleiner kreisrunder druckempfindlicher dunkler Fleck ist, stimmt ihn immerhin zuversichtlich, und mehr und mehr wird es von einer bloßen Sehnsucht zur Notwendigkeit, diese Stadt zu verlassen; er merkt während der Verhandlungen und während der seltenen Besuche seines Vermieters, wie er in der Achtung Babas gesunken ist, wie das gewinnende Grinsen mit der wachsenden Dauer seines Aufenthaltes und der wachsenden Unangemessenheit seiner Gaben mehr und mehr an Glanz verliert. In Stunden erneuter Schlaflosigkeit stellt er sich Riten vor, bei denen man ihn (nachdem man ihn endgültig entlarvt und von allen seinen Lügen entkleidet hätte, seinen weißen Körper und die Quelle all seiner Schande, seiner Unbestimmtheit bloßgelegt) zerschneiden und kreuzigen würde; an manchen heißen Tagen bleibt er im Haus liegen und beobachtet die Maden, die, als würden sie zur Mauer gehören und selbstverständlicher Teil ihrer Substanz sein, aus der immer noch feuchten Wand kriechen. Andererseits ist das Bild nicht eindeutig, Baba versichert ihm (wenn auch der Blick und die Worte manchmal gegeneinanderlaufen) immer wieder, daß er bleiben kann, solange er möchte, und Manmans Bereitschaft, ihn zu pflegen und zu ernähren, scheint sowieso grenzenlos; jeder seiner Ausgänge reicht ein wenig weiter als der vorherige, er bekommt ein Gefühl für die Ordnung der Straßen, die alle gleich aussehen, mit seinem Stock stößt er kleine Löcher in den Boden, ein sich ausdehnendes Feld von Spuren, die die Gewitterregen abends wieder löschen; er besucht wenigstens zweimal täglich die Moschee und beugt im Gebet seinen Rücken; einmal erreicht er sogar das östliche Ende der Stadt, schaut auf das Gebirge, das er bei der Ankunft aus den Wolken hervorstechen hat sehen, Horizonte öffnen sich; abends, wenn er seine Ziegenmilch und seinen kaum gesalzenen, dafür übermäßig gepfefferten Hirsebrei heruntergeschlungen hat, kommen öfters Leute (das heißt, Männer) an seine Tür, um sich zu bedanken, er findet das nett, auch wenn er nach einiger Zeit dahinterkommt, daß sie das nicht seinetwegen tun, sondern um ihre Zufriedenheit über ein besonders gelungenes Nachtmahl (worin mag das für sie bestehen) zu bekunden, sie bedanken sich bei den Mitspeisenden und bei den Leuten, denen sie auf der Straße begegnen, und gehen dann noch von Tür zu

Tür, damit möglichst viele Einwohner an dieser Zufriedenheit teilhaben: damit die Mägen und die Geister sich in derselben harmonischen Ordnung verknüpft finden (und er scheint also doch dazuzugehören, dazugerechnet zu werden, auch wenn er sich selbst immer abseits sehen wird); bei den Frauen, die zwar kochen und das Essen servieren, aber nie mit den Männern gemeinsam ihre Mahlzeiten einnehmen, bedankt sich keiner, es geht schließlich nicht ums Selbstverständliche, sondern um eine Freundlichkeit im Geistigen. All das, die Ängste und Demütigungen und das bißchen Freude und Stolz, wird schnell gegenstandslos. Nur kurz kann Caillié glauben, daß er sich bei seinen Spaziergängen zu viel zugemutet hat oder daß das gewohnte Fieber in einem neuen, stärkeren Schub zurückkehrt; eines Morgens, nach einem Tag, den er schon müde, gelangweilt und verdrossen (alles kratzt an seiner Haut, alles ist ihm zu nahe) auf seiner Matte zugebracht hat, wird er noch zeitiger wach als sonst, es ist finster, die Hähne, die er sonst auch im Schlaf hört, haben noch nicht gekräht, er hört nur die Ziegen Manmans hinter dem Haus schnauben, schnarchen und sich polternd umdrehen (kann es sein, daß diese Geräusche jede Nacht lauter werden?); er ist wach, aber er will die Augen nicht öffnen und will seinen Körper nicht bewegen, weil das jetzt nicht nur schmerzhaft, sondern auch gefährlich erscheint: als könnte er einfach zerbrechen; etwas Schneidendes ist in seine Gelenke – die Knie, die Leisten, die Schultern, die Ellbogen – eingedrungen und dreht, zieht und schabt hier herum, es dauert eine Zeit, bis er klar denken kann, es dauert noch länger, bis ihm der Geschmack von Blut in seinem Mund auffällt, er fährt mit der Zunge über das Zahnfleisch und die Zähne; dann gibt es einen neuen Ort, an dem seine Angst sich konzentriert, sie hat sich vom Kontinent in diese Stadt, von der Stadt in seinen Körper, von den Armen und Beinen in den Kopf, in die Mundhöhle zurückgezogen; er kennt den Namen der neuen Krankheit und verliert alle Hoffnung.
Das Licht, das sehr viel später durch die Türöffnung dringt, dem Schattenreich (Lehm, pralle Getreidesäcke, ein Regenschirm, um den sich eine knochige Hand krampft) Konturen gibt, fügt sich in den engen Kreis der Angst und des Schmerzes ein, verstärkt den Schmerz; von seinem Gaumendach zieht sich die Spannung in die Hirnhaut, in die Knochen seiner Schädeldecke, frißt sich voran; etwas in seinem Nacken scheint zu zerreißen, etwas in seiner Kehle scheint sich aufzulösen. Er kann die Augen kaum offen halten, von den Rändern seines Blickfelds her drängt sich etwas Fremdes ins Bild, verzerrt es und schmilzt es zusammen; dieses Fremde (obwohl vom Licht getragen) verschwindet auch nicht bei geschlossenen Lidern, doch solange er eine Spur des Wissens davon bewahren kann, daß es sich um nichts als unbestimmte Traumerschei-

nungen handelt, glaubt er das Entsetzen in Grenzen halten zu können, den letzten Trost zu bewahren, daß es noch eine Außenwelt gibt, eine Welt, die nach begreifbaren Regeln funktioniert, so wie er nach begreifbaren, ihm bekannten Regeln funktioniert hat. Vielleicht täuscht er sich, und es ist umgekehrt; nichts könnte ihm gleichgültiger sein als die Existenz oder Nichtexistenz einer Außenwelt, weil das Äußerste an Wirklichkeit ihm gerade in diesen Traumerscheinungen begegnet: dieses Fremde gehört dem körperlichen Schmerz an, aber zugleich ist es ein Wissen und eine Erinnerung (oder ein System von Erinnerungen), etwas, das nur ihm in dieser Form begegnen kann, weil auch nur er es hervorgebracht hat; keinem anderen wird es je kenntlich sein, keinem kann er es verständlich machen; daß er selbst es versteht, ist unerträglicher als es Blindheit je sein könnte. Er hat noch nie erlebt, was er jetzt erlebt, und doch scheint es ihm vertraut: als wäre es in jeder seiner Bewegungen und Gesten, in jedem Satz, den er jemals gesagt hat, versteckt gewesen, hätte am Grunde seines Ehrgeizes, seiner Träume und seiner Anstrengungen gewartet, um im entscheidenden Moment zum Vorschein zu kommen, Übersetzungen, die den Schmerz nur verstärken. Seine Mutter, deren Gesicht er vergessen hat und zugleich sieht, erzählt ihm (es scheint, als spräche sie Arabisch) vom Tod seiner Geschwister, vor seiner Geburt; es ist die Wiederholung einer Szene, die sich vor zwanzig Jahren zugetragen hat und damals schon die Kraft einer Wiederholung hatte, etwas Haftendes, nicht Loszuwerdendes; er verstand sie nicht ganz (jetzt, in der Fremdsprache und im Totenreich ist es anders) und sie spricht auch mehr zu sich selbst als zu ihm, benützt ihn nur (wir wissen es im nachhinein, hineingekrochen in seinen Zustand, voller Mitleid, dann voller Gier, dann – als wären wir vorausgegangen, die Fallen vorbereitend – voller Schuld) als Zeugen ihres Selbstgespräches; er schämt sich im Zuhören, er weiß nicht, ob für sie oder für sich; er ist Teil einer Kette. Drei tote Kinder gehen ihm voraus, wie über ihre Leichen hinweg sieht er sich ins Leben vorankrabbeln, der kleinste und schwächste von allen; dann, über den weiteren Leichnam hinweg, sagt die Großmutter (ihr Geruch gleicht dem Geruch Manmans): zum Sterben hat sie der Herr also heimkommen lassen, der Herr gibt und der Herr nimmt, der Herr belohnt und der Herr straft, laß dir das (erst Jahre später weiß er, worum es ihr ging; erst jetzt weiß er, wie er damals reagiert hat) eine Lehre sein. Für ihn darf es keinen Ort geben, wo es ihn hält, keinen festen Boden unter den Füßen, nur das Anderswo, den Raum, der aus den Büchern und den Landkarten hervortritt und sein Versprechen gibt. Unter den Einzelteilen seines Körpers (jeder steht nun für sich, bringt eigene Szenarien, Kampfplätze hervor, es gibt kein beherrschendes, kontrollierendes Zentrum) wird ihm die Gestalt seines Schädels bewußt; es ist ein Ding, das ihm nicht gehören kann, ein Ding, das keinen Schutz bietet; auch sein Kopfschmerz ist etwas anderes als der Kopfschmerz, den er kennt, den er oft genug erlebt hat, etwas Unbedingtes: jeder Satz, der sein Gehirn zusammenpreßt, prägt ihm eine neue Facette ein, besiegelt seine Herrschaft. Er steht (während er zugleich weiß, daß er hier ist, in Tiémé, in der gemieteten Hütte Babas, auf der Matte, auf der er sterben (auferstehen) wird) neben sich selbst in der Moschee von Kankan, verdoppelt, vervielfacht, Beobachter und Beobachtetes; eine Zone des Schweigens ist um ihn gezogen, etwas Dichtes und Unsichtbares, eine Höhle oder schon das Grab; die Rußschicht über ihm an der Decke kann näherkommen, der Boden kann ihn verschlingen. Langsam und verzögert, mit Mühe die Schicht, die ihn umgibt, durchdringend, werden seine Worte, wird sein Radebrechen hörbar: es ist eine Qual, die eigene Stimme zu erkennen; was er sagen möchte, diese Anklagen und Vorwürfe kann er nicht mehr verstehen, seine Argumente klingen hohl: er weiß nicht, welches Unternehmen, welche Identität er verteidigt, in dieser Inszenierung, in die er sich freiwillig hineinbegeben hat und in der er jetzt feststeckt (er möchte eingreifen, sich retten, doch das ist nicht möglich); warum muß er sich entlarven, durch alles, was er sagt? Er fühlt sich nicht so sehr bedroht als von einer Scham überwältigt, wie er sie noch nie verspürt hat, als die Menschenmenge den Kreis um ihn schließt, Männer und Frauen, Neger in bunten, weiten Gewändern, mit Ketten, Ringen und Bändern geschmückt, mit Turbanen, Zöpfchen oder Schädelkappen, gesichtslose Figuren, wie alle es für ihn sind und immer sein werden (er sagt sich Namen vor, Mohammed, Ibrahim, Mamadi-Sanici, Arafanba, Manman, er erinnert sich über diese Namen hinaus an nichts). Es ist ihm unmöglich, den Schauplatz zu verlassen; es ist ihm unmöglich zu schweigen, von selbst, wie in einem langsamen, andauernden Blutsturz kommen die Wörter aus seinem Mund, aus seiner Lunge, und jede seiner Wahrheiten wird, ans Licht gekommen, zur Lüge, denn nichts hält die Wörter zusammen. Schau, sagt Lamfias Frau milde erfreut, er fällt jetzt auseinander. Caillié liegt auf dem Bauch, preßt seinen Mund und die Augen auf den Seesack, sein hartes Kopfkissen; Speichel und Blut sickern in den Stoff. Er will mit dem Körper seine Aufzeichnungen schützen, wie er den Schirm schützen will, den er in seiner Hand hält und der seiner Hand Halt gibt; zugleich will er den Kiefer und die Zähne, die sich zu lockern und zu lösen scheinen (ein Wegbrechen von Klippen, die Zerstörung einer Landschaft) in seinem Kopf halten und eine Schutzschicht, ein zweites Lid, über seine Augenhöhlen legen, in einem vergeblichen Kampf um Sicherheit und um Ruhe, gleich ist es so weit, sagt Lamfias Frau munter, wie zur Ermutigung. Lamfias schmale kräftige Hand fährt in seinen Mund, die Finger stoßen ans Gaumendach, dringen durchs Fleisch wie ein Messer durch Butter, schließen sich wieder, packen sein Gebiß, Caillié (oder etwas tief in ihm Verborgenes) krächzt, anstatt, wie es möchte und wie es müßte, zu schreien. Lamfia macht sich am Schloß seines Seesacks zu schaffen, Caillié weiß, daß Lamfia lesen und beurteilen wird können, was er geschrieben hat, Caillié weiß, daß er ersticken muß, wenn er es nicht im nächsten Moment schafft, aufzugeben, die Bilder und die Buchstaben in seinem Kopf auszutauschen, zu vergessen. Er sagt sich (Tunnel zurück in eine andere Zeit) den Namen Céleste vor: es ist der zweite, in keinem Taufregister aufscheinende Name, durch seinen Mund der Schwester wie im Traum zugefallen; etwas kann anstelle eines Gesichtes entstehen, eine Welt ohne Oberflächen, etwas Leichtes und frei sich Ordnendes unterhalb des Schmerzes; unter der Erde Luft und eine Sprache, die endlos Sätze bildet und ein Verstehen wie eine zarte Berührung. Einziger Punkt, an dem seine Hand (mit ihr der ganze Körper und mehr als der Körper) Halt findet, eine Rückkehr, so hat es damals, um ihn zu beruhigen, auch wenn er nicht wußte, wohin er zurückkehren könnte und wovor er Angst haben mußte, seine Mutter genannt; er erinnert sich an den Bettzeuggeruch an diesem Sonntagvormittag, die Trennwände zwischen den Zimmern werden zum Schutz, er verschluckt diesen Geruch, ertrinkt darin, es ist unmöglich, ihn rein zu halten, den Geruch der Lederbezüge in der Kutsche und den Pferdegeruch herauszulösen (sie schweigt während der Fahrt, die Augen geschlossen, der Kopf zur Seitenwand absinkend, sein schweigender Onkel mit der Uhrkette in der Weste, das Rollen der Räder, das Ticken der Uhr, dann bekommt Nähe eine andere Bedeutung, ein Körper rückt fern, andere Körper kommen nahe, das ist die Regel, er tastet sich zu dem Punkt zurück, den er sucht: so wie die Hände von Sterbenden sich an anderen Händen, an einem Ärmel, an einem Kleiderzipfel festkrallen wollen). Das Buch auf dem Nachtkästchen, mit dem Rücken nach oben, zieht seinen Blick ebensosehr an wie die Haarsträhnen, die ins Gesicht, über die Augen des Mädchens fallen; wie das Weiß der Daunendecke, über dem, fast sichtbar, die zurückgebliebenen Gerüche des Schlafes und der kurzen Reise liegen; sie streicht mit der Hand ihr Haar zurück, streckt sie ihm dann, etwas feucht, überraschend kräftig, entgegen, während er sich auf die Bettkante setzt; sie zeigt (kennst du es?) auf das Buch, er blättert darin: auf einer fast leeren, von Buchstaben freien Seite die Zeichnung eines Mannes mit langem Bart und gebeugtem Rücken, ein Werkzeug in der Hand, Geäst, ein Unterstand aus rohem Holz hinter ihm, vor ihm das Meer; der eine Punkt, der Moment, von dem die Spirale der Jahre ausgeht und in dem sie wieder endet; wie Küsse kann das Buch zwischen ihnen hin und her wechseln, mit immer neuen erinnerten und auswendig gelernten Stellen, erzählten und wiedererkannten Geschichten. Die Zunge tupft ganz leicht an das entzündete Zahnfleisch; sein Mund brennt, ein Zucken erfaßt seinen Körper, er krümmt sich zusammen. Wenn er jetzt stirbt, wird Céleste (gemeinsam vielleicht mit den Figuren aus Büchern und mit unbekannten Toten wie Mungo Park oder Marco Polo) die einzige Person gewesen sein, die ihm je etwas bedeutet hat; außer ihr sind da nur Bilder des Sterbens und ferner Demütigungen, Kameraden, Soldatenhuren und Vorgesetzte; und Afrikaner, die nicht zählen und die schneller aus seinem Leben verschwinden als sie darin aufgetaucht sind. Diese einzige Person wird nie wissen, ob er tot ist oder lebt, sie wird sein Grab niemals kennen; sie wird der einzige Mensch sein, der ihn (mit einer beständig sinkenden, aber grausamerweise nie ganz verlöschenden Hoffnung) erwartet, wird ihn als einziger Mensch nicht vergessen haben; und er wird ihr nichts gegeben haben, keinen in der Ferne gewonnenen Reichtum mit ihr geteilt; er hat ihr niemals etwas gegeben als falsche Versprechungen und eitle Behauptungen; die Großsprecherei eines kleinen Buben; das Spiel mit Masken, das Versteck unter diesen Masken, diesen Einbildungen. Jetzt der Abgrund, von dem sie nichts weiß, das Entsetzen, das beinahe die letzten Bilder und Namen in ihm auslöscht: der Buchstabe C aber noch, sein Griff ums Holz, Knochen wie Holz. Der Skorbut ist dabei, ihn zu zerstören, in einer langsamen, systematischen Arbeit, er ist sich sicher, daß er jetzt stirbt; bald wird er um den Tod beten.

Er schreibt aus Ghadames zurück (einer Bahn des Erinnerns durch Raum und Zeit folgen, bis hin zu ihrer Quelle, die uns, von wenigen dürren Worten abgesehen, verborgen ist, die unserer Vorstellung überlassen bleiben muß), und er merkt schon jetzt, daß es die Sprache, die er benötigte, jene Worte, die dem Privaten und dem Offiziellen zugleich zugehörten, nicht gibt. An den Wüstenetappen seiner Reise reizt ihn im Grunde nichts; noch dazu findet er es selbst absurd, daß er ausgerechnet in der heißesten Jahreszeit durch die Sahara ziehen muß, pflichtgemäß, aber auch im Wunsch, sich doch mit dieser Umgebung anzufreunden, beschreibt er die Landschaften zwischen Tripolis und Beni Ulid und zwischen Beni Ulid und Ghadames, die Langsamkeit, mit der die Kamele, wie in einem Begräbniszug, sich in Bewegung setzen und über die Sandhügel ihren Weg bahnen, den ersten (noch einen tiefen Eindruck hinterlassenden) Sonnenuntergang in der Wüste, den Duft des Thymians, den der Wind verbreitet, und den Morgentau auf den Gräsern, den Weg durch steinige ausgetrocknete Flußbetten, den letzten Blick auf das Meer von den

Hügeln von Terhoona aus, die Schafherden, Pferde und Kamele, die in ruhiger Balance wie auf Wellenkämmen im Atlantik auf den Hügeln grasen; dann die Datteln und Olivenhaine von Beni Ulid mit ihrem Anschein von Kühle und die armseligen Lehmbauten dieses Tales, die pyramidenförmigen, wie mit dem Messer abgeschnittenen Berge seitlich des Weges, die ausgetrockneten Akazien, das Knirschen der Kameltritte auf dem Kies und den Steinen, die wachsende Hitze, die ersten von unzähligen Szenen von Durst und von Angst, als die Wasservorräte zu Ende gehen und bei Sonnenuntergang noch keine neuen Quellen erreicht sind, die ersten von unzähligen Sandstürmen, eine Szene in einem Tal namens Bir Serched, das er (in einem Déjà-vu, das auch in dem offiziellen Bericht nicht zu verschweigen ist) sofort wiedererkennt, als hätte er es in einem anderen Leben schon besucht: das ausbleichende Muster einer alten Tapisserie, stillgestellte Formen, die stillgestellte Zeit, Schaf- und Ziegenherden, Hirten, Bewaffnete und Marabuts (die Tag für Tag wiederholen, was Jahr für Jahr und Jahrhundert für Jahrhundert ihre Vorfahren wiederholten) werden zu bloßen Formen innerhalb des flächigen Musters, nicht anders als die verstreuten safrangelben Kräuter am vertrockneten Boden; er denkt an die Geisterhäuser der Schauerromane, an verlassene Räume, leere Fenster, efeuüberwucherte Mauern, in der Einsamkeit (eine Weite und ein Eingeschlossensein zugleich) soll es aber wenigstens Wörter für die Einsamkeit geben; dann, als die Zeit wieder in Gang kommt, von neuem die Hitze, die rissig werdenden Lippen, protokollierte Richtungsänderungen (obwohl die Gegend nicht ganz unbekannt ist), Tümpel mit salzigem, brackigem Wasser, von dem die Kamele lange nicht trinken wollen, tiefschwarze Berge, die den Horizont versperren, das Reisen bei Nacht, um der Hitze zu entgehen, Oasen, wo sich der Boden morgens mit einer Salzkruste bedeckt, kleine Dörfer, die, von Dattelbäumen umgeben, aus der Ferne harmonisch schön erscheinen und sich aus der Nähe als Ansammlungen von schäbigen Hütten erweisen (nur die Moschee und der Friedhof, immer etwas abseits der Ortschaft im Osten gelegen, schlichte und klare Stätten des Gebets und des Gedenkens, beeindrucken Laing); er mißt nun hundertundzwanzig Grad Fahrenheit im Schatten, er kann die Scheide seines Säbels nicht mehr berühren, ohne sich die Finger zu verbrennen, und wenn er den Daumen aufs Thermometer preßt, sieht er die Quecksilbersäule rasch absinken; ein dumpfes, taubes Gefühl nimmt Besitz von seinem Kopf, eine Schwere, die alle Gedanken auslöscht, manchmal vergißt er, wo er ist, das Denken erschiene ihm in jeder Sprache gleich seltsam, er wünscht sich, sein Hundertfünfzig-Mann-Gefolge würde wie eine Walze über ihn hinwegrollen und ihn im Staub zurücklassen. Dabei muß es jedem einzelnen von ihnen genauso gehen wie ihm selbst (so zerfallen sie zu Atomen), auch Jack, den er morgens im Zelt danach fragt, hat eine solche Hitze noch nicht erlebt, er stellt sich, sagt er, vor, seinen Kopf von den Schultern zu nehmen, schon diese Vorstellung erleichtert den Druck, der auf ihm lastet (all das ist ein Sprechen wie im Halbschlaf). Die Ankunft am Jebel Marar erinnert einen der Seeleute (er sagt nicht, ob es Rogers ist oder Harris, doch es muß Rogers sein, der zu solchen Gedankenblitzen neigt) an das Anlegen an der Küste von Yorkshire, Laing sieht die Orte ineinanderfließen, blauen Himmel, der wie ein schwerer Nebel erscheint und die Leichtigkeit des schweren Nebels, die Klippen eines Sandsteingebirges, das Meer von Sand, über das man sich voranschiebt, das man zurückläßt. Er freut sich auf den Niger, jedenfalls redet er sich ein, daß er sich auf den Niger freut: dort wird erst die eigentliche Reise beginnen, die lästige Zwischenzeit überwunden sein; er sieht den See vor sich, in dem, nach der Theorie, die er für die schönste hält (wenn sie auch mit Sicherheit falsch ist), dieser Fluß mündet; manchmal glaubt er, er muß (innere Pflicht, die sich über die Pflicht des Wissenschaftlers schiebt) beschreiben, um zu vergessen, daß er aus dem Wirklichen ausgeschnitten ist: er muß Bilder finden, um sich dort erst wieder einfügen zu können, in einem Vorausblick, der wie ein Erinnern ist, in einem vorausschauenden Erinnern.

Die Ankunft in Ghadames, nach tagelangem Marsch durch eine schwarze, vollkommen leere Ebene, vom Wind begleitet, fast verzweifelt, erscheint wie ein Eintritt in solch ein Bild. Eine große Gruppe von Stadtbewohnern kommt ihnen einige Tagesreisen weit entgegen, um sie zu eskortieren; Laing erfährt einen Zeitsprung, als er diese Leute (es sind Männer des Scheichs Babani) sieht: ihre Kleidung gleicht der Tracht der Mandingos; er spricht sie unwillkürlich auf Malinke an, dann, kaum daß er beginnen will, sich für seine Geistesabwesenheit zu schämen, antworten sie zu seinem Erstaunen auf Bambara, ihm verständlich, weil diese Sprachen sich kaum voneinander unterscheiden; er fühlt sich, als wäre er angekommen, daheim; an dieses Glücksmoment hält er sich in den nächsten Wochen, wenn ihn der Überdruß immer wieder überwältigt und er tagelang untätig und unfähig zu jeder Tätigkeit in seinem dunklen Zimmer herumliegt und sich, leere Papiere auf seinem Tischchen und am Boden verstreut, nicht einmal dazu aufraffen kann, die Lampe anzudrehen. Dabei sind die Bewohner von Ghadames, auch wenn die Stadt selbst für ihn etwas Unwirkliches und fast Beunruhigendes hat, ein Muster an Zivilisiertheit und Weltläufigkeit, schon bei der Begrüßung ist er beeindruckt von der Höflichkeit, Herzlichkeit und der ordentlichen, fast schön zu nennenden Kleidung der Menschenmenge, die vor den Stadttoren auf die Ankömmlinge wartet (gerade die Reicheren unter ihnen sind es, so wird er merken, die eine gestickte weite Toba im Stil der Länder des Südens tragen); er selbst hat darauf Wert gelegt, sich ihnen von Beginn an als Europäer und als Abgesandter und Untertan des Königs von England zu präsentieren, er trägt seinen blauen Militärmantel, seine Diener läßt er englische Hosen und weiße türkische Hemden anziehen; als Reisender betritt er eine Stadt von Reisenden, begegnet als ein Fremder Menschen, die es, durch ihren Handel mit dem halben Kontinent, der diese Stadt inmitten der Wüste seit Jahrtausenden aufrecht erhält, selbst verstehen, Fremde zu sein; die von der Kunst leben, sich zu verständigen, Gemeinsamkeiten und Unterschiede anzuerkennen und zu nützen. Der positive Eindruck vertieft sich in den folgenden Wochen, auch zu seinen schwarzen Reisegefährten sind die Ghadamesen freundlich und zuvorkommend, er selbst wird nur einmal von einem Marabut und ein paar alten Frauen abschätzig als Kaffer beschimpft. Die wohlhabenden Kaufleute laden ihn hingegen zu ausgedehnten Abendessen und Schnupftabakrunden ein, wenn sein Denken und sein Körper fester ineinandergefügt wären, könnte er sich wohlfühlen: wenn er den Ort und den Zeitpunkt, an dem er sich befindet, annehmen könnte. Er redet auch mit Sklaven, die zumeist aus den Bambara- oder den Haussaländern stammen, Antworten auf geographische Fragen kann er von ihnen kaum erwarten, aber er erfährt, daß sie ein nicht allzu hoffnungsloses Leben in der Gefangenschaft unter diesen zivilisierten Moslems zu führen haben; wenn sie fünfzig Taler angespart haben, können sie sich freikaufen; sie können für sich selbst arbeiten, zurückkehren oder sich, wenn sie möchten, Grundstücke oder Handwerksläden zulegen; manche haben überhaupt eine Art von Arbeitsverträgen, nach denen sie automatisch frei werden; von Zeit zu Zeit feiern sie Feste nach Art ihrer Heimatländer, ohne daß sich ihre Herren durch ihre Ausgelassenheit und ihre heidnischen Tänze und Gesänge stören lassen würden; nie beobachtet er einen Ghadamesen, der seine Sklaven schlägt oder mißhandelt. Wenn er von seinen Überzeugungen absieht, erscheint ihm die Gegenwart dieser Sklaven (als Zeichen und als Handelsgüter) wie eine Verdichtung von Raum und Zeit: ein Beweis für die Offenheit der Wege, für die Möglichkeit, andere Orte heranzuholen, ins Wirkliche einzubauen.

Die Stadt formt sich aus ineinander verschachtelten Innenräumen: eher als die Gassen, die verwinkelt und überdacht und auch tagsüber fast vollkommen finster sind, erscheinen die Terrassen der Häuser wie ein Außen, mit Blick auf den Himmel und dem Gefühl oder der Illusion von Weite, vor allem nachts, wenn er alleine dastehen oder sich, in eine Decke gehüllt, auf den Boden legen darf und in den Sternenhimmel starren, von keinem Licht auf der Erde und keinem Laut gestört. Versucht er dagegen, Spaziergänge zu unternehmen, verirrt er sich unweigerlich; ohne daß diese Irrgänge etwas Bedrohliches hätten, eher bieten die Steinmauern ihm einen traumhaft weichen Schutz, und er weiß, daß er jeden Passanten um Hilfe bitten kann; manchmal findet er sich, am Ende einer der schmalen Gassen, unvermittelt auf einem größeren Platz wieder, mit Steinbänken, auf denen alte Männer in ihren weißen Djellabas sitzen und ihn lächelnd ansehen, ohne ihre Diskussionen zu unterbrechen, Salam Aleikum, sagt er, sie antworten und stellen ihm Fragen, die er selten versteht, trotzdem bleibt er für eine kleine Unterhaltung, die Hand am Säbelknauf, eine Zeit lang bei ihnen stehen. Türkentauben, die in den sechzigtausend Bäumen des Grüngürtels um die Stadt leben oder auf den vereinzelten Palmen dieser Stadtplätze, fliegen, ihre zarten Schreie ausstoßend, über sie hinweg oder setzen sich, nah an den Menschen, auf den Boden, hüpfen zu ihren Füßen hin, lassen sich mit Brotkrumen füttern. All dieses Lebendige (darunter er) ist, im Gegensatz zum Stein, nur zufällig da, braune, weiße und schwarze Hautflecken in den Lichtfeldern, wehende weiße Gewänder, ein hellgraues Federkleid, eine fremdartige blaue Uniform, etwas Verschwindendes: ein Zwang zur Stille und zur Langsamkeit scheint sich über diese Gassen zu legen, in die man (er entfernt sich mit höflichen Grußformeln von den Männern, sieht sich sich entfernen) eintauchen muß wie in den Abgrund eines Labyrinths, selbst Sprache, Lärm oder Hektik würden sich in Stille verwandeln, verschluckt werden, ohne die Möglichkeit einer Wiederkehr. Licht und Schatten stehen in einer vollkommenen Verbindung mit dem Stein, bekommen etwas Absolutes; es gibt keine Farben, nur das leuchtende Weiß oder, zumeist, die Finsternis der Mauern, die fensterlos neben ihm aufragen und sich in den Querbauten über ihm schließen, und des leicht unebenen, sich zu den Mauern hin aufwölbenden, festgefügten Bodens. Während man durchs Dunkel geht, ist es günstig, zu hüsteln oder Gebete zu murmeln, um nicht mit Entgegenkommenden zusammenzustoßen. Er registriert das Fehlen von Gestank und Schmutz, wie er sie in einer so dicht gebauten und besiedelten Stadt erwarten würde: neben den Toiletten in jedem Haus stehen auch öffentliche Bedürfnisanlagen für die zahlreichen Reisenden der Karawanen aus Nord und Süd bereit. Lieber als durch die Stadt streift er, als würde er den unterirdischen Wasseradern folgen, durch die Gärten, an der Stadtmauer entlang über die Erdwege, zwischen den Palmen, läßt sich, sehr geduldig, die Bewässerungsanlagen erklären; von dem großen gemauerten Wasserbecken am Hauptplatz, dem Ort der Arsheshuf, der Krokodilsquelle, um die Ghadames gebaut ist, gehen alle Wasserleitungen und Kanäle aus, auf Arabisch wird diese Quelle einfach L´Ain, das Wasser, genannt, ein sprudelnder, Blasen werfender, niemals zur Ruhe kommender Brunnen. Seltsam zusammengedrängt auf engstem Raum (dennoch kann er sich eines Eindrucks von Leere nicht erwehren) stehen, im Schatten der Palmen, die Obstbäume in den Gärten, große Melonen wachsen hier, während die Äpfel und die Pfirsiche in der Hitze verkümmern; er kostet von den kleinen schwarzen Datteln, die wie Oliven aussehen; manche der Wege laufen wie Dämme ein Stück weit über dem Erdboden. Westlich der in der Form eines Dreiecks angelegten Stadt dehnt sich über mehr als eine Meile ein riesiges Gräberfeld aus, hier verbringt er viele Stunden. Er vergißt auf die Hitze, er ist allein und doch nicht allein, unter einem wolkenlosen, weiten Himmel; er liebt die Ruhe und die Gemessenheit dieses Ortes, den Sinn für Nähe und Entfernung, eine Harmonie, die unaufdringlich auf sein Lebendigsein, den flüchtigen eigenen Ort zurückwirkt. Die Grabstätten, die sich scheinbar endlos aneinanderreihen, sind weder pompös wie die Gräber der Reichen auf den europäischen Friedhöfen noch vernachlässigt wie der Gräber der Armen auf den europäischen Friedhofen, die Hinterbliebenen, egal welchen Standes, kehren immer wieder zu ihren Toten zurück, um Steinhügel aufzuschlichten, Pflänzchen zu säen, kleine Gefäße mit Wasser aufzufüllen, an denen die Vögel sich tränken, Spatzen, Türkentauben, Schwalben oder jene schwarzen Vögel mit weißem Kopf und weißen Schwanzfedern, die in allen Oasen der Wüste zu sehen sind und deren Namen er nie erfragt, obwohl er ganz gerne auf sie schießt, wenn er sich nicht gerade auf einem Friedhof befindet. Laing wandert umher zwischen den Lebenden und den Toten; er fragt sich, wie es möglich ist, daß die Schrecken des Todes gerade von Mahometanern, denen er eher Verblendung und Fanatismus zutrauen würde, auf so einfache Weise ausgelöscht werden, in das Bild einer Landschaft überführt. Er schreibt, der Selbstzerstörer muß an diesem Ort das Lästerliche seines Vorhabens spüren, die ewige Verdammnis, zu der er sich verurteilen würde, indem er vor einem vorübergehenden Leid flüchten wollte. Welch kleinen Schrittes bedarf es, um in diesen Abgrund zu stürzen, welche feste Logik kann einen hineintreiben. Kleine tönerne Dreiecke, für jedes ein Name und eine Geschichte, die er nie kennen wird, dazwischen ältere Gräber, an deren Bewohner sich niemand mehr erinnert, mit Stelen aus Kalkstein; er versucht die Inschriften zu entziffern, wenn es Inschriften gibt; er stellt sich vor, der Friedhof wäre älter als alle bekannten Friedhofe, er könnte hier auf einem lückenlosen Weg zurück ins alte Cyramus wandern, die Spuren seiner garamantischen Bewohner lesen, nackte Steine, reines, nacktes Weiß; weitere Jahrtausende zurück, Athen und Rom wären noch unerschaffen, während diese Stadt schon genauso aussieht wie heute: doch dieses helle, friedliche, freundli-

che Gräberfeld, das langsam nach Norden hin wächst, steht gerade im Gegensatz zum Dunkel der Stadt, ihrem abweisenden, burgartigen Charakter: in der Stadt wäre die Zeit konzentriert, auf dem Friedhof auseinandergelegt, überwunden, das Licht gibt jedem Gegenstand hier sein Recht, jeder Pflanze, jedem Gefäß, jedem Kieshügel, jedem Grabstein, jedem Tier und jeder Person.
In seinem Haus (es gibt keine Möbel, nur Teppiche aus dem Fundus Babanis, er hat sein Feldbett aufgestellt und die Kisten mit seinen persönlichen Gegenständen, Büchern, Waffen, Kleidung, Geschenken, technischen Geräten verschlossen gelassen) zerdehnen sich, Minute für Minute körperlich spürbar, angefüllt mit Problemen und mit Nichtstun, die Stunden; im Obergeschoß, wo es zwar Licht gibt, finden auch die Fliegen und die Mücken ihren Weg ins Zimmer, er hat eine seltsame Scheu, sie zu erschlagen, im übrigen ist es auch sinnlos, weil für jedes getötete Tier zehn neue auf ihn losgehen; er empfängt Besucher, die medizinische Ratschläge von ihm erwarten oder einfach den Fremden bestaunen wollen und manchmal ohne eine klare Absicht stundenlang dableiben, darunter Delegationen der vor der Stadt lagernden Tuarick, statuenhaft dastehende Männer mit dem Litham ums Gesicht, dem Speer in der Hand und Schwertern im Gürtel, wenig Zurückhaltung zeigende Frauen und Mädchen mit unverschleierten Gesichtern, die ihn anstrahlen und um Geschenke bitten. Hatita, der Scheich der Tuarick-Gruppe, hat sein Versprechen gehalten und in Ghadames auf Laing gewartet; er stattet ihm gleich am Morgen nach seiner Ankunft einen Besuch ab, dankt Gott, daß er den Engländer sicher in seine Hände gegeben hat, und verspricht, daß er ihn mit Gottes Hilfe sicher durchs Tuarickland führen und in Tripolis höchstpersönlich wieder seinem lieben Freund, dem Konsul übergeben wird; die großzügigen Geschenke, sagt er, haben sein Herz geöffnet, sie haben ihm gezeigt, daß die Engländer ein großes und freigiebiges Volk sind und so weiter und so fort, Laing findet es mühsam, das Gerede seines Schutzherrn auf seinen Gehalt überprüfen und den Gehalt dieses Geredes auf seine Ehrlichkeit abklopfen zu müssen; irgendetwas aus seinem Gesicht, aus seinen Sätzen herauszulesen; er kann sich kein klares Bild von Hatita machen, nicht einmal sein Alter abschätzen, er wirkt groß und kräftig, um die Augen (undurchdringliche schwarze Bälle wie Tieraugen, er weiß nie, ob er lächelt) hat sich ein System von Fältchen gebildet; seine Geschwätzigkeit hat auf paradoxe Weise denselben Effekt wie die Schweigsamkeit, die man von Tuarick-Kriegern eigentlich erwarten würde. Er gibt Hatita einen Burnus als Geschenk; zum Dank bekommt er überraschenderweise selbst einen Speer geschenkt, außerdem erinnert ihn Hatita diskret daran, daß sein lieber Freund Konsul Warrington ihm brieflich auch einen Benish, einen Reitermantel ver-

sprochen hat; Laing hält es für angebracht, das Versprechen (falls es je gegeben wurde) zu erneuern und seine Erfüllung auf unbestimmte Zeit zu verschieben. Eigentlich hätte Laing nur ein paar Tage in Ghadames bleiben wollen, den Kamelen etwas Zeit zur Erholung geben, die Karawanen Babanis und Hatitas vereinigen; er hätte erwartet, daß sich die Dinge hier so weit klären, daß er schon genau den Tag seiner Ankunft in Tombuctoo berechnen würde können; nun erweisen sich aber die Diskussionen über den Termin der Weiterreise wiederum als Aufzählungen von Hindernissen, teils persönlicher, teils technischer, teils einer vagen, tieferreichenden Natur; Motive, die sich ineinander mischen, miteinander verkleben, zu jenem Festen, Undurchdringlichen (das Spiel von Spiralen), das sich in jedem Gespräch und in jeder Unternehmung um ihn schließt. Hatita zeigt sich, in einer Ebene unterhalb seines ostentativen Optimismus, über die Rolle Scheich Babanis irritiert; Laing schaut auf Konflikte voraus, die sich im Verlauf des erzwungenen Zusammenlebens ergeben werden, schon jetzt nimmt er unwillkürlich den Standpunkt Babanis an; er erklärt Hatita während einiger Gläser Tee, die einer von Babanis Sklaven für sie bereitet, geduldig, warum er auf Babani, der ihn sicher nach Ghadames gebracht hat und hier beherbergt, nicht verzichten kann und will, auch wenn sein Einfluß in den Regionen zwischen hier und Tombuctoo gering oder überhaupt nicht vorhanden ist; er malt jene ungemein wichtigen geschäftlichen Verbindungen Babanis in der Stadt Tombuctoo aus, von denen er sich eigentlich selbst nur eine höchst vage Vorstellung macht.

Während Laing kaum Fieber hat und sich gesünder fühlt als alle Einheimischen, leiden seine drei Diener allesamt an Durchfall, und sogar diverse technische Geräte erweisen sich den klimatischen Verhältnissen nicht gewachsen; die Uhr ist zwischen Beni Ulid und Ghadames stehengeblieben, die Barometer und Hygrometer zeigen nur noch unsinnige Angaben; auch das Flicken von kaputt gegangenen Kamelsätteln dauert seine Zeit; weiters gibt ihm Scheich Babani zu verstehen, daß eine Beule an entscheidender Stelle ihn für die nächste Zeit am Reiten hindert; er selbst wartet wochenlang vergeblich auf einen Brief aus Tripolis, dem ein Bild beigeschlossen sein sollte; er kann ohne dieses Bild und ohne irgendeine Nachricht aus Tripolis nicht weiterreisen, er kann nicht einmal klar denken ohne diese Nachricht, ohne dieses Bild. Einmal bringt ihm Le Bore etwas vom Kraut namens Haschisch mit, das ihm, wie er sagt, gegen sein Magenleiden hilft und überhaupt interessantere Wirkungen haben soll als normaler Tabak oder Alkohol; sie breiten einige Kissen auf der Terrasse aus und jeder stopft sich ein Pfeifchen, mit unbestimmter Erwartung schaut Laing in die Ferne, an irgendeinem Punkt in diesem Blickfeld könnte die langsame Veränderung (an die er nicht wirklich glaubt) einsetzen, wie an einem Angelpunkt, von dem aus die Welt sich zu drehen begänne; nur um dann doch wieder zum ursprünglichen Zustand zurückzukehren; eigentlich schaut er von Beginn an nur auf die Ernüchterung voraus, immerhin reizt ihn die vage Idee, für einen Moment ohne Mühe Ghadames verlassen zu können, die Stadt für einen Moment in ein Nirgendwo verwandeln zu können, das würde das Experiment rechtfertigen. Jack und Laing schweigen gemeinsam oder reden über nichts (zu beidem sind sie imstande); während Jack langsam immer fröhlicher wird und Bemerkungen macht, die Laing nicht versteht und auch nicht verstehen möchte, fühlt er sich selbst nur müder und müder werden, und immer tiefer niedergedrückt; er verzieht mit ungewöhnlicher Anstrengung den Mund zu einem Lachen, um seinem Diener und Gefährten gleich zu scheinen, aber Jack merkt noch in der Berauschung, daß dieses Lachen künstlich ist. Laing versucht an Emma zu denken; er versucht dann, nicht an Emma zu denken; beides mit einer ähnlich vernichtenden Wirkung auf seine Lebensgeister. Er beobachtet eine Fliege, die mit erstaunlicher Langsamkeit nahe an den Menschen über den Steinboden krabbelt, zum Flug ansetzt, einen Kreis um ihre Köpfe dreht, dessen Bahn er quälend genau verfolgen kann; sich dann, in Reichweite seiner Hand, wieder auf dem Boden niederläßt: er muß daran denken, daß er sie zerquetschen könnte, sie hätte keine Chance, ihm zu entkommen; die Vorstellung des unausweichlichen Mordes und die Vorstellung des unausweichlichen Todes sind nicht voneinander zu trennen; er ist zu müde und (das Gehirn, so sagt er sich und sieht er sogleich, ganz und gar in Watte eingelegt) zu verzweifelt, um seine Position in diesem Spiel feststellen zu können, einen Körper auszusuchen, der ihm zur Verfügung stünde; es ist auch egal, ob er den Mord an diesem schönen, fragilen Wesen ausführt oder nicht, er bleibt in dem Spiel der Vorstellung gefangen. Jacks aufmunternde, von einem ununterdrückbaren Gelächter unterbrochene Worte dringen nicht in diese Welt ein. Er möchte weinen, wenn er an die Mühe denkt, die ihm bevorsteht: die Treppe in sein Zimmer hinabzusteigen, sich schlafenzulegen, morgen früh, beim Ruf des Muezzins, wieder zu erwachen, aufzustehen wie jeden Tag, in demselben Raum und in derselben Stadt wie jeden Tag.

Immerhin gibt es in Ghadames so etwas wie ein gesellschaftliches Leben für ihn. Oft geht er über die Treppen und Gänge hin zu den Zimmern von Babanis Ehefrau, der einzigen, die in dieser Stadt mit ihm zusammenlebt, manchmal nimmt er den Dolmetscher mit oder der Scheich selbst leistet ihnen Gesellschaft, meistens aber ist er mit der Frau alleine. Schon bei der ersten Begegnung merkt er erfreut und überrascht, daß sie sich in keiner Weise versteckt und sich nicht verstecken läßt; er bewundert die Souveränität und die Eleganz, mit der sie ihr Haus bewohnt und die Herrin ihres Hauses ist, ihn als die Herrin des Hauses empfängt und immer wieder eine kleine Verwandlung bewirkt; so als könnte sie ein geheimes und andersartiges Zentrum der Stadt bezeichnen. Die fließenden Gewänder, die sich von dem an der Stirne sichtbaren schwarzen Haarschopf bis zu den Knöcheln über ihren Körper breiten, bestimmen wie Bestandteile des Interieurs den Raum, in dem sie sich befindet, und machen ihn lebendig; eher als an eine geknechtete Orientalin läßt sie ihn an eine römische Dame denken, *ad talas stola et circumdatur palla*, sagt er sich und schreibt er nieder, wie um ihre Person über diese Umhüllungen und Analogien festhalten zu können; er hört die Stimme seines Vaters, der immer automatisch zu schreien begann, sobald er Latein oder Griechisch redete. Ihr Gesicht ist unbedeckt; sie wirkt noch jung, obwohl sie älter sein muß als er; sie stellt ihm in unbefangener Neugier Fragen nach seinen Reiseplänen und nach seinen Erfahrungen, nach dem Leben in Europa und dem Leben der Frauen in Europa (er denkt an Emma, mit der er niemals alleine war, und das gerne verwendete Wort Freiheit kommt ihm nicht über die Lippen); er antwortet ihr ebenso unbefangen, er erzählt seine Geschichten, ohne etwas anderes zu erwarten als die Sicherheit, die in eben diesen Geschichten liegt und kein Außerhalb und nichts weiteres verlangt. Es sind Gespräche, die ihn nicht weiterbringen müssen, in denen er keinen Zweck verfolgen muß (winzige Bereiche im Raum und in der Zeit, in denen das möglich ist, eigene kleine Welten, ohne deren Existenz er vielleicht schon zusammengebrochen wäre), im Gegensatz zu den anderen Gesprächen und selbst Briefen, in denen er immer auf einen möglichen Doppelsinn, einen möglichen Verrat, eine mögliche Täuschung achten muß und die ihm doch mittlerweile alle immer nur das Eine sagen: er sollte eigentlich zurückkehren (doch wie soll er glauben, was er weiß, solange es Zeichen gibt, die ihm anderes versprechen, eine andere Bestimmung, deren Erfüllung in Reichweite wäre). Wenn die Frau (wir kennen ihren Namen nicht, weil Laing ihn niemals aufschreibt) in den weichen Gesten, die ihre Worte begleiten, den Arm hebt, der weite Ärmel rutscht etwas zurück, stoßen ihre silbernen Armreifen mit einem leisen Klirren aneinander, ein Glitzern akzentuiert die Erscheinung; Laing lobt die Schönheit dieser Schmuckstücke, sie streckt ihm den Arm entgegen, damit er die Reifen aus der Nähe bewundern kann, sie legt ganz selbstverständlich ihre Finger in seine Hand; dann hält sie den Arm vor ihre Augen, als bedürfte es einer eingehenden Prüfung; mit einem Lächeln streift sie die Armreifen ab und drückt sie Laing in die Hand; sie freut sich, daß sie ihm gefallen, und er kann sie haben; sie hat diesen Schmuck sowieso schon zu lange getragen und ist seiner müde geworden; sie wird ihrem Mann sagen, daß er ihr neuen besorgen soll; das ist eine gute Gelegenheit. Laing ist verwirrt und fragt sich, ob er einen Fehler begangen hat, aber das freundliche Gesicht der Gastgeberin deutet nicht darauf hin; er kann dieses Geschenk, sagt er, keinesfalls annehmen (aber natürlich können Sie das, mein kleiner Engländer; aber nein; aber ja –); nun gut, er schlägt ihr vor, sie soll es sich drei Tage lang überlegen, wenn sie dann doch Sehnsucht nach diesen wunderbaren Stücken haben sollte, sie sind immer noch die ihren; oder wenn ihr Mann –; ach, mein Mann, sagt sie. Als sie (jetzt, wo sie ihn besser kennt) auf ihrem Musikinstrument, einer Fiedel mit einer einzigen Seite, für Laing spielt und für ihn singt, mit einer leisen, aber gefühlvollen Stimme, sind ihre Arme bis zu den Ellenbogen nackt; er sieht die neuen Armreifen, kostbarer, denkt er, als die alten (er schweigt dazu, er fragt, mit einem Anflug von Selbstvorwürfen, Babani, der lächelt nur, zuckt mit den Schultern: Laing, der sich mit der Frau identifiziert, freut sich über ihre Stärke und Überzeugungskraft), er sieht die Haut, bronzen, makellos, unberührbar, nichts als ein Bild für ihn; er folgt der Musik, den schrillen, bezwingenden Tonschleifen der Fiedel, dem Gesang, dessen Wörter er nicht versteht, doch es genügt, wenn sie das Bild begleiten, es in sich runden, den Bereich verschließen, den diese Fremde für ihn geschaffen hat. Ohne Mühe kann er sie dazu überreden, eine Skizze von sich machen zu lassen, sie sitzt still da, während sein Stift ihre Züge nachzeichnet, ihr Haar, das unter dem Schleier hervorschaut, ihr nacktes Gesicht mit den dunklen schweren Wimpern und den weichen, leicht spöttisch wirkenden Lippen, die weiße Gandura, in der er zugleich erinnerte Stiche aus historischen Büchern weitermalt. Am Ende hat diese Zeichnung das gleiche Schicksal wie das Gemälde (das erste von zwei Bildern, die der spanische Generalkonsul José Gomez Herrador von Emma Warrington oder Emma Gordon Laing – oder wie immer ihr Name ist oder sein wird – anfertigt), um das Laing gebeten hat und das er mit großer Verspätung Ende September, nach fast zwei Wochen in Ghadames (fast genau ein Jahr vor seinem Tod) zugeschickt bekommt; er sieht sich das Gemälde nur an, wenn er sich alleine weiß, hält es getrennt von den Skizzen, die er selbst anfertigt – die Gassen von Ghadames, die wie Höhleneingänge anmuten, die merkwürdigen Ruinen vor der Stadt, eine typische wohlhabende Kaufmannsfrau (sie betrachtet die Zeichnung, er überlegt kurz, sie der Madame zu schenken, das wäre nicht wissenschaftlich, er macht eine zweite Skizze für sie); doch als er zum ersten Mal die Verpackung aus Papier und Tüchern löst, kann er sich nicht verhehlen, daß er enttäuscht ist, weil das im Grunde nichts ist als Farbe auf einem kleinen Stück Leinwand und nicht zu vereinbaren mit dem, was er erwartet hat; die Gesichtszüge sind verwechselbar und die Haut der Wangen erscheint bleich wie die einer Kranken: er sucht ein Kennzeichen, etwas Einzigartiges, das zugleich nur von ihm und von niemandem anderen wahrgenommen werden könnte (aber wie hätte es dann jemand anderer malen können; gab es dieses Einzigartige überhaupt); Küsse aufs Bild zu drücken und Tränen über ihm zu vergießen (diese Gesten erfordert die Situation) ist sinnloser und weniger trostreich als sein Kopfkissen zu küssen und Tränen aufs Kopfkissen zu vergießen, wie er es schon in den letzten beiden Wochen vermocht hat, in jener Einsamkeit, die der andere Bereich ist, der sich um ihn schließt und eigene Mechanismen und Handlungsweisen hervorbringt, am Rande der Konvention und über sie hinausgehend.

Von Beginn an erscheinen Tränen angemessener als Küsse: einmal nur, fast ohne es zu spüren, hat er seine Lippen auf diese Lippen gedrückt, haben die Lippen sich für Sekunden ineinandergeschoben, keine Spur von ihrem Speichel, kein Geschmack ihres Atems ist in seinem Mund zurückgeblieben; der Konsul gibt ihnen seinen Segen, Emma weint und er schweigt, soweit es möglich ist zu schweigen; die ganze Zeremonie ist ohne eine Spur von Freude, nur von Angst geprägt; er spürt schon selbst zu viel von dieser Angst, als daß er sie mit irgendeiner Form von Überzeugungskraft seiner Braut nehmen könnte. Die Kapelle (er schreibt zurück: dieser so melancholische Tag des Abschieds, an den Sie sich wohl erinnern) ist vollgeräumt mit Kerzen, die den düsteren Eindruck eher verstärken als beseitigen, und mit europäischen Diplomaten (nur die Familie des Barons Rousseau fehlt); er kann vermuten, daß alle Einzelheiten der Inszenierung, als deren Hauptdarsteller er wirkt, diesem erlauchten Publikum bekannt sind; mit sehr geringer innerer Beteiligung folgt er der längeren Predigt des Konsuls und lauscht den warmherzigen Worten, die er für ihn (den noch so jungen und doch schon so bedeutenden wie vielversprechenden Mann, der in so kurzer Zeit und nicht nur wegen der Verbindung, die er zu seinem, des Konsuls, großen Glück, einzugehen im Begriffe ist, zu so etwas wie einem eigenen Sohn für ihn geworden ist usf.) findet, er fühlt sich eher wie einer der unbeteiligten Gäste oder wie ein Zuschauer aus noch größerer Entfernung, aus dem Unsichtbaren; der Kontrast zwischen der Figur des Konsuls und der grauen Figur des Christus hinter ihm (ein repräsentatives, noch in Gebrauch befindliches unter einem ererbten, vergessenen Gemälde) erscheint ihm komisch; so groß ist seine Distanz, daß er alles nur noch zweidimensional, als etwas Vergehendes, schon Vergangenes, nur noch in Spuren Festgehaltenes wahrnimmt; er zwingt sich, Mitleid mit der Frau im weißen Kleid zu haben, die an seiner Seite steht; in diesen Momenten kann er sie nur durchs Mitleid wahrnehmen, durch kein anderes Gefühl; jetzt, wo sie ganz bei ihm sein sollte, hat sie nichts zu sagen und sagt ihm nichts; sie scheint ihm verloren. Nach dem Abendessen (es gibt Champagner, auch für die Mädchen; er stellt für eine größere Runde, als selbstbewußter Mittelpunkt, reiner und unangreifbarer, wie es die Situation verlangt, die Person wieder her, die er für eine kleinere Runde erscheinen hat lassen) können sie sich nicht in ein Zimmer zurückziehen, doch sie werden halbwegs alleingelassen, die Hände für Stunden hilflos aneinander reibend, hin und her wechselnd zwischen dem Salon, wo die Lichter in dieser Nacht nicht ausgehen, und dem Garten mit seinen Düften und dem beruhigenden, täuschenden Dunkel; er weiß, daß sie beide keinen Schlaf mehr finden werden; vielleicht liebt er sie erst jetzt und nur jetzt wirklich; im Schmerz, in dem er den Anteil von Lüge in allem, was er sagen kann, spürt; sein Weiterleben, diese Abfolge von Stationen, ist nichts als ein Weiterspinnen von Lügen, ein Setzen von Fluchtpunkten; in seiner eigenen Geographie, die nichts als eine Art sich zu entfernen und dies zu verleugnen ist. Das Streicheln kalter Finger, der Druck einer feuchter werdenden Hand, ineinander verschränkte Finger, gespannte Haut an den Fingerknöcheln, mein Schweiß an deinem. In ungewohnter Stille sitzt der Konsul in einer Ecke des Salons, von Zeit zu Zeit macht er einen Zug von seiner Pfeife, sein Brandyglas steht auf dem Beistelltischchen neben seinem Fauteuil. Auch vom Lager her ist kein Laut zu hören (über ihnen die Zikaden als beständige Musikkulisse); Laing hat Jack Le Bore eine Flasche Champagner hinüberschicken lassen, gemeinsam mit dem einen Witz in den anderen hinübertreibenden Rogers und dem stillen Harris hat er sie, zu einem gleichfalls abgezweigten Anteil vom Festmahl, inzwischen geleert; morgen, bald nach Sonnenaufgang, wird der Scheich Babani mit seinen Leuten eintreffen, und sie werden sich auf den Weg machen; dann ist Emma schon in ihrem Zimmer, das Fenster verdunkelt, ohne Lust, sich von ihrem Bett zu rühren, so wie Laing in Ghadames, in seinem Tierbau, daliegen wird, unfähig, jemanden zu sehen oder zu den Mahlzeiten hinunterzugehen, ganz gegen die Gewohnheiten des Hauses läßt man ihr auch ihren Willen, der Konsul, seine Frau und die heute sehr leise, leicht verweinte kleinere Tochter, alleine zu dritt, beim gemeinsamen Mahl: alles das ist ganz klar, es ist egal, ob man es sieht oder sich aus der Ferne vorstellt, es ist ganz egal, ob man, in dieser Nacht, in der die Minuten sehr langsam und doch immer zu schnell vergehen, darauf vorausschaut oder sich, in der zerdehnten Zeit bis zur letzten Stunde, in der überflüssig gewordenen Gegenwart daran erinnert. Mit der gleichen Inständigkeit, mit aller körperlichen Kraft, zu der sie imstande sind, bemühen sie sich, sein Versprechen dem Bereich der Lügen zu entziehen:

über den Druck ihrer Hände, über die Wärme einer letzten Umarmung soll sich die Wahrheit den Körpern einschreiben, noch in der Trennung im Innern eines jeden, wie in einem Augenblick der Vereinigung, in der Tiefe der Eingeweide zu spüren. Es ist, sagt er (nichts soll stärker sein als dieses Flüstern), seine letzte Reise, sie werden nur noch gemeinsam unterwegs sein, auf dem Schiff, in wenigen Monaten, nach Norden hin, wenn er sie auf die Insel heimbringt; er wird sie nie mehr allein lassen (ein Flüstern als Antwort auf ihr im Flüstern verkörpertes Verlangen); es ist ihm egal, was er jetzt entdecken wird und was er noch jemals entdecken könnte; das einzig Gute an dem Unternehmen, das ihn die Pflicht fertigzubringen zwingt, ist, daß er sie dabei kennengelernt hat; jeder dieser Bausteine seines Sprechens hat variiert und wiederholt zu werden, bis er unangreifbar, nicht zu vergessen, nicht zu bezweifeln und nicht zu übersetzen und zu verstehen ist. Und wenn der Anteil von Schmerz, die Verzweiflung das einzig Wahre daran sind: wie jene seltsame Scheu, die sie jetzt davon abhält, sich, während sie durch den Garten spazieren oder auf einer Bank im Garten sitzen, wenigstens noch einmal, diesmal für sich und nicht für die Zeremonie, deren Objekte sie gewesen sind, zu küssen: das Wissen, das sich als Scheu darstellt, eine heimliche Kälte noch in der Umarmung, der Zwang, das Verlangen zu bewahren, ein innerer Zwang, der auf den äußeren antwortet, sich ihm fügt, indem er widerspricht, und widerspricht, indem er sich fügt.

Mit dem ihm eigenen Feingefühl reagiert der Konsul in den Briefen, die alle paar Tage eintreffen, auf Laings wiederholte besorgte Fragen nach Emma (am liebsten würde er, von ihrer eigenen Hand verfaßt, ein Protokoll über jede einzelne Sekunde ihres Lebens, jeden ihrer Gedanken zugeschickt bekommen; er könnte diese Buchstaben nachziehen, könnte an jedem Gedankenstrich, jedem Semikolon verharren: doch die Post, die er bekommt, geht übers Konsulat, er weiß, daß den Augen des Konsuls keine Seite entgeht, die hierher zu ihm findet); er schreibt, natürlich möchte Emma, daß Du umkehrst, aber das soll Dich nicht stören; dann folgt ein ebenso feinfühliges Lob Clappertons, dessen Scheitern und Versumpfen in der Bucht von Benin und dessen Tod sich Laing heimlich erträumt (denn dieser Mann will ihm rauben, was ihm gehört und für ihn bestimmt ist), nur um sich sogleich selbst wieder zurechtzuweisen und ihm alles Gute, das heißt, eine glückliche Umkehr zum rechten Zeitpunkt zu wünschen; Warrington hingegen schaut auf die Begegnung seiner beiden Schützlinge am Ufer des Niger voraus und zeigt sich sicher, daß sie nützliche Erkenntnisse austauschen werden können: Laing hat das Gefühl, für einen Ersatzmann gehalten zu werden; er muß sich fragen, wie viele Parteien es in diesem Unternehmen eigentlich gibt: was der Konsul (es ist schließlich unmöglich, daß er seine Tochter als Einsatz verwendet) in Wahrheit erreichen möchte; wo er ihn, den halben Schwiegersohn, am Ende haben möchte. Was wäre im übrigen, wenn er wirklich umkehrte: er wäre ein lächerlicher Pantoffelheld, der in nichts dem Bild entsprechen kann, das Emma (wenn man schon glauben möchte, daß alle anderen nichts mehr zählen) von ihm hat: ist es so, daß er sich die Uniform vom Leib reißen will, alle Kleider, niemanden mehr darstellen: was würde bleiben außer der Scham: wie würde sie ihn überwuchern, bis sie einander hassen müßten. Er würde aus der Ferne zuschauen, wie einer nach dem anderen an dem Ziel scheitert, das er selbst erreicht hätte: das wird er keinem sagen können, niemand würde es ihm abnehmen, immer tiefer würde sich dieser Unglaube dann nach innen fressen, und alles, wofür sein Name steht, wäre vergessen. Emma kann nicht wollen, daß er umkehrt: er existiert ja nur im Anderswo, von dort ist er ihr zugetrieben worden, dort ist er sichtbar, alles, was er ihr je erzählen konnte, spielt in einem Anderswo, das nur in seinen Worten existiert, du zitterst, Immalee, er liegt da, wünscht sich das Fieber zurück, das ihn zittern macht, das ihn weitertreibt: er schaut auf das schlechte Gemälde und möchte ein Bild von ihr, das niemand gemalt hat; das vom Licht selbst zu ihm übertragen würde, eine wunderbare Verdopplung: ein Zeichen, das zugleich mehr wäre als nur ein Zeichen, imstande das Wirkliche zu ersetzen, vor den Ort, an dem er sich befindet, einen anderen Ort zu schieben, vor die Gestalten, die er wahrnimmt, eine andere, unveränderbare, von ihm für immer besessene Gestalt; auch wenn er nie zum Stillstand käme, bliebe diese Gestalt an seiner Seite, ein freies Lichtwesen in all den finsteren Höhlen, die er bewohnt: ein innerer Zustand für jeden Ort; jede Ankunft eine Auslöschung des Raumes, eine Festlegung, eine Niederlage, ein Geschlagensein. Bald wird er den Zustand, für den die Stadt Ghadames steht, hinter sich gelassen haben, tiefer in die Wüste gedrungen; ein glücklicher neuer Zwang geht dann von den gleichförmigen Tagen aus, wirkt auf ihn ein, bringt ihn dazu, sein Inneres dem Außen gleichzumachen, bis jede Erinnerung sinnlos und lächerlich erscheint und jede Qual gleichmäßig flach und leicht zu ertragen: was wird dann von den Bildern geblieben sein, in welches Licht wird die Gestalt sich auflösen. Inzwischen muß er erahnen, in welcher anderen Falle er sitzt, eine Gefangenschaft, die aus der Distanz über ihn gekommen ist und nichts mit den Gegenden, durch die er reist, mit dem Fremden und Unbekannten zu tun hat, sondern alleine mit seinem eigenen Land, der Regierung Seiner Majestät und, als zentraler Figur, ihrem Generalkonsul, diesem Mann, den er gleichzeitig unterschätzt und überschätzt hat: unterschätzt, was seine Rolle für diese Unternehmung und seinen Einfluß auf ihn selbst betrifft; überschätzt, was seine Position in London und das Vertrauen betrifft, das er dort genießt: daß Laing nur auf die Unterstützung des Konsuls bauen kann, ist in jedem Moment zu seinem Schaden. Er begreift langsam (aber wer kann zwischen vernünftiger Überlegung und Wahnidee unterscheiden), daß die Regierung alleine aus Mißtrauen gegen den Konsul (der nicht unbedingt wegen seiner Verdienste auf diesem so ehrenvollen wie abgelegenen Posten gelandet ist) und nicht weil dieser selbst ihn zu nachlässig unterstützt hätte, nicht einmal die reduzierten Voranschläge aus dem Konsulat in Tripolis akzeptiert hat; während Clapperton, der anderswoher seine Protektion bekommt, das Lob aus dem fernen Tripolis nicht schaden kann, ist für ihn der Konsul die einzige wirkliche Verbindung nach London, und daß er der Mann Warringtons ist, macht ihn automatisch verdächtig. Deshalb muß er mit so bescheidenen Mitteln reisen, hat kaum Geschenke zu verteilen (selbst das Pferd, die seidenen Gewänder und die Burnusse für Babani hat der Bashaw finanziert; auf Versprechen hin, von denen Laing nicht weiß, wer sie jemals einlösen sollte), hat keinen Arzt mitbekommen, sondern bloß die paar Medikamente, die ihn im übrigen dazu zwingen, selbst den Arzt zu spielen; keine nennenswerte Begleitung ist ihm bewilligt worden, nur die billigeren Afrikaner: wüßte er nicht, was er an Jack Le Bore hat, wäre er so gut wie alleine: in den Augen der Regierung ist er alleine, man hat ihn aufgegeben, noch bevor er aufgebrochen ist: und spricht der Vertrag, den der Konsul ihn abschließen hat lassen, nicht dafür, daß auch er, trotz seines penetranten Optimismus, ihn in Wahrheit (und dann wäre Emma wirklich nur ein Einsatz, doch er kennt die Gründe nicht, aus denen sie ins Spiel gebracht wurde) aufgegeben hat? Nichts von diesen Überlegungen darf Laing laut werden lassen. Sein einziger Versuch, die tieferen Motivationen Warringtons auszuloten (zugleich ein zarter Versuch aufzugeben), ist die Frage, die er in einem Brief an den Konsul gestellt hat: ist der Vertrag auch dann noch gültig, wenn er auf dem Landweg nach Tripolis zurückkommt? Natürlich bleibt diese Frage unbeantwortet: die Antwort war zu lesen, Laing hätte sie sich im Vorhinein denken können. Deiner Frau geht es gut, fügt der Konsul noch hinzu; und sie liebt Dich, wie es ihre Pflicht ist.

Fast ohne sein Zutun ist ihm klar geworden, daß er Emma heiraten wird; alles was ihm zugestoßen ist, jede Begegnung ist ihm immer notwendig erschienen, als würde das Schicksal seine Schritte lenken und die Welt für ihn ordnen; so stand nicht in Frage, daß Emma für ihn bestimmt war und daß er in ihrer Gegenwart nichts Falsches tun oder sagen konnte (egal wie wenig Wahrheit außerhalb der gegenwärtigen Situation in dem war, was er tat oder sagte), nichts, das sie wieder auseinandertreiben konnte; und es schien, daß

Emma sich in einem gleichen Raum der Notwendigkeiten und des Schicksals bewegte, daß sie ihn erwartet hatte, noch bevor sie ihn kennen hatte können; er fragte nicht nach dem Grund dieser Erwartung, so weit weg von sich selbst, hinein ins Denken und Fühlen der Frau ihm gegenüber, konnte er sich nicht bewegen ohne Gefahr, sich selbst verlorenzugehen. Er wußte nicht genau, was anders war als bei seinen bisherigen Liebschaften, aber es war definitiv etwas anders; vielleicht auch nur der Stand der Geliebten. Zunächst hatte der Konsul überraschend eindeutig Laings vorsichtige Andeutung zurückgewiesen; ein brüskes und fast beleidigendes Nein, auf das Laing indes gar nicht reagieren kann; ohne daß ihm der Konsul auch nur Zeit gelassen hätte, sich abzuwenden, legt er ihm den Arm um die Schulter und beginnt, über die große Jugend Emmas zu reden und über die Verpflichtungen, die Laing eingegangen ist; er zeichnet ein Charakterbild seiner Tochter, in dem sie Laing kaum in Ansätzen wiedererkennt; er fragt Laing, fast drohend, ob er denn etwa aufgeben wolle, auf seine bevorstehende Großtat verzichten und sich in so jungen Jahren zur Ruhe setzen, keineswegs, Sie wissen das, aber (er entscheidet sich zu, wie er meint, eindrucksvoller männlicher Klarheit) ich kann ohne Emma nicht leben. Eine zugegebenerweise etwas eigenartige Bemerkung wenige Tage vor seiner Abreise; der Konsul geht darüber hinweg und gibt einige Anekdoten aus seiner Junggesellenzeit und von seiner Hochzeit zum besten, Laing schweigt und wartet ab; seine Ahnung, daß bald darauf von den Fragen des Standes die Rede sein wird, trügt ihn nicht; ich werde, sagt der Konsul, nicht von meiner Frau sprechen; Ihr Vater, Major, ist Lehrer, nicht wahr; und mein Onkel mütterlicherseits, sagt Laing, ist Offizier Seiner Majestät, Generallieutenant in Barbados; höchst ehrenwert, ohne Zweifel, sagt der Konsul. Sie drehen Runde um Runde im Garten und mit der Zeit verzichtet Laing auf das Unterfangen, den Faden wieder aufzunehmen und das Gespräch auf seinen Ausgangspunkt zurückzuführen; nun haben wir ja heute eine Menge Interessantes besprochen, sagt der Konsul abschließend; er schüttelt ihm die Hand, als würden sie nicht gleich beide gemeinsam zum Abendessen ins Haus gehen; wir haben eine Menge voneinander erfahren. Beim Abendessen erwidert Laing die Blicke Emmas mit möglichst nichtssagenden, weder zur Hoffnung noch zur Verzweiflung Anlaß gebenden Blicken (wenn das möglich ist; wenn nichts zu sagen nicht schon ein Nein, keine Aussicht bedeutet; wenn es noch eine Chance auf Ungewißheit gibt); er stellt sich vor, er könnte dieses Mädchen entführen und die Phantasien aus ihren Gesprächen wahr machen; leider wäre das, angesichts der Position des Konsuls, eine ungeschickte Vorgangsweise, genausogut könnten sie einander erschießen (erdolchen, vergiften), das wäre immerhin ehrenhafter.

Am nächsten Tag legt ihm der Konsul in seinem Büro ein Schriftstück von förmlichem Aussehen vor, Gratulation, mein Sohn, sagt er mit strahlendem Gesicht, wenn ich schon so weit vorgreifen kann, Dich meinen Sohn zu nennen, aber Du bringst mich (übergangslos findet er zu einer ernsten Miene) in eine delikate Situation, und Du wirst verstehen, daß ich, hier abseits der Zivilisation (nun ja, denkt Laing), meine Vorsichtsmaßnahmen zu ergreifen habe; schließlich geht es nicht allein um den Ruf eines jungen Mädchens, sondern um den Ruf einer, ich sage das ohne Eitelkeit, angesehenen Familie. Unter meinen eigenen Augen einer ungesetzlichen Verbindung, einer auch nur im entferntesten möglicherweise ungesetzlichen und sittenwidrigen Verbindung – das muß Dir klar sein, ich könnte das niemals tolerieren, ohne alles zu zerstören, was mir und uns allen heilig ist, der Konsul erwähnt nicht, daß ihm auf seine Anfrage vor einigen Wochen, nicht ohne einen Ausdruck des Erstaunens, vom Ministerium für Äußere Angelegenheiten seine selbstverständliche Legitimation versichert wurde, als Bevollmächtigter Seiner Majestät im Namen der Kirche von England Ehen zwischen Bürgern des Königreiches zu schließen; man erinnerte ihn daran, daß er von dieser Legitimation bereits einige Male Gebrauch gemacht hatte; offenbar liegt der Fall für den Konsul hier ganz anders; die Sicherheit, die er aus seiner Anfrage schöpfte, überwiegt bei weitem die Sicherheit jeder möglichen Antwort. Laing überfliegt Klauseln über die Mitgift und Erbschaftsregelungen, die auf den ersten Blick nicht allzu unvorteilhaft erscheinen; im letzten Punkt ist die Rede vom feierlichen Willen des Generalkonsuls Seiner Majestät Sir Hanmer Warrington Esq., eine provisorische Eheschließung zwischen den Untertanen der Krone Major Alexander Gordon Laing und Miss Emma Warrington, der leiblichen Tochter des unterzeichnenden Konsuls, vorzunehmen, unter der strikten Bedingung, daß besagte Ehe, bis zur Rückkehr des besagten Majors AGL voraussichtlich auf dem Seewege von seiner Expedition ins Innere Afrikas und zu einer definitiven Eheschließung durch einen Priester der Kirche von England im Namen Seiner Majestät, des Königs Georg des Vierten, nicht vollzogen werde und keine Kohabitation zwischen Miss Emma Warrington und Major Alexander Gordon Laing stattfinde, wozu dieser sich in seinem eigenen Namen und im Namen seiner zukünftigen Ehefrau verpflichte, bei gewissenhafter Überwachung nämlicher Verpflichtung durch Herrn Hanmer Warrington, in seiner öffentlichen Funktion sowie als Vater und Oberhaupt seiner Familie. Der Termin der provisorischen Eheschließung wird mit dem dreizehnten Juli des Jahres 1825 festgesetzt. Laings Gesicht (alle Kraft darauf, nur darauf verwenden) soll ausdruckslos sein. Er kann nicht glauben, was er liest. Er haßt den Konsul in diesem Moment, wie er nicht einmal seinen eigenen Vater, den Schulmeister, in den schlimmsten Zeiten der Nähe, in den Klassenzimmern von Edinburgh (sei kein Phantast! sei kein Träumer!), hassen hat können; wie er nicht einmal die Sklavenhalter auf dem Atlantikschiff (verderbliche menschliche Waren ins Unterdeck geschlichtet, jeden Tag ein paar Stück aussortiert und ins Meer gekippt: er muß mit diesen Verbrechern an einem Tisch sitzen, und sie lachen über sein Humanitätsgefasel) gehaßt hat; er überlegt, ob ihm etwas einfällt, das er sagen könnte, er schweigt; er versucht zu lächeln, als ginge ihn all das nichts an, und setzt ohne weiter zu zögern seine Unterschrift neben die Unterschrift des Konsuls. Gleich darauf erfaßt ihn die Angst, Emma gegenüberzutreten: er ist plötzlich viel lieber in der Stadt als im Garten, treibt sich in den Straßen herum, wünscht sich, daß die Hitze sein Denken und seinen Willen auslöscht, versucht das Wiedersehen zu verzögern: wie soll er ihr das sagen; vom Kohabitieren (und alle anderen entsprechenden Wörter scheinen ihm ebenso häßlich und unmöglich) mit ihr sprechen; seine Niederlage eingestehen; sie ist zu einer Geschäftspartnerin, nicht einmal das, zu einem Geschäftsgegenstand für ihn geworden; er sieht sie in diesem neuen Licht, sehr weit entfernt, kaum erreichbar, beliebig; durch diese Illusion der Ferne gelangt er zum Mitleid, das er dann nur durch die Illusion von Nähe überwindet, in den Stunden, in denen er ihre Hoffnungslosigkeit sieht und spürt und sie einander Schwüre zuflüstern, die er im Moment des Hörens und des Aussprechens bedingungslos glauben würde, wäre da nicht das Nagen des kleinen Schmerzes in seinem Inneren. Zu seinem Glück braucht er Emma gar nichts zu erklären; er sieht, daß sie weiß, was er ihr zu sagen hätte und daß sie von ihm keine befreiende Antwort erwarten kann; es geht ihr (hier muß seine Blindheit einsetzen) um die Wahl der Person, die sie wegschneidet von ihrer Welt, mehr sucht sie nicht; und sie betrachtet ihn immer noch als diese Person, als diesen Mann, auch wenn er sich nicht mehr so fühlen mag, die Wahl ist getroffen; sie stellt ihm nie die Frage, die ihr den Beweis geben würde; als wüßte sie, ein Beweis wäre zuviel; würde sie ihn verlangen, würde das alles zerstören. Eine klaffende Lücke im Innern der Worte, die ihr zu Verfügung stehen, der konventionellen Liebesschwüre, wie auch immer sie dagegen wüten mag: sie beginnt bereits (seine Blindheit muß siegen), sich auch ihm gegenüber, soweit er auch nur ein wirklicher Mensch ist, zurückzunehmen, den Kampf in ihr Inneres zu verschieben; da sind nur noch die unüberwindbaren Grenzen ihres Körpers, sie will empfindungslos sein gegen alles, was sie umgibt und berührt.

Merkwürdigerweise vergeht Laings Haß auf den Konsul sehr schnell; heute ist er sich nicht sicher, ob er ihn nicht eher bewundern soll: würde er weniger lächerlich wirken, schiene ihm diese Anmutung weniger zwingend und weniger grauenhaft. Er schreibt jedenfalls viel lieber an den Konsul als an Emma; lieber fragt er, mit sozusagen bebender Stimme, den Konsul nach Emma, als ihr selbst einen Brief zu schicken und eine Stimme zu suchen, mit der er ihr gegenübertreten könnte; ist es nicht besonders verlogen, sich einzureden, er würde leiden? In den Träumen, in denen er an dem Vertrag weiterverhandelt, erscheint Emma nie; nicht einmal als Idee; manchmal gelingt es ihm, den Vertrag für gegenstandslos zu erklären; der Inhalt dieses Sieges und dieser Befreiung ist ihm unklar, nur ihre ungeheure Wirkung ist zu spüren; meistens erwacht er aber unter den Rufen des Muezzins inmitten eines aussichtslosen Palavers, ganz umstellt von Sätzen, die sich verdoppeln, vervielfachen; bis er keine einzelnen Bedeutungen mehr wahrnehmen kann: nur die Bedrohung, die jeder der vielen, einander widersprechenden Bedeutungen innewohnt. Der Unterschied zwischen dem Traum und dem Wachzustand ist verschwindend gering, die Beklemmung bleibt oft über den ganzen Tag hin zu spüren, ist kaum durch Aktivitäten oder Besuche bei wichtigen oder angenehmen Personen oder an ruhigeren Orten zu betäuben. Die Leere der Innenräume, die Weite des Himmels über ihm (er liegt gerne auf dem Dach, am Rücken, und schaut auf das weiße Lichtermeer vor dem Schwarz dieses Abgrunds) erscheint ihm unter der Wirkung der Erinnerung an das Büro des Konsuls und als Gegensatz zu den beklemmenden Gassen von Ghadames immerhin tröstlich, er träumt von Chausseen und Alleen durch die Wüste und durch die neuen Städte, die die alten Wüstenstädte ersetzen werden. In acht Tagen, sagt der Scheich jetzt, Anfang Oktober, werden sie aufbrechen können; die verkleinerte Karawane ist schon fast bereit; Laing, der langsam lernt, mit den hoffnungsvollen Zeitangaben seiner Reisegefährten umzugehen, rechnet damit, in gut zwei Wochen Ghadames für immer hinter sich lassen zu dürfen, es liegt ihm schon mehr daran, diesen Ort zu verlassen als irgendeinen anderen Ort zu erreichen, es geht ihm schon mehr um das Wegkommen von Orten als um ein Ankommen; seine Ziele scheinen ihm vollkommen willkürlich. Er besucht manchmal die Kamele, die im großen, begrünten Hof des Hauses rasten, mit aufreizender Zufriedenheit und Langsamkeit an irgendwelchen Gräsern kauen oder ihre langen Hälse zu den Zweigen einer Akazie hochbiegen, von Zeit zu Zeit eine Art von obszön wirkenden Rülpsern von sich geben, die Lippen schürzen und ungeniert ihre häßlichen gelben Zähne zeigen; er würde sie gerne auspeitschen. Anfang November mehren sich wirklich die Anzeichen für eine bevorstehende Abreise. Große Ballen voll von Stoffen, Edelsteinen, Papier oder Geschirr stapeln sich in den Ecken des Hofes; was davon ihm gehört, ist vernachlässigenswert wenig und hat auf fünf oder sechs Kamelen Platz. Fast freut sich Laing auf den Durst, das zeitige Aufstehen, den unruhigen Schlaf im Zelt, den Kopfschmerz und die Betäubung durch die Hitze und den gleichförmigen Trott, auf das Trinken aus den Ziegenlederschläuchen: aufgeblähte Bäuche, Beine, die zu Henkeln geworden sind, Wasser, das von Beginn an ranzig und abgestanden schmeckt. Einige Flaschen Wein sind ihm allerdings auch noch übriggeblieben; und das Fläschchen Arrak, das ihm Le Bore hier in Ghadames, wo man offenbar in den eigenen vier Wänden nicht besonders genau mit den Vorschriften des Propheten umgehen muß, am Markt besorgt hat. Babani erzählt ihm lachend (und in diesem Moment fühlt sich Laing, in einer alptraumhaft zu einer geraden, unendlich fortlaufenden Bahn von Ersetzungen verengten Welt, an den Konsul erinnert), daß seine Frau drei Schafe für Laing schlachten und ihr Fleisch trocknen hat lassen; er hat sie, sagt Babani (fleischige Lippen, weiße Zähne, eine Aussparung im Gestrüpp seines grauen Bartes), gebeten, ihm doch auch ein wenig von dem Fleisch abzugeben, und sie hat ihn dafür gescholten: Willst du, daß mein kleiner Engländer verhungert, du bist doch zu dumm und eigennützig; nun, was sollte ich machen; ich bin ihr Sklave; Laing entschließt sich zu lächeln, Antwort fiele ihm keine ein. Am Vorabend der Abreise verabschiedet er sich von der Hausherrin selbst; so gerne, sagt sie (jetzt erst fällt ihm ihre etwas heisere Stimme auf, mit den leichten Gicksern, wie Öffnungen der Rede), hätte sie ihn noch in ihrer Nähe gehabt; ist er denn wirklich gesund genug, eine so schwierige Reise zu unternehmen? Es wäre gescheit gewesen, wenn er sich noch länger erholt hätte, doch sie ist froh, einen so tapferen und gebildeten Mann kennengelernt zu haben, sie ist überzeugt, daß er erreichen wird, was er sich vorgenommen hat, es wäre schön, wenn er auf der Rückreise wieder bei ihr vorbeikäme. Laing verspürt (obwohl er weiß, daß er sie nie mehr sehen wird, und obwohl ihm das egal ist) den Wunsch, ihr zum Abschied einen Kuß zu geben, ihre Augen sagen ihm, daß sie seinen Wunsch verstanden hat, er sagt ihr mit den Augen, daß er versteht, was alles ihre Augen ihm sagen, die Hintergründe, in die sie ihn führen, Versprechungen der Stimme und des Blicks, für die es keine Worte zu geben hat; Babani sitzt lächelnd neben Laing, seiner Frau gegenüber. Als Laing sich, nach dem dritten Glas Tee, zum Aufbruch erhebt, küßt er der Dame des Hauses nach europäischer Sitte die Hand, wie gerne, sagt sie, würde sie ihn einmal gemeinsam mit seiner lieben jungen Frau wiedersehen, sie ist sich sicher, daß sie gute Freundinnen würden, Laing versucht nicht, dieser Vorstellung Raum in seinem Denken zu geben. Eine Bemerkung, die der Konsul nach der Hochzeit gemacht hat und die damals (es ist über drei Monate her) nicht durch seine Apathie gedrungen war, geistert seit

einiger Zeit in seinem Kopf herum und legt sich jetzt wieder mit betäubender Eindringlichkeit (er hat Angst, ihm könnten die Tränen kommen; ach, Sie schauen so ernst, mein kleiner Engländer, sagt die Frau des Scheichs, man soll heiter Abschied nehmen) vor sein Denken; erst eine kleine Anregung in einem Konsulsbrief, er möge sich doch überlegen, ob er nicht fremdländischen Konsuln falsche Informationen über Längen- und Breitengrade übermitteln könne, diese Spione würden nichts anderes verdienen (Laing übergeht diese Zumutung mit Schweigen), hat plötzlich diese Bemerkung in sein Bewußtsein zurückgerufen, und während er in diesen letzten Wochen in Ghadames herumlungert und auf die Abreise wartet, ändern die erinnerten Sätze ihre Bedeutung (oder es erweitert sich der Raum der möglichen Bedeutungen), er versteht nicht mehr, wie er so einen Satz halb überhören hat können. Dieser Champagner, sagte der Konsul (während er dieses Getränk in Unmengen in sich hineinschüttete und, so stellte Laing sich vor, wachsen und immer dicker werden könnte, bis er sich in einen Riesen Gargantua verwandeln und sein eigenes Haus verschlingen würde), ist das einzige Französische an diesem Abend; das arrogante Franzosensöhnchen wird es nicht mehr wagen, Gedichtbände an unschuldige Mädchen zu verschicken, und wenn sein Vater es noch so gern sehen würde. Hatten nicht auch die überdrehten Geschichten über Warringtons Freundschaft mit dem Prinzregenten und jene eine Nacht, heroisch wie die Schlacht mit Wellington, in der er beim Whistspiel gegen Seine Jetzige Majestät vierzigtausend Pfund (davon leben, sagt er stolz, hundert Arbeiterfamilien ein Jahr lang) verlor, diese Geschichten, über die er damals am liebsten gelacht hätte, noch eine Bedeutung über die Angeberei hinaus? *Mud from a muddy spring,* diese Zeile eines Herrn Shelley, aus einem Gedicht, das vor ein paar Jahren unter der Hand in England zirkulierte, fällt Laing ein. Er hatte aus den Augenwinkeln den steinernen Gesichtsausdruck der Konsulsfrau betrachtet; was Emma über die Geschichte weiß, wird er nie herausfinden. Wenn Laing immer wieder auf seinen Hochzeitsabend zurückkommt, wird er immer wieder neue Schichten in ihm entdecken; so als wäre nichts wirklich geschehen, das Feld für die Erinnerung, das sich geöffnet hätte, könnte sich erweitern, ohne einen festen Punkt, mehr und mehr, bis zum Wahnsinn. Das ist die demütigendste, die lächerlichste Liebesgeschichte des Jahrhunderts, sagt er sich, während er in der letzten Nacht in Ghadames wieder wach liegt.
Am dritten November, zu diesem Zeitpunkt hätte er schon fast am Ziel sein wollen, macht sich Laings Karawane auf den Weg; eigentlich sind es drei kleine gemeinsam reisende Karawanen, unter der Leitung Hatitas, Babanis und (nachdem Laing seinen Kameltreiber Bogula, von Clapperton empfohlen,

wegen seines unmöglichen Benehmens heimgeschickt hat), auf vier Mann, darunter zwei Seeleute, geschrumpft, seine eigene, sozusagen, aus seiner Sicht, als der Kern dieser Reisegesellschaft. Ohne die Demütigung, nur durch Strapazen, Verletzungen und Aussichtslosigkeit, könnte er niemals die Tiefen der Verzweiflung erreichen, in denen er heimisch wird.

Einzelheiten sind herauszustreichen, Lügen, die wie Wahrheiten auftreten, Wahrheiten in der Gestalt von Lügen; auf der Suche nach einem Dritten, Ortlosen.
Wie konnten die Menschen träumen, bevor ihnen die Technik zeigte, wie ein Bild auf das andere folgt, eine Einstellung die andere ersetzt? So erst soll *Raum* entstehen: die imaginäre, im Nachträglichen und von außen her geformte Geographie; die vorher geträumten, wiedergefundenen Orte; im Verlangen nach größerer Dichte, nach intensiverem Licht. Anstelle von Wiederholungen, eingeübten Sätzen, Listen von Vorgängern, Lehrern und Vorvätern, durch die Text zu Text kommt, um das Wirkliche zu bestätigen; anstelle von Bestätigungen und Selbstbestätigungen etwas, das nicht einzuordnen ist, die Lücke des Unbekannten, eine andere Insel, in der Zeit: das Dritte, das Irrtümer (Wahrheiten, Lügen) einschließt.
Menschen von heute, sagt der Djelli Mamadou Kouyaté, ihr seid klein neben unseren Vorfahren, klein an Geist, ihr habt den Sinn meiner Worte kaum erfaßt. Da sind die Laute, im Licht zerstäubt, im Hintergrund der Ozean, auf den, kaum mehr als eine optische Täuschung, ein winziges Ruderboot hinaustreibt, am Horizont die Wüste, die, unaufhaltsam – wie die Wörter hinwegdrängen über die fremde Stimme (ich) und den Sinn, für uns – über den breiten Fluß zu wandern, sich auszubreiten scheint ins Klare Land.

> Ich begann erst zu leben,
> als ich mich als Toter betrachtete.
>
> Jean-Jacques Rousseau, *Bekenntnisse, IV. Buch*

II

1

Gibt es für ihn eigentlich ein Erleben, in diesem Stadium eines vollkommenen Auseinanderfallens, einer Wachheit, die so weit gesteigert ist, daß sie keinen eigenen Gedanken, keine äußere Kontrolle mehr zuläßt; bei gleichzeitigem Zwang, vorhanden zu bleiben, der Schlaf oder der Tod, das Aufgeben, das in einem Einschlafen oder einem Sterben läge, erschienen als eine gleich ferne und abwegige Hoffnung, wie auf eine Erlösung zu Lebzeiten: oder gibt es nur den Blick zurück, ein verblassendes Bild, eine immer unwahrscheinlicher werdende Erinnerung, an die er selbst kaum glauben könnte, wären nicht die körperlichen Spuren zurückgeblieben: der Knochen, den er aus seinem Gaumendach entfernt, um zu essen (ein Anblick, der so ekelhaft erscheint, daß seine Reisegefährten sich von ihm abwenden), der faulige Geschmack in seinem Mund und die wackligen Zähne, die Magerkeit und die Gliederschmerzen; und erst wenn er etwa in Djenne angekommen wäre, einer unglaublich reichen und wohlgeordneten Stadt, sozusagen unter Freunden und Landsleuten, könnte er zur Ruhe kommen, im nachhinein aufsammeln und ordnen, was ihm an Erfahrungen zugestoßen ist: unwirklich Gewordenes, Beschreibbares; doch die Grenze, an die seine kargen Worte anstoßen, jetzt, wo er die knappen eiligen Notizen verfaßt oder später in Tanger, wo er, auf die Heimkehr wartend, sein Buch beginnt, läßt ihn immer wieder ahnen, daß alle Sicherheit etwas Trügerisches hat: daß er jederzeit zurückfallen kann. Mit panischer Eile schreibt er weiter, um sich seinen Namen zu machen, als könnte dieser ihn vor diesem Zurückfallen retten; er fügt Detail an Detail, ein Katalog seines Lebens und seiner Reise, eine langwierige Aufzählung fremdartiger oder vertrauter, selten wirklich überraschender Dinge und Ereignisse. Was uns interessiert, muß seinem Blick entgehen; der Name (ein kleiner Lexikoneintrag, eine lokale Berühmtheit in Mauzé sur le Mignon und ein Forschungsgegenstand für Geographische Gesellschaften, die nur noch ihre Vergangenheit verwalten) ist die Etikette für einen beliebigen selbstangestellten Funktionär, in allem, was er feststellen und aufzeichnen möchte, ist er durch eine Maschine ersetzbar: der Punkt, an dem (im Wahrnehmen, in der Erinnerung oder im Denken) sein Erleben mit einem Ort zusammenfällt (an dem er in seinem Blick, in seinem Körper oder mit seinem Denken in einer Gegend zuhause wäre), bleibt eine Leerstelle, unserer Vorstellung, unserer Kunstfertigkeit, unserer Verstellungskunst überlassen: Tricks, um ein anderer zu werden, zu spüren, was er spürt, zu sehen, was er sieht, zu denken, was er denkt; womöglich zählt dieser andere für uns dann weniger als die Verstellung selbst und der Übergang selbst: der Schein einer Grenzüberschreitung, der einzige Moment des Reisens, der Passage, unabhängig von einer Herkunft oder einer Ankunft, oder jedenfalls fast unabhängig; in gesteigerter Wachheit, vorhanden, ohne daß noch klar wäre, wer es ist, der vorhanden, der aufgeschrieben ist (wie das Land, Satz für Satz, Detail für Detail, Verschlingung für Verschlingung), wessen Sterben nachgezeichnet und aufgehalten wird, in einem anderen, weiteren Raum der Erinnerung.

Die Stimme dringt in sein Dunkel, er weiß nicht, warum der Satz, der zu verstehen ist, ihm tröstlich scheint: Leben und Tod, sagt Manman (sie muß es sein, die zu ihm spricht), sind wie Schuppen ineinander verflochten, man kann sterben und doch weiterleben; das Hören ist wie ein Weggleiten für ihn, es müßte ihn zutiefst erschrecken, doch für einige Augenblicke glaubt er nun zu wissen, warum ihm das Sterben nicht gelingt; ihm kommt vor, er hat seinen eigenen Tod schon überlebt. Mit welcher Selbstverständlichkeit und Bedingungslosigkeit hat Manman den sterbenden jungen Fremden bei sich aufgenommen: vielleicht nicht aus bloßer Freundlichkeit oder weil es die guten Sitten verlangen oder weil ihre Söhne ihr gesagt haben, daß er gut bezahlen und bald wieder gehen würde, sondern gerade für sein Sterben; gerade weil seine Eile so hilflos erscheint und zu sehen ist, daß er bleiben wird, Monat für Monat; gerade für die Geschichten, die er über sich erzählt und die so offenkundig erfunden sind oder einem Bereich der Vorstellung, des Sprechens angehören, in dem das Erfundene und das Wirkliche nicht voneinander zu trennen sind; vielleicht spürt sie etwas wie ein Stocken in der Maschine, einen Kern jenseits seines Funktionierens und seines Ehrgeizes; etwas Naives, Kindliches, das ihn zugleich in der Angst, in einer unbenannten Schuld, in einer Art von Abwesenheit feststecken läßt. Eben jene Naivität und Ungeschicklichkeit, die ihm später noch im Triumph die schlecht verhehlte Verachtung des Herrn Jomard und seines geographischen und politischen Gefolges eintragen, könnten Man-

man zwingen, auf Caillié aufzupassen; als wäre sie, schon an die Grenzen der Geisterwelt gerutscht, ihm, der nie ganz da sein kann, sozusagen eine Schwester in der Abwesenheit. Seine Haut ist bleicher denn je; sein Blick ist nicht der Blick eines Mannes, der der Welt der Männer angehören und als Mann leben und sterben kann, sondern kommt anderswoher und zielt anderswohin; fast als läge er nicht im Sterben, sondern wäre noch gar nicht wirklich geboren. Manchmal weiß sie nicht, ob er sie sieht und ob er überhaupt noch etwas sieht, das außerhalb seiner selbst liegt, sie weiß nicht, ob er sie hört, wenn sie ihm die Sätze vorsagt, die ihr zur Verfügung stehen, und ob er etwas davon verstehen kann, was sie sagt; sie berührt ihn mit diesen Sätzen, so bleibt er an seinem Ort zwischen den Welten, kein Mann und keine Frau, kein Lebender und kein Toter, kein Einheimischer und kein Reisender. Sie selbst kann immer an diese Sätze glauben, sie werden sie bis in den Tod hinein und über den Tod hinaus begleiten, diesen ganz nahen Punkt, von dem sie sich, als läge er im Zentrum dieser Stadt Tiémé und damit im Zentrum der Welt, kaum jemals weit entfernt hat (und doch: wo befindet sie sich in diesem Moment; ist nicht schon, ohne daß es noch jemand merkt, das Zentrum leicht verschoben; etwas muß unbeantwortet bleiben, zurückgelassen werden, ein kleines bißchen mehr als unvermeidlich ist; eine plötzlich spürbare Einsamkeit; die Verstrickung in Übersetzungen, Mißverständnisse und die Ängste, den Stolz und die Einsamkeit des Unübersetzbaren: wohin wäre sie, diesem Fremden entgegengehend, geraten?). Sie schaut mit hoffnungsloser Zärtlichkeit auf sein ausgezehrtes Gesicht mit der spitzen Nase, den Bartstoppeln an Kinn und Wangen, sie schaut auf den Flaum von dunklen Haaren am seit Wochen nicht mehr geschorenen Schädel, auf die Ohrmuscheln, die von Tag zu Tag zu wachsen scheinen, auf den offenen Mund mit den breiten gelblichen Zähnen, die Lippen sind rissig und schwarz von geronnenem Blut, dahinter eine dunkle Schlucht, seine Zunge ist schon aus Stein; ihre knochigen Hände an seinem knochigen Körper, das hat kaum noch etwas von menschlicher Berührung. Sie sagt ihm, daß er nicht alleine ist, sie erzählt ihm Dinge, die sich in sein schlafloses Träumen mischen, vielleicht mischt sich nur ihre Stimme in sein schlafloses Träumen: Momente des Trostes sind rar und können jederzeit umschlagen und sich zurückverwandeln.
Er verbringt fünfzehn Tage ohne Schlaf, fast ohne sich zu bewegen, ohne essen und ohne sprechen zu können. Ein Block in der Zeit, ein fast undurchdringliches Ganzes, dem man sich mit Vorsicht zu nähern hat, beinahe mit Angst, wäre nicht dieser Ausdruck *Angst* anmaßend, vor diesem Raum ohne Außen, ohne Anfang und ohne Ende, vor der Folter eines niemals nachlassenden Bewußtseins, in dem die Angst, der Schmerz und das Wissen sich vereinen und

verstärken: ein Körper, ein Selbst, ein fugenloser Sinn, in den hineingesaugt ist, was immer einmal eine Bedeutung hatte; während wir nur Bedeutungen hervorholen können, vor uns hinstellen und zu Bildern, zu einem ausgedehnten kleinen Universum der Entsprechungen am Rande dieser Person ordnen. Zwei Mal am Tag spüren seine Lippen den Rand der tönernen Schale; die Reissuppe (ohne Reis), die über seine schwarze geschwollene Zunge, seinen entzündeten Gaumen, durch seine Kehle fließt, ist die einzige Nahrung, bei der es ihm nicht sofort den Magen umdreht. Manmans Hand hebt seinen Kopf an, läßt ihn wieder hinsinken, er spürt das Knacken in seinem Genick, die Schwere oder eher das Ungleichgewicht des Kopfes (bei jeder Bewegung kann es dieses Ding zersprengen); für seine Schluckbewegungen muß er eine kräftige Hand erfinden, die die Flüssigkeit in den Magen hinabschiebt, aber das Aufstoßen von Magensaft ist eine gefährliche Gegenbewegung; der Kampf zwischen den Flüssigkeiten, das Ineinanderschneiden von Säuren kann ihn töten. Er ist durchgescheuert, dünn und kratzig, jede Berührung ist ein Schaben an einer Wunde; Löcher öffnen sich an seinem Rücken, seinem Hintern (gelbes Leder, das über die Hüftknochen gespannt ist), den Ellenbogen, am Hinterkopf, trockene kleine Krater. Wenn in seinem Inneren etwas zerreißt (so scheint es an den Höhepunkten der Schmerzkurve), fließen und sickern wässrige Exkremente, gelber übelriechender Schleim aus seinen Körperöffnungen, den ihm angeborenen und den neu entstandenen, diese Wunden verkrusten dann schnell wieder, und doch meint er keine Haut mehr zu haben, keine Hülle als Schutz. Immer neue Generationen von Fliegen schwirren durch den Raum, sie besetzen sein Gesicht und er ist zu müde, um sie zu verjagen; sie kriechen über seine Coussabe, über den Boden und die Matte, jedes dieser Tiere ein einzelnes, einziges Leben, das an seiner Seite beginnt und endet; manchmal glaubt er, die Wege, das Denken, die fruchtlosen Bemühungen einzelner Tiere, deren Beinchen in seinen Augenwinkeln, an seiner Nase kitzeln (er zählt die Sekunden bis zur kleinen Befreiung), in seiner Vorstellung nachvollziehen zu müssen (denn alles ist er selbst; mit der Fliege verschwindet ein Stück von ihm; und der kleinen Befreiung muß eine große folgen: der Gedanke an die Auslöschung und das Vergessen ist der einzige, den er selber faßt und festhält; der nicht nur für sich und zur Qual seines Trägers und Opfers, von ihm unbeeinflußbar, unzerstörbar wuchert). In seiner Mundhöhle löst sich die Schleimhaut auf, er stößt mit der Zunge auf scharfe Knochen, etwas Weißes, Hartes, das bereit ist, weggebrochen zu werden: er selbst könnte hindurchtauchen durch ein schwarzes Loch und seine Finger in dieses Gerüst krallen, in einem glückhaften Moment der Gewalt. Die Matte, der Raum (mit dem Seesack, dem

Schirm, den Getreidesäcken, den rußigen Wänden voller Maden, unter der Schutzschicht aus Kuhdung) scheinen nicht weniger lebendig als er selbst, wie er nicht lebendiger scheint als sie; ein Ding für jeden Schmerz, jeder Schmerz ein Ding; verschluckt und zur Figur in dem Spiel seiner Einbildungskraft, dem zerfransenden, sich der Aufzeichnung oder Verdopplung widersetzenden Marionettentheater geworden. Je weiter man sich ins Innere voranarbeitet, mit dem Staub, dem Licht, den Insekten, in desto kleinere Einheiten zerteilt sich der Block: Organe, die demselben, dem einzigen Feld, doch keinem Organismus mehr angehören, Bruchstücke eines Sinns, Fragmente, die gegen das Ganze stehen; so stehen auch die Wörter gegeneinander, dünn und kratzig, durchgescheuert, nah am Zerreißen. Da sind nur mehr Knochen und kein Fleisch; wenn nur Wörter da sind und keine Bilder, sich in sie zu verlieren, ist es am schlimmsten.

Das Licht schiebt sich in den Raum, tut weh in seinen Augen, läßt Schatten langsam über den Boden und die Wände wandern, verschwindet wieder und macht dem Dunkel Platz; eine wiederholte Abfolge, die hier im Inneren ein Maß, eine Struktur formt: etwas in Caillié zählt, gleichgültig gegen die Wirklichkeit, weiter die Tage, verläßt sich auf Messungen; eine Stimme (als könnte er auf sie, als sein Eigenstes, trotz allem vertrauen), die jedoch die anderen Stimmen überwuchern; Formen, die zu Personen werden, und Personen, die wieder zu Formen zerfallen, aus dem Nichts und aus dem Vergessen entstandene und aus dem Nichts und dem Vergessen (tiefer als sein Eigenstes, als alles Vertrauen) wieder hervorzuholende Gestalten. Nur um diese Darstellung, an seinem Erinnern vorbei, geht es bei der Bemühung, den Block zu zersprengen. Für ihn gibt es keine Möglichkeit, die Illusionen zu steuern: keine Flucht aus der Gegenwart, nur die Bestätigung, Verstärkung, Verdichtung seines Sterbens. Jemand zieht hinter seinem Rücken Kreise, er darf sich nicht umdrehen; ein Ding mit Schlamm und Erde an den Kleidern, triefend, mit weit aufgerissenen Augen und zuckendem Mund, anwesend und abwesend zugleich. Wissen sammelt sich in einem Blick, der keinen je treffen soll; jemand ohne eigene Erinnerung und eigene Persönlichkeit, gerade erst aus dem Boden oder aus dem Fluß hervorgekommen, der eine Spur auf der Erde und zugleich einen Bogen zwischen Punkten aus der Vergangenheit und der Zukunft zieht, Weissagungen des Vergangenen oder des Zukünftigen trifft, Punkte im Unbekannten setzt, sie verbindet oder den Schein einer Verbindung schafft, bevor sich der Bogen überspannt, die Erinnerung (gerade wenn man in ihr heimisch würde) nicht mehr trägt, die Bilder verblassen und zerfallen. Caillié, gelähmt und wie ein Toter, sieht in dieser Ordnung ohne einen Platz, an dem er einfach in die eigene Haut schlüpfen und den Weg bestimmen könnte, die Zeichnung seines Lebens entstehen. Satzbewegungen, die den Straßen durch Städte und Dörfer (Tiémé, Kankan, Cambaya) angeglichen scheinen, doch die Namen gehen verloren, Wege, die nicht mehr meßbar sind, weil der Ausgangspunkt vergessen ist und der Endpunkt sich verschiebt, Waterstreet, Liberated African´s Yard, Mauzé, das Bäckershaus, tiefer, Rochefort, das Zimmer in einem zweiten Stockwerk mit dem einen Bett für die Mutter und für ihn, dem einen Tisch, dem einen Kasten, Temboctou, Tanger, was bedeuten diese Namen. Zum ersten Mal taucht das finstere Stiegenhaus mit feuchten Mauern wieder aus dem Vergessen auf, zugleich sind da schon fremde Häuser, Lehmbauten, mit weißgekalkten Wänden in den Innenräumen und schmalen Treppen in ein oberes Stockwerk, in einen leeren engen Raum, den er bis zu einer zweiten Türöffnung durchquert, hinaus auf die Terrasse, dann eine weitere schmale, eng an die Mauer gelegte Treppe hoch auf ein flaches Dach. Das Mosaik von Gassen unter dem Gewölbe des Himmels wird von oben für einen Blick einsehbar, im selben Moment tritt er aber ins Innere des Stadtraums (alle Wörter legen sich übereinander) zurück. Eine geheime Ähnlichkeit verbindet die Muster, ein fortlaufender Sog, der ihn zu der anderen Szene führt, ihn den Blick von der Türschwelle ins abgedunkelte Schlafzimmer wiederholen läßt, ihn hineinzieht in dieses Zimmer mit der Gestalt im Bett, deren Züge noch erkennbar sind, die aber die Finger schon über der Brust verschränkt und das Kinn nach oben gebunden hat; die Bilder versenken sich in ihn, sein Mund steht offen, und er röchelt; sein Skelett wird in den Erdboden gedrückt. Es ist, als würde sich diese Szene oder Folge von Szenen bis in alle Ewigkeit wiederholen: das Kind, das auf der Türschwelle zurückgehalten wird, die Figur in dem Bett, die hilflosen, nutzlosen Handreichungen, die Kutten von Priester und Arzt, die selbstgerechten und heuchlerischen Gebete der Großmutter, der halbdunkle Raum, in dem die schwer zu atmende Luft sichtbar scheint, die Rollen werden vertauscht, aber, *bei den sich in Reihe Reihenden, den scheuchend Verscheuchenden,* jeder findet einmal an seinen Platz im Zentrum, im Innersten der Szene, egal, in welche Ferne er zu flüchten versucht. Es gibt kein bestimmbares Datum, alles ist aus dem Danach sichtbar, die Weissagung ist das Geschehen, das Geschehen ist die Erinnerung: Blut wird seine Nase, seine Speiseröhre, seine Luftröhre verstopfen, die Bewegung des Planeten bringt immer denselben, wiederholten Tag hervor, auf allen Straßen und in allen Innenräumen immer dieselbe, wiederholt zurückgelegte, immer bevorstehende Strecke; versandende Bewegungen, Zuckungen im Innern des Stillstands, in dem einen engen Raum: der Kasten seiner Rippen, um sie herum dicht verflochten Haut und Fleisch, Sehnen und Blutgefäße; die Lunge, die keine Luft mehr aufnimmt und entläßt. Die Hand auf seiner Schulter ist rötlich, abgearbeitet, gibt ihm keinen Schutz und keine Geborgenheit, er fühlt nur die Beengung: der Druck dieser Frauenfinger ist zu fest, wie von Krallen. Vor ihm der Fluß, der jetzt Charente heißt, sich an dieser Stelle, nahe der Festung von Rochefort, zum Meer hin weitet; Vogelstimmen aus den Wiesen hinter ihm, dem Sumpfland, unzugänglich und undurchdringlich wie eine Wand. Auch der Fluß und das Meer sind Wände, René ist eingeschlossen wie in einem Sarg: unendlich hohe Mauern zu allen Seiten seines Körpers, auf die flache Bilder projiziert sind, Erde, Wasser und Himmel, grau in grau, von Wörtern durchkreuzt: immer trägt er diesen winzigen Raum mit sich, der ihn in sich trägt. Die Mutter ist ins Leben zurückgekehrt, ohne aufzuhören eine Tote zu sein, sie erzählt ihm, was er sieht, und er verliert das Bild, bekommt stattdessen die Beschreibung eingeprägt, ihre Finger in seinem Fleisch. Ein Schiff schiebt sich, vom andern Ufer her, von grau gekleideten Männern mit Fußketten an langen Tauen vorangezogen, zum Meer hin; eine der gleichförmigen Männerfiguren wird aus dem Bild herausgehoben, von ihr ist immer die Rede, er sucht und verliert sie in der Masse ihrer Doppelgänger. Die Stimme der Mutter selbst ist nicht mehr da und wird nie mehr da sein, nur, unterlegt von den Vogelschreien, die Erzählung, eine leere Form, tonlos und viel zu nah, hinter seinem Rücken oder in seinem Hinterkopf, Schlag auf Schlag, an keine Person gebunden, es kann die Mutter sein oder Lamfia oder ein anderer Vertreter, ein anderes Instrument, das er nicht mehr von einer Menschenstimme unterscheiden kann. Sobald der Schauplatz wechselt, vervielfältigen sich auch die Formen: Versionen von ein und derselben Geschichte, ein und demselben Leben, die einander entgegenstehen, miteinander unvereinbar sind. Die rötlichen, vertrockneten Krater haben sich über seinen Hinterkopf ausgebreitet; man schält die Kopfhaut ab; man schält die Schädeldecke, die Hirnhaut ab, er spürt es, die Hand am Griff seines Schirmes, am getrockneten Lehmboden neben seiner Matte oder an seinem Buch, das jemand aus dem Seesack genommen und ihm in die Hände gegeben haben muß. Gerne würde er (gäbe es irgendwo einen Durchlaß für seinen Blick, einen Ort des Übertritts) nur das Schiff anschauen, niemand ist ihm im Weg, kein Mensch und kein Wort zwischen dem Land und dem Wasser, er könnte sich selbst sehen, ein Kind, das auf das Schiff zuläuft, sechs, sieben, acht Jahre alt (zuerst das langsame Laufen über sonnendurchschienene Wiesen, dann die geraffte Zeit), ein Bursche, der vom Kapitän und den Matrosen aufgenommen wird, unter den Segeln, unter einem flüchtigen fast weißen, ewigen Himmel, mit sonnenverbrannter Haut, dreizehn, fünfzehn Jahre alt, der Fluß ist die

Mignon (*er soll*, heißt es, *seine Schwester lieben wie seine Uhr*), er liegt auf dem Rücken, auf einer Wiese, nicht auf seiner Matte, und sieht nahe und mächtig das Schiff, die geblähten Segel, das offene Meer, im natürlichen Gang der Dinge, im Wachstum, das aus ihm selbst kommt und dessen Keim von seinem Herrn in ihn gepflanzt wurde, ist er dann gleich ein Erwachsener, ein kräftiger Mann, breitbeinig dastehend auf rohen Holzplanken in seiner Kajüte, im sanften Schaukeln der Wellen, ein Kapitän, ein Eroberer, seine Initialen R.C., mit seinem Fernrohr, seinem Sextanten, seinem Logbuch, seinen Waffen. Er würde die Lust an der Gewalt der Stürme spüren, ein Schiffbrüchiger auf seiner Insel sein, vor hundert Jahren oder heute (*ich will*, heißt es, *daß er nichts anderes im Kopf hat, daß er sich ununterbrochen mit seiner Burg, seinen Ziegen und Pflanzungen beschäftigt, daß er sich selbst mit Fellen bekleidet sieht, eine große Mütze auf dem Kopf, mit einem langen Säbel*), sein Schirm ist bei ihm und die mit angeschwemmte Kiste mit seinem Werkzeug; im Angesicht Gottes und niemand anderes mehr; all seine Stärke kommt aus ihm selbst, doch ihr Keim wurde von Ihm in sein Herz gepflanzt. Er sucht vergeblich diesen Durchlaß, diesen Blick, diese Freiheit und Leere. Seine Lider sind vernäht, es ist sinnlos, sich umzudrehen, um Ihn zu Gesicht zu bekommen, wenn er immerzu von Ihm gesehen wird, kann er wenig Trost daraus ziehen. Er hört die Stimme Gottes (wenn das Gott ist), dem er krächzend, bald schon verzweifelt (die Rolle paßt nicht, er ist mager und bleich, seine Beine sind dünn, sein Mund steht offen) seine Gebete entgegenkotzt, doch immer (die Rolle paßt nicht, er erkennt die eigene Stimme nicht) ist ihm schon das Wort abgeschnitten, als wäre es Er, ein unbarmherziger Autor, der ihm die Kopfhaut, die Schädeldecke, die Hirnhaut abschält. Jeder Übertritt ins Innere der Projektion, wie durch die Wände hindurch, über den Fluß und das Meer, über die Stimmen und das Schweigen hinweg, ist nur Selbsttäuschung (er fällt zurück), denn wie könnte er irgendeinen Gegenstand zu seinem Werkzeug erklären, beherrschen wollen; wie könnte er in ein Bild eintreten, das schon existiert, und dem Zwang entgehen, ein einziger zu sein. Aus dem Weiß der Leinwand steigt (hinter seinem Rücken, unerreichbar; aus welcher Position sind die Verwandlungen zu beobachten?) die Figur, am Anfang klein wie ein Kind, der Fluß ist der Djoliba, breiter als er ihn gesehen und erträumt hat, das Kind kommt vom Grund dieses Flusses hervor, ein blickloses, tropfendes Wesen mit kreideweißer Haut, in einem schweren Gewand aus Blättern und Federn; dort, auf den Steinen unter dem Wasser, zwischen den in der Strömung wehenden Pflanzen hat es geschlafen und dorthin wird es zurückkehren, vergreist, bereit wiederzuerscheinen, solange dieser Rhythmus, unbezweifelbar und vollkommen, sich fortschreibt, die Bewegung in Renés Rücken, die ein Reden ist, das Trommeln in seinem Rücken, das ein Reden ist und das diese Bewegung, das Auftauchen aus dem Fluß und das Zurückkehren in den Fluß, herausfordert und steuert. Es ist ein Vogel, der langsam an Kraft gewinnt, die Flügel zu spannen, dann offenbar am Boden zu fliegen vermag, mit geschlossenen Beinen, die Flügel schleifen am Boden; Staub wirbelt auf und verstärkt Renés Husten. Ein tödlicher Blick aus Menschenaugen, von anderen Welten her, senkt sich als feine Nadel in seinen mageren weißen Nacken. Caillié hat am Rio Nuñez, dem Ausgangspunkt seiner Reise, noch kaum verkleidet, mäßig interessiert den Geschichten über die Geheimgesellschaft der Simos zugehört, eine der unzähligen derartigen Gesellschaften, die sich in den Wäldern verbergen und Zeichen für ihre Adepten in den Baumrinden hinterlassen, man hat ihm die Maske mit dem langen Schnabel beschrieben, und mit einer Sicherheit, die ihn erstaunt (der Vorgriff oder die Wiedererinnerung eines Traumes), fertigt er für sein Buch eine Zeichnung an, ein verkleideter Tänzer, in Lauerstellung. Ein Pelikan, der, anstatt die eigene Brust zu zerfleischen, mit dem Schnabel in Renés Rückenmark bohren und ein Stichmuster setzen wird; die Zeichnung hat es vorweggenommen und der Tanz nimmt es erneut vorweg, bestärkt das Beschlossene; die Worte sind eingraviert. Dann ist es Haar, das vor einem Gesicht hängt, den Blick (gnädig oder drohend) verbirgt, während der Kopf in einer eckigen Art des Tanzes seitlich hin und herwackelt, die Arme schlenkern leblos herab. Eine ganz dünne hohe Stimme erreicht ihn, wie aus weiter Ferne. Leere Formen und nackte Namen, denen er nicht nur aus Schwäche nichts entgegenzusetzen hat; die er aufsaugt, als würde er sich danach sehnen, in Besitz genommen zu werden, dem Unverständlichen, Sprachlosen zu verfallen. Der Mamadingou ist eine blonde langhaarige Frau mit der bleichen Haut einer Europäerin, eines Gespenstes: den Vorhang aus Haaren zur Seite zu streichen und nicht zu entdecken, was der Körper und das Haar versprochen haben, sondern nur die alte, immer abgewehrte, plötzlich sichtbar gewordene Gewißheit: angestarrt wie aus einem Spiegel, vom Ende der Zerstörung her. Die Hautfarbe ist unnatürlich weiß, nicht mehr menschlich, es erscheint wie ein von außen her bewegtes Wesen, aus dem alles eigene Leben gewichen ist, keine Form gibt Halt, kein Blick, nicht die Haut und das Fleisch (mit ihrer trügerischen Kraft von Anziehung und Abstoßung), nicht einmal die Knochen. Caillié wird sich nicht erinnern, wenn ihm sehr viel später, in Zwangspausen während seiner Schiffahrt am Djoliba (so wie fast hundert Jahre nach seinem Tod dem Reisenden Michel Leiris), von den Mamadingou berichtet wird, später, in den langen Nächten des Ramadan in Dörfern der Bozos, in denen diese Heiden die Gläubigen mit

ihren Geschichten wach halten, Geschichten eines Volkes von Fischern und von Bootsleuten, die wie auf Stelzen am Grund des Flusses gehen und, von jenseits des Spiegels, den Grund des Flusses kennen. Mit einem Biß in die Kehle oder in die Nasenflügel, sagen sie, können die Mamadingou einen Menschen töten; doch er, René, Abdallah, still abseits dasitzend, verachtet den Aberglauben und weiß nicht mehr, daß er es ist, der im Gesicht einer dieser Frauen (wenn es Frauen sind) lesen kann; daß er es ist, der sich diesen Tod erträumt; daß vielleicht erst durch ihn und seine Nachfolger die alten Geschichten eine neue Form annehmen und die Menschen am Fluß mit dem Erscheinen der weißhäutigen Wesen eine neue Angst gelehrt wird. Alles was ihm begegnet, begegnet ihm wieder, und er hat schon versäumt, es zu begreifen. Er sieht nicht die eigenen Zähne in seinem eigenen Fleisch, hört nicht, wie aus weiter Ferne, die hohe dünne eigene Stimme. Die Gestalt wächst und umfaßt ihn; Krallen, die durch seine Rippen hindurchgreifen und die sich über das Meer und die Zeit hinweg in den Boden des anderen Landes schlagen. Das Kettengerassel wird hörbar; das graue Flanell der Gewänder kratzt an der verschwitzten Haut, Seile, die in die Schultern schneiden und rote Striemen hinterlassen, ein menschenleeres Schiff, das kaum vom Fleck kommt, keinen Namen hat, nur eines von ungezählten Schiffen ist, die diese Männer, die niemals das Meer befahren werden, voranziehen. Die Gestalt verliert die Form, aber niemals ausreichend, um ihn einschlafen zu lassen; jemand ist in seinen Augenhöhlen, preßt die Augen mit der Faust zusammen. Ich, René Caillié, bin mein Vater, meine Mutter und ich selbst. Je zahlreicher die Gedanken in seinem Kopf, die Figuren in seinem Körper werden, desto mehr verfangen sie sich in sich selbst, desto fremder werden sie, desto mehr fühlt er sich allein. Er betet um sein Ende, das ist sein einziger eigener Gedanke (wenn es noch nicht zu spät ist, wenn das Uhrwerk nicht schon überdreht ist), die kindlichen Worte, die in seiner Kehle entstehen und in einem kaum hörbaren Gemurmel über seine Lippen kommen, Vater unser, Allbarmherziger, Allerbarmer, laß mich sterben; laß mich sterben, weil ich das Sterben nicht ertragen kann. Er weiß nicht mehr, zu welchem Gott er betet, ihm wird alles egal. Gegrüßet seist du, Maria voller Scheiße, die Frucht deines Leibes ist verfault. Wenn man laut betet, sagt Manman, stülpen die Dämonen das Gebet um: ihn erschreckt nicht mehr, daß er das zu verstehen glaubt. Das Inwendige ist nach außen gedreht, das Außen dreht sich in ihn hinein.
Er findet fast schon normal, daß sich die Wunde an seinem Fuß wieder öffnet. Die Aufmerksamkeit für einzelne Stellen seines Körpers hat sich, seit die Funktionen abhandengekommen sind, verschoben; einerseits ist sie so abge-

schwächt, daß er es kaum noch registrieren würde, wenn ihm eine Zehe, eine Hand, ein Bein abfaulte, andererseits kann er auch voll und ganz in irgendeine einzelne Zelle, in irgendeinen Schmerzpunkt oder auch nur in das Hautstück, auf das sich eine Fliege gesetzt hat, hineinrutschen. Wirkliche und eingebildete Besucher erscheinen an seinem Lager, er versucht später, um wieder zu einem Gefühl für sein Kranksein zu kommen, sich ins Mitleid zu versenken, das die Mandingos dieses Ortes für ihn haben müssen: süßer Schmerz, jetzt, sich zurückzuversetzen, geiler Kitzel, könnte dieses Spiel funktionieren: Blicke weiten die Welt wieder aus, bauen ein neues Koordinatensystem, die staunende Masse der Neger als Chor bestätigt und rechtfertigt seine Leiden, das Sterben bekommt seine Bedeutung und Würde zurück. Nach sieben Tagen der Agonie bringt Baba eine uralte Frau mit grauer Haut vorbei; sie schaut mit ihren gelben, blutunterlaufenen Augen in seine gelben, blutunterlaufenen Augen, führt ihre Hand an seine Stirn, spuckt auf seine Handflächen, seine staub- und blutverkrusteten Füße, seine Brust, seine Stirn, schiebt seine Lippen auseinander wie die eines Pferdes. Ich nehme Zuflucht zum Herrn der Menschen, flüstert sie, zum König der Menschen, zum Gott der Menschen (und für einen kurzen Moment fühlt er sich getröstet, in seiner Kehle entstehen leicht verformte Fragmente arabischer Wörter, es ist höchst unwahrscheinlich, daß eine Frau in dieser Gegend Arabisch können soll, aber die Worte gehören hierher). Sie sagt, ich kenne diese Krankheit, ich habe schon einige daran sterben sehen, einige sind aber auch davongekommen; wenn du überlebst, wirst du alle Zähne verlieren, er begreift diese Logik, er lebt in ihr. Die zahnlosen alten Frauen schauen zu ihm herab, während sein Mund einfällt: Wenn ich morgen wiederkomme, wirst du überlebt haben, vor allem darfst du keinesfalls Fleisch oder Suppe essen, das ist kein Problem. In der Nacht ist er aber wieder allein mit seinem Kopf, der nach einer Veränderung der Lage verlangt und sie nicht erträgt, er wälzt sich auf die Seite und wieder auf den Rücken, nichts kann die Arbeit im Innern seiner Schädelknochen abtöten, nichts Sanftes, Milderndes ist seinen Händen und seinem Denken greifbar. Irgendwann, bei Tageslicht (nach den Wegen der Schatten wäre die Uhrzeit zu bestimmen), sind Baba, Manman und die andere Alte in seinem Haus, sie benehmen sich nicht wie ein Chor von dekorativen Idioten, sondern mit der Selbstsicherheit einer ärztlichen Delegation, keine Erinnerung; man hat, so entnimmt er den Erklärungen der Besucher, die sich kaum an ihn zu richten scheinen, im Wald für ihn ein bestimmtes Holz gesucht, dessen Name nicht in seinen Notizen aufscheinen wird; Manman (im Innern ihres Lächelns bekämpft die Ernsthaftigkeit den Stolz) hat nach dem Rezept der Heilerin einen Sud von rötlicher Farbe daraus gekocht;

wenn er mit diesem Sud seinen Mund auswäscht und davon trinkt, er ist natürlich zu allem bereit, kann das Übel, so Gott will, einen Weg aus seinem Körper finden. Er richtet sich mit Manmans Hilfe etwas auf, er kann seine Zunge bewegen, die Wangen blähen, schlucken, das erscheint schon als Erfolg. Der Sud schmeckt bitter; er hat das Gefühl, Holz zu essen; die ausgetrocknete Zunge zieht sich weiter zusammen, Mundhöhle, Speiseröhre und Magen verengen sich; es wäre nicht unangenehm, ganz zusammenzuschrumpfen und zu Holz zu werden. Die Kur wird mehrmals täglich wiederholt; manchmal erbricht er und bleibt in einer Betäubung zurück, in der es ihm möglich ist, die Schmerzen, von Kopf bis Fuß, vor sich aufzulegen; er versucht, sie zu zählen und verfängt sich in der Rechnung, einmal möchte er eine endgültige Bilanz ziehen, dann wäre er der König der Welt. Er tritt (neuer Speichel in seinem Mund) über die andere Schwelle, ins Zimmer der Schwester (sehr hell, als wäre immer früher Morgen, ausgeleuchtet in jede Ecke, jede Pore), bisher hat er sie fast nur zu Weihnachten, hier im Haus der Großeltern, in dem Raum, den sie ihren Salon nennen, gesehen, nun werden sie Tag für Tag zusammensein; in ihrem Zimmer über der Backstube, mit dem Bett, dem Nachttopf, dem Tisch, den zwei Stühlen, dem Fenster ohne Vorhänge und den drei Büchern, aus denen sie einander, auf dem Bett oder am Boden liegend oder auf dem Fensterbrett sitzend, immer wieder vorlesen, in den Feldern oder am Fluß, auch wenn es mühsam ist, mit ihr hierherzugelangen. Jetzt ist der Fluß die Mignon, kühler, klarer, mit stärkerer Strömung als die Flüsse davor, er steigt ins Wasser und spürt Célèstes Blick seinen Rücken hinabgleiten, seine weiße Haut, die im Glitzern der Wellen aufgeht, ein Sommertag und die Idee eines Sommertages, seine Füße auf den runden Kieseln, seine Füße ohne Halt, wenn er sich auf dem Rücken treiben läßt; niemals hat er sich so stark gefühlt wie hier im Wasser, die Kraulbewegungen seiner Arme überwinden die Strömung, während er den Weg zurück sucht; die Kälte macht ihm, denkt er, so wenig aus, wie ihm Hitze ausmachen würde, er schaut auf einen blauen Himmel, läßt sich von der Sonne blenden: das Rot seiner Augenlider, kleine Blitze darin. Im Gras liegend wartet Célèste auf ihn, eigentlich gar nicht wahrnehmbar, eigentlich nur die äußeren Formen eines Gesichts, einer offenen Fläche, Augen, aus denen ein Mädchen herausschaut, und Kleider, die auf die Wiese gebreitet sind, aus der Ferne die Idee eines Kusses, er selbst ist im Inneren des Bildes, gewachsen, vollständig, losgelöst; er taucht noch einmal durch und schwimmt ans seichte Ufer, reibt mit den Knien schon am Kies und an der Erde des Flußgrunds. Er erhebt sich, glitschiges Gras unter seinen schlammbedeckten Füßen, er ist stolz auf seinen neuen schmalen Schamhaarkranz, findet gleich zur Stelle, wo er erwartet wird, legt sich hin, schließt die Augen; Sätze, die zu sagen wären, Scherze, die auszutauschen wären, sind vergessen. Das Tropfen von seinem Haar auf ihr Kleid; sie streckt ihm, einmal, im Spiel, die Zunge entgegen, er nimmt sie zwischen die Lippen, beißt sanft hinein, er hat noch Zähne. Dieses Verbindungsglied von Mund zu Mund; dieses so wenig an einen menschlichen Körperteil erinnernde, bewegliche, von einem Eigenleben erfüllte Ding ist ein kleines Tier, das im Mund seiner einzigen Freundin lebt, seine Einbildung kann ganz darin verschwinden; es ist ein Lebendiges, durch das er nicht nur für sich, nicht allein ist, etwas Feuchtes, Rauhes und Warmes, seine eigene Zunge tupft daran an, zieht sich wieder zurück. Ein Holzstück, das im Wasser treibt; der Torbogen, den die Äste eines Baumes (einer Weide) über dem Fluß bilden, ein Gewölbe, wo hat er es wiedergesehen. Jemand ist bei ihm oder wartet auf ihn, für den er Orte sammelt; jemand, der die Bruchstücke zusammenfügt; ein Punkt innerhalb oder außerhalb des Systems, das er mit seiner Schwester bildet, sie als das Stillstehen und er als die rastlose Bewegung. Dieser feste Zusammenhang und diese Abhängigkeit wären in ihrem Zimmer, am Fluß, in den Büchern und in den Gesprächen am Sonntagmorgen oder abends vor dem Einschlafen entstanden und hätten sich ausgedehnt, dem Lauf des Flusses folgend bis zur Mündung, dann übers Meer (die wirkliche Schiffahrt von Rochefort nach Saint-Louis, Senegal, die nichts mit den vorgestellten Schiffahrten zu tun hat und sich doch darauf bezieht, der wirkliche Schiffbruch der Medusa aus seiner Flotte bei Kap Arguim, von dem er erst im nachhinein erfährt, und der nichts mit den vorgestellten Schiffbrüchen zu tun hat und sich doch für ihn – er hätte überlebt – darauf bezieht), dann in den anderen Kontinent, wo die aus den Büchern vertraute Fremdheit versteckt ist; dann weiter hinaus in ein Nirgendwo, das er sich niemals vorstellen kann und von dem her er doch gedacht wird, mit der einzigen Verpflichtung, nicht auf die andere Seite, den Fixpunkt, die Zurückgelassene zu vergessen. Er streift die Mignon entlang durch die Sonnenblumenfelder, hetzt der schon auseinanderfallenden Expedition von Gray am Gambia hinterher und hetzt alleine wieder zurück, läßt sich als Soldat in die Karibik (wo er die Zeit mit der Lektüre von Reiseberichten, vor allem dem Mungo Parks, verbringt) und wieder zurück nach Afrika verfrachten, zieht mit den Braknasmauren, schon zwischen die Länder, Stämme, Religionen gefallen, als vorgeblicher Renegat durch die Wüsten nördlich des Senegal, irrt hin und her zwischen den Engländern und den Franzosen, zwischen Saint-Louis und Freetown, dieser und jener Herablassung und Demütigung, von der Hoffnung zur Enttäuschung und zurück zur Hoffnung, und all diese Zickzackbewegungen hätten am Ende ein einziges Ziel: jene Buchstaben, die niemals von einem Bild ausgefüllt werden können; ein Versprechen, das nicht in Worte gefaßt ist und niemals zu erfüllen, wenn es die Rückkehr in der Zeit, in den Traum nicht gibt; auch wenn er selbst nicht mehr träumt, die Maschine arbeitet, weil es anderswo den Traum gibt; weil es den anderen Ort gibt. Céleste wäre umgekehrt durch ihn aus ihrem Gefängnis befreit; solange er unterwegs wäre, könnte sie ihr Dasein, ihre unbrauchbaren Beine, den immergleichen Blick auf die immergleichen Wände ihres Hauses ertragen; solange er in Bewegung bliebe, wäre auch der Bezugspunkt ihrer Existenz in Bewegung, auf ganz natürliche Weise ins Unsichtbare verschoben, wie im Innern des Bildes langsam verschwommen, untergetaucht, in einer unendlichen Annäherung an den Punkt der Rückkehr, den sie in ihrer Festigkeit bezeichnete; in welchem Zustand sie sich auch immer befinden würde, selbst noch als Tote. Er denkt und schreibt im nachhinein, nur der Gedanke an seine Schwester hält ihn in diesen Tagen am Leben; in jedem Fall würde er (ihr einziger überlebender, erwachsener Bruder unter den vielen toten, begrabenen Brüdern) seinen Ruhm und seinen Reichtum mit ihr teilen, sein Ruhm und sein Reichtum sind nur dazu da, mit ihr geteilt zu werden. Was kann jetzt, wo René zum Stillstand gekommen ist, mit ihr (aber vor allem mit dem System) vor sich gehen: alles, was er von diesen Zusammenhängen und Abhängigkeiten spürt, ist diese eine Frage, und er hat keine Ahnung, er kann sich nicht sicher sein, ob sie überhaupt noch lebt, seit zwei Jahren hat er keinen Brief nach Mauzé geschrieben und seit zwei Jahren, seit ihrer Hochzeit, keinen Brief aus Mauzé bekommen; warum hätte er aus dieser langwierigen Zwischenzeit heraus Briefe schreiben sollen; er hat noch nichts vorzuweisen, existiert nur in der Schwebe des Systems, mit den dunklen Feldern, die ihm unbekannt sind: wir tasten herum, in den Tagen, Wochen und Monaten in Tiémé, öffnen Fenster zu den tiefsten Innenräumen, sein Bild an der Schwelle. Ein Gott soll für diese Schwebe sorgen, das Gleichgewicht garantieren (immer wieder scheitern wir, verlieren ihn), es ist schon nicht mehr der Tod, um den er betet. Er hat sich seine Rückkehr immer als eine Art von Wunder, ein Erscheinen wie aus dem Jenseits vorgestellt, nach Jahrzehnten auf der einsamen Insel, die er ungesehen bewirtschaftet und ordnet. Er ist eingeschlossen in der Stille, in einem Felsen, die immergleichen Wände um ihn, ein Knochengesicht wie das seine, ein Vorhang aus blonden Haaren, der sich schließt: ein Nagen an seinem Gaumen, seinem Kiefer, ein Kitzeln, Mamadingou, ihre Zähne in seinem Schädel, Zähne weiß und makellos wie die Zähne Babas, *téguet*, eine ganz einfache kleine Geste, im staubigen Boden begraben, was zu begraben ist. Er erinnert sich an die Witze der Franzosen bei seiner Rückkehr von den Braknas: gar nicht mehr gekränkt oder

wütend, sie haben nichts verstanden. Nur wenn man der andere geworden ist, zerstückelt, Teil für Teil begraben und verwandelt, kann man verstehen. Eine Pflanze blüht auf, unscheinbar, sein Spiegelbild kann sich aus dem Felsen befreien, tritt durch die Wand aus Wasser, die Wand seines Blicks, seines Körpers, angezogen vom Weiß einer Seite, dem Weiß des Bettzeugs, dem Weiß der Landkarten; ein Strahlen auf der Leinwand der Lider, wenn er zur Sonne hochschaut, er ist zweifach neugeboren. Er geht auf den Fersen, mit geschlossenen Beinen, spurlos; ein Holzstück, das flußabwärts treibt, ein unberührbares, unzerstörbares Ding; es wird weiterziehen können, auch wenn er immer eingeschlossen bleiben wird und weiß, daß er immer eingeschlossen bleiben wird. Er schläft ein, nicht weil der Kopfschmerz nachläßt, sondern weil es möglich wird, sich von diesem Schädel, von diesen Nervenbahnen zu entfernen.
Es scheint, als würde sich neues Fleisch in seiner Mundhöhle bilden, so wie er wieder zu schlafen lernt, eine neue, fragilere Schleimhaut. Er ist froh, wenn er seinen Regenschirm anschaut, seine Hand umschließt ihn, während er dahindöst, seidig weiche Haut über den harten Verstrebungen, manchmal denkt er wieder an seine Notizen. Nach sechs Wochen (es ist Mitte Dezember) fühlt er sich in der Lage zu gehen; davor hat er einige Tage lang das Aufstehen geübt, zitternd wie ein Greis, von Schweißausbrüchen niedergezwungen; bald schafft er es bis in den Hof, dort setzt er sich wieder hin, in den Schatten, am liebsten vormittags oder abends, wenn die Hitze erträglicher ist; er hört auf sein Herzklopfen, ohne größeres Interesse an diesem Mechanismus, schaut Manman zu, die vor ihrem Haus Hirse stampft, Holz hackt, Baumwolle färbt, Reissuppe kocht oder Hühner tötet, deren Kopf davor nach Osten gedreht werden muß. Wer keine Verwandten unter den Geistern hat, sagt sie, als sie die Gestalt des Fremden zum ersten Mal ins Freie kommen sieht, den holen sie nicht zu sich; den können sie quälen, aber nicht aussaugen. Wie schön, sagt Baba mit seinem ewigen Lächeln, daß Abdallah seine Eltern wiedersehen wird. Caillié nickt und denkt (weil er alles vergessen hat und glaubt, wieder der Alte sein zu müssen), daß man in Wahrheit von ihm genug hat, weil nichts mehr aus ihm herauszuholen ist; er ist überzeugt, daß man auf seinen Tod spekuliert hat und daß er während seiner Krankheit bestohlen worden ist, dunkel erinnert er sich an Gestalten, die in seine Behausung eingedrungen sind und sich an seinen Sachen zu schaffen gemacht haben, er liegt mit offenen Augen da und kann nichts sagen und sich nicht rühren, während Baba seine Salzvorräte angeht, nur um sie (er hat auch das gesehen und weiß nicht, wie er es gesehen haben kann) an sein Pferd zu verfüttern. Zugleich muß er jeden Satz, der an ihn gerichtet wird, vollkommen ernst nehmen, denn genau so viel oder genau

so wenig wie der Boden unter seinen Füßen halten ihn auf seiner Reise diese Sätze: er glaubt wirklich für einen Augenblick, er bewegt sich zu diesem Punkt des Verlusts, zu dieser Leerstelle hin, die von den erfundenen und den wirklichen Eltern, ineinander verwoben, freigehalten wird, dort und nirgendwo sonst wäre er daheim (er glaubt es: das heißt, es durchschießt ihn als Schmerz, überraschend wiedererlebt: können Dinge einsam sein?). Übereinandergelegte Folien: beinahe deutlicher (näher, leichter erreichbar) erscheint das alte ägyptische Ehepaar, fromme wohlhabende Kaufleute in Alexandria, mit vielen Söhnen und einem gesicherten Erbe, denen die Christen zu ihrem Schmerz eines ihrer Kinder raubten (gerade der verlorene Sohn ist ihnen der liebste; seine unwahrscheinliche Rückkehr nach Jahrzehnten erleben dürfen: was für ein Traum), von den anderen Figuren bleiben nur widersprüchliche Geschichten oder isolierte, unangreifbare, unzerstörbare, nichtssagende Erinnerungen, der Mann ohne Gesichtszüge, der vom Bäckerlehrling zum Schwiegersohn seines Meisters aufsteigt, nur um, durch die Katastrophe seiner Ehe, den Haß der Familie und viele Besäufnisse hindurch, tiefer abzusteigen als man es für möglich gehalten hätte (wir haben es dir immer gesagt, heißt es trotzdem, jetzt sitzt du da mit deinem Balg, keiner nimmt dich mehr), die Frau, die ein paar Jahre lang in Rochefort seine Mutter ist, hinter ihm die Treppe hochsteigt, das eine Zimmer und das eine Bett mit ihm teilt, ihn füttert wie ein Tier, sich dann nach dem Schnitt zwischen den Orten verwandelt, wächsern zwischen Kerzen daliegt, in einer Stille wie unter Wasser, die in eine Kiste gelegt und für immer fortgebracht wird; was sie erzählt hat (vor sich hin sprechend, für keinen, doch er kann nicht ausweichen, die Stimme, an die er sich nicht erinnert, formt seine Welt), wird von da an umgedreht und zerstört durch andere Stimmen, andere Inhalte, die von seinen bisherigen Sicherheiten nicht weniger unterschieden, nicht weniger mit ihnen unvereinbar sind (nie hat er gewußt, daß man ihn, wie die Großmutter es tut, den Sohn eines Verbrechers nennen kann; und der Apfel, sagt sie, fällt nicht weit vom Stamm) als es die dritte Ebene ist, die er später selbst darüberlegt; sie sollte nichts mit seinem wirklichen Leben zu tun haben, und doch kommen von Dorf zu Dorf, von einer Antwort zur nächsten, die ihm mit den immergleichen Fragen abverlangt wird, immer neue Details hinzu, die Namen, das Alter, die Geschwister, langsam eine feste Vorstellung, Züge, die sich, unschuldig, nicht schon von der Entfernung und vom Vergessen vernichtet, bilden; fast bedauert er schon, daß er niemals wirklich nach Alexandria kommen wird. Die Straße dort, die er, ein abgerissener Fremder, aufsuchen würde, denn plötzlich hätte er eine Adresse (falls es in Alexandria Adressen gibt) und einen Weg im Kopf; dann aber würde er doch nur (blitzhafte Erinnerung an einen Traum) ein leeres Haus vorfinden, tote Fenster, staubige Böden, ausgebrannte Mauern, er würde alle Räume im Erdgeschoß, im ersten Stockwerk durchqueren, aufs Dach hochsteigen (er weiß schon nicht mehr, was er sucht), würde alleine auf der Terrasse stehen, in totem Laub und altem Gerümpel, und auf die Stadt herunterschauen, mit einer Art von Schwindel, fast bereit zu stürzen, sich in den sonnenbeschienenen Gassen aufzulösen, er ist schwerelos und durchsichtig. So Gott will, sagt er, aber es steht mir noch ein langer Weg mit vielen Mühen bevor. Langsam kehren die Muskeln an seinen Beinen zurück, er bekommt wieder Schenkel und Waden; er verfolgt dieses Wachstum, wie von innen her, mit dem neuen Organ, das er zuvor in dem umgekehrten Prozeß der Abmagerung entwickelt zu haben scheint, eine Funktion am Rand seines Bewußtseins, die in einem Zerdehnen und Zusammenziehen der Zeit, wie es manche Insekten oder Beobachter aus dem All beherrschen, langsame Veränderungen physisch erfahrbar macht und aufzeichnet. Wenn er mit seinem Spazierstock, der ihn seit Sambatikila begleitet und stützt, durch die Stadt humpelt, macht sich keiner mehr über ihn lustig, auch nicht Manmans Schwiegertöchter, denen er jeden Tag im Hof begegnet. Die Hunde weichen ihm aus und beginnen aus sicherer Entfernung zu bellen, wenn er an ihnen vorbei gekommen ist. Er hört aus den Häusern die Ehestreitigkeiten oder die Schreie der Frauen, die verprügelt oder ausgepeitscht werden (den Sklaven, die schlimmstenfalls nach Fluchtversuchen angekettet werden, aber ansonsten tun können, was sie wollen, droht diese Strafe nie); sie wehren sich nach Kräften, unterliegen immer, spätestens sobald der Stadtchef als Richter eingreift, und scheinen doch nicht gebrochen. Er geht in den Stadtteil der Bambaras, durch eine Mauer von der Mandingostadt getrennt, I ni ségè, grüßen ihn die Leute, I ni ségè, antwortet er, und sie lachen, denn dieser Gruß ist für Figuren wie ihn reserviert, du und die Erschöpfung, übersetzt er ihn für sich: ich und die Erschöpfung, aseguê.

Durch die Handels- und Entdeckungsreisen oder Eroberungszüge, die Reiseberichte in ihrer mit neuen Regeln der Wahrnehmung und der Lektüre sich verändernden Gestalt, verschieben sich entlang der geographischen Grenzen auch die Grenzen dessen, was die Europäer sehen und wissen können; es verschieben sich die Bereiche des Sinnlosen und des Unsichtbaren jenseits davon, in ihrer doppelten Wirkung: einerseits eine Herausforderung (hier erprobt die eigene Sprache ihre Biegsamkeit, hier werden die alten und bekannten Wörter, Sätze und Bilder schillernd und geheimnisvoll), andererseits etwas, das man niederzuzwingen und zu verleugnen hat; was der Blick sucht und was er verfehllen und über was er, verfangen in ein Netz von Begriffen, hinweggehen muß. Irgendwann ist alles zerstört, wovon man geträumt hat, die eigene Dunkelheit bleibt; dann einen Schritt zurück machen. Aus der unklaren Gegenwart nicht die Vernunft, nicht das, was über die Fremde denkbar erschienen ist und was sie vereinnahmbar machte, rekonstruieren, sondern nur die verborgene Angst, die sich (im Fabulieren, in der Gewalt oder im Anschein der Wissenschaft) äußerte; die verborgene Lust, vor und in diesen Äußerungen. Als könnte man sie erst nun, da einem der Boden unter den Füßen abhanden gekommen ist, verstehen: die unvorstellbare Möglichkeit, man stünde selbst nicht im Zentrum der Welt oder an der Spitze der Zeit, immer gäbe es andere Orte, wo alles, was man für wahr und gesichert hielt, nichts bedeutete; wo man glaubte, man könnte, in seinem eigenen Zeitmaß lebend, den Fortschritt der Europäer ignorieren, ihrem Blick souverän ausweichen, aus purem Desinteresse nichts bestätigen und nichts widerlegen, was diese an Wissen und Fähigkeiten vor sich her trugen: andere Orte, Städte, als Zentren eines begehrten und verachteten Reichtums an Gold oder Weisheit, oder ungewisse unterirdische Regionen. Eine Zeit lang konnte man diese fremden Orte mit ihren Wundern nach den alten Büchern für lesbar halten; ein Reich namens Ghana (in einem arabischen Text aus dem neunten christlichen Jahrhundert erwähnt), wo das Gold wächst wie anderswo die Karotten und einfach bei Sonnenuntergang aus der Erde gegraben wird, die Bewohner dieses Landes tragen Pantherfelle, denn es wimmelt dort vor Panthern; ein Katalog der Menschen und der menschenähnlichen Wesen, wo noch Platz ist für Troglodyten, Kopffüßer oder kopflose Wesen mit den Augen an den Achseln und dem Mund auf der Brust; für Wesen mit glattem Gesicht ohne Nase und Lippen; für Menschen, die Mann und Frau zugleich sind, mit nur einer Titte (und da sie, so noch einmal Mandeville, zweierlei Gemächte haben, mögen sie mit dem des Mannes Kinder zeugen, mit dem des Weibes Kinder gebären, wie es ihnen beliebt): erschaffene und sich wiedererschaffende Wesen, durch Gottes Hand in den Büchern und in der Welt verzeichnet, hier oder dort in ihrer wunderbaren Gestalt wiederzufinden; im Licht derselben Erlösung. Noch im achzehnten Jahrhundert ist im Linnéschen System der Natur ein Platz für die Troglodyten, die *Nachtmenschen*, in der Ordnung der Menschenähnlichen (der auch Affen, Faultiere und Fledermäuse angehören) reserviert; einige Autoren berichten von einer Überlieferung der Troglodyten, wonach sie vor Zeiten über die anderen Völker der Erde geherrscht hätten, hernach aber von den Menschen vertrieben worden wären, doch dass die Zeit bald kommen werde, da sie ihre verlorene Herrschaft wiedererlangten, daran glaubt keiner unter den Tagmenschen. Ein anderes Wissen, eine neue Selbstgewißheit macht die europäischen Entdecker in ihrer Epoche zu Gewinnern im Krieg der Zeit: im Fremden finden sie sich in Bilder des eigenen Vergangenen versetzt, sie sehen sich durch Vorstufen der eigenen Zivilisation reisen: vom Zentrum aus, in dem die Geschichte sich beschleunigt hätte und diese europäische, christliche Höchststufe erreicht, in Peripherien vordringen, die langsamer, zurückgebliebener wären, wo sich noch erhalten hätte, was sie selbst längst hinter sich gelassen haben; Orte aus der Steinzeit mit primitiven Steinzeitmenschen ohne Religion, ohne Wissenschaft und Ordnung oder die Städte fortgeschrittener Kulturen, den heidnischen Städten des antiken Griechenland oder Rom gleichend; noch Alexander Gordon Laing sucht in Ghadames oder Falaba in der Kleidung, in den Sitten und in den Institutionen nach solchen Ähnlichkeiten, zwar mit Hochachtung und Interesse, doch in jeder Achtung ist zugleich die Vorausschau auf die Vernichtung des Rückständigen enthalten, auf die gleichförmige Zeit, wenn alles nach dem einen, europäischen Maß gerichtet ist. Wie Zeugen aus der Zukunft glauben sich die Entdecker in einem schon schattenhaften historischen Raum zu bewegen, als wären sie, sagen wir, gespensterweise ins Innere eines Films geraten: mit gespaltener Gegenwart, drinnen und draußen zugleich, sterblich und unsterblich, ausgesetzt und unendlich überlegen: mit dem Bewußtsein ihrer anderen Welt, das (in diesem Stadium, wo sie noch Einzelne sind, vor der totalen Aneignung und Zerstörung) in der Wirklichkeit zu nichts nützt und ihnen in der Illusion Vollkommenheit gibt. Sowie die Ungleichzeitigkeit in der Begegnung den anderen in ein Objekt verwandelt, ist fast egal, ob er Objekt der Erziehung, der Integration, der Unterwerfung oder der Vernichtung wird. Afrika ist in den Jahrhunderten nach der Entdeckung Amerikas erst wirklich zum *dunklen Kontinent* geworden, Sklavenreservoir und Quellgebiet undurchsichtiger Geschäftsverbindungen, eine Region außerhalb der Geschichte, von allen Geschichten geleert, die keinerlei Interesse verdient: niemand hier kann eine Stimme haben; Menschenmassen sind beliebig aus dieser finsteren, unausschöpfbaren Truhe herauszureißen; wenn dann der Rest der Welt eingeebnet ist, weckt gerade das Dunkel wieder die Neugier. Für die wenigen Jahrzehnte, bevor die Militärs, Kolonisten, Missionare und Ethnologen, dann die Konzerne, Berater, Söldner, Entwicklungshelfer und Journalisten einfallen und wieder abziehen, kann eine Art von Offenheit und Schwebe entstehen, vielleicht allein durch die Träume einzelner Wirrköpfe, deren Unsicherheit trotz aller Überheblichkeit groß genug ist: mit der Ahnung einer anderen Geschichte jenseits ihres Wissens. Später, nach dem Ende, ist diese Geschichte gleichgültiges Material, totes Bildungsgut für Spezialisten, den Archiven des nutzlosen

Wissens eingefügt; immerhin sind die Lücken zahlreich genug, um erneute Wiederverwertungsversuche herauszufordern. Die Chronik des Ortes, der, nur des Namens oder einer Vorstellung von der Wüste oder einiger eigenartiger fremder Figuren wegen, für uns zum leeren Zentrum aller Sprachbewegungen geworden ist, schon Produkt einer ersten Kolonisierung und Verschmelzung, ist eine zufällige Einzelheit im Fundus dieses Materials. Die Geschichte mit allen ihren Toten, ihren Umbrüchen, der Gier, den Kriegen und den Verbrechen erscheint in ihr eher als Textur denn als Entwicklung, mit der Illusion eines Heiligen Textes als Untergrund, auf dem die Ereignisse sich abzeichnen. Diesen Wegen folgen, ohne eigenen Glauben, immer wieder den Faden verlieren; den Wegen der mündlichen Überlieferung, eintönig wie Wüstenstraßen; monotone Litaneien einander ähnlicher Namen, möglichst lückenlose Ketten von Sprechenden oder Schreibenden; monotone Litaneien einander ähnlicher Taten und Ereignisse, sogenannte große Männer, die Kriege führen und Städte erobern, Brüder, die einander folgen oder töten; kleine Risse in der Textur; grelle oder verblassende Stellen. Wenn man diese Form (ähnlich, doch mit entscheidenden Unterschieden zu dem, was wir unter Geschichte verstehen) für eine Art von Begegnung in der Ungleichzeitigkeit ausnützen könnte, im Wissen um die Distanz, der Kamerablick ins beliebig Nahe oder Ferne gerichtet, dann stillgestellt: aus dem Gewirr der einzelnen Bildpunkte (Nächte und Tage) ein einziges Muster herauslesen: ein Dreieck von Orten, durch einen Fluß verbunden; ein fast zufälliger Schnitt durch das Erleben, das Gedächtnis, das Erzählen; eingeschleustes Fremdes, ein eingeschleuster Fremder; zwischen den Sprachen sprechen.

Die erste Erwähnung des Tarikh es-Soudan in einer westlichen Quelle ist in einem Brief des Generalkonsuls Hanmer Warrington zu finden: Now I will ask, schreibt er ans Außenministerium, als er Nachricht bekommt, sein Geschäftspartner und Feind D'Ghies hätte (bestimmt für den Baron Rousseau) ein Exemplar der Reisen von Ibn Battuta sowie der Geschichte von Timbuktu, verfaßt von einem gewissen Sidi Ali Baba d'Arawan erhalten, der außerdem bald in Tripolis eintreffen soll, is it likely that this Sidi Ali Baba should have examined the Records and written the History of Tinbuctu – Believe me a bowl of Cuscousu is more an object of examination to any Moor than such a history. Hinter Sidi Ali Baba d'Arawan verbirgt sich Ahmed Baba (eigentlich Abu'l-'Abbas Ahmad ben Ahmad al-Takruri al-Massufi), der in ganz Nordafrika bekannte größte Gelehrte von Timbuktu; auf seinem rechten Unterarm, so heißt es, stand von Geburt an der Name Mohammeds in weißen Zeichen auf der Haut geschrieben; er ist Autor von über fünfzig Büchern über die verschiedensten Themen wie malakitisches Recht und Grammatik und vor allem eines biobibliographischen Lexikons, das als Supplement zum biographischen Lexikon des Ibn-Farhun aus dem vierzehnten Jahrhundert gedacht war und schließlich zu einem selbständigen Werk wurde. Ahmed Baba, der allerdings zur Zeit des Konsuls seit ziemlich genau zweihundert Jahren tot ist und sicher nicht mehr nach Tripolis kommen wird, gilt für einige Zeit manchen als der Autor des Tarikh es-Soudan, da man in Timbuktu unter seinem hochberühmten Namen die Autorschaft aller hier entstandenen Werke subsumiert; und die Frage der Autorschaft ist, auch wenn der Tarikh es-Soudan zweifellos von Abderrahman ben Abdallah ben Imran ben Amir es-Saʿdi verfaßt wurde, nichts wirklich Eindeutiges und vielleicht auch nichts wirklich Entscheidendes, in einem Text, der eher weitergeschrieben wurde als das Werk eines Individuums zu sein; nur zufällig ist im siebzehnten Jahrhundert der christlichen Zeitrechnung, dem elften Jahrhundert der Hedjra ein Punkt gesetzt, der das Buch abschließt; in seinem Innern aber finden sich fließende Übergänge zwischen den Autoren, zwischen dem Abgeschriebenen und dem Hinzugesetzten. So hört man auch Ahmed Baba von seiner Familie erzählen (das heißt, von seinen männlichen Vorfahren, alles Ulamas, Gelehrte aus der Madrasa der Sankoré-Moschee: der Vater der Mutter seines Großvaters väterlicherseits Abou-Abdallah-Anda-Ag-Mohammed-ben-Mohammed-ben-Otsmân-ben-Mohammed-ben-Naul, Schatz der Weisheit und der Tugenden, der zur Zeit der Tuareg-Herrschaft Qadi in Timbuktu ist; sein Großonkel Makhlouf-ben-Ali-ben-Sâlih-El-Mokhtar, Grammatiker, Wissenschaftler und Geograph, der alle Reiseberichte auswendig kennt und den ganzen Soudan, den Magreb und Ägypten selbst bereist hat; sein Großvater Hadj Ahmed-Ben-Omar-ben Mohammed-Aqît-ben-Omar-ben-Ali-ben-Yahya-ben-Godâla, der 700 Bände geschrieben hat und vor dem sich die Pforte zum Grab des Propheten öffnet; sein Vater Ahmed-ben-Ahmed-ben-ʿOmar-ben-Mohammed-Aqît-ben-ʿOmar-ben-Ali-ben-Yahya, ein Mann mit einem empfindsamen Herzen, der die Bücher liebt und eine Bibliothek voller seltener und kostbarer Bände hat; als er starb, schreibt Ahmed Baba, sah ich ihn in einem schönen Traum), in einem über viele Seiten gehenden Zitat, dessen Ende unbestimmt ist; man liest von weitergegebenen Manuskripten und hört ungenannte andere Autoren oder Erzähler; und die Figuren von Heiligen und Gelehrten, mit den immergleichen wiederholten Namenselementen, gehen ineinander über, mischen sich untereinander, die Identität wird unklar wie die der Erzählerfigur: wann hört Ahmed Baba auf zu sprechen, wann beginnt es-Saʿdi zu sprechen; wie ordnen sich die Zeichen der Gelehrtheit und der Heiligkeit dem einen und dem anderen der Träger des Heiligen Buches zu, wie die verschiedenen Funktionen als Qadi oder Mufti oder Imam; was hat es mit den undurchschaubaren politischen Funktionen wie Fâri-Mondzo, Tombouctou-Mondzo, Binka-Farma, Cha´a-Farma, Kabana-Farma, Kormina-Fori, Faran, Fondoko, Balama, Hoko-Karaï-Koï, Ki- Koï, Dendi-Fâri und so weiter auf sich, die (zumeist von verfeindeten Brüdern, Halbbrüdern, Neffen und Cousins eingenommen) nicht immer klar von den Einzelnamen zu unterscheiden sind; wer vermag noch säuberlich Ich und Er und Wir und letztlich das Es einer historischen und politischen Geographie voneinander zu trennen?

Die Bergkette östlich der Stadt zieht seinen Blick an, er verläßt eines Nachmittags, in einer heimlichen, etwas künstlichen Weihnachtsstimmung, erstmals die Stadt, geht alleine, mit dem langsamen neuen Rhythmus, den er gewinnt, ein dreibeiniges Tier, durch die Tabak- und Reisfelder, an halb ausgetrockneten Bächen vorbei; immer wenn er stehenbleibt, um zu rasten, schaut er nach Osten, die Perspektiven scheinen sich nicht zu verschieben. Er sieht das Bild des einen herausgehobenen Gipfels, sehr scharf, sehr nahe, und doch wird er ihn nie erreichen, daran vorbeigehen. Es sind in sich verschlungene Schriftzeichen, nichts Zählbares; nur weil er auf die Entzifferung verzichtet, kann er weitergehen; und doch ist dieser eine Moment von Bedeutung, niemand hat diesen Berg so gesehen wie er und niemand wird ihn so sehen, denn sein Stillstand, die Verzögerung, die aufgestaute, verschobene Energie liegen in seinem Blick und holen den Gegenstand heran: ein Relief, in das alle seine Orte eingelassen sind, die Wege, die er, vom ersten bis zum letzten Moment, der Weltkarte eingeschrieben hat, die Gegenwart, die er zurückläßt, das Davor und Danach in einem Bild, dazwischen sein Sterben und Wiederauferstehen, der Moment, in dem alles künstlich, einfach und gleichgültig wird: der Verlust ist registriert, und es ist nichts mehr zu verlieren. Die Einschnitte von Tälern oder Schluchten im vegetationslosen Gipfelbereich; eine dünne Wolke, die über Stunden hinweg dort stillsteht; die Schatten im Bergwald, wo er Pfade vermuten kann, Bäche, Windbruch oder die Spuren unbekannter Tiere (es mag Löwen, Elefanten und riesige Affen in diesem Kontinent geben, er bekommt jedenfalls nie welche zu Gesicht); Schnitte, wie mit dem Messer gezogen, mit dem Bleistift nachgezogen; diese Schriftzeichen graben sich ein, sobald er die Augen schließt, sind es Feldwege und Flüsse, dann die Züge eines Gesichtes, das dem seinen ähnelt, dann Wege, nicht ganz trostlos, durch eine menschenleere Stadt, mit Häusern aus Lehm und Straßen, durch die der Sand treibt, mit aus den Angeln gerissenen Türen, wurmstichigen Truhen, fast eingeebneten Zierornamenten an den Hausmauern; der Aufstieg ist steil, die Kanten der

Stufen sind abgebröckelt, und kein Geländer und kein Stock gibt den Händen Halt. Innen und außen zugleich sein, aus weiter Entfernung die Gestalt sehen, die man selbst gewesen ist oder sein wird, die eigenen Schritte, gereinigt von allem Zufälligen, Ephemeren. Er ist vor Einbruch der Dunkelheit zurück in Tiémé; zumeist ißt er jetzt im Hof gemeinsam mit Baba und wechselnden anderen Männern zu abend; Manman und ihre Schwiegertöchter tragen die Speisen herbei (er selbst hat am Markt Hühner gekauft) und ziehen sich dann ins Haus zurück, manchmal haben die jungen Frauen ein Lächeln für Abdallah bereit, in dem er nichts als Freundlichkeit zu lesen hat; er beantwortet es, zum Argwohn Babas, mit nichts als Freundlichkeit und einem Lächeln, barca. Man bespricht wieder die Möglichkeiten einer Weiterreise, Caillié hört sich unter den am Banancoro, dem Hauptplatz, herumlungernden jungen Männern um, ob ihn irgendjemand nach Tagrera bringen will, aber keiner hat Lust dazu; Baba teilt ihm mit, daß sein Bruder in einigen Tagen mit einer Kolakarawane aus dem Süden (dort, in den Wälder von Toman, soll es echte Menschenfresser geben, aber niemand von den Mandingos hat diese Wälder, wo die Kolanüsse herkommen, je betreten, man hat nur mit Zwischenhändlern zu tun) zurückkommen wird, nach einer kurzen Pause könnte er dann mit ihm weiter nach Norden gehen, wenn es so geschrieben steht; ein Element der Wiederholung schmuggelt sich in die Abfolge der Führer, das ist ganz passend. Trotzdem unternimmt Caillié noch einen Versuch, selbständig einen Führer zu organisieren; ein scheu lächelnder, ihn um fast zwei Kopflängen überragender Mensch, den er aus einer Gruppe von tabakkauenden Burschen herauspickt, erklärt sich für den Preis von einer Schere, etwas Papier und Stoffen bereit, ihn zu begleiten, taucht aber dann am festgesetzten Tag einfach nicht auf und läßt ihm auf Anfrage ausrichten, daß er zu müde sei, um zu reisen. Caillié regt sich nicht mehr über derlei Dinge auf und verzichtet auf das bereits ausbezahlte Honorar; er ist nur froh, daß er den Eisentopf, der ihm als Waschbecken dient, nicht angeboten hat; wahrscheinlich tut es ihm auch ganz gut, wenn er noch ein paar Tage oder Wochen mehr Zeit hat, wieder zu Kräften zu kommen. Es ist angenehm für ihn, daß er viel allein sein kann; in seinem Haus schreibt er und versucht, die verlorengegangenen Tage nachzuvollziehen, er hat keine Angst mehr, daß jemand hereinkommt und ihn ertappt, alles ist ihm ziemlich gleichgültig, nur die Fortschritte in seiner Genesung befriedigen ihn; seine Spaziergänge, sein Dahindösen im Haus, sein Schreiben und seine Erkundungen (wie viele Ortsnamen zwischen hier und Djenne lassen sich im voraus herausfinden, sehr wenige) sind Beschäftigungen, die einen ähnlichen Geisteszustand mit sich bringen. Ende des Monats wagt er sich ohne Spazierstock aus dem Haus.

Kurz darauf (am ersten Jänner 1828) kündigt sich durch Glockengeklingel und eine große Aufregung in der Stadt die Ankunft der Kolakarawane an; er mischt sich in die Menge, die den Ankommenden entgegeneilt, vor allem Frauen und Kinder, denen die Hunde nachlaufen und die Hühner nachflattern; offenbar kehren genauso viele Männer heim, wie aufgebrochen sind, zwölf an der Zahl, Sklaven nicht mitgerechnet; Caillié erkennt Karamo-Osila, seinen ehemaligen und zukünftigen Führer wieder, dessen Namen er erst jetzt erfahren hat; er fängt einen etwas abschätzigen Blick ein (dieser Forto, scheint er zu sagen, ist immer noch da; ist weder abgekratzt noch weitergezogen) und verzichtet darauf, diesen Blick zu beantworten, zumal die jubelnden Ehefrauen und Kinder auf den Heimkehrer zulaufen; dann fällt man einander allerdings nicht um den Hals, sondern die Frauen bleiben in einiger Entfernung stehen und deuten einen Knicks an; Caillié findet das etwas peinlich; sein ehemaliger und zukünftiger Führer richtet einen ähnlichen Blick auf seine Familie wie er ihn auf den Fremden geworfen hat. Erst am nächsten Tag beginnen überraschend ausgedehnte Feiern, die sich über mehr als eine Woche hinziehen, Kolanüsse werden verschenkt und geteilt; Rinder und Schafe und viele der Hühner, die an der Freude über die Rückkehr teilhaben wollten (ihr letzter Blick nach Osten, fast den Weg Abdallahs entlang), werden geschlachtet und für die sechs Mahlzeiten am Tag aufgeteilt, die von den Reisenden der alten und der neuen Karawane in diesen Tagen verschlungen werden; Caillié, der solche Essensmengen niemals und schon gar nicht in seinem weiterhin geschwächten Zustand bewältigen kann, selbstverständlich ausgenommen. Die Feiern werden nur für das Begräbnis der Mutter eines der Rückkehrer unterbrochen (das einen ganzen Tag lang dauert, um nachts in den normalen Ausnahmezustand überzugehen); Caillié liebt es, im Hintergrund zu stehen, unbeachtet zu bleiben, teilzunehmen und doch nicht teilzunehmen; er ist ein Niemand und doch nicht ausgelöscht; keiner nimmt die Arbeit des Registrierens wahr, die er automatisch wieder aufgenommen hat. Was hätte man, fragt er sich, mit seinem Leichnam angestellt; hätte man ihn als einen Moslem würdig beigesetzt, den Blick nach Osten, mit den gleichen Zeremonien, wie sie für die Einheimischen ausgeführt werden, oder hätte man ihn einfach verscharrt und seine paar übriggebliebenen Habseligkeiten aufgeteilt? Die Musiker, deren ununterbrochenes Spiel am Begräbnistag die ganze Stadt einhüllt und in den anderen Rhythmus kippen läßt, kommen aus dem Bambarastadtteil (für diese Zwecke ist es angenehm, Ungläubige bei der Hand zu haben), sie tragen weißkarierte Umhänge mit Fransen und schwarze, mit Kauris und Straußenfedern geschmückte Mützen; auf Pauken und Becken trommelnd oder in eine Art von Oboen blasend, gehen sie

den Frauen voran, die Geschenke zum Haus der Verstorbenen tragen und in einem großen runden Korb im Hof sammeln; die Frauen singen eine düstere Melodie; sie klatschen dann, am Weg zurück vom Haus der Verstorbenen zu dem großen Bombaxbaum in der Nähe, wo das Fest stattfinden soll, rhythmisch in die Hände, treiben so die Musiker an, schaffen kleine Brüche, in denen Caillié etwas von seiner überholten Verzweiflung wiederzufinden glaubt; wäre er nicht durch eine gläserne Wand von allem getrennt, was in ihm und um ihn vor sich geht, könnte er hier hineinstürzen. Kleine Kinder mit Rasseln laufen hinter dem Leichenzug her, in kurze Röckchen aus Blättern gekleidet, mit Straußenfedern hinter den Ohren; alle Einwohner, die an dem Begräbnis teilnehmen, tragen ihre schönsten Gewänder, die Männer in Coussabes wie rostroten Togen, mit gelben oder scharlachroten Amuletten um den Hals und ihren Bögen oder Gewehren in der Hand; die Köpfe von großen runden Strohhüten bedeckt; alle Frauen sind weiß gekleidet, in losen Pagnes, die von den Schultern bis zu den Füßen reichen. Caillié vermeidet den Anblick des Leichnams; er zeichnet das Bild der Lebenden auf; und doch scheinen diese Menschen, die er in wenigen Tagen zurücklassen wird (auf jeden von ihnen wartet ein Tag wie dieser; ohne fremden Beobachter), ihm weniger lebendig als manche Bilder der Landschaft, die in seinem Kopf aufbewahrt sind. Die gesammelten Geschenke an die Verstorbene werden von den Hinterbliebenen aufgegessen; nach dem Essen beginnt ein Tanz; zu einer Musik, die ihn an reine Stille erinnert; auch die Momente von Wildheit im Tanz der Männer, die dann ihre Pfeile und Gewehre abschießen, erscheinen ihm wie Stille; an einer Grenze zurückgehalten. Wenn einer der Tänzer erschöpft ist und sich daheim ausruhen möchte, folgen ihm einige Musiker bis zu seinem Haus, wo sie Kolas geschenkt bekommen. Gegen Abend setzen getragene Chorgesänge ein; dazwischen halten die Alten von Tiémé Lobreden auf die Tote. Am Ende wird eine Ziege geschlachtet und gemeinsam gegessen; nachts tanzen die Jungen schon ausgelassen am Banancoro; die Endlosigkeit dieser Zeremonie läßt für Caillié, er hat keine Ahnung, wie es den anderen gehen mag, Momente von Trost und Trostlosigkeit andauernd ineinander übergehen; er nimmt diese Gefühle in den Bewegungsmustern und den Klängen wahr, aus seiner Distanz und Empfindungslosigkeit. Die Bambaramusiker scheinen nie zu ermüden; Caillié versucht sie zu betrachten als würden sie den Rhythmus der nächsten Etappe vorgeben, die Erscheinungen und Erlebnisse, die schnell zu übergehenden Mühen vorwegnehmen und in ihr Spiel einbetten.
Er trägt vor der Abreise das Datum des heutigen Tages in seine Aufzeichnungen ein, der neunte Jänner. Der Ortschef schenkt ihm zum Abschied Kolas und

Yamswurzeln und läßt sich noch ein Grisgris gegen sein Augenleiden ausstellen; Caillié fertigt derlei Dinge schon mit einiger Souveränität und Achtlosigkeit an. Sein Gepäck wird auf Esel verladen; er verabschiedet sich sehr schnell und ohne besondere Emotionen von Baba und von Manman, angetrieben von Karamo-Osila, der die ziemlich unafrikanische Eigenschaft aufweist, ständig in Eile zu sein, zu wirken, als wäre er gar nicht da, sondern in Wahrheit anderswo; das erscheint Caillié schon seltsam fremd. Er schaut nicht nach Tiémé zurück; bald haben sie die Bergkette erreicht, mit dem einen Gipfel, den er heimlich als den seinen anschaut; sie ziehen in einem Bogen nach Südsüdosten an dem Gebirge vorbei; Caillié fragt sich, ob die Wolke, die er über dem Gipfel stehen sieht, noch dieselbe sein kann wie die Wolke vor etwas mehr als zwei Wochen, als er erstmals die Mauer durchschritt, ins Freie, an die neue Grenze, die immer gleiche. Er kann zwar schon ohne Stock gehen, doch es fällt ihm leichter, mit den anderen mitzukommen, wenn er diese Hilfe benützt; er fühlt sehr deutlich, daß er noch nicht wirklich der Alte ist; andererseits ist er niemals ohne Mühe vorangekommen, hat sich immer schwächer gefühlt als seine Reisegenossen, fast egal, ob es Europäer waren, Mauren oder Schwarze, ob es Männer, Frauen, Kinder oder Tiere waren; er weiß, daß niemand auf ihn warten würde, daß weder Karamo-Osila noch ein anderer aus der Karawane Mitleid mit ihm hätte und eine Verzögerung oder ein Scheitern der ganzen Geschäftsreise hinnehmen würde. Die Gegend ist öd; am Fuß des Gebirges wachsen noch Sheabäume zwischen den Felsen, dann ist da nur die verbrannte Savanne, ein Boden aus schwarzem Granit. Die Karawane ist kaum weniger umfangreich als die große Karawane, die er kurz nach seiner Ankunft in Tiémé abziehen gesehen hat; die Frauen gehen mit Kolakörben auf den Köpfen voran, hinter ihnen ungefähr fünfzig Männer, die nichts als ihre Waffen zu tragen haben; sie gehen in einer Wolke aus ohrenbetäubendem Geklingel, manche haben bis zu einem Dutzend Glöckchen an ihrem Gürtel und ihrer Kleidung angebracht; den Abschluß der Karawane bilden fünfzehn Packesel, die alle paar Schritte ihre Ladung abwerfen und nicht mehr weiter wollen, und ein paar Dutzend Sklaven, darunter weinende kleine Mädchen, die die Hitze und die Einsamkeit nicht aushalten und noch nicht hinreichend abgestumpft sind, das zu verbergen. Er fragt nicht, was man mit ihnen vorhat. Jeden Abend wird in einem neuen Dorf haltgemacht; ein Quartiermacher geht voran und handelt die Zollgebühr aus, die im Durchschnitt zwanzig Kolas beziehungsweise zweihundert Kauris (diese Währung wird bald gebräuchlich) beträgt; die Bewohner sind Bambaras, und die Ängste, die er vor diesen Heiden und Barbaren gehegt hat, erweisen sich als ähnlich unbegründet wie seine früheren Ängste vor den Bewohnern von

Ouassulu; trotz seines leisen Grauens angesichts ihres Äußeren mit den in die Haut eingeritzten Mustern und, in manchen Dörfern, den Holzstücken in den Unterlippen der Frauen (sie lachen über seinen erstaunten Blick), muß er sich sagen, daß sie freundlicher und fröhlicher sind als Abdallahs Glaubensgenossen. Er denkt, daß sie gar keine Religion haben, und er würde sie, wenn er es sich gestatten könnte, dafür bewundern. Fast jede Nacht finden unter einem großen Bombax Tänze rund um ein Feuer statt; er bekommt Lust, die ganze Nacht, jede Nacht zuzuhören und sich dem Glück einer Musik zu ergeben, auf die man mit rein mechanischem Zucken antworten kann, doch der Staub, den die Tänzer aufwirbeln, raubt ihm den Atem; seine Augen tränen und ein Kratzen in seiner Kehle, bis hinab in die Bronchien und in die Lunge, erscheint als ein Rückstand der überwundenen oder als Vorzeichen einer neuen Krankheit. Die Musik dringt in seinen Schlaf ein; die Nächte sind kühler, und er wickelt sich in seine Wolldecke, zumeist schläft er im Freien; tief und angstlos; nichts könnte die immergleichen Tonfolgen in seinem Innern unterbrechen, sie zerstören; jede mögliche Geschichte ist eine Melodie, die sich in diesem Rahmen entwickelt; er ist an die Grenzen angestoßen, zurückgeworfen worden, dies ist der Schritt, den er getan hat, durch die Wand aus Wasser oder Glas, ein Schritt zurück; in diesem Moment hat sein Schmerz aufgehört. In jedem Ort hat er das Gefühl, daß absolut unbedeutend ist, wo er sich befindet, und doch befindet er sich nur hier; eine Erinnerung tiefer als jedes Vergessen verbindet ihn, unabhängig von allen Menschen, mit jedem Ort, den er besucht hat, niemals könnte irgendeiner dieser Orte verlorengehen. Wenn, gegen Morgen, die Musik in der Außenwelt aussetzt, läuft sie in seinem Innern, im Träumen und im Strömen seines Blutes weiter; die Muster wiederholen sich in den Klängen, in den Tänzen, in den Einschnitten auf den Körpern, in den Zeichnungen auf Kleidern und Tüchern, in den immergleichen Städten mit den immergleichen, sich zu Kreisen und Spiralen formenden Wegen und fließen in die tiefsten Schichten seines Denkens hinein; etwas, das er niemals verstehen, niemals benennen könnte, nimmt ihn in Besitz und hält ihn aufrecht; er darf nicht wissen, wie weit sein Stillstehen ihn gebracht hat. Eine alte Frau, der er auf einem Markt kleine Brotfladen namens Mauri abkauft (sein erster Weg in jedem Dorf führt ihn, eher aus bald enttäuschter Neugier als aus Hunger, auf den Markt), ihr fast zahnloses Lächeln, die gelben Augäpfel mit den kleinen schwarzen Pupillen, der ranzige Buttergeruch ihres Körpers, ein Geruch, an den er gewöhnt war, den er vergessen hat, und von dem er plötzlich wieder getroffen wird, ruft die Erinnerung in ihn zurück, die Figur, in der er erst nach einigen Sekunden Manman wiedererkennt: ein jäher Schmerz, eine hoffnungslose (und kurzlebige) Zärtlichkeit. In Wahrheit hat er, während er das eigene Begräbnis noch einmal aufgeschoben hat, die Totenfeier Manmans schon gesehen, egal, ob sie morgen stattfinden wird oder (was nicht sehr wahrscheinlich ist) in zehn Jahren oder ob sie vielleicht gerade jetzt stattfindet: alle Einzelheiten, die sie von dem miterlebten Begräbnis unterscheiden mögen, würden seiner Wahrnehmung notwendig entgehen, da ist nichts als der reine Ritus, die Feier, die Auslöschung, das Verrotten, der Name des Dorfes, unter den die Namen aller seiner Bewohner absinken. Seine Schwester, spürt er, könnte jetzt gerade sterben, er wäre abwesend, wie er bei der Hochzeitsfeier abwesend war. In dem Augenblick, in dem er sie wie in einem Spiegel wiederfindet, wäre sie bereits zu einer Fremden geworden, die ein Zufall für kurze Zeit in seine Nähe geführt hätte und für die er vorher und hinterher nichts wäre. Er würde sich von einem Grab entfernen, auf ein Grab hinstreben, unterwegs zwischen Toten, es kann nicht sein. Er wendet sich von der Marktfrau ab, die ihm noch etwas nachruft, was er nicht versteht; ihre Stimme geht in dem Gewirr von Stimmen unter, das genausogut wie die Waren oder die Personen dem Markt seine Form gibt. Er sieht den roten festgestampften Boden unter seinen Füßen, seine grauen Zehen in den Sandalen, die Marktstände mit dem Sonnenschutz aus rohen Ästen und Leder im Rückzug, in einer gleitenden Bewegung, die nicht von der Kraft seiner Beine abhängt, und der er das Erinnern und das Vergessen verdankt, er sieht die Ameisen neben seinen Zehen, die Häuser mit den spitzen runden Strohdächern, die Mandingos seiner Karawane in ihren Coussaben und die fast nackten Dorfbewohner, den weiten blauen Himmel, und er sieht, wie jede einzelne Gestalt in dem Ganzen des Bildes aufgelöst wird.

Im Dorf Cacorou entdeckt er beim Frühstück, um zehn Uhr morgens, nach einer Übernachtung auf freiem Feld und sechs Stunden Marsch, kleine knorpelige Füßchen in seiner Sauce; er ißt trotzdem auf; später sieht er in der Ecke eines Hofs einen Haufen von toten, halb verkohlt wirkenden Mäusen; er schaut Frauen zu, die eine Handvoll Tiere von diesem Haufen nehmen und in einem Mörser zerstampfen; er erkundet, daß man die Mäuse ausnimmt, ohne ihnen die Haut abzuziehen, ihr Fell über einer Flamme ansengt und sie dann eine Woche lang abliegen läßt: vor allem letzteres scheint ihm unappetitlich. Ein Dorfchef zeigt ihm seine Zucht von kleinen Speisehunden: zwanzig kläffende Tiere an einer Kette, die übereinanderspringen, lärmen und ein einziges Knäuel bilden; er wundert sich, daß sie einander nicht gegenseitig zerfleischen; als Moslem, sagt er, würde er so etwas niemals essen, aber er erkennt in dem Wirrwarr von dünnen gelblichen Leibern, von Klauen, Lefzen und Zähnen nichts von dem wieder, was er als einen Hund anzusehen gelernt hat; kein

Blick aus schwarzen Hundeaugen könnte diese Tiere mit einem Menschen verbinden, es wäre, von der praktischen Unmöglichkeit abgesehen, nur pervers, einen von diesen Hunden befreien zu wollen und zu seinem Reisegefährten zu machen (ihm sind die Tiere fremd wie die Menschen), keiner der Hunde und auch nicht die ganze Hundemeute könnte ihn schützen. Hinter den Lehmhäusern der Männer (niemals den Strohhütten, in denen die Frauen wohnen) entdeckt er kleine Felder von Schädeln, wie Friedhöfe: das sind, erfährt er, die aufbewahrten Reste aller geschlachteten und verzehrten Tiere.

Genau dem Plan entsprechend erreicht die Karawane am neunzehnten Jänner Tagrera: die erste größere Stadt seit langer Zeit, mit einer steinernen Stadtmauer, einer Moschee mit einigen niederen massiven Türmen, in deren Inneren es riecht wie in einem Scheißhaus und die deshalb kaum Gläubige anzieht, einem großen Markt, auf dem er sogar europäische Feuersteine, Glaswaren und Stoffe findet. Die Türhüter vor der Stadt halten die Karawane einige Stunden lang auf; er friert und schwitzt, während er wartet und sich kleinmacht, das Theater um sich beobachtet, fast schon aufs Atmen verzichtet, es ist Mittag und die Sonne brennt auf die Menschen in Bewegung und das stillstehende Wesen unter ihnen herab. Offenbar soll das einschüchternde Aussehen der Wächter die Zolleinnahmen erhöhen, sie sind ganz in schwarz gekleidet, die Gesichter rot bemalt, ihre Mützen mit weißen Straußenfedern geschmückt; von Zeit zu Zeit schlagen sie mit ihren Peitschen um sich, um lärmende Kinder zu verscheuchen. Karamo-Osila, der sich unter den vielen in und vor der Stadt lagernden Karawanen aus allen Gegenden Westafrikas umgehört hat, erklärt seinem Schutzbefohlenen, daß er nicht nach Djenne weitermöchte, weil in Sansading ein besserer Preis für die Kolanüsse zu erwarten sein soll. Caillié beschließt, die Reihe mit einer anderen Führergestalt fortzusetzen, die er hier in der Stadt erwarten wird; in Sansading fürchtet er, als Europäer erkannt zu werden, falls an ihm noch etwas Europäisches zu erkennen sein sollte; außerdem möchte er nicht in den Krieg zwischen Segou und Massina geraten, der in dieser Gegend am Brodeln sein soll. Er läßt sich in die Stadt hineintreiben, stellt sich mit der Hilfe von Karamo-Osila, der plötzlich wieder an seiner Seite auftaucht, beim Stadtchef vor und bekommt ein Quartier bei einem Sarakolet zugewiesen, der früher Moslem und reisender Händler war, bevor er vom Reisen und vom Islam genug hatte und sich den Freuden des Hirsebiers überließ. Er kann sich mit dem Gastgeber auf Maurisch unterhalten, aber das Zusammenleben hat seine Nachteile. Caillié verkriecht sich abends in seiner Ecke, während das Haus sich mit Männern füllt; in ihrer Mitte (wie ein Heiligtum, das Verbindungen schafft und zerschneidet, Wahrheiten und Lügen über die Zungen der Menschen kommen läßt, das ihre Namen auslöscht und Geister erscheinen läßt) ein großer Topf mit warmem, fast dickflüssigem, kaum schäumendem Bier, das Caillié vor Beginn des Gelages mit einer Mischung aus Ekel und Sehnsucht betrachtet; er ist froh, daß ihm seine Religion einen zwingenden Grund bietet, alle Einladungen abzulehnen, komm doch, Abdallah, Kleiner, sei nicht so fad, du schaust aus wie ein Gespenst, gönn dir doch etwas, du hast keine Frau und kein Geld und keine Familie und bist krank und in der Fremde, Allah wird dir schon verzeihen. Diese Argumentationskette wird öfters wiederaufgegriffen; am Ende lallend und mit leicht drohendem Unterton; jeder scheint sich im Verlauf des Abends einmal auf Abdallah, dieses ungewohnte Requisit in der Raumecke, beziehen zu müssen, in halb freundlichen Angriffs- und halb beleidigenden Verteidigungszügen. Man lacht immer lauter, und immer findet sich jemand, Caillié, der bald so tut, als würde er schlafen, in Schutz zu nehmen; sein Gastgeber erzählt Abdallahs Geschichte, mit leichten Ausschmückungen, die der Wahrheit vielleicht näher kommen als alles, was er selbst je erzählt hat, und das Gelächter wird noch ausgelassener; von Zeit zu Zeit geht einer der Männer ins Freie, und er hört ihn hinter dem Haus pischen; er will nicht aufstehen und verhält seinen eigenen Harndrang; er ist zufrieden, wenn ihn keiner zu bemerken scheint, wenn von anderem als ihm die Rede ist, aber er versteht nichts von dem Gespräch außer den Sätzen, in denen er selber vorkommt, diese dafür sehr deutlich, ganz egal in welcher Sprache man sie äußert. Er wäre gerne woanders. Alles, was ihm bisher nicht einmal einen Gedanken wert war, ist nun für ihn sichtbar, sein nächtliches Wissen, eine untröstbare Wachheit. Der wankende Mann vor einer Theke, immer gesichtslos, eine weiße Fläche, nur die grauen Kleider kennt er schon. Der Holzboden knarrt unter den Schritten der klobigen Schuhe, Gläser und Krüge auf den Tischen, im flackernden Licht der Öllampen, ein Messer in der Hand, das Dorfwirtshaus muß um diese Zeit fast leer sein, es ist der letzte Gast, ohne Geld in der Tasche, wie fast immer, fort von seiner, wie fast immer, schwangeren Frau, stumm, obwohl sich der Mund in dem zerfließenden Gesicht, quälend langsam, öffnet und schließt; für Worte, die niemand hört, der Ton kommt anderswoher; hinter der Wand das Fließen und Plätschern, die Stimme in Renés Rücken, der Widerstreit der Stimmen: eine Blödheit, ein Aussetzer (was hat er für Geschichten erzählen können, was hatte er für Pläne für uns beide, für uns drei, für deine Schwester und ihn und mich, wäre er bloß trocken geblieben: René als eine Abwesenheit, ein Ungeborenes, wie die Geschichten abwesend, ohne Inhalt sind), eine unglaubliche Schande (wir haben es ihr gesagt, und sie hat nicht gehört, ein Dahergelaufener, niemals hätte

der Großvater ihn als Lehrbuben aufgenommen, hätte er geahnt, daß dieser Tunichtgut die ganze Familie zerstören wird), endlos weiterzuführende, gegeneinanderlaufende Sätze, in der einen und der anderen Zeit. Die Bewegungen verlangsamen sich bis ins Groteske, laufen hinaus auf eine lächerliche Drohung, die Pantomime einer Drohung, der man fast gleichgültig, eher angeekelt als geängstigt, nachgibt: der absurde, einzige Triumph des Betrunkenen, die Unterwerfung, der Ekel vor ihm, das Mittel für mehr Wein, mehr Trunkenheit, weitere Triumphe; doch dann, immer schneller, sekundenlang Schwärze zwischen den Bildern, gleich der Schlaf am falschen Ort; gleich der Tritt eines Dorfgendarmen in die Seiten, ins Nichts der Gesichtsfläche; die kläglichen Abwehrbewegungen, die blauschwarzen Wangen, die ausgeschlagenen Zähne, Spuren, auf die niemand achtet; dann gleich und für immer die Ketten. Am ehesten kann sich René den Schlaf und den Schmerz vorstellen (wenn nicht sie es sind, die er schon für sich zurückerobert hat): alles andere wird durch die Stimmen, die Nachstellungen, die Gegenbilder verwischt, geht zu schnell oder zu langsam; wenn er Punkte sieht, wo er eingreifen könnte, entziehen sich diese Punkte im nächsten Moment, werden wieder ausgelöscht durch die Verzögerung oder durch ein folgendes Moment. Sechs erbeutete Franc, kaum die Zeche, die allerdings unbezahlt bleibt; im Gegenzug zwölf Jahre Kerker, acht für den Raub, zwei für das Messer, zwei für die Heimtücke, die acht Jahre wären gerade noch zu überleben gewesen. Eine dunkle Gewißheit verknüpft Renés Prozeß in Kankan mit dem anderen Prozeß, in einem fernen Frankreich zwischen Direktorium und Konsulat; er gewinnt eine Position, verteidigt seine Herkunft und macht sie vor der Autorität seiner Richter und vor der Autorität der Masse von Zuschauern unangreifbar; man wird ihm zurückgeben, was ihm gebührt. Er trinkt kein Bier, auch wenn ihn interessieren würde, wie dieses Kafferngetränk schmeckt, er ist sich jetzt sicher, daß man ihn als Moslem begraben würde. Im Schlaf ist er glücklich und befreit; die Stimmen, die in seinen Schlaf dringen, setzt er spielend ins Unrecht, so dröhnend tief und selbstgewiß sie auch klingen mögen, es sind bloß die Stimmen wirklicher Menschen.
Sein Gastgeber liegt tagsüber unansprechbar im Schatten vor dem Haus; Caillié läuft zwischen den Karawanenführern herum und fragt, erstmals ohne Dolmetscher, ob irgendjemand die Absicht hat, nach Djenne zu gehen. Man verneint, aber man bringt ihn zu einem Landsmann, ein Maure aus Walata, der mit einer Salzkarawane aus Sansading in der Stadt ist. Von der sehr dunklen Haut dieses Mauren läßt sich Abdallah ebensowenig beunruhigen wie von dem Verhör, das er mit ihm anstellt; er findet sich mit traumwandlerischer Sicherheit in seinem Lebenslauf zurecht. Die Stadt Alexandria ist dem Mauren eben-

so vertraut wie der Krieg, den die Nazarener vor drei Jahrzehnten dort geführt haben; diese Fixpunkte in Raum und Zeit würde Abdallah kaum benötigen, um von Mohammed-Abdoulkeim und Miriam, seinen Eltern zu erzählen, die Namen kommen ihm ganz leicht über die Lippen; der französische Kaufmann und Kolonist, der ihn als Sklaven aufzog, als Lehrjungen beschäftigte und als Geschäftspartner freiließ, trägt die Züge von Onkel Barthélemy und von Baron Roger, dem Gouverneur des Senegal; Menschen mit einer Uhrkette in der Weste, streng, wohlwollend, borniert, korpulent und jähzornig; sehr ernst erzählt er von dem Kontakt mit Moslems, der Lektüre des Korans, die ihm durch den Aufenthalt seines Herrn in den Kolonien ermöglicht wurden; der Maure versteht nicht recht, warum Abdallah eigentlich quer durch dieses nicht ganz ungefährliche Land (kennt er denn die Sahara? weiß er, was ihm bevorsteht, einem schwachen, kleinen, dünnen jungen Mann wie ihm, der an Strapazen nicht gewöhnt ist?) nach Ägypten ziehen muß, wo wahrscheinlich sowieso niemand von seiner Familie mehr aufzufinden ist, und wo er die Sprache genauso wenig beherrscht wie irgendwo sonst und sich nicht besser zurechtfindet als irgendwo sonst; er erinnert sich doch in Wahrheit an nichts; er könnte doch überall anders im Dar-al-Islam seinem Glauben gemäß leben. Trotzdem beschließt er, dem bleichen Fremden zu glauben (Caillié meint die Prüfung souverän bestanden zu haben), und schenkt ihm, weil er sonst nichts für ihn tun kann, unter dem Applaus der umstehenden Mandingos, eine Handvoll Salz und Kauris. Die Frage der Weiterreise nach Djenne erweist sich nämlich als schwieriger als gedacht; der Maure ist sich sicher, daß alle Karawanen nach Djenne bereits abgegangen sind; dagegen meint der Stadtchef, es müßte sich bald eine neue Gelegenheit bieten, die Mandingos der Stadt, seine Glaubensbrüder, wollen sich für ihn umhören; auf die Frage, was *bald* bedeutet, redet der eine von fünfzehn Tagen, der andere von zwanzig oder dreißig Tagen; er multipliziert diese Zahl, seinem Verständnis von afrikanischen Zeitangaben gemäß, und verzweifelt, wie ein Reisender zu verzweifeln hat, der zwischen den Orten steckenbleibt; an einem Bahnhof (wenn es schon Bahnhöfe gäbe) im Nirgendwo; an einer Poststelle, von der keine Kutsche mehr abgehen wird. Karamo-Osila verabschiedet sich von ihm mit einer Umarmung; er redet vor dem verstummten Caillié von seiner Mutter, die ihm aufgetragen hat, auf den kleinen Araber aufzupassen, und er schenkt ihm zu seiner Überraschung Kauris; aber das ist doch nicht notwendig, sagt Caillié; aber ja; aber nein; aber ja (dieser Dialog der Höflichen, über den er sich schon als Kind in Europa wundern konnte, mit dem immergleichen Ergebnis); er greift in seinen Scherenvorrat und gibt als Gegengeschenk ein oder zwei ab; aber nein, aber ja. Nach einer zweiten Nacht im Haus des Sarakolets, die ihn auf eine Endlosschleife von aus einer unendlichen Nüchternheit heraus mitgehörten Besäufnissen, mit zahllosen Steigerungsmöglichkeiten, vorbereitet, faßt er den Entschluß, um jeden Preis irgendwohin, Hauptsache, es ist anderswo, weiterzuziehen; zu viel an Schwere würde ein neuerlicher Stillstand bedeuten, ein Absinken, ohne neuerliche Rettung; er würde sein Schicksal verfehlen. Einer der Mandingos sagt ihm, er könnte in einem Ort namens Kayaye auf der Sansadingroute eine mögliche Abzweigung nach Djenne, neue Reisegefährten erwischen; dieser Hinweis genügt ihm; er läuft Karamo-Osilas Karawane nach, mit Hilfe des Stadtchefs, der ihm seinen eigenen Sohn zur Begleitung mitgibt; im nächsten Dorf trifft er auf die inzwischen auf sechshundert Leute angewachsene Karawane, die schon einer Art von provisorischen reisenden Stadt gleicht, volkreicher als die Ansiedlungen, wo sie Halt macht. Er fragt sich zu den Leuten aus Tiémé durch; man starrt ihn an, bevor man ihm antwortet, der Sohn des Tagrera-Häuptlings dolmetscht ihm, sein Gepäck noch auf den Schultern; dann sieht er von selbst, wen er gesucht hat; ein tabakkauender Mann, der sich, auf seiner Matte am Boden sitzend, abrupt gestikulierend, mit einigen Fremden unterhält. Offensichtlich freut sich Karamo-Osila, daß er Abdallah wiedersieht; er unterbricht seine Unterhaltung für ihn; auch alle anderen Bekannten aus Tiémé, die Männer, die Frauen und die Sklaven, begrüßen ihn wie einen Auferstandenen: er kann das nicht wirklich begreifen; er freut sich nicht, irgendjemanden wiederzusehen; er hofft nur, den Fall zu vermeiden, im Gleichgewicht seines dritten Zustands zu verharren; er hält sich an bekannten Figuren an wie ein in Seenot Geratener an einem Stückchen Holz.

Man kauft zu seinen Ehren ein Huhn, und Karamo-Osila schneidet ihm eigenhändig die Gurgel durch. Caillié kann noch gemeinsam mit den anderen essen, aber das Kauen tut ihm weh, so daß er langsam essen muß und kaum etwas von seinem Ehrenhuhn abbekommt. In der Karawane herrscht an den nächsten Tagen Nervosität, ein ständiges Hinundher zwischen den einzelnen Führern, Besprechungen, von denen er wenig mitbekommt und an denen er, nur mit dem Unterwegssein und dem Registrieren der Richtungsänderungen beschäftigt (im Hintergrund arbeitet es in seinem Körper), wenig interessiert ist; besonders nervös ist Karamo-Osila; er nimmt kaum mehr Notiz von seinem Gast und ist kaum für ihn ansprechbar; das ist ihm ganz recht. An den Rastpunkten schließen sich zumeist die Leute aus den einzelnen Orten zusammen, oft nur zwei oder drei Karawanenführer; die Frauen kochen und spinnen im Licht einer Öllampe Baumwolle, während die Männer streiten oder sich ausruhen; die Frauen waschen die Kleider ihrer Männer und wärmen das Wasser für deren Bäder. Caillié hat Sehnsucht nach einem heißen Bad, aber er wagt nicht, Karamo-Osilas Frau, die er noch aus Tiémé ziemlich gut kennt, darum zu bitten. Er fühlt sich dreckig und registriert immer wieder einen unangenehmen Geruch, den er erst nach Sekunden seinem eigenen Körper zuordnen und nach einigen weiteren Sekunden vergessen kann. Nach drei Tagen teilt sich die Karawane, und Caillié ist beglückt, als er erfährt, daß seine Leute doch wieder ihre Pläne geändert haben und nach Djenne wollen; er kauft aus Dankbarkeit und aus Sinn für das Gleichgewicht ein Huhn und verzichtet von vornherein auf einen eigenen Anteil. Er merkt in diesen Tagen, daß er den Skorbut noch nicht gänzlich überwunden hat; vielleicht (aber das kann nicht sein) bricht er auch von neuem aus; er muß sich jetzt zum Essen von den anderen absondern, ihre Blicke bitten ihn darum; er versteht gar nicht mehr, wie man mit aller Selbstverständlichkeit Nahrung in sich einführen kann, für ihn ist das ein komplizierter und schmerzhafter Prozeß geworden. Sein Mund ist eine einzige Wunde, er glaubt manchmal, ihm würden hier schon entscheidende Körperteile (Kiefer- oder Wangenknochen, Teile des Gaumens, des Zahnfleisches, er weiß nicht genau) einfach fehlen, er ist froh, daß er keinen Spiegel hat, sein Gesicht muß völlig entstellt sein. Das Kauen schmerzt ihn nicht nur, es verletzt ihn; er meint an den eigenen Knochen zu nagen, wenn er bloß an einer Yamswurzel nagt; er greift in seinen Mund und zieht ein längliches Knochenstück aus seinem Gaumendach, das dem Gefühl nach eine Verbindung zu seinem Gehirn darstellt, in seinem Gehirn steckt. Gut ist, daß er seine Schmerzen nicht mehr wirklich spürt, das Zentrum seiner Empfindungen muß anderswo liegen als in seinem Körper, der Schädelschale; er hantiert an dem Apparat, sorgt dafür, daß er nicht ganz kaputt geht; hätte er Ersatzteile für die verlorengegangenen Stücke, wäre es einfacher, aber es muß auch so gehen; da ist nur eine flüchtige Phantasie, in der sein Hirn abrutscht, in die Mundhöhle fließt und ausgespuckt werden kann, eine lächerliche Vorstellung. Er erinnert sich an das Holz und den rötlichen Sud, die Frau seines Führers weiß, wovon die Rede ist, schafft das Holz herbei und kocht ihm den Sud; er wäscht nach dem Aufstehen und vor dem Schlafengehen seinen Mund damit aus; er schläft tief und fest, ohne Träume. Die ersten Nebenflüsse des Djoliba werden erreicht und auf unverschämt teuren (so sagt Karamo-Osila) gemieteten Pirogen überquert, die ängstlichen Esel verzögern die Überfuhr. Auch die Lebensmittel (das merkt er selbst) werden immer teurer. In den Städten, mit verfallenen Häusern aus Lehmziegeln, wohnen Weber und Schmiede, kaum Landwirte; von Zeit zu Zeit trifft man eine Karawane aus dem Norden und tauscht, im allgemeinen schlechte, Neuigkeiten aus; der Kolapreis ist am

Boden, egal ob in Djenne oder in Sansading, der Krieg wird sich ausweiten, die Märkte sind am Zusammenbrechen. Caillié wohnt in Toumané bei einem schüchternen Schmied und schaut ihm bei der Arbeit zu; das Schmiedehaus ist ein seltsames längliches Gebäude mit sieben Türen, die alle nach Osten gerichtet sind. Karamo-Osila besucht ihn hier, um ihm mitzuteilen, daß er doch nach Sansading gehen will; er schaut immer wieder zur Seite, als würde er sich in diesem Haus besonders unwohl fühlen; Caillié gelingt es nicht, seinen Blick auf sich zu ziehen, er denkt, daß man ihn überhaupt nicht mehr ansehen kann, so zerstört muß er sein; die gute Nachricht zur schlechten ist, daß ein anderer aus der Tiémé-Reisegruppe, ein alter Herr namens Kai-Mou, es immerhin mit Djenne versuchen will; du kannst ihm vertrauen, Abdallah; in dem Maß, in dem er zu vertrauen versteht, ist Caillié dazu bereit. Er will Karamo-Osila Stoffe zum erneuten Abschied schenken, der nimmt nichts an, dein Weg nach Mekka ist noch weit, mein Freund, und du wirst noch viele Geschenke brauchen, sagt er; und er selbst möchte sofort abziehen und keine Zeit mehr verlieren; warum Mekka, fragt sich Caillié. Hat ihm irgendjemand jemals zugehört, wenn er seine Geschichte ausgebreitet hat? Er denkt, Karamo-Osila hätte gerne wertvollere Abschiedsgeschenke, die er aber nicht zu geben bereit ist; er ist kurz angebunden, begleitet Karamo-Osila nur noch aus dem Haus; Kai-Mou wartet bereits im Freien auf seinen Schützling. Er hat zur Feier der neuen Verbindung eine Ziege schlachten lassen und ist schon dabei, den halbgekochten Kopf des Tieres abzunagen. Er sagt, er ist in jedem Jahr in den letzten dreißig Jahren nach Djenne gegangen, immer hat er seine Kolas hier an den Mann gebracht, einmal zu einem besseren, einmal zu einem schlechteren Preis, aber Allah hat ihm sein Auskommen gegeben; Caillié nickt, ihm ist das egal, Hauptsache, es gibt jemanden, als dessen Anhängsel er sich verkleiden darf. Er versucht sich am Ziegenfleisch; es ist so zäh, daß er nur ein paar Fleischfetzen im ganzen hinunterwürgen kann und ihren Weg bis in den Magen weiterverfolgen muß; von dort aus schicken sie die ganze Nacht lang üble Säfte hoch zu seinem Gaumen und seinem Gehirn (diese Einheit wird er nicht los).

In der großen, sehr alten Stadt Kagho am Djoliba, die bald (bevor sie durch die Stadt Gawgaw oder Gao ersetzt wird) zur Hauptstadt des Songhay-Reiches wird, erscheinen, nach einem langen Irrweg durch die Wüste, nur mit Lumpen und Tierfellen bekleidet, zwei Gestalten, die so schmutzig und abgemagert sind, daß sie beinahe alle menschliche Form verloren haben; das sind (nachträglich erhalten sie ihren Namen) Za-Al-Ayaman, Der aus dem Jemen, und sein Bruder, der sogleich wieder aus der Geschichte verschwindet, in der ihn vielleicht nur eine unverständliche Notwendigkeit der Symmetrie gehalten hat. Zu dieser Zeit (niemand kann mehr das Datum bestimmen) beten die Einwohner von Kagho zu einem riesigen Fisch, der, vielleicht in Menschengestalt, zu bestimmten Zeiten aus dem Wasser auftaucht und Opfer verlangt; der schmutzige Fremde, der aus einem Land des Glanzes und des Glücks stammt und das Dunkel durchquert hat, kommt rechtzeitig zu diesem Tag, tötet den Fisch und wird, wie es sein Schicksal vorgesehen hat, zum König. Eine Liste von neunundzwanzig Herrschernamen folgt dem seinen, Za, der Name, den man dem Fremden verlieh, ist zum Herrschertitel im Lande Songhay geworden. Das Herrschaftgebiet ist winzig und der Druck der mächtigen Nachbarländer Ghana und Melli (die hier als ein einziges Ganzes erscheinen) ist groß; dann aber erscheint aus Melli der Krieger Ali-Kolon mit seinem Halbbruder Selmân-Nâri, der zugleich beinahe sein Zwillingsbruder ist (denn ihre Mütter sind Zwillingsschwestern, die vom Vater in derselben Nacht geschwängert wurden; sie wurden in derselben Nacht geboren, ihren Müttern entzogen, in einen dunklen Raum gesteckt, erst dann gewaschen und unter den Müttern aufgeteilt; so haben sie zwei Mütter zugleich und keine Mutter; nur durch Zufall oder durch das Würfeln Gottes gilt Ali-Kolon als der Erstgeborene, einer ist der andere und der andere ist er selbst); er erobert die Stadt, sagt sich von Melli los und wird König und Begründer der Dynastie der Sonni; sein Bruder folgt ihm auf den Thron nach; am Ende einer Liste von siebzehn Herrschernamen steht der von Sonni-Ali, dem Tyrannen und Feind des Propheten, Gott allein weiß, wie viele Menschen er getötet hat.

Die Bosheit und die Stärke bestimmen Sonni Alis Platz im Tableau der Herrscherfiguren; er erobert unzählige Länder und führt Songhay zu seiner Größe. Er ist der erste, dem es gelingt, Djenne einzunehmen, die Stadt, die aus der Ferne wie ein Wald inmitten des Flusses Bani, eines Nebenarmes des Djoliba, erscheint und in deren Innerem kein einziger Baum steht. Sie hat einundachtzig Angriffen der Mandingos getrotzt und niemals dem Großreich von Melli angehört; die siebentausendsiebenundsiebzig Dörfer, die zu Djenne gehören, sind in Rufweite zueinander angeordnet: so kann der Sultan in kürzester Zeit den Bewohner eines Dorfes am Debo-See, dem dunklen, zehn Tagesreisen entfernten Ozean im Djoliba (in dessen Mitte vom Schiff aus tagelang kein Ufer in Sicht kommt), zu sich rufen lassen oder Neuigkeiten von dorther erfahren, ohne daß Boten ausgesandt werden müssen. Schon bevor, im sechsten Jahrhundert der Hedjra, der Sultan Konboro den Glauben des Propheten annahm, lebten viertausendzweihundert Ulamas (neue eindrucksvolle Listen) in der Stadt. Vor den gerade lebenden Gelehrten schwört der Sultan feierlich seinem

Kafferntum ab; er läßt seinen eigenen Palast abreißen und die große Moschee an seiner Stelle errichten (daneben allerdings einen neuen Palast); er bittet Gott um drei Dinge: er möge die Armut aus seiner Stadt vertreiben und für Wohlstand sorgen; es mögen mehr Fremde als Einheimische in der Stadt wohnen; diese Fremden mögen ungeduldige Händler sein, die den Einheimischen ihr Zeug (Kolas, Gold und Sklaven aus dem Süden, Salz, Stoffe, Waffen und Papier aus dem Norden) viel zu billig verkaufen. Gott in seiner Großmut erfüllt all diese Bitten. Der heidnische Tempel und alle Häuser in seiner Umgebung stehen leer, bis zur Ankunft des heiligen Mannes Foudiya Jahrhunderte später (schon nach der Zeit der Sonni), die sich dem Djenni-Koï durch einen dreimal wiederholten Traum ankündigt: dann werden auf Anweisung des Fremden, der über die Träume eines anderen Schutz erlangt hat, diese Gebäude geschleift, Foudiya hält in den Jahren, die er in Djenne verbringt, zwischen Mitternacht und dem Morgengebet in der Moschee seine Vorlesungen, er besucht niemals einen anderen Menschen und lädt niemals einen anderen Menschen in sein Haus ein; als er stirbt und die Sargträger ins Stolpern kommen, bleibt sein Sarg waagrecht in der Luft stehen, die Sargträger vergessen auf ihre Beschämung. Sieben Jahre und sieben Tage lang widersteht Djenne den Angriffen der Songhay-Armee: kein Händler kommt in die Stadt; die Dörfer mit ihren Feldern, die Djenne ernähren, sind unerreichbar, selbst der Fluß mit seinen Fischen, der die Stadt umschließt, ist unerreichbar; niemand zählt die Verhungerten. Am Ende der Belagerung heiratet Sonni Ali (nach sieben Tagen Verlobungszeit) die Mutter des jungen Sultans von Djenne, die wie alle Frauen namenlos bleibt; die Stadt wird zum Bestandteil des Songhayreiches; manche sagen, Schuld an ihrem Fall hat ein hoher Offizier aus der Armee der Verteidiger, der die (namenlose) Frau eines Verhungernden vergewaltigt und so den Zorn Gottes heraufbeschworen hat. Wiederum Jahrhunderte später (zwei Jahre nach dem Aufenthalt von René Caillié in Djenne) läßt Sekou Ahmadou Lobbo, der König der Fulahs von Massina, die große Moschee (von der achthundert Jahre lang die arabischen Reisenden schwärmten, die in diese den Europäern unzugängliche Stadt kamen) zerstören, weil sie durch das Treiben in den angrenzenden Vierteln entweiht ist: offenbar finden sich hier geheime Treffpunkte und Schlupfwinkel, Durchgänge, ins Innere der Moschee hinein, ein Halbdunkel, in dem Dinge geschehen, die niemals beschrieben werden, weil sie außerhalb des Sagbaren stehen: flüchtige Körper, an die Wand gepreßt, aneinandergepreßt, Spuren, die am Boden zurückbleiben, im Feuer, unter dem Schutt verschwinden.

Mit einem Schlag gelingt es Sonni Ali, am fünften Redjab 873, dem dreißigsten Jänner 1468, Timbuktu, die oftmals (oder auch nie) eroberte dritte und jüngste der großen Städte am Djoliba, einzunehmen; er läßt die Stadt plündern und anzünden, die Bewohner, die ihm in die Hände fallen, töten; der Tuareg-Chef Akil, der zu dieser Zeit Herrscher von Timbuktu ist, flüchtet mit tausend Kamelen, mit dem wenigen Gold, das er zusammenraffen lassen kann (er selbst darf Gold niemals mit der Hand berühren), und mit den Juristen der Sankoré-Moschee und ihren Söhnen in die Wüste, in den Nordwesten: eine Prozession von zitternden alten Männern und Kleinkindern, die nach Tagen in ihrem Exilort eintrifft und die vorausweist auf andere Geschichten von Exil und Verschleppung. Die in der Stadt verbliebenen Ulamas werden als Freunde der Tuaregs getötet oder gedemütigt; ihre Mütter und Töchter werden eingesperrt oder vergewaltigt; eine Gruppe von dreißig Jungfrauen, die Töchter von Gelehrten sollen zu Fuß vom Hafen Kabara nach Timbuktu kommen, um zu Konkubinen des Tyrannen gemacht zu werden; als sie nicht mehr weiterkönnen (zum ersten Mal in ihrem Leben kommen sie aus dem Haus und müssen zu Fuß gehen), werden sie niedergemetzelt: an einem Ort, der seither finq qadar el-abkâr genannt wird, der *Boden des Schicksals der Jungfrauen* oder das *Ende der Kräfte der Jungfrauen*. Sieben Jahre dauern der Terror und die Verfolgungen an; Orte wechseln ihren Namen: am Alfa´a Kouko (das heißt *Schauplatz des Massakers*) fällt kein Regen mehr, seit die Truppen Sonni Alis eine Gruppe flüchtender Ulamas mitsamt ihren Frauen hier abgeschlachtet haben. Dann versöhnt sich der Tyrann halbwegs mit seinen Intellektuellen; er bringt Fulahfrauen als Geschenke von einem Feldzug zurück, die man dankbar als Ehefrauen oder Konkubinen annimmt; nur manchmal kommt er auf die Idee, einen seiner engsten Mitarbeiter hinrichten zu lassen; später ist er gerührt und dankbar, wenn er erfährt, daß man seinen Befehl nicht ausgeführt und das Opfer versteckt hat. Die Geistlichkeit (die stundenlang über den genauen Zeitpunkt von Sonnenaufgang und Sonnenuntergang, Mittag und Mitternacht, das Erscheinen des Neumondes diskutieren kann) nimmt ihm übel, daß er sämtliche Gebete in einem erledigt, mit dem Hinweis an Gott, Er wisse ja besser als er, zu welcher Tageszeit Er welches Gebet verwenden kann; möglicherweise ist es die Verfluchung eines Geistlichen, der von Mekka aus seinen Blick nach Südwesten richtet, durch welche die Macht Sonni Alis (der zu diesem Zeitpunkt allerdings schon ziemlich alt ist) schwindet; im allgemeinen überläßt man die Verurteilung des Häretikers tunlich der Nachwelt. Am fünfzehnten Moharram 898, dem sechsten November des für Europa, für die Juden und die Mauren Spaniens, für Amerika und für Afrika bedeutsamen Jahres 1492, ertrinkt Sonni Ali bei der Rückkehr von einer Schlacht gegen die Fulahs von Massina im Fluß Koni (immer wieder schreiben sich in ihrer Rolle als Quelle des Lebens oder des Todes die Flüsse in die Geschichte ein); seine Söhne öffnen den Bauch des Leichnams, entfernen die Eingeweide und füllen den Hohlraum mit Honig, um das Verwesen des großen Herrschers zu verhindern; sie erfüllen damit nur blind den Plan des Schicksals, denn Gott will, als Strafe für die Tyrannei, diesen Körper nur zerstückelt begraben sehen, ausgeweidet wie den eines Schlachtviehs. Mit der Regierung Sonni Alis, die achtundzwanzig Jahre lang gedauert hat, beginnt die Blütezeit der Stadt Timbuktu.

Nach Toumané gibt es kaum mehr Feuerholz; sie ziehen durch Hirsefelder, über grauen Sand, eisenhaltigen Boden. Die Karawane ist durch die Abtrennung von Karamo-Osila und seinen Leuten kaum kleiner geworden; allerdings ist außer Kai-mou, seiner Familie und seinen Sklaven niemand mehr aus Tiémé dabei. Die wiedergewonnene Fremdheit kann Caillié nur kurz erfreuen; die Frauen entdecken ihn wieder als Spielzeug und geborenes Opfer, zum Glück hat er keinen Stolz und keine Scham mehr, so kann ihn nichts brechen. In manchen Orten will man ihn nicht ins Haus lassen, weil seine weiße Haut Unglück bringt; man schließt die Augen, um ihn nicht sehen zu müssen; manche Kinder fangen zu schreien an, wenn er in die Nähe kommt. Kai-Mou erzählt seine Geschichte und verwandelt ihn vom bösen Omen zurück in einen seltsamen, armen Menschen. In Douasso rettet er ihn davor, gelyncht zu werden: Caillié schreibt unter einem Baobab auf eines seiner Blätter (*11.2., 6 M. NNO, gr. Sand, Hirse, Eisen* etc.), blickt auf und sieht eine Gruppe von Männern um ihn stehen; man brüllt ihn an und beschuldigt ihn, die Stadt verhext zu haben; er malt das Bismillah auf den Boden, die Männer sind Heiden und können nicht lesen. Kai-Mou läuft herbei, reißt den Mann zurück, der gerade dabei ist, den schon zusammengekrümmt, die Hände vorm Gesicht am Boden liegenden Caillié in die Rippen zu treten, fährt, obwohl noch außer Atem, mit gebieterischer Stimme ins feindselige Stimmengewirr und bringt es zum Abebben; den Rest des Tages verbringt Caillié mit dem Ausfertigen von Grisgris für alle Kranken, Unglücklichen, Heiratswilligen und Beleidigten der Stadt. Kai-Mou sagt ihm, ihn stört es ja nicht, wenn er immerzu schreibt (glaubt er denn, irgendjemand hätte das noch nicht mitbekommen?), auch wenn er nicht weiß, was Abdallah damit bezwecken mag und was das für Zeichen sind, aus denen seine Schrift besteht, doch sicher nicht Arabische; die Bambaras sind aber mißtrauisch und abergläubisch, und er soll in Zukunft nur im Haus schreiben und sich nicht von Eingeborenen erwischen lassen, Caillié nickt und murmelt, weil ihm sonst nichts Passendes einfällt und weil er sowieso bei diesem Wort hängengeblieben ist, bismillah. Am Rand des Bambaragebietes erlebt er noch einmal eine heidnische Feier mit, in diesen Tagen hat er schon aufgehört, sich den Mund mit dem Antiskorbutmittel auszuspülen und fühlt sich, abgesehen von einem leichten Schnupfen, gesund; er kostet (weil er die Schlachtung nicht mitansehen hat müssen) doch etwas Hundebraten, und er schmeckt ihm ganz gut, ein zartes, rötliches Fleisch; er schaut den Tänzen zu, im Bewußtsein, daß es vielleicht das letzte Mal ist (diese von Butter und Schweiß glänzenden Körper, dieses Zucken, dessen geheimer Bedeutsamkeit er schon nahe gekommen sein mag), fast bittet er auch um ein Schälchen Bier, aber er hat Angst, das könnte sich herumsprechen und unabsehbare Folgen haben; er kann sich kein Bild von den verschlungenen und ausgedehnten Netzen machen, über die sich Informationen hier in Afrika verbreiten. Von dem nahen Krieg, man ist gerade dabei, den Machtbereich der Fulahs von Massina zu betreten, ist immer wieder die Rede; während jeder Pause umkreisen Wächter das Lager der Karawane, aber Caillié bekommt nie etwas von irgendwelchen Kampfhandlungen mit. Die Nachricht, daß dieses Krieges wegen überhaupt keine maurischen Karawanen nach Sansading gekommen und Kolas dort wertlos und unverkäuflich sind, ist für Kai-Mou eine traurige Bestätigung seiner Erwartungen und seiner Erfahrung, Caillié schaut angemessen unglücklich drein, als er es ihm weitererzählt, und empfindet eine heimliche Freude: nicht nur darüber, recht behalten zu haben, auch über den möglichen Ruin von Karamo-Osila und der Leute aus Tiémé, deren Unternehmungen für ihn alle etwas Spielzeughaftes haben, ihr Scheitern setzt einen Punkt unter das Ganze. Auch an seiner eigenen Unternehmung sind nur die Route und die Namen der Städte wichtigzunehmen, die sonstigen Umstände sind lästig und unvermeidbar. Er nimmt alles wie durch Watte hindurch wahr; die Erkältung erweist sich als hartnäckig und wird jeden Tag intensiver; das Klima mit den heißen Tagen und den kühlen Nächten behagt ihm nicht; nachts im Haus schwitzt und friert er: die Hitze und der Rauch vom ständig brennenden Feuer und die Zugluft durch die Türöffnung sind gleichermaßen unangenehm; er verlernt wieder zu schlafen. Manchmal sitzt er die ganze Nacht über aufrecht auf seiner Matte, die Augen aufgerissen, doch ohne etwas zu sehen, und verstört seine Mitbewohner durch ein Husten, das er aus immer tieferen Regionen seiner Brust hervorholt. Er richtet sich einmal im Hof eine neue Schlafstatt ein, kurze Zeit schläft er, in seine Decke gehüllt, zusammengekrümmt, wie um dem Wind keine Angriffsfläche zu bieten, der schwarze Himmel weit über ihm; er erwacht noch vor Sonnenaufgang und wundert sich über merkwürdig viel Speichel im Mund. Er spuckt aus, zuerst einen schleimigen Patzen; dann (wie soll er das stopfen, da er es nicht geöffnet hat) beginnt das Quellen; er wartet, bis es aufhört, schläft wieder ein, ohne einen Gedanken. Die Sonne weckt ihn viel zu früh; er hat Mühe, die Augen zu öffnen, aus dem anderen Leben hinter den Toren aus Elfenbein oder aus Horn zurückzukehren; das erste, was er sieht, ist die große Lache Blut neben seiner Matte. Er macht nicht noch einmal den Fehler, der Krankheit einen Namen zu geben; er tut so, als wäre nichts geschehen, nur weichen ihm die Mitreisenden noch mehr aus als früher, und auch die Frauen beenden ihre kleinen Quälereien; er hat nur eine gröbere Verkühlung, mit ständigem Husten und einer Heiserkeit, die ihm (was ihm nicht unangenehm ist) das Reden beinahe verbietet. Wenn er an der neuen Krankheit stirbt, so wird das außerhalb dieser Geschichte sein; dann ist die Krankheit das einzige, was ihm wirklich verblieben ist, das einzig Wirkliche, ein kurzes Jahrzehnt lang, nach seiner Heimkehr und der Zerstörung all seiner Ideen von Heimkehr, aller Bilder in seinem Kopf, nach dem Ruhm und den Ehrenposten, in seiner neuen Rolle, in seiner neuen Verzweiflung (vergeblich liest er immer wieder sein eigenes Buch, schaut die vergilbenden alten Zettel an, die alten Koranblätter, die er immer noch kaum zu entziffern versteht), während seine neuen, immer verrückteren Illusionen ihn wieder an andere Orte ziehen wollen: ihn, den Kurzzeitbürgermeister von Mauzé, den Ritter der Ehrenlegion und Konsul von Bamako, wo er allerdings weder selbst jemals war, noch einer seiner Landsleute, und wo er, trotz all seiner Pläne, niemals sein wird, weil er längst endgültig gestrandet ist, das einzig Wirkliche (er liegt in seinem Bett, an der Türschwelle eines seiner Kinder) ist die Zerstörung. Die Fulahs in den Dörfern von Massina scheuen seine Nähe nicht; sie sind fromme Moslems und beten und lesen den ganzen Tag, während ihre Sklaven für sie arbeiten; nachdem sie (Kai-Mou, der erste seiner Führer, der kleiner ist als er, geht ihm voran und preist ihn an wie ein Impresario oder Zirkusdirektor) seine Geschichte erfahren haben, legen sie ihre Hand in die seine, damit er sie segnet; seine Sprachlosigkeit hilft bei diesem Prozeß: es ist nicht ganz sicher, ob man ihn noch für einen Menschen halten kann oder ob er nicht eher einem Gespenst gleicht. Die Fulahs empfehlen ihm, in Djenne zu Sekou Ahmadou, ihrem König zu gehen, der ihm reichliche Geschenke machen und ihm Geleit nach Temboctou und vielleicht darüber hinaus geben wird. So sehr er sich vor dem Almamy des Fouta Djallon gefürchtet hat, so wenig fürchtet er sich vor diesem Almamy, er kann ihn kaum durchschauen, und wenn doch, dann kann er ihn allenfalls töten, aber nie zurückschicken.

Der Fluß ist schon ganz nahe, seine Verzweigungen behindern jeden Tag den Weg; Sümpfe, um diese Jahreszeit noch zu Fuß zu überwinden, kleine Seitenflüsse, für deren Durchquerung man sich entkleiden muß oder Pirogen mieten. Er friert bei jedem Kontakt mit dem Wasser, wie sehr er davor auch unter der Hitze gelitten und sich nach Abkühlung gesehnt haben mag. Die riesigen Schwärme von Silberreihern und Marabus, die Tauchervögel und die Perlhühner lassen die Menschen ganz nahe an sich herankommen; nein, sagt Kai-Mou auf Cailliés Frage hin, niemand denkt daran, sie zu jagen, das belegt für den Europäer erneut die unglaubliche Rückständigkeit dieser Primitiven. Auf den Märkten wird dafür immer mehr Fisch angeboten, nicht nur der stinkende Trockenfisch, den er in Tiémé hassen gelernt hat; er kostet den grätenreichen kleinen Fisch wieder, nach dessen Namen er in Kouroussa, in einem vorherigen Leben, nicht gefragt hat und auch jetzt nicht fragt: nun findet er dieses mühsam in kleinen Fetzchen herauszulösende Fleisch fast wohlschmeckend; der Geschmack eines früheren Lebens, der auf den Geschmack eines zukünftigen Lebens, auf angestrebte, fast erreichte Orte hinweist (wenn er die Augen schließen kann und seinen Fluß, seinen Berg, seine Stadt in einem Bild wahrnehmen: ins Bild steigen und doch von ihm getrennt bleiben); unvergleichlich besser schmeckt ihm allerdings das zartrosa Fleisch eines fast zweieinhalb Fuß langen rundlichen schuppenlosen fast grätenfreien Fisches mit länglichem Kopf, den er in Kirina, einer von Seilern bewohnten Stadt, kostet, am sechsten März, er notiert das Datum, das Wort Seiler, das Wort Fisch; er beobachtet, wie aus Hanf, Rinde, Palmblättern die Seile angefertigt werden, in Djenne, erfährt er, werden diese Seile für den Schiffsbau verwendet. Vier Tage später steht er wieder am Ufer des großen Flusses, seines Flusses, um elf Uhr vormittags, nach einem fünfstündigen Marsch durch Sumpfgebiete, manchmal bis zu den Hüften im Wasser, er ist todmüde und durstig; der Ort heißt Galia oder Congalia und besteht aus ein paar Lehmhütten und ein paar Strohhütten, auf einer Anhöhe, die vor den Überschwemmungen sicher ist. Er kauft Milch und Erdnüsse, schläft mittags kurz, steigt dann zum Ufer hinab, zwei große Tamarinden stehen hier zwischen den Büschen, auf dem grauen Sandboden, er hockt sich hin, läßt Sand durch seine Finger rieseln, schaut aufs Wasser, lange, über Stunden hin, eine klare, leicht milchige Oberfläche; im Nordosten hebt sich eine kleine Insel leicht aus dem Fluß, am Abend sieht er nahe am anderen Ufer große Schiffe vorbeiziehen. Der Fluß ist hier nicht ganz so breit wie in Kouroussa, erst später wird er zur weiten Meeresfläche, von deren Mitte aus nirgendwo (oder nur als schmaler dunstiger ungewisser Streifen) Land zu sehen ist; dennoch ist die ganze Gegend ein Flußgebiet, dem Fluß zugehörig, eingeschlossen in seinen Namen, seinen Gesetzen gehorchend. Er hustet, fast ohne es zu bemerken, regelmäßig; in seinem Auswurf (jetzt, wo er alleine ist, kann er ihn ungeniert ausspucken) ist nur noch wenig Blut. Am nächsten Morgen überquert die Karawane in dreißig Fuß langen, aus einem einzigen Baumstamm geschnittenen Pirogen den Fluß, der sehr tief und sehr ruhig erscheint; bis Mittag ist die Überfuhr geschafft; Caillié streichelt die samtigen Schoten auf den feinen Ästen einer Mimose, die kaum fünf Fuß hoch ist, noch kleiner als er. Nach einigen Stunden des Marschierens über einen ausgetrockneten Sumpfboden, mit Spalten zwischen den harten Erdschollen, unter einer mit voller Kraft niederbrennenden Sonne, ohne einen Baum oder einen Strauch, der Schatten bieten würde, an Sklaven vorbei, die mit Spaten in den Boden hacken (während der Regenzeit, heißt es, sind hier Reisfelder), sind die Reisenden wieder am Fluß angelangt; in einer Furt, bis zum Gürtel (die Esel bis zum Hals) im Wasser, durchqueren sie den Arm, der die Insel von Djenne umschließt. Eine Karawane kommt ihnen mitten im Fluß entgegen; Caillié findet das komisch und etwas peinlich, aber man begrüßt einander höflich, ohne innezuhalten. Am breiten flachen Sandstrand der Insel liegen zahlreiche Schiffe; auch ihre Größe beeindruckt Caillié, mehr vielleicht als die Stadt, deren Mauern, rotbraun, von der Farbe des Lehms aus dem Djoliba, sehr mächtig, einen abweisenden, menschenleeren Eindruck vermittelnd, jenseits der ebenen Sandfläche aufragen, in ihrem Zentrum, schon von hier aus zu sehen, die Türme der Großen Moschee (Caillié ist der einzige Europäer, der sie je zu Gesicht bekommen wird, und er wird nichts in ihr sehen als einen ungeordneten Haufen Steine, weniger als ein Berg). Kai-Mou fragt einen der Händler, die hier am Hafen herumstehen, einen Mandingo, um Logis; dieser sagt, daß er sie in seinem Haus unterbringen wird können, Caillié kümmert sich nicht um die Preisverhandlungen; er folgt den Negern auf ihrem Weg in die Stadt; die Hose klebt an seinem Hintern und seinen Schenkeln, er zupft daran und freut sich darauf, sich ausziehen zu können, vielleicht in einem Raum, den er nur für sich hat, wie zuletzt in Tiémé. Das Haus des Mandingo wirkt von außen ordentlich und groß; sein Inneres ist feucht, finster und eng, noch dazu ist es vollgeräumt mit Getreidesäcken und mit Gerümpel; hier wird Kai-Mou mit seiner Familie wohnen; er als Araber bekommt ein schöneres, trockenes Zimmer im Obergeschoß zugewiesen, dafür ist er dankbar. Er steigt, hinter seinem Gastgeber her, die Treppen (aus Stein, nicht aus Holz) hoch, vorsichtig, weil der Aufstieg steil ist, die Kanten der Stufen abgebröckelt sind und kein Geländer vorhanden. Doch der Weg ist bekannt; ein notwendiger, wiederholter, wiederholbarer Einschnitt in diesem Innenraum.

In dem unbestimmten Zeitraum, der vor dem Namen, dem flüchtigen Zauber der Bücher und ihres Jenseits liegt, sind da an dem Ort nahe dem Djoliba nur flache Zelte, wie eine weitere Sandschicht (ein flüchtiges Muster), Kamele oder

Ziegen und Schafe, die an den Wasserlöchern lagern, in der flachen Landschaft, unter einem weiten Himmel oder geduckt unter den Sandstürmen. In der Nähe stehen zu diesem Zeitpunkt, im fünften Jahrhundert der Hedjra, noch zahlreiche Bäume; die Männer tragen den blauen Litham, es sind Tuareg vom Stamm der Magcharen oder Imaja'em, die Frauen sind unverschleiert; der Großteil der Menschen zieht wieder ab, in Richtung Walata, in Richtung Marokko oder in Richtung Tuat und Ghadames; der schwarze Himmel dreht sich Nacht für Nacht über das Land; die einzige Gestalt, die nicht aus dem Bild verschwindet, ist eine alte Frau, die die Herden bewacht. In einer der Versionen über den Ursprung der Stadt gibt diese Frau dem Ort ihren Namen: die Frau mit dem großen Nabel oder die Mutter mit dem großen Nabel; man könnte ein imaginäres Netz zwischen den verschiedenen Etymologien des Wortes Timbuktu spannen; so bekäme dieser verborgene und immer tiefer in die Verborgenheit geratende mythische Keim des Namens (die Spur des unsichtbaren Weiblichen) einen immer reicheren, überdeterminierten Sinn. Es-Sa´di schwärmt von seiner Stadt: *der guten, köstlichen, reinen und zarten, der begehrten, üppigen und beseelten, die ich mehr liebe als alles andere auf der Welt; niemals hat es hier Götzendienst gegeben, niemand ist hier je vor einem anderen als dem Allerbarmer auf den Knien gelegen.* Heinrich Barth, der sich im 19. Jahrhundert in Timbuktu aufhält und ein Exemplar des Tarikh es-Soudan auftreibt, vermutet ein Wort der Songhay-Sprache, das Tumbutu lautet und Höhle oder Vertiefung bedeutet, als Quelle des Namens Timbuktu (denn sobald sie fest besiedelt ist, wird die Stadt hauptsächlich von Songhays bewohnt); so hätten die Landschaftsformen der Wüste, die Bewegungen der Dünen, das Aussparen und Freilassen einer Stelle (wie einer Lichtung im Wald) dem Ort seinen Namen gegeben; die wahrscheinlichste (für uns auch die schönste) Variante führt das Wort aber in der Sprache der Zenagha-Mauren auf das weibliche Possessivpartikel *tin* zurück und auf die Wurzel *b-k-t*, das heißt *entfernt, verborgen*: für die hier Lebenden ein ständiger innerer Widerspruch; im Zentrum des Netzes eine Leere, eine Abwesenheit, unter all den Eroberungen etwas, das sich entzieht.
Für einige Jahrhunderte bleibt der Ort unbedeutend, im Schatten des Handelszentrums Walata weiter westlich; immerhin aber ein Knotenpunkt, wo Karawanen aus der Wüste und Händler vom wenige Meilen entfernten Djoliba zusammentreffen; die ersten festen Häuser aus Lehm, die ersten Moscheen entstehen; einige hundert niedere, gleichförmige Gebäude mit flachen Dächern oder glockenförmige runde Häuschen. Eher beiläufig erobert Mansa Mussa diesen Ort als einen von vielen für das Königreich Melli; erst als er von seiner legendären Hadj zurückkehrt, macht er hier Halt, zum Glück kommt er an

einem Freitag an, er hat schließlich gelobt, an jedem Ort, an dem er an einem Freitag eintrifft, eine Moschee zu errichten. Die Reise durch die Wüste ist für den König nicht sonderlich beschwerlich gewesen; jemandem, der alle denkbaren Reichtümer der Welt mit sich führt, kann, auch in der kargsten Umgebung, nichts fehlen; als die liebste unter seinen Frauen, Niériba Kondé (sie hat einen Namen), irgendwo in der eintönig trockenen libyschen Wüste Sehnsucht nach dem großen Djoliba und den Flüssen von Mandingo bekommt, läßt er ihr in einem durch Schichten von bunten Stoffbahnen vor dem Wind und den Blicken geschützten Zelt, das niemand außer ihm selbst, ihren Sklavinnen und seinen Eunuchen betreten darf, ein Bad bereiten. Er führt sechstausend Mann (in der glaubhaften Version) und tausendvierhundertvierundvierzig Fetische mit sich; darunter die wichtigsten Bücher über malekitisches Recht, der Grundstock für zahlreiche Bibliotheken; in seinem Gefolge befindet sich auch ein Mann aus Granada, den er in Mekka aufgegriffen hat, eigentlich ein Dichter und Rechtsgelehrter, alle nennen ihn (wir haben in anderer Gestalt sein Grab besucht) Kleiner Kochtopf; dieser Mann wird beauftragt, die große Moschee in Timbuktu zu errichten; auch der Kuppelsaal in der Residenz des Königs, mit Stukkatur und Arabesken im andalusischen Stil, wird nach seinen Plänen errichtet; ein wunderbarer Bau an einem unbekannten Ort im Inneren Afrikas, von dem es niemals ein Bild und eine Beschreibung geben wird. Mehr als hundert Jahre hält die Macht des Reichs von Melli an; dann, so berichtet Es-Sa´di, werden die Herrscher in der Fülle ihrer Macht so arrogant, daß Gott beschließt, einzugreifen: aus dem Nichts läßt er ein Bataillon von wunderschönen halbwüchsigen Männern erscheinen, die binnen kurzem den Großteil der Bevölkerung mit ihren Schwertern niedermachen; die wenigen Überlebenden sehen zu, wie die Mörder ihrer Angehörigen wieder ins Nichts verschwinden, sie zählen die blutigen Leichenteile und sammeln sie auf, um sie unter die Erde zu bringen, die Köpfe, so gut es geht, nach Mekka gerichtet, in der Hoffnung auf eine Barmherzigkeit, die der Rache nachfolgt. Hundert Jahre später, als einer der Songhay-Feldherren die Hauptstadt von Melli besetzt, läßt er den Palast des Königs, dessen Gebiet schon wieder aufs Kernland der Mandingos geschrumpft ist, von seinen Soldaten vollscheißen; die Bewohner von Melli, so der Chronist aus dem Songhay-Reich, sind bei ihrer Rückkehr in die Stadt erstaunt über die Dummheit und Gemeinheit der Songhays.
Timbuktu wird beim Verschwinden der Mandingos, wie oftmals in seiner Geschichte, von den Tuareg, den ersten Herren des Ortes, besetzt, die Stadt ist aber selbständig genug, um sich durch die Besatzung nicht allzu sehr stören zu lassen. Schwarze und Weiße, Berber und Songhay und Tuareg leben in

der Stadt nebeneinander; der schwarze Tombouctou-Koï leitet die fast selbständige Stadtverwaltung, während die Tuareg sich damit begnügen, Steuern einzuheben; Studenten aus dem ganzen Soudan und sogar aus dem Maghreb strömen schon in die Stadt, um sich den Madrasas der sieben Moscheen mit ihren großen Lehrern anzuschließen. Da ist Abdallah-Mohammed-ben-Mohammed-ben-Ali-ben-Mousa, genannt ´Oriân-er-râs, der Kahlkopf, fast nur als Toter vorstellbar; er streichelt, immer wenn er lacht, mit der rechten Hand die Hand seines Gesprächspartners, während er sich die Linke vor den Mund hält; er hat die Gabe oder den Fluch des zweiten Gesichts; er versenkt sich ins Denken und ist unfähig, mit jemandem zu sprechen; er glaubt, in seinen Träumen Den zu sehen, Den man nicht sehen kann, ohne mit einem Schlag zu sterben; doch er lebt weiter und sein Geist verwirrt sich. Scheich Moaddib-Mohammed-El-Kâbari, der Meister der Meister, lehrt in der Sankoré-Moschee; ein Mann aus Marrakesch, der ihn El-Kafiri, den Kaffern nennt, wird von Gott mit Elephantiasis bestraft und versucht, auf ärztlichen Ratschlag, vergeblich, Kinder zu schlachten und ihre Herzen zu essen, um sich von dieser widerlichen Krankheit zu heilen (das erzählt Ahmed Baba und wiederholt Es-Sa'di). Am Beginn der Tuareg-Herrschaft kommt Sidi Yahya-El-Tadelsi in die Stadt, der jede Nacht im Traum den Propheten sieht; er wird vom Schüler zum Lehrer; nach Kâbaris Tod verfaßt er eine Elegie auf den Verstorbenen: die Düfte, die der Ostwind mit sich trägt, schreibt er, pflanzten den Weinstock des Geistes in ihm, die Welt hat sich nun verdunkelt; ohne den Beistand des Propheten würden unsere Tränen fallen wie ein andauernder Regen. Wenn Yahya einen Fisch mit seiner rechten Hand berührt, kann man den Fisch nicht mehr braten; das Feuer greift nichts an, was die Hand dieses Heiligen angefaßt hat. Jeder Gläubige, auch wenn er weiter als drei Tagesreisen entfernt wohnt, schreibt Es-Sa´di, soll Yahyas Mausoleum besuchen. All diese Männer, die in der Sprache und im Heiligen zuhause waren (Gestalten eines flächigen Bildes, Hände oder Gesichter, die in einem Aufblitzen erscheinen, Anekdoten, Legenden, Satzfetzen, aus einem tiefen Schlaf heraus), sind rechtzeitig vor der Eroberung Timbuktus durch Sonni Ali und der Vertreibung der Ulamas gestorben.
Das Muster ist aus Licht und aus Schatten gewebt: nach dem Tod des Tyrannen und Häretikers versucht einer seiner Söhne, die Macht zu übernehmen, niemand nimmt das allzu ernst; aus Kämpfen zwischen diversen Generälen geht Mohammed ben Abu Bakr, der Hochvermögende und Rechtgläubige, als neuer Fürst und Inhaber der höchsten Macht hervor. Die unfähigen Söhne SonniAlis sind wütend; *askia*, rufen sie aus, *er ist es nicht*: von da an nennt sich Mohammed ben Abu Bakr *Askia Mohammed*; später Askia El Hadj Moham-

med; er wird auch als Askia der Große bekannt; seine Dynastie wird diesen Namen tragen: er ist es nicht, sie sind es nicht, Herrscher über den verborgenen, entfernten Ort. Gott erfüllt alle Wünsche dieses ersten der Askia-Herrscher; der Zeit der Finsternis und der Unruhe folgt eine Zeit des Lichts, der Ruhe, eines stetigen Zuwachses an Macht und an Weisheit; alle Kriege finden weit entfernt statt und werden gewonnen. In jährlichen Feldzügen erobert der Askia ein Gebiet, das im Norden bis zur Salzmine von Taghaza, im Westen bis zum Atlantik, im Süden bis ins Land der Haussa, im Osten bis nach Air und Bornu nahe dem Tschadsee reicht, nur die Bambara-Wälder und die Königreiche der Mossi bleiben dem Zugriff der Songhays entzogen. Er nimmt die Hauptstadt von Melli ein und plündert den Palast; von dieser wie von jeder seiner Expeditionen bringt er eine Ehefrau mit; die Liste seiner Söhne ist lang und zieht sich über beinahe eine ganze Druckseite, vielleicht ist sie, es wird sich zeigen, allzu lang; viele von ihnen, sagt Es-Sa'di, die Verwirrung und ein *etc.*, das sich in die Aufzählung einschleicht, entschuldigend, tragen den gleichen Namen: sechs Mohammeds, mehrere Mousas, der eine oder andere Ishaq. Askias Pilgerzug nach Mekka und Medina dauert zwei Jahre und erscheint wie eine Wiederholung des Pilgerzugs von Mansa Mussa; er läßt in Medina einen Garten errichten und gibt in Mekka hunderttausend Goldstücke an Almosen; er trifft sich auf Vermittlung eines befreundeten Gelehrten mit dem abbassidischen Kalifen von Ägypten und läßt sich von ihm in einem symbolischen Akt als sein Stellvertreter für die *Länder von Takrur*, so nennt man hier den Westsoudan, einsetzen, dank dieser Autorität wird er seine Kriege als regelkonforme Djihads führen können; er darf so wie alle bedeutenden Gäste, wie vor ihm Mansa Mussa, das Innere der Pyramiden am den Toten vorbehaltenen Westufer des Nils besichtigen; auf einer Leiter, eine Fackel in der Hand, ein rechtgläubiger Führer an seiner Seite, hinabsteigen in die Grabkammern, wie in eine Vorzeit, als ungläubige Tyrannen über die Länder herrschten; er kehrt zurück ins Licht, auf den Teppich der Erde, unter das Zelt des Himmels. Sechsunddreißig Jahre und sechs Monate bleibt er an der Macht und noch mehr als zehn weitere Jahre am Leben; dann wird er blind geworden sein und in Angst vor dem Bösen Blick leben, fast hundert Jahre alt, allein in seiner Finsternis, von Mücken gequält, die Frösche springen über seinen grauen Körper. In Timbuktu steigt während der sechsunddreißig Jahre und sechs Monate die Zahl der Gelehrten konstant an; der Djoliba liefert seine periodischen Überschwemmungen und der Kanal vom Hafen Kabara in die Stadt füllt sich mit Wasser; auch das Wasser der zahlreichen Quellen um die Stadt ist klar und süß; die Umgebung der Stadt liefert Vieh, Getreide, Milch und Butter im Überfluß; die Bewohner der Stadt, im besonderen die Händler aus allen Gegenden von Nord- und Westafrika, die hier ihre Häuser haben, sind außerordentlich reich, und in der Sicherheit der langandauernden Regierungsperiode des Askia wächst ihr Reichtum kontinuierlich; die Gefahr von Feuersbrünsten ist größer als die Gefahr, die von Feinden droht; einmal brennt (so ist fast zufällig bekannt, denn Es-Sa'di und die anderen lokalen Chronisten schweigen sich über derlei profane und banale Angelegenheiten aus) innerhalb von fünf Stunden fast die halbe Stadt nieder; vielleicht ist es nur eine von ungezählten Katastrophen, die doch nur die ärmeren Leute betreffen.

Von ihr berichtet, in dem einzigen Zeugnis über die Stadt Timbuktu, das über Jahrhunderte hin in Europa bekannt ist, ein Mann, der als Al-Hassan Ibn-Muhammad al-Wazzan in Granada geboren wurde, knapp nach dem Fall der Stadt; der als Kind (kurz bevor er mit allen anderen Mauren und mit allen Juden Spaniens vertrieben oder getötet worden wäre) nach Fez übersiedelt und in seiner Jugend, bald schon in einer diplomatischen Mission, einen großen Teil von Afrika bereist; der Mekka und Konstantinopel besucht und bei der Heimfahrt im Mittelmeer, nahe Djerba, von Malteserrittern gekapert und als Sklave an den Papst weiterverschenkt wird, weil man interessante Notizen (unter anderem eine Sammlung von Grabinschriften aus verschiedensten Gegenden) und Landkarten in seinem Besitz vorfindet; der Leo Ioannis (der Name des Papstes ist Leo X., Giovanni de Medici) getauft und als Leo Afrikanus berühmt wird und der dann, nach dem Sacco di Roma, kaum älter als dreißig Jahre, wieder unter der tödlichen Bedrohung durch die spanischen Christen, von der Bildfläche verschwindet, manche sagen, um sich in Al-Hassan Ibn-Muhammad al-Wazzan zurückzuverwandeln, manche sagen, er wird wie viele andere Römer im Chaos der Besatzung getötet. Niemand weiß es genau; niemand weiß, wer er zu diesem Zeitpunkt eigentlich ist: ein Christ, ein Moslem, keins von beiden; niemand weiß, wann die Verstellung beginnt und wann sie endet; wann ins Fleisch übergeht, was als Verstellung begonnen hat; wann das eingefleischt Eigene nur noch durch die Verstellung vorgeführt werden kann. Vielleicht ist Leo (Hassan) jemand, der ganz leicht, fast schwebend über unüberwindliche Grenzen hinwegzusteigen vermag, vielleicht verstrickt er sich auch nur immer wieder in denselben Fallen und bleibt in den Zwischenräumen, in einer Vorhölle gefangen: in den Qualen der Flucht, der Selbstverleugnung, der Versklavung, einem ewigen Exil; mit gespaltener Gegenwart, drinnen und draußen zugleich, ausgesetzt und, wie als Einziger, sterblich. Sein Buch *Descrittione Dell' Africa*, in holprigem Italienisch verfaßt, lange nach Leos Verschwinden im ersten Band von Giovanni Battista Ramusios *Navigationi et viaggi* erschienen, ist bis ins 19. Jahrhundert hinein, das uns hier zumeist als Gegenwart gilt, auch die einzige, bald verdrängte Ahnung von den drei großen westafrikanischen Königreichen Ghana, Melli und Songhay. Al-Hassan ibn-Muhammad al-Wazzan ist noch keine zwanzig Jahre alt, als er nach Timbuktu kommt, wo sein Onkel Botschafter des Marrokkanischen Hofes ist; es sind die frühen Jahre von Askia dem Großen, und aus der Beschreibung Leos liest man in Europa (wo im sechzehnten Jahrhundert die Reisekompendien immer weitere Verbreitung finden und die Beherrschung der ganzen Welt immer mehr als eine bloße Frage der Zeit erscheint) vor allem die Passagen über den Überfluß und den Reichtum der Stadt und des *Königreichs Tombuto* heraus. Er erwähnt die große Moschee mit ihren Steinmauern und den stattlichen Königspalast, beides Werke seines Landsmannes, eines, wie er schreibt, herausragenden Künstlers. Er erwähnt die vielen Handwerker und die reichen Kaufleute; die europäischen Stoffe, die, teurer als anderswo, am Markt gehandelt werden; den Überfluß an Lebensmitteln (mit der Ausnahme von Salz, das so selten und kostbar ist, daß man an Salzklumpen leckt anstatt es als Speisezusatz zu verwenden); die Bücher und Manuskripte aus Arabien und den Berberstaaten, die als wertvoller angesehen werden als alle anderen Waren; die vielen Doktoren, Rechtsgelehrten und Geistlichen, die vom König fürstlich entlohnt werden; und vor allem den König selbst: auf seinen Reisen und Kriegszügen reitet er auf seinem Kamel, das von Aristokraten am Zügel geführt wird, einem Gefolge von, je nach Anlaß, hunderten oder tausenden bewaffneten Männern auf Berber-Pferden voran; langsam und wie unverwundbar, die Masse der Soldaten überragend; Leo beschreibt das Hofzeremoniell, das Spuren des Zeremoniells der Herrscher von Melli bewahrt hat: Bittsteller, die zu Füßen des Königs liegen und sich Sand über den Kopf und die Schultern streuen; und er erwähnt die sagenhaften Goldschätze dieses Königs, Geschirr und Geschmeide, Szepter, von denen manche über dreizehnhundert Pfund wiegen. Diese Geschichten mögen weniger phantastisch sein als die Geschichten, die man bisher gehört hat, doch sie üben einen Reiz aus, der an dem Namen der Stadt haften bleibt; wie ein Duft lösen sich neue Legenden aus dem Namen, von mit Gold gepflasterten Straßen und goldgedeckten Häusern; von diesem Moment der Beobachtung aus ins Vergangene wie in die Zukunft ziehende Schwaden der Imagination. Auch den festen Überzeugungen des Fürsten der Gläubigen und Königs von Songhay widmet Leo Afrikanus einige Zeilen: sein Haß auf die Juden, schreibt er, ist so tief, daß er nicht nur niemals einen Juden in seinem Reich duldet, er beschlagnahmt auch das Vermögen jedes Kaufmanns, von dem er erfährt, er habe mit Juden zu tun gehabt (Leo verschweigt, daß zwischen Christen, wollten sie im Songhayreich auftauchen, und Juden kein Unterschied gemacht würde; er verschweigt auch, was er, der geborene Andalusier, selbst dazu denkt; ob er die Vertreibungen aus dem Spanien der Reconquista widergespiegelt sieht oder ob es doch eine so feste religiöse Identität als Moslem oder Christ für ihn gibt, daß er nie auf so zersetzende Ideen und Vergleiche käme). Im allgemeinen aber, schreibt er weiters, sind die Bewohner von Timbuktu (da sie Reisende gewöhnt sind) freundlich zu Fremden; sie sind fröhlich und verbringen den Großteil der Nacht damit, in den Straßen zu singen und zu tanzen; er schreibt, daß sie großen Vorrat an Sklavinnen und Sklaven besitzen; daß die Frauen der Stadt tugendhaft sind und, mit Ausnahme der Sklavinnen, nur verschleiert aus dem Haus gehen. Er erinnert sich (wenn er die Feder absetzt, ins Leere starrt), wie er sich nach den Gebeten am Friedhof im Südwesten der Großen Moschee herumgetrieben hat, die Namen, Daten und Geschichten von den Steinen abschreibend: eine dunkle, verschwindende Erinnerung, weil ihm die entsprechenden Notizen fehlen und vielleicht auch weil er in der fremden Sprache keine Wörter für Eigenes hat.

Das Ende der Regierung von Askia El-Hadj Mohammed kündigt sich mit dem Ende seiner Sehkraft an. Sein wichtigster Berater, ein gewisser Ali-Folen ist immer um ihn; der Askia bedient sich sozusagen seiner Augen, um die eigene Blindheit zu verbergen; das scheint einige Jahre lang zu gelingen; wahrscheinlich sieht Ali-Folen aber schon bald nur das, was er selber sehen will: er ist es, der sich des für den Schein noch vorhandenen Körpers des Herrschers bedient, um selbst eine heimliche Herrschaft auszuüben. Die Zeit der Aufstände und der Kämpfe zwischen den zahlreichen Söhnen von Askia El-Hadj Mohammed kann beginnen. Mousa, der die undefinierbare Funktion des Fâri-Mondzo ausübt, erklärt eines Morgens, während dieser beim Gebet ist, seinen Vater für abgesetzt und verbietet ihm, den Palast zu verlassen; in irgendeiner Kammer dieses riesigen und stolzen Gebäudes findet Askia der Große vorübergehend sein Exil. Ali Folen erfährt rechtzeitig vom Machtverlust seines Gönners und Schützlings und möchte den Zeitpunkt für eine Hadj nützen, stirbt aber unterwegs. Mousa bemüht sich als erstes, möglichst viele seiner Brüder zu töten; die Brüder zerstreuen sich in der Gegend und Mousa zieht von einem Ort zum anderen und verstrickt sich in immer neue Kämpfe; niemand zählt die Toten; besonders verhaßte Feinde seiner Regierung läßt Mousa lebendig begraben oder (seine Nachfolger werden die Methode übernehmen) er läßt ihre aufgespießten Leichen auf einen Esel setzen und zur Abschreckung der Passanten und zur Freude der Kinder durch die Stadt treiben. Die heiligen Männer, die ihn früher gesegnet haben, verfluchen ihn nun. Nach zwei Jahren wird Mousa von seinem ältesten Bruder, dem Cha'a Farma Alan getötet; der wird nach kurzer Zeit von seinem Bruder Mohammed Benkan getötet, der mißtrauisch und magenkrank ist, die Angst vor dem Getuschel der Unzufriedenen in der Sankoré-Moschee zwingt ihn zu häufigen kleineren Massakern. Nach wenigen Jahren wird er von seinem Bruder Isma'il gestürzt und in die Flucht getrieben; er findet aber nirgends Ruhe, weil sich in jedem Ort die Leute an ihm gefahrlos für seine Tyrannei rächen wollen; schließlich verkriecht er sich in Melli, das inzwischen wieder unabhängig geworden ist, vergreist frühzeitig und erblindet wie sein Vater. Isma'il bricht schon während seiner Amtsangelobung zusammen; Blut tritt aus seinem Anus; er prophezeit seinen verbliebenen Brüdern den baldigen eigenen Tod, vom Heiligen Buch, bei dem er seinem Bruder Mohammed Benkan Treue geschworen hat, für seinen Verrat bestraft. Er nützt sein Amt dazu, Askia den Großen, der in der Verbannung auf einer Insel im Djoliba, abgemagert, verwirrt und vollgeschissen, in seiner ewigen Nacht dahinvegetiert, wieder freizulassen und ihm einen Tod im eigenen Palast zu vergönnen; er selbst stirbt nach kaum drei Jahren der Herrschaft, dreißig Jahre alt; sein Bruder Ishaq folgt ihm nach und verschafft sich Respekt, indem er jeden tötet, der ihm gefährlich werden könnte. Sein Bruder Daoud dient ihm als Kormina-Fori; er leitet die Wiedereroberung von Melli und sorgt für die Indignation der Einwohner; er wird Ishaqs Nachfolger, als dieser am vierundzwanzigsten Safar 956 stirbt; seine eigene Herrschaftszeit wird vierunddreißig Jahre und sechs Monate dauern, die zweitlängste in den hundert Jahren der Askia-Herrschaft. Daoud vermag seine Feinde durch Magie zu vernichten: wenn er eine bestimmte Sure über einem Gefäß mit Wasser spricht und dann laut den Namen seines Widersachers ruft, erscheint dessen Gestalt über dem Wasser; er legt dem Doppelgänger Fußfesseln an und schreit, Verschwinde!, die Gestalt geht unter, mit ihr sterben die Kräfte des wirklichen Menschen (doch nur Gott kann das Wirkliche von den Trugbildern unterscheiden). Nachdem Daoud am vierzehnten Redjeb des Jahres 990 gestorben ist (in einer Zeit, in der eine Pestepidemie Timbuktu halb entvölkert hat, in der sich die Angriffe der Fulahs von Massina häufen und die Begierde der Marrokkaner nach den Salzminen von Taghaza wächst), in einem Dorf namens Tonctibi, wird sein Leichnam auf einer Piroge in die Hauptstadt Gao gebracht: eine stumme Prozession auf den schaukelnden Wellen; ein in weiße Tücher eingeschlagener Körper, Männer, die mit den Füßen die Ruderstange bedienen. Die kurze Periode, in der die Enkelsöhne von Askia El-Hadj Mohammed über das Songhayreich herrschen, steht bevor; das Ende des Reiches ist schon nahe. Als der deutsche Reisende Heinrich Barth im Jahr 1856 nach Gao kommt, findet er ein nicht weiters bemerkenswertes Dorf von einigen hundert Hütten vor; das einzige verbliebene Monument aus der großen Zeit dieser Stadt ist das halb verfallene Grab des Askia El-Hadj Mohammed.

In der Augenblicksaufnahme des Leo Afrikanus, die in den Bibliotheken Europas ausharrt, muß dieses Davor und Danach, die kleinen und großen Kriege, ausgespart bleiben, das Bild scheint unberührt von den Zerstörungen der Zeit, der Gier, der Krankheit, des Körpers. Unser Blick, der keinen Blick trifft, den Fäden einer beliebigen Textur entlanggleitet, Entfernungen mißt, flüchtigen Mustern folgt, Schleifen und Spiralen. Die Unberührbarkeit bleibt bestehen, in der Phase der nebeneinandergelegten Bücher, der Kopien, der abgeschriebenen, abgetippten Texte, mit ermüdend langen Namen, die Tippfehler herausfordern, der Ausschnitte und Ausschnitte von Ausschnitten. Als wäre es möglich, nur zu berichten und sich sonst herauszuhalten: als gäbe es nicht den eigenen anderen Zeitpunkt, und man könnte in der Rolle eines überzeitlichen Erzählers aufgehen, man wäre außerhalb der Zeit: die einsame Arbeit, seine Einsamkeit zu verbergen; der verzweifelte Kampf, die Verzweiflung unkenntlich zu machen; der gespenstische Anschein des Unbeteiligtseins. Die Lust verschwindet in der Angst, die Kämpfe der Fremden könnten einem wie die sinnlosen Kämpfe und Schlachten von Ameisen erscheinen (zerfetzte Körper ohne Namen bleiben zurück); und damit dann auch gleich die eigenen Schlachten und Kämpfe; das eigene Wissen und die eigenen Legenden werden in dieser Leere zunichte gemacht. Wir haben die Stadt (das Grenzgebiet) noch immer nicht betreten, etwas, das Bestand hätte unter den bevorstehenden Eroberungen, unscheinbar, menschenleer: Wunsch, daß die Orte bleiben; Städte, Flüsse und Wege; daß sie erfunden werden können, im Rückblick, ganz nah an den Wörtern; daß der Blick von außen und der Blick von innen sich treffen könnten, in einem unbestimmbaren Moment. Eine Erzählung der Mandingos besagt, daß am Grund des Djoliba (die Stelle ist unbekannt) noch das magische Boot ruht, mit dem, am Ende seines Weges, Mansa Mussa seine tausendvierhundertvierundvierzig Fetische nach Hause brachte. Die Gegenstände, die über Bord fielen, verwandelten sich im Wasser in Fische, Skorpione oder Geister (bleiche Wesen mit Schuppen, Federn oder langem fast weißem Haar); schließlich ging das leere Boot selbst unter. Man kann es anrufen, wenn man die Stelle im Traum sieht; man kann Gaben im Fluß versenken und auf Antwort warten.

2

Solange er unterwegs ist (der Schlag steht noch bevor), fühlt er sich ganz in seinem Körper gefangen, in einer Abfolge momentaner, unentrinnbarer Empfindungen; nur während der Rasten merkt er, daß er unterwegs ist, Bilder der Orte kehren in seinem Geist wieder und verschwinden; er weiß, daß keiner dieser Orte jemals wieder für ihn Wirklichkeit erlangen wird; er fragt sich, was es ihn kümmert, ob sie je für andere Wirklichkeit erlangen werden; er will nichts mehr beschreiben, liest lieber in älteren Eintragungen seines Journals und langweilt sich dabei zu Tode. In seinen Briefen findet er dafür immer entschiedenere Worte des Selbstlobs: die Landkarten, die er auf verschiedene Zettel kritzelt, während er in In Salah (fast planmäßig angekommen und doch wieder nur gestrandet) in seinem Zimmer herumsitzt und auf die Weiterreise wartet, eine Hand fast immer am sinnlos erigierten Schwanz unter seiner Hose, werden, schreibt er, die genauesten sein, die es für lange Zeit über diesen Teil Afrikas geben kann, er stellt, schreibt er, Vergleiche zwischen der antiken und der modernen Geographie Afrikas an, aber es ist zu früh, etwas darüber zu sagen; er hat vor der Abreise aus Ghadames einen Kometen gesehen, der nach Südwesten gezogen ist: nur für ihn, nur um am Himmel seinen, Alexander Gordon Laings Weg vorzuzeichnen. In Wahrheit schreibt er die Messungen von seinen noch funktionierenden Navigationsgeräten von einem Zettel auf den anderen ab, kritzelt Wellenlinien für Gebirge auf die sehr weißen Blätter Papier, mit transkribierten seltenen Ortsnamen für die seltenen benennbaren Orte dieser leeren Region, stellt sich, um eher das Gefühl einer Verbindung zu den Menschen um ihn aufbauen zu können, vor, die Nachkommen von Garamanten und Ataranten vor sich zu sehen. Unter den Büchern, die er mit sich führt, sind (immerhin ist er der Sohn eines Lateinlehrers) auch Herodot, Plinius und Strabo, er kennt die paar Passagen, die das Innere Afrikas betreffen, schon auswendig; er verflucht, anders als die Ataranten, zugleich mit der Hitze auch schon die Kälte; abends kann er kaum mehr seine Feder halten, so klamm werden seine Finger; das läßt ihn immer wieder spüren, wieviel Zeit seit seinem Aufbruch verstrichen ist; umso rasanter, je weniger er zu tun imstande war. Grotesk findet er, daß es gleichzeitig immer noch heiß ist: er kann mit dem Gesicht in der Sonne sitzen und mit den Beinen im Schatten, und seine Gesichtshaut verbrennt, während seine Beine frieren; er fragt sich, warum Menschen sich einbilden, hier leben zu müssen, er würde es einfacher finden,

183

wenn die Wüste menschenleer wäre, wie der Komet durchs Weltall könnte er unbehindert über Sand und Stein in wirklichere Gegenden südwärts fliegen. Er denkt während seiner sogenannten Arbeit an die Frauen von In Salah, die ihn herausfordern und ihm zugleich entzogen sind: ihre unbedeckten Gesichter, ihre glänzenden schwarzen Haare und die verführerischen Blicke ihrer schwarzen Augen, die die Gleichgewichte verändern und auflösen: ein Wissen darin, mit dem er nichts anfangen kann, weil er keine Ahnung mehr hat, wie er, als Mann, als Fremder, als Gott darauf antworten sollte; sein Blick ist kalt; der Raum ist ohne Koordinaten; er will sich auf niemanden zubewegen, alles, was er tun könnte, wäre unpassend und falsch. Es macht ihn wütend, Rogers und Harris zuzuschauen, die völlig unbefangen auf jeden dieser Blicke und jede der Gesten (die er in einem seiner Briefe als *hetärenhaft* verurteilt) reagieren; er weiß, daß es nicht bei Blicken und Gesten bleibt; manchmal ist er nahe daran, ihnen nachzuspionieren, um sie in der Umarmung zu ertappen (üppiges braunes Fleisch der Araberin für eine Sekunde in seinem Blickfeld, bevor sie sich hastig bedeckt) und ihnen er weiß nicht welchen vernichtenden Vorwurf zu machen: sie gefährden, möchte er ihnen zuschreien, die ganze Expedition mit diesem Betragen (Rogers mit seinem breiten Lachen, Harris mit seinem breiten Schweigen, deplazierte Gravitationspunkte), er erfindet nachts Szenarien mit verfolgenden, drohenden, erpresserischen Ehemännern und tut dann letztlich doch so, als würde ihn all das nicht kümmern; er möchte mit diesen Schwarzen nichts gemein haben, auch nicht etwas so Selbstverständliches und Grundlegendes wie das Geschlecht. Er hat, noch vor dem Eintreffen in In Salah, seine türkischen Hosen und Hemden eingepackt und trägt nun wieder konsequent europäische Kleidung; mit der Ausnahme des Turbans, der ihm während der Wüstenstürme gute Dienste leistet und ihm zuweilen einen Vorwand liefert, sein Gesicht zu verbergen.

Bis auf dicht aufeinanderfolgende, einander widersprechende Gerüchte über bevorstehende Hindernisse, Überfälle und Katastrophen, bis auf weitere kleine Szenen von Durst und Angst, weitere Sandstürme ist der Weg hierher ereignislos verlaufen. Abend für Abend wiederholt sich das Schauspiel des Sonnenuntergangs, er achtet immer weniger auf die Variationen, es sind schöne und schreckliche Katastrophen, die ihre Schönheit und ihren Schrecken verlieren und zu einem bedeutungslosen Farbenspiel werden. Nacht für Nacht verfolgt er, nicht ganz wach und doch mit offenen Augen, im schaukelnden Gang seines Reittiers, den Weg des Mondes am Himmel, so als würde hier die eigentliche Reise stattfinden, während sich auf der Erde nichts bewegte und die Landschaft in ihrem weißlichen Glanz nur ein Spiegel für das Mondlicht wäre, die Zelte an ihren Rastplätzen eher aus einem körperlosen Leuchten bestünden als aus Leinwand und Ziegenfell. Laing hat eine Technik entwickelt, auf dem Kamel zu lesen oder zu schlafen, in einem eigentümlichen Rhythmus, von dem auch sein Träumen und das Verständnis seiner Lektüre nicht unberührt bleiben, nicht so sehr in ihrem eigentlichen Inhalt als in der Sicherheit, mit der die Bilder und der Sinn ihm zukommen: als etwas Auswendiges, für das es egal ist, wenn er selbst sofort alles vergißt; im gleichmäßigen Schaukeln bleibt jedes Bild, jeder Sinn, von wie tief aus seinem Innern er auch immer kommen mag, erhalten; außerhalb von ihm, der von einer vergleichsweise schwachen Substanz ist. Er bedauert, daß er in Tripolis und (aus Gründen, die er kaum jemandem begreiflich machen könnte) auch in Ghadames kaum zum Lesen gekommen ist; jetzt scheint ihm, er könnte das, was ihm sonst schon zugehören würde, selbst nicht mehr festhalten; würde immer nur fremden Sätzen nachlaufen; das wäre nicht so schlimm, würde es sich nur auf den relativ gleichgültigen Bereich seines Lesens beschränken, doch er liest, wie er liest, weil er reist, wie er reist; sein Körper im Wellental oder am Wellenkamm; sein Denken in der Einfriedung jedes Zustands stillgestellt. Hatita erzählt ihm von den Bibliothekskamelen, die bei manchen Tuarickgruppen in Dienst stehen; während der unablässigen Wanderungen schleppen sie den Schatz an Büchern ihres Scheichs von Ort zu Ort; Laing stellt sich nur vor, wie Konsul Warrington auf eine solche Mitteilung reagieren würde: ein Geschrei, das sehr natürlich aus einem Gelächter herauswächst, eine Wut, die zugleich Begeisterung ist: das möchte ich sehen, die Bibliothek eines Kameltreibers; lernen sie aus Büchern, wie sie Spuren aus der Kamelpisse herauslesen, oder wie sie ihre vielen Weiber und Kinder durchbringen; Laing lächelt in sich hinein und wird fast sentimental über dieser imaginären Szene. Er hätte Hatita eigentlich zurückschicken wollen, sobald er das Gebiet verläßt, in dem sein Stamm einen gewissen Einfluß hat, nun läßt er es zu, daß er ihn bis In Salah begleitet. In der wechselnden Verteilung seines grundsätzlich anwachsenden Mißtrauens und Überdrusses, scheint ihm Hatita mittlerweile viel vertrauenswürdiger als Babani, den er, mit seinem winzigen Gefolge von zwei Sklaven und seinen dauernden Ideen für eine Umverteilung der Reisekassen, für einen Knauserer und Wichtigtuer hält. Öfters sitzen Laing, Le Bore und Hatita gemeinsam um ein Feuer, Laing und Le Bore trinken Tee, Hatita, der weder Tee noch Kaffee verträgt, nur Wasser; jeder zieht von Zeit zu Zeit an seiner Pfeife, und Laing fühlt sich unter dem Sternenhimmel ganz in seinem Wohnzimmer. Er hat sich an den Wortschwall des Tuarickchefs gewöhnt, er weiß nie genau, ob es selbsterlebte oder erfundene Geschichten sind, die er zu hören bekommt, ob sie sich im letzten Jahr abgespielt haben oder vor Jahrhunderten, ob es sich um aktuelle Gerüchte handelt oder allegorische Erzählungen; er versteht auch kaum die Hälfte des Inhalts, weil er mit dem Arabischlernen (bis Tombuctoo wollte er perfekt sein) nicht wirklich weiterkommt, seine Konzentrationsfähigkeit erreicht immer neue Tiefpunkte; den Dolmetscher läßt er trotzdem lieber in seinem Zelt schlafen, durch seinen Mund würden die Erzählungen nur umständlicher und (ein paar Mal hat er es erfahren) auf eine dunkle Weise gleichzeitig langweiliger und bedrohlicher. Er hört so zu, wie er liest und wie er reist; Hatita verliert seine gewöhnliche körperliche Gestalt, sein blauer Litham und seine schwarzen Augen werden zu flächigen Trugbildern, die das flackernde Feuer zeichnet und verwischt, während der Strom der Wörter den Zuhörer weitertreibt. Wäre nicht die Angst, würde nichts mehr Laing auf dem Boden halten; eben seine Angst ist es aber auch, die ihn manchmal an den eigenen Urteilen zweifeln läßt. Weder in seinem Betragen noch in seinen Briefen darf irgendetwas von diesem Zweifel durchscheinen. Dem Anschein nach muß er unberührbar sein: sein Körper auf dem Reittier, mit Mantel, Stiefeln und engen Hosen von allen anderen Menschenkörpern unterschieden; seine schweigsamen Rundgänge, wenn er sich im Lager die Beine vertritt, während die Kamele getränkt oder beladen werden (ihr Brüllen, Grunzen und Rülpsen in den verschiedensten Tonlagen ekelt ihn an und er verschließt seine Ohren davor); sein Speiseplan, der einen morgendlichen Schluck Branntwein einschließt und gewisse ungenießbare Spezialitäten aus Brei oder getrocknetem Fleisch ebenso ausschließt wie jene Sonderration, die das plötzliche Verenden einer Kamelstute zur allgemeinen Zufriedenheit liefert; all diese Verhaltensweisen sind zugleich oder in erster Linie Zeichen, an die anderen gerichtet oder an ihn selbst oder an eine Ewigkeit, vor der weder die anderen zählen noch er selbst.

Nach einem Monat, Anfang Dezember, ist mit In Salah die letzte nennenswerte Stadt vor Tombuctoo erreicht, Laing möchte sich hier eigentlich nur wenige Tage aufhalten, den Kamelen eine längere Rast gönnen, die Karawane um die größeren Gruppen von Kaufleuten und Bewaffneten auffüllen, die hier anscheinend, nur aus Respekt für Scheich Babani, monatelang auf sie gewartet und ihren Aufbruch in den Süden immer wieder verschoben haben. Es ist halb fünf Uhr nachmittags; noch bevor die Stadt selbst in Sichtweite kommt, taucht aus einer Staubwolke eine Masse von Menschen auf, die zu Fuß aus der Stadt geeilt ist, um die Ankommenden zu begrüßen. Es scheint sich um so etwas wie einen repräsentativen Querschnitt der Bevölkerung zu handeln, mit Greisen und jungen Burschen, Säuglingen in den Armen ihrer Mütter, Männern mit dem Aussehen von Kriegern oder Kaufleuten, mit schönen jungen Mädchen und alten Frauen, die jene trillernden nordafrikanischen Freudenschreie, wie von einer unbekannten wilden Vogelart, in ihren Kehlen formen: wie ein Vogelschwarm, zu einem einzelnen Klangkörper verschmolzen, der Kreise und zerdehnte Ellipsen um Laings Kopf zieht, immer enger, zu einer Umschließung ohne Berührung. Alles in allem haben sich mehr als tausend Menschen versammelt, ihr dichtes Gedränge hindert die Karawane beinahe am Vorankommen; sie überhäufen Laings Gefolge mit Fragen über die physischen Eigenheiten und die ungewöhnlichen Besitztümer dieses Fremden, Fragen, die allesamt mit *Ist es wahr, daß* beginnen, denn eigentlich haben sie fast sämtliche Informationen bereits im voraus aus Ghadames erhalten; Laing begreift niemals, mit welcher Geschwindigkeit und Zuverlässigkeit manchmal das Nachrichtensystem in dieser Wüste funktioniert; über riesige Entfernungen hinweg breiten sich wichtige oder unwichtige Neuigkeiten binnen kürzester Zeit in alle Winkel des Landes aus, während gleichzeitig über die Ereignisse in Nachbarorten oft nur dunkle Gerüchte zu erfahren sind. Laings Anblick mag allerdings über die Erwartungen der Bewohner hinausgehen: sein Kragen, eine hohe schlanke Mauer um den Hals, die obszön enge, zu den Knöcheln hin noch schmaler werdende Hose, der lange rote Rock aus einem seltsamen steifen Stoff, der seinen Körper noch weiter in die Länge zieht, so daß er als ganzes einer Säule gleicht; im Gegensatz dazu beläßt der Litham über dem Gesicht manche der Informationen weiterhin im Ungewissen. Ist es wahr, daß sein Gesicht weiß ist? Daß er seine Wangen rasiert und nicht seinen Schädel und daß sein Haar unter dem Turban gelblichbraun und so lang ist, daß es fast über die Schulter fällt? Dann, ist es wahr, daß er ein Gewehr ohne Feuerstein abschießen kann? Daß er die Gabe hat, auf dem Wasser ein Feuer anzuzünden? Daß er Pulver mit sich trägt, die alle Krankheiten heilen können? Daß niemand aus ihm herausbekommt, was er eigentlich hier sucht? Auch in der Stadt (in die er fast hineingetragen wird, wie von seinem Kamel abgehoben und von Schulter zu Schulter gereicht) findet Laing in den ersten Tagen keine Ruhe; zwar begrüßt ihn der Stadtchef als den Reisegefährten seines Freundes Scheich Babani mit aller Höflichkeit, die Leute aber verfolgen ihn bis in sein Quartier; man macht ihm den Vorschlag, er solle sich aufs Dach seines Hauses stellen, dort verbringt er, alleine wie noch nie, eine sehr lange Viertelstunde, während von den Höfen und den Nachbardächern die Neugierigen ihre Hälse nach ihm recken und ihm Dinge zurufen, die er (er ist ganz froh darüber) nicht versteht. Er steht, das Kinn nach oben gereckt, in seiner ganzen Statuenhaftigkeit da und fühlt sich splitternackt; er geht im Kreis und fühlt sich wie ein Tier im Käfig, er wird schreiben, er ist ein Löwe, aber es ist traurig, ein Löwe zu sein: im Käfig, im Zoo, mit abgezogenem

Fell, allen Blicken ausgeliefert. Der Stadtchef kommt ihn in seinem Quartier besuchen und hält mit lauter Stimme eine Ansprache; mit leiser Stimme übersetzt unter den ungeduldigen Blicken des Stadtchefs wie auch Laings (der die Ansprache fast von allein verstanden hätte) Nahum, der bei Gelegenheiten, die einen eher offiziellen Anstrich haben, zumeist beigezogen wird. Lange haben wir auf dich gewartet, sagt der Stadtchef. Mein Haus ist dein Haus und meine Stadt ist deine Stadt; alles was mir gehört, gehört auch dir. Gehe, wohin immer du willst, mein Sohn wird dich begleiten, dich beschützen und für dich sorgen; was immer du möchtest, du mußt nur darauf zeigen, und es ist dein; nichts in meinem Lande ist so wertvoll, daß ich es dir nicht schenken würde. Laing dankt; er sagt, daß er die Grüße des englischen Königs überbringt und daß er, wenn er in seine Heimat zurückgekehrt sein wird, dem englischen König von der Großzügigkeit und der Gastfreundschaft des Scheichs von In Salah Bericht geben wird, und da sein König der großzügigste, gütigste und weiseste von allen Königen ist, wird der Name des Scheichs von In Salah usw., ganz zu schweigen von den Geschenken, die dann dem wenigen, was er selbst jetzt zu geben imstande ist, folgen werden. Nahum übersetzt, während Laing und der Stadtchef einander stumm anzuschauen haben; keiner weicht dem Blick des anderen aus; Nahum schließt seine Übersetzung ab, und der Stadtchef lächelt, man könnte meinen, voller Nachsicht. Er fügt hinzu, Laing solle sich nicht scheuen, jeden zu töten, der ihm lästig wird.

Laing bekommt öfters Lust, diesen Ratschlag zu befolgen. Trotz seiner Vorstellung auf dem Dach werden die Besucher nicht weniger; Frauen und Kinder, die ihm ins Gesicht und an die Kleider greifen und ihn an den Haaren ziehen, Männer, die sich seine Uhr zeigen lassen, ihn nach seiner Herkunft und seinem Ziel fragen und dann lächeln wie der Stadtchef gelächelt hat und ihm auf die Schulter klopfen; als dieser Strom von Neugierigen versiegt, setzt der Ansturm von Patienten ein, die seinen Ruf als Arzt erproben wollen; er teilt Chinintabletten an Gesunde und Kranke aus und verweigert Ratschläge an alte Herren, die Mittel gegen den Tod oder wenigstens gegen die Impotenz, und an alte Damen, die ewige Fruchtbarkeit von ihm fordern; viele Blinde werden von ihm gesalbt, keiner wird wieder sehend; das schadet seinem Ansehen jedoch keineswegs und schreckt niemanden von einem Arztbesuch ab. Unglaublich viele Menschen in dieser Stadt von wenigen tausend Einwohnern, vor allem Kinder, haben Geschwüre oder Entzündungen an den Augen: wie es beliebt, sagt sich Laing, ich habe mich nicht angeboten, verbraucht mich; er schaut in ein totes Auge nach dem anderen, verschreibt Zinksulphat, solange der Vorrat reicht, mit einer kleinen Reserve für alle Fälle; er bleibt gefaßt und fühlt sich allen überlegen, auch wenn ihm das immer weniger nützt. Als die Sehnsucht nach ein wenig Ruhe allzu groß wird, vernagelt er seine Türe und läßt nur noch für knapp bemessene Sprechstunden Leute zu sich vor; auch er selbst geht nur noch selten aus dem Haus: die Stadt In Salah interessiert ihn eigentlich nicht im geringsten; gerne würde er auch auf den Kontakt zu allen seinen Reisegefährten, Le Bore eingeschlossen, verzichten und sie gegen irgendwelche ihm gleichgestellten anderen (warum nicht Frederic Warrington, den er allerdings nie gesehen hat?) austauschen; je einsamer er sich fühlt, desto mehr gehen ihm die anderen Leute auf die Nerven. Er trennt sich fast mit Erleichterung von Hatita; der Tuarick-Chef hat, seit sie Ghadames verlassen haben, eine unglaubliche Gelassenheit und Uneigennützigkeit gezeigt, und lehnt auch jetzt jedes Abschiedsgeschenk ab; Laing weiß, daß Hatita seiner Expedition fehlen wird und daß kaum ein anderer Führer zu finden ist, der ihm gleichkommt; vielleicht stört ihn gerade diese Unersetzbarkeit, die Lücke, die er hinterläßt. Er gibt Hatita die Briefe mit, die er in den letzten Tagen in der Wüste und in den ersten Tagen in In Salah geschrieben hat (darunter wie immer keiner an Emma); Hatita versichert ihm, daß er auf dem schnellsten Weg nach Tripolis zurückkehren wird, allerdings befindet er sich kurz danach auf dem Weg in seine Heimat Ghat. Laing erfährt das und notiert es in einem neuen Brief, von dem er überhaupt nicht weiß, wie er nach Tripolis kommen wird; er nimmt an, er selbst wird vor seinen Briefen ankommen, sein Briefeschreiben ist nur eine selbstgenügsame und im nachhinein wahrscheinlich etwas peinliche Dokumentation; als würde er fürchten, die Tage und die Orte könnten sich auslöschen, wenn er sie zu lange nicht durch beliebige Sätze nach einer ordentlichen Orts- und Datumsangabe festhält; vielleicht löschen sie sich dennoch aus. Laing kann seine Verzweiflung über Kleinigkeiten wie Hatitas Umweg kaum verhehlen; er liegt jetzt nachts wach, nicht aus Aufregung über den Aufbruch am nächsten Tag, sondern weil kleine Szenen von Irrtümern und Mißverständnissen aus seinem Gedächtnis auftauchen und an seinem Bewußtsein nagen und weil er auf einen ereignislosen nächsten Tag und auf eine ganze Serie von ereignislosen Tagen vorauszuschauen hat; auch seine zukünftigen Fortschritte (an denen er immer noch nicht zweifelt) und selbst die Entdeckungen, die er machen wird, erscheinen ihm dann nur wie schnelle Übergänge zu neuen Phasen der quälenden Leere, zu endlos langen Tagen, an denen das Wetter schlecht ist und nichts weitergeht, nicht einmal die Zeit vergehen will; jetzt schon überlegt er, wie er es anstellen wird, in der Regenzeit in den Nigerregionen zu reisen; die Panik läßt sein Herz rasen, wenn er sich vorstellt, im Schlamm festzustecken, von Moskitos und Würmern gequält, von undurchdringlichen

Regenwänden inmitten von Sümpfen zurückgestoßen; das Ziel wäre erreicht und zurückgelassen und doch wäre alles verloren.

Hier in In Salah gibt es keine Moskitos, dafür die lästigen kleinen Fliegen, die seine ständigen Begleiter und die eigentlichen Herren der Wüste sind; es hat seit Monaten keinen Tropfen geregnet, und das Wasser der Quellen schmeckt nach Salz. In Salah, erfährt er, bedeutet *Salzige Quelle* oder *Salziges Auge*; beides treffende Bezeichnungen, jeder Schluck, den er trinkt, jeder Blick in das Auge eines seiner Patienten, der erblindet ist oder dem er sagen könnte, daß er bald blind sein wird, bestätigt es ihm. Immer wieder versucht Laing sich einzureden, daß Geduld das wichtigste ist, was man als Afrikareisender braucht, und daß die Geduld seine große Stärke ist. Er erfährt, daß seit einem Jahr die Route von In Salah nach Tombuctoo faktisch unpassierbar ist, ohne daß man allzu genau weiß, welche Kämpfe und Unruhen im Süden eigentlich im Gange sind; letzten April wurde eine Karawane mit hundertfünfzig Kamelen bei Timissao überfallen und gefangengenommen; von einer anderen Karawane kamen nur einige schwer verwundete Männer zurück. Manche Händler warten schon seit zehn Monaten in der Stadt auf eine Möglichkeit zur Weiterreise, gerade jetzt aber soll sich die Lage beruhigt haben oder im Begriff sein, sich zu beruhigen; die Ahaggar-Tuareg haben offenbar die Ulad Delim entscheidend besiegt, was zwar weder wirklich überprüfbar ist noch eigentlich einzuschätzen, denn die Meinungen darüber, von welcher dieser Gruppen eigentlich die größere Gefahr drohen würde, sind geteilt, und vielleicht ist es am besten, wenn in einem Gleichgewicht des Schreckens die eine Gruppe die andere in Schach hält und sie sich sozusagen neutralisieren; doch je mehr Kaufleute sich in der Stadt ansammeln und je größer die Karawane, die loszieht, desto weniger wahrscheinlich ist es, daß Krieger oder Banditen es wagen, sie anzugreifen. Es sollen, so viel entnimmt Laing seinen Verhandlungen mit diversen Scheichs und Gesprächen mit Babani und dem Stadtchef, auch so viele Bewaffnete die Karawane eskortieren, daß sie beinahe einem Heereszug gleichen wird. In jedem Brief gibt er einen neuen Termin für die Abreise an: Tage werden zu Wochen, sein Geburtstag, der siebenundzwanzigste Dezember, scheint lange Zeit als sicheres und zugleich bedeutungsvolles Datum und zieht doch vorüber, ohne daß irgendetwas geschieht. Bei der Ankunft in In Salah hat er noch gemeint, ab jetzt würde endlich der interessante Teil seiner Reise beginnen, als würde er mit einem Schritt über den Graben setzen, der ihn vom Unbekannten trennt, er weiß schon nicht mehr, wie er sich das einbilden hat können. Mag sein, daß gerade diese Resignation ihn auf den entscheidenden Schritt vorbereitet: daß jede Aussicht sinnlos und lächerlich erscheinen muß und jeder Triumph und

jede Niederlage gleichmäßig flach und leicht zu übergehen. Er schaut auf den roten Hügel außerhalb der Stadt, der ihm wie eine Markierung erscheint, ohne die die Stadt gar nicht erst einen Namen verdienen würde; etwas, das seinen Briefen mit den Datumsangaben gleicht und verhindert, daß der Blick sich zwischen den gleichförmigen Häusern und der gleichförmigen vegetationslosen Umgebung verliert. Zeitweise muß er aus dem Haus gehen, um nicht jede Antriebskraft und jeden Sinn für Bewegung zu verlieren, dann treibt es ihn oft zu dem Hügel hin, der einer kleinen Bergkette zugehört; er steigt nicht hinauf, weil es dafür zu heiß und zu kalt ist, begnügt sich damit, von außen auf die Mauern der Stadt zu schauen; als könnte er so dem eigenen Blick von innen begegnen und ein kleines Netz, eine Beziehung knüpfen. Er besucht auch gerne den Friedhof bei der Moschee und die alten Gräberfelder außerhalb der Stadt; seit Ghadames hat er eine Vorliebe für Friedhöfe; er liebt das verwaschene Weiß der Marabuts (seltsam, daß Menschen und Grabstätten dieselbe Bezeichnung tragen), ihren Glanz inmitten des eintönig rötlichen Sandes. Die Frauen, denen er auf der Straße begegnet, sind unverschleiert, man scheint den Islam hier locker zu nehmen und eher auf alte Fetische zu vertrauen als auf den Koran, sie lachen ihn an mit ihren großen schwarzen Augen, ihren vollen Lippen und ihren bräunlichen Zähnen; nachts erinnert er sich an diese Blicke, und er hat fünf oder sechs Gesichter zur Auswahl, in die er sich versenken kann; das Glitzern der silbernen Ohrringe, der Ketten, die über dem Kleid zwischen den Brüsten schaukeln, die Batterien von klirrenden Armreifen, er denkt an die griechischen Berichte von den Garamanten, die keine Ehe kennen und sich jede Frau nehmen, die ihnen gefällt. Von Emma hat er das enttäuschende kleine Gemälde des spanischen Generalkonsuls, das er möglichst selten aus der schützenden Umhüllung löst, doch kein Gedächtnisbild, das er abrufen könnte oder, vielleicht, auch wollte, oder das ihn blitzartig treffen würde, aus einer untergründig bewahrten Gegenwart; es kann nicht allein an dem zeitlichen Abstand liegen, an den Tagesereignissen, die ihn (dünne Haut über einem dunklen Gewässer) immer im Jetzt festhielten, denn er erinnert sich an Babanis Frau deutlicher als an seine eigene Frau; er weiß nicht, ob er es deshalb in allen Gesprächen mit dem Scheich vermeidet, sie zu erwähnen, wie es auch Babani vermeidet, seine Frau zu erwähnen; vielleicht ist es unter arabischen Männern sowieso nicht üblich, über ihre Ehefrauen zu sprechen.
In diesen Wochen in In Salah haßt Laing den Scheich Babani und ist stolz darauf, wie gut er seinen Haß verbergen kann. Nur mit dem, für alle Fälle, mitreisenden Sohn des Scheichs gibt es einen gröberen Konflikt; Babani pflegt aus Dezenz seinen Sohn vorzuschicken, wenn er Geld braucht, und Laing hat alle

Ausgaben, die der Scheich tätigt, zu bezahlen, weil dieser behauptet, nur fünfzig Taler mitgenommen zu haben und wegen seltsamer Verrechnungsformen auch für seine Waren erst irgendwann im nachhinein Erlös zu erwarten; Laing tut zwar, aus Mangel an Alternativen, als wäre er großzügig, und zahlt, ohne zu murren, aber er stellt gleichzeitig einen vorsichtigen Versuch an, das Vorankommen (wenn man von einem Vorankommen überhaupt sprechen kann) zu beschleunigen, ihm scheint, daß vor allem die Angst des Scheichs vor der Unsicherheit des Wegs (er ist, meint er, fast schutzlos mit seinen zwei Sklaven, und er kann es nicht zulassen, daß Fremde ihn verteidigen müssen, seine Ehre erlaubt das nicht) für die immer neuen Verzögerungen sorgt. Der Sohn wiederholt wortgleich, was der Vater Laing schon öfters gesagt hat; ein trauriger Blick aus schwarzen Augen; aber warum, verdammt noch mal, sagt darauf Laing (er glaubt nicht, daß Nahum den Fluch mitübersetzt), besorgt er sich dann nicht einfach eine Eskorte. Der Sohn scheint bestürzt; ein Blitz aus schwarzen Augen; dann wendet er den Blick ab. Sie sollten sich schämen, so zu sprechen, sagt er; Sie können sich glücklich schätzen, daß Sie unter dem Schutz meines Vaters stehen; Sie können sich glücklich schätzen, daß das Gastrecht heilig ist. Er verbeugt sich knapp und verläßt grußlos und ohne Laings Geld mitzunehmen den Raum. Laing ist nicht sonderlich beunruhigt; er schickt den Dolmetscher weg und ist froh, die Türen wieder verschließen zu können; er glaubt sich voll im Recht, schließlich hat er (das heißt Britannien) Babani noch in Tripolis über den Bashaw viertausendfünfhundert Taler zukommen lassen, er wird das in geeigneter Weise dem Sohn zu verstehen geben, in der Hoffnung, daß sich der Konflikt auf diese Weise klärt, weniger durch Verhandlungen als in einem Raum zwischen den Verhandlungen, den er öffnen und erweitern kann; er ist erfahren genug, um zu wissen, daß er nicht sämtliche Einzelheiten des Geschehens zu beherrschen hat, sondern nur, in möglichst wenigen Zügen, seine Position zu bestimmen. Er schreibt, weil er noch nicht in der geeigneten Stimmung fürs Nichtstun ist, einen Brief an den Konsul, mit einer ansatzweise humoristischen Zusammenfassung der gerade erlebten Szene und mit der Floskel, die er immer wieder einsetzt: Bitte halte die Geister meiner geliebten Emma hoch. Er schreibt, daß er immer an Emma denkt und immer ihr Bild vor Augen hat; er schreibt, daß ihm wehtut, in was für eine schreckliche Situation er sie gebracht hat; der Konsul soll ihr berichten, wie gut sein Gesundheitszustand ist und daß die Reise ihm nur gut tut, besser als ihm sein Erholungsurlaub in Cheltenham getan hat und als ihm jeder Erholungsurlaub tun könnte; er fühlt sich stärker denn je; und er merkt, daß er schreiben kann, was er will, es wird glaubhaft sein, er überzeugt sich selbst, indem er schreibt. Er schließt den Brief ab und nimmt ein neues Blatt Papier zur Hand, weil er meint, er könnte einmal etwas für Emma schreiben; sie in den Wörtern finden; vielleicht könnte er ihr ein Gedicht schicken: seine ganzen erhabenen, edlen Gefühle, seine ganze Person in eine Handvoll Reime stecken, wie er es in ausgesuchten Stunden zu tun vermag und unbeirrt, wie es seine Art ist, immer wieder tut, auch wenn sich bis jetzt niemand gefunden hat, der seinen Gedichten die ihnen gebührende Wertschätzung erteilt; wer, wenn nicht Emma, die ihn liebt, könnte seine Gedichte lieben. Ihm fällt jetzt erst auf, daß er, als sie in Tripolis zusammen waren, kein einziges Mal auf die Idee gekommen ist, seiner Geliebten ein Gedicht zu widmen; diese Scheu ist ihm unerklärlich und erscheint ihm bestürzend. Er kann nicht sagen, ob sie gegen seine Liebe spricht oder gegen seine Gedichte; er kann nicht einmal sagen, ob ihm die eine oder die andere Erklärung schmerzhafter erschiene (vielleicht ist das schon die Antwort). Er sucht auch jetzt vergebens nach Wörtern, von denen er glaubt, daß Emma sie lesen sollte oder wollte: sein Denken kann diese Ebene, auf der Wörter körperlich würden, Gefühle aufsaugen und daran erstarken würden, nicht erreichen; vielleicht auch deshalb, weil ihm immer bewußt ist, daß der Adressat seines Briefes niemals nur Emma wäre, immer ist eine andere Gestalt vor sie geschoben, jetzt noch mehr als in Tripolis, wo diese Gestalt wirklich gegenwärtig war. Seine gute Laune nach der Vertreibung der Besucher ist schnell verschwunden, er sitzt vor einem leeren Blatt Papier und weiß, daß er immer nur an den Konsul schreiben wird, egal, an wen aus der Konsulsfamilie er schreibt; daß seine Frau in Wahrheit fester denn je in der Konsulsfamilie drinsteckt, und alle Briefe an sie würde als erster der Konsul lesen; lachhafte Idee, ein Liebesgedicht an den Generalkonsul Hanmer Warrington zu schreiben, er stellt sich die gerunzelten Augenbrauen, das feiste Gesicht vor, während der Konsul dasselbe Blatt Papier, das eben jetzt unschuldig weiß auf seinem Tischchen liegt, vor seine Augen hält und gereimte Liebesschwüre entziffert. Er überfliegt noch einmal den Brief, den er vorher verfaßt hat, zerreißt ihn, schreibt ihn neu, ohne humoristische Einlagen, und fügt an passender Stelle einige Verse ein, die er, zum Selbstlob, vom Standpunkt des unbestechlichen Schicksals aus, schon vor Tagen verfaßt hat (*to climb the stiff ascent of fame / to share the praise the just bestow / and give myself a deathless name*), er denkt, ein Robert Burns hätte es nicht besser gesagt, vielleicht erinnert er sich auch an ein halbverdautes Gedicht seines schottischen Landsmannes. Es ist so kalt in seinem Zimmer, daß er kaum die Feder halten kann; seine Finger sind rot und rissig und wahrhaft steif; er wickelt sich in seine Decke und starrt in die Luft. Ihm fällt ein, daß er noch in Tripolis, als er dachte, er würde Weihnachten schon in Tombuctoo verbringen, sogar Reime auf Babani geschrieben hat. Er möchte nicht daran denken, aber die Worte, wie ein kleiner Gesang, wie ein Gebet, eine Verwünschung, wiederholen sich in seinem Kopf: *Honest, Good, Sheik Babuné! / Who eer o´ thee shall ill suppose / They sair misca´ thee.* Er sieht die Buchstaben von den Wörtern abbröckeln (er schläft ein, ohne sich hinzulegen), schwarze Lettern, die, ganz langsam, Bögen durch die Luft ziehen und sich in Luft auflösen; die Leere, die an ihrer Stelle bleibt; er sieht Zähne, die aus einem Kiefer brechen oder sich eher (denn da ist keine Spur von Gewalt) davonmachen aus einem Kiefer, einem Mund, der sein eigener sein könnte oder irgendein anderer, und er möchte lachen über diesen Anblick, aber er weiß, daß er schläft und daß es sinnlos ist, während des Schlafens zu lachen.

Am nächsten Morgen unterbricht ihn Jack beim Frühstück (das aus Tee mit wenig Rum, Milch, einem Hühnchen, und einem gar nicht zu verachtenden Fladenbrot besteht, nicht zu vergessen die köstlichen Datteln, die er sich am Markt jeden Tag besorgt oder besorgen läßt), er kündigt einen neuen Besuch von Babanis Sohn an; Laing bereitet sich auf eine neue Szene wie die erlebte vor und ist entschlossen, die viertausendfünfhundert Taler zur Sprache zu bringen; er steht auf, um den jungen Mann zu begrüßen, der sich tief vor ihm verbeugt; sie reden über Belangloses, als hätten sie einander länger nicht gesehen, dann, als sie zur Sache kommen, überrascht ihn Ben Babani damit, daß er alles, was Laing ihm erklären wollte, auf unbekannten Wegen inzwischen selbst herausgefunden hat; er entschuldigt sich für sein Betragen von gestern nachmittag, aber Laing muß ihm glauben, daß er von allen getroffenen Vereinbarungen nichts gewußt hat; er war überzeugt, daß sein Vater nur aus Gutmütigkeit den Fremden mit auf seine Reise genommen und sich allen Gefahren ausgesetzt hat, die diese Begleitung ihm bringt. Laing schenkt seinem Gast und Gastgeber Tee nach, jeder greift von Zeit zu Zeit in das Schälchen mit Datteln, sie könnten über den Vormittag hin so etwas wie eine Freundschaft entwickeln: Honest, Good Sheik Babuné sagt es in Laing. Er entwirft spontan den Plan, notfalls alleine loszuziehen; spätestens in fünf Tagen, mit leichtem Gepäck, begleitet nur von Le Bore, dem Kameltreiber Bungola und, wenn er möchte, Babani und seinen Leuten; Rogers und Harris und den Dolmetscher würde er mit dem schweren Gepäck, den Möbeln, Teppichen, Büchern, Waffen und Booten und mit seinen Briefen zurückschicken, Babanis Sohn, denkt er, könnte seinen Vater zu diesem Abenteuer überreden; sie würden ein unbedeutendes Grüppchen darstellen und kein attraktives Ziel mehr für die Banditen abgeben. Babanis Sohn wiegt bedächtig den Kopf; er wird mit seinem Vater sprechen; der Versuch ist, so weit er das sagen kann, ungewöhnlich, aber auch nicht beispiellos, wenn auch beispiellos ist, daß ein Rumi auf diese Art reisen will; aber schließlich hat man hier noch nie einen Rumi reisen sehen; manche der kleinen Karawanen haben Erfolg gehabt, manche haben keinen Erfolg gehabt; viele Gründe können dafür gesorgt haben, daß sie erfolgreich waren, viele Gründe können dafür gesorgt haben, daß sie erfolglos waren; man könnte alle diese Gründe untersuchen und Sorge treffen, alle Maßnahmen zu wiederholen, die für den Erfolg einer Unternehmung gesorgt haben; und doch könnte genau aus den Gründen, die die erste Unternehmung zum Erfolg geführt haben, die eigene Unternehmung scheitern, denn Allahs Wege sind unergründlich. Er redet wie ein alter Mann, denkt Laing (du sprichst weise, sagt er), als würde er im vorhinein wiederholen, was sein Vater ihm sagen wird; was er selbst denkt, falls er außerhalb dieser Wiederholung denken kann oder darf, ist davon gar nicht berührt; ob er zustimmt oder ablehnt, falls er selbst zustimmen oder ablehnen oder seinen Vater bei der Entscheidung beeinflussen kann oder darf, ist davon nicht berührt. Man muß, sagt Laing, den Aufstieg wagen, wenn man den Gipfel erreichen will, man muß (er beugt sich, als Zeichen der Entschlossenheit, mit aneinandergepreßten Fingern vor, wechselt das Bild) die Türe öffnen, wenn man hindurchgehen will; und man muß hindurchgehen, solange die Türe offensteht, sonst bleibt man immer eingesperrt. Babanis Sohn sagt, er sei beeindruckt von seiner Unerschrockenheit, und bittet ihn zum Abschied um zehn Taler: man hat neues Kamelfutter zu besorgen und weitere Ausgaben zu erwarten, Laing greift ohne viel nachzudenken in seinen Geldbeutel. Ein schöner Nebeneffekt von Laings Plan (vielleicht das entscheidende Signal der Befreiung) ist es, daß er seine Briefe loswürde und mit ihnen die Lust, sie zu zerreißen und, mit gefälschtem Datum, immer neuzuschreiben; er würde die Bootsleute los sein und mit ihnen manche der fruchtlosen und für sein Gefühl beinahe schandbaren Phantasien und Ängste. Der Scheich selbst, den er am nächsten Tag aufsucht, erklärt ihm, daß er den Plan für durchführbar hält, wenn auch für gefährlich; Laing ist sich längere Zeit nicht sicher, ob das ja oder nein bedeutet; er hat mittlerweile bemerkt, daß er immer in der Gegenwart des Scheichs zur ihm angenehmeren Interpretation seines Verhaltens und seiner Worte neigt, während er im nachhinein immer pessimistischer wird und die Gesprächsinhalte und selbst die Gesten und das Lächeln, das ihm gerade noch so offen erschienen ist, etwas Fragwürdiges und Zweideutiges bekommen. Babanis knorrige Finger spielen mit dem Saum des bestickten Kissens zwischen seinen Knien, sein Blick richtet sich auf die Teetasse am Tablett zwischen ihnen; Laing folgt seinem Blick, schaut auf die eigene Teetasse, als wäre die dunkle Flüssigkeit ein stummer Vermittler; sein Medium würde alle ihre Worte in seine Stille aufnehmen und übersetzen; wenn sie mit kleinen Schlucken von dem Tee trinken, tragen sie die Sätze und das Schweigen in ihre Körper ein. Ich bin ein alter Mann, sagt Babani, am Beginn einer kurzen Rede, die Laing ungewöhnlich ehrlich erscheint, gerade weil er nicht versteht, worauf der Scheich hinauswill: ich weiß nicht, ob diese Reise nicht meine letzte Reise ist; ich weiß nicht, ob ich mit dir Tombuctoo erreichen und ob ich nach Tripolis zurückkehren werde können. Du bist ein mutiger Mann, sagt er, und du bist wie mein Sohn; die Jungen gehen vorwärts und schauen nicht zurück: diese Dinge sind im Buch des Lebens festgeschrieben, man kann nichts daran ändern. Von Zeit zu Zeit ein Schluck von dem Tee, Minzegeschmack in Laings Mund, die Tassen leeren sich, und mit dem Ausdünnen und Durchsichtigerwerden der Flüssigkeit kann auch die Gestalt, die ihm gegenübersitzt, durchsichtig werden; er schaut auf die weiße Wand im Hintergrund; mit festem Blick. Babani spricht über Unwissenheit und Hoffnung, die wie Brüder sind, und über die Weisheit und Vorsicht des Bashaw, die viel Gutes mit sich bringt, manchen zuweilen aber auch Unglück und Leiden. Jeder macht seine Pläne, sagt er, die Pläne des einen stehen den Plänen des anderen gegenüber, und man bewegt sich niemals nur auf der Bahn seiner eigenen Absichten, sondern in einem Netz von Plänen und von Wegen, die einem zumeist unbekannt sind. Niemals würde er dem Rumi Schuld geben, und doch ist der Rumi Teil der Geschichte, er ist sein Reisegefährte und damit sein Sohn geworden. Welche Entscheidungen er auch immer treffen wird, was ihm auch immer widerfahren wird, und wie lange sie auch noch miteinander unterwegs sein werden: er kann sich dessen sicher sein. Nur Gott weiß, was geschieht, wenn die Hand, die einen schützt, entzogen wird. Er ist nicht oft von In Salah aus nach Tombuctoo gegangen; diesmal ist es sein Weg; wenn Gott will, wird er ihn zu Ende gehen; in dreißig Tagen können sie am Ziel sein; er freut sich darauf, seine Kinder und seine Freunde in dieser Stadt nach langer Zeit wiederzusehen. Laing hält sich (bevor er zu begreifen glaubt, daß Babani ihm vor allem sagen wollte, daß er niemals die viertausendfünfhundert Taler bekommen hat, die man dem Bashaw für ihn übergeben hat) an diesen Zeitangaben und an ausgesuchten Worten des Gespräches an: ihm scheint, daß das Ziel endlich wieder näher gerückt ist, auch wenn er geneigt ist, die dreißig Tage zu verdoppeln. Er fühlt das Bewußtsein von einem Raum zurückkehren, in dem er sich bewegt: ein Raum mit Fluchtlinien, Mustern, ständigen Verwandlungen, nicht mehr das dunkle Zimmer, der abgeschnittene Horizont, als wäre das Land mit seiner scheinbaren Weite doch nur in einzelne Punkte aufgelöst, wie er selbst aufgelöst wäre in die Serie einförmiger Empfindungen. Er fühlt, wie die Landschaft sich zur

Stadt und zum Fluß hinneigt; in welchem Auftrag, wie von Tinte auf dem Papier einer Landkarte, formen sich Straßen zwischen den Städten und den Dörfern, der Fluß findet sein Bett, zeichnet einen großen Bogen von Tombuctoo aus nach Osten und Südosten, um schließlich im Golf von Benin zu münden (jetzt ist Laing fast sicher, er sieht es, mit offenen Augen träumend, als wäre er, vielleicht als Kind, schon dort gewesen, müßte nur die Erinnerung ausgraben, dann wäre, von der Zukunft oder von der Vergangenheit, vom Weltall aus gesehen, der ganze Kontinent in einem einzigen Blick zu erfassen, der schöne Berg, den der Niger hineinschneidet, deutlich zu sehen: sein abgeflachter Gipfel, wie der eines Vulkans, gerade dort, wo die Wüste, der leere Raum endet und wo Laing sozusagen am Boden aufsetzen wird, in seinem Afrika).

Babanis Sohn bestätigt Laing auf direkte Nachfrage, daß sein Vater kein Geld vom Bashaw bekommen hat; Laing entschuldigt sich bei dem Sohn und gibt damit die Entschuldigung vom letzten Tag gleichsam zurück, aber er schämt sich nicht für seine Verdächtigungen, sondern freut sich eher; er sieht jetzt einen sinnvollen Zusammenhang dort, wo bisher nur Einzelheiten und kleinliche Szenen einander entgegenstanden. Personen wachsen mit ihren Rollen zusammen; Mißverständnisse klären sich auf, die Unwissenheit und das Wissen formen ein Muster, Laing glaubt, jenes Netz, von dem Babani zu ihm sprach, zu überblicken, wie er das Land zu überblicken glaubt. Er schreibt an den Konsul, es ist gar nicht schlecht für den armen Scheich, daß er sich betrügen hat lassen, das könnte ihn immerhin vor der Gefahr schützen, vom Bashaw einen Kopf kürzer gemacht zu werden; er schätzt Babani jetzt so hoch wie seit den ersten Tagen in Tripolis nicht mehr, aber er möchte über sein Unglück lachen; wie ihn auch sein eigenes Unglück zum Lachen bringen soll, sobald er alles verloren hat. Die anderen Kaufleute, die in In Salah warten, fassen durch den Plan des Fremden plötzlich Mut (falls es nicht die Überredungskunst Babanis oder des Stadtchefs ist, die sie ihre Meinung ändern läßt), sie entschließen sich doch zum Aufbruch; eine große Karawane mit dreihundert Kamelen und hundertfünfzig Bewaffneten wird sich formen, was allerdings erneut eine Verzögerung von einigen Tagen mit sich bringt. Auch wenn ihm jeder Tag in dieser Stadt ein Tag zu viel ist und ihn die andere Variante schon mehr gereizt hätte, ist Laing mit der neuen Entwicklung zufrieden; wenn er in seinem Inneren den Anstoß gibt, meint er, löst sich das Verfestigte der Außenwelt auf; von ihm scheinbar unabhängige Wesen geraten in Bewegung, Leute, die nichts auf ihn geben, folgen ihm und wissen nicht, daß sie ihm folgen; er muß sich nur selbst vorantreiben, und auch das Wirkliche wird vorantreiben, in seinem Sinne und in seiner Richtung. Beiläufig informiert Laing die Bootsleute und den

Dolmetscher, sie nehmen die Änderung der Pläne schweigend hin; sie wissen nicht, sie ahnen oder fürchten vielleicht, daß damit für sie die Entscheidung gefallen ist, daß sie jetzt die dünne Linie überschritten haben und die Welt hinter ihnen schon unerreichbar ist. Nur sehr undeutlich ist zu sehen, was ein Weiterleben für sie bedeutet hätte: die Heimkehr für Nahum; für Rogers und Harris, die kein Daheim haben und deren Leben jederzeit abbrechen kann, ein Zurück zum Regiment, zu neuen Herren, zu neuen Frauen und neuem Zeitvertreib, zu neuem sinnlosem Dienst, neuen Gefahren; nur nicht diese zielgerichtete Bewegung, auf einer wie mit dem Lineal gezogenen Linie, durch wenige verbleibende Wochen, an einen unbekannten Ort. Laing zeigt sich jetzt oft und achtlos auf den Straßen, bald wird er sie vergessen haben, den roten Hügel nur noch in der Rückschau wahrnehmen, dann verschwinden sehen und den Blick wieder nach vorne wenden. Niemand außer vereinzelten Neuankömmlingen zeigt seinetwegen mehr Neugier, und der Strom der Patienten ist gebändigt. Er ist stolz, wenn er hört, wie man ihn als Rumi bezeichnet, fühlt sich durch die geheimnisvolle Kraft der fremden Erinnerung gestärkt: er ist der Römer, der Abgesandte der Zivilisation in der Barbarei, nach zweitausend Jahren wiedererkannt, einziger in diesem Augenblick anwesender Repräsentant einer ewigen Aufgabe. Er wird seine Stiefel, seine Hosen, seinen Militärmantel auch auf der nächsten Etappe und bis zum Ende anbehalten. Während er auf dem Markt umherschlendert, unberührt vom Stimmengewirr der Käufer und Verkäufer und vom Hin und Her der Menschenkörper zwischen den Ständen, zuweilen seine Blicke auf einem Haufen Zwiebeln oder Datteln, auf marokkanischem Lederzeug oder bunten Stoffballen ruhen läßt (zu seiner Zufriedenheit ist der Sklavenhandel wegen der Unruhen fast zum Erliegen gekommen, nur wenige, wie man ihm versichert, stark überteuerte Neger werden zu einem bestimmten Wochentag ausgestellt), merkt er, daß er angestarrt wird, nicht in der unbestimmten Weise, in der die Eingeborenen, die den Anblick eines Europäers nicht gewohnt sind, ihrer Neugier Ausdruck verliehen, sondern mit offener Feindseligkeit und so, als würde er wiedererkannt. Er hört Sätze in einem Tuarickdialekt, die er nicht versteht, von denen er aber merkt, daß sie ihn betreffen. Als der Blick sich von ihm abwendet und die Stimmen lauter und konzentrierter werden, erscheint die Situation nur noch bedrohlicher; ohne daß jemand ihn ansprüche, weiß er, daß er der Punkt ist, um den sich die Diskussionen verdichten. Die Stimme des Tuarick läßt sich herauslösen, für einen kurzen Moment erscheint er in Laings Blickfeld: ein langer und dünner alter Mann mit einer großen Narbe an den Backen, die von seinem Litham nicht verdeckt wird, knapp unterm Auge endet; wie von einem Musketenschuß; mit einer Art von Schmerz, über die er nie nachdenken wird, fühlt sich Laing an Assana Yeera erinnert, seinen königlichen Freund: als wäre dieser zu einem anderen geworden und als wäre er selbst zu einem anderen geworden, auf die andere Seite geraten, nur der Verlust, die Trennung wäre ihm noch bewußt, aber schon nicht mehr begreifbar und nicht mehr mitteilbar. Er hört ein Wort, das wie *Paak* oder *Paka*, wie *Park* klingt; Jack nimmt ihn am Arm, sie wechseln einen Blick, Jack bahnt ihm einen Weg durch die Menge, niemand wagt es, sie anzugreifen (mag sein, daß die Erregung noch nicht groß genug ist, mag sein, daß man nur vergeblich auf einen Anstoß wartet); sie gelangen ungefährdet nach Hause. Laing ist sich nicht ganz sicher, was vorgefallen ist, jedenfalls wird er an diesem Tag nicht mehr hinausgehen können; jetzt, wo er wieder eine produktive Unruhe in sich spürt und es ihn nicht mehr in seinen vier Wänden halten will, auch wenn er eigentlich nichts zu tun hat und die Vorbereitungen wie von selbst laufen; er schickt seine Leute um Erkundigungen aus, Nahum, der zu den Babanis gehen soll, Le Bore, der sich in der Stadt umhört, seinen Bootsmännern befiehlt er, im Haus zu bleiben, weil sie bei den Männern von In Salah sowieso wenig beliebt sind und Laing bei dieser günstigen Gelegenheit auf Racheszenen mit durchgeschnittenen Kehlen auf der einen oder anderen Seite und, im Falle des Überlebens seiner Afrikaner, auf eine Lynchjustiz, die ihren trügerischen Erfolg schnell wieder zunichte machen würde, gefaßt sein müßte.

Laing wandert in seinem Zimmer herum; seine Angst und seine Euphorie neutralisieren einander, er fühlt nichts; er wartet vergeblich auf einen Mob, der sein Haus zu stürmen oder in Brand zu stecken versuchte. Ziemlich bald kehren seine Kundschafter zurück und er öffnet ihnen mit der Gestik eines exilierten Königs die Tür; das Ergebnis der Recherche erstaunt ihn weniger, als er unter anderen Umständen angenommen hätte. Der Tuarick war Zeuge der Expedition von Mungo Park vor zwanzig Jahren und jener Massaker, an die sich im ganzen Land noch immer jeder erinnert; der große Held von Laings Jugend, sein schottischer Landsmann hat seine letzten Tage damit verbracht, von seinem Schiff am Niger aus auf alles zu schießen, was sich am Ufer bewegte und nach einem Menschen aussah. Dabei starben nicht nur zahlreiche Fulahs und Bozos, Bootsleute, Fischer, wäschewaschende Frauen und badende Kinder, sondern auch Tuaricks aus dem Stamm dieses Mannes, seine Brüder, die am Ufer entlangreitend, mit welcher Absicht auch immer, das Schiff des Rumi *Paak* unter Beobachtung halten wollten. Nun beschwört der Tuarick, daß er *Paak* nach einundzwanzig Jahren wiedererkannt hat: seine Kleidung, den Rock mit den goldenen Knöpfen und den Säbel am Gürtel, die Farbe seiner Haut und der Blick seiner Augen, seine eisige Miene, seine Art sich zu bewegen und zu schweigen, selbst das Alter ist dasselbe wie damals; es kann keinen Zweifel geben, daß der Dämon wiedergekehrt ist und daß er, wenn man ihn nicht daran hindert, weitermachen wird, wo er vor einundzwanzig Jahren aufgehört hat; er wird wieder und wieder erscheinen, um Unglück über die Menschen zu bringen. Laing möchte diese Behauptung für lächerlich und leicht zu widerlegen halten (damals saß er in Edinburgh in der Schule seines Vaters, schon zum Nachfolger auserkoren und absichtsvoll schlechter behandelt als alle anderen Schüler, behandelt wie ein Stück Dreck, so würde er im nachhinein sagen; damals hatte er kaum eine Ahnung, daß es einen afrikanischen Kontinent gab und hier seine Bestimmung lag), aber er fühlt, daß es nicht so einfach ist; er fühlt sogar, daß der Tuarick in gewisser Weise im Recht ist und er im Unrecht; daß das, was er selbst als logische Argumentation und als Wahrheit vorbringen könnte, von geringem Wert ist. Er haßt Mungo Park, den Vielbewunderten, in diesem Moment für seine unkluge, egoistische Art zu reisen: mit dem Gewehr als einzigem Mittel, sich mit den Eingeborenen zu verständigen, eine Blutspur hinter sich her ziehend, unwürdig eines Wissenschaftlers, eines Engländers, eines Mannes, der das Banner der Zivilisation zu tragen hätte. Was soll er jemandem antworten, der ihn fragt: wie konntest du auf unsere Leute schießen und sie töten, oder wie konnte dein Landsmann auf unsere Leute schießen und sie töten, mit welchem Recht kommst du in unser Land, um uns zu töten, warum sollen wir es zulassen, daß jemand wie du oder dein Landsmann in unser Land kommt? Wie könnte er behaupten, ein anderer zu sein, den Unterschied erklären, wenn er ihn selbst kaum noch wahrnimmt und ein Insistieren auf seinen eigentlichen Absichten ihm hilflos, ganz in seinem Inneren verloren, erschiene? Nahum, der Jack zu Ende sprechen und dann noch, von allen angeschaut, ein paar Sekunden Schweigen vergehen hat lassen, erzählt zögernd und mit traurigem Blick, daß Babani schon erfahren hatte, was er ihm mitteilen wollte, und daß der Scheich die Situation zwar nicht für besonders bedrohlich ansieht, aber trotzdem seinen Sohn bereits vor dem Eintreffen von Laings Dolmetscher zum Stadtchef geschickt hat; Laing hat keinen Zweifel, daß damit fürs erste die Gefahr abgewendet ist; er hat nur die paar Stunden zu warten, bis der Stadtchef verkünden läßt, daß der Rumi sein Gast und sein Freund ist und daß jeder, der falsche Gerüchte über seinen Gast und Freund verbreitet, sich aussuchen kann, ob er geköpft oder gekreuzigt werden möchte (eine Kreuzigung, denkt Laing, der beginnt, einen Sinn für die Ironie von Todesarten zu entwickeln, wäre vielleicht passender). Er wird sehen, was passiert, wenn er den Einflußbereich des Stadtchefs verlassen hat; er denkt, die größte Gefahr erwartet ihn erst nach

Tombuctoo, je näher er dem Fluß kommt, desto größer die Gefahr. Er kann seinen Plan vergessen, auf dem Niger weiterzureisen, auf dem Schiff müßte er sich unter Deck verstecken, um nicht sofort wiedererkannt zu werden, das Unternehmen wäre unsinnig und selbstmörderisch. Auf dem Weg zu seinem Abschieds- und Dankbesuch beim Stadtchef reckt er das Kinn hoch und tut so, als würde er nicht merken, wie die Leute ihm ausweichen und tuscheln, er findet das ganz lustig, er ist der Darsteller in einem Stück und braucht keinen Inch von den vorgeschriebenen Bewegungen, dem vorgeschriebenen Gang der Handlung abzuweichen; die Stadt ist eine Kulisse, die immer wieder für ihn die Gestalt wechselt, weiße oder rötliche Mauern und ein staubiger Boden, die sich dem Rhythmus seiner Schritte und seinen flüchtigen oder registrierenden Blicken anpassen, die menschlichen Figuren sind nur mit wenigen Strichen auf die Kartons aufgemalt; alle Höflichkeiten und alle Geschenke, die er und der Stadtchef austauschen, mit Jack Le Bore und einigen Sklaven als stumm dastehenden Zeugen, gehen automatisch zwischen ihnen um, fließen aus ihren Mündern, wandern von Hand zu Hand; nur der unsichtbare Chor der Eingeborenen, draußen im Freien oder in ihren Häusern, mißtraut dem Frieden; sie gewinnen an Wirklichkeit, sobald sie nicht mehr sichtbar sind; die Erinnerung oder die Voraussicht ist in ihnen geweckt, sie formen sich zum Medium der Erinnerung oder der Voraussicht, und dieselben Leute, die Laing für ein Wundertier gehalten und sich um ihn gedrängt haben, halten ihn nun für ein Ungeheuer, ihm ist das auch fast lieber, solange er nicht an der Fortbewegung gehindert wird. Er bittet den Stadtchef um Milde mit seinen Untertanen; er erklärt ihm, daß er die Sorge der Menschen verstehe und daß er die Handlungen seines Landsmanns mißbillige und sich für ihn schäme; doch es gibt Fremde, die den Tod bringen, und Fremde, die das Licht bringen, und ein weiser Herrscher weiß sie zu unterscheiden; er bekommt ein Lob für seine Großmut und seine Aufrichtigkeit ausgesprochen. Auf dem Rückweg fühlt er sich noch etwas sicherer als auf dem Hinweg, jede der schmalen gebogenen Gassen, die er entlanggeht, geht er zum letzten Mal entlang, um jede Ecke, um die er biegt, biegt er zum letzten Mal; die Stadt In Salah wird spurlos hinter ihm verschwinden, weil nichts an ihr es wert ist, aufgezeichnet zu werden, Kulissen und Figuren, die im Boden versinken, zerbröckelnder Lehm, Häuser, die in der Wüste, im Sand untergehen, das Minarett der Moschee neigt sich wie ein welker Palmzweig zu den anderen Gebäuden herab, zum Boden, der sich für den Turm, für die Moschee, für die Häuser öffnen und sich über ihnen schließen wird.
Nach dem bis vor wenigen Tagen gültigen Plan hätte Laing drei Monate, bis Mai, in Tombuctoo bleiben wollen, von dort Ausflüge nach Djenne und Mos-

si machen, dann, sobald der Niger schiffbar wäre, mit seinem selbstgebauten Boot (er weiß nicht, ob er auf die Schiffsbaukünste der Einheimischen vertrauen dürfte) bis Yaori segeln, dort, so hat er, nur halb scherzhaft, in einem Brief gemeint, gedenkt er die Regenzeit (mit ihren Beigaben von Schlamm, Moskitos und Würmern) abzubrechen, um vom üppig grünen, aber trockenen Ufer aus das Ansteigen und das Sinken des Wasserspiegels zu beobachten; jetzt, da er nicht mehr mit Regen- und Trockenzeit zu spekulieren haben wird, kann er den geplanten Aufenthalt in Tombuctoo (geht es ihm, was diese Stadt betrifft, noch um mehr als den Namen) abkürzen; er wird sich ein paar Wochen in der Stadt umschauen, den Punkt, nach Längen- und Breitengrad genau lokalisiert, auf die Landkarte malen und den Namen auf seinem Itinerarium abhaken, dann wird er sich auf dem schnellsten Weg nach Sierra Leone durchschlagen, wo er so gut wie daheim ist; die Nigerquelle kann er unterwegs leicht in die Route einbauen, und was den Verlauf des Nigers betrifft, so vermutet er jetzt, daß alle bestehenden Theorien falsch sind und die Mündung unscheinbar in Guinea versteckt ist; das kann den Vorteil haben, daß auch Clapperton scheitern wird, er schreibt, er wünscht ihm alles Gute. Aus Trotz und weil er nicht mehr umdisponieren und sein Gepäck umladen möchte, nimmt er die Bootsleute weiter mit, obwohl die Änderung seiner Pläne sie vollends überflüssig gemacht hat und sie nur eine Last und keine Hilfe für ihn darstellen. Die Kamele sind nicht zum ersten Mal beladen worden, sie haben die neuerlichen Vorbereitungen gleichmütig über sich ergehen lassen; nun, bei der Abreise zeigen sie eine gewisse Überraschung, daß sie sich immer weiter von dieser Stadt, in der sie sich besser eingelebt hatten als die Menschen, entfernen müssen; sie fletschen die Zähne und stoßen jene wenig dezenten Geräusche aus, für die Laing, wenn er schlechter Laune ist, diese Tiere oftmals verwünscht. Es ist nur eine Frage von wenigen Stunden, bis die Wüste den Reisenden wieder ihre Gewohnheiten, ihr Denken, ihr Zeitgefühl aufzwingt; die Häuser von In Salah, die Palmen, die Quellen, der rote Berg, die Straßen und Plätze, Laings Zimmer im ersten Stock, die Treppe aufs Dach und die Terrasse hier oben mit dem Blick auf die Dächer der Nachbarhäuser, ein großflächiges weißes Mosaik, dessen Reinheit von den Menschen (seinen Beobachtern, die ihm den Blick abschnitten, den Raum verengten und abschlossen) gestört wurde: all das ist schnell vergessen; neue Grenzen ersetzen die alten, neue Räume entstehen, Mauern für seinen Blick, Mauern des Innenraumes, den er bewohnt. Laing mit seiner Gruppe ist in der Karawane isoliert; nur die Leute Babanis wagen es, überhaupt mit ihm zu sprechen. Die anderen Kaufleute scheinen ihren Entschluß, mit dem Rumi mitzugehen, schon zu bereuen; einerseits tauchen immer neue Informationen über Gruppen von Ulad Delim auf, die sich in der Nähe befinden sollen und die Karawane aus sicherer Position überwachen, um im entscheidenden Moment zuzuschlagen, und man ist geneigt, dem Fremden die Schuld zu geben, der mit seinem Übermut die an sich vernünftigeren Händler mitgerissen hat, die nicht nur um ihr Leben, sondern auch um ihre Ware Sorge tragen müssen; ob sie gar nicht zurückkommen oder mit leeren Händen, macht für sie kaum einen Unterschied; andererseits sind die Gerüchte, die der Tuarick mit dem Narbengesicht ausgestreut hat, natürlich auch zu ihnen vorgedrungen, und auch wenn sie nicht wirklich daran glauben, ist die Verbindung doch nicht zu leugnen (eine untergründige Logik, eine Strömung in der Tiefe, die Laing auftauchen läßt, als beliebige Person, an einem festgelegten Ort und mit einer festgelegten Rolle), schließlich kennt man die Absichten des Rumi nicht und weiß nicht, was er hier sucht, nur um Medikamente auszuteilen wird er sicher nicht in dieses Land gekommen sein. Die schweigsamen Männer mit den Gewehren vor ihren Bäuchen, die an der Spitze, an den Flanken und am Ende der Karawane reiten, tragen ebenso sehr zu Laings Beruhigung wie zu seiner Beunruhigung bei; was, wenn sich die Stimmung entscheidend gegen ihn wendet; würde ihn irgendjemand (außer Jack und wahrscheinlich den Bootsleuten) verteidigen; kann er auf Babanis Unterstützung zählen, und selbst wenn er das kann, was würden dessen zwei bewaffnete Sklaven, und dazu vielleicht seine Söhne und Neffen, gegen eine erdrückende Übermacht ausrichten können? Er weiß nicht mit Sicherheit, ob der Feind von Außen oder von Innen kommt; jeder Schutz kann ihm zugleich zur Gefahr werden; eine zu deutlich gezeigte Abwehrhaltung kann ebenso verhängnisvoll sein wie zu viel Vertrauen. Er versucht sich gleichgültig zu geben; nichts vorzuweisen als eine unbewegte Oberfläche, ohne Freundlichkeit und ohne Feindseligkeit, ohne von einem Tag zum andern sein Gesicht zu wandeln, irgendeine Stimmung oder ein Interesse zu zeigen. Die Landschaft wird immer einförmiger; kein Kiesboden (mit dem leisen Knirschen der Kameltritte auf den Steinchen), kein Blick auf Felsen und Bergketten, in deren Schluchten, Anhöhen und Felszacken man andere Welten vermuten könnte, nur eine endlose Ebene aus Sand, die flachen Wellen eines stillgestellten Meeres, das sich am Horizont immer wieder verflüssigt. Ganz deutlich ist dieses Gewässer in der Ferne zu sehen, wie die Karotte, die dem Esel vor der Nase hängt, nicht zu bezweifeln und nicht zu erreichen. Alle Gegenstände scheinen wie in Träumen in dieser Wüste größer und plastischer als an anderen Orten: die Sterne in mondlosen Nächten sind näher, als sie ihm je gewesen sind, fast bedrückend nah, ein Teppich aus Lichtern als niemals abzustreifende Decke; jedes Flüstern schneidet in die Gehörgänge; selbst die Trugbilder sind wirklicher, als Wirkliches es anderswo sein kann: jede vereinzelte Akazie, die ins Blickfeld gerät, verwandelt sich in eine Gruppe von feindlichen Kriegern, bewegt sich, lauert ihnen auf, eine unmittelbare Drohung, bevor sie mit einem Schlag schrumpft, erstarrt und sich in ein harmloses vertrocknetes Gebüsch zurückverwandelt. Einmal wird ein dumpfer Trompetenton hörbar, der wohl nur für Laing und seine Leute wie ein Angriffssignal erscheint: doch die Angreifer würden aus dem Innern der Erde kommen, diesem Ton folgend aus dem Sand hervorsteigen; gesichtslose Reiter in dunklen Kettenhemden, mit Schwertern in den Händen, eine Armee aus Sand, deren Ort niemals exakt zu bestimmen ist, denn wenige Sekunden, nachdem wieder Stille eingekehrt ist, wird von einer anderen Stelle her der gleiche düstere Ton hörbar; Laing weiß, daß es eine vernünftige Erklärung für dieses Phänomen geben muß, aber er verspürt nicht das Bedürfnis, darüber nachzudenken; er versteht, daß die Menschen hier an Geister glauben (sind ihm nicht gerade, für einen kurzen Augenblick, den er eingeschlafen ist oder nahe am Einschlafen war, selbst Geister erschienen), er hat den Eindruck, daß auch die Kamele Angst bekommen haben, und für einen Moment werden diese Tiere ihm sympathisch. Er selbst, obwohl er mehr als jeder andere bedroht ist und weder seine Bewaffnung noch die Autorität Babanis noch die Schutzbriefe des Bashaw in dieser Gegend noch irgendeinen Wert haben, fühlt immer weniger Angst; nur schreckt er manchmal aus dem Schlaf, mit klopfendem Herzen und einem Gefühl, er wäre nahe am Ersticken; während der Minuten oder Viertelstunden der Schlaflosigkeit ist er überzeugt, daß ein Angriff unmittelbar bevorsteht. Im Wachen erinnert er sich an diese Phasen gar nicht mehr oder nur so, als würden sie einen anderen betreffen; etwas, das er gelesen hat, wovon man ihm erzählt hat oder was ihm als Kind zugestoßen sein mag: weil er sich eine Zeit lang daran erinnert hat, ist das Faktum noch zu registrieren, auch wenn von ihm selbst schon keine Spuren mehr in seinem Gedächtnis zurückgeblieben sind. Er teilt ja mit dem Kind, das er war, gerade noch den Namen, und auch diesen hat er erst abwandeln müssen, um ihn akzeptieren zu können: Major A. Gordon Laing, der sich aus der Haut von Alexander Laing befreit und (über Meere und Wüsten hinweg) weit von ihm abgesetzt hat; ein Schnitt wie der zwischen Nacht und Tag, Tod und Leben; es kann ihm gelingen, mit jedem Schritt, den sein Kamel ihn weiterträgt, einen solchen Schnitt zu setzen, er zerteilt die einförmige Landschaft und die einförmige Zeit, schaut nicht einmal mehr auf den letzten Tag, auf die letzte Stunde zurück. Der Tanezrouft gilt als eine der schrecklichsten Regionen der Sahara. Das Wasser in den Schläuchen (immer mehr nimmt es den Geschmack von ranziger Butter, den Geschmack nach Ziege an) muß für mehrere Tage reichen, weil keine Wasserstelle und keine Oase am Weg liegt; die Menschen und die Tiere finden sich auf einen Minimalzustand reduziert, halten die gerade notwendigen Körperfunktionen aufrecht, überschreiten nie den gerade notwendigen Grad an Bewußtheit und Aufmerksamkeit. Der Durst läßt den Schädel dröhnen und verschließt die Kehle; Laing denkt keine Sekunde an die Weinflaschen und den Branntwein in seinem Gepäck. Dann bekommt langsam das Gefühl Überhand, man hätte das Schlimmste überwunden; Wasserstellen werden erreicht, wo man die Kamele tränken, die Schläuche auffüllen und seine Taschen mit Datteln vollstopfen kann; man beginnt, wieder mit Laing zu reden, schaut darauf voraus, daß man endlich seine Waren los wird und seinen Gewinn einstreift, den man in gewisser Weise dem Rumi zu verdanken hat; die freundlichere Stimmung wird durch die Nachricht verstärkt, daß Ahaggar-Tuaricks in der Nähe eine Ulad-Delim-Räuberbande überfallen und einige getötet haben; selbst wenn die Tuaricks Forderungen an die Karawane stellen sollten (was sie zweifellos zu tun beabsichtigen), kommt das den Händlern günstiger, als eine Begegnung mit den Ulad-Delim ihnen auch im Fall einer erfolgreichen Abwehr kommen hätte können; mehr noch als die Kaufleute gilt das für den Ungläubigen, für den die, wie es heißt, sehr fanatisch ihren Glauben verteidigenden Ulad-Delim kaum Gnade gekannt hätten. Das Wetter wird angenehm mild; Laing mißt zu Mittag achzig Grad Fahrenheit; der Blick auf sein Thermometer ist eine der wenigen wissenschaftlichen Tätigkeiten, zu denen er sich manchmal noch bereitfindet. Er hat es auch seit langem aufgegeben, auf dem Kamel zu lesen; warum sollte er Beziehungen zu irgendwelchen anderen Orten oder Zeitpunkten aufrechterhalten, Zeichen und Erinnerungen mit sich tragen; sie wären so überflüssig wie die meisten anderen Lasten in seinem schweren Gepäck. Einmal zeigt sich am Himmel ein kleiner schwarzer Vogel, und er schießt zu seinem Vergnügen auf ihn, der Vogel verschwindet, ohne daß Laing sicher ist, ob er ihn getroffen hat. Er verharrt, von diesem Aufblitzen der Tötungslust abgesehen, in dem Minimalzustand, kann fast glauben, niemand besonderer und keiner Beachtung wert zu sein; das sanfte Fortschreiten in diesen Tagen und die Mühen der letzten Tage voller Durst und Kopfschmerz kommen beinahe aufs Gleiche, jeder Übergang ist zu akzeptieren. Er lebt unter einem glücklichen Zwang, langsam findet er zur Übereinstimmung, ohne daß zu sagen wäre, womit und wozu; er hat den Eindruck, er würde lernen zu sehen, ohne daß er aber zu sagen wüßte, was er sieht. Die Akazien in der Ferne scheinen in der Luft zu schweben: das Gehen, das Getragenwerden, das Fliegen sind eins, es ist ganz natürlich, daß Pflanzen aus dem Nichts entstehen und im Nichts verschwinden, sein Blick ist

ins Land geschlossen und schließt das Land in sich, sein Blick, seine Schritte, mit dem ganz in sich gefestigten, fast mit dem Reittier verwachsenen Leib.
Am siebenundzwanzigsten Mai 1826 berichtet Konsul Hanmer Warrington Esq. in einem Brief an das Colonial Office in London von einem Gerücht, das nach Tripolis gelangt ist, aber weder hier noch in Ghadames von irgendjemandem geglaubt wird. Die Quelle des Gerüchtes ist (soweit zurückzuverfolgen) Hatitas Bruder im Ghat (Warrington schreibt *Gratt*) – und schon diese Tatsache erklärt das Mißtrauen, denn woher sollte ein Mann, der sich nicht von Ghat (*Gratt*) wegbewegt hat, von Ereignissen wissen, die sich an einem anderen Ende der Sahara abgespielt haben, während vom Ort der Ereignisse selbst keinerlei Nachrichten in Tripolis oder in Ghadames eingelangt sind. Es ist auch unklar, ob das Gerücht zurecht Hatitas Bruder zugeschrieben wird; es kann auch von Feinden Hatitas ausgestreut worden sein, denn der Konsul ist aus nicht ganz nachvollziehbaren Gründen einerseits davon überzeugt, daß Hatita schuld sein müßte, wenn Laing irgendetwas passiert; andererseits davon, daß der Bashaw (wenigstens der Riesensummen wegen, die er eingestreift hat) so interessiert am Erfolg der Expedition ist, daß er diese Schuld oder dieses Versagen seines Untertanen streng bestrafen würde. Aber auch Hatitas Bruder selbst könnte ein Interesse daran haben, falsche Gerüchte auszustreuen, falls Hatita aus irgendwelchen Gründen in Deckung gehen möchte und nicht vor seinen Auftraggebern in Tripolis erscheinen; jedenfalls scheint es, daß er zu diesem Zeitpunkt weder im Ghat noch in Ghadames eingetroffen ist. Der Konsul setzt hinzu, daß weder der Bashaw noch D´Ghies im mindesten an den Wahrheitsgehalt der Gerüchte glauben, weil sie keinerlei bestätigende Informationen besitzen, die sie, im Fall einer wirklichen Attacke auf ihre Schutzbefohlenen in ihrem Hoheitsgebiet, mit Sicherheit besitzen würden. Es besteht also, so Hanmer Warrington, keinerlei Grund zur Besorgnis, und sollten die Zeitungen von den vermeintlichen Neuigkeiten Wind bekommen und irgendetwas von einem Scheitern der Expedition daherschmieren, möge man in London unbesorgt bleiben und nicht darauf achten. Ende Juli erfährt der Konsul über die Vermittlung eines Straußenjägers aus Ghadames, der sich zufällig in Tripolis aufhält, daß die Briefe Laings, auf die er seit einem halben Jahr wartet, längst in Ghadames sind und daß Laing selbst den Großteil seiner Reise schon erfolgreich und unverletzt hinter sich gebracht hat und sich in Tombuctoo auf die Weiterreise vorbereitet. Er bittet um eine Audienz beim Bashaw, der am selben Tag einen Brief aus Ghadames über das Schicksal des Rumi und seiner Leute bekommen haben will; darin finden sich Angaben über Verwundete und Getötete, die sich später als nicht wirklich zutreffend herausstellen; weder die

Umstände noch die Urheber der Attentate werden genannt; nicht einmal von dem Attentat selbst, nur von seinen Konsequenzen ist die Rede; was Laing betrifft, so soll er Asyl *in a Maraboot* gefunden haben (was immer man sich darunter vorstellen mag) und sich dort von seinen unbestimmten Verletzungen erholen. Ende September (von Hatita und von den früher abgeschickten Briefen fehlt immer noch jede Spur) taucht ein schwer lesbarer undatierter Brief auf, von dem noch die Rede sein wird, zögernd gibt ihn der Konsul an seine Tochter weiter; einen Auszug daraus schickt er an Lord Bathurst, den Königlichen Kolonialminister persönlich. Warrington findet Anlaß zur Beruhigung in den wenigen an seine Tochter gerichteten Worten; es scheint nichts allzu Schlimmes geschehen zu sein. Der Rhythmus, in dem die Stille durchbrochen wird, bleibt beinahe konstant: am dritten November, um zehn Uhr nachts, erscheint ein Kamelführer namens Mohammed im Englischen Konsulat; der Konsul ist noch anwesend oder er wird herbeigeholt; er erinnert sich, obwohl er Leute aus dem Volk nur ungern voneinander unterscheidet, an den Mann, den er Laing unter anderen mitgegeben hat; er überfliegt einige Briefe seines Schwiegersohnes, die eigentlich schon aus einer anderen Zeit (einem anderen Leben) stammen, und läßt seinen Sekretär noch in dieser Nacht den Bericht des Kamelführers protokollieren, der mit dem Erscheinen einer Gruppe von zwanzig Ahaggar-Tuarick beginnt, die sich Anfang Februar der Karawane (die sich zu diesem Zeitpunkt anscheinend mehrmals geteilt hat und nur noch aus fünfundvierzig Personen besteht) anschließen; sie sind mit Gewehren, Schwertern, Speeren und Dolchen behängt, was bei Tuarick nicht ungewöhnlich ist; fünf Tage ziehen die Tuarick mit der Karawane mit; dann, um drei Uhr morgens, umkreisen sie das Zelt Laings und feuern ohne Vorwarnung (allerdings einigermaßen blindlings) durch die Leinwand ins Innere, den Rest der Karawane (wie etwa Babani und seine Gefolgschaft) verschonen sie. Weitere nicht immer eindeutige Details über den Verlauf des Angriffs sowie Indizien von wechselnder Klarheit über den vermutlichen Verrat des Scheichs Babani folgen. Der Konsul läßt, für alle Fälle und zu seiner Ermutigung, eine Zusammenfassung der Mißgeschicke Laings Hugh Clapperton zukommen, der sich, auf dem Weg nach Sokoto, zum einflußreichen Sultan des Fulah-Reichs Mohammed Bello, gerade in der Gegend von Kano herumzutreiben scheint.

Es ist dann, als würden alle Flüche auf einmal eingelöst, das ungesühnte Böse hätte sich gesammelt, um mit aller Gewalt über die Menschen zu kommen, kein Frevel ist vergessen; vor dem Untergang flackern nur noch einmal Weisheit und Tugend am Thron der Askias auf und senden ihren schwachen

Widerschein in die Zukunft, die finsteren Zeiten. Askia-El-Hadj, der Sohn Daouds, ist ein stiller, guter Mensch, fast der beste der Songhay-Herrscher, man sagt, er wäre des Kalifats von Bagdad würdig, doch ihm ist nur eine kurze Zeit an der Macht vergönnt; er läßt diese Zeit verstreichen, als wäre er ihrer Dauer allzu gewiß oder im Gegenteil zu unsicher (seine Weisheit findet ihren Ausdruck im Abwesenden, in einem Nicht-Handeln: *askia*, er ist es nicht). Er zieht niemals in den Krieg, vor allem, weil seine Hämorrhoiden ihn am Reiten hindern; er läßt keinen seiner Brüder töten, nicht einmal El-Hadi, der versucht, ihn zu stürzen, aber scheitert, weil die anderen Brüder unschlüssig sind, ihm die erwartete Unterstützung versagen und sich schließlich auf die Seite des Askia schlagen. Der Sultan von Marokko, Maulay Ahmed-Ech-Cherif, der sich für die Salzminen von Taghaza und die Goldminen von Tekrour interessiert, schickt (vermutlich in der Hoffnung, beleidigt zu werden) eine Gesandtschaft mit reichen Geschenken; der Askia in seiner Großzügigkeit läßt die Gesandtschaft mit doppelt so wertvollen Gegengeschenken (Sklaven, Muskat und Eunuchen) zurückkehren, kurz danach macht sich (nachdem der Maulay seine Enttäuschung überwunden hat) eine Armee von zwanzigtausend Mann auf den Weg von Marrakesch durch die Wüste, die Taghaza und alle Städte am Djoliba mit ihren Reichtümern in die Gewalt des Maulay bringen und das Songhay-Reich zerstören soll. Diese Armee geht unterwegs fast vollständig verloren, sie trifft niemals auf einen Feind und erreicht doch keinen der angestrebten Orte, ein paar Dutzend Leute entgehen den Sandstürmen und dem Verdursten und kehren, um zu berichten, in die Heimat zurück, vermutlich werden sie als Verräter geköpft. In Gao wird der Askia immer müder und verläßt kaum noch seinen Palast, gerne liest er, auf dem Bauch liegend, Gedichte oder diskutiert mit den Gelehrten aus Timbuktu wie dem großen Ahmed Baba über Fragen der Rechtssprechung, der Astronomie und der Dichtkunst; er verschickt, glücklich über seine Macht und erregt über seine Art, sie einzusetzen, Briefe, Einladungen und Goldstücke an die größten Weisen seiner Zeit. Der dicke, jähzornige Mohammed-Bâno ist, im Jahre 995 der Hedjra, derjenige unter den Brüdern, der El-Hadj stürzt und eigenhändig erdolcht; der neue Askia wird nicht nur von den Untertanen und den Gelehrten sondern auch von seinen Brüdern (zwei läßt er gleich nach Amtsantritt töten) gehaßt; erst die zweite Revolte der Brüder gelingt; Mohammed-Bâno wird in die Flucht getrieben und stirbt gleich am ersten Tag, entweder an der Fettsucht und an dem Kettenhemd, das er trotz großer Hitze trägt, oder am Jähzorn (denn er hat sich, wie man mit Verwunderung an seiner Leiche ersah, selbst die Unterlippe durchgebissen) oder an einer besonders ungesunden Mischung von all dem.

Timbuktu hat beim ersten Ansturm der Marokkaner, ohne die Angreifer zu Gesicht zu bekommen, die Angst kennengelernt, Erinnerung und Vorahnung speisen die Panik: zwei große Plünderungen, den Einfall der Heiden aus Mossi zur Zeit des Reichs von Melli und die Eroberung durch Sonni Ali, hat die Stadt bereits hinter sich. Jene Erholungszeit, in der der Alltag (unterbrochen nur von einer kleinen Pestepidemie) weitergeht und die Herrscher in Gao und mit ihnen die Tombouctou-Koïs, allerdings in immer schnellerem Rhythmus, wechseln, geht vorbei wie ein schillernder Traum von vergangener Größe knapp vor dem Erwachen. Nach dem Scheitern der großen Expedition versucht es der Maulay mit einem Hundertstel an Aufwand von neuem; zweihundert Mann ziehen nach Taghaza und nehmen die Salzmine ein; die Ortsbewohner, fast ausschließlich schwarze (in den Minen weiß gewordene, wie die Fliegen dahinsterbende) Sklaven nehmen die Gelegenheit wahr, um zu flüchten; die zweihundert Soldaten sind im Besitz einer leeren Stadt, ohne Mittel, weiter Salz abzubauen, sie setzen den Anstoß für den Verfall dieses seit Jahrhunderten berühmten und gefürchteten Ortes. Die Songhay setzen auf eine andere Mine; eine Episode in den Kämpfen zwischen den Brüdern von El-Hadj, den Söhnen Daouds, den Enkeln von Askia El-Hadj-Mohammed führt dazu, daß der Balama und der Tombouctou-Koï (natürlich alles Familienmitglieder) hier in Timbuktu getötet werden und damit noch glücklicher sind als der Kabari-Koï (ein Bruder, Halbbruder oder Cousin), der lebend in Rindsleder eingenäht und in der Erde vergraben wird (Gott beschütze uns vor der Tyrannei der Menschen, sagt Es-Sa´di). Der Imam der Sankoré-Moschee interveniert, als der Askia seine Feinde zu Feinden Gottes und des Propheten erklärt: doch nach wenigen Tagen, Wochen oder allenfalls Monaten sind alle diese Geschichten vollkommen sinnlos und überflüssig geworden, weil keine der Parteien auch nur irgendeinen Nutzen daraus ziehen kann.

Einmal erscheint ein weißer Rabe in der Stadt; mehrmals wird er morgens oder abends am Platz vor der großen Moschee gesehen, oder auch am Markt, wo er auf die Abfälle aus ist, oder an einem der beiden Teiche vor der Stadt, deren Wasserspiegel durch einen Zauber immer dasselbe Niveau haben, oder er fliegt über den Köpfen der Menschen, über den Dächern, zwischen den Bäumen, die im Umkreis der Stadt noch stehen. Nach einigen Wochen gelingt es den Kindern, den Vogel zu fangen und zu töten. Mit dem Kopf eines getöteten und zerstückelt liegengelassenen Sultans spielen die Kinder einer anderen Generation Ball; die Hände und die Füße des Hingerichteten werden zur Warnung und in einer Geste des Triumphes an verschiedene Adressaten geschickt; Erwachsene (darunter vielleicht der Chronist) beobachten stumm und traurig das Spiel, der kahlgeschorene Schädel rollt über den sandigen Boden, manchmal wird das blutverschmierte Gesicht, die Schnittfläche am Hals sichtbar, die Haut löst sich in Fetzen, Blut und Staub legen sich als eine neue Schicht und Hülle um die Knochen. Man kann die Zeichen des Niedergangs immer weiter zurückverfolgen, den Verlust an Eleganz und an Ehre: die Söhne der Sultane trinken Wein, den sie sich von den Ungläubigen schicken lassen, und sie ficken wahllos mit jedem Mann und mit jeder Frau, die ihnen gefallen. Yousef-Koï, der Sohn von Askia-El-Hadj-Mohammed, läuft nachts nackt durch den Palast und sucht die Gemächer seiner eigenen Schwestern auf, um Unzucht mit ihnen zu treiben, sie erwarten ihn ohne Scham, ohne Angst und ohne Willen. In seiner Todesstunde (zurück in seinem Palast: wie Licht, das in sein Dunkel sickert, kehrt die Erinnerung wieder und sein ganzes Leben scheint ihm verfehlt) verflucht Askia der Große den eigenen Sohn: der Allerbarmer möge Yousef-Koï, bevor er in die andere Welt übertritt, das Instrument rauben, mit dem er solchen Frevel getrieben hat. Gott schickt eine unbekannte Krankheit und weitet die Strafe sogar auf die Söhne aus, die Yousef in den Tagen der Gesundheit und des Überschwangs gezeugt hat, sie alle gelangen ohne Geschlecht ins Jenseits (der Himmel, sagt Es-Sa´di, bewahre uns vor einem solchen Schicksal). All die stummen Flüche, die Askia-El-Hadj-Mohammed auf seiner Insel oder auf dem Totenlager ausgebrütet hat, erfüllen sich in den Jahrzehnten des Verfalls; vom Reichtum und der Ordnung bleibt kaum eine Spur. Elend und Hungersnöte nehmen überhand, die Zeiten der Überschwemmung und der Trockenheit des Djoliba sind nicht mehr kontrollierbar, die Barbaren aus dem Süden scheinen nähergekommen zu sein, sie können immer wieder in die Städte und die Häuser eindringen, die Frauen vergewaltigen, die Kinder rauben und nach ihrer Religion von Zauberern erziehen, davon erzählt man sich, und, egal, ob etwas dergleichen geschieht oder jemals geschehen wird oder nicht, man kann sich in die Angst versenken.

Mit der dritten großen Plünderung Timbuktus wird die Stadt, auf längere Sicht jedenfalls, nicht eigentlich zerstört und nicht eigentlich in Besitz genommen, sondern eher in den Zustand des Nachlebens, des ungewissen Leuchtens versetzt, in der sie erst für uns sichtbar wird. Am vierten Djomada II des Jahres 999 erreicht nahe von Kabara eine marokkanische Armee unter der Anführung von Pacha Djouder, einem kleinen blauäugigen Mann mit wechselhafter Karriere, den Djoliba. Der Großteil der Armee besteht aus christlichen Renegaten aus Andalusien, auch Djouder selbst ist ein Eunuch aus Cuevas de Almanzora in der Provinz Almería. Ein anonymer spanischer Söldner beschreibt das Wunder des Todes in der Wüste, wo die Leichen der Menschen und Tiere nicht verwesen, sondern austrocknen und ganz leicht, wie Zunder werden, ein Anblick, mit dem man vertraut wird, immerhin die Hälfte der Armee von fünftausend Mann erreicht aber diesmal ihr Ziel. Die zwölftausend Reiter und dreißigtausend Fußsoldaten, die sich auf Seiten der Songhay den Angreifern entgegenstellen, sind nur der Zahl nach eine beeindruckende Streitmacht: eher ist es eine zufällige Ansammlung von bewaffneten Männern, kaum organisiert, wie aus einer Lähmung herausgerissen. Wochenlang haben die Politiker und Generäle die Nachrichten über den Vormarsch des Feindes empfangen und nichts getan als abzuwarten und auf die Sahara als Verbündeten gehofft, keine anderen Gegenmaßnahmen ergriffen als die wahllose Verhaftung und Hinrichtung von angeblichen Kollaborateuren und Agenten der Marokkaner. Der Fondoko, der Binka-Farma und viele andere bedeutende Männer sterben schon in den ersten Minuten der Schlacht; man ist überrascht, daß die Angreifer durchwegs mit modernen Musketen ausgerüstet sind und von den Pfeilen und den Speeren der Songhay kaum zu erreichen (so gleicht die Schlacht wie ein Vorbild den Schlachten, die dreihundert Jahre später unter dem Zeichen neuer technischer Verschiebungen, neuer Ungleichgewichte und Ungleichzeitigkeiten den ganzen Kontinent unter die Herrschaft der Europäer bringen). Alle Reste von Ordnung in den Reihen der Verteidiger lösen sich auf; die Soldaten der Songhay-Armee werfen die Schilder zu Boden, um sich zu ergeben, und werden kurzerhand massakriert; von ihren Leichen schneiden die Marokkaner und Spanier die schönen goldenen Armbänder, die sie, falls sie jemals zurückkehren, in der Heimat stolz vorführen oder verkaufen oder verschenken werden. Der Askia, seit einiger Zeit wiederum ein Mann namens Ishaq, kann mit einigen überlebenden Kavalleristen flüchten, deren Zahl sich beim Versuch, den Djoliba zu überqueren, weiter reduziert; auch viele der Bewohner von Timbuktu (soferne sie überhaupt noch vor Ankunft der Marokkaner aus der Stadt kommen) und von Gao sterben bei ihren Fluchtversuchen in den Fluten des großen Stromes, der ihrem Land das Leben gegeben hat. Pacha Djouder zieht in die leere Stadt Gao ein, die Besatzer verteilen sich in den Häusern und freuen sich über die zurückgelassenen Vorräte, der Pacha selbst läßt sich im Palast des Askia nieder: ein ziemlich erbärmliches Gebäude, verglichen mit den Palästen seiner Heimat, welcher auch immer; er zieht zwar als stolzer Eroberer ein, doch er fühlt sich exiliert, in ein nichtssagendes und rückständiges Land versetzt, das nur von ein paar heruntergekommenen Mauren und von aufgeblasenen Negern bewohnt ist. Ein Brief des Askia trifft ein, in dem er vorschlägt, den Marokkanern hunderttausend Goldstücke (die er sich während seiner kurzen Amtszeit beiseiteschaffen hat können) und tausend seiner schönsten Sklaven zu überlassen, wenn er dafür das Land behalten darf. Djouder antwortet, daß der Chef der Eselstreiber in Fez ein schöneres Haus hat als der Mann, der sich König von Songhay, Mali und Tekrour nennt und doch in einer erbärmlichen Lehmhütte haust; das Angebot des Askia kann er nicht beantworten, weil solche Entscheidungen nur seinem Herrscher zustehen, er wird es weiterleiten. Er schreibt nichtsahnend den Brief an den Maulay, der ihm den Posten kosten wird, und übersiedelt, während die überlebenden Einwohner Gaos langsam, mangels an Alternativen und im Glauben, die Lage sei schon dabei sich zu beruhigen, in ihre Häuser zurückkehren, nach Timbuktu. Er erwartet einen großen Empfang mit Honaratioren, die auf den Knien vor ihm im Staub kriechen, aber niemand scheint sich um den neuen Herrscher zu kümmern. Djouder ist sich nicht ganz im klaren, wen er für diese Mißachtung verantwortlich machen und hinrichten lassen soll, den Qadi, den Tombouctou-Koï, den Tombouctou-Mondzo, den Balama, er läßt vorläufig alle am Leben und verschickt als Geschenke, die zugleich Drohungen darstellen, scharlachrote Mäntel an sie alle. Er läßt im Viertel der Ghadamesen ein gutes Dutzend Häuser niederreißen und an ihrer Stelle die Kasbah errichten, die wie der Palast und wie die Moscheen das Häusergewebe der Stadt durchbrechen wird, jedoch nicht so wie jene, aus ihm selbst sanft modelliert herauszuwachsen scheinen, sondern als ein hineingeklotzter Steinquader immer ein Zeichen der Verwundung und der Fremdherrschaft bleiben; für uns ist sie ein neuer Fixpunkt in einem fast noch leeren Stadtplan, mit unklaren Strukturen, ohne wirklichen Halt; die ausgeborgte Stimme aus zu großer Nähe, die traumlos flächige Rede verurteilt uns zur Ortlosigkeit.

Djouder bekommt nach und nach Lust, sich mit den Eingeborenen zu arrangieren; er schätzt das ruhige Wesen der Kaufleute dieser Stadt; ihre Art, den Haß auf ihn nicht offen vorzuzeigen, gewillt, seine Gegenwart wie jede andere Gegenwart irgendeines Herrschers zu ertragen und ihre freundliche Oberfläche durch kein Zeichen irgendeiner inneren Bewegung zu trüben, ohne daß sie sich doch jemals unterwürfig und sklavenhaft betragen würden; er bedauert fast, die Ghadamesen aus ihren Häusern verjagt zu haben; er denkt an das Angebot des Askia und erwartet, eine Art von Vermittlungsprovision herauszuschlagen zu können und als wohlhabender Mann nach Marokko zurückzukehren. Anstelle einer zustimmenden Antwort des Maulay Ahmed erscheint allerdings nach einigen Monaten an der Spitze einer Gruppe von achtzig Soldaten Pacha Mahmoud-ben-Zergoun mitsamt einem Brief des Maulay, in dem Djouder (sein Name ist nur einer von vielen, die auftauchen und wieder verschwinden und kaum eine Erinnerung hinterlassen) für abgesetzt und Mahmoud zu seinem Nachfolger erklärt wird; alle Songhay, die es gewagt haben, mit dem großen Königreich Marokko verhandeln zu wollen, anstatt sich bedingungslos zu unterwerfen, müssen verfolgt und getötet werden. Die Marokkaner beginnen, alle Bäume rund um Timbuktu abzuholzen; sie reißen die Tore von den Häusern; aus dem Holz werden Boote gebaut, auf denen man den Askia und seine Leute überall entlang des Flusses aufspüren will. Der Tombouctou-Mondzo (der dümmste aller Menschen, so Es-Sa'di) versucht auf eigene Faust einen Aufstand zu inszenieren; es gelingt ihm, nachts in die Kasbah einzudringen, wo er allerdings sofort aufgegriffen und getötet wird; am nächsten Tag wird sein Kopf auf einen Pfahl aufgespießt durch die Stadt getragen, ein Herold erklärt immer wieder, daß jeder, der sich nicht ruhig verhält, das gleiche Schicksal erleiden wird wie der Tombouctou-Mondzo, die Kinder wollen dem Herold nachlaufen und werden von ihren Eltern zurückgerissen und in die Häuser geschickt; grimmig dreinschauende rotgesichtige Besatzungssoldaten patrouillieren durch die Stadt und machen deutlich, daß sie bereit sind, jeden, der eine falsche Bewegung macht, niederzustrecken. Der Askia wird in Bornu aufgespürt; am 25. Djou'l-hiddja stellt er sich beim Hügel von Zenzou der Armee Mahmouds entgegen: aus hundertvierundsiebzig Zelten strömen marokkanische Füsiliere hervor, zwanzig aus jedem Zelt; niemand zählt mehr die Soldaten, die noch bereit sind, sich für den Askia abschlachten zu lassen; die Niederlage der Songhay ist ebenso verheerend wie die Niederlage fünf Monate zuvor, und keiner zweifelt an ihrer endgültigen Wirkung. Leichen mit gespaltenem Schädel, Verwundete und Verstümmelte bleiben auf dem Schlachtfeld zurück; Schmerzensschreie verhallen im Leeren, zarte weiße Wolken am blauen Himmel, ein großer schwarzer Vogel kreist über dem Hügel von Zenzou. Dem Askia Ishaq (der es vermutlich versteht, sich während der Kämpfe im Hintergrund zu halten) und einem seiner Söhne gelingt mit wenigen Getreuen noch einmal die Flucht; sie suchen bei den heidnischen Bambara von Gourma um Asyl an, unglücklicherweise hat der Askia erst im Vorjahr einen Krieg gegen Gourma geführt, an den man sich gut erinnert; man tötet ihn, seinen Sohn und den Rest seines Hofstaats und wirft, so nehmen wir an, ihre Leichen in einen Fluß mit unbekanntem Namen, der sie, aufgebläht, von Fischen angeknabbert, in den Djoliba und vielleicht weiter ins Meer treiben lassen wird. Ishaqs Bruder Mohammed Kagho, der sich in Timbuktu aufhält, ein unglaublich schöner Mensch, dem (vor allem wenn er mit dem ebenso schönen bei Karabana gefallenen Binka-Farma zusammen war) auf der Straße immer die Leute nachgelaufen sind, um ihn zu bewundern, wird zum neuen Askia ernannt; Mahmoud-ben-Zergoun behauptet, er würde diese Wahl akzeptieren und eine

Art von Autonomie der Songhay respektieren; er fordert allerdings einen Tribut an Lebensmitteln und Wertgegenständen sowie einen formellen Treueschwur an den Sultan von Marokko und an ihn selbst als dessen Statthalter im Sudan, den der Askia sowie alle seine hohen Funktionäre und seine verfügbaren Familienmitglieder vor ihm abzulegen haben. Man schickt die Lebensmittel und das verlangte Gold und findet sich, trotz der Warnungen des Ki-Koï, der den Versprechungen des Pacha nicht traut, in einer großen Gruppe stattlicher Herren in der Kasbah ein. Unbewaffnete marokkanische Offiziere empfangen sie; der Ki-Koï meint, man soll die Gelegenheit nützen und die Offiziere töten; die Songhay lassen ihre Waffen unberührt. Sie werden vor den Pacha gebracht, der sie höflich zum Essen einlädt und Rinder und Schafe für sie schlachten hat lassen; nach der Mahlzeit, während sie noch Tee trinken und Pfeife rauchen, werden sie entwaffnet und mit der Ausnahme von zwei oder drei Männern, die im Gewirr, das entsteht, fliehen können, einer nach dem anderen erstochen und enthauptet. Der Askia selbst wird in Ketten gelegt und nach Gao gebracht, wo man ihn in einer förmlichen Zeremonie hinrichtet; der Ki-Koï wird am nächsten Morgen auf dem Marktplatz gekreuzigt. Gott zeigt in diesen Ereignissen seinen Sinn für Symmetrie und für eine Gerechtigkeit, die weit über die Flüche des Askia-El-Hadj-Mohammed hinaus- und gleichsam über sie und über die Pläne und die Moral jedes einzelnen Menschen hinweggeht: denn so wie Askia der Große beim Sturz des Tyrannen und Gotteslästerers Sonni Ali vierundachtzig von dessen Söhnen und Dienern töten hat lassen, so sterben auch nun vierundachtzig der Nachkommen von Askia dem Großen.
Der jahrelange Kleinkrieg, der noch folgt, ist ohne klare Fronten, seine wenigen Höhepunkte sind für keinen der Beteiligten langfristig als Siege zu buchen. Zwar hat noch einer der Söhne Daouds, ein gewisser Nouh, überlebt, er trägt den Titel Askia und leitet eine kleine Armee, die sich im Süden, an der Grenze der Waldgebiete herumtreibt und von Zeit zu Zeit in Scharmützel mit den Marokkanern verwickelt wird, doch hauptsächlich flammen die Kämpfe in kleinen Aufständen auf, die sich in Timbuktu oder in Djenne zutragen. Die Rebellion der Einwohner von Timbuktu im Monat Moharram des Jahres 1000 hat die dramatischsten Folgen; Tuaregs aus der Umgebung kommen den Marokkanern, die vorübergehend ins Hintertreffen geraten sind, in der Kasbah eingeschlossen und belagert werden oder sogar die Kasbah aufgegeben haben, zu Hilfe und brennen die Stadt nieder; Pacha Mahmoud gibt aus Gao den als Verstärkung anrückenden Soldaten Befehl, wenn nötig alle Einwohner der Stadt zu töten. Die Aufständischen flüchten in die Wüste und kehren, vor die Wahl gestellt, mit ihren Familien zu verdursten oder wegen Hochverrats

hingerichtet zu werden, in die Stadt zurück; sie leisten einen Treueschwur und werden getötet; ihre Frauen und Kinder werden als Sonderangebote um nur zweihundert bis achthundert Kauris am Markt von Timbuktu, den man aus Sicherheitsgründen zur Kasbah hin verlegt hat, verkauft. Letztlich enden diese Kämpfe aber weniger mit einem Triumph der Marokkaner als mit einem schleichenden Vergessen und einem Verlorengehen des Gegenstandes, um den gekämpft wird, einem Verfall der Macht; die Marokkaner gewinnen alle Schlachten, aber sie leiden wegen des ungewohnten Klimas und des schlechten Wassers an Seuchen und sterben wie die Fliegen dahin; die Soldaten sind außerdem unzufrieden mit ihrer Führung, weil Mahmoud die Geschmacklosigkeit besitzt, auch den Gefallenen und den sonstwie Verreckten aus den eigenen Reihen das Gold zu rauben; nach Abflauen der Kämpfe wird sich die Anzahl der Besatzungssoldaten immer weiter reduzieren; Maulay Zidane, der Sohn von Maulay Ahmed, wird in einigen Jahren im Gespräch mit Ahmed Baba (während dessen zwangsweisem und doch nutzbringendem Aufenthalt in Marrakesch) meinen, daß sein mittlerweile an der Pest, einer bis dahin in Marokko unbekannten Krankheit, verstorbener Vater seine besten Soldaten für nichts und wieder nichts aufgebraucht hat; fünfundzwanzigtausend Mann hat er in den Soudan geschickt, ganze fünfhundert von ihnen sind übrig geblieben. Die Region um die Städte Djenne, Timbuktu und Gao ist niemals wirklich zu einem Teil des Reiches von Marokko und nicht einmal zu einer wirklich nützlichen Kolonie dieses Reiches geworden: als wäre diese dritte Eroberung (nach der es sich nicht mehr lohnt, die Einfälle und Plünderungen aus der Wüste oder aus dem Süden, den Gebieten der Heiden oder der Fulahs zu zählen) nur dazu da, diese Städte aus dem Zentrum der Welt herauszureißen, sie gehören nicht mehr großen Reichen an und sammeln die Macht und das Wissen dieser Reiche, sondern formen einen Zwischenraum, ein Grenzgebiet, das die verschiedensten Einflußbereiche voneinander trennt und miteinander verbindet, als Durchgangsort oder Deponie für Waren wie für Menschen, für Ideen wie für Wahnvorstellungen, für Träume von der Macht wie für Träume vom Aufgeben aller Macht und dem Eingehen in eine Art von Jenseits, für das die Namen, die Ortsnamen stehen können, denn sie bezeichnen auch ein Ende der Welt: eine Position am Rand der menschlichen Kultur, blinden Naturgewalten ausgesetzt: kaum verankert in den Sicherheiten einer gedeuteten Welt, kaum geschützt gegen die Sandstürme und Hungersnöte, gegen die Trockenheit der Sahara und die Überschwemmungen des Djoliba, die die Städte ebenso über sich ergehen zu lassen haben wie die Wellen von Angreifern. Einmal sind es die Reiter mit dem Gesichtsschleier, die der Wüste anzugehören scheinen und wie

von der Wüste geschaffene Trugbilder auftauchen, in die Häuser eindringen, sich für einige Tage festsetzen, die Vorräte aufbrauchen und wieder verschwinden, einmal sind es die Götzendiener aus den Wäldern im Süden, mit nackten, schwarzen, vernarbten Oberkörpern und Speeren in den Händen, riesenhafte Männer, deren Sprache man nicht versteht und die man für Menschenfresser halten möchte, Männer, die den wahren Glauben hassen wie sie den Handel und die oft bleichgesichtigen Eindringlinge aus dem Norden hassen. In einer Geschichte, die der erwähnte Professor Frobenius (für ihn sind die Songhay wie die Fulahs und die Mandigos Nachkommen und Epigonen der Garamanten) weitererzählt, schreiben diese Heiden sich sogar die Abholzung der Wälder um Timbuktu zu: Kidi Rogu, heißt es bei den Mossi, der Namba-Naba, ihr König, soll im vierzigsten Jahr seiner Regierung über den Djoliba nach Timbuktu gezogen sein, dort seine schwarze Fahne gepflanzt haben, die Stadt zerstört, den Fluß zugeschüttet, der von Norden her zum Djoliba floß, und alle Borassuspalmen in der Umgebung der Stadt gefällt. Seither ist es ein grauer Ort mit niederen Häusern, der sich kaum aus dem grauen Sand heraushebt. Die gleichförmigen Häuser ducken sich unter den wiederkehrenden Stürmen; die sandigen Straßen steigen an wie Flüsse; statt der Wälder zieht sich ein immer enger geschnallter Gürtel von Ruinen um die Stadt.
Längere Zeit nach dem gescheiterten großen Aufstand macht sich eine Delegation der Bewohner von Timbuktu nach Marokko auf, um den Sultan um Gnade und um Linderung des Drucks, der auf der Stadt lastet, zu bitten; der Sultan (Maulay Ahmed, der seinen Feldzug noch nicht zu bereuen gelernt hat) empfängt sie freundlich und verspricht, einen neuen Zivilverwalter, als Schutz und als Aufpasser für Mahmoud, zu schicken. Mahmoud, der gerade von ergebnislosen Kämpfen gegen den Askia Nouh in der Gegend von Dendi nach Timbuktu zurückkehrt, entschließt sich, aus eigenem Antrieb oder auf Befehl des Sultans (man wird es erfahren), dazu, den Druck zu verstärken und endgültig den Stolz dieser Halbwilden zu brechen, die sich für Moslems oder gar für Ulamas halten. Zunächst werden alle Häuser der Stadt durchsucht, eigentlich, um versteckte Waffen zu konfiszieren, nebenbei spüren die Soldaten aber auch die Wertsachen auf, die nicht rechtzeitig in die wenigen, wie man meint, von der Razzia ausgenommenen Häuser einiger Notabeln und heiliger Männer verbracht worden sind. Frauen, die den durchsuchenden Soldaten gefallen, haben Pech gehabt. Im nächsten Schritt werden die Einwohner gruppenweise, nach ihrer Herkunft eingeteilt, in die Sankoré-Moschee im Nordosten der Stadt beordert: die Männer aus dem Tuat, aus dem Fezzan, aus Walata, aus Weddan, aus Ghadames; sie alle müssen sich in die Moschee begeben und Treueschwüre

auf den Sultan ablegen. Als letzte Gruppe, am Ende dieses über viele Tage sich ziehenden Prozesses, finden sich am 24. Moharram des Jahres 1002 die großen Rechtsgelehrten der Sankoré-Moschee an ihrer ständigen Wirkstätte ein, um sich der demütigenden Prozedur zu unterziehen; sobald sie alle im Innern der Moschee sind, werden die Tore versperrt, Soldaten stellen sich an den Wänden auf. Die Fakihs und Ulamas sitzen schweigend im Halbdunkel da; ein weißes Lichtgitter wandert durch den Raum, wechselt die Form; die Soldaten geben sich gelangweilt und versuchen lange Zeit nicht, das Schweigen zu durchbrechen; niemand stellt eine Frage, niemand würde eine Antwort geben. Dann kommt Bewegung in die Soldaten; Befehle werden durch den Raum geschrien; Sitzende werden an den Schultern hochgerissen, ohne erkennbaren Zweck werden die Gefangenen in einem Durcheinander, mit Schlägen in den Rücken und auf den Hinterkopf, durch den Raum getrieben; als die Bewegung an ihr Ende kommt, sind zwei Gruppen entstanden. Die heiligen Männer werden gefesselt und geknebelt; man führt die erste Gruppe quer durch den Innenhof (das Sonnenlicht blendet die Gefangenen wie die Soldaten) aus der Moschee, die zu dieser Zeit noch nicht direkt am Stadtrand liegt; letzte Blicke auf die weichen, geschwungenen Mauern dieses heimatlich gewordenen Baus; durch einige Straßen, die wegen der Mittagshitze oder der allgemeinen Furcht menschenleer sind, an Häusern vorbei, die später von Dünen bedeckt sein werden, treibt man sie aus der Stadt; man läßt sie auf der Erde hinknien (ihre weißen flatternden Djellabas, der Kies, der sich in ihre Knie drückt, der Sand, der nah am Boden entlangweht) und die Köpfe hinabbeugen; dann das Blitzen des Stahls hinter ihrem Rücken, eine unvollständige Liste der Getöteten in Es-Sa′dis Bericht wird zwanzig Namen umfassen; Cherifs sind darunter und wundertätige Heilige. Ihre Hände und Füße werden abgehackt und liegengelassen; die Köpfe und Rümpfe werden verscharrt. Der Himmel, sagt Es-Sa′di, verfinsterte sich ob dieser Untat, und eine rote Staubwolke verhüllte die Atmosphäre und verschluckte alle Spuren des Geschehenen; die Hand der Mörder wird bis zu ihrem Lebensende vertrocknet sein, dies ist die Vergeltung, die die Jungfrau Fatima gefordert hat. Die Ulamas, die zufällig in die andere Gruppe eingeteilt worden sind (darunter, Gott sei dafür gepriesen, der große Ahmed Baba), werden quer durch die Stadt zur Kasbah gebracht, in Ketten gelegt und in den Kerker geworfen. Ihre Häuser werden durchsucht, und das dort von den Einwohnern von Timbuktu versteckte Gold wird beschlagnahmt, um die Privatkasse des Pachas aufzufüllen; die Schwestern, Ehefrauen, Väter, Mütter, Tanten, Großmütter, Nichten und Neffen, die Töchter und Söhne, die aufgegriffen werden, müssen sich entkleiden und eine Leibesvisitation über

sich ergehen lassen; viele der ehrenhaftesten Frauen verlieren ihre Ehre (Gott beschütze unsere Frauen und Töchter, sagt Es-Sa´di, vor diesem Schicksal). Wenige Tage nach diesem Vorfall trifft, mit einiger Verspätung, der neue Zivilverwalter in Timbuktu ein, ein schöner und freundlicher Mensch mit bronzefarbener Haut, der Bou-Ikhtyar heißt und ebenfalls ein zum Islam übergetretener Christ sein soll, der Sohn eines Fürsten, der vor seinen Brüdern (verständlicherweise) in den Dienst des Maulay geflüchtet ist; er überbringt dem Pacha eine Botschaft des Sultans, nach der von jetzt an die Einwohner von Timbuktu in Ruhe gelassen werden sollen, ihr Eigentum und ihre Bewegungsfreiheit sollen respektiert werden. Der Pacha zeigt dem Verwalter einen Brief des Sultans, den er vor wenigen Tagen erhalten hat, mit Anweisungen für die Konfiszierung aller Waffen und für ein hartes Vorgehen gegen einen Unruheherd, wie ihn die sogenannten Weisen darstellen, die in den Moscheen herumsitzen und debattieren anstatt zu beten und zu schweigen. Mahmoud hat nichts getan als diese Anweisungen auf seine Art und zu seinem Nutzen zu interpretieren. Bou-Ikhtyar ist enttäuscht und fühlt sich betrogen, findet aber einen Weg, sich mit den Verhältnissen zu arrangieren und sein Amt nach bestem Wissen und Gewissen auszuüben, bevor er, wie die meisten marokkanischen Funktionäre im Soudan, einen frühen Tod erleidet; manche meinen, der ehemalige Pacha Djouder, gekränkt über seine Degradierung, habe eine neue Aufgabe darin gefunden, seine Landsleute und Konkurrenten zu vergiften. Nur Pacha Mahmoud stirbt im Kampf: nachdem er wegen der eigenwilligen Aufteilung des Ertrags der Plünderungen beim Sultan in Ungnade gefallen ist, versucht er durch einen Krieg gegen die Heiden sein Prestige wieder herzustellen, mit wenig Erfolg: er wird getötet und geköpft; seinen Kopf schicken die Heiden dem Askia Nouh in sein Exil, weil sie meinen, er werde sich darüber freuen; der Askia, auf der Suche nach dem Dank von Verbündeten, sendet den Kopf trotzdem weiter an den König von Kunta, wo er auf dem Marktplatz, auf einen Pfahl gespießt, noch einige Jahre lang ausgestellt worden sein soll.
Fünf Monate lang bleiben die Ulamas und Fakihs in der Kasbah eingekerkert; dann (vielleicht findet man, daß diese Männer als Gefangene eine ebenso große oder noch größere Gefahr darstellen wie in Freiheit, scheut aber ein neuerliches Massaker) versucht man einen Schnitt zu setzen, indem man sie allesamt, *wie Pfeile in einem Köcher*, so Es-Sa´di, nach Marrakesch verschafft; ihre Frauen, ihre kleinen Kinder und ihre greisen Väter und Mütter müssen die monatelange Reise in die Deportation mitmachen, damit keine Spur von der Anwesenheit der Intellektuellen im Soudan zurückbleibt, auch keiner, der sie vermißt. Wie viele aus dieser Gefangenenkarawane die Reise nicht überleben,

ist unbekannt. Erzählt wird dagegen die Geschichte eines frommen Kamels, das einen gotteslästerlichen marokkanischen Offizier abwirft, nachdem dieser einen Heiligen während dessen Ablation mit einem Tritt zur Eile angetrieben hat; der Offizier bricht sich den Hals; seine Leiche wird liegenbleiben, leicht wie Zunder, die ausgebleichten Knochen werden nachfolgende Karawanen an jene Kargheit, jene Todesnähe, jenes Abschneiden von allem Überflüssigen wie Angst, Hoffnung oder Trauer erinnern, die man das Gesetz der Wüste nennt. Der Fluch eines anderen Heiligen gegen Marokko, Marrakesch und die herrschende Dynastie findet eine unerwartete Bestätigung. In einem Kerker in Marrakesch erfährt ein gefangener Christ von der Ankunft der Deportierten; vermutlich ist es ein Spanier oder Portugiese, schiffbrüchig oder von Piraten gekapert, in der anderen Hälfte der Welt haben seine Landsleute in den letzten hundert Jahren die wunderbare Stadt Tenochtitlan mit ihrem diamantenem Licht, ihren Kanälen, in denen die ungeheuren Pyramiden und Tempel, die kristallenen Pfeiler und Mauern sich spiegeln, zerstört und die Bewohner der Westindischen Inseln schon fast vollständig ausgerottet. Seit Jahren hat man den Christen nicht lachen oder auch nur lächeln gesehen, nun zuckt man vor seinem wilden Gelächter zusammen. Während der ganzen Zeit seiner Gefangenschaft hat er in seinem Inneren das Wissen von einer Prophezeiung bewahrt, die er nun seinen Wächtern mitteilt und die sich in der Stadt und im ganzen Land verbreitet: mit der Ankunft der *Molelettsemin*, der Verschleierten, wird das Unheil über die Stadt Marrakesch kommen; der Niedergang dieser stolzen Stadt wird beginnen. Was in Marrakesch geschehen wird, ist Spiegelbild und Entsprechung dessen, was in Gao und in Timbuktu geschehen ist; nicht nur findet jeder Frevel seine Bestrafung, auch die ständige Unruhe, mit all den Formen, die sie annimmt, wird wie durch Zauber übernommen und bis zu ihren finsteren Konsequenzen weitergeführt. Dieser weiße, im Gefängnis noch bleicher gewordene Mann, ein Wanderer an der äußersten Grenze seiner finsteren und ungewissen Reise, erscheint wie ein Teufel, der unberührbar (denn er ist, verborgen in seiner Luftblase, ein unauslöschlich Fremdes inmitten des Reiches) das Verderben beobachtet, ungeachtet seiner körperlichen Gestalt, der Ketten, der Fetzen, in die er gekleidet ist, und der Fetzen, in denen das Fleisch ihm von den Knochen fällt: sein Verlies ist ein geheimes, leeres Zentrum, das Wissen braucht ein verborgenes Medium, um sich zu verbreiten, seine Gewalt zu entfalten. Von dem Gefangenen muß nichts sichtbar sein als sein Haß: er ist noch ungreifbarer als Leo-Hassan, der auf einem anderen Meer Gekaperte; fast fiktiv, so wie dieser, oder überhaupt nur, irgendwo in Marokko oder im Soudan, erfunden, um der Geschichte Form zu geben, um die Legen-

de zu festigen und ihren Sinn zu stärken: allein dafür wäre er zu gebrauchen, er könnte die Angst und die Leere in Sinn verwandeln. In Marrakesch beginnt eine Zeit der Revolten durch die Söhne von Maulay Ahmed und der Kämpfe zwischen diesen Söhnen. Die liebste Frau des Sultans wird von einem ihrer Stiefsöhne mit Feigen vergiftet, der Sultan selbst stirbt an der Pest, die *Moschee des Wohlstands,* deren Errichtung Ahmed begonnen hat, während er zugleich die heiligen Orte in Timbuktu entweihen ließ, wird niemals fertiggebaut und bekommt (denn niemand könnte das Wort Wohlstand noch ohne Hohn aussprechen) den neuen Namen *Ruinenmoschee.* Das Reich zerfällt in den Kämpfen zwischen Vater und Sohn, Bruder und Bruder; Maulay Abdallah, der dritte Nachfolger von Ahmed innerhalb weniger Jahre, wird alle Funktionäre seines Großvaters, darunter den ehemaligen Pacha Djouder im fernen Timbuktu, töten lassen; ihre Köpfe schickt er alle zusammen an seinen verhaßten Vater Maulay Ech-Cheikh nach Fez, den, nachdem er dieses Päckchen geöffnet hat, ein heftiger Ekel vor seiner eigenen Macht erfaßt; er lernt, alle Dinge dieser Welt zu verabscheuen, selbst die eigene Religion, und flüchtet nach Melilla zu den Christen, wo sich seine Spur verliert (man muß befürchten, daß ihm das kontemplative Leben, das er erträumt hat, nicht vergönnt war, denn wann hat man davon gehört, daß die Europäer Flüchtlinge aus dem Süden freundlich aufnehmen und ihnen Ruhe und Freiheit geben; in Spanien wird das Offizium der Heiligen Inquisition seine Neugier auf den Apostaten befriedigt haben und dem Ausruf Es-Sa´dis angesichts dieses Glaubensabfalls, der Himmel bewahre uns vor einer solchen Verirrung, eine unverhoffte Bedeutung gegeben). Nachdem aber die Bewohner von Fez den Tyrannen Abdallah abgesetzt haben, gibt es dort weder Fürsten noch Regierung und keine anderen Chefs als die der einzelnen Stadtviertel.
Die Weisen von Timbuktu, Opfer und Vermittler des Unheils, verwandeln sich bald von Gefangenen in Gäste; man bemüht sich, Nutzen aus ihren Fähigkeiten zu ziehen, und sie werden in Marrakesch zu Günstlingen des Hofes, so wie sie in Timbuktu Günstlinge des Hofes gewesen sind; Kreise von Schülern umringen sie zwischen den Gebetszeiten im Hof der Moschee; sie lehren die Fikh und die Hadithen, geben Fatwas aus und diskutieren mit den besten einheimischen Gelehrten, mancher nützt die Zeit (da ihm die ganze Welt, mit Ausnahme seiner Heimat, offensteht), um auf Hadj zu gehen, Damaskus und Kairo zu besuchen, mit den Fakihs und Ulamas dieser großen Städte zu sprechen und Bücher auszutauschen und zu erwerben. Zidane, der Sohn und Nachfolger des Maulay Ahmed schließt Freundschaft mit dem großen Ahmed Baba und verspricht ihm, ihm und seinen Kollegen, sobald er an die Herrschaft

gekommen ist, die Heimkehr zu erlauben (denn Ahmed sehnt sich nach den Flüssen und nach der Wüste, nach den gelbgrauen Straßen und Häusern und nach der Sankoré-Moschee mit ihrem holzgespickten Turm und ihrer weichen sandigen Außenhaut, den Gräbern seines Vaters und seiner Ahnen, denen sein eigenes Grab sich zugesellen wird). Zwar wird der Maulay sein Versprechen erfüllen (und es sogleich wieder bereuen), dennoch ist nicht wiederherzustellen, was zerbrochen wurde. Marokko hat nicht gewonnen, was Timbuktu verloren hat, und Timbuktu kann es nicht zurückgewinnen; die Zeit, um die es geht, die Stadt, um die es geht, existieren nur in der Erinnerung oder in einer undeutlichen Ahnung; kaum ist noch von Gegenwart zu sprechen. Es-Sa'di erzählt die Geschichte von einem Alim und Pilger aus Djondjo, der zur Zeit des Askia des Großen die Stadt aufsucht, weil er seine eigene Lehrmeinung für falsch hält, seit er gehört hat, daß sie in Timbuktu nicht geteilt wird; daß in dieser Stadt eine andere Wahrheit gilt, für die der bloße Ruf, der bloße Name garantiert. Erst der Verlust der Garantie, der Verlust der Wahrheit öffnet den Raum. Die Seele der Stadt Timbuktu (verpflanzt; aber an keinen bestimmten Ort), die einmal in den großen Gelehrten verkörpert war, ist von jetzt an körperlos, nirgends zu suchen, sie ist außerhalb, anderswo, von wo auch immer man sich ihr nähern will.

3

Er schläft tief und traumlos, weder Husten noch Kopfschmerzen plagen ihn; sein Zimmer im ersten Stock ist schon in dieser ersten Nacht eine Heimat für ihn: eine neue Haut, nachdem er die alte schon fast verbraucht hat, zugleich ein Hort der Zivilisation. Es ist nicht nackte Erde, auf die er seine Decke breitet, er ist den Tieren und Menschen nicht hilflos ausgeliefert, er kann hinabschauen auf das Leben auf der Straße einer richtigen Stadt. Der Boden besteht aus einer Art von Holzparketten von ungleichmäßiger Höhe, zum Teil von einer dünnen Erdschicht überdeckt, in einer Ecke liegt ein Haufen Bauschutt herum, Steine und Holztrümmer, die anscheinend bei einer Reparatur des Bodens übrig geblieben sind. Er erwacht bei Tagesanbruch, ohne einen Schatten des Schlafs, der in ihm zurückgeblieben wäre, er erkennt das Haus wieder, mit seiner beängstigend steilen Treppe, die beinahe einen Abgrund zwischen die Stockwerke legt, er könnte nicht sagen, woher, aber nicht erst seit gestern ist ihm das Muster vertraut, nach dem sich die Räume um den kleinen Hof gruppieren und die Wege im Inneren des Hauses, der Weg auf die Straße und der Weg in den Innenhof oder aufs Dach aufeinander abgestimmt sind; sein eigenes Zimmer erscheint ihm wie eine Nische, aus diesem Ganzen ausgespart und doch nicht weggeschlossen; er überwindet morgens und abends den Abgrund, glücklich darüber, wie klar das Eigene vom Fremden, das Alleinsein von der Gesellschaft zu trennen sind. Fast ohne sein Zutun kommt er in dieser Stadt von weißgekleideten, gebildeten Menschen voran und durchläuft eine Art von rapider Karriere; schon am ersten Morgen erfährt er, daß seine Geschichte den alten Männern aus der Nachbarschaft dargelegt worden ist und daß diese versprochen haben, ihn einigen einflußreichen arabischen Herrschaften vorzustellen, über deren Vermittlung er zu weiteren Kontakten gelangen soll; der Name des Cherifs Sidi-Oulad-Marmou wird ihm genannt: diese wichtige und sehr reiche Persönlichkeit wird zweifellos Mittel und Wege finden, einen armen Landsmann zu unterstützen, schließlich gehört das zu den heiligsten Pflichten eines Moslems. Caillié ist nervös, weil er sieht, daß nun die entscheidende Probe für die Gestalt Abdallah bevorsteht: er ist nicht mehr in der Fremde, wo die Riten und Glaubensformen ineinander verschwimmen oder wie die Steine in einem Mosaik voneinander abgesetzt sind, und wo er immer darauf vertrauen konnte, eine freie Stelle zu besetzen und etwas Unbekanntes zu repräsentieren, sondern fast im Herzen des Landes; Verstellung wird ihm hier nichts mehr nützen: er hat Abdallah zu sein, rückhaltlos, er hat sich immerzu unter seinesgleichen zu bewegen und hier zu halten.

Um acht Uhr vormittags bringt ihn einer der alten Männer zum Haus eines arabischen Freundes; er geht alleine hinein und läßt Caillié (der immer noch von Kai-Mou begleitet wird) vor der Türe warten. Man hört Stimmen und Gelächter von drinnen; die Wartezeit zieht sich, weil offenbar ein ausgiebiges Frühstück im Haus der Arabers im Gange ist. Caillié versucht anfangs, alle Fragen, die er für möglich hält, und alle Antworten, die er für günstig hält, in einer langen Liste in seinem Geist zu fixieren; ein fester Ort für jede Antwort; würde er die Gedanken verlieren, könnte er immer noch die Orte wiederfinden und ohne Verzögerung wieder zu den Sätzen gelangen; als würde er stumm klavierspielen, springt er in seinem Inneren auf dieser Liste umher. Die Virtuosität, die er darin entwickelt, sollte ihn optimistischer stimmen, macht ihn aber nur noch nervöser; eine Stunde lang sitzt er neben Kai-Mou auf der kleinen Stufe zum Haus des Arabers, ohne daß sie ein Wort miteinander sprechen; von Zeit zu Zeit werden sie von Passanten (nur von den Männern selbstverständlich, und nur von den Schwarzen, niemals von den wenigen Mauren) neugierig angesehen und gegrüßt und sie grüßen zurück; Kai-Mou wechselt ein paar Worte mit einigen Leuten, die er kennen mag oder auch nicht, Caillié hört ihnen nicht zu. Überraschenderweise öffnet sich dann, obwohl die Männer immer noch beim Essen sind, doch die Türe für sie; der Gastgeber erhebt sich und schenkt jedem von ihnen eine halbe Kolanuß, dann dürfen sie sich dem Kreis von Männern einfügen, die auf Kissen am Boden sitzen; Caillié bemüht sich, seinen Ekel nicht sichtbar werden zu lassen, als er die Schale empfängt, in der ein Couscous von grauer Farbe auf ihn wartet, dessen Geschmack, wie er sogleich erfährt, dem Aussehen entspricht; faulende Knochen schwimmen in dem Grießbrei, der keinerlei Spuren irgendeiner Würzung erkennen läßt. Dafür entgeht der Fremde allen Fragen; er merkt mit einer Genugtuung, die er sich nicht weiter zu erklären versucht, daß die meisten der Anwesenden Schwarze sind. Ohne daß er irgendetwas dafür tun, irgendwelche Erklärungen und Wiederholungen von Erklärungen abzuliefern hätte, scheint er in die Gruppe aufgenommen und ihr Schützling geworden zu sein; er fragt sich, was der alte Mann, der ihn doch eigentlich überhaupt nicht kennt, während er selbst draußen vor der Türe gewartet hat, über ihn erzählt haben mag; ob er überhaupt über ihn geredet haben muß oder ob er nicht einfach das Objekt einer ganz selbstverständlichen Gastfreundschaft ist. Nach dem Essen begeben sich alle zusammen, von dem arabischen Gastgeber, dessen Namen er noch nicht einmal weiß, bis hin zu Kai-Mou, der schon kein Führer, sondern nur mehr ein überflüssiges Anhängsel ist, zum nahen Markt, wo man mit Sicherheit Sidi-Oulad-Marmou antreffen wird. Vor einer Gruppe von vier Männern, die auf Matten am Boden sitzen und Tee trinken, bleibt die ganze Gesellschaft stehen, man schiebt Caillié in den Vordergrund, und er verzichtet darauf zu lächeln, weil er denkt, daß jeder Gesichtsausdruck unpassend und blöde wirken müßte; er registriert, daß einer der Männer noch hellhäutiger ist als er selbst, soweit er das jedenfalls, in Ermangelung eines Spiegels, feststellen kann, und schöpft eine ungeheure Zuversicht aus diesem Vergleich; der Mann, der (als der Brennpunkt des Systems von Blicken und Bemerkungen) der Cherif zu sein scheint, zerstört diese Zuversicht jedoch im selben Moment und verwandelt sie in Verzweiflung, indem er auf ihn zeigt wie auf irgendeinen Gegenstand oder einen Sklaven und fragt, was ist denn das da? Immerhin lächelt er dabei, wenn sich das Lächeln auch nicht an ihn richtet, sondern an den arabischen Gastgeber, dessen Namen er nicht weiß. Sehr flüssig gibt der Araber die Grundzüge der Abdallah-Geschichte wieder, in der gemäßigten Version, in der Alexandria in Ägypten und durchaus von Mekka entfernt liegt (er selbst hat Kai-Mou schon tagelang zu Zurückhaltung in Hinsicht auf die geographischen Gegebenheiten gedrängt, aus Ungewißheit über den Bildungsstand, der bei den Mauren von Djenne und Tombouctou herrschen mag); die Erzählung hat den Erfolg, daß er angesehen werden kann wie ein der Sprache fähiges Wesen, stockend, in seinem schwer verständlichen Arabisch wiederholt er das, was ihm, ganz unabhängig von seiner zufälligen wirklichen Lebensgeschichte, schon als eine Wahrheit erscheint, durch all die Wiederholungen in jedem Ort und vor jeder Autorität bestätigt, so wie andere Wahrheiten durch Tradantenketten, die bis zu Propheten zurückgehen. Die geduldigen Blicke seiner Zuhörerschaft erscheinen ihm milde und vielversprechend, er wagt es, gleich bei dieser ersten Gelegenheit um die Protektion des Herrn Oulad-Marmou zu bitten, von dessen Großmut er schon so viel gehört hat. Vielleicht hat er die Blicke mißverstanden, vielleicht ist seine Bitte allzu indezent, dem Stadium der Bekanntschaft nicht angemessen oder plump, als Aussprechen eines Wunsches, den man ihm, wäre er stumm geblieben, sowieso erfüllt hätte; man lädt ihn zwar ein, am Boden Platz zu nehmen, doch die Fragen, die man an ihn richtet, weisen darauf hin, daß man wenig mit seinen Erklärungen anfangen kann oder will. Was macht er ausgerechnet hier, wo das Land der Christen weit im Norden und Alexandria im Osten liegt? Warum hat er sich keine weniger lebensgefährliche Route ausgesucht (Caillié fragt sich, ob das eine Drohung ist, doch nichts deutet darauf hin)? Er hat seine Geschichte auszubauen, eine zwischen Sympathie und Abneigung die Schwebe haltende Darstellung des europäischen

Frühkolonialismus, mit den Städten am Atlantik und den Faktoreien an den Flüssen im Landesinneren, zu liefern; während er in der Wirklichkeit wie auch in den bisherigen, im Mandingoland erzählten Versionen seiner Geschichte durch Mandingos in Kontakt mit dem Islam kam und durch sie den Glauben der Afrikaner, seiner Väter, sagt er, kennenlernte, so verwandelt er nun die Mandingos in Fulahs, weil er meint, die Araber würden mehr Respekt vor den hellhäutigeren Fulahs als vor ihren direkten Nachbarn haben. Die Fulahs waren sehr gut zu ihm, sagt er unschuldig, sie haben ihn durch ihr Land, den Fouta Djallon geleitet und ihm alles gegeben, was er gebraucht hat; er beschreibt ausführlich Timbo, den Almamy und seinen zweistöckigen steinernen Palast, denen er vor einem Jahr, fast in einem früheren, ganz und gar unwirklichen Leben, an das er sich nur noch erinnert wie an etwas Gelesenes, so hartnäckig ausgewichen ist. Er hat sein Arabisch erst unterwegs, von seinen muslimischen Freunden und aus dem Heiligen Buch, das er immer bei sich trägt, gelernt, er muß also auch erst sehr langsam und mühsam zu seiner Muttersprache zurückkehren, die ihm die Christen so wie alles andere geraubt haben, ganz ungläubig erinnert er sich an fast vollständig Vergessenes, wann immer er ein neues Wort hört und lernt, und wann immer er in seiner Kehle Sätze in der Sprache des Korans formt, aber Allah wird ihm alles Verlorene zurückgeben, er vertraut darauf, er wird ihm seine Eltern und sein Elternhaus zurückgeben, seine Sprache, sein Vermögen, seine Freiheit, alles, was ihm von Beginn an bestimmt war und wovon ihn das Schicksal so weit weggetragen hat. Diese kleine Rede wird gern gehört. Eine größere Ansammlung hat sich um die am Boden sitzenden, Kola kauenden Männer herum gebildet, das Marktleben scheint für die kleine Verhandlung unterbrochen; Caillié atmet den Staub ein, der durch die Tritte und durch den Wind aufgewirbelt wird; ohne verstopfte Nase, die vom Couscous und vor allem den Hammelknochen wieder ausgelösten Kopfschmerzen und den mühsam unterdrückten Wunsch zu husten oder zu kotzen, fiele ihm das Sprechen leichter. Man geht dazu über, eine Beschreibung des Landes der Christen, von dem man hier nur ungenaue Vorstellungen hat, von ihm einzufordern. Er probt die Rolle, die er später, heimgekehrt und doch nie mehr daheim, nicht mehr loswerden wird, hält sich auf zwischen dem, was er sagen möchte, und dem, wovon er glaubt, man will es hören, auf der einen oder auf der anderen Seite, er versucht, in seiner ein wenig seltsamen Weise, sich an die ihm nie ganz durchsichtigen Regeln zu halten; was er sagt, ist das, was er sagen muß; was in dem Land, in dem er spricht, aufgenommen werden kann über das Land, von dem er berichtet; er befriedigt die Neugier seiner Zuhörer, aber er vermeidet es, seine Zuhörer zu verstören, weil er sich damit nur selbst schaden würde. Diese erste entscheidende Prüfung geht nicht ohne einige Schnitzer ab; er erklärt versehentlich, daß die Europäer die Sklaverei abgeschafft haben, und hat Mühe, seinen eigenen Sklavenstand damit in Einklang zu bringen; er lobt die Religionsfreiheit, die bei den Christen seit einiger Zeit herrscht und erklärt gleichzeitig, daß man ihm verboten hat, als Moslem zu leben; er muß die Schilderung dieses Verbots in seiner ganzen Tragik in den grellsten Farben ausmalen, um über den Widerspruch hinwegzugelangen: noch in der Faktorei seines Herrn am Senegal, als er die Fulahs bei ihren Gebeten beobachtet und den wahren Ritus wiedergefunden hatte, konnte er nur heimlich und im Inneren (fein säuberlich trennt er den eigenen vom fremden Gott und die Worte, die für den einen und für den anderen bestimmt sind) zu Allah beten, während er in den christlichen Kirchen den Götzendienst der Europäer mitzumachen hatte; er muß die besondere Gewalt seines Herrn herausstreichen, der ihn aber zugleich so liebte oder seine Arbeit so schätzte, daß er ihn gar nicht mehr loslassen wollte und beinahe wie einen Sohn ansah, und daß es ihm selbst schwerfiel, von ihm fortzugehen, dem er sein ganzes Leben gedient hatte, dem er aber auch alles verdankte, was er konnte und wußte; wahrscheinlich hätte er sogar sein beträchtliches Vermögen geerbt, aber das (mit Blick auf den Cherif) bedeutet ihm nichts. Hat ihn sein Herr geschlagen, schlagen die Christen ihre Sklaven; oder haben sie sie jedenfalls früher geschlagen, egal welchen Glaubens sie waren? Nein, sagt er entschieden, niemals, obwohl er sich an seinen Onkel Barthélemy (sehr langsam knöpft er die Weste auf, während René trotzig, den Blick zu Boden gerichtet, vor ihm steht) erinnert oder auch an seinen Lehrherrn, den Schuster Brunet, der seine Bücher in die Ecke zu schleudern, seine Wangen mit den Handrücken und seinen Hintern mit dem Riemen zu bearbeiten pflegte, aber schließlich war er nicht Sklave sondern Zögling, er war ein Kind, und es war vielleicht zu seinem besten. Ein naiver, gerade erst hinzugetretener alter Mann, ein Nomade mit ausgezehrtem Gesicht, eingefallenen Wangen und stechenden Bartstoppeln, platzt, von einer Vorstellung der Ordnung der Welt geleitet, wonach im Norden wie im Süden die gleichen barbarischen Zustände herrschen, während dem gemäßigten Klima des Zentrums die maßvollen Sitten des Islam entsprechen, mit der Frage heraus, ob die Christen ihre Sklaven schlachten und aufessen, zumindest die im Krieg erbeuteten Feinde? Alle lachen über den alten Mann, und der alte Mann lacht mit, so als hätte er nur einen Scherz gemacht; immerhin muß Abdallah aber bestätigen, daß wirklich Schweine gegessen werden, so wie die Barbaren im Süden Hunde und Mäuse essen, sogar er selbst ist dazu gezwungen worden, Schweinefleisch zu essen (er schweigt über die Hunde und Mäuse, obwohl diese nicht wirklich unrein wären), genauer gesagt, er hat vom Verbot ja nichts gewußt, doch immer, schon als ganz kleines Kind, hat er den Ekel verspürt, dessen heilige Quelle er nur nicht kannte. Jener Araber, dessen Namen Caillié noch immer nicht weiß, meint, daß es sich auch beim Menschenfressen der Heiden im Süden nur um eine Legende handelt, so daß die Symmetrie in Wahrheit fast wieder hergestellt ist. Caillié leidet unter diesen Erwägungen weniger, als er es sich früher vorgestellt hätte und als er nachher vorgeben wird müssen. Er schämt sich nur etwas, als er erklären muß, daß die Christen überhaupt nicht darauf achten, in welche Richtung das Schlachtvieh schaut, wenn man es tötet; sie haben keine Achtung vor dem Lebendigen, sagt jemand, und er wüßte kaum zu widersprechen, selbst wenn er frei reden könnte. Der Fremde, dekretiert Marmou, soll zum Stadtchef gebracht werden; Caillié ist sich nicht sicher, ob damit seine Bestrafung angekündigt wird oder sein Weitergereichtwerden in der sozialen Hierarchie von Djenne, seine Aufnahme im tiefsten Herzen der Stadt.

Der Gastgeber des Frühstücks geht auf dem Weg zum Djenni-Koï neben ihm her, er redet Caillié freundlich an und stellt sich ihm vor, sein Name ist El-Hadj-Mohammed, Caillié lächelt zu ihm hinauf, schaut auf den ergrauenden Bart, in die kleinen schwarzen Punkte seiner Augen unter den dichten schon weißen Augenbrauen, er empfindet den Mann als Schutz, glaubt, in ihm das Vertrauen zu finden und erwidern zu dürfen, dessen er sich bei Oulad-Marmou, der ihnen vorangeht, weißgekleidet vom Kopf bis zu den Füßen, noch nicht sicher sein kann. Nach wenigen Schritten sind sie am Ziel; vor einem jener Häuser, deren Dimension von außen unbestimmbar ist, die keinen Anfang und kein Ende zu haben scheinen; die sich im Inneren in Räume und Korridore weiten, für die man gar keinen erklärbaren Platz findet, wenn man nur die Fassade vor Augen hat, und die man selbst in einem Grundriß nicht wiederfinden würde, bleibt der Cherif stehen und bedeutet ihnen einzutreten. Offenbar ist Kai-Mou (trotz aller Freundlichkeit und Hilfsbereitschaft vielleicht der Schwächste in der Reihe seiner Führer) schon stillschweigend durch El-Hadj-Mohammed ersetzt worden, er beginnt, während er noch anwesend ist, schon aus seinem Bewußtsein zu verschwinden, alleine mit Mohammed durchschreitet er einen langen finsteren Gang, in Erwartung, sogleich vor dem Chef oder zumindest vor seinem Diener, Sekretär, Vorzimmerherrn, der ihn anmelden wird, zu stehen. Der Korridor mündet aber in einem großen Wartezimmer, in dem sich bereits ein gutes Dutzend von Leuten aufhält; auf einem freien Sitz (einer rindsledernen Matte) nimmt er Platz, nach einiger Zeit nickt ihm Mohammed zu und verschwindet in einem neuen Korridor.

Wenige Sekunden später taucht er wieder auf und winkt Abdallah herbei; er folgt ihm den Gang entlang, der halbdunkel ist wie der erste und gekrümmt, so daß Caillié vollends die Orientierung verliert und sich nicht mehr ganz sicher ist, ob es sich bei den beiden Korridoren, die einander vollkommen gleichen, nicht um ein und denselben handelt, bis zu einer verschlossenen Türe, neben der ein bewaffneter Wächter steht und vor der zu seiner Überraschung schon die vier Mauren vom Markt, unter ihnen der Cherif, sitzen. Er stellt sich neben sie hin; man schweigt und hört Schritte hinter der Türe, das Knirschen von Holz, ein Ächzen; offenbar steigt jemand, sehr vorsichtig einen Fuß vor den anderen setzend und nicht ohne Mühe, eine Treppe herab. Als die Geräusche verstummen, hebt der Cherif mit einer anfangs erschreckenden Lautstärke zu einer sehr umständlichen Begrüßungsformel an, die von jenseits der Türe ebenso höflich, ebenso umständlich und ebenso lautstark beantwortet wird. Dann werden die Grundzüge von Abdallahs Fall dargelegt, in einer Weise, an der er keine Zweifel und keine Feindseligkeit erkennen kann; der Stadtchef äußert sich nicht dazu; Abdallah wird aufgefordert, seine eigene Version erneut vorzubringen. Er sagt auf Arabisch seinen Namen und gibt seine Herkunft an; die Mauren unterbrechen ihn und fordern ihn auf, Malinke zu reden, weil der Stadtchef kein Arabisch kann; erst jetzt fällt ihm auf, daß schon die ganze Zeit Malinke geredet wurde, vielleicht hat er nur deshalb (und wegen der Lautstärke dieser Unterhaltung) alles so gut verstanden. Er fängt von vorne an und wird gleich wieder, diesmal von jenseits der Türe, durch ein unwirsches *was sagt er?* unterbrochen; er wiederholt sich, versucht lauter zu sprechen, lauter! ruft es auf der anderen Seite, was nur Caillés Heiserkeit weiter verstärkt; sein Magen hat zwar das Couscous schon vergessen, und Caillié hat den Eindruck, sein Kopf wäre frei, aber er hat an diesem Vormittag schon so viel geredet, und das, was er immer noch seine Verkühlung nennt, wird, durch ein Kratzen in seinem Hals und eine tiefer reichende Leere, wieder so spürbar, daß er kaum noch eine Stimme hat. Die Mauren schauen zu Boden, als würden sie Schlimmes ahnen, doch offenbar ist man ihm so günstig gesinnt, daß sich die Türe öffnet; sein Blick fällt zuerst auf den Diener, der, wie eine Verdopplung des Türhüters, zum Schutz des Djenni-Koï an der Schwelle stehenbleibt, dann auf den Chef selbst, der ihn neugierig anstarrt, ohne daß er allzu viel sehen kann, denn der Raum, in dem er sich befindet, wird, während Abdallah im Halbdunkel steht, von einer unsichtbaren Öffnung her mit Tageslicht hell beleuchtet; später erfährt Caillié, daß unter den vielen Plagen des Chefs auch die einer beginnenden Blindheit ist; der Chef sitzt auf dem Treppenabsatz; sein Anblick (er erscheint, angestrahlt, aus der Perspektive der Bittsteller wie ein Ausstellungsgegenstand in einem Museum) macht verständlich, warum er mit solcher Mühe die Treppe herabgestiegen ist. Der Bürgermeister von Djenne ist nicht nur sehr alt (ein schmuckloser krummer Gehstock liegt auf seinem Schoß) sondern auch wirklich fett; sein Bauch wölbt sich fast bis zu den Knien vor; sein Gesicht, auf dem Schweißperlen glänzen, besteht aus mehreren ineinandergelegten dunklen Wülsten; nur am Hals scheint das Fett ausgeronnen zu sein, die Haut hängt faltig und grau herab, was trotz aller Körperfülle einen erschreckenden Eindruck von Gebrechlichkeit erzeugt. Die Kleider des Djenni-Koï sind drekkig, zerrissen und geflickt und schäbiger als die jedes anderen Mannes, den er bisher in der Stadt gesehen hat. Caillié ist erstaunt über die freundschaftliche Nachlässigkeit, mit der der Chef ihn anschaut, wie einen alten Bekannten, den er gerne von Zeit zu Zeit wiedersieht; er streckt umstandslos die Hand zu ihm hinauf und Caillié zögert fast zu lange, weil er es nicht wagt, den Händedruck dieses bedeutenden Menschen zu erwidern. Er beginnt zum dritten Mal seine Erzählung, der Djenni-Koï, der noch schlechter hört als er sieht, versteht ihn so wenig wie bei den ersten beiden Versuchen, doch der Türhüter wiederholt, ausdruckslos wie eine Maschine, aber äußerst lautstark alles, was Caillié sagt, einschließlich seiner Fehler in der Grammatik und im Ausdruck (die Mauren, die anscheinend sehr gut Malinke sprechen, winden sich und haben Mühe, ein Lachen zu unterdrücken). Der Stadtchef lächelt nur nachsichtig und nickt ab und zu, brav, sagt er am Ende und bemüht sich, mit Hilfe seines Stockes, den er mit großer Anstrengung in den Boden bohrt, aufzustehen; der Diener will ihm helfen und er schüttelt ihn ab; schon im Stehen (auf der anderen Seite der Türe sind wie auf Befehl die Männer auch alle aufgestanden) sagt er noch, plötzlich sehr leise, als wäre die Angelegenheit unwichtig und viel zu selbstverständlich, daß Abdallah so lange wie nötig beim Cherif oder bei einem seiner Freunde auf eine Reisegelegenheit warten kann; es ist die natürliche religöse und menschliche Pflicht des Cherif als eines Verwandten des Propheten, daß er einem in Not geratenen Bruder und Landsmann hilft, was auch immer er braucht, und daß er ihm den Unterhalt und die Weiterreise finanzierte. Oulad-Marmou schaut ziemlich mürrisch drein, aber er kann nicht daran denken zu widersprechen; EHM (so kürzt Caillié schon für sich den Namen ab) drückt ihm zu seiner Überraschung kräftig die Hand; sie beobachten noch über einige lange Sekunden hinweg den Aufstieg des Djenni-Koï, schon als er die zweite Stufe überwunden hat, schließt sich die Türe. Caillié fühlt sich etwas enttäuscht, wie nach einer entscheidenden Prüfung, bei der ihm dann nur ganz leichte Fragen gestellt worden sind, und er hat sich so lange umsonst gefürchtet; immerhin bleibt ihm die Angst vor seinen Landsleuten.

Auf der Straße erwartet ihn Kai-Mou, der sich über die Nachricht von der Übersiedlung und dem Erfolg seines Schützlings mehr zu freuen scheint als dieser selbst; er folgt ihm, als er ein letztes Mal die gefährliche Treppe hinaufgeht, schwach und scheu wie ein Vater, der sein Kind ins Erwachsenenleben entläßt und ihm noch Ratschläge und Hilfestellungen geben will, die dieses schon abwehrt; während Caillié seine Sachen ordnet und sich die besten Verstecke für die geheimen Aufzeichnungen und Wertsachen überlegt, beglückwünscht er ihn, daß er trotz seiner komischen Hautfarbe sicher nach Djenne gekommen ist, ohne von Ungläubigen belästigt worden zu sein, ein bißchen ist das ja auch sein Verdienst, Caillié hat das Ereignis, auf das er anspielt, schon vergessen. Er lädt ihn ein, noch einmal mit ihm gemeinsam zu abend zu essen; Caillié nimmt diese Einladung an und gibt sich bei den Abschiedsgeschenken großzügig: er packt ein paar Scheren und ein paar Ellen bunter Stoffe aus, die er gleich hier in seiner Kammer übergibt; ihm fällt nichts Schlechtes ein, das er über diesen Alten sagen wollte, und er denkt auch nicht groß darüber nach; vielleicht hat er Kai-Mou nur nicht lange genug gekannt, um zu glauben, daß er von ihm betrogen und bestohlen worden ist, deshalb der schwache Eindruck, den er hinterläßt. Er steigt hinter Kai-Mou die Treppe hinab, und sein Bewußtsein verliert sogleich die Erinnerung an den Raum, der so lange auf ihn gewartet hat und doch nur dazu da war ersetzt zu werden, durch einen Raum, der ihm gleichen und ihn übertreffen soll; anderswo in seinem Körper mag diese Erinnerung bewahrt bleiben und sich mit der Erinnerung an die anderen Räume, Ort für Ort, ineinanderschieben. Sie essen im Hof, zu dritt, von ein oder zwei Sklaven bewirtet, es gibt Fisch mit Reis, und man scheut sich nicht, den Reis mit der Hand aus einer gemeinsamen Schüssel mit Abdallah zu essen, der unentwegt Schleim durch die Nase aufzieht oder sich mit einem weißen Tüchlein (über das unterwegs viel gelacht wurde) geräuschvoll und erfolglos schneuzt. Kai-Mou ist fröhlich und gesprächig, ebenso der Mandingogastgeber, Caillié, nicht nur wegen seiner Heiserkeit, wortkarg; er befürchtet, in Anbetracht des Frühstücks, daß dies hier für lange Zeit die letzte wohlschmeckende Mahlzeit sein könnte, die ihm vergönnt ist; der Zustand seines Geschmacksempfindens erlaubt ihm andererseits kaum, einen Sinn für die feinen, zarten, verschwindenden Genüsse des Essens zu kultivieren; die einzige intensive Wahrnehmung, zu der sein Gaumen imstande ist, scheint schon der Ekel; er wird (allerdings erst viel später, in einem wieder anderen der vielen Leben, die er führen muß) merken, daß sich selbst der Hunger angesichts einer Speise unmittelbar in Ekel verwandeln kann. Seine ganzen Besitztümer hat Caillié, so wie unterwegs, in Griffweite neben sich liegen: ein großer Seesack mit Schloß, eine Matte, ein Regenschirm: als würde er nur darauf warten, endlich abgeholt und weggebracht zu werden. Kai-Mou wird er noch einmal sehen, er wird ihn als Besucher empfangen und aus seiner Position in der Oberschicht der Stadt heraus ganz gleichgültig erfahren, wie schlecht die Verkäufe dieses kleinen Handlungsreisenden gelaufen sind und daß er ganz ohne Gewinn nach Tiémé zurückkehren wird müssen; er lädt den Alten, in der Gewißheit, auf Ablehnung zu stoßen, ein, ihn nach Temboctou zu begleiten, Kai-Mou lacht nur bitter: bis dahin reicht sein Geld sicher nicht; er wäre jetzt nur mehr eine Last für Abdallah, außerdem (er reist ja nicht zum Vergnügen) wüßte er nicht, was er in Temboctou zu suchen hätte. Caillié schenkt ihm noch einige Glasperlen, für die er in den arabischen Gebieten, in die er nun übergetreten ist, wie er meint, ohnehin kaum noch Verwendung haben wird.

Sein neues Quartier ist in den Formen und in manchen Äußerlichkeiten dem bisherigen gleich, und doch erscheint es ihm wie die Verbildlichung seines sozialen Aufstiegs. Das Haus ist eines von offenbar mehreren, die dem Sherif Oulad-Marmou gehören, und liegt, wie alle diese Häuser und wie überhaupt alle Häuser der Mauren von Djenne (es sind kaum mehr als vierzig Männer mit ihren Familien) nahe am Markt; der Sherif selbst wohnt nicht in dem Haus; wenn er wollte, könnte Caillié sogar beleidigt sein, daß er als einziger Weißer in ein Haus, in dem ansonsten nur Sklaven leben, gesteckt wird, aber in diesen Wochen der Ruhe und einer fast nur untergründig wirksamen, fast nur in manchen Nächten und tagsüber in wenigen Situationen manifest werdenden Angst, hat er keine Lust beleidigt zu sein, ganz davon abgesehen, daß sein Zimmer von all den langgezogenen leeren Räumen im ersten Stock das mit Abstand schönste ist und das einzige, das nur eine Person alleine bewohnt; die Sklaven sind außerdem beauftragt, für Abdallah zu sorgen, ihm das Essen zu bringen, ihn nach seinen Wünschen zu fragen und als Kuriere dieser Wünsche zu dienen, ihm Nachrichten zu übermitteln, von denen der Sherif denkt, sie könnten von Nutzen für ihn sein. In kleinen fensterlosen und merkwürdig kühlen Kabinetten im ersten Stock stehen große, mit Tüchern bedeckte Krüge mit Wasser (wäre Caillié nicht erkältet, würde er sich gerne länger hier aufhalten, in einer Art von Kühlkammer, unter Wasser, in einer Einsamkeit und Stille, die nur von einem leisen, vielleicht nur eingebildeten Glucksen und Blubbern unterbrochen wird); die noch kleinere Kammer, die als Klosett dient, sucht er nur ungern und nie ohne Brechreiz und nostalgische Gefühle für das Leben im Freien auf. Das Erdgeschoß beherbergt Lagerräume, in denen die enormen Reis- und Hirsevorräte des Cherif untergebracht sind; manche der Säcke sind mit europäischen Schlössern versperrt. Die Wohnräume im oberen

Stockwerk bekommen ihr Licht aus zwei kleinen Innenhöfen, festgemauerte und ziemlich breite Treppen führen vom Eingangsbereich und von diesen Innenhöfen her auf eine große, durch eine niedere Brüstung gesicherte Terrasse, wo verschiedene im Haus oder anderswo wohnende Leute, Schwarze wie Mauren, aber kaum jemals der Cherif selbst, gerne in großen Runden zu abend essen. Jeden Tag hat Caillié in Djenne viele Stunden für sich, er steigt oft auf die Terrasse herauf, wandert an der Brüstung entlang und versucht sich die Panoramen einzuprägen, die sich in allen vier Himmelsrichtungen seinem Blick darbieten: eine Flußlandschaft ohne jede Begrenzung, die sich am Horizont im Dunst verliert, Sümpfe, die von kleinen Baumgruppen unterbrochen werden, ein Gewirr von Flußarmen verschiedener Breite (einen besonders mächtigen glaubt er weit im Westen, in Richtung auf Sego hin, wahrzunehmen), auf Sandbänken nahe der Insel von Djenne bilden Reihen von Pirogen ein Streifenmuster; schwarze Striche, die (weil die schräg gegeneinander abgesetzten Gebäude der Stadt den Blick auf das Leben in den Straßen verdecken und weil die Fischer, Wäscher oder Badenden an den Ufern nur kaum sichtbare farbige Punkte darstellen) das einzige Zeichen einer nicht so sehr menschlichen wie zivilisatorischen Gegenwart im einheitlich gelbbraun gefärbten Bildraum darstellen; auch alle Häuser scheinen sich, im Gegensatz zu diesen Booten, der Landschaft anzupassen, in ihr aufzugehen; vielleicht mit der Ausnahme der Großen Moschee, die die einstöckigen Wohnhäuser überragt, mit ihren gespickten Zinnen und Türmchen und den seltsamen säulenartigen Wölbungen, die Caillié überhaupt nicht für Architektur halten mag sondern eher für ein wildes, dumpfes Traumgebilde. Das erste Mittagessen im neuen Heim ist delikat genug, um Cailliés Befürchtungen zu zerstreuen, auch wenn er den Reis und die kleinen Zwiebeln fast höher einschätzt als das Fleisch, von dem er gut die Hälfte seiner üppigen Portion stehen lassen muß; er wird während des Essens nacheinander vom Cherif und von El-Hadj-Mohammed besucht; sein Hausherr winkt ab, als er sich erheben will, er zeigt weiterhin den mürrischen Gesichtsausdruck, den er sich nach der Audienz beim Chef zugelegt hat, erkundigt sich aber immerhin, ob alles zur Zufriedenheit seines Gastes geregelt sei, Caillié bedankt sich demütig für die schöne Unterkunft und versucht, nach bewährter Methode, Oulad-Marmou durch eine Regenschirmvorführung freundlich zu stimmen, doch der Cherif kennt derlei Maschinen schon und schaut den europäischen Ägypter an wie einen armen Dummkopf, tröstlich für Caillié ist, daß er auch Taschentücher schon gesehen hat, wie er sich überhaupt in Djenne ohne Skrupel und ohne Scham die Nase putzen kann, wo auch immer er sich befindet. Der ankommende EHM unterhält sich in der Türe, unhörbar für ihn, einige Minuten lang mit dem scheidenden Cherif; diese Situationen machen Caillié immer noch nervös; Mohammed ist aber dann herzlich und mitfühlend wie immer, er bezeichnet ihn als seinen Sohn und fragt ihn, warum er so wenig ißt, schmeckt es ihm nicht oder ist er krank? Er wirft einen besorgten Blick auf das Taschentuch, das Abdallah sich immer wieder vor den Mund hält, rote Flecken breiten sich auf dem Stoff aus, Caillié knüllt das Tuch schnell wieder ein und steckt es in die Stulpe seines Ärmels. Hier brauchst du keine Angst mehr haben, sagt EHM, setzt sich neben Caillié, der seine Schüsseln von sich geschoben hat, und nimmt ihn wieder bei der Hand; hier bist du unter Freunden, und es wird dir an nichts fehlen; er beginnt, mit ihm von seinen Eltern zu reden, von den Erinnerungen, die er an sie haben kann, wie alt ist er gewesen, als die Franzosen, EHM kennt dieses Wort, Ägypten überfielen? vier Jahre? hat sein Herr es ihm selbst erzählt, und was ist von dem Davor in ihm bestehengeblieben? Ja, sein Herr hat ihm nie etwas verheimlicht, und nein, er hat kein wirkliches Bild in seinem Kopf, es ist eher nur ein Gefühl, er erinnert sich an kein Wort, nur an eine Stimme, und vielleich hat es ihn deshalb so tief in seinem Inneren getroffen, als er zum ersten Mal arabische Worte hörte und als er zum ersten Mal Araber sprechen hörte, wie die Rückkehr in eine Heimat, von der er gar nichts gewußt hat. Aber seine Eltern, werden sie in dem erwachsenen Mann das kleine Kind wiedererkennen? (doch EHM redet selbst mit ihm fast so, wie man mit Kindern redet, mit einer weichen, schmeichelnden Stimme, wie um ihn in den Schlaf zu geleiten: als wäre er, fast zurückgekehrt zu den Orten seiner Kindheit, auch wieder zum Kind geworden oder als würde der Eindruck von Krankheit und Schwäche, den er vermittelt (schlimmer, denkt er, als sein eigentlicher Gesundheitszustand ist; und wie gesund fühlt er sich erst, wenn er an Tiémé, an seinen Fuß, an den Skorbut zurückdenkt), ihn in ein Kind zurückverwandeln). Hättest du ein Kind, das weit fort von dir ist und das du seit vielen Jahren nicht gesehen hast, flüstert Caillié heiser, würdest du es nicht mit deinem Herzen wiedererkennen, auch wenn seine Gesichtszüge dir fremd sind? Noch am selben Tag kommt EHM mit einem Sud aus getrockneten, aufgekochten Gomboblättern und viel Honig zu ihm zurück; er trinkt in kleinen Zügen von diesem sehr heißen Gebräu, das seine entzündeten und zugleich wie ausgetrockneten Schleimhäute und Bronchien besänftigen soll, ihm die Gabe zu sprechen und zu schlucken wiedergeben, das kleine Glück eines Hustens und Schneuzens, das befreiend ist und nicht nur noch weitere und tiefere Risse im Hals und in der Lunge öffnet. Caillié möchte die Ausgaben seines Freundes bezahlen (denn er stellt sich vor, daß Honig teuer sein muß, und Gombo ist hier überhaupt so selten, daß EHM erst nach einigen Nachfragen dahinterkam, wovon Abdallah, auf seine Frage nach einem ihm angenehmen und nützlichen Heilmittel, gesprochen hat), doch der wehrt entschieden ab; niemals würde er von seinem jungen Freund und Gast für irgendeine Hilfestellung eine Gegenleistung verlangen. Zur leisen Beunruhigung Cailliés hat er auch einen Barbier mitgebracht, der ihm wieder den standesgemäßen kahlen Schädel verschaffen soll. EHM windet ihm, als würde er ein Baby wickeln, seinen alten, staubigen und speckigen Turban eigenhändig vom Kopf und streicht über den Haarflaum; Caillié sieht, mit dem Blick auf die Klinge des Rasiermessers (die immerhin ein europäisches Fabrikat zu sein scheint) auf Schnittwunden, Blut und Schmerzen voraus, vor allem, weil bei der Operation keine Seife verwendet werden soll, sondern nur kaltes Wasser, aber das Geschick des Barbiers, die Sanftheit, mit der er die Klinge über seine Haut streifen läßt, erstaunt ihn. Die Seife selbst geht ihm gar nicht ab, weil er den ranzigen Gestank von dem Zeug, das man hier Seife nennt, schlecht verträgt, nur spricht er das Wort Seife, *saboun*, gerne aus; vom Senegal bis hierher hat ihn dieses Wort begleitet, das vom Arabischen, höchstens verwandelt in etwas wie *safuan*, in alle westafrikanischen Sprachen übernommen worden zu sein scheint; er kann es so aussprechen wie das französische *savon* und heimlich ein Wort seiner eigenen Sprache in sein Reden einschleusen. Er ist nach der Rasur erfrischt und gereinigt, wie von einem kühlen Duft umgeben; mit seinem nackten Kopf fühlt er sich sichtbar, frei und selbstgewiß, der Blick EHMs ruht eine Zeit lang auf seiner glatten, weißen, zart geröteten Haut und ruft undeutlich andere Blicke in Cailliés Gedächtnis zurück; EHM lächelt und holt ein längliches indigoblaues Stück Stoff unter seinem Burnus hervor. Du brauchst einen neuen Turban, sagt er, ich habe es gleich am Anfang gesehen, schau, was ich dir gekauft habe; er bindet, eine Spur gründlicher als es notwendig wäre, mit einer kleinen Verzögerung, die Caillié als ein Zeichen der Höflichkeit und des Respekts deutet, den Turban um seinen Kopf, Caillié schließt währenddessen unwillkürlich die Augen, er fühlt sich wieder bekleidet, EHM betrachtet zufrieden sein Werk, ihre Blicke begegnen sich, halten einander stand.

Caillié hat in Djenne wenig zu tun, beinahe meint er auf Erholungsurlaub zu sein. Der Cherif und El-Hadj-Mohammed kümmern sich darum, seine Waren zu verkaufen und in Kauris und in andere Waren umzutauschen, von denen sie wissen, daß sie in Temboctou von Nutzen für ihn sein können. Zwar ist Caillié davon überzeugt, daß sie sich zu ihren Gunsten verrechnen und etwas mehr Kommission abzweigen als ausgemacht (selbst in EHM hat er, was Geldangelegenheiten betrifft, nur ein sehr bedingtes Vertrauen), aber er ist nicht in

Stimmung, sich über solche Kleinigkeiten aufzuregen; er ist aber vorsichtig genug, seine Goldmünzen weiter versteckt zu halten, je ärmer er erscheint, desto leichter kann er, jedenfalls hier in Djenne, den Wohlstand genießen. Er verbringt seine Zeit, wenn er sich nicht auf der Terrasse oder, seine Notizen aufarbeitend, in seinem Zimmer aufhält (er kann die Türe mit einem Holzriegel verschließen) oder zu den Gebetszeiten die Moschee besucht, mit Spaziergängen durch die Stadt, zu der ihm nur Wörter wie wohlhabend, ordentlich, sauber einfallen, obwohl er die Kaufleute (wie schon Kai-Mou, der sich aber doch immerhin vom Erlös seiner Kolaverkäufe einen schönen bunten wollenen Umhang besorgen konnte) über den Gang der Geschäfte klagen hört und der Einfluß der nahen Kriegshandlungen spürbar ist und obwohl diese erste wirkliche Großstadt Afrikas, die er besucht, auch die erste Stadt ist, in der er, nahe der Moschee, einige Bettler (darunter Lahme und Blinde oder Männer, die so tun als wären sie lahm und blind) sieht. Die Straßen, aus festgetretenem Sand, sind breit wie für einen hier unbekannten Fahrzeugverkehr und, vor allem in der Gegend des Marktes, laut und lebhaft, da sich zu jeder Zeit zahlreiche Händler aus den verschiedensten Gegenden Nord- und Westafrikas in der Stadt aufhalten. Die unverschleierten Frauen tragen silberne Armbänder, kleine Ringe in den Nasenflügeln und Reihen von größeren, sich zu Spiralen (Kreise in einer aufgestörten stillen Wasserfläche) weitenden Ringen in den Ohren, ihre Zähne sind weiß, ihre Augen groß, die Lider dunkel geschminkt, er hat keine Angst vor ihrem Lächeln. Keiner läuft nackt oder halbnackt herum, sogar die kleinen Kinder steckt man in weiße Coussabes; bloß die Sklavinnen und die Sklaven werden am Markt unbekleidet vorgeführt, damit sich die Interessenten ein Bild von ihren Kräften oder ihrer Schönheit machen können; die Preise scheinen Caillié ziemlich günstig, die billigsten, nicht mehr ganz jungen oder schon gebrauchten Sklaven sind um fünfundzwanzigtausend Kauris zu haben, für die schönsten werden vierzigtausend verlangt; ein Couscous in einem der kleinen offenen Eßstände am Markt kostet, im Vergleich dazu, immerhin auch zweitausend Kauris, wie Caillié (allerdings verhört er sich) zu verstehen glaubt, er muß zu seinem Glück nicht selbst sein Essen besorgen. Von dem Schauspiel des Verkaufes abgesehen, für das Caillié wenig Sympathie hat, scheinen ihm die Sklaven aber weniger unterdrückt zu sein als er es sich – nach dem, was er bei seinem Aufenthalt in Guadeloupe auf den Plantagen der Weißen gesehen hat, nach dem Anblick der befreiten Sklaven in Sierra Leone und nach den abolutionistischen Pamphlets, die er dort zuweilen zu lesen bekam (einige davon verfaßt von jenem englischen Major, an den er manchmal zu denken hat) – vorgestellt hätte; keiner wird, so viel er mitbekommt, geschlagen, keiner geht in Ketten; sie scheinen wesentlich besser genährt und gekleidet als viele Landarbeiter, Knechte und selbst Bauern in Frankreich. Außer Menschen werden am Markt, der einen weitläufigen, von einigen Mimosen und Palmen begrünten Platz ausfüllt, an kleinen Ständen aus Stroh, mit Tüchern als Sonnenschutz, und in den Nebenstraßen in festen Läden, vor deren Eingang die Verkäufer auf Matten sitzen, fast immer ins Gespräch mit einem Bekannten oder einem möglichen Kunden verwickelt, die verschiedensten anderen Waren feilgeboten. Das alltägliche Zeug (duftende Früchte und Gewürze, Glasperlen oder Lederwaren, Reis, Kerzen, Mehl, Baobabblätter, frischgebackene Fladenbrote) findet sich an den Marktständen in kleinen geflochtenen Körben auf der Straße, Caillié läßt sich in der Menge, in dem durch die bunten Dächer gefilterten Licht treiben und hört dem Gefeilsche, dem Geplauder und Gelächter zu, das eher als der Wechsel im Besitz eines Gegenstandes der eigentliche Zweck der Kaufgespräche zu sein scheint; in den festen Läden werden die teureren Waren angeboten: Teppiche, Waffen (er entdeckt französische Gewehre und englische Feuersteine), Goldschmuck, englische oder maghrebinische Stoffe, alles Dinge aus dem Fundus der maurischen Händler, die sich aber nicht mit dem Detailverkauf abgeben, sondern Sklaven oder Zwischenhändler damit befassen. In den Fleischereien, die sich fast nicht von europäischen Fleischereien unterscheiden, werden kleine geräucherte Häppchen als Zwischenmahlzeit für die Passanten angeboten. Am Rand des Marktes finden sich noch die Stände der Kolahändler, ihre Körbe sind halbleer, er fragt einen flüchtigen Bekannten aus der Karawane nach dem Preis, fünfzehn bis zwanzig Kauris pro Nuß, das erscheint ihm nicht schlecht, er erkundigt sich höflichkeitshalber auch nach Kai-Mou, erhält aber keine verständliche Auskunft. Oft kommen Fulahs aus Massina, mit ihren Mousseline-Turbanen und den spitzen runden Strohhüten, auf reich aufgezäumten Pferden in die Stadt, die zu dieser Zeit Teil ihres sich ausdehnenden Reiches ist, sie verkaufen ihre Rinder, die ihn, mit ihren langen gebogenen Hörnern und ihren kleinen Buckeln eher an Büffel erinnern, ihre Schafe, die ihm dicker und wollreicher erscheinen als alle anderen Schafe, die er in Afrika gesehen hat oder noch sehen wird, die Milch, Butter oder Wolle, die sie von ihren Tieren gewinnen; es ist ein eigenartiges Gefühl für ihn, seine Milch einem mit Pfeil und Bogen und mehreren Speeren bewaffneten schlanken, wie ein Krieger aussehenden Mann abzukaufen, der noch dazu fast einen Kopf größer ist als er. Weil die Straßen nicht gerade sind, verliert Caillié immer wieder die Orientierung, er genießt es, Läden (deren Betreiber nach einer halben Stunde oder Stunde vielleicht noch in dieselbe Gesprächsrunde vertieft ist) oder markante Gebäude wiederzufinden, die er hinter sich, in einer ganz anderen Himmelsrichtung vermutet hätte, er genießt es, nicht auf das Funktionieren der Maschine achten zu müssen, seine Unruhe bleibt im Untergrund versteckt. Vor allem aber die Moschee taucht immer wieder an Stellen in seinem Blickfeld auf, wo er nicht darauf gefaßt gewesen wäre, in diesen Situationen dringt die Unruhe (wobei er den Anblick dieses mächtigen Kastens aus der Ferne noch halbwegs erträgt) auch an die Oberfläche. Er versteht nicht, warum die Bewohner Djennes so von dieser Moschee schwärmen, ist es nicht das schönste Gebäude der Welt, hat ihn EHM bei einem gemeinsamen Spaziergang gefragt, er hat höflich genickt. Vor allem morgens und abends macht das schrille Geschrei der tausende Schwalben, die, im Dachgebälk wie in den Mauernischen der Fassade und hoch oben an den Zinnen, in der Moschee nisten, den Aufenthalt dort oder auch nur die Annäherung fast unerträglich für ihn: als wollten die Vögel den Himmel wegschneiden, eine Zone der Panik markieren durch die ununterbrochene Klangdecke, die sie über die Gläubigen legen; Caillié versteht nicht, wie man bei diesem Lärm beten kann, aber vielleicht tun auch alle anderen, so wie er, nur so, als würden sie beten, vielleicht besteht kein Unterschied zwischen dem Beten und dem formgerechten Anschein des Betens (doch wodurch wäre die innere Andacht dann an diesem Ort ersetzt). Das Innere der Moschee ist im übrigen kaum zu betreten, weil der durchdringende Gestank von Vogelscheiße, und vielleicht nicht nur von Vogelscheiße, einem das Atmen schwer macht, man hat die Gebete schon vor langer Zeit in einen Innenhof verlegt. Calliés unausgesprochene, als ästhetische Abneigung verkleidete Angst vor der Moschee gleicht der Angst vor seinen Träumen, die er nach jedem Erwachen schnell vergißt, wie er sich bemüht, die Orte schnell zu vergessen, die hinter ihm liegen, sie in Kürzel, Buchstaben und Zahlen, Längen- und Breitengrade zu verwandeln; er erinnert sich bloß manchmal (vielleicht gerade während des Betens, wenn nichts ihn von der Leere in seinem Innern ablenkt) unwillkürlich an einen Traum in der ersten Nacht im neuen Quartier, in dem er die Stimme von EHM hinter sich hört, und sich selbst, wie von der Stimme geleitet, wahrnimmt, auf einem Pfad entlang einer Klippe, am Ufer eines Flusses, in eine Bucht hinab, langsam vorwärtskommend, als würde eine Last ihn beschweren, aber bei jedem Schritt mit der Erfahrung eines Glücks, als würde seine Körperhülle platzen: dieses Glück scheint für seinen Wachzustand an der Kippe zum Schrecken. Im Westen grenzen Häuser an die Moschee, aus denen Caillié abends Gelächter und laute Schreie hört, er fragt niemanden, was in diesen Häusern vor sich geht, es ist eine Stadt mit vielen Reisenden, denkt er, sozusagen eine Hafenstadt, er meint, es würde seinem Ruf nicht gut tun, diesen Häusern zu nahe zu kommen. Einmal begegnet er auf der Straße dem Cherif, der so tut, als würde er ihn nicht sehen; sein Habitus ist auch so, daß Caillié nicht wagen würde, ihn anzureden, während er langsam vorwärts schreitet, sinken Schwarze, offenbar bedürftige Männer, vor ihm auf die Knie und küssen ihm die Hand, dafür bekommen sie von einem Sklaven, der mit einem großen Sack hinter dem Cherif hergeht, eine Handvoll Kaurimuscheln geschenkt, so erfüllt offenbar, abgesehen davon, daß er mittellose Reisende beherbergt, der Cherif seine Glaubenspflicht des Almosengebens. Ein junger Maure, offenbar durch seine Hautfarbe angezogen, spricht Caillié vor einem Marktstand an und erzählt ihm, gleich nach einer kurzen gegenseitigen Vorstellung, eine Geschichte, an der Caillié geringes Interesse heucheln muß, weil er trotz aller gewonnenen Sicherheit immer eine Falle vermutet. Der Mann, er heißt Hassan, kommt gerade aus Temboctou und hat gehört, daß vor nicht allzu langer Zeit dort ein Rumi (Abdallah schaut auf), ein Forto, ein Nazareni gewesen sein soll, der aber dann bald gestorben ist, Caillié weiß, um wen es sich handeln muß, woran ist er denn gestorben, fragt er beiläufig, Hassan zuckt die Achseln, so genau hat er sich mit dieser Geschichte nicht befaßt, es ist nicht unwahrscheinlich für einen Christen, in diesen Gegenden zu sterben. Was hat er überhaupt hier gesucht? fragt Abdallah, er wollte das Land schreiben, meint Hassan trocken, ah, sagt Caillié. Der Maure rät Abdallah, die Route über *Tafilet* (der alte Ruhm dieser Stadt ist auch schon zu Caillié gedrungen, er wird der erste sein, der mitbekommt, daß es sich gar nicht um eine Stadt handelt) und Fez zu nehmen, hier sind die Karawanen häufiger, die Leute freundlicher, die Leerräume der Wüstenetappen nicht ganz so endlos, verglichen mit dem direkten Weg in den Osten.

Nach einigen Tagen wird ihm das Ergebnis der Verkäufe präsentiert, EHM und der Cherif sind sehr zufrieden, Caillié gibt sich ebenso zufrieden, obwohl er meint, daß insbesondere für den Bernstein und die Koralle, die er eigentlich gar nicht verkaufen hätte wollen, nur ein Viertel des Preises von Sierra Leone erzielt wurde; er ist sich, trotz des versteckten Goldes, nicht sicher, ob sein Geld für den Rest der Reise (immerhin hat er gerade erst knapp die Hälfte der Entfernung hinter sich) reichen wird; die wenigen Wochen in Djenne, wo er nicht für seinen Unterhalt zu sorgen hat, kann er zwar auf der Habenseite verbuchen, doch die monatelange Verspätung durch den Aufenthalt in Tiémé hat nicht nur seinen Körper, sondern auch seine Reisekasse in Mitleidenschaft gezogen. Der Cherif wird sich immerhin auch darum kümmern, eine Schiffspassage nach Kabara für Abdallah zu organisieren, alles inklusive, so daß Caillié jetzt schon sorglos sein kann, was die nächste Etappe betrifft, für die man ihm immerhin auch eine Dauer von fast einem Monat veranschlagt. Er entschließt sich zu einer besonderen Geste und überreicht dem Cherif (mit nicht allzu feierlichem Gehabe und ohne es sich vorher lange zu überlegen, doch es ist für ihn wie eine neuerliche Häutung, ein Aufgeben seiner bisherigen Existenz als Reisender, und ein Abschließen der Person, die er im Land der Schwarzen darstellte), obwohl dieser bei der Vorführung so wenig Begeisterung gezeigt hat, seinen Regenschirm. Oulad-Marmou scheint überrascht über diese Großzügigkeit, doch er weiß seine Mimik nach einem kurzen Aufleuchten der Freude im Gleichgewicht zu halten; er sagt nur, die Großzügigkeit eines Armen verdient den doppelten Lohn Gottes, möge Allah dir in dieser und in der anderen Welt alle deine Wünsche erfüllen; er nennt ihn zum ersten Mal seinen lieben Freund, und am nächsten Tag (zwei Tage fehlen noch zum Beginn der Fastenzeit) wird Abdallah sogar zum ersten Mal in das Haus seines Gönners eingeladen, wo sich eine größere Gesellschaft zum Mittagsmahl versammelt. Er betrit das Haus mit dem Bewußtsein, daß er zum ersten Mal als Gast und nicht als Bittsteller in herrschaftliche Gemächer vordringt, von all den Gouverneuren in Freetown und in Saint-Louis in ihren üppig möblierten Büros hatte er sich wie eine Gnade zu erbetteln, was sein heiliges Recht ist, und mußte sich noch dazu abwimmeln lassen: ein Dahergelaufener, ein Hochstapler, ein irrer Fanatiker, ein Bauerntölpel, der sich anmaßt, alleine zu unternehmen, woran Offiziere und Wissenschaftler mit riesigen Heeren von Hilfskräften gescheitert sind; ein kleiner Junge, der die falschen Bücher gelesen hat und dessen Hirn davon heißgelaufen ist: dieses Spiegelbild haben ihm die Blicke der hohen Herren gezeigt, was hätte ihn noch in diesem Vaterland, in diesem Glauben halten sollen. Nun wird er höflich in einem weitläufigen und hohen Raum empfangen, der mit Teppichen reich geschmückt ist. Beiläufig lernt er auf dem Weg zum Eßplatz das Haus kennen, das in der Anlage seinem Wohnhaus gleicht, nur die Details der Dekoration, die Auskleidung der Böden und der Wände, die Sicherheit, mit der die großzügigen Räume augenscheinlich von ihrem Herrn bewohnt und besessen werden, zeigen die andere Funktion für ihren Besitzer, sie erweisen dessen Reichtum, ohne daß er damit protzen würde, wie sich Abdallah vorstellt, daß es reiche Europäer in ihren Villen tun. Eine breite, makellos gemauerte Treppe führt auf die Terrasse, über eine Galerie hat man Zugang zu einer Reihe von kleinen Kabinetten, durch eine offenstehende Türe erkennt Caillié die Garderobe des Sherifs, einen waagrechten quer durch den Raum laufenden Strick, an dem, in einer ungeheuren Menge, die schlichten und doch eleganten Hosen, Coussabes und Burnusse aufgehängt sind, unter denen der Sherif, nach Regeln, die Caillié unbekannt sind, jeden Tag die passende Kleidung auswählt. Ein abgestuftes, vielfältiges System von Lichtquellen gibt den Innenräumen Helligkeit und Weite: Öffnungen an der Decke, von den Plafonds hängende Öllampen, formlose, tropfende Wachskerzen in kupfernen, anscheinend spanischen oder portugiesischen (Caillié wagt nicht zu fragen) Kerzenständern. Der Kreis, in den sein Gastgeber ihn einführt, ist bereits vollständig versammelt; Abdallah nimmt auf einem runden Lederkissen Platz, sein Gastgeber, ihm gegenüber, folgt ihm. Sie sind sieben Weiße, Abdallah und sechs Kaufleute, der Cherif, der der Reichste von allen ist, versagt sich alle Überheblichkeit; ein Schwarzer, vermutlich ebenfalls ein Kaufmann, ißt mit ihnen; man nickt Abdallah, als dem letzten Ankömmling, ohne das Gespräch zu unterbrechen, kurz zu; seine Geschichte ist, wie der Verlauf der Unterhaltung zeigen wird, allen bekannt, und sie ist, ohne daß er selbst zum Objekt der Neugier oder des Mißtrauens würde, Ausgangspunkt eines der Stränge der Unterhaltung. Diener bringen ein kleines rundes Tischchen, das Abdallah mit seiner fragilen Form und den Intarsien aus Kupfer und Elfenbein auf der Tischplatte an ein kostbares Spielbrett erinnert, doch sogleich wird eine große Schüssel mit fein gewürfeltem Lammfleisch und Zwiebeln auf den Tisch gestellt; aus einem mit einem Tuch bedeckten Korb zu seiner Rechten entnimmt der Cherif kleine runde Brote und teilt sie unter den Anwesenden auf. Abdallah ist nicht nur vom scharfen und zugleich süßlichen Geschmack der Sauce, von der feinen Würzung und der Lockerheit des Brotes, von der Zartheit des Fleisches begeistert (seine Zähne haben keine Mühe an der Aufgabe, die ihnen gestellt ist), sondern auch von den Tischsitten seiner Eßgenossen; er hätte sich nicht vorstellen können, schreibt später Caillié, mit welcher Anmut und Dezenz man mit den Fingern zu essen vermag; er registriert auch die Schönheit der Sklavin, die das Essen serviert und sich dabei knapp an seinem Gesicht (so daß ihr Duft sich für ihn, der plötzlich wieder unbehindert riechen kann, dem Duft des Essens beimischt) hinabbeugt; daß eine Frau mit den Männern gemeinsam essen würde, ist allerdings in Djenne in allen Gesellschaftsschichten undenkbar. Abdallah erzählt davon, wie bei den Europäern Männer, Frauen und Kinder auf Stühlen rund um einen klobigen Eßtisch sitzen und mit Löffeln und mit Messern ihre barbarischen Speisen in sich hineinschlingen. Er redet leise, versucht nicht zu dick aufzutragen, weder übertriebenen Ekel noch übertriebene Sympathie zu zeigen; so wie er es gelernt hat, möchte er eine möglichst objektive Darstellung der Verhältnisse in einem fremden, kaum bekannten Land geben. Trotzdem lacht man viel, vor allem, als man wieder auf das Schweinefleischthema kommt, im allgemeinen hält sich Abdallah sowohl mit dem Sprechen als auch mit dem Lachen zurück, obwohl er sich wundert, daß nichts in ihm, nicht einmal ein kleiner Überrest von Trauer, ein Überrest von Heimweh dem Lachen widersteht. Die Männer sprechen über die Kriegszüge des Königs von Massina Sekou Ahmadou Lobbo, der (Abdallah erinnert sich an die Empfehlungen, die ihm unwissende, in den Nachrichten zwei oder drei Jahre hintennach hinkende Fulahs in gar nicht so weit entfernten Dörfern gaben) schon seit langem die Hauptstadt aus Djenne hinausverlegt hat, aus Gründen, von denen man nicht allzu genau spricht, die aber mit der Glaubensstärke des Königs und mit dem Wesen Djennes als Handelsstadt, vielleicht auch mit diesen Häusern nahe der Moschee zu tun hat; Caillié glaubt zu verstehen, daß Ahmadou eine neue Hauptstadt gegründet und ihr den Namen *El-Lamdou-Lillahá* verliehen hat, was in Abdallahs Arabisch Gotteslob heißt. Man erzählt ihm, daß Ahmadou erst vor zehn Jahren Djenne für sein Fulah-Reich erobert hat, mit einer Armee von nur fünfzehn Mann, an der Spitze einer riesigen Viehherde (er denkt an die freundlichen Rinder aus dem Fouta-Djallon und die büffelartigen Tiere vom Markt), die aus der Ferne, mit der Staubwolke, in die sie gehüllt war, wie die Geistererscheinung eines gewaltigen Heeres wirkte und die damaligen Machthaber veranlaßte, sich sofort zu ergeben und die Stadt auszuliefern. Caillié merkt bei den Mauren, die wohl an politischer Macht nicht sonderlich interessiert sind, solange ihre wirtschaftliche Macht nicht berührt ist, keine Mißgunst gegen die Fulahs; vielleicht würden sie aber ihm gegenüber oder wegen eines anderen Anwesenden, der ein Spitzel sein mag, auch nichts Negatives über diese Herrscher zu äußern wagen, es stört ihn jedenfalls nicht, daß er entgegen der Empfehlung, die man ihm gegeben hat, den König nicht aufsuchen kann oder muß. Nach dem Essen serviert die schöne Sklavin (Caillié würde gerne nach ihrem Namen fragen, Abdallah wagt sie nicht anzuschauen) den Tee; dreimal werden die winzigen Tassen aus Porzellan mit dem gewölbten Boden nachgefüllt, er hört nicht auf zu zählen. Abdallah hat Mühe und fast Angst, mit seinen an solch feine Gegenstände nicht gewohnten Fingern die Tassen anzugreifen und in einem allzu langen Weg (nein, er zittert nicht) zum Mund zu führen; wie kleine Vögel aus ihren Nestern muß er sie aus den größeren, an Eierbecher erinnernden Tassen mit Fuß herausfliegen lassen, in denen sie stecken; ein leises Schmatzen begleitet und stört die Prozedur. Weißer Zucker, der langsam zergeht, und Minzblätter, die alles Dumpfe und Verschleimte aus seinem Kopf und seiner Kehle vertreiben, er schaut in seinen Tee, er schaut auf die Gesichter seiner Freunde; bei der vierten Tasse hat Abdallah alle Reste von Mühe und Angst hinter sich gelassen. Man bricht zu einem gemeinsamen Verdauungsspaziergang auf, Abdallah steht als letzter auf, er folgt den Männern die Treppe hinab. Der Sand der Straßen und der Lehm der Häuser erscheinen fast rötlich, die Straßen sind breit wie Paradeplätze, man spricht nicht viel auf dem Weg, zwei, drei Mann gehen nebeneinander, kleine Gruppen, die sich einfach voneinander lösen und neu zusammenfügen, Abdallah ist einer der acht, so wie der Neger einer unter den Weißen ist. Einige Straßen trennen sie vom freien Feld hinter den Mauern, es sind die gleichen Wege, die er oft alleine gegangen ist, doch die Blicke nicht nur der Entgegenkommenden, sondern, so kann ihm scheinen, auch der Wände (mit ihren Strebepfeilern, den breiten pfeilförmigen Zinnen an den Terrassenbrüstungen, als wäre jedes Haus eine kleinere, bescheidenere und eben darum schönere Version der Moschee) sind anders, respektvoller, schmeichelnder, da sie ihn als Bestandteil dieser Gruppe erfassen. Ohne daß er den Apparat beanspruchen müßte, der seine Schritte zählt und die Welt in ein Koordinatensystem umwandelt, schreiben die Wege sich seinen Beinen ein, erscheinen ihm wie naturgegebene Bahnen, in denen sein Körper mit der Welt im Einklang ist. Jetzt erst kann er wissen, was es heißt, einen Ort erobert zu haben, und er ist fast unsichtbar geworden an diesem Ort. Man geht über den grauen Sand, an den seltenen grauen, von Staub bedeckten Sträuchern vorbei, durch diese Landschaft der Insel von Djenne, deren Einförmigkeit Abdallahs Körper durchzieht und überall winzige Körnchen von Glück hinterläßt, über deren Natur er nicht nachdenken kann, will und soll, hin zum Ufer; die Männer setzen sich auf den Boden und verstehen gemeinsam zu schweigen, ein leichter Wind bewegt ihre Kleider wie er die Wellen des Flusses bewegt, den Caillié für den Djoliba hält; die kleinen, fast inhaltslosen Bemerkungen, die dann und wann einer macht, fügen sich ins Schweigen ein. Sie schauen auf die Pirogen, die, nahe bei ihnen und doch nur Bilder, am Ufer vertaut im leichten Seegang schwanken, auf die ankommenden Pirogen, die von Männern mit klatschnaß an den Körpern klebenden Coussabes entladen werden, weiße mit Hanfstricken verschnürte Ballen auf den Köpfen der Träger. Abdallah blickt aufs Wasser, er blickt auf seine Freunde, alles ist gleichermaßen sichtbar, er ist der Herr über seine Blicke, er weiß die stumme Stadt in seinem Rücken. Zum ersten Mal in seinem Leben gehört er zur Oberklasse, und er fühlt sich zum ersten (beinahe auch schon zum letzten) Mal zufrieden, angekommen. Die Sonne wandert über den Himmel, und die Stunde des dritten Gebetes naht; der Cherif bestimmt, daß die Zeit nicht mehr ausreicht, zurück in die Stadt und in die Moschee zu gehen, sie werden ihre Gebete hier verrichten. Abdallah denkt, man schaut in die Richtung seiner Heimat, über Temboctou und die Wüste hinweg, seine Knie parallel zueinander und parallel zu den Knien des Cherifs und seiner Gäste, man beugt im selben Rhythmus den Rücken, ein Ballett, aus dem Abdallah nicht als Schwachstelle oder Fremdkörper heraussticht. Der

Cherif murmelt arabische Worte, die Abdallah nicht versteht, es stört ihn nicht; er betet wortlos und ohne einen Gedanken an Gott, den einen oder den anderen, indem er dem Rhythmus folgt und im Rhythmus aufgeht; er ist in diesem flüchtigen und doch beständigen Moment nichts als das, was er zeigt; er hat keine Angst vor Blicken und fordert keine abschätzenden Blicke heraus, niemand denkt daran, ihn heimlich zu beobachten. Der Übergang, so scheint es, ist gelungen: er ist nur noch reine Oberfläche, und das Innere (wie die Tiefe eines Gewässers) ist so weit versteckt und verkapselt, daß es gar nichts Benennbares, Sagbares mehr an sich hat, nichts kann aus dem Versteck, der Kapsel, der Tiefe hervorkommen, er fühlt sich wirklich nur noch als Abdallah, so wie er sich später einmal nur noch als Caillié fühlen wird und als nichts sonst, vielleicht aber auch bloß für einen einzigen Moment des Übergangs, des stillen Aufleuchtens, so wie hier am Ufer des Flusses, in der Gesellschaft des Cherif und der reichen Kaufleute von Djenne, unter der wirksamen Erinnerung an das Mittagessen, den Tee, die Freundlichkeit, unter dem Eindruck der Stille, des sehr weiten blauen Himmels und des Wassers (anderen sind solche Momente niemals vergönnt).

Der Neumond ist für den nächsten Tag erwartet worden und wird doch, nach aufgeregtem Absuchen der tiefblauen Himmelsfläche, so als hätte er ebensogut ausbleiben können, mit Jubelschreien und Musketenschüssen begrüßt, Caillié beobachtet von der Terrasse aus das Aufblitzen des Mündungsfeuers, wie ein Gewitter am Boden, in den unsichtbaren Gassen, auf den weiten Plätzen; er notiert das Datum, achtzehnter März (unglaublich, daß er erst seit so kurzer Zeit in Djenne ist, so vollgefüllt mit Ereignissen erscheinen ihm diese Tage, in denen er sich nicht weiterzubewegen hat, im Vergleich zu den vorüberhuschenden Tagen des Marschierens mit ihren Anstrengungen, der ständigen Anspannung, der bleiernen Müdigkeit, der tödlichen Angst zurückzubleiben). Die Vorsicht und das Zartgefühl, mit denen ihn El-Hadj-Mohammed fragt, ob er auch fasten möchte wie alle anderen (selbst die heidnischen Sklaven), läßt für einen Moment die Züge seines weißen Gesichts zerfließen, er fühlt sich stürzen (ein Riß macht das Loch in seinem Innern sichtbar), doch er versucht nie, diese Frage zu interpretieren, er erlaubt sich keinen Zweifel an dem Bild, das er von sich abgibt. Aber natürlich, sagt er nur, ohne sich dankbar oder beleidigt zu geben, was ihm beides möglich und doch falsch erscheint. Zugleich erinnert er sich mit Beunruhigung an den Ramadan während seines Braknas-Jahres, den er (unter dem Namen Abdallah und doch ein anderer als heute) nicht zu überleben glaubte: in einem Zelt in der Wüste, fiebernd, mit geschwollenem Gaumen, gehänselt von den Kindern, die vor seinen Augen Milch oder Wasser tranken und versuchten, ihn mit Fliegen zu füttern, von den Männern, die ihn als Schwächling verachteten und ihn fragten, ob sie ihm Branntwein holen sollten, von den fetten Frauen dieses Stammes, die ihn zum Zeitvertreib während der langen Tage mit Nadeln stachen. Es wäre schön für uns beide, sagte ihm immerhin, als er schwächer und schwächer wurde, mit dem Blick eines Arztes auf einen moribunden, mit offenem Mund daliegenden Patienten sein Gastgeber (ein recht freundlicher und gebildeter Mann), wenn Sie hier bei mir sterben würden: Sie kämen ins Paradies und ich könnte Ihre Habseligkeiten behalten, er sieht die Szene von außen wieder. Die gleiche Pflicht, die unter der Voraussetzung der Armut und der Fremdheit quälend war, ist nun, unter der Voraussetzung der Zivilisation und des Wohlstands (auch wenn es nicht sein eigener Wohlstand ist), eine schöne Erfahrung, ein kleines, leicht zu bewältigendes Abenteuer. Er macht nur einmal den Fehler, tagsüber Milch kaufen zu wollen, um sie nachts bei sich daheim mit Wasser vermischt zu trinken; eine unmögliche Besorgung, wie sich herausstellt; nach Sonnenuntergang erscheint, ohne ihn zu tadeln, EHM in seinem Zimmer, mit einem Kännchen Milch und der Versicherung, alles, was er benötigt und wonach es ihn gelüstet, könne er von ihm bekommen; er hat nichts zu tun als ihm Nachricht zu geben. Zuvor schon ist ihm ein Yoghurtgetränk, mit Tamarindengeschmack und Honig, heraufgebracht worden; dazu ein harter Käse, den man (er hat es bei den Mauren gesehen) zerreibt und ins Getränk mischt, und ein Schälchen klarer Suppe, mit deren Genuß er von jetzt an jede Nacht der Fastenzeit eröffnen wird. Der Cherif schickt ihm jeden Abend Datteln und köstliche Wassermelonen; als Hauptmahlzeit, nach acht Uhr, gibt es Reis mit Schöpsernem; um ein Uhr ein üppiges Frühstück, mit Reis und Hühner- oder Schaffleisch, er ißt allein oder in Gesellschaft, bei Kerzenlicht, in seinem Haus, oder im Haus eines der vielen Bekannten, die er gewonnen hat, von Sklaven mit Lampen in der Hand durch die dunklen Gassen geleitet. Die Umkehrung der Verhältnisse macht ihm Spaß; es bereitet ihm keine Mühe, die Nächte durchzuwachen und tagsüber in seinem kühlen schattigen Zimmer zu schlafen. Er glaubt weniger einer religiösen oder gesellschaftlichen Pflicht zu gehorchen als einer Art von dekadenter Vergnügungssucht nachzugehen, mit all diesen Leuten gemeinsam nach ganz willkürlichen Regeln Tag und Nacht, Licht und Finsternis zu vertauschen und hemmungslos die Lust an dieser Vertauschung zu genießen; vielleicht wird er für Momente überheblich, doch sein Leben ist dem Leben der Mauren von Djenne so angepaßt, daß nichts von der Überheblichkeit sichtbar werden kann. Wenn er Hassan, den jungen Mauren, trifft, denkt er immer an seinen Konkurrenten oder Vorgänger und an dessen Tod, aber er stellt nie

mehr eine Frage, und sein Gesicht spiegelt niemals wider, was er denkt, so wie sein Denken seine Gefühle nicht widerspiegelt; jedes Scheitern eines anderen Forschers vergrößert seinen Erfolg (auch wenn mit den Unterschieden zu seiner Umgebung auch der Inhalt dieses Erfolgs immer schwerer faßbar wird, fast nur noch ein Städtename, fast nur das Einholen eines Gerüchtes und beiläufige Zurücklassen von Wirklichkeiten), es macht seinen Erfolg eigentlich erst aus; so muß seine Freude (hat er nicht außerdem noch den schwierigeren Weg der Selbstauslöschung gewählt, haben all die Versager nicht zehn Mal so viele Mittel wie er?) groß sein, doch er wird nur von seiner Traurigkeit und seinem Mitleid schreiben und seine leise, ihn über die nächsten Wochen begleitende Angst vergessen haben, die Erzählung Hassans könnte sich, wie so viele Erzählungen über Orte auf seiner zukünftigen Strecke, als falsch herausstellen; er wird dabei nicht einmal nur lügen, denn sobald er auf dem Schiff ist und allzu viel Zeit hat nachzudenken und zurückzufallen in Zustände, die er schon überwunden geglaubt hat, wird er sich die möglichen Todesarten des Konkurrenten eine nach der anderen detailliert vorstellen, von der Malaria, dem Wechselfieber, dem Skorbut über das Verdursten in der Wüste, Überfälle von Banditen oder betrügerischen Führern bis hin zu einer offizellen Hinrichtung, mit der Zurschaustellung des abgeschnittenen Kopfes auf dem Markt (man hat ihm immer wieder von diesem Brauch erzählt, doch der Anblick bleibt ihm überall erspart). Er versucht keine dieser Vorstellungen zuzulassen, sie zugunsten der Leere zu vertreiben, doch die erzwungene Tatenlosigkeit, vielleicht auch die Nähe zu seinem Ziel, mit dem gleichzeitigen Gefühl zurückzufallen, alles Errungene schon wieder zu verlieren und wie so oft am Nullpunkt zu sein, all das raubt ihm die Kräfte, macht ihn hilflos und ausgesetzt diesen Bildern und Ideen gegenüber, die aus einem unbekannten Dunkel (der Riß wird breiter) auftauchen und von ihm Besitz ergreifen.
Die letzten Tage seines Aufenthalts in Djenne gehen beinahe zu schnell vorüber; der Cherif teilt ihm kaum zwei Wochen nach seiner Ankunft, kaum eine Woche nach dem gemeinsamen Mahl und dem Nachmittag am Fluß, vier Tage nach Beginn des Fastenmonats mit, daß er die Schiffspassage für ihn besorgt hat; die endgültige Abrechnung mit El-Hadj-Mohammed und Oulad-Marmou ergibt ein Vermögen von dreißigtausend Kauris, das zum Teil wiederum in Stoffe umgetauscht worden ist; außerdem schenkt man ihm vier Kerzen aus gelbem Wachs für die Nächte auf dem Schiff, wo er eigentlich, als Reisender, nicht unbedingt zu fasten hat, aber es würde doch besser ausschauen, wenn er seine religiöse Pflicht übers Mindestmaß hinaus ernst nimmt, und er stellt sich auch noch vor, er könnte in gewisser Weise während der Flußfahrt den Rhyth-

mus von Djenne weiterführen und so dem Gefühl des Verlustes etwas entgegenzusetzen haben. Die Piroge soll am nächsten Tag ablegen; vielleicht wird er an Bord schlafen können, ansonsten wird auf eine durchgewachte Nacht ohne Schlaf, die er wie den lichten Tag verbringt, ein schlafloser Tag unter Deck, im Halbdunkel, unter Schatten folgen, der einer Nacht der Aufregung und des Sich Umherwälzens gleicht (er weiß nicht, wie tief das Dunkel zu Zeiten wieder sein kann). Er ißt während der Nacht zwei Portionen von dem Schafsragout und zwei der kleinen runden Brote, die ihm vom Cherif geschickt wurden; er trinkt auf der Terrasse einen letzten Schluck Milch (nie kommt er auf die Idee, seine Glaubensgenossen zu betrügen, während er allein ist) und wartet auf den Sonnenaufgang, zwei oder drei fröhlich plaudernde, rauchende Sklaven leisten ihm eine Zeit lang Gesellschaft. Ziemlich abrupt, wie ein gewaltsamer Eindringling im dunklen Himmelsraum erscheint, in dünnen roten Nebeln, die sie sogleich wieder zerstört, die Sonne; er geht die kleine Treppe in den ersten Innenhof hinab, in sein Zimmer, er wartet, daß man kommt, um ihn abzuholen. Der Sklave Oulad-Marmous, der eintrifft, bestellt ihn zunächst ins Haus des Cherif; mit dem Gepäck auf den Schultern steigt Caillié ein letztes Mal (alles jetzt geschieht zum letzten Mal, und doch erscheint ihm gerade jetzt alles wie eine Wiederholung, Teil einer unendlichen Serie von Wiederholungen) die Treppe ins Erdgeschoß herab, ohne noch einen Blick auf sein leeres Zimmer zu werfen, ein Raum mit weißgekalkten Wänden bleibt in seinem Gedächtnis zurück, von unbestimmbaren Lichtquellen gleichmäßig ausgeleuchtet, er scheint bereit zu stehen für eine Rückkehr, doch René kann den Ort in seinem Innern nicht bestimmen, ein Kästchen aus Licht, das sich verschiebt, weggeschnittene Zugänge. Im Haus des Cherif wird er von EHM und von Hassan erwartet, die ihn mit Vorräten ausstatten: Klumpen aus Hirsemehl und Honig, die er in Wasser auflösen soll, getrocknetes Weizenbrot, das er mit so ratloser Miene anschaut, daß man ihm ebenfalls eine Zubereitungsanleitung gibt: in Wasser tunken, mit Butter und Honig mischen. Oulad-Marmou überreicht ihm einen Empfehlungsbrief an einen Cherif in Temboctou, seinen Freund und Geschäftspartner, der ihm alle Türen öffnen wird. Alle drei begleiten ihn zum kleinen Hafen, es ist fast derselbe Weg wie vor sechs Tagen; er fühlt sich getragen wie ein Kind und doch auf dem Weg in die Einsamkeit, zurück ins Erwachsenendasein, alle Verschlingungen sind dabei, sich zu lösen, und er wird seine gerade Linie den Achsen von Raum und Zeit entlang ziehen, über die Landkarte, durch den Kalender. Die Hitze ist schon um neun Uhr vormittags groß, die Büsche und der Boden (getrockneter Schlamm, gleich dem getrockneten Schlamm, aus dem die Häuser von Djenne mit ihren Pfeilern, Erkern,

Türmchen, den manchmal schrägen Fassaden erbaut sind) wirken noch grauer als beim letzten Mal, weit im Landesinneren liegen einige Schiffe herum und warten auf die nächste Regenzeit und das Anschwellen des Flusses. El-Hadj-Mohammed nimmt ihm, trotz seines höheren Alters, seinen Seesack ab und trägt ihn für ihn; der Cherif erklärt, daß er dem Eigner der Piroge dreihundert Kauris für Abdallahs Verpflegung gezahlt hat; es wird ihm also an nichts fehlen. Vor einem der kleineren, vielleicht zwanzig Fuß langen Schiffe, die am Ufer vor Anker liegen, machen sie Halt. Oulad-Marmou reicht ihm die Hand und deutet eine halbe Umarmung an, die Abdallah zögernd erwidert; man wünscht ihm alles Gute, er möge sein Ziel erreichen, was auch immer sein Ziel ist, er möge seine Heimat wiedersehen, Gott möge ihm eine Heimat wiedergeben. Im nachhinein ist ihm nicht mehr ganz klar, von wem diese Worte kommen, vom Cherif, von Hassan, von EHM, von allen gemeinsam, wiederholt und abgewandelt, er ist sich nicht mehr sicher, ob er ganz richtig verstanden hat, was man ihm wünschte, und ob er richtig darauf zu reagieren vermocht hat, oder ob er zu wenig oder zu viel Gefühl gezeigt, zu wenig oder zu viel gesagt hat. Ein Mann in einer weißen Djellaba stellt sich zu ihnen, vermutlich der Schiffskapitän; er betrachtet sie stumm. El-Hadj-Mohammed umarmt einige Sekunden lang (die beiden Hände auf seinem Rücken, die feste Umschließung, der Bart auf seiner Stirn) den dünnen, sehr zerbrechlich wirkenden Abdallah, ein kleines Gerippe in einer weißen Coussabe, ich wünsche dir, daß du allen Krankheiten und allen Gefahren entgehst, Abdallah sagt, er verspricht es, EHM lächelt zärtlich. Abdallah nimmt den Seesack wieder um seine Schulter, Blicke in seinem Rücken, er verläßt den festen Boden, steigt, einige Schritte durchs seichte Wasser watend, aufs Schiff; der Kapitän folgt ihm, nachdem er noch ein paar Worte mit dem Cherif gewechselt hat, er klopft Caillié auf die Schulter. Caillié läßt sein Gepäck zu Boden gleiten und schaut zurück aufs Land, auf die Menschengruppe, die von anderen Menschengruppen (Hafenarbeiter, Neugierige, Spaziergänger oder die Freunde und Verwandten der Besatzung) schon kaum unterscheidbar ist, auf die Leere und das Grau zwischen den Menschen, die Mauern im Hintergrund. Die Zeit bis zum Ablegen der Piroge wird ihm lang. Endlich setzen die Seeleute, mit den langen Ruderstangen, die sie mit dem Fuß bedienen, das Schiff in Bewegung (es ist wie ein Gehen am Grund des Wassers, auf Stelzen wie langen Storchenbeinen), er schaut noch eine Weile, während das Schiff an der Insel von Djenne entlanggleitet, zurück, bald sind da keine Menschen mehr, nur noch der Sand und die Mauern, überragt von der Moschee mit ihrem Zuviel an Stein. Sehr langsam, zu Fuß wäre er fast schneller, kommt das Schiff weiter; öfters bleibt es in Sandbänken stecken, Leute vom Ufer werden herbeigerufen, die helfen sollen, es wieder flott zu machen. Caillié bleibt der Hitze wegen draußen im Freien; unter Deck (besser gesagt, unter der über die Warenballen und die Dutzende teils mit Fußfesseln aneinandergeketteten Sklaven gespannten Leinwand) ist es zwar schattiger, aber auch unerträglich eng und stickig, immer scheint die Gegenwart die Vorausschau zu dementieren, vielleicht verschiebt sie nur die Felder. Erst am Nachmittag, nach vielen Stunden des Vorwärtskriechens, Schritt für Schritt, erreicht das Schiff den Hauptarm des Flusses, von uns als Moment des Übergangs gewählt, der erste rapide soziale Abstieg (noch von relativ kurzer Dauer) steht bevor.

Seinen ersten (und letzten) Brief an Emma schreibt der Major mit der linken Hand, mit einer Schrift, die nicht wiederzuerkennen und kaum zu entziffern ist, fast so wie die arabischen Städtenamen, die er bis dahin nach den aufgesammelten Informationen in sein Journal gemalt hat, zum Kopfschütteln der Experten späterer Jahrhunderte, die aus seinen Zeichen nur ersehen, daß Laing niemals wirklich Arabisch gelernt hat. Er weiß nicht genau, warum er gerade jetzt doch diesen Brief schreibt; er weiß nicht, wann er seine Adressatin erreichen wird (doch es wird ein besonderer Moment sein: eine Verbindung, die schon gebrochen ist, aber vor der endgültigen Zerstörung für einen Augenblick noch zusammengeschmiedet wird, in einem Glühen und Aufleuchten, drei Orte, drei Zeitpunkte, die ineinanderstürzen). Es sind nur ein paar Sätze, die nichts von dem enthalten, was er fühlt, und nichts von dem, was er ihr sagen würde (was er ihr gesagt hätte), wenn er ihr von Angesicht zu Angesicht gegenüber stünde: dazu fehlen fast alle Voraussetzungen, nichts kann er sich vorstellen, nicht ihr Gesicht und nicht das seine, er kann sich kaum eine Vorstellung von seiner Situation und von seinen Gefühlen machen. Er glaubt immerhin, aus dem Alptraum erwacht zu sein, die Leere und Gleichgültigkeit erreicht zu haben, aus der er seine Stärke wiedergewinnt; langsam hat die Zeit wieder in ihren Rhythmus gefunden, sich zu Tagen und Nächten geordnet, anstatt ein einziges, zähflüssiges, dicht an seinem Körper klebendes Ganzes zu sein, etwas, das ihn festhält in der Bewegungslosigkeit und Blindheit und ihn wegschneidet von seinem eigenen Denken. Nun kann er nachzählen, daß er sich seit fast drei Wochen an dem Ort namens Blad Sidi Mohammed befindet, und er sieht, daß es weitergeht; er kann aufstehen, Daten in seinem Kalender fixieren, im nachhinein die endlich ausgetrockneten Verschlingungen auflösen; er ist den Fangarmen entkommen, der Gefangenschaft in einer Art von Innenraum der Zeit, wo er mehr erlebt zu haben glaubt als in seinem wirklichen Leben, nur daß er keine Worte für all das hat und all das (ein ganzes, aus Schmerzen und

Ekel aufgebautes, Jahrzehnte oder Jahrhunderte währendes Leben) vergessen haben möchte. Er hatte gemeint, in Falaba dem Tod nahe gewesen zu sein; dann sozusagen geweckt worden zu sein, durch die Magie seiner Gastgeber (er erinnert sich an das verklumpte Blut und glaubt es in seiner Brust zu spüren) sowie auch durch die bedeutungsvolle Erscheinung Jacks, als eines Begleiters für sein neues Leben, seine neue Zukunft; er möchte nicht wissen, was ihm nun diese so viel tiefere und quälendere Erfahrung über seinen Tod, über das Sterben sagt. Sobald es wieder Wochentage für ihn gibt, hebt er die Sonntage heraus und schließt sich an diesen Tagen von morgens bis abends mit seinen Gebetbüchern im Zelt ein, er kniet nieder, liest alte Phrasen, deren Sinn ihm entgeht; bittet ein Wesen, das ihm nur durch die Furcht zugänglich scheint, um sein Glück und seinen Erfolg sowie, weil er glaubt, dazu verpflichtet zu sein, auch um das Glück seiner geliebten Frau und ihrer ungezeugten zukünftigen Kinder. Vielleicht denkt er auch, er gewinnt durch seine Frömmigkeit bei seinen Gastgebern an Ansehen; in diesem Fall ist ihm auch wirklich, nicht nur zum Selbstschutz daran gelegen, denn in Sidi Mohammed Mocktar hat er (so wird er formulieren) einen gebildeten und frommen Mann von milden Umgangsformen vor sich; einen aufmercksamen und geradezu väterlichen Gastgeber; einen wahren Menschenfreund, wie man ihn bei fanatischen Mahometanern von der arabischen Raçe nicht zu finden vermeint hätte und kaum unter Menschen, die sich Christen nennen, einmal finden würde; dabei auch einen Mann von ausgezeichneter nobler Familie, von vielfältigen Beziehungen und größtem Einfluß. Diese Sätze eines kleinen Nachrufes könnten in den Seiten seines Journals zu lesen sein, wenn er nach Worten für seine Trauer gesucht hat und wenn überhaupt noch Platz für Trauer in ihm freigeblieben ist, nachdem, kaum daß er sich erholt hat und sich in seinem Körper wieder als ein Menschenwesen empfindet, Verlust auf Verlust und Niederschlag auf Niederschlag folgt.

Gleich bei der Ankunft in Blad Sidi Mohammed wirft man seine dreckige, stinkende Hose weg, er ist beschämt und erleichtert. Er könnte sich erinnern, daß er es gespürt, daß er es gerochen hat, über Tage und Wochen hinweg, daß der Geruch Teil seiner engen Umhüllung war; und noch in der folgenden Phase der Bettlägrigkeit (jetzt in immer demselben Zelt, ohne einen Blick auf den Himmel oder den im Mondlicht schimmernden Sand, an immer demselben Ort, dessen Name und Größe und dessen Lage, näher oder ferner von seinem Ziel, ihm noch unklar sind) fehlt es ihm einige Male an Kraft aufzustehen, und viel zu plötzlich, jenseits seiner Kontrolle, viel zu drängend, brechen die Flüssigkeiten, braun, gelb, rötlich, schwarz, aus seinem Innern. Auch wenn er der

Erinnerung in seinem Geist keinen Platz gibt und sie hinter einer Wand aus Fieber verschließt (manchmal überwindet sie die Grenzen, schießt in ihn hinein), weiß er, daß sie außerhalb von ihm weiter existiert, daß die Zeugen seiner Schwäche und seiner Demütigung zahlreich sind (er weiß nicht, wie schnell sich diese Zahl vermindert); vielleicht ist auch das ein Grund für sein immer frommeres, immer höflicheres, dabei zugleich immer distanzierteres Betragen. Er hat, seitdem er dazu wieder in der Lage wäre, in keinen Spiegel geblickt, die Entstellung soll sich nicht seinem Denken und damit, so fürchtet er, seinem Verhalten mitteilen. Er weicht, während dieser wenigen Tage des Briefeschreibens und Pläneschmiedens, Jack Le Bore aus, so gut es geht, und setzt diese Distanz sogar etwas zu lange (bis nichts mehr wieder gutzumachen ist) fort; zugleich ist er froh, daß sein Freund kein Weißer ist, so wie er bei einer Krankenschwester froh wäre, daß sie kein Mann ist; als würde die Nähe einer Frau und ihr Zeugnis, als würde die Nähe eines Schwarzen und sein Zeugnis weniger zählen. Er könnte womöglich genauso gut einen ehrlichen, schamlosen Brief an Emma schreiben, wenn er die Gewißheit hätte, daß der Konsul ihn nicht zu lesen bekommt (wenn er sich seines Besitzes sicher wäre). In den schlimmsten Stunden, wo sich das Fieber und die Verletzungen als neue Haut um ihn gelegt haben, jeden seiner Gedanken und jeden seiner Atemzüge bestimmt haben, scheint Jack fast ständig bei ihm gewesen zu sein, sein Reittier neben dem Reittier, auf das er festgebunden ist, die über ihn gebeugte Gestalt an seinem Lager, die Stimme (die tiefe, dunkle, freundliche Stimme eines alten Söldners) an seinem Ohr; wie eine Mutter wacht sein Diener bei ihm, als würde er nichts riechen und sich vor ihm nicht ekeln können, flößt ihm Wasser oder Milch ein, säubert ihn, den Körper auf die Seite drehend, tröstet ihn, wenn aus seinen Seufzern herauszuhören oder durch tiefere Intuition zu erkennen ist, daß er nahe daran ist, auf dem Grund der Verzweiflung aufzusetzen. Inmitten seines Unglücks, denkt Laing dann, hat das Schicksal doch noch gezeigt, daß es ihn bevorzugt; der eine Gefährte, der ihm notwendig und unverzichtbar ist, verbleibt, unverletzt und vielleicht unverletzlich, möglich, daß es weniger Scham ist als diese Sicherheit (die Gewißheit, daß Jack immer, wenn er ihn braucht, plötzlich auftauchen wird, auch wenn niemand es vermuten würde), die ihn dazu bringt, sich von seinem Freund fernzuhalten. Man hat ihm erzählt, wie am Morgen nach dem Überfall die Überlebenden den Fußspuren folgten, die aus dem Lager hinausführten, ein dichtes Gewirr bis zu dem Ort, wo man die Leiche des Dolmetschers gefunden hatte, dann, in einem Zickzack, die einsamen Fußtritte, hunderte Schritte weit, sinnlos erscheinende Bogen und Wendungen, bis hin zu einer Düne, auf der schon von ferne, dem

Schutz der Dunkelheit beraubt, eine menschliche Gestalt, ein Toter oder Schlafender, sichtbar wurde; mit angezogenen Beinen, den Kopf auf den gefalteten Händen wie ein schlummerndes Kind: blitzschnell, fast mechanisch, erhebt sich aber, als er menschliche Stimmen hört, Le Bore; er schaut sich um und merkt sofort, daß keine Gefahr mehr besteht, er streicht sich den Sand von der Djellaba, die er sich anstelle der unbequemen Uniform zu tragen angewöhnt hat, stellt die Frage, die zu stellen ist und erhält nur eine vage Antwort, aus der er (weil er das Ziel der Reise, ohne sich um seinen Inhalt zu kümmern, zu dem seinen gemacht hat, und weil er Angst um seinen Chef und Freund hat) das wenige an Zuversicht herausliest, das daraus herauszulesen ist. Der Major ist noch am Leben, weiß Gott, wie das möglich ist und ob und wie lange es weitergehen kann; so weit hat Le Bore das Denken Laings angenommen, daß er weiß, es kann kein Zufall sein, so wie er ihn einmal todkrank gefunden und genesen sehen hat, wird er ihn tödlich verwundet wiederfinden und genesen sehen; nur Rogers und der Dolmetscher (das hat Le Bore ja selbst miterlebt oder eher, im Weglaufen, in seinem Rücken, gehört und gespürt, die drei Schwerthiebe, nach dem ersten ein kurzer Schrei, dann, viel lauter als jeder Schrei, die Stille und die zufriedenen Ausrufe der Angreifer) sind tot und schon begraben, auch den Juden hat man freundlicherweise verscharrt. Jack folgt, fast schon an der Spitze des kleinen Trupps, dem Zickzack der eigenen Fußspuren zurück: zum Grab Nahums, das niemand zu markieren wußte, zum Lager, zum Ort, wo die Perspektiven sich, im Rückgang in der Zeit, einander wieder angleichen sollen, für ein und dieselbe Reise und die eine und selbe Gegenwart; er fühlt sich eher erfrischt als geängstigt, wie der Überlebende einer Schlacht. Es ist nicht das erste Mal, daß er dieses Gefühl erlebt, doch diesmal ist die Verbindung, die Loyalität enger als jemals zuvor, er weiß, daß mit dieser einen Schlacht noch nichts zu Ende ist; im Unterschied zu all den Armeen der kleinen europäischen Länder, Frankreich oder Preußen oder England oder Dänemark, die immerzu in wirre und unsinnige Konflikte verwickelt sind wie bösartige Ameisenvölker, kann er die kleine Gruppe rund um den Major nicht einfach verlassen und anderswo Beschäftigung und Bezahlung suchen; diesen Verrat würde er sich selbst niemals verzeihen. Nach einer halben Stunde ist das Lager wieder erreicht, wo man sich schon für den Aufbruch bereit macht; die Ereignisse der Nacht haben kaum eine besondere Unruhe hinterlassen, die Szenerie ist dieselbe wie an jedem anderen Tag: das Gebrüll der Kamele, die lieber schlafen wollen und sich dagegen wehren, beladen zu werden; andere Kamele, die stumm wiederkäuend dastehen und sich gelassen in jedes Schicksal fügen; die routinierten Handgriffe der Sklaven und Kamelführer, die an den

Gebissen, den Höckern oder den wunden Beinen ihrer Tiere herumhantieren; die aus ihren Zelten hervorkommenden Herren der Karawane, darunter Babani und seine Söhne und Neffen. Le Bore findet inmitten dieser Masse von Menschen und Tieren gleich Laing oder eher das, was man als Laing bezeichnet – was man bisher als Laing bezeichnet hat, schwer wiederzuerkennen in einem blutigen Klumpen, der überall mit Fetzen umwickelt und schon für die Abreise auf ein Kamel gebunden worden ist, so wie man auf ein anderes Kamel den leichter verwundeten Bootsmann Harris gebunden hat, dessen Gesicht grau geworden ist und einen Ausdruck der Verzweiflung gar nicht erst zu verstecken versucht, von jetzt an, sozusagen verwitwet, wird Harris noch stiller, hilfloser und verlorener wirken als bisher, wo er im Schatten seines Gefährten immer am rechten Platz war. Le Bore nickt ihm kurz zu, und Harris zeigt auf sein Bein, dessen Knochen von einer aus nächster Nähe abgefeuerten Kugel zerfetzt wurden, auf den Knien ist er dann, von den Angreifern nicht weiter beachtet, zu Babanis Zelt gekrochen, man zeigt Le Bore die Blutspuren dort, wo schon keine Zelte mehr stehen; er stellt keine Fragen, weil er weiß, daß er keine Antworten bekommen würde, weder von Mohammed und Bungola, den Kamelführern Laings, noch von Babani oder einem seiner Leute. Später, wenn Laing wieder sprechen kann und nachzuforschen versucht, wird Le Bore ihm sagen, daß es Situationen gibt, in denen es falsch ist, nach Hintergründen und Gewißheiten zu suchen, weil jede Ahnung einen nur tiefer in den Abgrund führen würde, weil jede Wahrheit mit Lügen vermischt ist und man sich nur in Lügen verstrickt, wenn man den Fehler begeht, Partei zu ergreifen oder nur eine eigene Position (anstatt geschmeidig weiterzugleiten) zu vehement zu verteidigen. Er tritt zu Laing hin, berührt das Bündel Fleisch, Gesicht ist von unten keines wahrzunehmen, ich bin da, sagt er, alles wird gut, ohne daß er weiß, ob er gehört wird; als würde sein Vorhandensein das Vorhandensein des anderen, unter diesen Verbänden verborgenen Wesens garantieren. Es scheint, daß ihm geantwortet wird; so wie Blut durch den Stoff sickert und dunkle, sich ausbreitende Flecken hinterläßt, sickern Wörter aus dem Mund, leise, unverständlich, tief in der Kehle geformt, fast nicht von einem Husten zu unterscheiden, Le Bore tut so, als würde er sich auf einer Ebene befinden, auf der dieses Sprechen ihm zugänglich ist, und beantwortet mit Worten und dem Druck seiner Finger das Gestammel des Europäers, er achtet nicht darauf, was er sagt, sondern nur darauf, zu reagieren und die Lücken zwischen den Wortfetzen des Majors zu schließen, sie sind zwei, und sie sind auf einer gemeinsamen Reise, jedes Wort gehört ihnen beiden an und ihrer Reise, keinem von ihnen, uns, niemandem. Sobald die Karawane zum Aufbruch bereit ist, muß sich Le Bore von Laing entfernen. Die Kamele mit den Verletzten kommen langsamer voran, immer wieder wird man nicht wissen, ob man nicht schon Tote sinnlos mitschleppt; Le Bore, in unauffälliger Weise von der Babani-Gruppe umschlossen und nicht in der Lage zurückzubleiben, wird aus der Entfernung wachsende Zweifel hegen, ob der Major, irgendwo hinter ihm, mit zwei, drei Dienern an seiner Seite, noch am Leben ist, oder ob er selbst sich nicht schon ganz alleine und vollkommen überflüssigerweise in einer Gegend befindet, wo er nichts verloren hat; weniger als alle Weißen, denn er kann zwar die Gefahren mit ihnen teilen und ihnen behilflich sein, doch er kann nicht ein Zipfelchen von ihrem Erfolg und ihrem Ruhm für sich beanspruchen, als wäre er, nur durch seine Hautfarbe und den Fehler seiner unbestimmten Geburt, nicht mehr als ein Gespenst und kaum wirklich vorhanden. Jacques oder Jack, eine einfache Bezeichnung für einen nützlichen Gebrauchsgegenstand, der von Hand zu Hand wechselt, seinen eigenen Namen hat er schon längst vergessen. Nach langer Zeit (die Babanis haben schon gegessen, während Le Bore nur einen Schluck Wasser hinunterbekommt) tauchen am Abend die Nachzügler am Horizont auf, Jack geht ihnen entgegen und versucht schon aus der Entfernung Spuren von Leben im weißen Bündel auf einem der Kamele zu entdecken; das mißlingt, aber Laing ist am Leben, wenn er auch das Bewußtsein verloren zu haben scheint, nicht zum ersten Mal, wie Mohammed berichtet; alle paar hundert Schritte, sagt er, haben sie Halt machen müssen, um das Gewicht dieser halbtoten Last zu verlagern oder die Verbände zu erneuern, um Wasser in die Mundöffnung zu träufeln oder auch, weil es sich ja jetzt um Medizin handelt, etwas von dem scharfen Teufelszeug, das der Major mit sich führt, das soll, hat er einmal erklärt, als er noch zu Erklärungen fähig war, gut gegen die Schmerzen sein. Im jetzigen Zustand scheint es aber höchstens die Wahl zwischen Schmerz und Bewußtlosigkeit für ihn zu geben; und die Grenzen sind niemals klar, so wie die Schmerzen sein Bewußtsein (einen ganz dünnen Schleier) zerreißen und Leerstellen und wirre, nicht aneinanderzuknüpfende Fäden freilegen, so durchdringen sie auch die tiefste Ohnmacht und lassen Zentren der Qual und der Angst über die Landkarte seines Körpers wandern, die immer offen in ihm daliegt und nicht durchs Dunkel zu verhüllen ist. Beim Abladen in Jacks Gegenwart werden die Wunden zählbar: einige Säbelhiebe haben Laing am Schädel getroffen, beide Schläfen sind verwundet, verschiedene Gesichtsknochen und ein Kiefer gebrochen, ein halbes Ohr ist weggeschnitten; das ganze Gesicht erscheint wie ein blutiger Brei, aus dem die halboffenen hellgrünen Augen herausschauen wie ein versehentlich übriggelassenes Stück einer menschlichen Person, die dieser Zeit und diesem Körperding schon längst nicht mehr angehört. Man möchte hier mit der Aufzählung eigentlich aufhören, aber am Nacken tut sich ein auch unterm Verbandsstoff deutlich sichtbarer weiter Spalt auf, am rechten Arm und in der Hand scheinen bis zu den Fingern hinab sämtliche Knochen gebrochen, bei jeder Bewegung, die man diesem Leib zufügt, schlenkert das schlecht zusammengeschnürte Anhängsel schauderlich in die verschiedensten Richtungen; auch der linke Arm ist, aber bloß an einer Stelle, gebrochen, die Wunden an den Fingern scheinen nur oberflächlich, ebenso wie die Schnittwunden am rechten Bein. Eine tiefe Fleischwunde im linken Schenkel blutet durch die aufgeschnittene Hose und den Verband hindurch, der Knochen scheint aber unverletzt. In der Hüfte muß noch eine Kugel stekken, hoffentlich nicht zu nahe am Rückgrat. Für einen Moment fragt sich Le Bore, warum man diesem hoffnungslosen Elend nicht ein Ende macht; warum man dieses Ding, das nicht anzusehen ist, weiterschleppt und seinen Zustand nur noch schlimmer macht, ohne daß man je einen Ort erreichen könnte, wo Heilung zu vermuten oder auch nur zu erhoffen wäre. Ein ganz kleiner Stupser müßte genügen, ein sekundenlanges Zuhalten des Mundes, ein einziger weiterer Schlag, und man könnte diese Augen schließen und dem Mann, der in diesen Körper vergraben ist, Ruhe schenken; selbst wenn man ihn liegen ließe und weiterzöge (in einem Vergessen des ganzen unseligen Unternehmens und seiner unklaren, unerreichbaren Zwecke), wäre das humaner als dieses Herumtragen, das Durchrütteln des halben Leichnams mit jedem Schritt, über Stunden und Tage, wer weiß, vielleicht Wochen und Monate, in einem unendlichen Vertiefen jeder Wunde und mit dem wachsenden Erstaunen, daß all das immer noch nicht zum Tod führt: will der Major denn unbedingt weiterleben? Er will es, das ist die trostloseste Gewißheit. Wie einem Befehl (aber einem Befehl aus dem eigenen Inneren) folgt ihr Le Bore, der Soldat einer Zweimannarmee, die entschlossen in den Untergang marschiert: sein eigenes Wissen kommt gegen die fremde Entschlossenheit niemals an, nichts soll seine Person herausheben und von der Unternehmung (dem Geist seines Herrn) abtrennen; die ganze Kraft der Trostlosigkeit, die Kraft seiner Gelassenheit stellt er in den Dienst dieser Unternehmung. Vom zweiten Tag an wird die neue Art zu reisen zur Routine; die Schwerpunkte der Karawane haben sich etwas verschoben, eine Stille, die nur vom in sich gekehrten Krächzen des Majors durchbrochen wird, bildet das Zentrum des hinteren, langsamsten Teiles, die Tage verlaufen problemlos und ereignislos, ohne Konflikte und ohne Verdacht, ohne die Angst vor erneuten Überfällen. Nur manchmal wird (wie in Watte eingelegt) in Le Bores Ohr das dröhnende Lachen Rogers hörbar, doch nach allen Gesetzen des Erzählens scheint nur natürlich, daß diese beiden Toten, schwach in der

Geschichte verankerte Nebenfiguren, die ersten Opfer sind. Was den Dolmetscher betrifft, so geht er keinem ab, weil Harris nicht spricht, Le Bore keine Verständigungsprobleme kennt und der Major Laing ohnehin (aus der Sicht aller anderen) die Sprache verloren hat; seltsamerweise wird ihn aber später die auch von ihm selbst noch lange kaum registrierte Abwesenheit am Wiederfinden zu hindern scheinen.

Es geht Laing während einer längeren Phase allein darum, ein Dreieck von kleinen Holzkugeln (lieber würde er sie aus glattpoliertem Stahl sehen) in möglichst gleichmäßiger Weise auf- und absteigen zu lassen; die rauhen hölzernen Oberflächen und die unklaren Spannungsverhältnisse an den Seitenlinien des Dreiecks haben etwas Würgendes, Erstickendes an sich. Nachdem es aber nichts gibt als dieses Dreieck, muß auf die Dauer ein Gleichgewicht entstehen. Immer wieder bringt ihn das Scheitern zur Verzweiflung, wenn Auswüchse aus seinem Körper treiben oder die neu geschlagenen Löcher sich weiten und für die Luft oder andere Eindringlinge, für die Kälte öffnen. Er ist schweißnaß, und er friert. Er weiß genau (auch wenn er sonst nichts mehr weiß), wo er sich befindet; in den Kugeln, in ihrem Dreieck scheint die Geographie dieses Kontinents, inmitten der Meere, von Flüssen durchzogen, abgebildet zu sein, faßbar in dieser Übersetzung, wo gerade die völlige Fremdheit des Materials dafür garantiert, daß jeder Punkt, jeder Ort, jedes Sandkorn der Wüste wirklich aufgehoben ist. Es ist lustig, wie völlig inaktiv und doch in Bewegung die kleine Figur in ihren Stoffwickeln ist, mehr als je in Bewegung; wie neue Krusten aus Sand, Schweiß, Blut, Scheiße und Eiter sich bilden und weggewaschen werden und sich wieder bilden, während der Punkt, ganz und gar ziellos, über die Landkarte wandert. Der Hintergrund ist dunkel, eine vollkommene Leere; er weiß, daß es keine neuen Tage und Stunden gibt, keine Veränderung und keine Entwicklung, daß es das nie mehr geben wird (und, außer in einer hartnäckigen Illusion, auch niemals gegeben hat), ebenso gibt es keine Personen und wird es nie mehr Personen geben, welchen Platz sollten sie auch im Innern dieses Systems einnehmen. Was man von außen gesehen für Durst halten mag, seine Helfer vernehmen das Wort Wasssser und träufeln ein paar Tropfen auf die rissige Schleimhaut von Lippen, Zunge und Gaumen, empfindet er als ein Scheuern der aus der Bahn drängenden vordersten Kugel am Augenhintergrund und bald an den Lidern; Schiefer lösen sich, schneiden momentelang in die Augäpfel oder von oben herab bis ins Zahnfleisch, rückwärts in die Hirnmasse oder in die dünne rötliche verklebte Haut der Lider (ein beängstigendes Auftauchen von Orten und Dingen). Sand rieselt dann ins Dunkel des Abgrunds, die Kugeln schwingen wild hin und her; eine Panik, er könnte auseinanderbrechen, erfaßt Laing; vom Nacken her könnte sein Körper sich auflösen, ohne daß er irgendein Mittel dagegen wüßte, doch ohne sein Wissen finden sich immer das Wort und das Mittel. Das Wasser verteilt sich sofort in dem System und dämpft die Schwingungen ab, der Branntwein, der folgt, sorgt dafür, daß kein endgültiger Ruhezustand entsteht, die Spannung wieder aufgebaut wird, seine Sinne ihren Rückzugsort, die Heimstatt ihres schwachen Zitterns wiederfinden. Irgendwann, nach einer langsamen Schwundstufe, dem Verblassen und dem Einsickern noch uneinordenbarer fremder Eindrücke, sind die Kugeln (vielleicht weil das Gleichgewicht schon gefunden ist, vielleicht ist es ein frühes Zeichen der Genesung) ins Nichts weggetaucht und (falls nicht tiefere Schichten des Schlafes einen schemenhaften Hauch von ihnen selbst oder von den Gesetzmäßigkeiten ihres Systems bewahrt haben) restlos vergessen; Laings Körper ist jetzt ein begrenzter, von Nervenfäden durchzogener, durch Nervenenden mit der Umwelt verbundener Gegenstand der äußeren Welt, nicht aus dieser loszulösen: ständig stößt er an Ecken und Kanten an, stolpert in seinem ewigen Dunkel gegen Wände oder gegen die niedere Decke, schlägt zu Boden; möglicherweise rücken die Wände immer näher, möglicherweise krümmt er seine Knochen immer weiter zusammen (und seine Haut, die vom Leib fault, ließe die weißen Knochen durchscheinen, wäre da nur Licht und jemand, der sehen kann). Auch wenn die Erinnerung an Afrika und an die Wüste nicht ganz ausgelöscht ist, trennt ihn ein so tiefer Bruch von seinem bisherigen Leben, daß er sich seit Jahren in einem fensterlosen Verlies gefangen glaubt; er müßte, wenn er nur konzentriert nachdenken könnte, auch irgendwo in seinem Gedächtnis die Vorgeschichte wieder ausgraben, die Person, die er gewesen ist, seine Wege und Irrwege, dann die Gestalten und Gesichter der Häscher neu träumen können, die ihn gestoppt und in den letzten und engsten der über den Verlauf seines Lebens aneinandergereihten Räume verfrachtet haben; er müßte den Moment der Gefangennahme wieder und wieder erleben, den Schlag, der ihn fällt, dann wieder ganz in den hilflosen Gegenstand hineinkriechen und ihn zu den Gliedern und Organen eines Menschen, von einem Gehirn gesteuert, neu ordnen, aber auch seine Denkversuche scheinen ziellos, verwirren sich, stoßen an Mauern; die Feuchtigkeit und Kälte des Steins kriechen in seine Knochen; wie Insekten, die sich in die roten Wunden hineinbohren, um ihre Larven hier abzulegen; mag sein, daß es in Wahrheit Insekten sind, und die Idee vom feuchten Stein, auf dem er mit offenen Knien herumkriecht, ist nur das leichtere, fast zu ertragende Bild, in dem er die eine Gefangenschaft durch eine andere ersetzt. Hat er aber die Augen geöffnet und sieht den glatten weiten Himmel und die Sonne, die aus dieser weißen

Fläche heraus brennt, so sieht er sich durch diese Täuschung nur um so tiefer versinken; er stellt sich vor, er ist in einer Gruft, in einem Sarg gefangen, und die leeren Erinnerungsbilder ziehen nur an ihm vorbei, weil selbst der Teufel, der ihn in Obhut genommen hat, weiß, daß die schlichte Wahrheit für einen Menschen wie ihn nicht zu ertragen ist, er kann die Wahrheit nur unter den Schichten von Bildern hindurchschimmern lassen.

Le Bore freut sich, wenn er sieht, daß sich die Augen öffnen, wenn ein verständliches oder unverständliches Wort sich von den Lippen löst, er muß dann allerdings die Tatsache des Sprechens (ist es nicht mit jedem Tag ein wenig artikulierter?) streng vom Inhalt (*Wasser, kalt, naß, Mauer, Wanderer, Teufel*) oder der Inhaltslosigkeit (*eer o ' thee, inisegé, Immalee*) trennen, die immer etwas Beunruhigendes an sich haben, falls nicht, so fällt ihm einmal ein, das *Imali* eine Beschwörung des Zielorts Mali (dunkel erinnert sich Jack, Jacques, der Namenlose an alte Geschichten, die Großeltern oder Onkel, irgendwo in der Fremde, an seinem Geburtsort, erzählten) aus der Agonie heraus darstellt, und so die Weiterexistenz jener Zielstrebigkeit und jenes Siegeswillens im Innern des Forscherbündels bezeugt, die im Äußeren zu verkörpern (ein Pfand, das sich weich in seine Hand schmiegt) Le Bore übernommen hat. Er übergeht, daß der alte Babani ihm schon recht deutlich eine gewisse Verachtung zeigt, und fängt, ohne sich um die vergangenen Ereignisse zu kümmern, an, bei ihm wegen der Route nachzubohren: kann man einen Ort erreichen, der der Gesundung des Majors möglichst zuträglich ist und zugleich nicht allzu weit von Tombuctoo entfernt liegt, ihm das Erreichen dieses Ortes erlauben könnte, auch wenn er nicht vollständig wiederhergestellt sein sollte? Läßt man sich auch nicht zu weit vom vorhergesehenen Weg abtreiben? Ob die Babanis wirklich nach Tombuctoo wollen, kann er ebensowenig beurteilen, wie Laing es beurteilen konnte; nur weiß er es und versucht nicht, unter der Schicht der offenkundigen Verhaltensweisen eine wahre Motivation zu entdecken. Am wahrscheinlichsten ist, daß es hier ohnehin nur einen Weg gibt; wirklicher Widerspruch ist ihm auch ebensowenig möglich, wie er sich von der Karawane trennen könnte; seine Fragen sind in Wahrheit nur Fortsetzungen seiner Blicke auf den Himmel (als wäre er es, der auf dieser Karte lesen darf) und Formen, in seiner seltsamen Rolle als Begleiter eines Wesens, das kaum noch vorhanden erscheint, Festigkeit und Selbstbestätigung zu finden. Es stört ihn gar nicht, daß der Respekt, den ihm die Babanis bewiesen, so lange er durch die offenkundige Freundschaft mit Laing und die europäische Kleidung dem Status eines Kaffern und Sklaven enthoben war, jetzt auf ein Mindestmaß der Tolerierung herabgeschraubt ist und er immer öfter nur noch Objekt oder

Adressat barscher Bemerkungen ist; diese Leute können ihn nicht berühren, nichts, das diese Leute angeht, kann ihn berühren, solange sie sich nicht im Inneren des kleinen ausgeschnittenen Bereiches befinden, den er verteidigt; in der Welt, in der er sich, solange sie existiert oder solange er existiert, zu leben entschlossen hat und für die er geben wird, was er zu geben hat. Niemals verliert er seine Ruhe und seinen Gleichmut; auch den Babanis gegenüber wahrt er stets die Höflichkeit, was ihre Neigung, ihn zu beleidigen, deutlich zu verstärken scheint; er läßt ein kaum merkbares Lächeln um seine Lippen spielen; da sie nichts von ihm wissen und nichts von ihm wissen wollen, erreichen sie ihn mit den Sticheleien oder Beleidigungen niemals, er legt auch keinen Wert darauf, daß sein Lächeln sie erreicht, in seinem bißchen Sichtbarkeit genügt es sich selbst vollkommen. Man versucht nicht mehr zu verhindern, daß Le Bore in die Nähe des Majors kommt, einerseits wohl deshalb, weil nicht zu vermuten ist, daß Laing in seinem Zustand Befehle erteilt, die irgendwelchen Personen oder Zwecken gefährlich werden könnten, andererseits aber auch, weil die Wahrscheinlichkeit sinkt, daß die Situation sich durch ein schnelles Abtreten der Hauptperson von selbst restlos klärt, Laings unwahrscheinliches Fortleben löst im übrigen bei den Babanis aufrichtige Freude und Bewunderung aus. Während Le Bore von Mohammed und Bungola (die gerne verzichten, weil sie dazu da sind, Kamele zu pflegen und gesund zu halten und nicht europäische Reisende) nach und nach vollständig die Aufgabe der Betreuung von Laings Körper übernimmt, weitet sich der Kern dieses Fortlebens langsam aus, die Mauern verschieben sich und werden lichtdurchlässig, seine isolierte Gestalt rückt an den Rand der Welt und hat von dort aus Wahrnehmungen zu sammeln: er kehrt ins Leben zurück und fällt auseinander. Manchmal tauchen schon Personen in seinem Denken auf, auch Frauen, die ihm aber unbekannt sind; zugleich ordnet sich die Zeit, wenn auch nicht zu Stunden und Tagen, so doch zu Phasen von Schlaf und Wachen. Die Inhalte seines Denkens werden dabei immer finsterer, Bilder seiner Situation entstehen und erreichen niemals die Bedeutung, nach der sie verlangen; Schmerzen verwandeln sich in Bilder und behalten doch einen Rückstand, etwas Unintegrierbares; auch die noch schlimmeren und akuteren Schmerzen, die er in der Agonie der ersten Zeit, dieser scheinbaren Ewigkeit nicht zu spüren vermochte, tauchen aus dem Vergangenen wieder auf und verstärken und verfestigen das gegenwärtige Leid, sie schließen es in eine Spirale ein, aus der er niemals entkommen kann und die doch nicht stark genug ist, das Wirkliche zu verdrängen und zu ersetzen. Er ergibt sich gerne dem Trost, umsorgt zu werden, vom Kamel gehoben und aufs Lager gebettet, entkleidet und neu verhüllt, zärtliche Hände, die einen kleinen fest umrissenen Bereich um ihn verschließen, Sätze in weichem afrikanischem Französisch, die ihn wie Wellen umspülen, wie Melodien, die nur besagen, daß es Klang gibt, egal, was ausgesagt wird, daß es Sprache und Rhythmus gibt, die ihm in aller kindlichen Hilflosigkeit Halt geben und ihn das Entschwinden von festen Zielen und Bedeutungen ertragen und vergessen lassen.

Bei der Ankunft in Blad Sidi Mohammed ist Laing noch zu schwach, um selbst zu gehen, aber er kann sich schon als denkende Person wiederfinden, das Glück des Trostes hinter sich lassen, den Schmerz einordnen. Er vermag die Begrüßung des Scheichs (der sich während der ersten Besorgungen um den verletzten Expeditionsleiter im Hintergrund hält) zu erwidern und seinen Anteil an der Mahlzeit zu verzehren, die zu Ehren der Karawane oder nur zu seinen Ehren bereitet wird, jedenfalls ist er es, der ein dickes saftiges gebratenes Filetstück von dem Ochsen, den Sidi Moktar schlachten hat lassen, bekommt; zuvor hat er geglaubt, er könnte kein Fleisch essen, jetzt ist er hingerissen von den zartrosa Schnittflächen in seinem Braten, vom Blut, das die Reiskörner durchtränkt und sie leicht durch seine Kehle gleiten läßt, er vermißt nur einen guten Schluck Burgunder, den er nicht aus seinem Gepäck (falls er noch Gepäck hat) holen zu lassen wagt, auch nicht von Jack, mit dem er in diesen ersten Tagen ein Zelt teilt. Er muß sich füttern lassen, weil er noch nicht versteht seine Hände zu gebrauchen; er meint, durch das Fleisch etwas von der tierischen Substanz und Stärke aufzunehmen; diese erste wirkliche Mahlzeit nach dem so langen Fasten, das seine Verletzungen, seine Krankheit und die Wüste ihm aufgezwungen haben, erscheint ihm wie eine Messe, eine Heilige Kommunion, die ihn wieder Teil haben läßt am Geist der Christenheit, am Geist überhaupt, und ihn so zurückführt zu seiner Aufgabe. Diese flüchtige Vorstellung hinterläßt ihre kräftigenden Spuren, gerade weil er sie nicht weiter verfolgt und nicht mit Gedanken zu durchdringen versucht, und obwohl sich in der Nacht deutlich zeigt, daß er die üppige Mahlzeit noch nicht wirklich verträgt. Er gibt (um sich noch an der Schwäche zu stärken, während er in Kopfschmerz und Gestank auf den Sonnenaufgang wartet) ein feierliches Versprechen an sich selbst ab, daß dies das allerletzte Mal ist, daß er in diese peinliche Situation gerät, fürs erste kann er sein Versprechen halten, als er es, nur wenige Wochen später, brechen muß, ist es schon gleichgültig, weil er keine anderen Zeugen mehr hat als sich selbst und die Erinnerung an kleinliche, für den Moment allerdings unverzichtbare Händel mit der eigenen Person ihm lächerlich erschiene. Am Morgen sind keine Spuren zurückgeblieben; er hat kaum geschlafen und fühlt sich doch wach und ausgeruht, fast schon in der Lage aufzustehen; er ist bereit, Mohammed Muktar, der um sein Befinden nachfragen läßt, zu empfangen. Laing will eigentlich keine Urteile über Araber mehr fällen (er beginnt, immerzu an Babani zu denken und während der langen Zeit, die er reglos daliegen muß, Pläne zu schmieden, die er sogleich wieder verwirft), dennoch ist er geneigt, diesem älteren Herrn Vertrauen zu schenken; er erkennt nichts Gekünsteltes an seiner Freundlichkeit; seine Versprechungen wirken weder übertrieben noch scheint er sie sich gegen seinen Willen abzuringen, sein Einfluß in dieser Gegend (erst im nachhinein zeigt sich inmitten von Verheerungen die Gunst des Zufalls) ist fast unbegrenzt, und er will das bißchen tun, das notwendig ist, um dem Fremden und seinem Freund Babani zu helfen, zunächst, was ihn betrifft, auf dem harten Weg zur Genesung und dann so bald wie möglich zur so Gott will viel leichteren Weiterreise wohin auch immer, das Land steht dir offen. Dabei macht Muktar kaum Aufhebens um seine Macht und seinen Reichtum, dessen Ausmaße Laing nur nach und nach errät. Im Lauf des Vormittags treffen Körbe mit verschiedenen, an diesem Ort kaum zu erwartenden Lebensmitteln ein, ihr Herr hofft, sagt eine Sklavin (die erste Frau, die Laing seit über einem Monat sieht), diese Früchte werden dem fremden Rais die Zeit des Wartens versüßen; Laing vergißt, ihr zuzulächeln, ihm fällt keine scherzhafte Antwort ein. Er hätte ganz gerne, daß diese junge Frau, die ihr Haar offen tragen darf, ihm beim Essen hilft, aber er hat seine Sicherheit verloren und will nichts falsch machen, außerdem schämt er sich vor ihr, und er schämt sich, daß er sich schämt; er blickt, während sie den Raum verläßt, auf die winzigen Löckchen, die die Schläfen hinab zum langen Hals und zu den Schultern hin fließen, von, für eine Sklavin, erstaunlich geschmackvollen und reichen Ohrgehängen begleitet (Nachbarschaften an der Schwelle zwischen Natürlichem und Künstlichem, Körper und Gerät), er blickt, fast wunschlos zufrieden, auf den Hintern, der sich unter dem Tuch ihres Kleides abzeichnet. Babani, dessen Erscheinen Laing erwartet und befürchtet, läßt sich erst am nächsten Vormittag anmelden; er hat ihn seit langem nicht gesehen, weil er sich in den letzten zwei oder drei Tagen der Reise, als er wieder halbwegs aufnahmefähig war, von ihm fernzuhalten schien; jetzt ist kaum zu begreifen, daß der Mann, der sich, sichtlich gealtert, an sein Lager setzt, seine Datteln und Mandarinen ißt und, Zeichen der Rührung bekämpfend, ganz sanft die zittrigen Finger auf seine wunde Hand legt, die er nicht zu umfassen wagt, dieselbe Person ist wie der Mann, an den er die halbe Nacht lang gedacht und dem er den Tod gewünscht hat, weil er überzeugt ist, daß seine Planung und sein Verrat hinter allem Unheil stecken, das über die Unternehmung gekommen ist. Vielleicht erwartet Babani von Laing, daß er Vater zu ihm sagt, nachdem er selbst ihn immerzu als seinen Sohn bezeichnet, dazu findet sich Laing jedenfalls nicht bereit, ebenso wenig läßt er aber irgendetwas von seinem Verdacht laut werden; solange das Gespräch andauert, fällt es ihm sehr schwer, diesen Verdacht überhaupt zu verstehen. Babani beschwört nicht, wie Laing es erwartet hätte, immer wieder das Wunder seiner Genesung und erinnert nicht wortreich an seine eigenen Gebete, die dieses Wunder herbeigeführt hätten, er verrät sich auch nicht durch die Bemerkung (die eigentlich unvermeidlich scheint und doch in seinem Fall verräterisch wäre), daß jeder andere die Strapazen dieser neunzehn Tage nicht überlebt hätte; stattdessen redet er mit Laing, als wäre er gesund, und der Grund für den zwangsweisen Aufenthalt läge außerhalb von ihm und außerhalb von ihnen beiden, würde ihnen wieder durch irgendwelche rein technischen Hindernisse auferlegt sein, wie sie sich im Verlauf dieser Reise ohnehin von Ort zu Ort aneinanderreihen. Nur durch ein gewisses Zartgefühl (das eben die Aussparungen und die kunstvollen Ausweichbewegungen seiner Gesprächsführung diktieren mag) zeigt er an, daß ihm der Zustand seines Gastes bewußt ist. Im nachhinein kommt Laing zur Überzeugung, daß gerade dieses Herausstreichen der Unbefangenheit und der freundschaftlichen Dezenz und Rücksicht die Raffinesse und Unverschämtheit des alten Gauners bewiesen hat; wäre er harmloser, hätte er es nie zustandegebracht, sich so perfekt zu verstellen. Er spricht zu keinem, nicht einmal zu Jack, von diesen finsteren Gedanken; er lernt die Formulierungen auswendig, die er, sobald er wieder schreiben kann, in seinen Briefen an den Konsul verwenden wird, um diesen Feind vor aller Welt und zunächst vor allem vor dem Bashaw zu entlarven und zu vernichten.

Er beginnt, da er glaubt, seine Schmerzen seien mittlerweile beherrschbar, mit kleinen Übungen, um seine Muskeln zu stärken, beinahe vergißt er alles andere und schafft es, nur in seinem Körper und für seinen Körper zu leben: jede winzige Stärkung, jedes kleinste Anzeichen einer Erholung zu registrieren und immer neuen Stolz aus diesen Eroberungen zu schöpfen; die vollständige Kontrolle über diesen kleinen Kontinent zurückzugewinnen, den Gott ihm als alleinigem Herrscher geschenkt hat; noch von der Rückkehr und Steigerung der Schmerzen, wenn er sich zuviel zumutet, fühlt er sich bestätigt, wie ein Krieger, ein Feldherr, der durch die Stärke und die strategische List seiner Feinde erst die wirkliche Lust am Kämpfen, Töten und Siegen aufbaut.

Nach wenigen Tagen kann Laing schon wieder gehen und sein Zelt verlassen; er kann alleine wohnen, er kann Spaziergänge mit wachsendem Radius durch die Oase unternehmen, wobei er gerne so tut, als würde er keinen erkennen, Muktar lädt ihn allerdings zu Schachpartien ein, an denen er großes Vergnügen findet, obwohl er sich die Figuren von einem Diener führen lassen muß und obwohl er so gut wie immer verliert; er hat eigentlich beim Schachspielen schon früher fast immer verloren und, weil er das nicht verträgt, ungern gespielt, aber jetzt regt ihn diese isolierte Art des Denkens an, die Reduktion der Welt auf die Vorgänge auf einem kleinen Spielbrett, das doch eine Unendlichkeit von Möglichkeiten öffnet; so daß das Denken selbst unendlich erscheint und doch immer an der Unendlichkeit scheitert; zugleich ruft das isolierte System des Spiels die Erinnerung an ein anderes isoliertes System in ihn zurück, genauer gesagt, die Erinnerung an eine andere Form, während von der zugehörigen Substanz nichts mehr geblieben ist. Wenn er die Substanz nicht mehr brauchen könnte und nur mehr von Formen abhinge, wäre die Zeit nicht mehr sein Feind, er würde in einem Medium der Ruhe und Leichtigkeit leben, wie in einem feingesponnenen Netz. Sie sitzen im Schatten einer Palme oder im Hof des von außen schmucklosen kleinen Häuschens, das Muktar bewohnt, und sprechen wenig, manchmal trinken sie Tee und essen Datteln oder kleine Kekse, unauffällig von Sklavinnen oder Sklaven bedient. Auf seinen Spaziergängen ist Laing zufrieden, die Bäume (es sind wenige Dutzend, die ihm doch zahllos erscheinen), das Grün von Pflanzen, kleine Teiche zu sehen; die schwarzen Vögel, die in jeder Oase anzutreffen sind, und die kleineren Finken oder Meisen, die in den Zweigen singen, wecken in ihm die Lust, nach dem Gewehr zu greifen, aber er läuft unbewaffnet herum, und er weiß, daß es gescheiter ist und den Gesetzen der Gastfreundschaft besser entspricht, hier im Inneren des Lagers auf nichts und niemanden zu schießen. Eine Inventur, die er vor der Übersiedlung in ein leerstehendes, von Muktar zur Verfügung gestelltes Haus durchführt, zeigt einige schwer zu erklärende Fehlbestände; vor allem vom besten und modernsten seiner Gewehre fehlt jede Spur. Er wagt es nicht, Babani, dem er sofort die Verantwortung zuschreibt, direkt zu befragen, doch im Verlauf eines versuchsweisen Umkreisens des Gegenstandes, von einem allgemeinen Gespräch über Waffen, die Art ihres Gebrauchs und den technischen Fortschritt ausgehend, gesteht ihm der alte Scheich freimütig (ein letzter Blick auf die lange, noch dünner gewordene Gestalt, den schütteren Bart, das Lächeln, den unverstellten Blick), daß er das gute Stück für hundert Taler verkauft hat und daß es dem Rumi vielleicht schon nach Tombuctoo vorausgegangen ist; es wäre doch schön, sagt er, wenn er es dort vielleicht bei einem frommen Kaufmann wiedererkennt; außerdem, sagt er, war das zu diesem Zeitpunkt das einzig Sinnvolle, was man damit machen hat können, jetzt mag es anders scheinen, zumindest für ihn, seinen Freund, aber was hat es für einen Sinn, der Vergangenheit nachzuhängen, morgen mag sich schon wieder alles umgedreht haben. Fast sofort erkennt Laing, wie unglaublich und impertinent diese Aussage ist; bei Gelegenheit wird er, nimmt er sich vor, wenigstens diese hundert Taler, die ziemlich genau dem Neuwert der Waffe entsprechen, von Herrn Babani zurückverlangen, wenn schon nicht die viertausendfünfhundert Taler aus Tripolis, von denen er jetzt wieder annimmt, daß der Scheich sie sehr wohl erhalten und irgendwo versteckt hat, ob auch sein Sohn oder Neffe eingeweiht sind, ist ihm unklar, das macht aber auch nichts, weil er sein Verhalten ihnen gegenüber sowieso nicht ändern kann. Am sechsten Tag nach der Ankunft leert sich das bis dahin unangenehm volkreiche, auf das Dreifache seiner Ausdehnung angewachsene Blad Sidi Mohammed, weil die Karawane, in deren Gepäck Laing mitgereist ist, wieder abzieht; er ist dieses eine Mal vernünftig genug, nicht auf sein Mitgehen zu drängen, er könnte sich noch nicht einmal vorstellen, diese Oase zu verlassen und wieder für Wochen in die Wüste zu ziehen, so weit weiß er seine Kräfte einzuschätzen. Noch dazu ist das Ziel der Karawane nicht einmal Tombuctoo selbst, sondern ein Ort namens Araouane, an dessen Entdeckung ihm nichts liegt, weil er noch nie davon gehört hat und annimmt, daß es sich um nichts als ein durchschnittliches Wüstenkaff mit zu vielen Vokalen, einen Durchgangsort für Handelsgüter und Rastplatz für Kamele mit ein paar Zelten und Brunnen und Häuschen wie Steinhaufen handelt, ein arabisches Nichts; auf seine Nachfrage teilt man ihm außerdem mit, daß der Ort ziemlich weit von seinem Fluß, dem Niger entfernt liegt. Er bleibt während der Abreise in seinem Haus, es gibt niemanden, von dem er sich verabschieden möchte; dennoch nagt der Wunsch in ihm, wegzugehen, anderswo zu sein; er tut so, als würde er sich gar nicht um den Lärm des Aufbruchs kümmern und ganz in der Arbeit des Frühstückens aufgehen (zum ersten Mal versucht er alleine zu essen, nur mit der linken Hand, fast gewaltsam bekämpft er das Zittern, immer wieder läßt er Brotstücke, Datteln, Fleischbällchen fallen, verschüttet seine Milch, niemand darf ihn beobachten); zugleich ertappt er sich immer beim Lauschen und wartet sehnsüchtig darauf, daß wieder Stille einkehrt und er sich ins Freie wagen kann.

Nach seinen Spaziergängen, auch wenn sie kaum eine halbe Stunde dauern, ist er erschöpft, doch jeden Tag dauern sie ein paar Minuten länger oder ziehen einen etwas größeren Kreis, jeden Tag ist er eine Spur weniger erschöpft, so ist es oder so redet er es sich ein, er fühlt etwas wie die Wiederkehr des Normalzustands, allerdings ist er froh, durch die verbleibenden Schmerzen und die verbleibende Dumpfheit seines Denkens Ausreden für seine Weigerung, Leute zu empfangen oder zu besuchen (Jack, die Babanis), wie auch für seine Schachniederlagen zu haben, die Muktar dann an seiner Stelle formuliert (wie stark wäre sein Gegner erst, wenn er im Vollbesitz seiner Kräfte wäre, schon jetzt ist er selbst bis zum Äußersten gefordert usw.). Nur der Schlaf reißt Laing immer wieder zurück: zunächst fällt ihm das Einschlafen schwer, weil er immer noch keine Form gefunden hat, im Liegen seine Körperteile zu ordnen; die Arme sind eigentlich dauernd im Weg und noch dazu überempfindlich, auch der Kopf droht zur Wunde im Nacken abzurutschen, und der Rücken ist immer entweder zu durchgestreckt oder zu gekrümmt, die Spannungen sind kaum ins Gleichgewicht zu bringen; sobald er aber schläft, ist seine Ruhe vollkommen und von dem Wissen erfüllt, das ohne Worte und ohne Verlangen in der Tiefe seiner Krankheit geformt wird. Oft ist er beim Aufwachen glücklich und weiß (weil alle Erinnerung an seine Träume verflogen ist) schon nicht mehr warum; dann kehren sein Name, sein Körper, seine Umgebung in sein Bewußtsein zurück, der Ort, an dem er sich befindet, und wieder ist es immer derselbe Ort, und die Menschen, mit denen er Umgang hat, sind immer die selben; auch die Aussicht auf ein Spielchen oder eine Plauderei mit Muktar tröstet ihn nicht, er weiß wieder, daß es die Wirklichkeit gibt und daß es die Menschen gibt, und das Glücksgefühl verschwindet, taucht unter, bis es in einer anderen, tieferen Nacht wiederkehren wird dürfen. Es dauert noch drei Wochen, bis Laing so weit ist, daß er die meisten notwendigen Körperteile in hinreichendem Ausmaß gebrauchen kann, auch den linken Arm und die linke Hand (er zweifelt daran, ob die Knochen an seiner Rechten je wieder richtig zusammenwachsen), seine Erschöpfung ist auf ihren Grundspiegel abgesunken und hindert ihn nicht mehr am Leben und Handeln, sie fügt nur einen kleinen knirschenden Mißton ein, einen Keim von Überdruß und Angst, der jedoch niemals das ganze harmonische Gebäude seines Denkens und Fühlens zum Einsturz bringen kann; wie in einem tragbaren Haus, einem winzigen abgeschlossenen Innenraum hält er sich immer in diesem unsichtbaren Gebäude auf, das er nicht verlassen und das niemand anderer betreten darf. Babani weicht ihm aus, so wie er Babani ausweicht; doch der Scheich scheint Gefallen an diesem Ort zu finden, der Luftblase, in der sie gemeinsam und doch jeder für sich leben, vielleicht erkennt er Blad-Sidi-Mohammed wieder, er weiß nicht woher, und fühlt sich hier seltsam daheim (ist er als Kind, im letzten Jahrhundert, mit seinem Vater hier schon einmal durchgekommen, als Muktars Vater oder Großvater die Oase beherrschte; ist er dem Kind Muktar damals begegnet und hat es vollständig vergessen?); vielleicht hat er aber auch nur ganz profane Gründe, nicht weiterziehen zu wollen, er will den Fremden in seiner Obhut noch länger aufhalten, um ihn noch besser ausnehmen zu können, oder er ist einfach müde und braucht Erholung, jedenfalls läßt er ihm, als sich die Kunde verbreitet, daß er sich schon wieder gesund fühlt und aufbrechen möchte, ausrichten, daß er es für besser hielte, noch einige Tage zu warten. Laing erinnert sich an alte Pläne, alleine loszuziehen, er kann sich nicht mehr wirklich vorstellen, wie er hoffen konnte, durchzukommen; selbst jetzt, unter dem Schutz des Muktar, dem wirksamsten Schutz, auf den er in dieser Gegend vertrauen kann, würde er es für völlig aussichtslos ansehen, ohne seinen Feind Babani und sein Gefolge weiterreisen zu wollen, er glaubt immerhin, daß Babani es nicht wagen würde, ihn gegen den ausdrücklichen Willen Muktars anzugreifen. Nachdem es einige Tage lang nichts Neues gibt, fühlt sich Laing verpflichtet, neue Anzeichen seiner Ungeduld zu setzen. Er überwindet sich dazu, dem Scheich einen Besuch abzustatten, doch er bleibt im Vorhof von dessen Wohnhaus beim Sohn hängen, der ihm mitteilt, daß sein Vater sich nicht wohl fühlt und ihn heute nicht empfangen kann; er ist empört über diese Zurückweisung, unter anderen Umständen hätte er eine Szene gemacht, doch er beantwortet nur das verbindliche Lächeln des Sohnes mit einem verbindlichen Lächeln, geht zurück nach Hause und stellt sich vor dem Einschlafen, während er sich bemüht, seine Arme und Beine stillzulegen, detailliert mehrere Varianten der Szene vor, die er machen hätte können, jede dieser Varianten führt über kleine Hindernisse von immer abseitigerer Gestalt hinweg zu seinem Sieg, einem Sieg, der weit über das bloße Empfangenwerden von Herrn Babani hinausgeht und schließlich ins Einschlafen mündet. Am nächsten Morgen erfährt Laing von dem Diener, der ihn weckt, daß Babani gerade gestorben ist, er soll an der Ruhr gelitten haben, vielleicht auch an Schlimmerem.

Laing bleibt in seinem Haus und erinnert sich an die Frau in Ghadames, die noch so lange nicht wissen wird, daß sie Witwe ist; er sieht sie, in diesem Moment, über die Distanz hinweg, von undeutlichen Sklaven- oder Gästegestalten umgeben, den Kopf aufmerksam vorgeschoben, in ihrem von Wachskerzen beleuchteten Zimmer auf einem Kissen am Boden sitzen, lächelnd, mit blitzenden Augen, sie hebt den Arm und schiebt eine Strähne ihres Haars unter den Schleier zurück, er sieht ihre Nasenflügel, die sich leicht blähen, während sie spricht oder lacht, ihre weißen Zähne hinter den Lippen, die mit einem Kohlstift nachgezogenen Lidränder, in einer Kunst, die ihre Augen größer erscheinen läßt und sie erst zu ihren eigenen Augen, den Toren zu ihrer eigenen Seele macht. Er fragt sich, ob der Tod ihres Ehemanns irgendeine Bedeutung für sie hat; ob sie ihn, außer der Form halber, weil sie nun eben nicht unverheiratet bleiben konnte und seines praktischen Reichtums halber, irgendwie benötigte; er denkt an das Pfand der Armbänder, die er noch mit sich trägt, und an die zarte bronzene Haut ihrer Arme, deren Nacktheit durch den Kontrast zum glitzernden Silber noch deutlicher hervortrat; er erinnert sich, wie sie ihn mit *mein kleiner Engländer* ansprach, und fragt sich, wie er heute, nach der Vielzahl von Verwundungen, nach den Entstellungen, in ihren Augen wirken würde. Er hat sein Spiegelbild verloren. Noch bevor er sich aus dem Haus begibt (er nimmt sich vor, möglichst ernst und schweigsam zu erscheinen), entschließt er sich dazu, seinen ersten Brief zu schreiben, einige Zeit lang zieht er übungshalber Linien übers Papier, zackige Gerade, zittrige Kreise, sturmdurchzauste Wellenlinien, *Liebe Emma*, steht dann, fast unerwartet für ihn, auf einem neuen Blatt Papier, in vereinzelten und doch undeutlichen Buchstaben, die sich gegen ihr Dasein wehren und in Tintenflecken verschwimmen möchten. Seine Schrift erscheint ein bißchen seltsam, schreibt er, aber sie soll sich keine Sorgen machen, er hat nur eine kleine Schnittverletzung am Finger, sonst geht es ihm gut, er betet, daß es auch ihr gut geht, bald wird die schwere Zeit vorbei sein. Er schreibt, *keep your spirits high, my poor Emma*, so wie er an den Konsul immer geschrieben hat, *keep the spirits of my poor Emma high*, und fügt hinzu, daß ihr Bild immer bei ihm ist und daß er hofft, sie hat ihn noch nicht vergessen. Bald wird er ihr Genaueres schreiben. Er überlegt lange, ob er den Brief wieder zerreißen soll, aber eher aus Gleichgültigkeit als aus Entschlossenheit (falls es hier einen Unterschied gibt) verschließt er ihn. Er erinnert sich an die Melodie eines Liedes, das Babanis Frau ihm vorgesungen hat, summt es in sich hinein und versucht sich Emmas Stimme vorzustellen, könnte die Stimme zu dieser Melodie passen, könnte die Melodie zur Stimme passen? Er hofft und fürchtet es, es erscheint ihm unmöglich. Vor seinem Haus erwartet ihn ein strahlend blauer Himmel, der Sand scheint zu leuchten, das Grün der Palmblätter ist unwirklich; ihm kommt zu Bewußtsein, daß Babanis Tod für ihn vor allem die eine Bedeutung hat, die unweigerlich jedes zufällige Ereignis im Verlauf seiner Reise annimmt, die einer erneuten Verzögerung, er weiß nicht, wie lange er nun noch zusätzlich hier festgehalten wird, er weiß nicht, ob die Erben Babanis bereit sein werden, die Verpflichtung des Verstorbenen zu erfüllen, wie lange es, wenn ja, dauern wird, bis sie die Erbschaftsangelegenheiten geregelt haben, ob es, wenn nein, Ersatz für den Alten geben kann, wie lange es dauern wird, bis ein solcher Ersatz gefunden ist und ob er ihm jemals auch nur in dem Ausmaß vertrauen wird können, in dem er Babani vertrauen hat können (denn plötzlich, wenn auch nur für kurze Zeit, erscheint ihm die Rolle Babanis wieder in anderem Licht, ein Fenster ist geöffnet, eine vage Erinnerung an den Toten scheint noch in der Luft zu liegen, er ist halb durchsichtig geworden, alles, was ihn betrifft, ist zweideutig und von einer leisen Zärtlichkeit umhaucht, bald ist er im Dunkel verschwunden). Laing erfährt, daß Babani bereits begraben ist,

Muktar begleitet ihn zur Grabstätte, etwas außerhalb des Orts, daneben, erklärt er, auf flache weiße Steine hinweisend, sind sein Vater und sein Großvater begraben, Laing fügt den mahometanischen Gebeten, die zweifellos vormittags hier gehalten wurden, ein zumindest vorgetäuschtes Gebet an seinen eigenen Gott hinzu, während Muktar sich dezent im Hintergrund hält. Er ist froh, daß es ihm bisher gelungen ist, der Verwandtschaft Babanis auszuweichen, und freut sich zugleich darauf, die erste Begegnung (das Lächeln des Sohns am vorigen Abend gräbt sich in sein Hirn, sein unpassendes eigenes Antwortlächeln) hinter sich zu haben.

In der nächsten Nacht träumt Laing zum ersten Mal von dem völlig von der Außenwelt abgeschnittenen Haus mit dem Garten, der wie ein Dschungel erscheint, von den zwei kleinen Mädchen, die aus Neugier oder im Spiel die Mauer übersteigen und in diese Welt hineingeraten, die sie von jetzt an umschließt, von dem weißbärtigen alten Wächter, der die Geschichten aufbewahrt: alles, was den Mädchen in Zukunft geschehen kann, jede Gefahr, die ihnen droht, geht von dem Wächter und seinem Buch aus. Sie sind Zwillinge, er erkennt es in den Blicken der einen auf die andere, wie Blicke auf das Spiegelbild, das einem die Oberfläche eines Flusses entgegenhält, in dem Gleichklang oder der sanften Dissonanz ihrer Bewegungen und ihrer Stimmen, wenn sie nebeneinander gehen oder sich voneinander entfernen, Mädchen in blauen Kleidern, mit dunklen Augen in der weißen Fläche ihres Gesichts. Er lagert am Ufer eines Flusses, alle Dinge, die er behalten will, nah an seinem Körper, in kleinen Täschchen und in Säcken, darunter das Notizbuch, von seiner Hand beschrieben, auch wenn er den Inhalt nicht zu kennen glaubt, die Zukunft, die Vergangenheit, die Elemente, aus denen die Geschichten bestehen, und die Art, in der sie sich verknüpfen können. Er schläft, und er hat Angst, daß ihm das Notizbuch gestohlen wird: lagert nicht am anderen Ufer die Gruppe, von der er sich getrennt hat, Araber mit sehnigen dünnen Körpern, die in eleganter Grätsche mit einem Satz herüberspringen könnten, fast unsichtbar, lautlos. Die Kinder wissen nichts von den Geschichten und den Gefahren; sie wissen nicht, daß das Haus mit seinen Zimmerfluchten und Höhlen ausgelöscht ist, sobald er es vergißt. Die Planen des Zeltes über ihm sind so dünn, daß er im Schlaf das Rauschen des Windes und des Wassers hört; es ist wichtig, daß die Zwillinge ins Haus gekommen sind, das Haus entsteht sozusagen erst durch diese Anwesenheit, durch die gleitende Bewegung und die Blicke, es wird (wie eine Geheimschrift) erst sichtbar, seit das Dreieck sich gebildet hat, das die Mädchen gemeinsam mit dem alten Wächter formen, ohne daß sie einander nahe zu kommen, ohne daß sie miteinander in eine direkte Verbindung zu treten haben; wenn die Mädchen als eine einzige Erscheinung gelten können, so stellt die Figur am Flußufer den dritten Punkt des Dreiecks dar. Er ist schutzlos in seiner Nacht. Beim Erwachen hat er den Eindruck, sich in allen Einzelheiten an den Traum zu erinnern; vor allem das Haus und seine Einrichtung, der Garten und in unbestimmter Entfernung der Fluß sind Orte, die er in der Erinnerung aufsuchen könnte, doch weder die Ordnung von Personen und Orten ist ihm zugänglich, noch weiß er, in welcher der Figuren er selbst an dem Traum teilgenommen hat, welche der Figuren das Zentrum der Wahrnehmungen und des Erlebens gewesen sein kann, der eine, zu dem er Ich sagen kann (wenn es noch einen geben muß, zu dem er Ich sagt, einen, der die Dinge festhält und ihren Bereich definiert). Wäre es ein Roman, so würde er sich lesend mit den Mädchen identifizieren, ihnen würden die Abenteuer bevorstehen, auf die sein Begehren und seine Angst sich richten, mit ihrem Unwissen und ihrer Neugier würde er mitfiebern, doch er glaubt schon nur noch an das Tageslicht, er glaubt, daß sich die Rückstände des Traumes darin restlos auflösen.

Auf Befehl von Mohammed Muktar wird das Haus, in dem die Besitztümer Babanis und Laings aufbewahrt sind, verschlossen, bis einer von Babanis Neffen wiederkehrt, der nach Tombuctoo vorausgegangen ist; offenbar ist das Vertrauen in die verbliebene Verwandtschaft des Verstorbenen nicht allzu groß, Laing kann das verstehen, und er kann verstehen, daß die Maßnahme unter anderem zu seinem Schutz erfolgt, aber er fühlt sich wieder mehr und mehr als ein Gefangener an diesem Ort, an dem für ihn, seit er die Arbeit des Genesens halbwegs abgeschlossen hat, nichts mehr zu tun ist. Man versichert ihm, daß es nur wenige Tage dauern kann, bis der Neffe zurück ist, es erscheint ihm wie Hohn, wo er selbst seit Monaten darauf wartet, genau diesen Weg zurückzulegen. Er ist sich nicht mehr sicher, ob der Mann, den er immer für Babanis Sohn gehalten hat, nicht in Wahrheit nur ein entfernter Neffe ist und in Wahrheit dies, und nicht der Mangel an Vertrauen, der Grund für die Quarantäne ist; die Bedeutung der Wörter scheint ihm immer unklarer, je schwerer die Verständigung wird, er hätte sich nicht vorstellen können, daß ihm Nahum (an dessen Vornamen, Abraham oder Jacub, er sich vergeblich zu erinnern versucht) einmal dermaßen abgehen wird. Sogar in der Unterhaltung mit Le Bore und dem einen Bootsmann, soweit dieser ansprechbar ist, fehlen ihm immer öfter die Wörter, und er merkt erst jetzt, wie mühelos Le Bore sich auf Arabisch verständigen kann; er selbst steht oder sitzt dann steif da und gibt sich noch unzugänglicher als er sich ohnehin zu geben hat, während der Zusammenhang zwischen allen anderen (ausgenommen der Bootsmann, der nicht zählt) immer enger wird. Die Sätze, die er mit Le Bore gemeinsam hatte, bedeuten nichts mehr. Mon Dieu, je pensois que vous etiez Arabe, hat ihn am Krankenbett sein Freund begrüßt, als er an einem der ersten helleren Tage die Augen aufschlug, wie einen ins Leben Zurückkehrenden, doch er hat nicht zu reagieren gewußt, die Idee, man könnte ihn für einen Araber halten, erscheint ihm widerwärtig und nichts sonst; wenn er versucht, sich an die frühere Bedeutung von Wörtern und Sätzen zu erinnern, entgeht seinem Denken immer das Wichtigste, der innere Zusammenhang; er kann höchstens Details anhäufen, was seine Bemühung nur immer fruchtloser, immer sinnloser macht. Sogar beim Schreiben glaubt er einer stillen Übersetzung zu bedürfen, etwas wie ein Medium zwischen der linken und der rechten Hand, sein Gehirn vermag nicht als solch ein Medium zu dienen; kann es sein, daß er in seiner Muttersprache nicht mehr zu Hause ist; daß die ihm nächsten Menschen, an die seine Briefe sich richten (oder er selbst und die Nachwelt, mit denen er sich in seinem Tagebuch verständigt) nichts Heimatliches mehr für ihn haben? Für einige Augenblicke taucht die Idee in ihm auf, er hätte immer einen anderen gebraucht, der unscheinbar und ohne daß er es wußte an seiner Stelle dachte, seine Gedanken hielt und in Form brachte, erst durch diese Anwesenheit, die er kaum registrierte, war er selbst anwesend, hatte er selbst seinen Platz im Zusammenhang des Ganzen, als wäre er die Figur eines fremden Autors, diese lächerliche Vorstellung verschwindet so schnell wieder aus seinem Bewußtsein, wie sie sich darin eingeschlichen hat. Als nach drei Wochen der erwartete Neffe noch nicht eingetroffen ist, kann Laing Muktar dazu überreden, ihn wenigstens zu seinem eigenen Gepäck zu lassen, sein Zeug auszusortieren und in ein eigenes Lager zu übersiedeln, Muktar persönlich begleitet ihn und versucht, während Laing die Kisten und Säcke durchsucht und die Ballen durchwühlt, den Anschein einer Plauderei aufrechtzuerhalten; wenn er einen Sklaven als Begleiter mitgegeben hätte, wäre ein allzu unfreundlicher Eindruck entstanden, so als wollte er den Rumi bewachen lassen (was er natürlich in Wahrheit auch will). Nichts ist abhandengekommen, Laing hat, denkt er, recht gehabt, sein ganzes Mißtrauen auf eine Person zu konzentrieren, dennoch hat er den Eindruck, verarmt zu sein; er wird sich Geld ausleihen müssen, um seine Reise fortzusetzen. Muktar verspricht, daß er ihn, sollte Babanis Neffe nicht dazu bereit oder nicht zuverlässig sein, selbst nach Tombuctoo und darüber hinaus bringen wird, nach Tombuctoo sind es im übrigen (erst jetzt wird Laing klar, wie nah er seinem Ziel bereits ist) nur fünf Tagesreisen, das würde ihm also nicht einmal besondere Umstände machen, zumal er ohnehin immer wieder in dieser Stadt zu tun hat und sich freuen würde, Freunde wiederzutreffen, von denen er manche seit langem nicht gesehen hat. Er könnte ihn, meint er, nach

Mossi bringen, eine interessante Stadt für einen Reisenden; was die Gegenden weiter flußabwärts betrifft, so fehlen ihm allerdings die Verbindungen und die Kenntnisse, davon abgesehen, daß man die politischen Entwicklungen, die Unternehmungen der Fulahs von Massina beobachten und abwarten muß, im Moment scheint ein ganz besonderer Glaubenseifer dort zu herrschen, der vielleicht zu übertriebenen Maßnahmen führen kann; schon von einem Versuch, Djenne zu besuchen, muß er ihm jedenfalls unter den jetzigen Umständen entschieden abraten.

Nach der Ankunft des Neffen bestätigt sich, daß nichts fehlt und nichts falsch zugeordnet ist, das Warten geht dennoch weiter; Laing muß seine Schachpartien mit Muktar aufgeben, weil die Kopfschmerzen, die ihn beständig an die überstandenen Verletzungen erinnern, wieder stärker werden oder störender erscheinen, weil sie wie die Schmerzen eines anderen wirken, die sich aus der Zukunft oder der Vergangenheit, von einem unbekannten Ort her, in ihn eingeschlichen haben. Er möchte nichts denken und niemanden sehen; auch an den Wochentagen liegt er so oft und so lange es geht in seinem abgedunkelten Zimmer, ein feuchtes Tuch über den Augen, das er allerdings nicht häufig genug auswechseln kann, daß es wirklich feucht bleibt, seine Kleider kratzen an der verschwitzten Haut, die Bilder vor seinen Lidern sind ganz undeutlich und keiner Erinnerung wert, dennoch hinterlassen sie ein angenehmes zartes Gefühl, das sich den Kopfschmerzen entgegensetzt, oder eher eine Gegenbewegung zum Strom der Schmerzen aufrechterhält, ein dünnes, kühles Dahinfließen. Er weiß nicht, was den Neffen zögern läßt; vielleicht hält ihn Muktar zurück, weil er um Laings Wohlergehen fürchtet und auf eine Gelegenheit wartet, ihn selbst zu begleiten, vielleicht gefällt es ihm aus irgendwelchen Gründen, in die Laing keinen Einblick hat, in Blad Sidi Mohammed so gut, daß er den Ort nicht verlassen möchte, vielleicht hat er eine Frist, ein Ritual von Gebeten oder weiß der Teufel welche heidnischen Regeln einzuhalten, bevor er sich von der Stelle entfernt, an der sein Onkel den Tod und die letzte Ruhe gefunden hat (es würde mich wundern, sagt sich Laing, wenn er dadurch verhindern könnte, daß der Alte in der Hölle schmort, zu diesem Zeitpunkt erscheint ihm zumindest die Gewehrangelegenheit noch als ein eindeutiger Beweis für Babanis Verrat). Drei weitere Sonntage und noch einige Tage mehr sind vergangen, bevor Laing einen der vielen Briefe an den Konsul schicken kann, in denen er seine Abreise für den nächsten Tag ankündigt; es ist der elfte Mai und am achzehnten hofft er in Tombuctoo zu sein; er lobt den Neffen (den der Konsul, weil er so freundlich zu sein verspricht, Laings Gepäck nach Tripolis zu schaffen, in wenigen Monaten kennenlernen wird) und verdammt

den Onkel; er zählt seine Wunden auf und entschuldigt sich bei Emma, die er in seinem nächsten Brief schon nicht mehr erwähnen wird. Das Schreiben dauert Stunden, nach jedem Satz muß er eine längere Pause machen, weil er die Finger nicht mehr bewegen kann und versuchen muß, die Schmerzen, die sich bis zu den Schultern hinaufziehen, ein wenig abklingen zu lassen. Am selben Abend läßt ihm Sidi Mohammed Muktar mitteilen, daß er leidend ist und wegen seines hohen Fiebers nicht aufzustehen vermag; er läßt nachfragen, ob Laing ihm mit den Kenntnissen in der Heilkunst, über die er als Nasreni verfügt, und mit den Pillen und Säften, die er in seinem Gepäck mit sich führt, hilfreich sein kann. Ausgerechnet an diesem Tag, denkt Laing, ohne für Muktar, dem er selbstverständlich zu Hilfe eilen wird, einen Platz in seinem Bewußtsein zu haben; wie lange mag ihn diese neue Verzögerung aufhalten; einen Tag zu lange hat man sinnlos gewartet, doch da die Perspektiven sich sofort umdrehen, wird er sich gleich auch sagen können, man hat gerade lange genug gewartet, daß einem ein verfehlter Aufbruch erspart geblieben ist. Zunächst ist da der Anblick Muktars, des einzigen Menschen (von Le Bore abgesehen), dem er auf dieser Reise vollkommen vertrauen hat können, von dem er keinerlei Nachlässigkeit und keinerlei Hinterlist zu vermuten hatte; er wird in sein kühles, halbdunkles Zimmer eingelassen; er sieht ihn an wie er selbst vor wenigen Wochen angesehen worden ist, eine am Rücken liegende Gestalt mit eingefallenen Wangen, über Nacht fast unkenntlich geworden, ein unbrauchbares, unbewegliches Stück Fleisch, von Stoffen verhüllt, in das an der nacktesten Stelle rote Augen eingelassen sind. Der Mund öffnet sich und entläßt ein paar arabische Wörter, die Laing wahrscheinlich sowieso nicht verstehen würde, die Art der Artikulation macht sie jedenfalls gänzlich unverständlich für ihn; er nickt nur, bleibt am Bett hocken, sagt ein paar Worte, nimmt eine der mitgebrachten Chinintabletten aus der Tasche und läßt sie (zum ersten Mal im Verlauf seiner Behandlungen eigenhändig) in die Mundöffnung gleiten, er gibt ein Versprechen, das er nicht halten kann, und verläßt Sidi Mohammed Muktar, seinen Wohltäter und Schachpartner, der noch die rechte Hand für eine vage kreisende Bewegung hebt, die Adern treten unter der braunen Haut hervor, Laing meint für einen Moment, er müßte noch etwas anderes in dieser Geste lesen als Dank und Abschied, er weiß nicht was, er dreht sich um und ist sich sicher, daß er Muktar nicht wiedersehen wird.
Seine neue Art, sich durch Blad Sidi Mohammed zu bewegen, hält zwei oder drei Tage lang an; möglich, daß der Scheich (in einer Art, seine Rolle bis zu den finstersten symbolischen Konsequenzen ernst zu nehmen) als erster erkrankte, möglich, daß die ersten Erkrankten zu unbedeutend waren, um wahrgenom-

men zu werden, innerhalb von kürzester Zeit vervielfältigt sich jedenfalls die Zahl der Darniederliegenden, und Laing geht als ein stummer, hoffnungsloser Arzt in seiner fremdartigen Kleidung von einem Haus zum andern und von einem Zelt zum andern, teilt Chinintabletten aus und versucht den Angehörigen (soweit es gesunde Angehörige gibt) klarzumachen, daß er keine Garantien geben kann und daß seine Zaubermittel ohne eine direkte Verbindung zu Gott oder den Geistern irgendwelcher Ahnen auskommen müssen, es gelingt ihm nie, und woferne es Überlebende gibt, wird er nie wissen, ob das Chinin zu ihrem Überleben beigetragen hat oder in dem vollkommen zufälligen Krankheitsverlauf einen blinden Fleck ansteuerte. Er könnte während dieser Tage das Muster nachzeichnen, das die Epidemie über den Ort zieht, den Regen, der zunächst in vereinzelten Tropfen auf die Punkte einiger weniger Häuser fällt, immer dichter wird und am Ende schon kaum noch ein Haus und kaum noch eine Familie unberührt läßt. Für die Teilnehmer an der Expedition, in denen wie in den Ortsbewohnern die Krankheit schon auf den Ausbruch gelauert haben muß, scheint es, wenigstens anfangs, noch ein Glück, daß sie hier in der Zivilisation und nicht unterwegs, ohne genügend Wasser und ohne feste Unterkunft, von der Krankheit erfaßt werden. Fast gleichzeitig mit Sidi Muktar stirbt aber schon bald der Bootsmann Harris (Laing merkt, als er ihn mit seinen Tabletten versorgt und ihm Mut zuspricht, daß er ihn eigentlich schon vor langer Zeit und ohne einen Grund dafür zu brauchen, aufgegeben und gar nicht mehr als Lebenden angesehen hat); zum letzten Mal besucht er Jack Le Bore, als der erst leichtes Fieber hat und die Tablette, die ihm Laing, nur zur Vorsicht, wie er sagt, anbietet, gar nicht annehmen will, mich hat in so vielen Schlachten keine Kugel getroffen, meint er in einem ungewohnten Anflug von Großsprecherei oder Offenheit, es ist mir immer egal gewesen, wenn mir die Kugeln um die Ohren zischen, ich bin weitergegangen. Er sagt, er gibt kein gutes Ziel ab für das Glück und für das Unglück, für die Krankheiten oder für die Liebe, er schaut so schwer aus, aber er ist ganz leicht, wenn die Pfeile glauben, sie treffen ihn, ist er in Wahrheit schon längst woanders (das Bild eines einsamen Mannes, der von einem Hügel herab aufs Schlachtgeschehen unter ihm blickt), doch wenn er sich einer Sache verschrieben hat und wenn es ein Freund ist, dem er folgt, dann gibt es nichts, schon gar nicht ein bißchen Fieber, was ihn dazu bringt, mittendrin aufzuhören. Laing will keine Theatermonologe hören; er will nicht, daß sich dieser Söldner als sein persönliches Gespenst ausgibt, sein dienstbarer Luftgeist, darauf kommt dieses Gerede hinaus; er ist ziemlich ärgerlich und wortkarg und behandelt Le Bore vielleicht zum ersten Mal als das, was er ist, ein Untergebener, ein Diener, mach doch, was du willst, sagt er, sei froh, daß ich da bin, um dir zu helfen. Den Ausdruck, den Le Bores Gesicht auf seine Worte hin annimmt (ein Ausdruck der Augen, den er noch nie bei ihm und vielleicht überhaupt noch nie gesehen hat, als wären sie von allen Inhalten geleert), wird er nicht mehr vergessen. Le Bore schweigt, Laing ist damit zufrieden, er achtet nicht darauf, ob er die Tabletten nimmt oder nicht. Er will sich kurz in seinem Haus (daheim, sagt er sich im ersten Moment) ausruhen, kommt dann aber schon nicht mehr hoch, er weiß nicht, ob Minuten vergangen sind, Stunden oder Tage, den Gedanken oder das Bild, mit dem er eingeschlafen ist, trennen Abgründe von dem Gedanken oder Bild, mit dem er aufwacht. Das Fieber ist nur das erste Symptom, zuerst glaubt er, seine Kopfschmerzen hätten nur eine neue Form angenommen, dann läßt die Schwäche seiner Beine, der Schmerz in seinem Rücken keinen Raum mehr für Zweifel. Er schluckt Chinintabletten, später wird er sich in der Not, ganz allein mit seiner Krankheit, eine Quecksilberkur verschreiben. Manchmal zeigen sich Gesichter in der Tür, manchmal kommen Menschen oder Traumgespenster näher. Er stellt sich irgendwann im Verlauf der langen Tage und Nächte vor, wie sich das Gräberfeld am Rand der Stadt, am Rand der Wüste ausweitet, bis niemand mehr da sein wird, der die Gräber besucht, Sand und Vergessen, der Himmel und das Vergessen, er kann sich die Metapher, die Wirklichkeit aussuchen, die Decke, die sich über den Körpern, die zu Gerippen zerfallen, den Menschen, Dingen und Illusionen schließt. Er könnte sich auch vorstellen, alleine zurückzubleiben zwischen den Häusern und Gräbern, krank, aber unsterblich, befreit von der Vergangenheit und von der Gegenwart, niemand stellt sich den Blicken entgegen (das ist dann aber vielleicht schon nicht mehr er selbst).

la muerte se viste de distancia

Julio Cortázar, *La cruz del sur*

III

1

Manchen Eroberungszügen gehen kollektive Träume voraus, unterhalb des Ideologischen, Rationalen oder Rationalisierbaren, in der Schwebe zwischen Bildern und Geschichten, sie begleiten und beeinflussen die Handlungen, ohne daß sie von ihnen eingeholt werden könnten, ohne daß die Verbindung wirklich festgemacht werden könnte; manchmal geraten sie in Vergessenheit, man bleibt mit der Realität zurück. Es heißt, daß die mongolischen und türkischen Nomadenstämme, die durch die Wüsten Zentralasiens zogen, über die Jahrhunderte hin immer wieder die Türme und die Kuppeln einer Stadt namens Kizil-Alma (oder Roter Apfel) durch die Sandstürme hindurch, hinter den Schneewächten funkeln sahen, irgendwo zwischen dem Kaspischen Meer, der Wüste Gobi und dem Tienshan sollte diese Stadt zu verorten sein und entzog sich doch jeder Verortung, man erinnerte sich angesichts der Kuppeln und Türme von Jerusalem, von Konstantinopel, von Buda, von Wien an die geträumte Stadt, doch der Erfolg oder Mißerfolg, was man zu fassen bekam oder was sich einem entzog, überdeckte mit seiner Festigkeit nur die fragilere und zugleich leuchtendere Illusion, die sich an den magischen Namen (wie den Rest einer halb vergessenen Religion) knüpfte.

Für längere Zeit beschränkt sich das koloniale Interesse der Europäer in Afrika darauf, von Stützpunkten an der Küste und an den küstennahen Flußläufen aus, Städten wie Saint-Louis und sogenannten Faktoreien, den Handel mit Sklaven zu kontrollieren und so ziemlich unsystematisch die Zerstörung der Gesellschaften und Kulturen im unbekannten Landesinneren zu betreiben. Einen zweifelhaften Versuch, Timbuktu und die sagenhaften Länder am Nigerbogen vom Maghreb her für die Christenheit zu erobern, unternimmt allerdings noch ein junger portugiesischer König, durch die Berichte seiner Vorgänger angeregt, im Jahre 1578; nach einer *Schlacht der drei Könige*, bei der König Sebastian mit seinen sechzehntausend aus ganz Europa zusammengefangenen Soldaten den Heeren von zwei rivalisierenden marokkanischen

Sultanen gegenübersteht, bleiben drei tote Könige, eine vernichtend geschlagene europäische Armee und die Legende von *O Encoberto*, dem Verborgenen, Verhüllten zurück: dem jungen König, der nicht begraben, nicht in der Erde verfault, sondern im Meer verschwunden ist und eines Tages (eine strahlende Figur in einer altmodischen Rüstung, mit gezogenem Schwert, die aus dem Wasser steigt, wunderbar trocken, nicht von Fischen angeknabbert und nicht von Algen umschlungen) zurückkehren wird, um das Fünfte Reich zu begründen und Portugal seine Bestimmung als Beherrscherin und Einerin der Christenheit erfüllen zu lassen. Wenige Jahre später macht sich eine marokkanische Armee auf den Weg, von dem sich die Europäer vermutlich nur eine höchst unklare Vorstellung gemacht haben, und sie nimmt deren Platz auf der Strecke zwischen Marrakesch und Timbuktu ein, Menschen- und Tierkörper, leicht wie Zunder, zwischen den Sanddünen und den endlosen Kiesebenen, verteilt über die Tage, Wochen und Monate einer quälend langsamen Bewegung. Erst im Verlauf des achtzehnten Jahrhunderts erwacht ein neues zwiespältiges Interesse am afrikanischen Landesinneren; während man einerseits Geschichten folgt, deren Glanz schon fast verblaßt ist, vermischen sich andererseits wirtschaftliche, humanitäre und Herrschaftsinteressen zu einer Ideologie, die die Eroberung der letzten weißen Flecken auf der Weltkarte für die Christenheit oder die Wissenschaft oder die eigene Nation notwendig erscheinen läßt. Es gibt längst kein Ende der Welt, keinen Rand und keine Peripherie mehr (die Entdeckung, daß die Welt eine Kugel ist und keine Scheibe, schreibt Victor Segalen, ist für den Exotismus tief enttäuschend), es sei denn, man schafft es, fremde Länder mit Gewalt dazu zu verwandeln, oder man entwickelt subtilere Mittel, macht sich auf zu Expeditionen, in denen es schon nicht mehr um bloße Ausdehnung geht, sondern eher um innere Brüche, Brüche im Inneren des Traums, im Inneren der Gegenwart, um nachträgliche Entdeckungen und die Erwartung von neuen Enttäuschungen. Vielleicht ist das nur ein Umweg zur Gewalt.

Zunächst weckt vor allem der Bericht eines gefangenen und nach England verschleppten marokkanischen Kaufmanns namens Shabeni, der als Vierzehnjähriger seinen Vater nach Timbuktu begleitet hatte, wieder die Neugier auf das Innere Afrikas und gibt Plänen für Unternehmungen, deren Interesse eigentlich mehr der Schiffbarkeit des Niger gilt als dem Geheimnis der verborgenen Städte, die Abrundung und den entscheidenden Anstoß. Shabeni berichtet vor dem Saturday Club, dessen honorige Mitglieder sich über das Geographische Institut, die Gesellschaft zur Abschaffung der Sklaverei und das Kolonialministerium verteilen; er erzählt von einem Wald mit ungeheuren Bäumen

und riesigen Elefantenherden nahe der Stadt, von wunderschönen unverschleierten Frauen, in die sich die Reisenden auf den ersten Blick verlieben, von einer Pflanze namens El Hashisha, mit der man sich nach dem Essen berauscht, von vierundzwanzig Arten von Musik, der sich vor allem die Sklavinnen widmen, von einer Religion, die ohne Tempel und Moscheen auskommt und stattdessen durch große Festgelage alle drei Monate der Zeit Rhythmus und Festigkeit verleiht, von ausgedehnten Jagdunternehmungen auf die riesigen Herden von Antilopen, Straußen und Wildeseln, bei denen der König sich von seinen eleganten Windhunden, von allen seinen Untertanen und von allen Fremden, die Lust darauf haben, begleiten läßt: undeutliche Kindheitserinnerungen, die sich mit seltsam exakten Angaben über Administration, Ökonomie und Gerichtsbarkeit vermischen. Diese Geschichten, in denen Wahrheit, Sehnsucht und Nostalgie ineinander übergehen, erreichen einen vielleicht (so wie zur selben Zeit verspätete Manuskriptfunde und Übersetzungen wie jene des Ibn Battuta) nur in der Art des Lichtes von erloschenen Sternen und Planeten; das Leuchten ist unzweifelhaft vorhanden und doch ist auf der anderen Seite der Schranke nichts oder nichts mehr zu erreichen, man greift nur ins Leere. Wenn man versucht, die Koordinaten, die längst feststehen, aufzufüllen mit nützlichen Informationen, richtet sich die Bewegung, damit auch die Zerstörungsarbeit nicht mehr nur auf beliebige Feinde, sie dreht sich schon in Innenräume hinein.
1829 (gerade noch rechtzeitig, fast schon zu spät) macht die Universität von Cambridge *Timbuctoo* zum Thema ihres Lyrikwettbewerbes; Gewinner ist Alfred Tennyson, ein zwanzigjähriger Jungdichter, später poeta laureatus und Lord, dann bald ein altmodischer toter Klassiker. Er beschwört, an der Straße von Gibraltar stehend, mit Blick auf das Meer und die untergehende Sonne die unvordenklichen Städte, Atlantis und Eldorado, und, vielleicht ebenso fragil, zerbrechlich und traumhaft wie diese, auch wenn keine Jahrtausende, Dschungel oder Meere sich über ihre Türme und Paläste gelegt haben, die dritte geheime, unbetretene Stadt, Timbuctoo. Ein Engel oder Genius, ein weißes und goldenes Ding, fast aus reinem Licht, weckt ihn aus seiner melancholischen Versonnenheit und blendet ihn; aus den Lichtflecken, die vor seinen Augen tanzen, als hätte er zu direkt in die Sonne geblickt, formen sich Visionen; er sieht sich losgelöst von der Erde und dem Schlamm der faden Welt, in der er bisher wühlte wie ein düstrer Wurm; er sieht die weißen Städte und die opalen Seen des Mondes, die Bewegungen der Galaxien, der Sterne und der Planeten; alle seine Sinne sind entgrenzt; in einem menschenleeren Universum hört er Wesen, die in unbekannten Sprachen durcheinanderreden. Dann erscheinen ihm im Süden, *a wilderness of spires*, die Türme, die kristal-

lenen Pfeiler und Mauern, die übereinandergeschichteten Wälle, Zinnen und Dächer, eine Ordnung, die eines Bodens unter sich kaum zu bedürfen scheint, aus den erwarteten Wörtern aufgebaut, Türme und Zinnen und Wälle und Dächer, Opal, Kristall, Smaragd, Chrysolit und Diamant: im Hintergrund, in diamantenem Licht, erheben sich, eher an den Himmel als an die Erde gebunden, die Kegel ungeheurer Pyramiden, an deren Spitzen Sonnen oder Sterne (*or semblances of either, showering circular abyss of radiance*) sich zeigen. Sein Blick bricht sich an einer unendlich hohen Mauer aus glänzendem Gold oder noch köstlicherem Stoff; zwei Tore stehen offen, hinter einer Flucht von Vorhallen, Pforten und Gewölben nimmt das Auge (denn er macht keinen Schritt, ist unsichtbar und fast körperlos) einen Flammenthron wahr, um den sich Scharen weißgekleideter Gestalten sammeln; er ist von diesem Anblick wiederum geblendet und sinkt (denn er ist nur fast körperlos und sein Menschenhirn erträgt den Glanz nicht) in Ohnmacht. Der Genius hebt ihn freundlich auf und erklärt sich ihm, in Worten, die zugleich Musik sind und das Wogen eines breiten Flusses in der stillen Nacht. Er ist der mächtigste aller Geister; das fortwährende Leben, das durch das labyrinthische Geäst der Adern des *Erzählens* fließt; der Phantasie, die jeden Ort unter dem Himmel, jede Ecke dieser Welt durchblutet; er lehrt die Menschen, das Unerreichbare im Traum zu fassen. Siehst du, flüstert er dem Sterblichen, dem Weitererzähler ins Ohr, den Fluß, der aus dem Dunkel entspringt und sich durch die Straßen dieser Stadt windet; der das Bild der sanften Wölbung ihrer Häuser, ihrer Palmengärten und der von süßem Glockenklang erfüllten Pagoden, ihrer Obelisken und Minarette widerspiegelt? Dieser Fluß verliert sich im Sand; bald muß ich die letzte meiner Bastionen räumen: bald wird die Stadt *entdeckt*; das Bild, das der Fluß in der Tiefe seiner Wellen getragen hat, wird gelöscht sein. Die Paläste werden zu Hütten schrumpfen, *dark specks amid a waste of dreary sand*, nieder und mit Wänden aus Lehm; irgendeine Ansiedlung von Barbaren. Der Genius fliegt resigniert davon und läßt den Weitererzähler mit der Enttäuschung zurück; es wäre allerdings verstörend für einen Europäer aus dem neunzehnten Jahrhundert, wenn er den Barbaren, den Afrikanern zutrauen müßte, die wunderbaren Schöpfungen zu verwirklichen, von denen er träumt und Träume geerbt hat und weiter vererbt; und es kann tröstlich sein, im Verzicht auf jede Wirklichkeit Orte der Phantasie unberührbar abgehoben im Ideenhimmel zu wissen; gefangen zwischen den Spiegeln, kaum mehr als reines Licht. Ein Fluß, der die Bilder mit sich trägt, oder jedenfalls die Erinnerung an einen Fluß, die Erinnerung an die Bilder, ein winziges glänzendes Labyrinth tief im Innern. Wie weit der Trost reicht, ist fraglich. *The Moon had fallen from the night and all was dark,* lautet die letzte der zweihundertzweiundfünfzig Zeilen von Tennysons Gedicht.

Alle sieben Jahre versammeln sich laut Leo Frobenius (dem Professor und Gelehrtendarsteller mit eindrucksvollem weißem Bart, der in den dreißiger Jahren des zwanzigsten Jahrhunderts gerne im Geländewagen, mit Tropenhelm und staubigem Safarianzug in Deutschland unterwegs war und sich von jubelnden Menschenmengen empfangen ließ, in dessen letzten Büchern sich halbreligiöse Beschwörungen des *Führers* und der *Bewegung* häufen, und der doch einen riesigen Schatz von Geschichten überliefert hat, zumeist aus Sprachen übersetzt, von denen er kein Wort verstand) die Angehörigen des Geheimbundes Kumang an einer Stelle nahe dem Djoliba, unter einem großem Bombaxbaum; nur beschnittene und nicht mehr ganz junge Männer sind zu dem Geheimbund zugelassen, jeder andere, der versehentlich in die Nähe käme, müßte getötet werden. Die Männer tragen gelbe Kleider und Mützen, auf denen ein Grisgris angebracht ist; ein schwarzer Stier wird geopfert, sein Fleisch gegessen oder vergraben; man trinkt Hirsebier; sieben Tage lang bewegen sich die Adepten nicht vom Platz; am siebten Tage, gegen Abend, steigt die Federmaske aus ihrer Grube. *Loch Kumang, daneben Baum, Blüte blüht ab, Blüte knospt,* singen die Männer; sie sitzen im Kreis, mit Blick auf den Boden, klatschen in die Hände, um die Bewegung im Rhythmus zu halten; in ihrem Rücken zieht der Kumang einen größeren Kreis um ihren kleinen Kreis; sie dürfen sich nicht umdrehen, weil sie die Zeremonie und damit sich selbst sonst zerstören würden. Am Anfang ist der Kumang klein wie ein Kind, er schleift sein schweres Gewand aus Blättern und Federn über die Erde; dann wechselt er die Form, die Geschwindigkeit, die Farbe, die Größe, während er die Geschichte der nächsten sieben Jahre erzählt, sanfte und wilde Prophezeihungen, die die Männer mit ihrem Klatschen, ihrem leisen Gesang aufnehmen und bestätigen; die letzte der Prophezeihungen betrifft den Chef des Geheimbundes, den Mani: wenn er in sieben Jahren noch am Leben sein wird, darf er sein Gewand behalten; wird er in diesem Zeitraum sterben, muß er es an seinen Nachfolger abgeben. Eine andere Geheimgesellschaft der Bozo, jenes Volkes von Fischern und Bootsleuten am Djoliba, sind die Diarra: ihr wichtigstes Heiligtum, das immer verborgene Zentrum eines Systems, in dem Schwirrhölzer, Masken und Trommeln die Träger von Bedeutungen sind, der *wahre Diarra* ist am Grund des Flusses versteckt. Die Wesen, die tagsüber im Fluß zu leben verstehen und erst nachts hervorkommen, die Tungutus oder Mamadingous, darunter Frauen mit langem Haar, die aber ihre Gestalt jederzeit wechseln können, sich in Tiere verwandeln und in Gegenständen unterschlüpfen, scheinen ihre magischen Kräfte durch die Nähe zum eigentlichen Zentrum des Sinns (von dem nichts zu sagen ist) zu erlangen.

Wenn es auch, in der Übersetzung einer Übersetzung, nur noch Formen ohne Inhalt sind: wird nicht das Eigene, das immer diese Leerstelle besetzt, immer als Ersatz dient, durch die Formen verändert und verzerrt (in den fremden Kleidern ist es nackter als es ohne Kleider wäre; durchscheinend unter nackten Namen)?

Erst nach einigen Stunden bekommt er ein Gefühl dafür, auf dem Wasser zu sein, davor ist er von der Hitze betäubt und hat den Eindruck, auf den Schultern der Bootsleute getragen zu werden, eine körperliche Beengung, die allem Fließenden, Schwebenden, dem sanften Schwindel, in den das Auf und Ab der Piroge ihn versetzen könnte, entgegensteht. Er versucht nicht, Kontakte mit der Besatzung zu knüpfen, schon gar nicht mit den anderen Passagieren, bei denen es sich ausschließlich um Sklaven und ihre Verkäufer handelt; er überläßt sich der Trauer und der Freude, daß er seine Freunde aus Djenne losgeworden ist; nachts hält er den Polarstern im Visier und läßt in seinem Kopf Zahlenreihen zur Berechnung der Position ablaufen. Am ersten Tag hat ihn nur irritiert, daß man ihm so wie den Sklaven ein Mittagessen serviert hat, eine Schale mit gekochtem Reis; auch wenn ihm seine Freunde versicherten, daß er unterwegs nicht zu fasten braucht, hat er sie nicht angerührt; nachts betrachtet er schweigend die Schiffsbesatzung, die unter Lachen und Geschwätz Fisch und Gemüse unter sich aufteilt und anscheinend von seiner Gegenwart keine Notiz nimmt. Sobald man, am nächsten Morgen, tiefere Gewässer erreicht hat, legt die Piroge in einem Hafen an, in dem sieben Schiffe, alle mit dem Bestimmungsort Temboctou, vor Anker liegen; hinter dem Hafen sind die runden Hütten eines kleines Dorfes, wenige Bäume und ein der Jahreszeit entsprechend ruhiger Markt zu sehen; dahinter eine endlose karge Ebene. Die Männer gehen von Bord, die Ladung wird an Land gebracht, Caillié schaut sich die größere Piroge an, auf der die Reise fortgesetzt wird, wie ein schlafendes Tier ruht sie auf den Wellen, er schätzt, daß sie sechzig Tonnen Ladung aufnehmen kann, fünf mal so viel wie das Schiff vom letzten Tag; trotzdem wirkt sie fragil, ihre Einzelteile sind mit Hanfseilen zusammengebunden, deren Haltbarkeit ihm angesichts des mächtigen Flusses äußerst fraglich erscheint. Unter einer Matte sind schon Töpfe mit Reis, Honig und Butter verstaut; das Umladen dauert aber den ganzen Tag lang, eine Menge Leute, abgesehen von der Schiffsbesatzung, sind im Hafenbereich damit beschäftigt, andere schreien herum, um sich den Anschein zu geben, sie könnten Befehle erteilen und die Logistik der Unternehmung verbessern, das Gewirr von stockenden oder zielgerichteten Bewegungen steuern und beschleunigen. Am Ufer sind kleine Zelte aufgestellt, die Schutz vor der Hitze bieten sollen; er ruht sich eine Zeit lang in einem dieser Zelte aus, froh, allein zu sein, schlendert dann herum, Kinder spielen im Fluß, plantschen und bespritzen einander mit Wasser, seltsamerweise ganz lautlos, obwohl er nahe ist und unwillkürlich die Buben und die Mädchen voneinander unterscheidet und eine Statistik über die Verteilung der Geschlechter und die vermuteten Altersklassen entwirft, die er im weiteren Verlauf des Tages wieder voll und ganz vergessen wird. Er wagt nicht, an einem der Marktstände etwas zu essen zu kaufen, obwohl ihn die Händlerinnen mit ihrem Lächeln und mit Worten, die er nicht versteht, dazu einladen; er fühlt sich strenger denn je an die Glaubenslehre gebunden. Die Sklaven sitzen, mit Ketten aneinandergefesselt, unter ihren Zeltdächern, schauen der Arbeit zu und warten, bis sie verladen werden; zuweilen rauchen sie, oder sie essen ungeniert von dem gekochten, ungesalzenen Reis, der neben einer noch faderen Mehlsuppe die einzige Nahrung zu sein scheint, die man ihnen zugesteht. Caillié achtet darauf, sich nie zu weit vom Hafen zu entfernen, da es ihm schwerfällt, den Fortgang der Arbeit zu beurteilen und er Angst hat, daß man auf ihn vergißt und einfach losfährt. Etwas abseits von den anderen findet er ein schönes Plätzchen im Schatten eines Baumes; hier bleibt er reglos und wie erstarrt den halben Nachmittag lang sitzen; in seinem Blickfeld eine Sandbank, auf der so viele Wasservögel daheim sind, daß das Gefieder wie eine glitzernde Schneefläche erscheint, lebendiges gefrorenes Wasser in der flirrenden Hitze inmitten des lebendigen, fortströmenden Flusses. Manchmal löst sich ein einzelner Vogel aus dem Feld und fliegt, dicht über der Wasserfläche, langsam, mit ruhigen Flügelschlägen, noch lange Zeit sichtbar, davon.

Gegen Abend sind sämtliche Waren verstaut, auch die menschlichen Waren, die sich problemlos wieder an ihre Plätze schlichten haben lassen. Caillié will ihnen folgen, aber der Kapitän versperrt ihm den Weg und macht, ohne ihn anzuschauen, Handbewegungen, als wollte er einen Hund verscheuchen. Caillié schaut zunächst nur ratlos und sucht einen Weg an dem Kapitän vorbei, der nun allerdings zu schreien beginnt, solche Leute braucht er nicht an Bord, ein Weißer, der ihm nur Schwierigkeiten machen wird und ihn in Gefahr bringen und der nicht einmal bezahlen kann oder will; Caillié ist empört, weil er weiß, daß der Cherif für ihn bezahlt hat, und zwar nicht nur die Fahrtkosten sondern auch die Verpflegung und ein großzügiges Sonderhonorar; es gelingt ihm zwar nicht, einen Ausdruck für seine Empörung zu finden (denn manchmal scheint der Weg zwischen seinem Inneren und den Worten, die seine Stimme, dem Ausdruck, den sein Gesicht annehmen kann, unendlich ausgedehnt, verschlungen und durch zahllose Hindernisse fast unpassierbar geworden), doch er weiß, daß er nicht aufgeben darf; ein panisches Wissen, das jede Faser seines Körpers in Anspannung versetzt. Es entspinnt sich eine lange Verhandlung, die dadurch erschwert wird, daß Caillié sich kaum sicher sein kann, was er eigentlich sagt; zum ersten Mal hat er niemanden, den er für sich sprechen lassen und auf den er all sein Mißtrauen richten kann, während er zugleich ganz und gar auf ihn baut; zum ersten Mal ist er alleine mit einem Feind, den er besiegen muß; zeitweise redet er versehentlich Französisch, was ihm aber auch nicht schaden kann; er ruft beschwörend und, wie er hofft, drohend, in Erwartung einer Gewalt, vor der der Kapitän zurückweichen müßte, die Buchstaben EHM aus, dann den vollen Namen, El-Hadj-Mohammed, dann den Namen Sidi-Oulad-Marmous, des Djinni-Koï, des Almamys von Massina, und schließlich den Namen des Propheten und Allah und Bismillah, mit Tränen in den Augen, von denen er allerdings selbst nichts merkt; schließlich nimmt der Kapitän die paar Goldstücke an, die Caillié so heimlich wie möglich aus seinem Gürtel gezogen hat und schon seit längerer Zeit in der Hand hält; er winkt ihn nachlässig vorbei und schimpft noch ein wenig vor sich hin.

Caillie setzt sich auf seinen Seesack und starrt an den grinsenden Reisegefährten vorbei, sein Regenschirm fehlt ihm, er könnte um ihn weinen. Wüßte er nicht, wie nahe er der geheimen, unbetretenen Stadt, seinem Ziel ist, würde er in diesen Stunden verzweifeln; die täuschende Stärke, die er in Djenne gesammelt hat, würde gerade ausreichen, daß er wieder die Kraft zur Verzweiflung fände, etwas, das seiner automatischen Fortbewegung entgegensteht, etwas Eigenes und eben deshalb Illusionäres und Überflüssiges, ein Gewirr von Bindungen an alle möglichen Dinge oder gar Menschen, die seine Einzelteile sozusagen zusammenheften und ihr einfaches Funktionieren behindern. Die Fahrt mit dem großen Schiff ist noch wesentlich langsamer; man hat Angst vor dem beständigen Nordwind, der jede kleine Welle überschwappen läßt; bei gröberen Windstößen macht man Halt und bleibt, manchmal stundenlang, vor Anker, bis eine Beruhigung abzusehen ist. Die flachen Ufer scheinen, ähnlich wie die Pirogen, die sich in Tieflage durchs Wasser fräsen, nur auf Überschwemmungen zu warten, in denen der Fluß sich das ganze Land und alles, was sich in ihm bewegt, anverwandelt; nirgends ist ein Ende des ebenen Sumpflands auszumachen. Da und dort finden sich zwischen verkrüppelten Büschen kleine Fischerdörfchen an den Ufern; Fische trocknen auf den Dächern in der Sonne und verbreiten über viele Meilen hin ihren Geruch, der Cailliés Kopfschmerz

und schlechte Laune zu verstärken hilft. Von Zeit zu Zeit ziehen die Matrosen das Schiff mit Seilen vom Ufer aus voran, manchmal rudern sie (und finden dabei, zwischen den angehäuften Stoffballen, Reissäcken und Töpfen kaum Platz, sich zu bewegen) oder benützen, wenn der Fluß seicht genug ist, ihre Ruderstangen, Schweißperlen glänzen auf ihrer Brust, ihren Schultern, ihren Gesichtern. Immer sind zwei oder drei Mann damit beschäftigt, mit großen Kalebassen das Wasser abzuschöpfen, das an der tiefsten Stelle der Piroge trotzdem immer einen halben Fuß hoch steht. Das scheint das normale Vorgehen zu sein, man hat diese Stelle im ansonsten vollgestopften Schiff von vornherein frei gehalten, ein Pelz aus leuchtend grünem Moos hat sich hier ans Holz geschmiegt. Gleich daneben kochen die Frauen auf kleinen Lehmöfen und scheinen sich ganz wie daheim in ihrem Hof zu fühlen; Caillié braucht lange, um dahinterzukommen, daß es Regeln gibt, die bestimmen, wer für wen zu kochen hat und welchen Platz er selbst in diesem Regelgefüge einnimmt. Manchmal, wenn der Gegenwind zu stark ist, lädt man ein Dutzend Sklaven ab und läßt sie mit schweren Reissäcken auf den Schultern eine Zeit lang am Ufer neben dem Schiff herlaufen; trotzdem kommt es kaum schneller voran als die schwerbeladenen kettentragenden Fußgänger. Öfters weht es vom Ufer her Sand an Bord; Caillié bindet sich den Turban um den Mund, er findet das Atmen anstrengend; das Wenige an Zeit, die mit jedem Atemzug vergeht, das Wenige an Strecke, die zurückgelegt wird, sind körperlich spürbar, ein Stocken, ein Zurückgeworfenwerden; er versucht, die Stadt vorauszudenken, niemals an den Weg durch die Wüste, der ihm dann noch bevorsteht. In dieser Verhüllung (wie auch im Schlaf, wenn er in sich zusammengerollt, in eine Wolldecke gewickelt, im Freien daliegt, unter dem plötzlich eisig erscheinenden Himmel, der unendlich entfernten Sichel des Monds) kommt er der heimlich ersehnten Unsichtbarkeit eine Spur näher. Der Raum ist so eng, er kann keinem der unglaublich vielen Menschen, die sich auf dem Schiff befinden, je ausweichen, auch nicht dem Kapitän, seinem Feind; jede seiner Gesten, jeder seine Sätze wird vielfach widergespiegelt und auf ihn zurückgeworfen und bleibt im unkontrollierbaren Gedächtnis der anderen bewahrt; die Beengung ist vielleicht stärker, als sie es in seinem Haus in Tiémé war, das sich (daran aber hat er keine Erinnerung) in seinem Alleinsein, in Griffen über die Zeit hinweg ins Vergangene und in die Zukunft, ausdehnte; hier ist tagsüber alle Weite den Blicken auf Fluß, Land und Himmel reserviert, die aber ohne Perspektiven bleiben, unerreichbar sind, nur Kulissen für seinen winzigen Raum.
An Deck schlafen muß er deshalb, weil man ihm keinen eigenen Schlafplatz zugewiesen hat; der Wechsel von Hitze und Kälte tut seiner Verkühlung nicht

gut: nach einigen Tagen bekommt Caillié einen Fieberanfall, der aber nur ein paar Stunden anhält, er liegt im Halbschlaf da, mit geschlossenen Augen, die schrillen Schreie, das Gelächter der Frauen, die um ihre Kochstelle sitzen, bereiten ihm Schmerzen oder machen ihn wütend; oder das, was er für Schmerz oder Wut hält, sind nur Erscheinungsformen einer Angst, die dünne Haut, die er gebildet hat, würde von den allzu lauten Tönen durchbohrt und zerrissen. Er bittet während der kurzen Phase der Genesung vor dem Auftauchen neuer Symptome den Kapitän darum, ihm einen Platz zu geben, wo er nachts unter Deck schlafen kann; der Kapitän zeigt nur auf einen Mandingo, der zwei Schritt weit entfernt dahindöst. Wer ist das, fragt Caillié, der Typ, den man dir mitgeschickt hat, sagt der Kapitän, mitgeschickt?, na ja, für dein Essen, deine Sicherheit und so weiter, vor allem soll er auf deine Waren aufpassen. Es ist interessant, wenn auch etwas spät, das zu erfahren. Caillié könnte sich aufregen, was ihm aber nicht wirklich gelingen will und wohl auch nicht wirklich von Vorteil für ihn wäre. Er spricht seinen Beschützer ruhig an und bekommt ruhige Antworten, immerhin ist er nicht böse, daß er aus seinem Dahindösen aufgeschreckt worden ist. Warum bekommt er nur das Sklavenessen, fragt Caillié, weil es nicht möglich ist, für ihn allein zu kochen, aber er, der Mandingo, ißt doch wohl auch kein Sklavenessen, das ist etwas ganz anderes. Was den Schlafplatz betrifft, so ist leider keiner frei, aber wenn er krank ist, soll er seinetwegen bei ihm schlafen. Wer hat ihn eigentlich beauftragt?, der Schiffseigner, wer sonst, im Auftrag von wiederum irgendjemand anderem, er wird schon wissen, von wem und warum, offenbar ist er ja der Günstling von irgendwelchen großen Tieren. Aber er wäre sowieso mitgefahren, um die Ladung zu beaufsichtigen, nicht allein das bißchen an Habseligkeiten des Weißen. Mauren, verbessert Caillié. Ist schon gut, Abdallah, so heißt du doch, genau, sehr erfreut. Das Schiff liegt nachts vor Anker, aber niemand kann oder will es verlassen; der neue Schlafplatz garantiert ihm etwas Wärme, vielleicht sogar zuviel davon, es ist stickig und das Problem der Atemluft bleibt bestehen, auch wenn er kein Fieber mehr zu haben glaubt und nicht husten muß (vielleicht ist es ein Zeichen des steigenden Fiebers: wenn es unauffällig geworden ist, dem Nervenzentrum keine Zeichen mehr mitteilt). Er hat nicht genug Platz, um sich auszustrecken; bei seinen Füßen und an seinem Kopf stapeln sich Säcke, deren Inhalt sich hart und unregelmäßig anfühlt; der Mandingo ist näher als Caillié es angenommen haben würde und hat noch dazu seine Sklavin bei sich, Caillié hält den Kopf abgewandt, bei jeder seiner Stoßbewegungen rammt ihm sein Beschützer den Ellbogen ins Kreuz, er hört die schmatzenden Geräusche, die Atemzüge, dann spürt er ein Knie in seiner Kniekehle, Füße an seinen Waden. Er findet in dieser Nacht noch weniger Ruhe als in den Nächten davor, sein Herz klopft, er will sich nicht umdrehen und er weiß nicht, was er mit seinen Händen anfangen soll; er spürt sehr deutlich das eigene Kiefer, die Wölbung, die wenig stabile Befestigung dieser Knochen an der genauso deutlich spürbaren Wölbung seines Schädels; er spürt das Wasser unter sich, eine grundlose Tiefe, den dünnen Schutz der Schiffsplanken, der ihn davon trennt, er spürt die Bereitschaft des Wassers, über die zusammengebastelten, grob zusammengefügten Einzelteile, Holz und Seil und Lehm, Haut, Fleisch und Knochen hochzusteigen und sich über ihnen zu schließen. Am nächsten Morgen lächelt die Frau ihm zu, während sie über ihn hinwegsteigt, er lächelt unausgeschlafen zurück. Sobald er aufzustehen versucht, dreht sich alles um ihn und ein sanftes Dunkel schiebt sich vor seinen Blick; er setzt sich auf den Boden, läßt sich hinsinken; die Waren, die ihn umschließen, empfindet er jetzt wie einen Schutz; wie eine Versicherung, daß er, obwohl er nichts dazu tut, noch auf der Welt ist. Nach einiger Zeit spürt er eine Hand, die ihm über die Wange streicht; er öffnet die Augen und sieht einen jungen Fulah, der seit dem Umsteigen an Bord ist und der ihm schon öfters durch die freundlichen Blicke aufgefallen ist, die er ihm zugeworfen hat; er hält ihm eine Schale Milch hin und spricht mit einer sanften Stimme, so wie er vielleicht zu einem kranken Kind oder einem kranken Kalb sprechen würde, man verspottet seinen armen Freund, sagt er, weil er so schwach und so traurig aussieht; man verspottet ihn, weil man nicht sieht, wie stark er ist, und daß gerade die Schwäche seine Stärke ist, aber er findet diese Schwäche schön, und er liebt diese Traurigkeit, und er wünscht seinem armen Freund, daß er schnell wieder gesund wird. Du bist bleich wie ein Toter, möge das Leben in dich zurückkehren, einmal ist dafür der rechte Zeitpunkt, Allah wird dafür sorgen, daß du diesen Zeitpunkt nicht verpaßt. Caillié versteht nicht recht, was ihm der Fulah erzählt, aber der Tonfall macht ihn (als würde er ihn in seinem Schlaf erreichen) glücklich, und er ist dankbar für die Milch; auch wenn er gleich merkt, daß dieses bißchen Nahrung an diesem Tag für seinen Magen schon zuviel ist, er verbringt, gehalten von seinem neuen Freund, viele Stunden an der Reling (soweit man diese ein paar Zoll hohe Kante eine Reling nennen kann), seinen Kopf übers Wasser gebeugt, das jetzt so klar ist, daß er, wenn ihn nicht die Tränen in seinen Augen daran hindern, die Fische sieht, die sich in kleinen Schwärmen unter dem Schiff versammeln und auf die Gaben warten, die er ihnen aus seinem tiefsten Innern zu spenden hat.

Erst Anfang April, als man sich dem Debo-See nähert, vergißt er langsam aufs Kranksein, er fühlt sich aus der Enge gelöst, die Langsamkeit des Vorankommens ist, durch die größere Zahl an anderen Pirogen, die er wahrnimmt, oder durch die andere Art, in der er die gleich vielen Pirogen wahrnimmt, in eine Relation gesetzt, und die Menschen, egal wie nahe sie ihm kommen, werden wieder zu gleichgültigen, auswechselbaren Figuren. Es ist, als würde er plötzlich aufs offene Meer treiben, nicht mehr mühsam Schritt für Schritt von den Krücken der Ruder weitergetragen werden, sondern sich ganz der gleitenden Weichheit, der beruhigenden Stille der Schifffahrt überlassen können. Er schaut auf das Wasser; er schaut auf die enormen nackten Felsen einer kleinen Insel zu seiner Rechten, einige Meilen entfernt, wunderbar abgehoben von dem Grün einer dichten, halb überschwemmten Vegetation, er erinnert sich an nichts und schaut auf nichts voraus, in der glücklichen Leere des Augenblicks fühlt er sich mächtig gerade in seinem Nichtstun, als wäre er der erste oder der letzte Mensch. Er tauft (weil er den Moment nur fassen kann, wenn er fremde Gesten wiederholt, oder weil er über nichts verfügt als über diese Formen und diese Namen und sich als ihr Botschafter im Nichts fühlen will) die Inseln, die er im Debo-See ausmacht, feierlich auf die Namen der Königlichen Hoheiten, die bis zu einer nahen Revolution noch der herrscherlichen Dynastie angehören, St. Charles, Henri, Marie Thérèse. Er ist zum imaginären Repräsentanten des Landes geworden, von dem ihm niemals etwas geschenkt worden ist; er hat sich diese stille Rolle, die nur das Schweigen und die Tatenlosigkeit, nur das bloße Dasein von ihm verlangt, selbst erkämpft. Die Durchquerung des Sees scheint für gefährlich zu gelten, die Gewehrsalven, mit denen an der Einmündung die weitere Aussicht begrüßt wurde, kann Freude und Achtung ebenso wie Besorgnis ausgedrückt haben, am wahrscheinlichsten eine Mischung von all dem; die Gebete, die die Schüsse begleiten oder ihnen folgen, weisen auf ein Überwiegen der Besorgnis hin; beide Steuermänner stehen an der großen Stange, die als ziemlich unbehülfliches Steuerruder dient. Obwohl das Wasser klar scheint und die Strömung schwach, manövriert man sich mit höchster Vorsicht voran, immer nahe dem nordöstlichen Ufer zur Rechten. Zur Linken behindert über Meilen hinweg eine Landzunge den Blick auf den größeren unteren Teils des Sees, der wie eine in der Mitte eng taillierte riesige Blase geformt ist; einmal öffnet sich der Blick hin nach Südwesten, und so als würde nach einer stundenlangen Verzögerung erst der eigentliche Eindruck faßbar werden, wächst dem See nun plötzlich die Endlosigkeit zu, die man bisher nur geahnt hat. Caillié fragt seinen Fulahfreund, wie groß der See eigentlich ist und welches Land am anderen Ufer, in den Gegenden, die er nie erreichen wird, liegt, dort ist das Land Ségou, sagt der Fulah, der Djoliba mündet dort in den See, Caillié denkt, er muß sich täuschen und in seinem Mangel an Bildung oder geographischem Interesse jeden Fluß als Djoliba bezeichnen, er weiß nicht, daß er es ist, der sich täuscht. Der Schiffsverkehr am Debo-See wirkt um einiges dichter als der Verkehr auf der bisherigen Strecke; andere, noch größere Schiffe zu überholen wie auch von kleineren, schnittigeren Schiffen überholt zu werden, gibt ihm die Vorstellung, in einem Strömungssystem aufgehoben zu sein, das man berechnen und fassen könnte und so seinen unaufhaltsamen Fortschritt markieren. Abends lagert man neben dem Schiff einiger reicher maurischer Kaufleute, die den einzigen Weißen auf der Nachbarpiroge ausmachen und ihn als ihren Landsmann zum Essen einladen; er versucht seine Geschichte zu erzählen, ist sich aber nicht ganz sicher, wie viel davon verstanden wird; er beobachtet die geschickten Gesten, mit denen seine Gastgeber kleine Bällchen aus ihrem Couscous formen und diese Bällchen dann zielsicher in den Mund werfen, und er glaubt sich zur Nachahmung verpflichtet; erst als ihm zum dritten Mal sein Essen aus dem Mund fällt, fängt er tadelnde Blicke ein wie ein ungezogenes Kind. Man sieht, daß er unter Christen aufgewachsen ist, sagt einer der Mauren zu seinem Sitznachbarn, ohne darauf zu achten, ob Abdallah als der Gegenstand des Gesprächs ihn versteht, weder sprechen noch essen hat dieser Junge gelernt. Eine eigene Serie von Wiederholungen und von Demütigungen nimmt hier ihren harmlosen Anfang. Bei diesen Männern, die einen sehr kultivierten Eindruck auf Caillié machen, schadet ihm seine Ungeschicklichkeit allerdings nicht; eher scheint er Beschützer gefunden zu haben, denn die beiden Schiffe begegnen sich in den nächsten Tagen noch einige Male, und er wird nicht nur zum Diner eingeladen, immer wieder glücklich, für einige Stunden von neuem in der Gestalt unterzuschlüpfen, die er in Djenne innehatte (oder die ihn innehatte), sondern bekommt am Ende sogar einige Kauris geschenkt, für die er kein geeignetes Gegengeschenk findet, nicht so sehr wegen seiner Mittellosigkeit (denn seine Reserven sind, auch wenn er mit wachsender Angst Geld zu zählen beginnt, noch lange nicht ausgeschöpft), als um den Eindruck von Mittellosigkeit, der ihm schon öfters zu großzügigen Unterstützungen verholfen hat, nicht zu gefährden. Er trennt sich immerhin von einigen Blättern Papier und von etwas von dem ofengetrockneten Brot, das man ihm in Djenne mitgegeben hat. Auch der Schiffseigner, den Caillié seit Tagen sehnsüchtig erwartet, zischt mit einer Art von Schnellboot an, während sein fettbeladenes Handelsschiff dem Nordufer des Debo-Sees entlangkriecht; er macht, vom Kapitän begleitet, seine Inspektionstour, läßt einige zusätzliche Waren aufladen und gibt einige Anweisungen; dann ist er bereit, dem Passagier zuzuhören, der sich mit ein wenig Abstand immer in seiner Nähe aufhält und auf eine Gelegenheit wartet, seine Beschwerden loszuwerden. Er begrüßt ihn

herzlich und erinnert ihn an Djenne, wo sie sich bei einem schönen Mittagessen kennengelernt haben, Abdallah kann sich im Moment nicht wirklich daran erinnern. Er will auf den Punkt kommen und merkt gleich, daß er zu schnell redet und daß die Ordnung seiner Leiden während des Sprechens (oft hat er sich die Szene in den letzten Nächten schon vorgespielt) verlorengeht und nur den Eindruck eines vagen selbstmitleidigen Unbehagens zurückläßt; er hat (im Versuch, die Veränderungen der Miene zu verfolgen, in der er einen Anker für seine Blicke sucht) den Eindruck, daß der Schiffseigner ihn immer weniger ernst nimmt und redet deshalb nur noch schneller und wirrer; er appelliert an den Landsmann in ihm, und das Lächeln des Mauren wird breiter, mitleidiger und spöttischer. Die Serie von Tribunalen ist noch lange nicht an ihr Ende gekommen; und während sich Caillié vor den Richtern in Kankan, von denen er das Schlimmste befürchten mußte und die ihm kaum als Einzelwesen erschienen sind, triumphieren sah, sieht er sich vor diesem Richter, dem er direkt gegenübersteht und von dem er nur einige kleine Erleichterungen erbitten will, versagen; keiner dieser Eindrücke ist wirklich zuverlässig. Der Schiffseigner verabschiedet ihn mit einem Schulterklopfen (einige Male wird er mit seinem Boot in den nächsten Tagen noch vorbeischauen, fast als könnte er zwischendurch nach Djenne zurückkehren, vielleicht hat er in den Orten unterwegs irgendwelche lukrativen Geschäfte zu treiben), wenig später nimmt er aber den Kapitän und den Aufsichtsmandingo beiseite und bittet sie, freundlicher zu dem jungen Fremden zu sein, der, auch wenn es gar nicht so aussieht, ein frommer Moslem und ein mutiger Mann ist. Caillié denkt über das Mittagessen beim Cherif in Djenne nach und versucht die Gesichtszüge der teilnehmenden Mauren übereinanderzulegen, er bewegt sich im Vergangenen mit so wenig Sicherheit, als hätte er sich in der Zukunft zu bewegen, fast gleichviele Möglichkeiten fächern sich in dem einen und dem anderen Raum auf, und nur Glück und Zufall machen diese Bewegungsfähigkeit für den Augenblick nicht zu etwas Lebensnotwendigen für ihn. Er ist zuversichtlich, daß sich Szenen wie die vom letzten Nachmittag nicht wiederholen, an denen man ihn an den Beinen gepackt hat und buchstäblich vom Schiff werfen wollte, nur weil er sich weigerte, dem Kapitän fünftausend Kauris zu leihen, die er offiziell gar nicht besitzt und die er niemals zurückbekommen hätte; die Seeleute und die Sklaven freuen sich über die Szene, selbst die Sklavin seines Aufsichtsmandingos, deren Atem er nachts in seinem Nacken gespürt hat, lacht; nur die Vermittlung seines Fulah-Freundes rettet ihn, sie einigen sich auf einen Betrag von tausend Kauris, der in Kabara zurückzuzahlen ist.
So wie der Fluß sein Gesicht wandelt, so sind (solange Caillié noch ins Freie

darf) auch die Dörfer und Städte am Ufer und ihre Bewohner voneinander unterschieden; Caillié findet die Aufenthalte im allgemeinen vergnüglich, er ist erstaunt über die große Stadt Sa mit ihren runden spitzen Türmen, die über die Stadtmauer hinausschauen, und über den Hafen, in dem an die vierzig Schiffe lagern und ein Betrieb herrscht wie in Rochefort oder in Le Havre (wo er allerdings noch nie war); Menschen der verschiedensten Völker wohnen wenige Meilen voneinander entfernt, strenggläubige Moslems, die über die Sklaven erzürnt sind, die, von ihren Ketten befreit, trotz des Fastenmonats einen wilderen Tanz veranstalten, und nackte Mädchen, die den Reisenden nachlaufen und ihnen Milch und Honig verkaufen, Fulahs, die ihre Herden dem Fluß entlang treiben, und Bozos in kleinen Fischerbooten, Frauen mit glänzendem Haar wie am Schädel klebende Perlenketten und mit gläsernen Nasenringen, die ein buntes Tuch um ihren Leib gewickelt haben, die Schultern unbedeckt, einige dieser Frauen laden ihn in ihre Häuser ein, nachdem er ihnen Milch abgekauft hat: sie sitzen im sauber gefegten Hof im Kreis um ihn, und er schaut in ihre schönen großen Augen, während er mit Händen und Füßen seine Geschichte erzählt, dann hält ihm eine der Frauen eine Handvoll Sand hin und bittet ihn, er möge den Sand segnen; bismillah, sagt er und macht ein Kreuzzeichen über den Sand; die Frauen teilen ihn unter sich auf und knüpfen ihn in ihre Kleider. Er schläft jetzt, weil er sich gesund fühlt, wieder im Freien, an Deck oder an Land, je nachdem, ob man sich nahe einer menschlichen Ansiedlung befindet; dem Aufsichtsmandingo, der eine unangenehme Freundlichkeit ihm gegenüber entwickelt hat, weicht er aus, so gut man auf dem sehr beschränkten, schwankenden Raum, den er besiedelt, irgendjemandem ausweichen kann, wenn man sich nicht schlafend oder tot stellt. Er wacht am frühen Morgen auf, in ein Schaffell gewickelt, kühle Luft an den Wangen und gleich auch in seinem Rachen, in einem Bozodorf, im Hof vor einer schäbigen Hütte; er hat den Eindruck, schon seit längerer Zeit angesehen zu werden, eine Gegenwart hinter seinem Rücken, ein forschender oder wissender Zugriff, der ohne Berührung auskommt und ihn in seinem Schlaf wie in dem ungewissen Zwischenzustand des Erwachens trifft. Er setzt sich, die Lähmung seiner noch schlafschweren Glieder überwindend, auf und dreht sich um; er hat sich nicht getäuscht, ein alter Mann, den er am Abend zuvor nicht gesehen hat, der ihm aber trotzdem bekannt vorkommt, sitzt an der Tür zur Hütte und schaut ihn wortlos an; er macht keinerlei Ansatz zu einer Geste der Begrüßung, des Wiedererkennens, der Erklärung, auch Caillié weiß nichts zu sagen und seinem Blick keinen Ausdruck zu geben; er weiß sich nicht zu rühren und wünscht sich beinahe, er hätte nicht dem Impuls nachgegeben, sich umzudrehen. Wenn in einem einzigen Gesicht viele Gesichter verborgen sind. Der alte Bozo scheint etwas in dem weißhäutigen Fremden zu lesen, es gibt einen Zeitpunkt, deutlich genug, um von der Erinnerung gesucht zu werden, aber niemals zu finden, einen geträumten Zeitpunkt oder ein Wirkliches, eine Vorahnung oder verborgene Erinnerung, die sich nur, aufblitzend, in der Verhüllung eines Traumes zeigen. Caillié sieht seine eigene Angst, doch er sieht sie außerhalb von sich selbst, er will ihren Gegenstand nicht kennen und er will den Moment, in dem er sie erlebt, nicht fühlen. Viele Gesichter in einem einzigen Gesicht, die Gesichter der Toten, in einen Block aus Zeit verschlossen, einem Block außerhalb der Zeit, von dessen Existenz er wissen muß, so tief er auch sein Wissen vergraben hat. Der alte Mann steht, als wäre er enttäuscht, daß der Fremde nun endgültig wach scheint, auf und wendet sich ab, mit einer Geste, die abschätzig sein kann oder ehrerbietig, doch im Wissen, daß die Ehrerweisung zu spät kommt, um noch verstanden zu werden, im Gehen murmelt er ein einziges Wort vor sich hin, das Caillié nicht versteht und nicht behält. Er vergißt die Begegnung sofort, nirgendwo in den drei Bänden seiner *Voyage à Temboctou et a Jenné* ist auch nur das Wort Bozo erwähnt.

Während der langen Nächte, die man auf dem Schiff verbringt, ist vom Land her das Gebrüll wilder Tiere zu hören, böse und traurige Klänge, die sich zu nähern und zu entfernen scheinen, ohne daß ihre Herkunft je genau zu bestimmen wäre; der Mond ist bereits wieder im Abnehmen, und unter dem dichten Sternenhimmel liegt ein endloses gleichförmiges Dunkel, nur ein trüber Spiegel im Nichts. Tagsüber schallt das dumpfe, vielstimmige Gemuhe der Rinderherden, die sich von den Fulahs durch die Weideländer treiben lassen, über den Fluß, die Tiere und Menschen sind nur kleine Punkte im hohen Savannengras der Ebenen, die sich bis zum Horizont ziehen. Caillié sieht in der Ferne ein Nilpferd und aus der Nähe ein kleines Krokodil; nach dem Zusammenstoß von zwei Pirogen in der Nähe von Tircy sieht er einen toten Sklaven, den man aus dem Wasser zerrt und eine Zeit lang unbedeckt, bloß mit einem Tuch über der Scham, am Ufer liegen läßt, während man versucht, etwas von den Waren zu retten. Der Fluß wird breiter und enger, verzweigt sich in ein Gewirr von parallelen Armen, die sich nach kurzer Zeit wieder zusammenfügen, ein Netz, das das ganze Land umschlingt und nach Belieben formt. Für Caillié ist, nach diesen wenigen Wochen, kaum vorstellbar, daß es noch eine Welt abseits des Djoliba gibt, das Wasser ist das einzige Feste, die einzige Straße durchs Wirkliche, während das sogenannte Festland rundum verschwimmt wie in einem Nebel. Ein Mantel, der ihn umhüllt, ein endlos geflochtenes Band, eine Schleuse und Bahn, in der man bewegt wird, anstatt sich selbst fortzubewegen. Dieses Gefühl verstärkt sich, als man die Gebiete erreicht, in denen Gruppen von Sourgeons den Fluß entlangstreichen; Caillié erkennt nach der Beschreibung und nach den versteckten Blicken, die er auf diese Nomaden zu werfen vermag, das Volk der Tuareg in ihnen wieder, von dem er schon gehört hat. Diese Leute haben sich selbst die Aufgabe gestellt, Zoll von den vorüberfahrenden Schiffen einzuheben, der manchmal, wenn auch selten, aus der gesamten Ware oder auch dem ganzen Schiff mitsamt seiner Ware besteht; der Anblick eines Weißen auf einer Piroge ist besonders verführerisch für sie, weil die maurischen Kaufleute in der Gegend besonders wohlhabend sind; für Caillié hat das die Konsequenz, daß er, wenn auch nur für den äußeren Anschein, wieder zu den Sklaven zurückgereiht wird und sich unter Deck verbergen muß, sobald nur irgendeine Möglichkeit besteht, ins Blickfeld der Sourgeons zu geraten, also fast immer; betreten einige der Krieger als Zollinspektoren das Schiff, muß er sich, die Kapuze seines Burnus übers Gesicht gezogen, schlafend stellen, zum Glück ist seine Kleidung, trotz der Geschenke, die ihm in Djenne gemacht wurden, so schäbig, daß er nicht von vornherein Verdacht erregt. Im allgemeinen ist die Zollgebühr mit einem Sack Hirse pro Schiff akzeptabel; die Besuche, die, auf kleinen Booten, zuweilen mehrmals am Tag eintreffen, zehren allerdings an den Nerven der Schiffsbesatzung; Caillié ist sofort bereit, ihren Haß zu teilen. Durch kleine Löcher, die er mit dem Fingernagel in die Leinwand bohrt, die als Verdeck dient, schaut Caillié auf die verschleierten blau gekleideten Männer mit den Schwertern und Dolchen im Gürtel und den Lanzen in der Hand, vom Ufer aus dirigieren Anführer, die auf schönen schwarzen Pferden thronen, mit schrillen Schreien, für seine Ohren Tierlauten gleich, die aufrecht stehenden Bootsfahrer; während hinter seinem Rücken die manchmal stundenlangen Verhandlungen stattfinden, rollt sich Caillié unter seiner Decke zusammen, wer ist das da, hört er einmal einen Tuareg fragen, ein kranker Sklave, sagt der Kapitän achtlos. Er verbringt Stunden in dieser Lage, ohne einzuschlafen und ohne sich zu rühren, nur seine Hand, vom Körper verdeckt, zieht die Wölbung des Schiffsbodens nach, horcht am Holz, als würde die Berührung von der anderen Seite her erwidert, als wäre abseits seines Denkens eine Verständigung möglich, das Wasser, sein Blut, sein Atem, Blüte blüht ab, Blüte knospt. Es ist stickig und heiß. Man steigt über ihn hinweg, um die Waren zu begutachten, gebückt, weil es zu nieder ist, um aufrecht zu stehen; er atmet schwer, sein Gesicht nah an den Füßen der Männer, der Geruch von modrigem Holz in seiner Nase. Die Drohungen der Besucher werden von der Schiffsbesatzung und den Kaufleuten mit Ausflüchten, treuherzigen Beteuerungen und Anrufungen des Propheten beantwortet, niemals mit Ge-

gendrohungen oder gar mit Gewalt; nur dann, wenn die Tuareg weiter entfernt sind, versucht man, sie mit Gewehrsalven zu vertreiben, denn dieses Volk, das sich dem Fortschritt verweigert, haßt den Lärm von Feuerwaffen und verachtet ihre Benützung, die Distanz, die sie zwischen Jäger und Gejagten, Mörder und Opfer legen, das Plumpe, wenig Geschmeidige, allzu Plötzliche der Geräusche und der Verwundungen, die sie auslösen. Im Morgengrauen sieht Caillié durch sein Guckloch ein Tuareg-Lager am Ufer, das Bild erscheint ihm trist und abstoßend, einige niedere, weniger als mannhohe Zelte aus roh im Dreieck aufgepflanzten Pflöcken und Matten aus ungegerbten Rinderfellen, in denen die Feinde noch zu schlafen scheinen; nur eine äußerst dicke Frau sitzt am Ufer, die Füße im Wasser, und schaut den vorbeifahrenden Schiffen zu, mit nackten bronzefarbenen Armen, Ringen an den Handgelenken und um den Hals, unbedecktem langem schwarzem Haar, das ihn ins Träumen bringen würde, wenn es nicht diesem Fleischberg angehörte; dabei zieht ihr Blick den seinen an, und er glaubt sich fixiert, er glaubt den Ausdruck der Augen aus der Ferne wahrnehmen zu können, der gerade noch zerstreute, schweifende Blick, der den Sonnenaufgang im Osten (Kabara ist schon ganz nahe) und die langsam übers Wasser ziehenden Pirogen glücklich von der Erwartung über die Wahrnehmung ins Vergessen gleiten läßt, hat die eine Stelle entdeckt, an der ein Gegenüber für ihn zu finden ist, durch den Stoff hindurch, ein Opfer für ihren Stamm, das sie aber ebenso zufrieden am Leben lassen und vergessen kann; so wie auch er den Blick vergißt und nur die dunkle Erinnerung an die Häßlichkeit der Tuareg-Frau und an die Beschaulichkeit ihres Tuns bewahrt (sehen ohne angesehen zu werden, kann er das lernen, wird er zum Eroberer). Die Schiffe aus Djenne fahren im Tuareg-Gebiet in geschlossener Flotte, um einander gegenseitig Sicherheit zu bieten; bei den seltenen Gelegenheiten, zu denen Caillié an Deck darf, hat er den Eindruck, daß sich die Sklaven auf all den Schiffen über die kleine Umkehrung der Verhältnisse freuen, durch die die reichen Mauren an ihrer Stelle im Schiffsbauch vergraben werden; diese wiederum scheinen, ins Licht tretend, noch bleicher geworden, fast kann er die Verachtung der Sklaven verstehen, würde sie sich nicht ebenso und mehr denn je auf ihn selbst richten, der nur für kurze Zeit aus der Position an ihrer Seite (und zugleich, weil er unrettbar fremd ist, unter ihnen) zur Position eines Herrn aufgestiegen ist, der protegiert wird, gutes Essen bekommt und sich frei bewegen darf, bevor er wieder, doch auch das ist nur Schein, zu ihnen hinabgeworfen wird.
Kabara kommt in Sichtweite, und doch muß er noch einen Tag und eine Nacht lang in seinem Versteck ausharren, so langsam kommt das Schiff voran und so

oft wird es durch die Besuche aufgehalten; Caillié kann das Loch im Verdeck nicht so weit ausdehnen, daß er den Blick der Matrosen nachvollziehen kann, nur ihre Jubelschreie und die Freudenschüsse (die zugleich nützlich in bezug auf die Tuareg sind) teilen ihm mit, daß das Ziel beinahe erreicht ist; daß er in zwei Tagen vermutlich als erster Europäer (wenn man seinen Vorgänger noch mitzählt, als zweiter) die Stadt Temboctou zu Gesicht bekommen, ihre Straßen unter seinen Füßen spüren, ihre Moscheen und Paläste, so sie existieren, bewundern, sie dann beschreiben und seinen Blick, seine Beschreibung, seine Bewunderung der ganzen Welt schenken wird. Als Kabara erreicht ist, darf Caillié aus seinem Gefängnis; er sieht zunächst gar nichts: überschwemmtes Grasland in allen Richtungen, Wasservögel, die zu tausenden auf kaum sichtbaren Inselchen in diesem Sumpfland lagern. Die Moskitos, die sich aus irgendwelchen Gründen nicht in die Innenräume des Schiffes gewagt haben, stürzen sich in Schwärmen auf ihn, er ist vom Senegal her Schlimmeres gewohnt, jedenfalls hinterlassen die Stiche kaum Spuren auf seiner Haut, er spürt kein Jucken und keinen Schmerz. Das Schiff kriecht zu einer Stelle heran, die sich als Hafen und Einmündung eines Kanals entpuppt; kleine Boote warten dort, Caillié packt seinen Seesack und steigt, ohne Umweg über das Festland, mit einem weiten Schritt und geschürzter Coussabe auf eines dieser Boote um, mit Seilen vom Ufer her wird es dann durch den Kanal, der von Flechten und Seerosen überwachsen ist, gezogen; Caillié schwitzt, in der prallen Sonne stehend, mehr als auf dem Schiff in seiner Höhle, nach etwas mehr als einer Stunde ist die kleine Anhöhe erreicht, auf der, einigermaßen vor den Überschwemmungen geschützt, Kabara liegt. Zum ersten Mal seit einer Woche betritt Caillié festen Boden, seine Knie werden weich und er fühlt sich schwanken, doch er wirft keinen Blick zurück auf den Fluß; das klare, sonnenbeschienene Land ist vor ihm, in seinem Rücken trübt sich das Wasser und löst sich in Dunst auf. Der Kapitän kommt auf einem späteren Boot an; fast würde Caillié auf die tausend Kauris vergessen; er ist überrascht, als ihm der Kapitän ganz von selbst verspricht, daß er sie noch am selben Tag zurückbekommen wird. Er fragt sich, wie ein Mensch so häufig den Charakter zu wechseln vermag: welche Einflüsse, welche unbekannten Wechselwirkungen über das ihm Sichtbare hinaus hier wirksam sind. Er schreibt, der Kapitän ist wie alle Mandingos faul und betrügerisch, wenn er sich auch zu mir selbst nach den ersten Tagen der Reise, von meiner Leihgabe oder von der Ermahnung des Schiffseigners an, korrekt betragen hat. Er läßt den verschlammten kleinen Hafen, mit den Arbeitern, die kaputte Pirogen flicken, den Warenlagern und dem Gewusel von Lastenträgern, Bootsleuten und auf ihren Transport wartenden Sklaven hinter sich; durch eine Zone von Strohhütten hindurch, in denen die ortsansässigen, als Landarbeiter in den Tabakpflanzungen tätigen Sklaven wohnen, betritt er Kabara, *eine arme, aber saubere Stadt von ungefähr tausend Einwohnern*, mit (gerade heute, am Ende des Ramadan, und nach der Ankunft von hunderten Neuankömmlingen) belebten, engen Straßen, eingeschossigen Lehmhäusern und einer kleinen Moschee mit eckigem Minarett. Die Form des Ortes ist leicht, fast zu leicht zu fassen, ein schmales Band von einigen Gassen, die sich von Westen nach Osten ziehen. Bei einer Milchfrau kauft Caillié etwas Brot, Weizenmehl und Milch; er zahlt im voraus und muß im nachhinein ein zweites Mal zahlen; anstatt sich aufzuregen, erkundet er die einer ausgeklügelten Balance des Mißtrauens gehorchenden Einkaufsregeln, nach denen man das Geld wie ein Pfand in ein Körbchen legen muß, bevor man seine Waren erhält; erst dann nimmt es der Verkäufer an sich, er verschmerzt das Geschenk, das er versehentlich gegeben hat. Die reichen Mauren vom Nachbarschiff, die die letzte Woche in der gleichen Lage wie er verbracht haben, laden ihn ein letztes Mal zum Abendessen ein, er schläft im Freien, außerhalb der Stadt, glücklich, daß er alleine ist, glücklich über das Schwarz des Himmels über ihm und über die vereinzelten Blitze eines Wetterleuchtens im Osten, die diesen Himmel und das Land, das sich flach und begehbar unter ihm ausbreitet, erhellen. Bis zum Atlantik wird er kein größeres Gewässer mehr sehen (wenn man nicht die Wüste, wie manche es tun, als ein trockenes Meer ansehen will, das seine Gezeiten, seine Untiefen, seine Klippen und auch seine Piraten kennt und ein nicht weniger schwankender und unsicherer, den Stürmen ausgelieferter Boden ist als der Ozean); niemand auf dem Schiff hat einen Namen bekommen, die Guten wie die Bösen (er hält sich, so gut es geht, an diese Trennung) gleiten nur als Schatten vorbei, Gewächse des großen Flusses, die ihn zufällig streifen, während er sich treiben läßt. Zwei oder drei Mal erwacht er in dieser Nacht, er vergißt seine Träume sofort wieder. Am nächsten Morgen, dem zwanzigsten April 1828, kommt eine Empfangsdelegation aus Temboctou an, Kaufleute, die ihre Geschäftspartner abholen, und Sklaven zur Begleitung von Lieferungen ihresgleichen und von weniger wichtigen Reisenden; Herr Abdallah Chebir, sein Namensvetter, Freund von Cherif Oulad-Mermou aus Djenne, hat einige präsentable, gut gekleidete und mit Gewehren bewaffnete Sklaven geschickt, um den mittellosen Ägypter zu begleiten, von dem er zwar noch nicht durch einen erwarteten Brief seines Freundes, aber durch die direkte Erzählung des Schiffseigners erfahren hat, der mit seinem schnellen Boot schon vor einigen Tagen angekommen ist. Am frühen Nachmittag setzt sich eine größere Karawane Richtung Temboctou in Bewegung.

Lange Zeit glaubt er, er ist es, der stirbt, er denkt, die anderen entfernen sich, weil sie weiterleben, sie machen sich ihm gegenüber schuldig, und doch kann er sie verstehen und muß ihnen recht geben, er muß schon ganz für sich sein; was ihm jemand anderer geben könnte, das könnte er nicht mehr entgegennehmen. Die seltenen Besucher nimmt er nur mit Mühe wahr, immer scheinen sie in der Türe stehenzubleiben, die Berührung zu scheuen, vielleicht verscheucht er sie auch, durch Gesten von täuschender Bestimmtheit, die seine Hände, an seinem Willen vorbei, formen. Er vermißt aber Jack Le Bore, er weiß nicht, warum sein Freund nicht kommt und ihn pflegt, nur anfallsweise erinnert er sich daran, daß er ihn beleidigt haben mag, das Bild setzt sich erst später, als er Gewißheit hat, in ihm fest; umso tiefer gräbt es seine Wurzeln in ihn hinein: sein Gesicht muß zur eisigen Maske werden, um nichts von dem sichtbar werden zu lassen, was in ihm arbeitet. Am Beginn hat der Schlaf etwas Verführerisches, ohne daß er glauben kann, er würde ihn gesunden lassen; eher erwartet er die dunklen Finger, die ihm die Lider schließen, die Decke, die sich sanft über ihn breitet; er könnte im Flügel eines großen Vogels sein Bett finden, Ruhe für seine Schläfen und seine Glieder, in denen neue Schmerzen die alten wieder wecken und jede Narbe sich wieder zu öffnen scheint. Immer wenn er bereit ist aufzugeben, spürt er etwas wie einen elektrischen Schlag; er zwingt sich, wach zu sein, er greift zu seinen Medikamenten, dem Quecksilber, dem Opium, zu seiner Branntweinflasche, jeder einzelne Griff, zu dem er die Finger seiner linken Hand formt, erfordert exakte Befehle, die er sich langsam vorsagen muß, er sieht diese länglichen gelben Fühler, die sich krümmen und ausstrecken, einen Gegenstand fassen und seinem Mund nähern, wie metallene Instrumente außerhalb seines Körpers, die dennoch von einem fremdartigen Leben erfüllt sind. Dann öffnen sich die kahlen Mauern seines Hauses; er glaubt Gänge, Treppen und Zimmerfluchten zu erkennen, in die der Raum sich verzweigt, ein weites Gebiet, das in dieses einzelne Gebäude übergegangen ist und ein verschlungenes zeichenhaftes System bildet, der ganze Ort und die Wüstenregionen rund um diesen Ort, in eine Form gebracht, lesbar. Jemand durchschreitet für ihn diese in eine dunkle Kapsel gefaßten Räume, in einer gelenkten Bewegung, ohne daß er es ist, der die Wege vorschreibt, und ohne daß er auch nur die Macht bestimmen könnte, durch die alle Schritte ihre Sicherheit und zugleich Leichtigkeit gewinnen, dieses Voranhuschen, fast durch Wände hindurch, das keinen Anfang und kein Ende, aber ein festes Gegenüber hat. Eine unbekannte Lichtquelle (wie exakt verteilte, winzige Kandelaber an jeder Stufe der Treppe und in den Mauernischen der Gänge, oder wie unsichtbare Kronleuchter hinter sich öffnenden Türen, oder wie ein Glühen der Luft selbst) hält über Tage und Nächte hinweg den Raum gleichmäßig erleuchtet, das heißt, sie erhält ein Gleichgewicht zwischen Licht und Dunkel, das fast jedes Detail, jeden Gegenstand verborgen bleiben läßt und doch die Bahn, wie die Ahnung einer Ordnung des ganzen Gebäudes, niemals verfinstert. Eine Karaffe mit frischem Wasser steht immer an Laings Lager, ein naher, beständiger Fluß, der doch immer nur seine Lippen benetzt und dann gleich versickert und nie seinen Durst stillen kann. Manchmal wird ihm etwas Tee gebracht oder schon geschälte und in Spalten zerteilte Mandarinen oder Orangen, manchmal auch ein Brei, über dessen Ingredienzien er nicht nachdenkt und den er ohnehin fast jedes Mal unberührt stehen läßt; kostet er doch davon, muß er sofort erbrechen: er beugt sich über den eisernen Nachttopf, den er neben seinem Bett stehen hat, und trifft fast immer hinein; auch ohne daß er etwas zu sich nimmt, muß er oft kotzen, sehr plötzlich und ohne daß ihm davor übel wäre, sein Inneres stülpt sich um, und eine schwärzliche Masse füllt den Nachttopf, dunkles Blut, das aus allen seinen Organen ausgesogen zu werden scheint, um dann in einem wilden Strom gewaltsam auszubrechen. Er schafft es mit Mühe, sich die Nase zu putzen und einen Schluck Wasser zu trinken, legt sich wieder auf den Rücken und schließt für einige Momente die Augen, beim nächsten Anfall (niemals kann er auch nur annähernd den Zeitraum bestimmen, der bis dahin vergeht) ist der Topf schon wieder sauber. Endlos lange liegt er zitternd da, schaut an die Decke, die sich zu heben und zu senken scheint, er glaubt sich ganz ohne Gefühl und ohne Gedanken, aufgegangen in der Bewegung auf engstem Raum, die der Schüttelfrost ihm abverlangt, und in dem Genießen des einen und einzigen Glaubens, der Idee von Leere, sein Körper und sein Geist sind ihm gleich fremd. Es stört ihn wenig, daß sich die Mauern wieder schließen und wieder Menschen auftauchen, die ihm (ausgenommen eine junge Frau, die sogar mit ihm zu sprechen scheint) ohnehin allesamt unbekannt sind; später erzählen ihm Söhne und Neffen seiner Gastgeber und Beschützer, daß sie ihn oft besucht haben, er nickt und dankt ihnen, als hätte er es bemerkt. Er betrachtet seinen Körper, die gelbe Brust unter dem durchgeschwitzten offenen Hemd, kleine Flecken auf der Haut werden schnell zu Blasen und Pusteln mit zarten weißen Spitzen; er spürt diesen Ausschlag an seinem Rücken, seine Finger entdecken ihn in seinem Gesicht; wenige Tropfen von Eiter lassen sich auspressen, kaum ist der kleinen Lust zu widerstehen, mit der man die Beulen drückt und abflacht, jedes Mal ein zartes Stechen und eine winzige Angst; eine Kraterlandschaft von kleinen Narben wird zurückbleiben. Wie häßlich muß sein Körper schon sein, denkt Laing, je pensois que vous etiez Arabe, sagt er sich vor: mon Dieu, in dem einen Satz vervielfachen sich die Erinnerungen, er bringt es nicht über sich, sie bis zum Ende durchzudenken. Der Schüttelfrost hört auf; er schwitzt nur noch wegen der Hitze und beginnt zu spüren, wie widerwärtig sein Körper sich an den Laken reibt; er beginnt den Geruch aufzunehmen, dessen Ausgangspunkt dieser Körper ist, mit seinen fast unbegrenzbaren Ausscheidungen, den verlorengegangenen Formen; er hofft beinahe nur noch darauf, diesen Raum wieder zu verengen, den Geruch zurückzudrängen, die Kälte und das Nichts, die er auf den Höhepunkten seiner Krankheit erahnte, wiederzufinden. Zugleich ist ihm klar, daß er sich nur davon entfernt, indem er diszipliniert, wie es Gottes Wille ist, am Weiterleben arbeitet. Er wird keine Kompromisse mehr eingehen, niemandem mehr vertrauen, keine Verkleidung und keinen Vorwand mehr akzeptieren. Irgendwann weiß er, daß ein wirklicher tiefer Schlaf, anstelle des oberflächlichen Dahindösens, ihm (Schlaf und Wachen sind streng voneinander getrennt) nicht mehr gefährlich werden kann, so wenig, wie er ihn auch trösten kann, er weiß, es ist nicht er, der stirbt, vielleicht ist es niemals er, so weit jedenfalls, als übermenschliche Kräfte in diesem Ding ruhen, das er als seinen Körper gekannt hat. Er wird, so wie er seit seiner Kindheit alle Niederschläge und alle Krankheiten überstanden hat, auch diese Krankheit überstehen: er hält sich für unsterblich, doch ohne jedes Triumphgefühl, er kennt den Preis, den er dafür zu zahlen hat.

Nach neun Tagen vermag er zum ersten Mal aufzustehen und sein Haus zu verlassen; er fühlt sich sicher in seiner Haut, aber die ersten Stunden der Rückkehr ins Wirkliche sind schlimmer als es die hoffnungslosesten Momente der Krankheit waren. Das Licht, das ihn an der Türschwelle anfällt, hat ein spürbares Gewicht, und das Gehen unter dieser Last erscheint ihm nicht weniger unwahrscheinlich als ihm das Fliegenmüssen erscheinen würde; er glaubt sich im Raum aufzulösen; sein Schwindelgefühl verwandelt sich sogleich in Angst – jene Angst, die er seit Tagen schon verspüren hätte sollen. Der Boden und die Häuser verschwimmen nicht nur, sie erscheinen wässrig, höchstens ein dünner Film über einem Abgrund, sein Sturz ist nicht zu verhindern. Jemand stützt ihn, faßt ihn um die Taille und will ihn ins Haus zurückbringen; er sperrt sich dagegen, und sein Gehilfe (falls es nicht eine Gehilfin ist) fügt sich. Laing kommt sehr langsam voran, jeder Schritt steigert seine Verzweiflung; nur aus Verzweiflung macht er den nächsten Schritt, hinein ins Licht, über sein Dunkel hinweg, in ein Reich des strahlend blauen Himmels, der blendend weißen Häuser und Wege, er widersteht dem Drang, zu schreien, zu Boden zu sinken und das Gesicht in die Erde zu tauchen. Der Ort scheint ihm leer, im Haus des Sidi Muktar sprechen Leute mit ihm, er sitzt eine Zeitlang, leicht schwankend, auf einem fein geknüpften persischen Teppich (er erkennt, erstmals, obwohl dies bei den Schachspielen immer sein Platz gewesen ist, Szenen mit bewaffneten Reitern, zarten Gazellen und unbekannten riesigen Vögeln oder Engeln, in ihrer Unwirklichkeit in dem zweidimensionalen Raum gleichberechtigt mit allen Menschen und Tieren) auf dem Boden und trinkt Tee; nach der dritten Tasse fühlt er sich etwas gestärkt, er beherrscht den Mechanismus wieder, mit dem seine Hand zu heben und zu senken ist, er kann schon fast wieder Bewegungen vollbringen und dabei vergessen, daß er sich bewegt. Man bringt ihn zum Grab Jack Le Bores. Ein runder weißer Stein, auf dem niemals eine Inschrift stehen wird, weist in Richtung der Qibla, wie all die anderen frischen Gräber, unter denen er das von Scheich Babani und von Harris schon nicht wiederfinden würde; das Grab von Muktar, nicht von den Ruhestätten seiner Untergebenen unterschieden, wird ihm bezeichnet, er erweist ihm seinen Respekt; er versucht, für alle Toten mit ihren verschiedenen Religionen, seine Gebete zu sprechen, die die Gebete niemandes anderen mehr sind (denn über hunderte Meilen hinweg gibt es keinen lebendigen Christen, außer vielleicht Clapperton, falls der noch nicht abgekratzt ist) und die sich auch fast nur noch an ihn selbst richten; er nimmt sich Versprechen ab und gibt sich Versprechen, unter wechselnden, beliebigen Namen wie Jack Le Bore oder Gott. Er verläßt nur ungern den kleinen Friedhof, der in den letzten Wochen immerhin auf beinahe die doppelte Größe angewachsen ist. Er weiß, daß ihn in der Stadt eine Fortsetzung der Verhandlungen erwarten wird, denen er durch seine Krankheit entkommen war (er möchte das Land aufreißen, nicht länger warten müssen), vor allem aber hat er Angst vor der Rückkehr in sein Haus, vor dem Gestank, in den er wieder eintauchen wird müssen. Sein Haus ist aufgeräumt und gelüftet; er legt sich wieder hin und wartet auf den Abend, er schreibt nichts, denkt nichts, vermißt niemanden.

Zum Abendessen bestellt er Hühnerfleisch (weil die Hühner hier sehr mager sind, läßt er gleich zwei auf einmal schlachten, er sieht zu, wie ein Sklave das Messer schwingt und die Tiere sekundenlang kopflos weiterflattern, während das Blut aus der Öffnung an ihrem Hals strömt), zum Frühstück zwei Eier, die er sich selbst kocht, weil man diese ekelhafte fast koprophagische Diät hier nicht zuzubereiten versteht. Das Fleisch ist zäh und fast geschmacklos, die Eier, mit ihrer eigentümlichen Färbung, bereiten ihm morgens nur Übelkeit (jemand, der ihm zusähe, würde bestätigend mit dem Kopf nicken), und er muß sie mit einem Schluck Portwein hinunterspülen, doch es sind Dinge, für die er einen eigenen Namen hat, und er will, soweit möglich, seinen Speiseplan nicht mehr ändern. Er muß versuchen, seine Begleiter für die Karawane dazu zu überreden, wenigstens einige Hühner, tot oder lebendig, auf die nächste

Etappe mitzunehmen. Der Sohn oder Neffe von Sidi Muktar spricht so langsam, daß die Unterhaltungen Stunden dauern; Laing fühlt sich behandelt wie ein Idiot und ist dankbar. Sein neuer Gastgeber erklärt ihm, daß er alles, was sein Vater oder Onkel zu tun versprochen hat, gerne einhalten wird; daß er ihn hinbringen wird, wohin er auch gehen möchte, und daß die Schutzbriefe des Verstorbenen (Gott möge ihm seine Gnade erweisen) natürlich auf alle Zeit gültig sind; allerdings kann er jetzt noch nicht weg von Blad-Sidi-Mohammed, und sein Einfluß reicht nicht weiter als bis Tombuctoo, selbst die Reise dorthin ist derzeit nicht ungefährlich, weil der Imam und König der Fulahs von Massina die Stadt sehr bald angreifen und erobern wird, und ein Rumi wie er hat von diesem Herrscher wenig Gutes zu erwarten; im Moment jedenfalls würde er lügen, wollte er ihm für seine Sicherheit garantieren; in jedem Fall sieht er, auch was die nächsten Wochen und Monate betrifft, keinen Weg, zu Wasser oder zu Land bis nach Mossi zu gelangen, im übrigen hassen die Menschenfresser dort jeden Rechtgläubigen und überhaupt jeden Fremden. Laing glaubt nicht an Menschenfresser, doch er schweigt: in Ségou, erklärt ihm der Sohn oder Neffe Muktars weiter, gibt es Frauen, die alle Fremden in ihre Hütte einladen und ihnen einen Couscous vorsetzen, in den ein Zaubertrank gemischt ist; ißt man von dem Couscous, wird man alles vergessen: seine Familie, seine Herkunft, seine Ziele und Wünsche, und nie mehr zurückkehren; sollte er bis nach Ségou kommen, so möge ihn Allah vor der Begegnung mit solchen Menschen bewahren. Diese Geschichte und diese Warnung (nach einem langen Intervall von geistiger Trägheit fällt ihm erst im Einschlafen ein, woher sie ihm bekannt vorkommen) haben in Laing den falschen Adressaten. Der Ort, an dem er hängt, ist, dem Vergessen und dem Erinnern entzogen, wenige Tagesreisen entfernt, und er weiß, daß er sich niemals lange dort aufhalten wird; außerdem gibt es zufällige Bestimmungsorte für seine Briefe, das Konsulat in Tripolis, das Colonial Office in London, Ämter, in deren Auftrag er handelt; und es gibt den höheren Auftrag, der nur mit ihm zu tun hat, der ihn aus allen Beziehungen zu anderen Menschen heraushebt, ihn emporhebt von der Ebene, auf der sich alle anderen Menschen aufhalten; alles andere, alles, was diesem System äußerlich ist, kann ausgelöscht werden und ist ausgelöscht, die Menschen in Edinburgh, die sich für seine Familie halten, die Menschen in Tripolis, die sich für seine Familie halten, sein eigenes Gesicht, seine eigene Gestalt. Er trägt seine Uniform, die Stiefel, die er sich jeden Morgen blankpolieren läßt, den hohen Kragen, in dem sein Kopf steckt wie in einer engen Röhre, es muß für die an fließende Gewänder gewöhnten Araber schwer sein, diesem fast obszönen Anblick unbefangen zu begegnen: alles erscheint eckig, eng, wie falsch zusammengebaut und als könnte der Fremde sich wegen dieser Kleidung so schlecht bewegen und nicht wegen seiner Verletzungen. Der Kopf ist ein auf die Uniform aufgesetzes Ding, das unbedeckt bleibt, der Major setzt, wenn er im Hof des eigenen oder eines fremden Hauses sitzt oder wenn er durch die wenigen Straßen und hinaus zum Friedhof oder in die Wüste geht, sein gerötetes, durch Narben verunstaltetes Gesicht, sein langes, fast blondes, schütter werdendes Haar der sengenden Sonne aus, wie es kein Einheimischer und kein vernünftiger Mensch je tun würde.

Wenn er alleine ist, beschäftigt er sich damit, Briefe an die anderen möglicherweise von der Post erreichbaren Punkte des Systems zu schreiben, die meisten dieser Briefe wirft er wieder weg, oder sie gehen unterwegs verloren, unter den Händen des Kamelführers Mohammed, der für diesen Botendienst, als letzte Aufgabe, gerade noch zu gebrauchen ist, längst bemüht er sich nicht mehr, seine Lust auf eine Heimkehr zu verbergen, den Wunsch, nicht länger der Gefolgschaft eines Rumi anzugehören: also beinahe selbst schon ein Rumi und ein Ungläubiger zu sein und dessen Schicksal und das Schicksal aller anderen zu teilen, die sich im Umfeld dieses dämonischen Wesens aufhalten. Zur Zeit von Laings erster Genesung hat er gemault und Versuche unternommen, sich abreisenden Karawanen, egal wohin, anzuschließen, gerade deshalb hat sein Herr ihn für unverzichtbar erklärt und nicht weggelassen, jetzt ist er froh, wenn er weniger Leute mitzuschleppen und zu erhalten hat; wenn schon die gegangen sind, die er gebraucht hätte (wenn der eine gegangen ist, den er gebraucht hätte), so kann er auf alle anderen erst recht verzichten und will lieber alleine weiterreisen. Der letzte Bedienstete, den er bei sich hat, ist der Kamelführer Bungola, ein ehemaliger Sklave, den Laing in Ghadames von Babani erworben (er nennt es befreit) und jedenfalls im Rang aufgewertet hat und der ihm vielleicht dafür dankbar ist, er erinnert sich an die Namensverwechslungen der ersten Zeit und damit an den Vorgänger Bogula, und die Erinnerung ruft sogleich die anderen Erinnerungen in ihn zurück, die Bilder der Toten, denn der von Clapperton empfohlene und vom Konsulat bereitgestellte Herr Bogula hat nicht nur seine eigenen Sklaven bis aufs Blut ausgepeitscht und geprahlt, daß er jeden töten könne, wenn er wolle (es sind nur Neger, und sie sind sein Eigentum), sondern auch Nahum verprügelt, der sich gar nicht gewehrt hat und sich niemals gewehrt hat; der nichts Eigenes zu haben schien, nur einer war, der die Wörter durch sich hindurchgehen hat lassen (aber was, wenn er so jemanden braucht, um selbst zu existieren); und – bis er ihn zum Schweigen gebracht hat – versucht, gegen die Bootsleute und gegen Jack zu intrigieren, dessen Stelle er wohl einnehmen wollte. Er sieht die Gesichter (außer dem Gesicht Nahums, das er sucht wie er den Vornamen sucht und wie er die Wörter der fremden Sprachen sucht) deutlich vor sich, fast ohne Schmerz denkt er daran, daß sie alle seinetwegen gestorben sind, für ihn; er ist im Inneren überzeugt, daß sein Opfer das ihre aufwiegt; ein Licht in seinem Inneren ist unauslöschbar und taucht die Welt in seinen klaren Schein, in Harmonie. Bungola und Mohammed umarmen einander, als die kleine Karawane nach Norden loszieht, von einem der Söhne oder Neffen Muktars angeführt, der im Tuat Verhandlungen mit Tuarickfürsten zu führen hat, in denen es um Passagerechte und Handelsrouten, vielleicht auch um den gestrandeten Fremden geht; Laing sieht nur, wie sich in der Masse von Kamelen und Menschen das Päckchen mit seinen Briefen verliert, er steht neben den Ortsansässigen, die sich versammelt haben, um die Karawane zu verabschieden, mit seinem undurchdringlich gewordenen Blick, schweigend. Mohammed weiß nicht, daß er auch seine eigene schlechte Zensur mit sich trägt, und im Grunde braucht es ihn auch nicht zu kümmern, er wird, nachdem er dem Konsul Bericht erstattet hat, nie mehr mit Europäern zu tun haben; zu seinem Glück taucht der nächste Brief Laings, in dem er erwähnt wird, erst zwei Jahre später auf, als er längst unauffindbar geworden ist. Bei einer Inspektion seines Gepäcks und dem Nachzählen des Geldes, das in verschiedenen Täschchen unter verschiedenen seiner Gehilfen verteilt gewesen ist, entdeckt Laing, daß nicht nur dreißig Taler fehlen, und zwar gerade aus der Tasche, die Mohammed anvertraut gewesen ist, sondern auch eine seiner besten Pistolen, ein großer Teil des silbernen Eßbestecks, das er teils zum Eigengebrauch, teils für Tauschzwecke mit sich führt, einige Fernrohre und Schnupftabaksdosen sowie ein ganzer Haufen von Perlen, die für anspruchslosere Tauschpartner vorgesehen waren. Mohammed hat sich dieses Zeug angeeignet und zum Großteil weiterverkauft, während Laing im Fieber darniedergelegen ist; offenbar hatte er es deshalb so eilig mit seiner Abreise; einen so schlechten Charakter hätte er seinem Kamelführer niemals zugetraut, schreibt Laing in einem Brief, den, irgendwann im Jahre 1828, zugleich mit späteren Nachrichten, die den Wert dieser Geschichte überdecken, der Konsul Hanmer Warrington lesen wird, der längst dabei ist, neue diplomatische Intrigen zu spinnen, um, übers Private hinaus, irgendeinen Nutzen für sein Land und seinen König aus der auf den ersten Blick gescheiterten Unternehmung seines Schwiegersohnes (wenn man ihn je so nennen konnte) zu ziehen.

Für Laing wirft seine Entdeckung ein neues Licht auf die Gewehrangelegenheit und damit auf den toten Scheich Babani, der zumindest weniger Schuld auf sich geladen haben könnte als gedacht (aber hat er nicht den Verkauf des Gewehrs selbst gestanden?); diese Entlastung kommt günstig, weil es scheint, daß Babanis Familie immer noch von Bedeutung für ihn ist. Er versteht zwar fast nichts von dem, was Babanis Neffe (der vielleicht doch sein Sohn ist) mit ihm bespricht, da dieser sein normales Redetempo beibehält und nicht auf die Idee kommt, jedem Wort zusätzliche Erklärungen hinzuzufügen wie seine Entsprechung aus der Muktar-Familie, aber irgendwie glaubt Laing die Lücke zu erahnen, durch die er von diesem Ort, an dem er seit drei Monaten feststeckt, entkommen wird können, die Bewegung, die ihn, der an jeder Eigenbewegung gehindert ist, mitreißen wird, im Windschatten des neuen Babani-Scheichs. Die ihm verständlichen Argumente des Muktar-Erben erscheinen ihm hingegen wie Vorwände, auch wenn sie im Grunde nur Übersetzungen der Argumente sein mögen, die im Dunkel seines eigenen Denkens geboren und niedergehalten werden, mit unangenehmer Deutlichkeit erscheinen sie nun vor ihm, in der wirklichen Welt, mit einem Gewicht, das ihnen im Inneren des Denkraums niemals zukommen hätte können, Wort für Wort betont und mit einer Pause zwischen den Worten, in die er keine Gegengewichte einzufügen vermag. Er kann nicht einfach erzählen, daß die Zeit ihm lang wird, daß er sich wie ein Gefangener fühlt, daß ihm alles egal ist, und daß Gott ihn bevorzugt, er sagt nur, daß er auf Gott vertraut, und bekommt bestätigt, daß er ein frommer Mann ist, und Gott liebt die Frommen, egal, unter welchen Riten und in welcher Sprache sie ihn anbeten, aber das heißt nicht, daß man Gott herausfordern soll und Mut mit Übermut verwechseln, er wird ja wie gesagt alle Unterstützung von Muktar bekommen, aber es wäre gescheiter, würde er in die andere Richtung weiterziehen und für dieses Mal auf Tombuctoo und auf den Nil verzichten, vielleicht kann er ja, wenn ihm so viel daran liegt, in ein paar Jahren wiederkommen, besser ausgerüstet und ohne gerade in Kriegszeiten hereinzuplatzen: Djihads beginnen und Djihads enden; das Reich der Fulahs von Massina wird sich entweder festigen oder zerbrechen, aber es wird nicht ewig im Kampf leben. In ein paar Jahren, sagt sich Laing, er ist jetzt schon dreißig; die Idee einer Zukunft erscheint ihm lächerlich, ganz abgesehen von den Hindernissen für eine neue Reise, die er sich mittlerweile aufgehalst hat (aber er löscht dieses Wort aus, bevor er es sich vorgesagt hat, und löscht damit zugleich den Gedanken an die Hindernisse – das eine Hindernis, das Zweige austreiben und ihn umschlingen würde, sobald er zur Ruhe gekommen wäre – aus). Es ist wahr, daß seine Mittel erschöpft sind und daß er seine Pläne zurückstecken muß, aber er ist nicht bereit umzukehren; hört er dem Babani-Erben zu und überläßt sich dem Fluß von dessen Rede, so werden seine Gedanken vom Kern der Angst abgelenkt, es gibt eine Freiheit des Denkens und der Sprache, für die Argumente nicht notwendig sind, der Sinn der Worte ruht nicht auf ihrem

Grund, sondern hebt sich immer wieder von ihren Oberflächen, ohne daß man ihn festhalten könnte oder wollte; im Zuhören sieht er seine Bewegung (oder die Bewegung selbst) schon im voraus abgebildet, so daß er fast nur noch zu folgen hat: Wege hinaus in die Wüste, Blicke, die nirgendwo andere Blicke treffen, keine Hindernisse und keine Ziele kennen; auch der Führer, dem er sich anvertraut, jetzt im Zuhören oder in wenigen Tagen auf der Reise, ist ein Niemand, er kennt nur den Schatten und das Geräusch der Rede. Er wird in Tombuctoo völlig mittellos sein; er nimmt im Namen des Konsulats und des Königs Kredite bei seinen beiden Verhandlungspartnern auf, für die, dank eines Systems von Korrespondenten und sicheren Stützpunkten, Tripolis wesentlich näher ist als für ihn, so gefährlich die Zeiten auch sein mögen, und die deshalb keinen Zweifel an der Begleichung der Schulden zu haben scheinen. Laing ist sich nicht sicher, ob er sich nicht (wenn man die Babani-Familie als Ganzes nimmt) von Leuten führen und helfen läßt, die ihn bestohlen haben und ermorden lassen wollten; die erwiesene Schuld des einen schließt ja die mögliche Schuld eines anderen nicht aus; und was den Tuarick-Überfall betrifft, so bleibt das Verhalten des alten Scheichs höchst verdächtig; andererseits kümmert ihn das nicht wirklich, der tiefe Schnitt zwischen dem Vergangenen und der Gegenwart betrifft alles und jeden, und es scheint ihm auch, als würde der Geist des verstorbenen Muktar, den alle geliebt und verehrt haben, als Schutz vor weiteren Angriffen auf sein Leben ausreichen. Mehr als das Leben hat er ohnehin nicht zu verlieren, weil man ihm dieses Mehr, das ihn ausmacht, den kleinen Überschuß, den Irrsinn und die Zuversicht nicht rauben kann, das Bild und den Fluß der Bewegung, für die jede Quelle ihm recht ist.

Er kommt, nach so vielen vermeintlich sicheren Daten, nicht dazu, dem Konsul den wirklichen Tag des Aufbruchs mitzuteilen, weniger aus Eile (in der letzten Nacht kann er bekanntlich ohnehin nie schlafen) als weil er gar keinen Impuls zum Schreiben mehr in sich spürt, auch sein Reisetagebuch liegt seit Wochen unberührt in seinem Haus; vielleicht auch aus einer Art von frisch entwickeltem Aberglauben, der ihm verbietet, zum Papier zu greifen, als sich, am Vorabend und fast überraschend, der so oft verschobene Zeitpunkt abzeichnet; er will nicht ein weiteres Mal einer Illusion und enttäuschten Hoffnung unnützes Gewicht geben, indem er sie festschreibt, aus ihm selbst und ihrem zufälligen, bald verwischten Moment heraushebt. An der Stelle, von der aus er früher einige Karawanen abziehen hat sehen, könnte er an diesem Morgen, würde er sich umdrehen, zum letzten Mal Muktars Sohn oder Neffen erblicken, außer ihm selbst und Bungola machen sich, knapp nach Sonnenaufgang, nur der Babani-Erbe mit einigen Sklaven und einigen

Bewaffneten und ein paar, ebenfalls bewaffnete, Leute des Sidi Muktar auf den Weg, dazu ein Dutzend Reitkamele, ein Dutzend Lastkamele und in einer großen Kiste ein gutes Dutzend Hühner, die anfangs für Lärm sorgen und dann (auch die Überlebenden fallen schon nach kurzer Zeit in eine traurige, nicht nur für sie beunruhigende Stummheit) für die Ernährung des heiklen Reisenden; insgesamt nicht einmal hundert Lebewesen, die Strecke ist kurz und ziemlich ungefährlich. Am Beginn und am Ende jeder Etappe muß sich Laing von Bungola aufs Kamel heben und wieder vom Kamel abladen lassen; die weichen Säcke mit irgendwelchen maghrebinischen Stoffen, die man dieser außerplanmäßigen Karawane mitgibt, geben ihm am Kreuz und am Schritt Halt und erinnern ihn beinahe an menschliche Berührung, jedenfalls mehr als die Handreichungen seines letzten Dieners, außerdem wird er zur Sicherheit festgebunden. Er ist ruhig und glücklich, morgens nimmt er ein wenig Opium zu sich, damit seine Wunden (die in diesen wenigen Monaten zwar verheilt sind, aber auf eine unrunde, fragile und schmerzhafte Art) während des schaukelnden Reitens und der langen erzwungenen Reglosigkeit nicht allzu quälend auf sein Bewußtsein einwirken; die ständigen Kopfschmerzen, an denen er seit seiner zweiten Genesung in noch verstärktem Maß leidet, bleiben auf einer Ebene unterhalb der sanften Betäubtheit sogar jetzt noch spürbar. Die Sonne gleitet tagsüber den Himmel entlang und über sie hinweg und zieht eine feine Brandspur über den Sand und die unbedeutenden Gegenstände darin, so wie nachts der Mond, Freund aller Nomaden, den Himmel entlang und über sie hinweggleitet, manchmal scheint es, er würde sich im Sand spiegeln wie in einem kühlen Gewässer. Laing ist überzeugt, daß die Dinge, die er niemals aufgeschrieben hat, in seinem Gedächtnis fixiert sind, mit leuchtender Klarheit, er könnte einen Plan von Blad Sidi Mohammed zeichnen und alle seine Wege durch die Stadt (alles außer die Begegnungen mit den Lebenden oder Toten) rekonstruieren, so wie er einen Plan von Tombuctoo zeichnen wird können und alle seine Wege durch die Stadt, jedes einzelne Haus und jeden einzelnen Palast, alle Moscheen, alle Plätze und alle Brunnen für immer klar vor seinen Augen verbleiben werden; wo, wenn nicht hier, könnte ihr Bild aufbewahrt bleiben: ein einziges, einzigartiges Bild, das einem einzigen, einzigartigen Moment angehört, denn nach ihm wird niemand mehr diese Stadt (mag sie fortbestehen oder nicht) betreten, niemand, das heißt, kein Christenmensch: es ist vollkommen unmöglich, alles an seinen Erfahrungen beweist es. Dies ist nun, was ihn stolz macht, nicht daß vor ihm keiner in dieser Stadt war, sondern daß er der letzte ist und daß jedes Bild eines Ortes, das er aufnimmt, das letzte Bild dieses Ortes ist. Er spricht kaum mit jemandem aus der Karawane, da er weder

Worte noch etwas zu sagen hat. Nach etwa einer Woche nimmt man im Süden bewegliche Punkte wahr; die Bewaffneten (außer Laing, der allerdings auch sein Gewehr immer vor sich liegen hat) machen sich zur Verteidigung bereit; es dauert fast den ganzen Tag, bis die Punkte so nahe gekommen sind, daß sie als Reiter erkennbar werden. Mit ziemlicher Gelassenheit und ohne erkennbare Aggression, als wären sie auf einem Spazierritt, kommen sieben oder acht Tuarick auf sie zu; eine Verhandlung entspinnt sich, der Laing nicht folgt; er prägt sich nur das Bild der Männer ein, ihr edles, formvollendetes Gebaren, die fließenden Bewegungen und das Indigoblau ihrer Gesichtsschleier. Der Mann, der der Anführer der Gruppe zu sein scheint, zeigt einmal mit dem Finger auf ihn (er fängt den Blick der schwarzen Augen ein und wendet seinen eigenen Blick nicht ab; er glaubt sich fixiert, als wäre er es, der diesen Blick festzuhalten vermag), was ist das da, scheint der Anführer zu fragen, und Babanis Neffe (der übrigens Alkhadir heißt) gibt eine langwierige Antwort, während ihrer beider Blicke sich immer fester ineinander verhaken. Die Tuarick erinnern ihn an die Catherans, jene Briganten, die in früheren Zeiten und in Romanen von Walter Scott die Highlands unsicher machten; selbst wenn sie rauben und töten und selbst wenn er es ist, den sie zu berauben und zu töten versuchen, wie sie es schon einmal getan haben und vielleicht in wenigen Augenblicken wieder tun werden (und, in einer vorstellbaren Variante seines Schicksals, wenn er noch jahrelang in der Wüste umherirrt, wieder und wieder tun werden, in einem ewigen Kampf), flößen sie ihm Achtung ein, egal, ob sie erwidert wird oder nicht; es ist schön, wie sie schlank und gerade dasitzen und ihre Waffen statt ihrer Gesichter vorzeigen; Laing hofft, daß sie die Kämpfe um Tombuctoo für sich entscheiden werden und die Fulahs besiegen, die er für dumpfe Fanatiker und wirkliche Feinde der Zivilisation, nämlich seiner selbst, ansieht. Die Blicke lösen sich voneinander, und er ist beinahe enttäuscht, daß er kein tieferes Interesse auslöst; einige Gegenstände werden ausgetauscht, eher wie die Gastgeschenke bei einer Soirée, und die Punkte entfernen sich wieder, mit der gleichen Langsamkeit wie sie sich angenähert haben, es ist nicht mehr schwer, diese Langsamkeit zu ertragen.

Einmal träumt Laing von Emma; er schläft in seinem Zelt und schaut auf den Fluß mit dem Namen Nil oder einem anderen Namen, einen Fluß mit einer flachen Böschung, er erinnert sich nicht, was bisher geschehen ist, welche anderen Orte bisher Schauplatz seiner Erlebnisse und Wahrnehmungen oder der Erlebnisse und Wahrnehmungen seiner Stellvertreter waren (obwohl es einen Zusammenhang geben muß; obwohl der Zusammenhang wichtig wäre), dann weiß er von der Frau mit offenem Haar, die schamlos und unbemerkt geschwommen ist oder, wahrscheinlicher, halb zu Fuß und halb schwimmend den Fluß überquert hat; ihn erregt, mit welcher Selbstverständlichkeit sie, nur im Hemd, aus dem Wasser steigt, auf ihn, den sie vielleicht sieht, zukommt und lächelt. Er hat sie nicht erwartet, und bald beglückt und schmerzt ihn weniger ihr Anblick (denn im Grunde sieht diese Frau Emma kaum ähnlich) als das Gefühl ihrer Nähe: plötzlich zu merken, daß sie neben ihm oder sogar in ihm vorhanden ist; daß sie ihn bewohnt; daß er bewohnt wird; daß er immer sehen und spüren wird können, was er vergessen oder niemals gekannt hat; ganz egal, wie sie aussieht, er weiß genau, daß diese Frau Emma ist. Ihre Brust, über der das Hemd sich nach seinem Wunsch auflöst, erscheint ihm eigenartig dunkel; feste und fast schwarze Nippel sehr nahe an seinen Augen oder Händen oder eher an einem Kern seines Daseins, dem er plötzlich nahe gekommen scheint; er wacht mit an der Haut klebender Hose in seinem Zelt auf. Tagsüber bleibt er in trübseliger Stimmung; er haßt sich für die Wendung, die er in letzter Sekunde, in dummer Eile, seinem Traum gegeben hat. In den letzten paar Tagen beginnt sich die Landschaft zu verändern; zaghaft zeigen sich da und dort kleine Sträucher oder Gruppen von Bäumchen; man könnte für die nächste Zukunft ein spektakuläres Aufblühen, eine blendende Farbenpracht der Natur erwarten, sowie man dabei ist, das Ziel zu erreichen (das sich so nur umso stärker von dem kargen und mühsamen Weg unterschiede), nun, man würde sich täuschen, obwohl immer wieder Inseln zu entdecken sind. Die kleinen schwarzen Vögel zeigen sich wieder in größerer Zahl; auch Krähen und Finken, in großer Höhe kreisen Raubvögel über den Himmel. Laing hat keine Lust mehr, auf dieses Geflügel zu schießen, er erinnert sich an den Tag vor dem Überfall, und jetzt nicht mehr an die Empfehlung Babanis, sein Gewehr nicht nachzuladen, sondern an das Gedicht von Coleridge über den alten Seemann, eine Idee vom Fluch des Überlebens kommt ihn an. Auch das Wetter beginnt sich zu ändern, der Himmel verfinstert sich immer öfter und auf sehr plötzliche Weise, die Hoffnung auf Regen (die auch nur der unerfahrene Fremde immer wieder hegt) wird aber meistens enttäuscht; manchmal setzen aus dem Nichts Stürme ein, die sich mit dem Donner der Gewitter zu einem unbestimmten Lärm verbinden. Anstelle des Wassers scheint es Sand zu regnen, dichte graue Wolken, wie Wände, treiben auf die Karawane zu und bringen sie zum Halt, löschen die Unterschiede von Erde und Himmel, Oben und Unten aus; ein Vergrabenwerden, das immer nur ganz kurze Zeit dauert und doch nie zu enden scheint, man duckt sich, hält sich das Tuch seines Turbans vor Augen und Nase und spürt später doch den Sand, der in die Kleidung und in alle Körperöffnungen eingedrungen ist, der in der Kehle kratzt und das Atmen beschwerlich macht. Das jetzt, denkt er, wo es fast zu Ende ist. Zu dieser Zeit, im Hochsommer, wenn die Hitze in der Stadt unerträglich scheint, lädt Konsul Hanmer Warrington seinen jungen Stellvertreter häufig zum Essen in Den Garten ein. Seine Tochter schreibt nachts Briefe an ihren Ehemann und verbrennt sie, früh erwacht, am nächsten Morgen wieder, noch bevor sie sich ankleidet und zum Frühstück hinuntergeht.

2

Nach der Gründung der African Association im Jahre 1788 häufen sich die Versuche der Europäer, Timbuktu zu erreichen und vor allem den Verlauf des Niger, der als künftige Hauptverkehrsader und Schlüssel zu sagenhaften Reichtümern gilt, zu erforschen. Von allen Richtungen her pirschen sich Entdecker an den magischen Ort heran, nur um unterwegs den Tod zu finden oder wenigstens auf unüberwindbare Hindernisse zu stoßen. Herrr John Ledyard stirbt schon in Kairo während seiner Reisevorbereitungen an einem Gallenleiden, Simon Lucas kommt über Tripolis nicht hinaus und entscheidet sich dann für eine diplomatische Karriere; Major Daniel Houghton, ein nicht mehr ganz junger Ire, startet 1791 am Gambia und verschwindet nördlich des Senegal, vermutlich von Arabern getötet, Friedrich Hornemann schafft es 1801 fast bis zum Niger und stirbt dort an Malaria, Mungo Park reist 1805, besser ausgerüstet, im Auftrag der Regierung Seiner Majestät (die die Angelegenheit aus den Händen der African Association genommen hat) und in Begleitung von sechsundvierzig Soldaten, von denen keiner überlebt; 1816 versucht es Tuckey vom Kongo-Fluß (von dem er glaubt, er sei mit dem Niger verbunden) und Peddie gleichzeitig von der Guinea-Küste her, beide sterben, ohne irgendetwas zu entdecken; Joseph Ritchie stirbt 1818 in Murzuk, sein Kollege Captain G. F. Lyon kehrt wegen Mangel an Geld und Proviant um, so wie gleich zwei Mal Herr Grey umkehren muß, der in der Gegend des Senegal herumirrt, mit riesigen Expeditionen, die sich bald in wandelnde Lazarette verwandeln, und unter der Kontrolle von lokalen Königen, mit denen er nicht zu verhandeln versteht. Dr. Odney, Major Dixon Denham und Captain Hugh Clapperton schaffen in einer längeren Unternehmung zwischen 1822 und 1825, mit Unterstützung eines Tuareg-Führers namens Hatita und des Britischen Konsuls von Tripolis, immerhin die Durchquerung der Sahara, Dr. Odney stirbt dann nahe Kanu, seine Begleiter werden aus politischen Gründen in Sokoto aufgehalten, seine nächste Unternehmung wird auch Hugh Clapperton, der von der anderen Seite her wiederum nur nach Sokoto zu dem ihm schon bekannten Sultan gelangt, nicht überleben. Den Triumph (und die Leere) kosten andere aus.

Man stapft über die weiche Erde und versinkt (Esel, Kamele, Menschen, Pferde, ein paar Ziegen) bis über die Knöchel, für die fünf, sechs Meilen sind mehrere Stunden einzuplanen. Nur einmal begegnet ihnen unterwegs eine

Gruppe von Sourgeon-Vagabunden, mit dem üblichen Pomp, den üblichen Drohungen und den üblichen Verhandlungen. Was ist das da, fragt der Anführer, der auf einem leichtfüßigen, tänzelnden Pferd mit glänzendem Fell heranreitet, und starrt bösartig auf Abdallah; er bekommt erklärt, daß dieser Maure arm ist, und wendet sich ab; statt der kleinen Sklavinnen, die auf Eseln zum Markt oder zu ihren neuen Herren transportiert werden und auf die er ein Auge geworfen hätte, läßt er sich schließlich ein anderes Geschenk aufschwatzen. Cailliés Vorfreude ist enorm und trägt ihn sicherer als seine Füße es vermögen; sie überlebt in gewisser Weise auch den ersten Anblick der Stadt; sie ist in gewisser Weise das, was überlebt, auch wenn es seine Form wandelt und durch ungeahnte Tiefen hindurchgeht. Er ist sich der Würde des Augenblicks bewußt; er hat keine Eile, gemessenen Schrittes, verborgen in der Gruppe seiner Reisegefährten, nähert er sich an diesem Nachmittag seinem Ziel, dem Mittelpunkt seiner Reise, dem Namen.

Mitte August trifft beim Regenten von Timbuktu Othman Ben Al Khaid Abu Bukr ein Brief ein, dessen Inhalt Scheich Muktar, der Sohn und Erbe des Mohammed Muktar, später, als die Nachforschungen begonnen haben, dem Bashaw von Tripolis referiert. Der Absender ist Sekou Ahmadou Lobbo (beziehungsweise Hammadu oder Hammed Ben Mohammed Labbou), der Fulah-Herrscher von Djenne. Er hat, schreibt er, Kenntnis davon erhalten, daß ein christlicher Reisender unser Land zu besuchen wünscht; er weiß nicht, ob dieser Reisende schon eingetroffen ist; wenn nicht, möge man ihn am Betreten der Stadt Timbuktu hindern; falls doch, möge man ihn fortschicken und ihm klarmachen, daß er besser daran tut, nie mehr zurückzukehren. Denn gerade hat Ahmadou einen Brief von Sultan Bello dan Foda erhalten, der ihn entschieden vor dem Eindringen von Europäern in den Soudan warnt; ein furchtbares Exemplar dieser Rasse hat er selbst kennenlernen müssen, und in Briefen aus Ägypten hat er von den Untaten erfahren, die dort von diesen Leuten begangen wurden, so wie schon in früheren Zeiten in Andalusien und in anderen Ländern; ihre Intentionen sind übel und der Soudan zu schwach, um auf die Dauer zu widerstehen; die Folge dieser Besuche von Christen wäre andauernder Krieg und andauerndes Unheil.

Im Nirgendwo, in der endlosen Ebene, in der sich vereinzelte Bäumchen und Sträucher verlieren, erglänzen im Abendlicht (zuerst kaum mehr als eine der Täuschungen, die die Wüste dem Reisenden anbietet, ein unbestimmtes, fast lichtförmiges Flackern am Horizont, ein imaginäres Ziel, es mag Wasser sein,

ein Fluß oder Meer oder eine menschliche Ansiedlung, dann immer deutlicher, immer unabweisbarer, das Begehren und schon das Glück aufreizend) die Mauern der großen Stadt, die Mauern von Tinbuctou (so nennt er es jetzt); hinter ihnen ragen schlank oder pyramidenförmig die Türme der Moscheen empor, Signale, die unter dem weiten Himmel die Anwesenheit, die Kunstfertigkeit und die Magie der Menschen bezeugen. Die Kamele setzen mit ihren Spinnenbeinen Schritt vor Schritt; ihre dicken Lippen scheinen etwas wie ein Lächeln zu zeigen (oder der immer gleiche Ausdruck ihrer Lippen kann nun als Lächeln erscheinen), sie wirken ungeduldiger, weil sie wissen, daß sie nun Wasser, Futter und Ruhe zu erwarten haben, für diesen Moment hört er auf, sie zu verachten. Wie seine menschlichen Begleiter können sie allenfalls Freude über die Ankunft empfinden (er blickt milde auf sie herab), für ihn ist es etwas ganz anderes als Freude, etwas ganz anderes als eine bloße Ankunft: Die Eroberung ist vollzogen, auch wenn niemand es weiß und gerade weil niemand es nachvollziehen wird können, dies ist nun der Mittelpunkt der Welt, der eine Augenblick, die eigene Anwesenheit an diesem einen, unabänderlichen Ort markiert den Punkt, an dem die Welt stillsteht. Noch vor Einbruch der Dunkelheit ist die Stadtmauer erreicht; zwei oder drei Soldaten bewachen das Tor, sie winken die Karawane einfach hindurch. Er betritt die Stadt durch das Tor mit dem Namen Bab El-Qibla, durch das Generationen von Mekkapilgern gezogen sind; er läßt sich vom Kamel heben, weil man offenbar zu Fuß zu gehen hat, und weil er das Gefühl nicht missen will, wirklich zum ersten Mal durch diese Straßen zu schreiten, durch die Straßen einer wirklichen Stadt; sich durch breite Chausseen, über Plätze führen zu lassen (irgendwo bleibt sein Kamel zurück, die Karawane zerstreut sich), zwischen Häusern mit abweisenden Fassaden, an denen nur die verzierten Türen und manche rätselhafte Bemalungen den Prunk erahnen lassen, der sich in ihrem Inneren verbirgt; bald durch enge Gassen, in denen er (während sich der Stadtraum ins fast Unendliche ausdehnt) vollends die Orientierung verliert, Alkhadir geleitet ihn, Bungola folgt ihm, niemand spricht, er wüßte auch nicht, welche Worte den Raum durchmessen könnten, der ihn, mehr denn je, von den anderen trennt, während er zugleich näher denn je an den Mauern und an der Erde ist.

Auf den ersten Blick, schreibt er, ist nichts zu sehen als eine Anhäufung von schlecht konstruierten Lehmbauten. In alle Richtungen breiten sich endlose Ebenen aus Treibsand aus, von einem Weiß, das ins Gelb hineinspielt, und von größter Kargheit. Der Himmel zeigt am Horizont ein bläßliches Rot; die ganze Natur ist traurig; es herrscht tiefste Stille, nicht ein einziger Vogel läßt seinen

Gesang hören. Nicht einmal eine Stadtmauer ist zu sehen, nur Schutthaufen da und dort am Rand des bewohnten Gebiets und ein Gürtel von kleinen runden Hütten, wie Iglus, in denen die Sklaven wohnen. Es wird schnell dunkel, und noch bevor die Karawane, langsam von der Anhöhe im Süden herabsteigend, die Stadt erreicht hat, ist die Nacht angebrochen. Die winzige Sichel des Mondes gibt kaum Licht, nichts ist zu sehen als der Boden unter seinen Füßen und der Schatten des Sklaven, der ihm mit einer Lampe vorangeht; manchmal glaubt er in unbestimmter Entfernung gleichartige Lichtpunkte auszumachen, ein schwaches Flimmern, das gleich von den Schatten verschluckt wird

Sein Quartier ist schon arrangiert, ein dicker freundlicher Herr empfängt ihn, kaum erschreckt von seinem Anblick, in einem Salon von eleganter Leere, bietet ihm Tee an und fragt ihn nach seinen Wünschen, er bestellt, nachdem er in den letzten Tagen nur Brot essen hat können, ein Hühnchen. Er würde sich wünschen, allein zu essen, aber auch die Gesellschaft seines Gastgebers ist leicht zu ertragen, er stellt ihm keinerlei Fragen und begnügt sich damit, von ihren gemeinsamen Bekannten, Muktar und Babani, und damit auch von der Trauer, die sie vereint, zu sprechen, versichert ihm, daß er alles für seine Bequemlichkeit und seine Gesundheit tun wird, und gibt dem Wunsch Ausdruck, daß er sich als sein Gast und als Gast in dieser Stadt wie zu Hause fühlen möge; vor allem ist Laing froh, daß er vermeidet, ihm beim Essen zuzusehen, ohne daß dieses Ausweichen aber etwas Gezwungenes und Unhöfliches an sich hätte; er ist geneigt, die Zurückhaltung als ein Zeichen der Zivilisiertheit zu nehmen. Ein Sklave geleitet ihn (nach einer, wegen seiner Müdigkeit, knappen Verabschiedung) ins Nachbarhaus, wo der Rest seines Gepäcks schon abgestellt ist; dann, im schwachen Lichtschein ihrer Kerzen, an dunklen Erinnerungen an andere Leben (sich verjüngende Gitter, Blindheit, ein Rauschen in seinen Ohren) vorbei, eine steinerne Treppe hoch, denn sein Quartier ist, wie er merken wird, eines der wenigen Häuser mit Obergeschoß in dieser Stadt. Am nächsten Morgen wecken ihn die Sonnenstrahlen, die vom Innenhof her in sein fensterloses Zimmer dringen und ein Viereck aus Licht in den Boden schneiden, erst gegen Mittag werden die Gewitter einsetzen. Laing kleidet sich an, so sorgfältig er es vermag. Seine letzte Hose ist ihm zu weit geworden, er bindet sie mit einem Strick um die Taille und fühlt sich trotzdem zu nackt und zu leicht; sein langer Mantel hat längst eine neue Farbe angenommen und ist an den Ellbogen durchgescheuert, seine Hemden sind löchrig und die abgetretenen Stiefel nicht mehr glattzuwichsen; vor allem die Socken zieht er nur noch höchst ungern an und (würde ihn nicht vor seinen nackten Füßen ekeln) mit

Erleichterung wieder aus; wenn er noch von einer Rückkehr träumt, stehen neben den Zeitungen, in denen er seinen Namen finden und sich des fortlaufenden Weltgeschehens versichern kann, neue, trockene, geruchslose, weder speckige noch zu lockere oder zerrissene Socken im Zentrum seiner Wünsche. Sein Haar wächst nicht, obwohl es seit Monaten nicht geschnitten ist; er schielt auf eine Strähne, die er sich vor die Augen hält: zerspaltene Spitzen, die abzusterben scheinen wie vertrocknende Triebe an einer Pflanze. Er wird sich rasieren lassen, Wunden freilegen; er steigt die Treppe hinab und tritt ins Licht. Sein Gastgeber empfängt ihn, erhebt sich von demselben mit einigen Kissen ausgepolsterten Sitzplatz wie am Vorabend, mit exakt demselben Lächeln wie am Vorabend; er wird ihn, sobald sie ihren Tee getrunken und gefrühstückt haben, dem Regenten der Stadt vorstellen. Zu seiner Überraschung entdeckt Laing, daß man ihm zwei Eier, leider zu lange gekocht und ohne Salz, serviert; er hält es für angebracht, nichts von seiner Überraschung zu zeigen. Wenn er sich auf den Boden setzt, hat er Angst, seine Hose könnte am Schritt zerreißen.

Er wird in einen kahlen und finsteren Raum geführt; in einer Ecke liegt ein großes Bündel, bei näherem Hinsehen ein Mensch, ein anderer Gast, der schon zu schlafen scheint; er ist enttäuscht, nicht allein zu sein. Als der Sklave, der Caillié begleitet hat, verschwunden ist, wird er von der liegenden Gestalt angeredet, und er erkennt gleich die Stimme des Aufsichtsmandingos, der immerhin seine Frau irgendwo abgegeben oder zurückgelassen haben muß. Er antwortet ihm nicht; er fühlt sich ganz und gar ausgehöhlt und möchte eigentlich nur noch weinen: die nutzlose Vorfreude ist vor ihm aufgebaut, quer zu allem Erlebten; die ganze Aufregung, der Jubel über seine Eroberung sind noch greifbar, doch er findet keinen Platz für die Aufregung wie für den Jubel; er kann nicht einmal die Sätze niederschreiben, die er sich zurechtgelegt hat, denn es ist unmöglich, seine Kerzen auszupacken und in Gegenwart eines anderen und gerade dieses einen anderen zu schreiben, ohne wiederum Verdacht zu erregen. Er breitet seine Decke aus und legt sich den Seesack als Polster zurecht; er könnte sich fragen, was er sich eigentlich vorgestellt hat, nun, im Grunde hat er sich nichts vorgestellt, so ist es von vornherein schlimm, auf irgendeine Wirklichkeit zu stoßen. Die Gefangenschaft auf dem Schiff scheint sich, nach einem kurzen Moment der scheinbaren Befreiung (des Übergangs, des Umladens), unverändert fortzusetzen. Er horcht auf die eigenen Atemzüge, während er schlaflos daliegt, das leise Rasseln in den dunklen Innenräumen, an einem unbestimmbaren Punkt, der zu tief sitzt, als daß er ihn durch Räuspern oder Husten erreichen kann; vielleicht stellt er sich schlafend und hofft, dieses

Geräusch möge als Schnarchen durchgehen, was auch immer er sich davon versprechen mag. Ein Rhythmus, wie das Knarren einer Türe, in gleichförmigen Wellen sanft andrückende Windstöße: bevor er einschläft, glaubt er, der Raum und die ganze Stadt stünden unter Wasser, so gleitet er hinaus aus seiner Beklemmung in einen Zustand von Angstlosigkeit und Ruhe und vergißt den Zimmergenossen und alle möglichen Wesen seinesgleichen, Lamfia in Kankan, Baba, Karamo-Osila und andere, die schon in deren Gestalten eingeschmolzen sind, in die Wände des engen Raumes. Das Licht kann ihn kaum stören. Der Aufsichtsmandingo (der offenbar verschiedene Punkte im unüberblickbaren Netz von Funktionen besetzt) bringt ihn am Morgen persönlich zu Sidi Abdallahi Chebir und zieht sich zurück, noch bevor er empfangen worden ist; ein kleiner, dicker, schweigsamer Mann mit Pockennarben im Gesicht bittet ihn an seinen Frühstückstisch, und ohne es zu wollen, faßt Caillié sogleich Vertrauen zu ihm; die Wände verschieben sich, er erinnert sich an Djenne, die Gefühle und die Umgangsformen, die er mit diesem Ortsnamen verbindet, die Zivilisiertheit, die sich vielleicht hier, angesichts all der Bedrohungen, durch den äußeren Anschein hindurch, ins Innere der Bürger zurückgezogen hat; Zellen, auf deren Existenz äußerlich nichts hinweist, so wie nichts an den Mauern der Häuser auf die Schätze hinweist, die sich in ihrem Inneren verbergen mögen. Chebir spricht leise und wenig (man verstummt und hält den Atem an, sobald er Wörter, wie kostbare Gaben, aus seinem Mund entläßt), vor allem stellt er Abdallah keinerlei Fragen, er scheint inzwischen den Brief aus Djenne bekommen zu haben und sich mit den indirekten Informationen über den frommen Ägypter zu begnügen. Jede der Gesten Chebirs steht für sich: Caillié begreift die Ehre, die sein Gastgeber ihm erweist, als er ihm seine Warenlager vorführt, große Räume voller aufeinandergeschlichteter Stoßzähne, die eher an ein Beinhaus erinnern als an elfenbeinerne Kostbarkeiten, Stöße von europäischen Gewehren und exquisiten Mailänder oder Pariser Stoffen. Chebir fragt ihn, ob er einen Besuch beim König Osman Abu Bakr machen möchte, Abdallah nickt nur, froh, sich der Wortkargheit des Gastgebers anschließen zu können, schon ohne Angst und über seine Erwartung hinweggestiegen.

Ein fensterloses Gebäude aus Lehmziegeln in einer sandigen Straße, kaum von den anderen Häusern unterschieden und kaum von den anderen Häusern abgesetzt. Er wird durch einen kurzen Korridor in den Innenhof geführt; er wird durch mehrere Säle und Lagerräume hindurch direkt in den Thron- und Audienzsaal geführt; im Innenhof warten einige Minister, Bittsteller, Anwälte oder Delinquenten. Othman Ben Al Khaid Abu Bukr ist ein schlanker, über fünfzigjähriger, dunkelhäutiger Mann mit weißem Haar und einem grauen Bart; seine Schuhe aus Saffianleder und sein Turban aus Musseline fallen auf, die blaue bestickte Toba gleicht der seiner Untertanen; er empfängt den Fremden, von einigen Sklaven umgeben, zwischen weichen feinverzierten Kissen auf einem persischen Teppich sitzend. Er nimmt ihm gegenüber Platz, den Mann, der für ihn sprechen wird, neben sich. Othman hat eine sanfte Stimme und große Augen. Er zeigt Laing nichts von den Schwierigkeiten, in die ihn seine Ankunft zu stürzen droht, von dem Widerspruch zwischen politischer Vernunft und Gastfreundschaft, der ihm kaum einen Raum für Kompromisse läßt, er läßt Abdallah nichts von der Unglaubwürdigkeit seiner Geschichte merken, alle außergewöhnlichen Wendungen, alle dunklen Zwischenräume betrachtet er mit der gleichen milden Indifferenz. Laing überbringt die brüderlichen Grüße des englischen Königs; er läßt Alkhadir, der noch ein paar Tage in der Stadt bleiben wird, auf Arabisch verhandeln und mischt sich selbst kaum ein; die Diskussion der möglichen Routen einer Weiterreise gleicht dem Aufstellen einer lückenlosen Reihe von Hindernissen, alle Argumente sind begründet und auf eine Vielzahl von Fakten gestützt: eigentlich ist nur der Rückweg auf der Strecke, auf der er gekommen ist, einigermaßen zu empfehlen; am besten wiederum mit der Karawane Alkhadirs (auch wenn es Othman fern liegt, seinen Gast vertreiben zu wollen). Laing entscheidet sich noch nicht, an welche der Fakten er glauben möchte, manche versteht er auch erst im nachhinein; er nützt aber die Gelegenheit dafür, um einen Zugang zu den Archiven der Stadt zu bitten, von deren Größe und Glanz man in Europa usw. Für die Audienz scheint nicht allzu lange Zeit eingeräumt worden zu sein. Caillié versteht nichts von der eigenen Geschichte und kann auch aus der Intonation Chebirs und den wenigen Zwischenfragen des Königs, der ansonsten das Gespräch nur skandiert, indem er an seinem kleinen Pfeifchen zieht, nicht erkennen, an welcher Stelle man sich gerade befindet, man verwendet die Sprache, die er Kissour nennt und die die Sprache der Songhay ist, er nimmt sich vor, ein kleines Wörterbuch dieser Sprache zu erstellen, sobald er einmal wieder in der Lage ist zu schreiben. Der König sagt, er ist froh, ihn als Gast in seiner Stadt begrüßen zu können; er wünscht ihm die Gnade Gottes auf seinem Weg nach Hause und auf allen seinen Wegen. Caillié hat keinen der eigentlichen Palasträume (wenn man von einem Palast sprechen will) betreten; er wird durch den kurzen Korridor wieder ins Freie geführt und verabschiedet sich von Chebir, weil er einen kleinen Spaziergang (jetzt, einen Spaziergang? nun ja, bitte, warum denn nicht, viel Spaß) machen möchte; er wird den König nur von Ferne wiedersehen, die Fragen, die ihn interessieren, wird er niemals stellen. Othman sagt, vielleicht wird er, wenn es dem Rais gefällt, länger in der Stadt zu bleiben, das Vergnügen haben, die Rolle seines Freundes Sidi Muktar einzunehmen und seinen bemerkenswerten Gast zu einer Schachpartie einladen dürfen, es wäre mir eine Ehre, sagt Laing, der nicht die geringste Lust hat, seine Konzentration auf ein langwieriges Spiel zu verschwenden, das für ihn nur mit Kopfschmerz und Tod zu tun hat; er fragt sich (nicht jetzt, sondern erst dann, wenn ihn die Gegenwart anderer Menschen nicht mehr am Denken hindert), was dieser Regent noch alles von ihm weiß, wenn sich sogar der beiläufige Zeitvertreib bis hierher herumgesprochen hat. In jedem Fall, meint Othman (und Laing hofft, in der Formulierung, die er für sich so übersetzt, einen halben Rückzieher zu sehen), steht Ihnen meine Bibliothek offen, mögen Sie für Ihr Land Früchte daraus ziehen.

Die Mittagshitze ist enorm, kaum ein Mensch ist auf der Straße zu sehen; ein paar Alte sitzen vor ihren Häusern im Schatten, sie schlafen oder spielen mit kleinen Steinchen so etwas wie Dame, oder sie plaudern träge, aus den Augenwinkeln betrachten sie den Fremden, der sich, obwohl die Stadt viel kleiner ist als Djenne, schnell verirrt; vielleicht verschafft er ihnen neuen Gesprächsstoff, dieser blasse kleine Mann in schönen neuen Kleidern (denn er hat für die erste Begegnung mit seinem Gastgeber und für die Audienz seine schönsten Kleider aus Djenne hervorgekramt). Caillié gibt gleich die Idee wieder auf, einen Plan der Stadt zu zeichnen; die Straßen fügen sich nur zu einem sinnlosen Gewirr ineinander, seine Beine scheinen (auch wenn er versucht, den Kompaß zu aktivieren, in seine Methode zurückzufinden) ihr Gedächtnis verloren zu haben; nicht nur er selbst fühlt sich niedergedrückt von der Hitze, die ganze Stadt scheint unter dem Druck der Atmosphäre im Boden zu versinken, zu sterben; er vermißt die Händler, die in Djenne den ganzen Tag über für ein reges Treiben auf den Straßen und Plätzen sorgten, und vielleicht mehr noch die Bäume und die Farben; die Stimmung scheint gedämpft und unwirklich – unwirklich, weil da nur das Wirkliche ist und nichts sonst, keine Bedeutung, keine Verbindung außer der ganz unmittelbaren durch seine Sinne, ohne Mehrwert und ohne Begehren, schließlich ist er am Ziel angekommen. Er treibt sich eine Zeit lang auf dem Markt herum, auch hier ist wenig Betrieb; ein paar Kolaverkäufer rufen ihre Ware aus, schwarze unverschleierte Frauen kaufen ein, die Männer sind im allgemeinen hellhäutiger, und er würde viele von ihnen eher für Mauren halten, auch wenn ihm die Unterschiede immer undeutlicher werden und er fast alle zwischen den Kategorien, zwischen den Rassen hindurchfallen sieht. Vielleicht gibt es auch hellhäutige Frauen, und sie sind nur in den Häusern verborgen. Längere Zeit döst Caillié auf einem Bänkchen am

Rand des Marktplatzes. Erst gegen drei Uhr nachmittags beginnt die Anzahl der Marktstände zu wachsen und mehr Leute zeigen sich; eine Prozession von schwarzen Kaufmännern, auf Pferden in reichem Harnisch, zieht vorüber, in vager Märchenhaftigkeit, die Caillié höchstens im Traum erfassen und wieder verlieren wird können. Er wandert, ziemlich unbeachtet, zwischen den Ständen herum, und er sucht und findet unter den Waren nach einer gewissen Zeit vor allem das Bekannte, Papier, Glasschmuck und Bernstein aus europäischer Manufaktur, auch europäische Stoffe; fast hätte er Lust, etwas von diesen Dingen, die er nicht im geringsten braucht, zu kaufen, so verloren scheinen sie ihm hier, Überreste eines fremden, schon unendlich entfernten Lebens; so als wäre es nicht die Zukunft, sondern die Vergangenheit, die das Europäische hier repräsentiert, dann wäre er ganz alleine mit nutzlosen Erinnerungen, die niemandem mitteilbar und kaum zu bewahren sind; und wenn er sich festhalten möchte an bekannten Dingen, so merkt er nur, daß es keinen Halt gibt: nach dem Schnitt, der sein Leben in zwei Teile gespalten hat, keine Rückkehr mehr. Wäre nicht die Leere rundherum, kämen solche Gefühle (schließlich hat er auch schon bei anderen Gelegenheiten, die er aufzählen könnte, derlei Waren entdeckt) niemals auf. Beim Abendessen eröffnet ihm Chebir, daß eine Möglichkeit zur Weiterreise mit den Händlern aus Djenne, unter Anführung des Schiffseigners höchstpersönlich, besteht, in zwei Tagen zieht die Karawane nach Tafilet los. Caillié will noch nicht fort von hier; er braucht, sagt er, noch etwas Zeit zu rasten, nachdem er ein Jahr lang, mit Unterbrechungen, die kaum zu seiner Erholung beigetragen haben, zu Fuß unterwegs war (er verschweigt seine anderen Interessen), er freut sich, antwortet sein Gastgeber, daß sein junger Freund noch länger bei ihm sein wird, selbstverständlich kann er bleiben, so lange er will. Caillié wagt, noch die Bitte um neues Quartier hinzuzufügen, er würde gerne allein wohnen, aus Rücksicht, weil sein Husten keinem Mitbewohner zumutbar ist, und vielleicht auch, weil er selbst besser zu schlafen und sich zu erholen hofft, wenn er mehr Ruhe hat, er spricht ganz leise, leiser, als er es beabsichtigt.

Die Orte besitzen, die Zeichen, die Geschichte: den Blick schweifen lassen, den Beinen vorangehend, Haus für Haus sich einprägen, das Bedeutsame hervorheben, dann den Blick fixieren auf das Nahe, die Blätter und die Buchstaben, er muß sich nicht rühren, nur geduldig verharren, und die Stadt wächst vor seinen Augen ins Vergangene hinein, damit auch der Raum, den er in Besitz nimmt, den er zu begehen vermag, ohne sich je (so wie im unbestimmbaren Wüstenraum, dem er das letzte Jahr als Tribut überlassen hat müssen) zu verlieren; er hofft nur, daß er die arabischen Texte halbwegs entziffern wird können und daß er, durch das Versprechen einer späteren Bezahlung oder mit anderen Mitteln, Exemplare der wichtigsten Schriften an sich wird bringen können. Ein Sturm kündigt das Gewitter an und treibt ihn zurück zu seinem Quartier, bevor er noch dazu gekommen ist, einen Rundgang zu unternehmen; er schaut von der Tür des Hauses aus auf die Straße und hoch zum Himmel, der sich rapide verfinstert, Wolkenschichten, die sich übereinanderschieben, und ein tiefes schwarzblaues Dunkel herantreiben, die Straße ist jetzt ganz leer, auch die Hunde haben sich verkrochen, Laing hält sich ein Tuch vor den Mund, um sich vor dem Sand zu schützen; er merkt, daß sich der Sand mit dicken Wassertropfen vermischt; dann stürzt das Wasser unvermischt vom Himmel, er wird naß, hat aber keine Lust sich zurückzuziehen, als würde er etwas versäumen, wenn er jetzt nicht dem Regen zusieht, einem phantastischen (gleichzeitig, bloß durch das Dasein der Stadt, schon geordneten, wenig beängstigenden) Weltuntergang, den er als naher Beobachter überlebt, er ist der Überlebende, der Beobachter, an den runden Pfeiler an seinem Haustor gelehnt, durchnäßt, doch vor Fieber und Krankheit geschützt. Er ist taub für den Donner, einen minutenlangen, ununterbrochenen Lärm; erst als er aussetzt, wird seine Abwesenheit hörbar. Aus den weit vorspringenden Dachrinnen an den Häusern schießen dicke Fontänen, sobald der Regen nachläßt, zeichnen sich diese Wasserfälle deutlich ab; in der Mitte der Straße, in der eine kleine Rinne ausgehoben ist, bildet sich ein schmaler Bach, der bis zum Abend schon längst wieder versickert sein wird. Laing zieht sich um, soweit möglich, und macht sich zu seinem Erkundungsgang auf; die feuchten Socken in seinen Stiefeln könnten, wenn er darauf achten würde, jeden Schritt zu einer Probe des Ekels und Überdrusses machen. Er folgt der Biegung der Straße bis zur nahen Stadtmauer; auf einem ausgedehnten Gelände erinnern niedere Mauern und ein riesiger Schutthaufen an ein mächtiges Gebäude, das vor Jahren, Jahrzehnten oder Jahrhunderten hier gestanden haben mag, jetzt warten diese Steine darauf, daß sein Denken (und nichts als sein Denken) ihnen wieder Form gibt. Er sieht den Palast der schwarzen Könige, die über die Flüsse, Steppen und Wüsten Afrikas herrschen, seine Türme und Zinnen, die kristallenen Pfeiler und Mauern, den Thron aus Gold wie aus reinem Feuer, in einem Saal, der durch endlose Gänge, durch Pforten und Gewölbe aus feinstem Stuck zu erahnen ist, er sieht in einem Raum mit silberner Decke, die von einem Brunnen aus Quecksilber widergespiegelt wird, die Gruppen der Bittsteller, Minister, Anwälte und Delinquenten in ihren weißen und blauen Toben, von Soldaten bewacht, fast verschwindend, er sieht die Pfützen aus Regenwasser zwischen dem Geröll und klettert ein wenig auf den Mauern herum, aus einiger Entfernung starren ihn ein paar Sklaven mit Wassereimern in den Händen an. Der Stadtmauer entlang geht er nach Süden, wo das Minarett einer großen Moschee hinter den Häusern hervorscheint (am linken Bildrand, ganz im Hintergrund, muß er beim Einzug in die Stadt denselben Turm schon einmal gesehen haben). Er hat Lust, durch die Ritzen zwischen den Brettern an einem der hölzernen Nordtore zu schauen, das Gebäude zu betreten wagt er ohne ausdrückliche Erlaubnis nicht; er geht außen um die Moschee herum, an der am Stadtrand gelegenen Seite entlang; hier sind Teile der Fassade abgebröckelt; dahinter sind Säulengänge sichtbar geworden, Ziegelwände unter abbröckelndem Verputz und zugemauerte Türen, einmal scheint das Gebäude direkt mit der Stadtmauer verbunden gewesen zu sein. Er schaut zum Dach hoch, die regelmäßigen Zacken, in die die Westmauer gemündet hat, sind seltsamerweise noch erhalten. Er sollte vielleicht zählen und vermessen, er denkt nicht daran; an die hundert Schritt dauert es, bis das Ende des Gebäudes erreicht ist, kein Mensch begegnet ihm auf dem Weg, der auch nicht eigentlich ein Weg ist, sondern eher ein Hindernislauf; die südliche Fassade ist ebenso intakt wie die im Norden; einige Stufen führen zu den drei Toren, von denen eines offen steht, das Gelände fällt zum Süden hin etwas ab. Er achtet nicht darauf, daß er einigen der Männer aufgefallen zu sein scheint, die in kleinen Gruppen vor dem Eingang herumstehen, um, vor oder nach dem Besuch des Gotteshauses, noch etwas zu diskutieren; er steigt den kleinen Abhang hinab zum Friedhof, der genau am richtigen Ort und im richtigen Zustand auf ihn wartet, weil er genau im richtigen Moment in die Stadt gekommen ist und jeden seiner Schritte im richtigen Moment setzt; das Licht hier ist so wie es sein sollte, und er geht mit einem Gefühl der Freiheit auf die Gräber zu. Das Geschrei und Gezwitscher vieler Vögel empfängt ihn, die hier Nahrung und Getränke vorfinden, Finken, Türkentauben, jene kleinen schwarzen weißgesichtigen Vögel, von denen er schon so viele getötet hat, und ein einsamer weißer Rabe, der seltsamerweise kaum Beachtung bei den Leuten findet, die bei den Gräbern ihrer Toten sitzen, mit ihnen reden, ein wenig essen oder trinken, Gaben aus dem flüchtigen Reich der Lebenden verteilen. Es sind farbige Punkte, die Toben mit ihren weiten Ärmeln, die Turbane, das Gefieder, es ist ein Element der Fröhlichkeit im Mosaik der Stadt: die Erinnerung daran wird ihm erst Vollständigkeit geben.

Vom dritten Tag an wohnt er in einem eigenen Zimmer, und er besitzt sogar zum ersten Mal in seinem Leben einen Schlüssel, mit dem er die Türe versperren kann. Kurz hat er gefürchtet, Chebir vermöchte seine Gedanken zu lesen und er hätte sich verraten, er hätte mit der falschen Stimme gesprochen, nicht mit der seinen oder eben gerade mit der seinen; warum sonst hätte ihn sein Gastgeber so durchdringend, aus der Tiefe seines Schweigens heraus, angeschaut, ohne eine Antwort zu geben; aber anscheinend waren gar keine Worte notwendig, am nächsten Tag wird alles arrangiert, sogar Sklaven werden eigens bereitgestellt, um sein bißchen Gepäck zu seinem neuen Haus zu tragen und ihm den Weg zu weisen. Am Marktplatz vorbei führen sie ihn vom Sanegungu-Viertel, in dem die Ghadameser Kaufleute wohnen, ins Viertel Sangiribir (oder Djinger-Ber, oder Djema-el-Kebira) im Südwesten der Stadt, benannt nach der Großen Moschee. Für manche seiner Erkundungen ist der Standort, wie er merken (aber sich nicht erklären) wird, geradezu ideal. Er sieht den Aufsichtsmandingo, seinen Zimmergenossen, nie mehr wieder und ist froh darüber, obwohl er seinen Haß, sobald erst die zweite Nacht überstanden ist und die Dinge plötzlich umschlagen, sofort vergessen hat. Der einzige Nachteil der neuen Heimstatt ist zunächst, daß es sich um einen Neubau handelt, genauer gesagt, daß eigentlich erst die Hälfte des Gebäudes steht; vom frühen Morgen an, gleich nach dem ersten Ruf des Muezzins, kann er zuschauen (und zuhören), wie der Trakt auf der anderen Seite von einem Dutzend Sklaven errichtet wird; in unförmigen Kalebassen werden Sand und Mörtel oder auch Stöße von Ziegeln auf den Köpfen herbeigetragen; Reihe für Reihe wachsen die Ziegel aufeinander, er könnte den Anblick genießen wie ein Kind: sehen, wie aus Bausteinen wirkliche Gegenstände entstehen; wie das Wirkliche sich wunderbarerweise verändert; doch der Lärm, der Dreck und die mangelnde Abgeschlossenheit seines Hauses stören ihn. Wenn ihn mittags, nach dem Gebet, die Hitze und die Aussicht auf sein Souper heimtreiben, machen immerhin auch die Bauarbeiten Pause, er kann im Hof oder auf seinem Dach sitzen und auf die graubraune, geformte Steinwüste schauen. Machmal folgt er den Ziegelarbeitern bis zu den Lehmgruben etwas außerhalb der Stadt und beobachtet, wie die Ziegel gegraben und geformt werden, solche Details werden seinen Bericht wertvoll machen. Er hat den ganzen Tag über viel Zeit, weil er sich um seinen Unterhalt nicht zu kümmern hat und sich noch nicht wirklich um seine Weiterreise kümmert; er versucht sozusagen, Boden unter den Füßen zu bekommen und sich mit der Stadt anzufreunden, eine Aufgabe, die nichts mit seiner Gedankenwelt zu tun hat (denn hier ist nur das karge Sichtbare in karge Wörter zu übersetzen), sondern eher eine Art von Einverleibung darstellt, die Aufnahme oder Entwicklung künstlicher Gewichte, um ihn von der schrecklichen Schwerelosigkeit zu befreien, die ihm von nun an droht (und die sich eigentlich schon seit Monaten, seit seiner Genesung ankündigt), dem Ziel-

und Zwecklosen jeder weiteren Bewegung, für die ein Ort wie der andere sein muß. Zwei Mal täglich servieren ihm die Sklaven, die im Erdgeschoß wohnen, ein üppiges Gericht aus Reis oder Couscous mit Schaffleisch oder sogar Rindfleisch, für das sein Gastgeber aufkommt, dazu Milch und Wasser nach Belieben. Je weniger Geld Caillié auszugeben hat, desto geiziger wird er; er ist froh, daß er sich aushalten lassen kann, und gleichzeitig zählt er immer häufiger seine verbliebenen Schätze und rechnet mit immer größerer Angst die Zeiträume nach, für die sie noch auszureichen haben; er würde, hätte er für sich selbst zu sorgen, nicht nur auf Dinge verzichten, die er nicht braucht, sondern auch auf Dinge, die er benötigt. Sein liebster Aufenthaltsort in Temboctou ist nicht, wie in anderen Orten, der Markt, es sind die sieben Moscheen, in denen es kühl und ruhig ist, wo er, je nach Laune, so viel Einsamkeit oder Gesellschaft findet, wie er mag, und wo er sich beinahe daheim fühlt; außerdem kann er sie als Markierungspunkte, die den Raum der Stadt für ihn ordnen, wie auch, dank der Türme, als Aussichtspunkte benützen. In der Djinger-Ber-Moschee, mit ihrem eingestürzten Westflügel, begegnet ihm öfters einer seiner Nachbarn, ein dicker Herr aus dem Haus gegenüber, der ihn immer besonders freundlich grüßt, mit einem Lächeln, das er schon beim ersten Mal (aber das ist absurd) wiederzuerkennen glaubt; eine Zeit lang klopft sein Herz heftig, aus Freude oder aus Angst.

Er hält sich innerhalb der Stadtmauern, während er zu Fuß die Stadt umrundet (eine zärtliche, zugleich besitzergreifende Geste), manchmal muß er ausweichen, wenn Häuser zu nahe herangebaut sind, er achtet darauf, den Bogen, den er ins Innere schneidet, so eng wie möglich zu halten. Durch die Stadttore im Süden, im Osten und im Norden, die tagsüber offenstehen, sieht er die runden Hütten der Sklaven, die außerhalb der Stadt wohnen; er sieht das Marschland hinter dem Bab el-Nil (die Soldaten schauen sich nervös an, als er sich nähert, und nehmen eine Pose der Bereitschaft an), und die Wüste hinter den anderen Toren, er sieht den Graben, der die Stadt von der Umgebung trennt, den möglichen Angreifern, die sich niemals davon abschrecken haben lassen und sich auch beim nächsten und letzten Angriff nicht davon abschrecken lassen werden. Er glaubt, er würde lange Zeit für die Umrundung benötigen, doch nach wenigen Stunden hat er wieder die Ruinen des Palastes erreicht. Die Stadt hat die Form eines Dreiecks mit der Spitze nach Norden, dort, im Stadtteil Sankoré, kommt er an der zweiten großen Moschee vorbei, bei der das bebaute Gebiet ganz plötzlich endet; dann folgt die Drehung nach Südwesten, er braucht seinen Kompaß (der ohnehin die Reise schlecht überstanden hat) nicht zu befragen, um diese Richtungsänderungen zu registrieren, er braucht auch nicht auf den Himmel zu schauen, die Wege sind auf geheimnisvolle Art seinem Körper eingeschrieben, er beginnt das zu wissen und zu spüren, ohne daß er sich Gedanken darüber machte, welche Instanz ihm dieses Wissen gegeben oder wiedergegeben hat. Der Himmel und die Erde und die Zeichen, die Himmel und Erde tragen, sind durch sein Fleisch miteinander verbunden. Er verbindet sein Fleisch mit dem Stein dieser Stadt; die Tiere und Menschen, die in ihr leben, das bunte Treiben der Märkte und der Friedhöfe bildet sich in aller Fülle in seinem Geist ab. Kinder laufen ihm nach; weil er nicht versteht, was sie ihm zurufen, und weil er keine Geschenke an sie zu verteilen hat, kann er ihnen nur mit einem abwesenden Lachen antworten, manchmal werden sie von Müttern zurückgerufen, manchmal reicht sein Lachen aus, sie wieder zu vertreiben. Auf den an vielen Punkten bröckelnden Stadtmauern nisten Vögel; semmelgelbe Hunde treiben sich in den Straßen herum; wohlgenährte kleine Esel mit Körben auf dem Rücken werden durch die Stadttore geführt; die wehenden, weiten indigoblauen Gewänder, die Turbane, die Strohhüte, die kunstvollen Kopftücher der Frauen und der goldene und silberne Schmuck, den sogar viele Sklavinnen im Überfluß tragen, sind bewußt gesetzte Farbtupfer, die den Schein des Eintönigen stören und die wahre Harmonie des Bildes erweisen. Er liebt es, daß die Herren der Stadt großteils Schwarze sind; hier gehört er her; allein ihre Kleidung erscheint ihm als Erfüllung des Versprechens, das ihm, fast schon in einer Vorzeit, die Ankunft in Ghadames gegeben hat. Die einzige Enttäuschung, die Laing sich zugesteht, ist, daß Tinbuctoo kleiner ist, als er es erwartet hat, aber er weiß, je tiefer er hineinstößt, in immer winzigere Details hinein, desto mehr werden sich auch die Eindrücke vertiefen: Haus für Haus, ein wachsender Schatz an Zeichen, egal, wie eng der Rahmen ist, den er sich steckt. Am Abend ist Laing so müde, daß er sich (durch einen Augenblick der Bewußtlosigkeit gleich nach der Heimkehr hindurchgegangen) besonders wach fühlt; Alkhadir hat ihn zum Abendessen eingeladen, Huhn mit Reis, Fladenbroten und einer scharfen Zwiebelsauce, und er erinnert ihn mehr denn je an seinen Vater, das heißt, Onkel; auch Laings Gastgeber, dessen Lächeln bei jeder Wiederholung gleich natürlich wirkt, ist dabei; Laing weiß, daß man ihn überreden wird wollen, mit Alkhadir nach Ghadames zurückzukehren, und er weiß, daß man weiß, daß er sich nicht überreden wird lassen, er kann ruhig zuhören, wie der Gastgeber und der Neffe seine Angelegenheiten miteinander besprechen, und braucht nicht einmal alles zu verstehen, obwohl sie ihm zuliebe sehr langsam und anscheinend fast eine Art von Hocharabisch reden. Aus Höflichkeit seinen Gastgebern gegenüber versucht Laing zum ersten Mal seit langer Zeit, mit der rechten Hand zu essen (er kennt die Bedeutung der guten und der schlechten Hand), nach zwei oder drei Bissen, einem peinlichen Moment und einer unwahrscheinlichen, nicht einordenbaren Erinnerung gibt er den Versuch wieder auf. Wenn Alkhadir aufbricht (aus irgendwelchen Gründen verzögert sich auch dieser Aufbruch noch wochenlang), wird er die zwei oder drei Briefe mitnehmen, die Laing in den vergangenen Monaten geschrieben hat, auch den letzten; bei Laing wird von der Reisegesellschaft des letzten Jahres nur mehr Bungola verblieben sein, der ein paar Jahre später aber schon gemeinsam mit Alkhadir in Tripolis eintreffen und den Hinterbliebenen letzte Gewißheit geben wird.

Obwohl die Menschen zu ihm freundlich sind und (von erstaunten ersten Blicken abgesehen) niemals eine Bedrohung zu spüren ist, muß er vorsichtig mit seinen Nachforschungen sein, er darf kein besonderes Interesse, keine innere Verbindung zeigen, nicht zu der Stadt, ihrer Geschichte und ihrem Namen und schon gar nicht zu seinem Vorgänger. Je weiter sich das Netz von Beziehungen knüpft (mit Herrn Chebir als dem ruhenden Zentrum, zu dem er immer wieder zurückkehrt), desto mehr Dinge werden sagbar; je mehr ihm erlaubt scheint, desto leichter könnten ihm aber auch Fehler unterlaufen, niemals ist ihm die genaue Grenze bekannt, hinter der eine seiner Gestalten die Konturen verliert und die andere sichtbar wird – wenn es überhaupt eine genaue Grenze gibt und nicht nur einen ausgedehnten Zwischenraum, in dem er sich in Wahrheit aufhält, und das, was René heißt, ist genau so wie das, was Abdallah heißt, nur eine dünne Konstruktion, etwas Äußerliches, aus Erinnerungen, Erfindungen und Illusionen zusammengebastelt, die alle gleich wenig glaubhaft sind. Man nennt ihn in dieser Stadt Meskine, den Armen; was auch daran liegt, daß er sich dank seines Gastgebers selbstverständlich in der Oberklasse herumtreibt, unter maurischen Kaufleuten und Songhay-Beamten. In der Moschee tritt ein ernster junger Mann auf ihn zu und steckt ihm wortlos eine Handvoll Kauris in die Tasche seiner Coussabe; der Feinsinn und das Zartgefühl dieser Geste beglücken Abdallah mehr als die Gabe selbst. Er bevorzugt entschieden die Bewohner von Temboctou vor dem äußeren Bild der Stadt; immer noch hält er sich ungern im Freien auf, obwohl die Straßen sauber sind und oft so breit, daß drei Mann nebeneinander reiten könnten, nicht nur die Hitze, sondern auch die Einförmigkeit und das ewige Grau dieser Außenräume stoßen ihn ab; selbst das ewige Blau des Himmels erscheint ihm farblos, ein menschenfeindliches flaches Glühen. In seiner eigenen Wohnung ist es wiederum dunkel und stickig, vor allem dann, wenn er, zum Erstaunen der Sklaven, die es vielleicht weitererzählen, den Schlüssel benützt, so schreibt und zeichnet er daheim auch weniger, als er es sich vorgenommen hätte. Er ist froh, daß er oft eingeladen wird, fast ist es so, daß er, als eine Art von Attraktion und angenehmer Zerstreuung, die Runde unter den wohlbestallten Herrschaften der Stadt macht. Man serviert ihm die Köstlichkeiten der Region und stellt ihm Fragen über das ferne, unbekannte Land, aus dem er kommt, und über das Volk der Christen, bei dem er so lange Zeit verbracht und so viele nützliche Dinge verlernt hat, nein, Abdallah empfindet keinen Haß gegen seine Entführer, er ist nie geschlagen worden, es gibt auch vieles, wofür er ihnen dankbar ist, es stimmt nicht, daß man sie mit den Tuaregs vergleichen kann, sie stehlen nicht (sagt er sehr leise) und sie helfen ihren Mitmenschen, er redet ein wenig so wie sein Onkel oder irgendein Offizier reden würde, wenn er die Tugenden der Christen beschreibt, die Arbeitsamkeit und Zielstrebigkeit, Ordnungsliebe und Gesetzestreue. Diese (wenn er nicht mit dem dezenten Chebir allein ist) ziemlich häufige Entwicklung des Gesprächs steigert seine Anspannung, es gibt fast nichts, was er sagen kann, ohne zu lügen und ohne sich zu verraten; das Gegenteil von dem, was er sagt, ist genauso falsch; das Gegenteil von dem, was er sagen möchte – das, was er sagen muß –, ist kaum falscher: in jeder Plauderei ist eine Wiederholung der Verhandlung versteckt; es ist gut, daß er nur über wenige, einfache Wörter verfügt, und daß er vor friedfertigen Richtern steht, seine Gesprächspartner geben ihm das Gefühl, sie würden sich gar nichts daraus machen, wenn sich der Abdallah, der ihnen gegenübersitzt, sich von ihnen ernähren läßt und seltsame Dinge über sich und die Welt erzählt, zeitweise in einen anderen verwandelt, mit Sicherheit kann dieses Wesen niemandem gefährlich werden, so wie auch sie selbst nicht auf die Idee kommen würden, ihm oder irgendjemandem etwas anzutun. Eigentlich vergleicht man im übrigen nicht so sehr die Christen mit den Tuareg, um sie zu verhöhnen, sondern ziemlich gewohnheitsmäßig, wie man eben Schimpfwörter benützt, die Tuareg mit den Christen: in Temboctou, schreibt Caillié, ist nämlich wie entlang des Djoliba dieses Volk von Schmarotzern verhaßt, auch wenn man sie aus einer unglaublichen Trägheit heraus bei allem, was ihnen einfällt, gewähren läßt, sie kommen in die Stadt und dringen in die Häuser ein, ohne vom Pferd zu steigen, machen es sich ein paar Stunden oder Tage lang gemütlich, essen die Vorräte der Hausbesitzer auf und nehmen sich von ihren Besitztümern, was sie möchten, und sie denken nicht daran, irgendeine Gegenleistung zu geben, außer daß sie sich als Beschützer der Stadt aufspielen, ohne daß man je gesehen hat, worin dieser Schutz bestehen soll. Caillié wird selbst niemals Zeuge eines dieser Besuche, doch er wundert sich, wenn er die Geschichten anhört, daß man diese Plage für so selbstverständlich nimmt wie die Visite eines Steuereintreibers; wie einfach könnten die Neger und die Mauren gemeinsam, würden sie nur über ein wenig europäischen Unternehmungsgeist verfügen, den Feind vernichten. Ein anderer (vielleicht verwandter, niemals ausgesprochener) Vergleich berührt ihn direkter; er fühlt sich verpflichtet, das Gespräch auf den Gegenstand zu bringen, und muß dann Interesselosigkeit heucheln, um die Entfernung zu vergrößern, manchmal, wenn es Hühnerfleisch zu essen gibt, sehen ihn die Leute an und lächeln, er hat keine Ahnung, was das bedeuten soll.

Bewundernswert erscheint ihm, wie jedes Haus sich von dem anderen unterscheidet, auch wenn das Material das gleiche ist und der Bauplan der gleiche sein mag. Die weich und porös wirkenden Säulen an den Fassaden, wie steinerne Gewächse, zeigen alle Grade des Verfalls; das niedrigere obere Stockwerk (etwa an dem Haus, in dem er wohnt, und an dem Haus gegenüber, das er mit leiser Trauer in naher Zukunft in sich zusammenstürzen sieht) ist leicht zurückgesetzt, und die Säulen sind leicht verschoben, mit dem Anschein, es würden Baumstämme auf mehreren übereinandergelegten Ebenen in ein zweidimensionales Bild gedrückt sein und dennoch in dieser anderen Welt weiter leben und sterben. Die flachen Dächer mit den manchmal mannshohen Brüstungen bilden eine Landschaft, die zwar weniger abwechslungsreich scheint als die Dächerlandschaften von Ghadames oder In Salah, aber gerade deshalb klarer und reiner. Vor allem die Türen mit ihren eigenwilligen Verzierungen könnten Botschaften vorweisen (verbergen): die Anzahl und das Muster der Ziernägel, die massiven silbrig glänzenden Türklopfer, über Kopfhöhe angebracht, die Placierung der Eisenbeschläge, die Ritzen zwischen den rohen Brettern, die keine Blicke, aber schmale gleißende Lichtstreifen hindurchlassen. Für Caillié sehen alle Häuser gleich aus. Die holzgespickten, stacheligen Türme der Moscheen sind für ihn heidnische Fetische, Drohungen, Verletzungen, wer weiß auf welchen untergründigen Aberglauben verweisen; Laing erkennt die Hinweise, oder auch nicht Laing, sondern allein sein Körper; Wörter, die den notwendigen Ausdruck verliehen, hat er keine, und vielleicht braucht er sie auch nicht, vielleicht gibt gerade das dem Blick seine Kraft. Am Grund seiner Erinnerung oder Erwartung (wenn es seine Erinnerung, wenn es seine Erwartung ist) fügen sich Orte und Zeitpunkte zueinander und ineinander. Er hat Lust, den Fluß zu sehen, dessen Quelle er schon einmal, allein inmitten des Dschungels, zwischen Elefantenpfaden, Falaba in seinem Rücken, so nahe war, und bittet (während er dabei ist, eine Schachpartie zu verlieren) Othman um Erlaubnis, den Hafen zu besuchen. Der Kabia tut lange so, als würde er seinen Zug überlegen, dann, als Laing an der Reihe ist und der Form halber die Wartezeit einhält, erzählt er detailliert über die Kampagne der Fulahs von Massina, die unter der Führung von Ahmadou Lobbo und Sultan Bello dabei sind, ihr Herrschaftsgebiet, so Gott will, weiter auszudehnen und, wie so viele vor ihnen, auch seine Stadt in ihr Reich eingliedern wollen. Er macht eine Pause, holt eine Prise Tabak aus einem der kleinen Ledertäschchen, die er um den Hals trägt, schmiert das Kraut mit Butter ein und stopft es in sein kleines Holzpfeifchen: marokkanischer Tabak, sagt er, besser als der hiesige, möchten Sie? Laing schüttelt den Kopf, er raucht nicht mehr. Diese Aussicht sorgt ihn, fährt der Kabia fort, auf lange Sicht nicht allzu sehr, die Besatzer kommen und gehen, und die Fulahs sind im Grunde gute Leute; doch jetzt ist es so, daß ihre Armee vor den Toren der Stadt steht und bereits den Fluß und den Hafen kontrolliert: der Rais hat wohl gemerkt, daß Mangel herrscht, und viele Waren Tenboctoo nicht mehr erreichen; bald wird wohl Hunger herrschen; er deutet die Rolle an, die seine Anwesenheit, die Anwesenheit eines Christen zu spielen droht. Laing macht irgendeinen Zug, und Othman lächelt; in jedem Fall ist es unmöglich, zum Hafen zu gelangen, das ist nicht nur für ihn selbst gefährlich (auch wenn er sich gar nicht vorstellen mag, sein Gast würde auf die Idee kommen, über den Nil weiterzureisen), genausogut könnte er ihn (Sie wissen, was ich jetzt tun werde? Laing nickt, weil es ihm egal ist, Schachmatt) hier jetzt und sofort hinrichten lassen, was er natürlich niemals tun würde. Laing erkennt, daß er gefangen ist; doch die Wände seiner Zelle erscheinen ihm reizvoll und mehr als nur reizvoll, es erscheint ihm reizvoll und mehr als nur reizvoll, die Wände seiner Zelle zu verschieben, zu durchdringen.

Der dicke Herr aus dem Haus gegenüber lädt ihn öfters ein, und wenn er ihm Fragen über die Christen stellt, scheint er die Antworten schon im voraus zu wissen; er braucht gar nicht erst zu drängen, um die Figur heraufzubeschwören, an die man sich in der Stadt noch gut erinnert; vielleicht, weil sie so kurz vor dem letzten Einschnitt in der Geschichte von Tenbouctou aufgetaucht ist, aber wahrscheinlich vor allem wegen ihres seltsamen Aussehens und ihres seltsamen Betragens. Er nennt ihn zuerst den Rais, dann den Hühnermann, er ist halbtot in der Stadt angekommen und hat sich doch keinen Moment Ruhe gönnen wollen und ist ununterbrochen herumgelaufen wie ein Gespenst; die Kleidung, die er getragen hat, war sehr eigenartig und schäbig, aber obwohl er angeboten hat, ihm neue Sachen zu schenken, hat der Hühnermann abgelehnt, sag, Abdallah, was haben diese Christen mit den Hühnern? Was für ein wunderbarer Zufall, denkt Caillié, daß ihm gerade dieser Nachbar geschenkt wurde, der noch dazu so umgänglich ist und ganz von selbst über den Vorgänger redet, über dessen Ende er noch immer nichts Genaues erfahren hat, auch jetzt sagt der dicke Herr vorerst nur, ja, er ist tot, und nein, er ist nicht hier in Tenboctou gestorben, schade um ihn, er war nett, obwohl er furchtbar ausgesehen hat, er war sehr krank und sehr mutig und, nun ja, etwas verrückt, sind eigentlich alle Christen so verrückt? Caillié fühlt sich wiederum genötigt, seine ehemaligen und zukünftigen Glaubensbrüder zu verteidigen, man läßt ihn geduldig ausreden, ohne zu widersprechen. Laing weiht nur, notgedrungen und entschlossen, irgendjemandem zu vertrauen, seinen Gastgeber in den wilden kleinen Plan ein, den er faßt (vielleicht vertraut er dem Lächeln, und nicht dem Menschen: etwas Festes, Unveränderliches, das Halt und Sicherheit gibt), ich erzähle dir jetzt eine Geschichte, die niemand außer mir kennt, Abdallah, das Lächeln macht einem fast verschwörerischen Gesichtsausdruck Platz, der Caillié ebensosehr reizt wie abstößt, fast fürchtet er, er könnte etwas von einem Glaubensabfall oder einer anderen Art von Verrat erfahren.

Gott ist groß, Gott ist groß, Gott ist groß, Gott ist groß; ich bezeuge, daß es keinen Gott gibt außer Gott, ich bezeuge, daß es keinen Gott gibt außer Gott; ich bezeuge, daß Mohammed der letzte Prophet Gottes ist; ich bezeuge, daß Mohammed der letzte Prophet Gottes ist; komm zum Gebet, komm zum Heil, komm zum Gebet, komm zum Heil; es gibt keinen Gott außer Gott. Mittlerweile versteht er den Ruf nicht nur, er könnte ihn auswendig, in immer anderem Tonfall, mit wechselnder Stimme, nachsingen, und er folgt ihm ziemlich bewußtlos, der Aufenthalt in der Moschee ist für verschiedene Dinge, nicht nur fürs Gebet geeignet. Laing hat (mit einer Empfehlung des Kabia an den Imam) Zugang zur Sankoré-Moschee, in einer kleinen Kammer, in die er durch einen der Arkadengänge geführt wird, blättert er in alten Chroniken und verliert sich zwischen den Namen, Zeiten und Funktionen, er fragt nach dem Autor und bekommt zur Antwort, all das hat vor vielen Jahrhunderten der große Ahmed Baba geschrieben. Das Licht ist schlecht, er versteht kaum die Hälfte, manchmal hat er den Eindruck, das gelbliche hartgewordene Papier würde unter seinen Fingern zerbröseln und unter seinen Blicken verkohlen; er überlegt (niemand wird wissen, mit welchem Erfolg), wie er etwas von diesen Büchern, die abzuschreiben oder gar zu übersetzen ihm (ganz zu schweigen von seinen körperlichen und sprachlichen Fähigkeiten) nicht die Zeit bleibt, in die zivilisierte Welt schmuggeln wird können. Er liest von Morden und Kriegen, die ihm gleichgültig sind und bleibt bei einigen Namen und einigen Sätzen hängen, bei der Erwähnung eines riesigen Fisches, der, vielleicht in Menschengestalt, zu bestimmten Zeiten aus dem Wasser des Flusses auftaucht und Opfer verlangt, bei schönen Engeln, die aus dem Nichts auftauchen und die Bevölkerung der Hauptstadt niedermachen, bei einem Sarg, der waagrecht in der Luft stehenbleibt, bei einem toten Vater, der in einem schönen Traum wiederkehrt, bei einer Gruppe von Gelehrten, die hier, an dem Ort, wo er sich befindet, zusammengetrieben und, wenn er es recht versteht, abgeschlachtet werden, bei Kindern, die mit einem abgeschlagenen Kopf Ball spielen. Der Imam, der ihn in die Kammer einsperrt und wieder aus ihr befreit, schaut unverhohlen auf die seltsamen dunklen Stofffetzen, in denen die Füße dieses Ungläubigen stecken, nachdem er im Vorhof mit der Hilfe von zwei Männern aus seinen Stiefeln geschält wurde. Caillié sucht fünf Mal am Tag (nun ja, beinahe) zu den Gebetszeiten die verschiedenen Moscheen der Stadt auf, nach den ersten Tagen beschränkt er sich auf die drei größeren: die Djinger-Ber-Moschee am südwestlichen Stadtrand, die Sankoré-Moschee im Nordosten, von der aus der Blick auf eine große Sanddüne geht, unter der noch Hausmauern zu erkennen sind, und die Sidi-Yahya-Moschee im Zentrum, deren Fassade und niederer Turm mit Straußeneiern geschmückt sind und deren großen Hof staubige Dattelpalmen zieren. Wer war dieser Sidi Yahya eigentlich, fragt Laing, den man in diese Moschee nicht hineinläßt, einmal einer der geistlichen Herren von Sankoré, ein heiliger Mann, sagt der Marabut; was er mit der Hand angefaßt hat, griff das Feuer nicht mehr an, einen Fisch, den er berührte, konnte man nicht mehr braten, jede Nacht sah er im Traum den Propheten, bis er begann Handel zu treiben, um nicht mehr auf Almosen angewiesen zu sein, dann zog sich der Prophet nach und nach aus seinen Träumen zurück, bis er nur mehr einmal im Jahr erschien; so sieht man, was für eine schmutzige Sache das Geschäftemachen ist. Trotzdem sollte jeder, das heißt, jeder Gläubige, sein Grab besuchen; Laing versteht, im Blick des Imams lesend, dunkel, daß er ein Almosen von ihm möchte, doch er hat so gut wie kein Geld mehr. Caillié vermißt mit seinen Schritten die Arkadengalerien in den zwölf Schiffen der großen Moschee, die im Westen in einen Schutthaufen übergeht, und den fünf Schiffen der Sankoré-Moschee, die ihm ebenfalls sehr alt und so unangenehm formlos erscheint wie die Moschee von Djenne, er hat den Eindruck, nur durch hier und da angebrachte Gegengewichte würde die Konstruktion vor dem Einsturz bewahrt. All diese Gebäude erscheinen wie eine Unterwasserarchitektur, von der Strömung zerfressen, mit Stacheln, Kegelstümpfen, porösen Oberflächen, Schuppen und Runzeln, mit Insektenfühlern und Augenhöhlen, Ornamenten, die im Stein verschwinden, dunklen Gängen und Einfallschneisen für ein fremdartiges Licht; er muß alles in Einzelteile zerschneiden, dem kalten Licht seiner Methode aussetzen: bis nichts mehr erkennbar ist. Er fertigt von der Straße aus eine Zeichnung der Großen Moschee an, unter seinem Burnus verborgen wie ein Betender, den niemand aus seiner Versenkung aufzustören wagen würde; er besteigt, auf einer Holztreppe, die in so schlechtem Zustand ist, daß er die Stufen nicht zu zählen vermag, das Minarett, wo er alleine bleiben kann (vielleicht weil niemand anderer der Treppe vertraut, sogar der Muezzin ruft immer von einem der Tore aus die Gläubigen und wartet dann auf die Gratismahlzeiten, die ihm als Almosen auf eine Matte gelegt werden); hier, auf der Plattform, findet er Zeit und Muße zu schreiben, er fühlt keine Hitze und fühlt seinen Körper nicht. Die einförmige Stadt und ihre einförmige Umgebung liegen unter ihm, er braucht sie nicht zu sehen; er kann sich im Kreis drehen, und es ist egal, was in seinem Rücken und was in seinem Gesichtsfeld liegt. Die Brüstung verbirgt seine Gestalt vor allen Blicken von der Straße oder vom Innenhof her, er verfaßt hier seine Wörterbücher, beginnend mit einigen Phrasen (ka mandinga kon? Sprechen sie Malinke?), die er ins Reine schreibt, und dann in alphabetischer Reihenfolge von Anfang an zumindest dreisprachig eine Liste von einigen hundert Begriffen auf Französisch, Malinke, Kissour und manchmal Arabisch. Zuweilen überrascht ihn die Dunkelheit bei dieser Tätigkeit; er versteckt die Blätter in seinem Koran und nimmt an, daß man ihn für besonders fromm hält. Im Dunklen den Turm wieder herabzusteigen, ist fast ein Fallen, seine Kerze bringt ihm wenig; etwas wie ein unsichtbares Gerüst, das um seinen Körper gelegt sein muß, bewahrt ihn vor dem Abgrund. Vom Innenhof aus schaut er auf das pyramidenförmige Minarett mit den fünf nicht allzu deutlichen Absätzen zurück; immer ist noch jemand da, der ihn empfängt und zurück in die Gesellschaft führt, ins Innere des Stadtraums, in das Mosaik, das gerade noch mit einem Blick erfaßbar war. Solange dieses Minarett der großen Moschee steht, sagt man Laing, solange wird auch Tinbuctoo bestehen; je schöner und je mächtiger es erscheint, desto blühender und mächtiger ist auch die Stadt.

Die beste und sicherste Route, die ihn noch dazu am nächsten zu seinem Ziel führen würde, erklärt Herr Chebir, ist ohne Zweifel die Route über den Tuat und Ghadames nach Tripolis; leider geht die nächste Karawane auf dieser Strecke erst in drei Monaten; andererseits ist dieser Nachteil zugleich auch ein Vorteil: nicht nur, daß er ihn gerne noch länger bei sich beherbergt, er könnte die Zeit auch nützen, um für ihn zu sammeln, weit mehr als er selbst ihm an Geschenken mitgeben kann, so viel, daß die Reise ihm angenehm und problemlos wird; er versteht, ehrlich gesagt, nicht, warum Abdallah dieses Angebot nicht annimmt und es so eilig hat, von ihm fortzukommen, gefällt es ihm denn nicht als Gast seines Hauses? Aber ja, er möchte nur nicht in der Regenzeit reisen, sagt Caillié mit gesenktem Kopf. In der Regenzeit? Durch die Wüste? Chebir schaut auf und läßt den Rosenkranz, den er langsam Perle für Perle vor seinem Bauch kreisen läßt, für einen Moment ruhen, dann lächelt er milde, vielleicht machst du dir, nach der langen Zeit, die du im Süden verbracht hast, falsche Vorstellungen, du wirst dir bald wünschen, ein bißchen Wasser zu sehen, das verdorrte Strauchwerk, das plötzlich ergrünt, so daß man Gott preist und gleich noch viel besser vorankommt. Genau, ich habe schon so lange Zeit mit meiner Reise vertan und bin so lange an einzelnen Orten festgesteckt, ich will einfach weiter, meint Caillié, er ertappt sich dabei, daß er die Wahrheit sagt, und setzt gleich hinzu, außerdem ist die Sehnsucht nach meiner Familie und die Angst, daß ich meine Familie nicht wiederfinden könnte, so groß, daß ich nicht mehr warten kann, und ein Umweg von einigen Wochen und die schrecklichste Wüste kümmern mich weniger als ein Tag, den ich unnütz in Temboctou unter der Obhut des großzügigsten und gütigsten Gastgebers verbringe. Es verdrießt ihn, daß er so geschwollen daherreden muß und sogar kann; als hätte er durch diese Vortäuschung von Redekunst wieder etwas verloren, das im Grunde zu ihm gehörte, mehr als jeder Name, jeder Glaube, jede Gestalt und Geschichte; egal in welche Richtung er von jetzt an geht, es kann nur ein weiteres Zerfallen sein, ein Verlust auch noch der Täuschung. Vielleicht fühlt er sich jetzt schon verlorener denn je, obwohl es noch Leute gibt, die ihn offenkundig mögen und denen er vertraut.

Der liebste, oftmals wiederholte Spazier- und Erkundungsweg führt ihn aus der Stadt hinaus zu einem der Wasserlöcher; an den Tagen, an denen er weder lesen noch, unter dem Vorwand eines Schachspiels, verhandeln möchte (seit Abgesandte der Fulahs in Tinbuctoo sind, werden diese Verhandlungen noch mühsamer), reitet er die paar Schritte vom Bab El-Qibla über den sandigen Weg, der zu seiner Rechten von einer mannshohen, sich schlängelnden Mauer begrenzt wird, hinter der das Grün einer Reihe von niederen Dattelpalmen hervorschaut, zur Linken von einer niederen Böschung, auf der ein heller Streifen von halbhohen Gräsern von der Stadtgrenze bis zum Teich führt, wo er in einem kreisrunden Rasenstück mündet, während die Mauer auf der anderen Seite plötzlich abbricht. Er läßt das Pferd, eine Leihgabe Alkhadirs, etwas trinken, ohne abzusteigen; er schaut auf die Sklaven, die mit Kalebassen Wasser schöpfen, es in Lederbeutel umfüllen und auf ihre Esel laden; die Sklaven haben sich an seine Gegenwart gewöhnt, niemand sonst kommt nur zum Spaß hierher; wenn er sie auf Mandingo anredet, lachen sie und geben ihm Antworten, die er nicht versteht. Er steigt ab, fast schon wieder wie ein Junger, und hockt sich hin; er hält seine Hand ins warme, silbrige Wasser und schaut sein Spiegelbild nicht an oder sieht es gar nicht mehr. Er trinkt einen Schluck aus seiner offenen Hand, zum Glück hat er eine volle Feldflasche bei sich. An die Flanken des Pferdes gelehnt, wendet er den Blick zurück: die Mauer, die Böschung, die Bäume, das Tor, das Wissen vom Teich hinter ihm; so warm und brackig das Wasser sein mag, es sendet eine Art von Kühle aus, er denkt, er wird diesen Weg niemals vergessen, diese Spur, die der zurückgenommene Schritt seines Pferdes wie sein eigener Schritt gebahnt hat. Ein paar dürre Äste sind hinter der Mauer zu sehen, die Böschung ist kahl, die Erde grau. Man hat ihm gesagt, manche der Wasserlöcher, Dayas werden sie genannt, sind bis zu vierzig Fuß tief, dieses hier scheint seichter zu sein, außerdem ist es halb leer, er entschließt sich dazu, hinabzusteigen, wie es auch die Sklaven mit ihren Kalebassen tun, man kann am Grund herumgehen. Das Wasser scheint klar, aber dieser Geschmack – wenn es mehr regnet, sagt man ihm, ist auch das Wasser besser; außerdem füllt man es aus den Lederschläuchen daheim bei den Herren in Krüge um, die man mit Tüchern bedeckt, damit das Wasser auskühlt und seinen Mief verliert. Manchmal unterbrechen einige der Sklavinnen und Sklaven die Arbeit für ein viertel oder halbes Stündchen und legen ein kleines Tänzchen hin, die Musik entsteht durch ihr Händeklatschen und ihre Bewegung, Caillié spürt den kleinen Schmerz, hier ist etwas, das er für immer verloren hat, Farbe, Bewegung, seine reglose Gegenwart ist schon ohne Verbindung zu diesem Anblick, was er sieht, verschwindet zugleich in der Erinnerung. Einige Zeit vor Sonnenuntergang lenkt er sein Pferd zu einer flachen Stelle der Böschung hin, ganz nah am Teich, an einer Akazie mit geknicktem Stamm und struppiger runder Krone vorbei reitet er ein paar Schritt nach Norden, falls ihn die Türhüter von ferne sehen, werden sie meinen, er macht irgendeinen Spazierritt rund um die Stadt. In gewisser Weise ist das auch richtig, er zieht, auf der anderen Seite des Teiches, einen Bogen nach Süden und achtet darauf, sich nicht zu weit von den Mauern von Tinbuctoo zu entfernen; wenn er sie auch nicht sehen kann, so kann er die Gegenwart der Stadt doch immer erahnen; nichts an der Landschaft erinnert ihn mehr an die Wüste, dies ist ein sanftes weithin ausgedehntes Grasland, niemand begegnet ihm außer einigen Sklaven, die von weiter entfernten Wasserlöchern in die Stadt zurückkehren. Sobald er den etwas tiefer gelegenen Weg erreicht hat, der vom Bab El-Nil südwärts führt, fängt ihn der berittene Sklave ab, den ihm sein

Gastgeber mitzugeben versprochen hat, ein rundlicher Schwarzer auf einem Esel, er hat sich vielleicht unter einem Berittenen etwas anderes vorgestellt. An seinem beiläufig geäußerten Wunsch, Kabara zu besuchen, hat der Gastgeber offenbar nichts Anstößiges gesehen und ebenso beiläufig sein Versprechen gegeben, der dicke Herr erzählt, es war mir klar, wie unsinnig und wie gefährlich der Plan des Hühnermanns war, überall hätten ihm Fulahs oder Tuaregs begegnen können und seine Absichten über diesen kleinen Ausflug hinaus erkennen und ahnden, jeder hat gesehen, wie er das Land schreibt, aber es war mir auch klar, daß es unmöglich ist, diesem Mann etwas auszureden, und daß er selbst, was auch immer er versucht hätte, keinen Schaden anrichten hätte können, als ein einzelner, und in diesem Zustand. Er hat versucht, ihn zu schützen so gut wie irgend möglich, aber er hat auch gewußt, daß er ihn nicht vor sich selbst schützen kann.

In dieser Stadt, in der es (abgesehen von den Speisetieren, die auf dem Markt in Käfigen warten und in manchen Straßen und Höfen herumhüpfen und im Staub picken) keinen einzigen Vogel gibt und die vielleicht vor allem deshalb gar nicht mehr am Leben zu sein scheint (sein erster Eindruck verstärkt sich nur), findet er die Mühe all dieser Kaufleute, die aus Marokko oder Ghadames oder sonstwoher stammen, komisch, im Innern der Häuser, inmitten dieses Nichts, über Monate oder Jahre hinweg etwas wie Normalität, Betriebsamkeit, sogar Luxus aufrechtzuerhalten. Er ist bloß in einer Zwischenwelt; er will so schnell wie möglich hier weg, nachdem er die Stadt restlos geschrieben hat und seinen Kopf mit genügend Eindrücken angefüllt hat, um alle Träume seiner Landsleute zu zerstören und ihre Selbstgewißheit zu stärken. Manchmal schaut er noch zum Markt (er muß kein Geld ausgeben und zählt doch immer seine Besitztümer nach); wenn ihn ein Händler anredet, schüttelt er den Kopf, er ist der Meskine; gerade die Lebensmittel sind hier schrecklich teuer, alles muß importiert werden; er schaut sich die schönen, friedfertigen Kamele an; einmal geht er (während er gegen die Sandwolken kämpft, die der Ostwind in die Stadt treibt, und sein ständiger Hustenreiz wiederkehrt) an einer Gruppe von Sklavinnen vorbei, die zum Markt gebracht werden, er erkennt Frauen vom Schiff wieder, nicht mehr ganz jung, aber umso prächtiger geschmückt, mit goldenen Ohrgehängen und Nasenringen. Sie freuen sich, zu seiner Überraschung, ihn zu sehen, und lächeln ihm zu; er dagegen schämt sich: er erinnert sich, daß er Franzose ist, und der Begriff von der Würde des Menschen, der ihm eingefleischt zu eigen ist, gibt ihm die wahre Überlegenheit über all diese barbarischen Völker, die die heiligsten Rechte ihrer Mitmenschen und ihrer selbst mißachten; über all diese Leute, all diese Körper, die sich ungeniert ausstellen und verkaufen lassen. Er senkt den Blick.

Sie warten, bis der Mond aufgeht, dessen Licht gerade ausreichen wird, um den Weg nicht zu verlieren. Der Boden ist schlammig; der Wind ist zu spüren, aber er macht kein Geräusch, zumindest anfangs, dann glaubt Laing ganz leise einen scharfen Ton, wie das Schleifen eines Messers zu hören, er stellt sich dieses Messer vor, die Klinge, die an den Steinen reibt, die sich in Fleisch, in die Erde bohrt, während er schweigend hinter dem Sklaven hertrabt, einige Stunden lang, durch die Finsternis, über ein ebenes graues Land, in dem sich keine Form eines Tieres oder Menschen oder auch nur eines Baumes zeigt. Ganz von ferne meint er einmal ein langgezogenes Brüllen zu hören, er könnte nicht sagen, ob es ein Löwe ist, ein Elefant oder ein Nilpferd oder irgendein anderes ihm unbekanntes wildes Tier, er denkt an den Dschungel und an den Fluß, die für diese Laute und für den Körper, der ihnen zugehört, die Grenzen der Welt bestimmen. Zwei oder drei Mal scheinen sie durch seichtes Wasser zu waten, es wird nicht deutlich, ob es sich um Lachen handelt oder um kleine, nur in der Regenzeit Wasser führende Flußarme. Irgendwann vor Mitternacht verändert sich das Blickfeld; dunklere Formen zeichnen sich an seinen Grenzen ab; der Sklave deutet Laing, daß er absteigen soll. Nach kurzer Zeit haben sie einige kleine Strohhütten erreicht; Laing denkt an Wachhunde, die anschlagen könnten, aber er hört im Vorbeigehen nur das Meckern einiger Ziegen. Durch den Gürtel von Strohhütten hindurch gelangen sie zu den ersten festen Lehmhäusern, seit er vor zwanzig Jahren hier angekommen ist, flüstert der Sklave, war er niemals nachts in Kabara; an sich ist es ihm wie allen Sklaven nicht erlaubt, nach Sonnenuntergang die Stadt zu verlassen, er lächelt wie über eine plötzlich entdeckte Gemeinsamkeit. Laing schaut ernst drein, der andere ist für ihn sehr weit entfernt; er sagt ihm, ohne ihn anzusehen, er solle mit dem Pferd und dem Esel vor der Stadt auf ihn warten; dem Sklaven ist es anscheinend recht. Drei oder vier schmale Straßen ziehen sich in westöstlicher Richtung, mit Häusern, die denen in Tinbuctoo gleichen, vielleicht etwas niederer und noch schmuckloser sind, die Straße, auf der Laing geht, ist leicht geschlängelt wie die Mauer auf seinem Weg vom Nachmittag, sie umschließt ihn; der Glanz des Mondlichts liegt auf den Mauern, der Himmel über ihm wirkt noch weiter und dunkler, die Stadt menschenleer, er kann sich auch kaum vorstellen, daß hinter den Mauern wirklich jemand schläft oder wacht. Ein intensiver Fischgeruch liegt in der Luft. Er durchquert wieder eine Zone mit Strohhütten und hat den Hafen vor sich; nur zwei oder drei große Pirogen liegen vor Anker (denn wegen der krisenhaften Lage ist der Schiffsverkehr fast zusammengebrochen), dazu einige kleine Boote. Wenige Schritte vom Kai entfernt schläft jemand, ungeachtet der Feuchtigkeit, in eine Decke gewickelt am Boden, Laing geht an ihm vorbei, der Anblick der Schiffe und des Wassers gibt ihm das Gefühl, freier zu atmen; er hockt sich, ganz nah am Ufer, hin, die Ellbogen auf die Knie gelegt, und horcht auf das sanfte Anschlagen der Wellen und die vereinzelten sehr leisen Tierschreie aus der Stadt hinter ihm. Er bleibt lange reglos hocken, die Sekunden und Minuten strömen an ihm vorbei und durch ihn hindurch, der Raum dehnt sich aus, eine endlose Nacht von Wäldern, Städten, Gräsern und Schlaf, die der mächtige Fluß in einem weiten Bogen durchzieht und formt, ohne daß Karten und Pläne das Land verdoppeln und ohne daß er dem Bild in seinem Geist Grenzen setzt; er ist sehr leicht und durchlässig geworden; er denkt nichts. Dann spürt er in seinen Knochen den Weg, den er zurückgelegt hat, sein Körper steckt in der alten, verbrauchten Form, durch seine Stiefel und Socken kriechen Kälte und Feuchtigkeit in ihn hinein, er merkt (vielleicht nur für eine einzige Sekunde), daß er sich gar nicht vorstellen kann weiterzukommen: dies wäre die wirkliche Grenze: der nächtliche Niger, der Hafen, die friedlich schaukelnden Schiffe, von denen er niemals eines besteigen wird, auch wenn er es sich noch gestern genau so ausgemalt hat: hinter dem Rücken Othmans vorbeizugleiten, die leise Trauer über den Betrug durch den Triumph überdeckt zu wissen; seine Blicke und Gedanken stoßen in dem schwarzen, leeren Raum an eine Wand. Alles kann vergessen werden. Als er sich umdreht und zurückgehen will, fällt sein Blick auf den Schlafenden; er scheint jetzt die Augen offen zu haben. Für einen Moment sieht er das Gesicht. Die Kälte ist in seinem Nacken, im Rückgrat, an den Narben zu spüren. Nur in der Regenzeit, hört er leise sagen, kommt der Fluß direkt zum Hafen, er selbst ist damals über einen schmalen Kanal nach Kabara gekommen, auf einer kleinen, vom Ufer aus vorangezogenen Piroge. Der Sklave steht plötzlich wieder neben ihm, Laing antwortet nicht, sie gehen zurück durch die Stadt und besteigen ihre Tiere, die sie aus dem Dahindösen aufschrecken. Ohne eine Begegnung mit einem Fulah oder einem Tuareg und ohne ein Wort miteinander zu wechseln haben sie vor Morgengrauen wieder Tinbuctoo erreicht, sie warten in einiger Entfernung auf die Öffnung der Tore.

Seit zwei Jahren ist die Stadt im Besitz der Fulahs, sagt ihm der dicke Herr, aber sehr viel hat sich dadurch nicht geändert, die Geschäfte gehen so halbwegs, der Kabia ist derselbe, und wir sind mit ihm zufrieden, vielleicht kann die Stadt ohne Mauern wieder wachsen. Caillié ist gegen Ende fast so oft hier eingeladen wie bei Herrn Chebir (der zwar freundlich, aber manchmal auch äußerst distanziert ist). Einmal bekommt er eine blaue Hose geschenkt. Der dicke Herr erzählt, nach der Rückkehr war der Rais noch ruhiger und abwesender, er hat nicht mehr über seine Pläne gesprochen und alles akzeptiert, nichts, hat mein Sklave auf die Frage geantwortet, was passiert sei, alles ist klar gelaufen. Auch abgesehen von der Hose bringt Abdallah immer Geschenke nach Hause, meistens sind es Datteln, in einer solchen Anzahl, daß er sie gerne weiterschenken würde (oder auch vergraben, aber beides wäre ziemlich peinlich). Der immer gleiche Ablauf der Tage und Nächte geht ihm auf die Nerven, die Hitze, die ihn im Innern seines Zimmers oder der Moschee festhält, die Stunden der Schlaflosigkeit, in denen er nackt daliegt und seine Decke mit gelblichem Schweiß und sein Kissen mit gelblichem Speichel durchtränkt und von einer unerreichbaren Abkühlung träumt; er hat alles erkundet und vermessen, was er erkunden und vermessen konnte, der Djoliba, sagt man, fließt irgendwo im Osten in den Nil, und mehr weiß man nicht, den Tod seines Vorgängers schreibt man (so erklärt endlich der dicke Nachbar und fast gleichlautend, auf seine beiläufige Nachfrage hin, Abdallah Chebir) einem fanatischen Greis namens Hamet-oul´d-Habib zu, einem Zenagha-Mauren, den man als Feind Gottes bezeichnet. Er erfindet später dazu eine Geschichte über einen Versuch, eine Konversion zu erzwingen, und den heldenhaften Widerstand seines Glaubensgenossen (kniend, mit ausgebreiteten Armen, das weiße Hemd über der Brust geöffnet, empfängt er den Tod, wie durch Zauber verschwinden die Narben). Chebir verspricht, für die nächste Zeit eine günstige Weiterreisegelegenheit auftreiben zu können. Es ist so schade, daß er geht, er ist für ihn wie ein Sohn, sagt er, den Kopf zurückgelegt, mit regloser Miene und halbgeschlossenen Lidern. Er könnte ihm Geld borgen, als Grundlage, um ein Geschäft aufzubauen, er könnte ihm eine Zukunft als Kaufmann sichern. Jeder Ort im Haus des Islam ist doch gleich schön; was er in Ägypten erben mag, kann nicht wertvoller sein, als das, was er hier verdienen würde. Chebir hat an diesem vorletzten Abend zwei Männer eingeladen, die schweigend an seiner Seite sitzen; er bittet Abdallah (wahrscheinlich weiß er, daß seine Überzeugungsversuche zwecklos sind) darum, noch ein letztes Mal seine Geschichte zu erzählen. Caillié erkennt den Imam der Sankoré-Moschee in dem einen Gast, der andere ist ihm unbekannt; er weiß nicht genau, wie er die Situation einschätzen soll: war die Freundlichkeit nur Täuschung, und der Moment des Übergangs ist – gerade wo sie ihren äußersten Punkt erreicht zu haben schien – gekommen? muß er jetzt sein endgültiges Urteil erwarten? (oder ist es, und ganz anders als er vermutet hat, schon gefallen?) Er redet ohne Dolmetscher immer noch stockend, in den

Pausen und auch zwischendurch flüstern die drei Männer, die ihm gegenübersitzen; sie stecken ihre Köpfe zusammen, der Unbekannte, der schweigsamste von ihnen, schreibt währenddessen ununterbrochen, er hat einen Stoß Papier vor sich liegen, und Caillié (manchmal fragt Chebir nach einigen Details, und er ist sich seiner Geschichte bis in die kleinsten Einzelheiten sicher) beginnt, wie in einem Traum, zu glauben, er würde in dem unverhohlen Schreibenden seiner eigenen Parodie gegenübersitzen. Sein Blick mag etwas von seiner Angst verraten: Chebir sagt irgendwann, so leise wie er immer redet, glaub bitte nicht, wir wollten dich ausspionieren, aber wenn du schon gehst, soll wenigstens deine Geschichte in unserer Stadt zurückbleiben, sie ist so interessant und so eigenartig und spricht von so vielen Dingen, die wir nicht gekannt haben, daß wir sie dem Archiv einfügen wollen, wenn auch (setzt er nach einer kleinen Pause hinzu, der Imam lächelt) manche deiner Fragen und Sätze wie Echos waren. Caillié kann mit dieser Beifügung nichts anfangen, schon weil er das Wort Echo nicht versteht, er ist nur erstaunt, daß es hier so etwas wie ein Archiv und eine Chronik gibt, er erinnert sich an die Ausrede, die er sich für den Fall zurechtgelegt hat, daß man zwischen den Koranblättern seine Aufzeichnungen finden sollte: er hat seine Erlebnisse im Land der Christen notiert, um sie daheim erzählen oder schlimmstenfalls an seiner Stelle die Papiere heimschicken lassen zu können; wenn sich die Orte und die Positionen auch geändert haben, diese Idee Abdallahs wird erfüllt, ihm kann es gleich sein; er würde gerne die ganze Person in Temboctou zurücklassen, aber Abdallah muß fertigerzählen, sein ganzes Leben in Europa und in Westafrika als Lieblingssklave im Kontor eines Herrn, der Cailliés Onkel Barthélemy und wem noch alles ähnelt und den er verraten muß, um sein Schicksal zu treffen.

Sein Stolz verbietet ihm, trotz seiner Träume von sauberen, kühlen, anschmiegsamen Stoffen auf seiner Haut, die Kleidergeschenke seines Gastgebers anzunehmen, er reagiert nicht einmal auf so ein Angebot, durch das er zum Bettler oder armen Verwandten degradiert würde; wann immer ihm jemand etwas zumutet, was ihm nicht paßt (zumeist eine Freundlichkeit), schaut er durch ihn hindurch; sein Blick ist streng, tot und ohne Hoffnung. Er könnte auch durch die anderen hindurchgehen, wie er durch Wände hindurchgehen könnte, so mag es scheinen, es würde ihm nicht nützen, weil er die eine, einzig wahre Grenze jetzt kennt und alles andere schon hinter sich zurückgelassen hat. Dies ist das Bild, das man von ihm hat oder das er von sich selbst hat oder das zwischen ihm und den anderen, von niemandem zu deutlich besehen, entsteht; in der Wirklichkeit ist die Schwierigkeit, aus Tinbuctoo herauszukommen, kaum geringer als es die Schwierigkeit war, hereinzugelangen (und so sehr er die Stadt auch liebt oder geliebt hat, er ist ungeduldig, sie zu verlassen; sie hat schon keine Bedeutung mehr, seit er das Bedeutsame an sich genommen hat: seit sein eigener Name, der Name ihres Bezwingers, auch wenn es noch niemand weiß, mehr Glanz und Größe ausstrahlt als der Name der Stadt Tinbuctoo selbst). Er bewundert die Tuarick, die von Zeit zu Zeit in den Häusern auftauchen, als gäbe es auch für sie keine Wände, und dann im Hof stehenbleiben und mit größter Selbstverständlichkeit auf den Tribut der kleinen Kaufleute und Hausbesitzer warten. Er stellt sich einmal vor, er könnte mit diesen Männern von freiem, soldatischem Gebaren weiterreisen, und fragt beim Kabia um Vermittlung nach, der schaut ihn nur wortlos an, ein Kopfschütteln scheint ihm gar nicht erst der Mühe wert. Andererseits ist höchste Eile geboten; sobald die Fulahs (Laing hat den offiziellen Brief des Ahmadou Lobbo aus Djenne gesehen, aber nicht lesen können) ihre Ankündigung wahrmachen und hierherkommen, was jeden Tag zu erwarten ist, ist es Scheich Othman nicht mehr möglich, für seine Sicherheit zu garantieren. Der Kabia schaut durch das Bild hindurch und hat nur noch den Menschenkörper vor sich, ohne Namen, Herkunft und Bestimmung. Der Rumi, sagt er, könnte bald mit ein paar Zenagha-Mauren unter der Führung eines alten Scheichs losziehen, das kann er arrangieren, auch wenn er sich bei seinem edlen Gast für das Niveau dieser Leute entschuldigen muß; vielleicht gelingt es ihm ja in Araouane oder in Walata, wie er es gerne möchte, nach Segou abzubiegen; ansonsten ist er in ein paar Wochen in Marokko. Er würde ihn sehr gerne noch länger in der Stadt beherbergen (und vielleicht auch eine Schachpartie gegen ihn verlieren) oder ihm eine Reisevariante ermöglichen, die eher seinen Wünschen entspricht, aber nun ist es eine Frage von Stunden oder Tagen, nicht mehr von Wochen, und für ihn selbst ist der Bewegungsraum schon sehr eng geworden. Laing hat sich mehr als einen Monat in Tinbuctoo aufgehalten; selbst die Marokko-Variante mit ihren diplomatischen Unwägbarkeiten und ihren uninteressanten Zielen erscheint ihm nun annehmbarer als eine Umkehr oder ein weiterer Aufenthalt in der Stadt, in der er schon so daheim, das heißt fremd ist wie überall sonst (mit der einen Ausnahme vielleicht, die er sich aber verdorben hat, indem er davon sprach; und durch die wahrscheinlich oder mit Sicherheit Toten, die für ihn mit diesem Ort in Zusammenhang stehen: zwei Figuren, dazu die dritte, der Blick; nichts davon ist zurückzuholen); wenn es eine Bedrohung braucht, um ihn weiterzutreiben, ist ihm jede Bedrohung recht.

Noch einmal die Treppen hoch: das Dach des eigenen Hauses, eine kahle Fläche, die Plattform der Moschee, ein einsamer Wachposten über der Stadt und der Wüste; Leere in seinem Rücken, in seinem Blickfeld. Der Fluß im Süden ist immer hinter einem Dunstschleier verborgen, wenn er den Weg zum Hafen erkennt, so wirkt er wie ein vertrockneter Wasserlauf, ein zugeschütteter Kanal. Immer erschreckt oder beglückt ihn an den Straßen der Eindruck von Unbewohntheit (und tagsüber geht zur heißesten der ohnehin heißen Jahreszeiten oder während der Regenfälle auch kaum jemand ins Freie), die wenigen Tiere außerhalb des Stadtgebiets erscheinen kaum als Lebewesen, es sind langsam sich bewegende Punkte im einförmigen Landschaftsbild: Rinder, Pferde, Ziegen, Kamele, vielleicht verirrte Wildtiere, die zu nahe an ihre Jäger herangekommen sind oder auf die Müdigkeit und Gleichgültigkeit ihrer Jäger vertrauen. Die Treppen in der Sankoré-Moschee sind in besserem Zustand als die in der großen Moschee; vom Innenhof her steigt er auf einer schmalen Freitreppe mit einem hölzernen Geländer, um das sich die Lehmmauern schließen wie breite sanfte Hände, hinauf zu einer rechteckigen offenen Tür und durchquert eine Kammer, wo ein schreibender oder betender Mann bei seiner Ankunft nicht aufblickt. Auf der Terrasse führt ein schmaler Weg um den Turm herum, er geht die Mauer entlang, unter den Holzpflöcken, dem grausamen, nichtssagenden Schmuck, in seiner Hand der Koran oder das Notizbuch, in dem auf den letzten paar Dutzend Seiten die eigenen Schriftzeichen kaum noch entzifferbar sind. Eine Tür mit rundem Bogen, wie ein Höhleneingang, führt ins Innere des Minaretts. Er schraubt sich den Turm hoch: hinter ihm die Reihe von verschwundenen, vergessenen Räumen; alles ist geruchlos, sofern ihn nicht sein Kopfschmerz daran erinnert, daß er einen Körper hat, mit Raum um sich, Luft, die er einatmet, anderen Körpern, Menschen oder Wänden oder einem Boden, die ihm entgegenstehen. Ich bin mein Vater, meine Mutter und ich selbst. Für einen Moment denkt Laing an die Heiligen (eine Handvoll abgeschriebener und vergessener Namen), deren Leben sich in den Räumen unter ihm abgespielt hat und deren Leichname südlich der Großen Moschee oder vielleicht auch hier, auf dem freien Feld im Osten, begraben sind. Auf der anderen Seite des Flusses (hinter dem breiten und tiefen Graben und der Palisade aus Hartholz, aus der Bäume und Sträucher wachsen, in der Stadt mit den sieben Toren, auf dem Hauptplatz unter dem Baldachin eines Laubdaches) ist die Vorstellung der lebenden Frau und des Gespräches mit ihr schon störender als die Vorstellung von den Toten, wie konnte er jemals so reden wie er geredet hat. Keine fremde Stimme mehr in seinem Kopf, mit der Erwartung einer Antwort, niemand, dem er Erklärungen gibt, den er um Verzeihung bittet, dem er erzählt, der ihn fragt, mit dem er den Augenblick, irgendetwas teilt; nur die eigene Stimme, die mit der Stimme seines HErrn verschmilzt. Wenn Céleste nun mit einem Mann, an dessen Namen er sich nicht erinnert, zusammen ist (vielleicht ist er schon Onkel), an was von seinen Versprechen wird sie sich, nach so vielen plötzlich spürbaren Jahren, durch so viele zähe Schichten von Zeit und von Schweigen hindurch, noch erinnern und was (außer Geld) wird sie, auch wenn er sie bald wiedersieht (ein Gesicht, das nicht mehr das eines jungen Mädchens ist) überhaupt noch annehmen, was wird sie verstehen können, vielleicht trägt sie wieder ihren alten Namen, dann würden ein Abdallah und eine Elisabeth einander begegnen, mit dem unnützen Bewußtsein, dieselbe tote Mutter und denselben toten Vater – und welche anderen ungreifbaren Gemeinsamkeiten – zu haben. Manchmal kann er Emmas Bild wieder ansehen, er versucht sich vorzustellen, wie dieser spanische Generalkonsul, den er im Unterschied zu seinem französischen Gegenüber bei der Hochzeit und bei noch anderen Gelegenheiten getroffen hat, die Gesichtszüge seiner Ehefrau, ihren an den Schultern abgeschnittenen Körper in sich aufnimmt und in Pinselstriche und matte Farben verwandelt, wie er selbst es nie vermocht hätte; Mrs. Alexander Gordon Laing. Sie ist so weiß, so bleich, so verletzbar, er weiß nicht, was das Bild mit seinen Erinnerungen an sie zu tun hat und was das Bild und die Erinnerungen mit der dritten Figur zu tun haben, die in seinen Träumen auftaucht. Er lehnt an dem oben abgerundeten Kegel, der dem Minarett aufgesetzt ist, und schaut in den Himmel; seit Wochen (fast pünktlich seit dem ersten September) regnet es nicht mehr; das endlose Blau bekommt wieder etwas Drückendes, die wenigen Wolken, die ansonsten auf dieser Fläche treiben, sind belanglos; morgens und abends nimmt der Himmel manchmal eine ungesund wirkende gelbe Farbe an, der Druck wird dann noch stärker. Und doch findet er Ruhe, wenn nichts zwischen ihm und dem Himmel ist, kein Schutz und kein Hindernis. Über das Abendgebet hinaus (hier im Süden scheint ihm der kehlige Singsang der Muezzine dunkler und angenehmer als in Tripolis) bleibt er auf seiner Dachterrasse sitzen, im Kerzenlicht, das tausende von der Regenzeit her übriggebliebene Moskitos anzieht, er schreibt vor der letzten Nacht, die er in einem Haus schlafen wird (aber er weiß, er wird wieder nur schlaflos daliegen) seinen einzigen Brief aus Tinbuctoo, adressiert an Konsul Hanmer Warrington, voll von recht gezwungenem Optimismus, von Ansätzen von Vernunft und von Versprechen; er bittet Emma um Verzeihung und gesteht, daß er nicht in der Lage war, einen der hunderte Briefe an sie, die er begonnen hat, zu Ende zu bringen, aber ihr Platz in seinen Gedanken –

Sidi Chebir präsentiert das fertige Reisearrangement: ein Herr vom Stamm der Zenagha-Mauren hat für den Preis von zehn Mitkal in Gold einen Platz auf einem Kamel, inklusive Reiseführung bis Tafilet, vermietet. Abdallahs Reisegefährten mögen (da er leider nicht auf die Ghadames-Karawane warten hat wollen) primitive Leute sein, die sich für Moslems halten, aber nicht einmal die ersten Suren auswendig können, aber sie kennen jedenfalls die Wüste, und in einer großen Karawane mit einigen hundert Kamelen kann er sicherer reisen als in einer kleineren Gruppe. Caillié nimmt Abschied von seinem Zimmer und der Baustelle gegenüber, wo schon einige Arbeiter herumstehen, es ist fünf Uhr früh, er spürt keine Freude, sondern nur Angst und eine fast verzweifelte Lust zu schlafen; kein Ort wird besser für ihn sein als dieser hier. Chebir hat ihn zum Frühstück eingeladen, auch der dicke lächelnde Herr ist da, auf dem Tablett zwischen ihnen eine große Kanne Tee, ein Topf mit der wunderbaren Butter aus echter Kuhmilch, die es nur in dieser Stadt und nirgendwo auf seiner zukünftigen Strecke gibt, ein Stapel von Fladenbroten, er kann wenig essen, obwohl man ihn auffordert, sich doch für die Anstrengungen zu stärken, wirklich gesund wirkt er ja immer noch nicht, seine Augen sind ganz gerötet. Aus Höflichkeit oder im Ernst wiederholen die beiden Herren das Angebot zu bleiben; immerhin hat er Erfahrung im Geschäftsleben, wenn auch auf Art der Christen, sagt der dicke Herr mit einem Lächeln, das beinahe in ein Gelächter überzugehen droht, bevor es an der ernsten Miene des Sidi Abdallah Chebir anstößt und abbricht. Er empfängt Geschenke: eine Baumwolldecke und eine Baumwollcoussabe, ofengetrocknetes Weizenbrot, ein Sack mit Reis, und als besondere Überraschung ein Riesenpäckchen Butter, außerdem zwei lederne Wasserschläuche, denen man ihr Vorleben als Ziegen noch ansieht. Seine schüchternen Versuche, durch Gegengeschenke eine Art von Gleichgewicht zu wahren, werden wie schon seit Tagen immer abgewehrt; aber er hat seine alte Wolldecke aus Guinea und den Blechtopf, in dem er so oft sein Essen herumgetragen hat, eigens nicht eingepackt, und seine Ernsthaftigkeit scheint seine Wohltäter zu rühren: nach langem Drängen nimmt man dieses Zeug entgegen, als hätte es irgendeinen Wert. Herr Chebir drückt ihm ein Stückchen Papier in die Hand, eine Empfehlung an seinen Geschäftspartner in Araouane (Caillié faßt die leise Hoffnung, er würde auf diese Art weitergetragen werden, eine Kette von zivilisierten Bekanntschaften, die er durchläuft wie eine Straße durch die schreckliche Wüste). Man muß ihn schließlich fast dazu drängen zu gehen, weil er den Aufbruchstermin der Karawane schon verpaßt hat, ja, mein Lieber, so viel, daß sie auf irgendjemanden warten würden, kann man diesen Leuten leider nicht bezahlen, das könnte man auch nicht verlangen. Man umarmt ihn zum Abschied, sogar Sidi Chebir, von dem Caillié eine solche Geste nicht erwartet hätte, er versinkt in den warmen dicken Männerkörpern und schließt, die Stirn auf der Schulter seines Gastgebers, kurz die Augen. Er muß der Karawane nachlaufen, über den Markt, der von Kamelen geleert ist, an seinem Haus mit den Bauarbeitern vorbei, die ihn anglotzen, und eine Meile übers freie Land, durch den Sand, der seine Füße verschlucken will und sich zwischen das Leder der Sandalen und die nackten Fußsohlen schiebt. Man hat ihm eine Handvoll Sklaven als Antreiber und Wegweiser mitgegeben, weil man meint, daß er sich alleine auch auf einer Straße verirren würde; er durfte ja nichts von seinen Fähigkeiten zeigen oder er hat sie, am Ziel angelangt, endlich und endgültig verloren.

Einmal träumt er noch von dem Haus. Alles ist jetzt klarer erkennbar, der vom Mondlicht versilberte Garten, die efeuüberwucherten Mauern, die leeren Fenster: stillgestellte Formen, eine Weite und ein Verschlossensein zugleich, das Muster einer alten Tapisserie, die bald ausbleichen wird, zuvor aber ihn oder seinen Blick noch in sich aufnimmt (nur in der Wirklichkeit ist das Haus, so vertraut es ihm schon scheint, nicht zu erreichen). Im Innern trifft er notwendig die Zwillinge wieder, die schon Wesen ohne Vergangenheit und ohne Zukunft sind, ihre gleitende Bewegung bringt die Räume hervor, wenn nicht sie von den Räumen hervorgebracht werden, die für sich stehen und von ihren wirklichen Bewohnern längst, vielleicht vor Jahrhunderten, verlassen worden sind. Flügeltüren öffnen sich wie von selbst, der Blick durchläuft Zimmerfluchten und fängt museumshafte Erscheinungen von Schreibtischen mit Marmorplatten und Intarsien aus Elfenbein oder Horn ein, mit Schichten von Geheimfächern, in denen sich alte Schriftstücke verbergen, die nie mehr gelesen werden können; er fängt das Bild der Mädchen ein, die im Spiel (wenn es ein Spiel ist) zwischen den gedrechselten Beinen der überdimensionalen Eßzimmertische hindurchkriechen wie durch Höhlen, im Schutz der schweren Tischtücher, und verliert es wieder, so wie ihm alles wieder entgleitet, die Sphingen, die sich an den Füßen der Sessel niederkauern, und die Schlangen, die sich um Kandelaber winden, die riesigen Musen, die nackt auf dem Kaminsims stehen oder an der Standuhr lehnen, die kleinen Ruhebetten in der Form von Nilschiffchen, die Schränke voll mit Büchern hinter spiegelnden Glasscheiben oder mit staubigen alten Stoffen, die rätselhaften Statuetten und die kleinen Kästchen in gläsernen Vitrinen. Üppige brokatbesetzte Samtvorhänge tauchen die Räume in rötliches Licht, wenn sie nicht gerafft sind und die Strahlen einer fernen Sonne durch die Fenster dringen lassen, die alle Gegenstände ausbleichen und ihrer Schwere berauben und den durch die Luft wirbelnden Staub sichtbar machen, oder wenn nicht allein die Kandelaber in den Treppenhäusern und in den Mauernischen (sie scheinen fast nur das Mondlicht einzufangen) die Räume erhellen. Der Fluß ist tiefblau und ruhig, der Wächter ist so unsichtbar wie er selbst es ist, er schläft ja, darauf beruht die Spannung und die Gefahr. Mit den Fingern oder auf den Knien kriechend (die Kleider verdrücken sich, in der Haut bleiben rötliche Rillen zurück) können die Zwillinge den gegeneinanderlaufenden Spiralen der Stuhlbeine, den kleinen Kreisen und Spiralen, den bewaffneten Reitern, zarten Gazellen und unbekannten riesigen Vögeln oder Engeln in den Teppichmustern folgen, wenn sie Spuren lesen, all dem scheinbar Unzerstörbaren und Unendlichen, einer Schrift, die keine Bedeutungen, keine Grenzen braucht. Er droht sein Buch zu verlieren: unfähig sich zu rühren, unfähig, dort zu sein, wo er ist (sich voranzuschieben, jeden einzelnen seiner Körperteile mit einer riesigen Willensanstrengung, bis zum Fluß, die Hand in den Spiegel zu strecken und ihn zu stören: das weiße Abbild des Mondes in den Wellen zersplittern zu lassen) (die Angreifer abzuwehren, seine Begleiter, die nicht einmal die wirklichen Gegner sind, sondern nur dünne schattenhafte Figuren, Agenten, die sich im Innern des Dreiecks, in dem geschlossenen Innenraum bewegen, ohne einen eigenen Willen, ohne die Geschichten zu beherrschen, ohne das Buch für sich verwenden zu können); er weiß noch, daß er die Tasche neben sich liegen hat, nahe und unerreichbar: alles kann vergessen werden. Sein ganzes Leben ist in dem Haus beschlossen, in dem es nichts Lebendiges gibt als die beiden Mädchen, die wie durch einen Zufall und nur für ihn hierher geraten sind, ans Ende ihres Schicksals. Ihre weißen Gesichter, die einander wie Reimwörter antwortenden Körper in den blauen Kleidern (*eer o´ thee, Immalee*) scheinen fast greifbar in der Entfernung (doch sie würden unter seinen Fingern zersplittern), zwei schlanke vereinzelte Vokale, in der Mitte das Ineinanderfließen der Schwingungen des Buchstaben M. Je mehr er weiß und sieht, desto schwieriger ist es, die Balance zu bewahren (denn er hat sich zu konzentrieren, auch wenn die Stelle oder die Stellen innerhalb oder außerhalb seines Körpers, der seine Energien zuströmen, nicht zu bestimmen sind); die Gefahr eines Auseinanderfallens rückt näher, vielleicht sucht er sie sogar. Die Angst vor der Auslöschung enthält eine gespannte Erwartung, die sich zur Begierde formt: ein Nagen in ihm, ein Nagen an allen Formen, die Lust, sie zerfließen zu sehen und nackt und alleine und schuldig am Tod der anderen zurückzubleiben; dann steigert die Begierde wiederum die Angst. Kann er die Verbindung zwischen den Körpern und den Zeichen fassen, im Innern seines Buches oder außerhalb – ohne sie durch seinen Zugriff zu zerstören? Mißbraucht er nicht jetzt schon das Unwissen der Mädchen und seine eigene Abwesenheit? Seine Rolle ist ihm noch nicht deutlich geworden, sicher ist nur, daß er mehr als bloßer Beobachter ist. Unter den endlos vielen Türen des Korridors im ersten Stock erkennt er sofort die eine Türe, auf die es ankommt, die Zwillinge schweben die Treppe hoch, übers glänzende Gitter, die Landschaft aus roter Wolle hinweg. Für einen Moment erlangt er Klarheit, als er den Mund zu öffnen und zu schreien versucht, aber die Töne, die sich lösen, können niemals einen anderen erreichen; es ist, als würde er schreiben und zusehen müssen, wie sich das Geschriebene gleich hinter seiner Feder wieder löscht, egal wie fieberhaft er sich bemüht, die Luft, oder was ihn anstelle von Luft umgibt, verschluckt es.

3

> A savage place
> as holy and enchanted
> As e´er beneath a waning moon was haunted
> By woman wailing for her demon-lover.
>
> Samuel Taylor Coleridge, *Kubla-Khan*

> ... so schreiben, daß ich der Tote bin, nicht die anderen ...
>
> Robert Pinget

Im nachhinein (die schwierige Tochter ist glücklich an den Mann gebracht oder jedenfalls so gut wie an den Mann gebracht) kommt der Konsul richtig in Fahrt und entfaltet seine weit ausgreifenden diplomatischen Aktivitäten. Es ist wie eine Fortsetzung des Kampfes, den er seit Jahrzehnten, wann immer das Vaterland nach ihm verlangt, führt (sogar die Nächte am Whisttisch erscheinen ihm wie ein Teil dieses Kampfes), mit wechselnden Figuren, die ihm als Gegner dienen, doch immer demselben Feind. Er sieht die Zusammenhänge klar: auf der einen Seite die völlig abstruse Geschichte, die Herr Jomard von der Geographischen Gesellschaft aufzutischen wagt (diese unverschämten lügnerischen Froschfresser, sagt er zu seinem Schwiegersohn), auf der anderen Seite der offenkundige Diebstahl, hinter dem nur Baron Rousseau stehen kann und der natürlich von langer Hand vorbereitet war, schon vor dem Aufbruch des armen Majors, mit unglaublicher Hinterlist und einer Vielzahl an Helfershelfern. Er schreibt die Namen auf ein Blatt Papier und zeichnet Verbindungslinien: Rousseau, der Bashaw, die Familie D´Ghies, Babani, dieser Muktar, der offenbar den Auftrag hatte, Laing gefangenzuhalten, die Fulahs und Berabichs, Scheich Hatita (er malt ein Fragezeichen und streicht den Namen wieder aus), Sultan Osman in Timdings und Sultan Bello in Sonstwo; der Schlüssel für diese Verschwörung, die Verbindung zwischen all diesen Figuren muß hier in dieser Stadt zu suchen sein, in den Büchern, die sein Eigentum und damit das Eigentum seines Königs sein sollten und die die Froschfresser in ihren Besitz gebracht haben (könnte er nur mit ein paar tapferen Männern das Konsulat stürmen und dem Wichtigtuer von Baron das Messer an die Kehle setzen, wäre die Sache in zehn Minuten erledigt). Wenn er überhaupt noch einen Beweis gebraucht hätte, dieser Irre, den man in Tanger aufgegriffen haben will (nachdem man ihn eben erst hingesetzt hat), liefert ihn: das ist zweifellos das dümmste Rechtfertigungsmanöver, das je ersonnen wurde, ein Prolet und Provinzler als großer Afrikaforscher. Eine günstige Gelegenheit, die Initiative zu ergreifen, ist gekommen, als ein Schiff der britischen Marine zufällig im Hafen von Tripolis anlegt; der Konsul hat immer noch ein paar Asse mehr im Ärmel als der noch so hinterlistige Feind. Er legt eine makellose und höchst steife Uniform mitsamt einer Handvoll Orden an und läßt sich im offenen Wagen zum Hafen chauffieren; er bewundert das prächtige Schiff und zählt die Kanonen, begrüßt den Kapitän und seine Offiziere und nimmt die Parade ab; jedem einzelnen Soldaten starrt er ein paar Sekunden lang scharf in die Augen. Zum Abschluß hält er eine ziemlich lange Rede, deren Inhalt niemand versteht. Sobald er wieder im Konsulat angekommen ist, schickt er einen Brief an den Bashaw, in dem er ihm ankündigt, seine Stadt zu beschießen und den Palast in Trümmer zu legen, wenn ihm nicht unverzüglich die bewußten Papiere, die sich im Besitz des Bashaw befinden, ausgehändigt werden, und wenn nicht Herr Hassuna D´Ghies, dieser bekannte Agent der Franzosen, als Minister entlassen und Herr Mohammed D´Ghies auf welche Art auch immer aus dem Verkehr gezogen wird. Der Konsul weiß, daß diese Idee etwas gewagt ist (einige Zeit später informiert er andeutungsweise das Außenministerium in London von seiner Aktion), doch er zweifelt nicht an seinem Erfolg, und allem Anschein nach behält er auch recht. Zunächst erscheint irgendein Bruder oder Cousin des jüngeren D´Ghies in seinem Büro und spielt ihm eine pathetische Szene vor, die er mit großer Lust über sich ergehen läßt, obwohl er ihr nichts entnehmen kann, was er glauben möchte, und deshalb keinerlei Aufschluß gewinnt; dafür kniet dieser Araber eine halbe Stunde lang händeringend zu seinen Füßen und weint um seine Stadt, seine Familie und sein Vermögen; alles was für den jungen Freund zu tun war, ist getan worden, behauptet er; was aber die Regionen jenseits von Ghadames betrifft, so hat man von hier aus einfach keinen Einfluß; sowohl der Minister wie auch der Kaufmann versuchten seit langem zu erfahren, was immer zu erfahren ist, und keiner von ihnen hat jemals ein falsches Wort an seine englischen Freunde gerichtet, man wird ihnen auch weiterhin alles, was für sie von Interesse ist, mitteilen. Der Konsul brüllt vor sich hin, ergeht sich in dunklen Ankündigungen und verschärft seinen Blick weiter. Für den nächsten Tag wird er dann zu einer Audienz beim

Bashaw geladen, der ihm in der letzten Zeit auf beleidigende Art aus dem Weg gegangen ist; auch bei der Audienz sitzt er in der anderen Ecke des ziemlich ausgedehnten Raumes, den Kopf zurückgestreckt, wie um die Entfernung möglichst zu vergrößern, mit zusammengekniffenem Mund. Er legt dem Konsul, mit dem er über eine Reihe von Dolmetschern und Zuträgern verhandelt, die Dokumente und Verhörprotokolle vor, die den Tod von Major Laing (den niemand mehr bedauert als er) betreffen, sogar sein eigenes Protokoll des Verhörs eines eingeschüchterten Zeugen vor einigen Monaten; er ersucht den geschätzten Konsul Warrington, endlich zu verstehen, daß seine Kompetenzen nicht über Tripolitanien herausreichen und daß er wie auch das Reich, dessen Vertreter er ist, nichts zu tun haben mit Geschehnissen irgendwo bei den barbarischen Völkern im Süden, die kaum das Wort Gottes vernommen haben. Er ist aber bereit, über die seltsame und unangemessene Drohung (doch sicher hat er da nur etwas mißverstanden) hinwegzusehen. Im Grunde ist der Konsul, bei aller Erregung oder gerade wegen seiner Erregung, sehr zufrieden, die Wartezeit ist vorüber, er ist sozusagen in seinem Element, persönlich hat er seine Ziele durchaus erreicht.

Araouane erscheint letztlich noch als Lichtblick, obwohl er nicht gedacht hätte, daß es so einen Ort gibt. Er kommt tagelang nicht aus dem Haus, weil der beständige Ostwind den Sand gegen die Türen treibt; der Sand dringt durch die Ritzen; er liegt am Boden, auf dem Bauch, und hält sich ein Tuch vor Mund, Nase und Augen gegen die endlosen Angriffswellen der Sandkörner, Milliarden von winzigen Maschinen, die die Haut verbrennen und zu den Lippen, den Lidern, den Nasenlöchern, dem Gaumen vordringen; das Atmen wird eine Qual oder er merkt, daß das Atmen immer schon eine Qual war; er hat Angst um sein Augenlicht, und die vielen Blinden, die ihm schon in Temboctou aufgefallen sind, erscheinen ihm wie ein böses Omen für seine eigene Zukunft. Zum Sand kommen die Fliegen hinzu, die zu zahlreich und zu hartnäckig sind, um sich vertreiben zu lassen; sie lieben die Feuchtigkeit in den Augenwinkeln und auf den Lippen der Menschen (auch wenn diese selbst glauben, ihre Schleimhäute wären längst vertrocknet: später können dank der Arbeit der Generationen von Insekten eiternde Geschwüre ausbrechen und die Gesichtslandschaft für immer verändern und zerstören). Wenn der Wind nachläßt, wagt er sich ins Freie; die Stadt besteht aus einigen hundert gleichförmigen Häusern, niederen kleinen Kästen aus Lehm, die wahllos in den Sand gestreut sind; es gibt nichts, was man als Straße bezeichnen könnte, riesige Sanddünen schieben sich an den Häusern vorbei und an die Häuser heran

durch die Zwischenräume, es gibt keine einzige Pflanze in der Stadt oder in der Nähe der Stadt und keine Farbe außer dem Gelb von Boden, Mauern und Himmel; die Hitze ist unerträglich und geht, obwohl sich die Sonne niemals zeigt, über alles hinaus, was ihm aus Temboctou bekannt ist. Er bekommt vom lauwarmen brackigen Wasser, das es hier zu trinken gibt, Bauchschmerzen und Durchfall (schon beim ersten Schluck, mit dem fauligen Geschmack in seinem Mund, weiß er, daß er Bauchschmerzen und Durchfall bekommen wird, und vielleicht bekommt er sie auch nur deshalb); immerhin kann er nach Belieben und ohne Gesellschaft eine Toilette benutzen, immer wieder, alle halbe Stunde, in seinen eigenen Gestank zurückkehren, er hofft, daß sein Magen sich erholen wird, bevor seine Karawane wieder loszieht, und denkt nur ungern daran, daß die Schläuche für die lange Etappe bis zu den nächsten Oasen mit dem Wasser aus den Brunnen von Araouane gefüllt werden. Sein Gastgeber, dem er die Empfehlung des Gastgebers aus Temboctou, seines alten Freundes und Geschäftspartners übermittelt, läßt ihn trotz allem darauf vertrauen, daß die Kette, die vom Vergangenen in die Zukunft reicht und ihn weiterträgt, niemals abreißen wird; dieser Mann, der Kalif genannt wird und aus Marokko stammt, ist freundlich, reich und großzügig; er stellt keine Fragen, gibt gute Ratschläge an seinen Schutzbefohlenen und sorgt, da dieser weiße Mann ganz offenkundig hilflos wie ein Neugeborenes ist, für alle seine Bedürfnisse auf der sowieso schwierigen und zu dieser Jahreszeit besonders strapaziösen Reise, so weit das möglich ist; er stattet ihn mit einem Fünfhundert-Pfund-Reissack, einem Sack Dokhnou und zehn Pfund Schmelzbutter aus und nimmt erst nach dem üblichen langen Hinundher (alle Gespräche sind dasselbe Gespräch) ein paar Scheren und verbliebene bunte Fetzen aus Guinea als Gegengeschenke an.
Im Haus von Kalif erst lernt Caillié auch Herrn Aly kennen, der als Besitzer seines Reitkamels auch sein Führer und Beschützer auf der Reise sein wird oder eigentlich schon tagelang war, das nächste Glied der Kette, die umso endloser scheint, je näher das Ende heranrückt. Ungeachtet der Vorbehalte der Nationalität und der Korankenntnisse wegen, erweist sich Aly als ein frommer älterer Herr von milden Sitten, der immerzu einen zweieinhalb Fuß langen Rosenkranz mit walnußgroßen Perlen mit sich herumschleppt und, vor allem, wenn ihm jemand dabei zuschaut, in unendlicher Selbstvergessenheit die Perlen in seinen Händen kreisen läßt und halblaut vor sich hin betet. Seine verrunzelten Hände zittern leicht; ein schütterer grauer Bart schraffiert sein Gesicht. Er scheint fast gerührt über die Aussicht, den kleinen Abdallah mit sich zu nehmen; er wird wie ein Vater zu ihm sein, er weiß ja, daß die Jahreszeit schlecht ist und daß der Arme den Durst und die Entbehrungen nicht gewohnt

ist, Caillié glaubt, was er über sich hört, und ist bereit sich fallen zu lassen, in alle Schichten von Leere, die er vor seiner Heimkehr zu durchqueren hat. Fast überwiegt die Freude, Araouane hinter sich zu lassen, die Angst vor der Wüste, denn während er bei diesem Namen später an Gastfreundschaft, feste Wände und süßes Alleinsein (womit auch immer beschäftigt) denken wird, verbinden sich jetzt mit Araouane für ihn nur die Fliegen, der Wind und das Dreckwasser. Die drei Tage, die er von Temboctou nach Araouane unterwegs war, erscheinen ihm bald wie ein Vorgeschmack, wie eine Skizze der Monate, die er nun durchlebt: am Beginn steht sein Zusammenbruch, als er die Karawane endlich erreicht hat; man hebt diesen schlaffen Sack vom Boden auf und schlichtet ihn zwischen einige Ballen mit Straußenfedern auf ein Kamel. Sobald er wieder zu Bewußtsein kommt, beginnt der Durst, mit jedem Tag werden die Wasserlöcher seltener; er beobachtet die Leiden der schwarzen Sklaven, mit denen er sich seltsam verwandt fühlt, manche müssen barfuß neben den Kamelen hergehen, in Ketten, obwohl sie kaum auf die Idee kommen könnten, zu flüchten; ein junger Mann schreit vor Schmerzen und bittet seinen Herrn oder Verkäufer mit gefalteten Händen um ein wenig Wasser, er bekommt ein Dutzend Peitschenhiebe auf den Rücken, die seine Coussabe zerfetzen und eine Blutspur in den Sand zeichnen. Caillié fürchtet, der Sklave würde tot (oder in jedem Fall so gut wie tot) liegenbleiben, doch am Abend trifft er ihn recht fröhlich in einer kleinen Gruppe von Männern an, zu der er sich bedenkenlos hinzusetzt; sie bieten ihm von ihrem Essen an, Sanglé mit Butter und Salz, und er lehnt nicht ab, weil er den Vorrat des Sidi Chebir nicht zu verbrauchen wagt. Am nächsten Tag essen einige Mauren sein Brot auf, ohne auf ihn zu achten und ohne ihn zu sich zu lassen. Man reist jetzt, sobald die fast noch fruchtbare Zone um Temboctou zurückgelassen worden ist, schon nachts, die Sterne sind sehr nahe, eine niemals abzustreifende Decke aus Lichtern (hat er das nicht schon einmal gedacht?), sie streichen dicht über sie hinweg und bewegen sich so viel gewandter am Himmel als die Menschen sich auf der Erde bewegen können. Er starrt anstatt zu schlafen auf den Himmel; er liebt die Kamele, die unbeirrt, ohne Zögern und ohne Angst, wie göttliche Maschinen, ihren Weg finden und die Himmelsrichtungen in ihren kleinen Schädeln fest eingeprägt zu haben scheinen. Am Morgen sieht er am Horizont die Sterne des Orion im Sandmeer, im Licht untergehen. Er fragt, weil er nicht anders kann, nach der Stelle, die zu bestimmen ihm wichtig ist, und irgendwann bei einer der letzten Rasten vor Araouane bekommt er beiläufig Bescheid gesagt; er betet stumm, mit dem Gesicht nach Norden gerichtet, so als gäbe es in dem System von Entsprechungen, das er bewohnt, dort irgendwo (an einem Ort, der für seine Vergangenheit oder für seine Zukunft steht) etwas Heiliges, übrigens verläßt er sich bei der Bestimmung der Himmelsrichtungen nicht mehr auf seinen Instinkt und auf seine Wahrnehmungen von Sonnenstand oder Sternbildern, sondern allein auf die Weisheit der Kamele und die Kunstfertigkeit der Nomaden im Spurenlesen. Zahlreiche Raben und Geier kreisen in großer Höhe über der Karawane; für eine Gedankenlänge, und ohne daß er sich den Grund erklären kann, hätte er gerne ein Gewehr. Die Vögel warten wohl, mit einiger Zuversicht, darauf, daß Kamele erschöpft zurückbleiben, Caillié lernt bald, daß es zu den zahlreichen Gaben dieser wunderbaren Tiere gehört, ganz plötzlich und ohne Vorwarnung tot zusammenzubrechen, wenn sie nicht mehr weiter können oder wollen. Vielleicht sind diese Raben und Geier noch dieselben, die (sollte man ihn nicht gnadenhalber schnell begraben haben) das Fleisch seines Vorgängers und Rivalen verzehrt haben, mit dem er nun beinahe eins ist und dessen Tod er seinen Ruhm verdankt, er verscheucht die Vorstellung.

Er hat nicht gewußt, was es bedeutet, in die Arme Alys zu fallen (Leere wäre schon gut zu ertragen, aber jede Sekunde trägt unerwartete Widerhaken in sich und wird für sich spürbar, so ist es eher eine Anhäufung von Zeit)(doch es ist nie ganz sicher, ob ihn dieser Vater enttäuscht, oder ob er den versagenden Sohn darstellt). Nach sechs Meilen, gegen elf Uhr vormittags, hat man den letzten Ort für Wochen erreicht, der den Namen Mourat trägt und aus fünf Häusern, darunter eine Koranschule, besteht. Die Karawane ist auf mehr als das doppelte angewachsen, vereinzelt und in kleinen Gruppen rasten die Kamele, nachdem sie sich bei den letzten Wasserlöchern für (die Berechnung hat genau zu sein) eine Woche die Mägen gefüllt haben; mehr als tausend Tiere, über die Ebene verstreut, sie scheinen auf den Horizont, die bekannte Strecke, die ihnen, manchen zum letzten Mal, bevorsteht, zu blicken, ein langgezogenes vielstimmiges Brummen wird hörbar, wie ein Gebet, das sich in dieser Weite verliert, so wie die Masse von Lebewesen sich in winzige Punkte auflöst und in der Weite verliert. Auch die Menschen knien zum Gebet hin, er selbst mit leicht verdrehter Haltung, als würde der Magnetismus auf ihn schwächer wirken. Er gehört nicht nur dazu (oder er tut nicht nur so, als gehörte er dazu), sondern er will auch von außen, von oben das Bild erfassen: die knieenden, rhythmisch den Rücken beugenden Männer, die flüsternd ihren Gott um Beistand bitten, die stumm und hoffnungslos dastehenden Sklaven, die darauf warten, tiefer in ihre ganz persönliche Hölle hineingeführt zu werden, dazwischen er mit seinen Blicken und seinen fremden Gebeten; was für die anderen Bestärkung sein mag, ist für ihn ein Element des Erhabenen, das seine Angst aber nur vertieft, so wie die Laute von Menschen und Tieren nur die Stille noch vertiefen. Der

Himmel ist klar, und die Luft ist zum Stillstand gekommen: so wie er sich vor kurzem nach einem Nachlassen des Windes gesehnt hat, so sehnt er sich jetzt nach einer winzigen Brise, die wenn schon keine Abkühlung so doch die Idee einer Abkühlung mit sich bringen würde. Man kommt ungefähr zwei Meilen in der Stunde voran, in zwei Etappen am Tag, von fünf Uhr früh bis zehn Uhr vormittags und in einer Nachtetappe, die nach dem Abendgebet beginnt. Mittags setzt regelmäßig der Wind wieder ein, und Caillié schichtet (bis sie zu nichts vermindert ist) seine Sehnsucht wieder um. Trotz des Zeltes und trotz des Tuches, das er sich vors Gesicht hält, dringt der Sand in seine Augen, ein trockenes Brennen, das nach Tränen verlangt, sie aber nicht hervorzubringen vermag. Einmal am Tag, beim ersten Halt, darf man Wasser trinken: ein einziger tiefer Schluck, mit dem man eine ganze Kalebasse leert, aber, anstatt den Durst merkbar zu stillen, nur den Magen in Aufruhr bringt. Könnte man diese Ration nicht aufteilen und so mehrmals am Tag Erleichterung finden, fragt Abdallah, Aly schaut ihn nur an (vielleicht hat er seinen ersten Fehler begangen, indem er die uralte Gewohnheit mit ihrer ihm unzugänglichen Vernunft in Frage gestellt hat). Um zehn Uhr abends gibt es Reis mit Butter zu essen, den man hinunterwürgen muß, ohne einen Schluck dazu trinken zu dürfen, Caillié bittet um Wasser und setzt so endgültig die Serie von Verfehlungen in Gang. Auch zum Frühstück gibt es nichts zu trinken, immerhin mischt Sidi Aly das Mehl-Honig-Zeug namens Dokhnou mit Wasser an, es fällt Caillié nicht leicht, dabei zuzuschauen, Aly hat seine nackten Hände, mit denen er kurz zuvor an den Kamelen herumgefuhrwerkt hat (niemandem außer den Herren der Karawane ist es erlaubt, die zahlreichen eitrigen Wunden ihrer Tiere auszubrennen oder mit Salz einzureiben), bis zu den Ellenbogen im Teig stecken; er hat beim Essen das Gefühl, den Körper dieses alten Mannes und gleich dazu noch den seiner Tiere abzulecken und in kleinen Partikeln in sich aufzunehmen: mehr als nur die Nähe eines Körpers, Gerüche, die aus dem Inneren kommen, ein Aneinanderdrängen fremder Seelen. Man beobachtet ihn beim Essen: seine Unfähigkeit, den Reis mit den Fingern zu kleinen Kügelchen zu formen und in den Mund zu werfen, könnte man einfach für lächerlich halten, aber sie fügt sich nur zu gut ins Bild ein; dazu kommen sein beständiges Rotzen und Husten und schließlich die Manöver, mit denen er seine Schwierigkeiten im Kauen und im Schlucken zu überwinden oder jedenfalls zu kaschieren versucht, schnell macht hinter seinem Rücken ein Wort die Runde, in dem er den Namen seiner überstandenen Krankheit erkennen könnte. Aly gibt ihm eine kleine Kalebasse und deutet ihm, daß er alleine essen soll, möglichst einige Schritt von den anderen entfernt, er versucht nicht, zu widersprechen und sich zu behaupten; so sehr ihn der Ausschluß entsetzt, wenn er in die Zukunft vorausblickt, auf die vielen Wochen, die er nur diese Gesellschaft um sich haben wird, es ist ihm fürs erste auch recht, ein wenig allein sein zu können oder auch nur noch allein sein zu können. Sein Inneres ist nach außen gekehrt, es ist nur natürlich, wenn der Ekel sich gegen ihn richtet; die ganze Außenwelt, die ganze Gesellschaft der Menschen ist verseucht: es wäre am besten, wenn er gar kein Bild mehr abgeben müsste, wie es am besten wäre, keinen mehr zu sehen, nicht mehr die Nähe zu spüren und sich selbst in der Nähe der anderen, Aly, seine Hände, sein Bart, sein breiter Mund mit den braunen Stummelzähnen.

Er beginnt während der Nachtmärsche leise zu seiner Kamelstute Gageba zu sprechen, in einer Sprache, die sie noch nie gehört hat, mit einer heiseren Stimme, die sie wie jede Stimme eines Reiters akzeptiert. Sie beutelt im Rhythmus ihrer Schritte den Hals, käut (nach so vielen Tagen ohne Essen und Trinken) ruhig wieder und brummt vor sich hin. Am dritten Tag hat Caillié mit seiner Geduld auch jede Scham verloren, versuch es doch, sagt Aly, als er anregt, Wasser zuzukaufen, wenn du zu viel Geld hast, aber für so eine dumme Idee würde ich nicht aufstehen, besser wäre es, wenn du ein wenig Disziplin aufbringen könntest, wir haben alle Durst, so ist es eben in dieser Gegend, wenn du es nicht aushältst, hättest du nicht hierherkommen sollen. Caillié haßt diesen Menschen wie er noch nie jemanden gehaßt hat (aber er erinnert sich auch an niemanden mehr: die Welt, die so endlos und leer erscheint, ist ganz klein geworden, auf die Macht eines einzigen Mannes reduziert), und es macht ihn rasend zu beobachten, wie das Wasser, auch ohne daß man trinkt, immer weniger wird, weil der Wind die Schläuche angreift, und langsam aber unausweichlich durch die Poren des Ziegenleders sickert und verdunstet, der letzte seiner drei Schläuche (alle anderen haben nur zwei zu ihrer Verfügung) ist schon halb leer. Schließlich läuft er im Lager mit dem Rosenkranz in der Hand von Zelt zu Zelt, geht auf die Knie und schaut mit großen Augen auf die maurischen Herren; er tut so, als würde er beten (er glaubt jetzt, den halben Koran auswendig zu können), und bettelt um einen ganz ganz kleinen Schluck Wasser: bei der Barmherzigkeit Gottes, ich verdurste, Gott kann nicht wollen, daß ich verdurste. Was macht der Nasreni da, dieser Hund, hört er, und er senkt den Kopf. Manche lachen ihn auch nur aus, ein oder zwei Männer klopfen ihm mitleidig auf die Schulter. Er fühlt sich so benommen, daß die Demütigung ihn nicht erreicht; bei der Rückkehr in sein Zelt fällt er (so wie vor einer Woche, aber damals noch fast als ein anderer) einfach um: während er dem Anschein nach das Bewußtsein verloren hat, kehren in Wahrheit Wörter und Bilder in seinen Geist zurück, messerscharf und miteinander unverbunden; es ist fast gleichgültig, welchen Teil der Wirklichkeit sie ihm darstellen, welche Erinnerung oder welche Phantasie, alle sind von derselben Hoffnungslosigkeit, derselben Kälte gegen alle seine Träume, Wünsche oder auch nur Interessen; die Kälte kriecht durch sein Rückenmark, durch seine Eingeweide, er kann dem Wissen, daß er eigentlich schon tot ist, nichts entgegenhalten. Als Abdallah wieder zu Bewußtsein gekommen scheint, nimmt ihn Aly beiseite, genauer gesagt, er läßt ihn von seinem Freund und Gehilfen Sidi Body packen und, Hände wie Schraubstöcke an seinen Oberarmen, aufstellen (gerne würde Caillié in die Knie gehen), er schaut ihn gar nicht erst an, während er zu ihm redet, sondern fixiert eine Stelle am Boden, so als wollte er (wäre diese ungeheure Verschwendung von Feuchtigkeit nur vorstellbar) hier von Zeit zu Zeit hinspucken. Er leidet ja selbst am meisten, sagt er, wenn er sieht, wie schlecht es Abdallah geht, aber ein erwachsener Mann muß doch diese paar besonders harten Tage überstehen können, und er soll bitte solche peinlichen Aktionen wie die von heute unterlassen. Was sollen denn die Leute denken, um Himmels willen. Wenn er alleine ist oder unter Wilden, kann Abdallah tun, was er möchte; wenn er sich selbst heruntermachen will, stört es ihn auch nicht. Aber hier steht er unter seiner Verantwortung, er soll nicht vergessen, daß es nicht nur der eigene Ruf ist, mit dem er spielt und den er, so traurig es ist, das zu sagen, eigentlich schon verspielt hat. Es gibt die Verachtung, die man einem Sklaven entgegenbringt, und es gibt Schlimmeres als das. Für ihn geniert man sich. Caillié kennt derlei Reden seit jeher und er möchte lachen; ansonsten gehen ihm die Worte seines angeblich so besorgten Führers beim einen Ohr hinein und beim anderen wieder heraus; er hat Durst, mehr interessiert ihn nicht. Die Zurückhaltung wird ihm lästig, und er lacht kurz auf, Sidi Aly verstummt und Sidi Body läßt ihn los, er sinkt zu Boden und bleibt alleine zurück. Caillié ist überzeugt, daß Aly eine Feldflasche unter seinem Turban versteckt hat und heimlich daraus trinkt, wahrscheinlich von Wasser, das er ihm (denn er hält ihn offenbar für einen Dummkopf) aus dem Wasserschlauch abgezweigt hat; öfters, zwischen Schlaf und Wachen, glaubt er zu sehen, wie sein Führer mit der Verstohlenheit eines alten Säufers hastig und seinen langen Hals verdrehend einen Schluck nimmt. Er ist überzeugt, daß Aly und Body planen, ihn zu töten, sobald sie ihn so tief am Boden haben, wie sie ihn haben wollen.

Der Trost einer vollkommenen Zerstörung, schleichend oder plötzlich, wie durch die Kraft seines bösen Geistes, kann ihm bleiben. Eine rotgelbe Wand schneidet (zur Mittagsstunde, an diesem oder einem anderen Tag, in der schlimmsten Zeit des Durstes und der bisher schlimmsten Zeit der Demütigung) den Horizont ab, der Sturm erreicht das Lager, ohne daß man Vorkehrungen treffen könnte. So wie die Wirklichkeit immer eine Spur anders ist als die gesicherte Vorstellung, die er sich davon gemacht hat, und so wie die menschlichen Gestalten seiner Geschichte immer ein anderes Bild von sich abgeben, als er es sich gerade noch ausgemalt hat, so hat auch dieser Wirbelsturm wenig mit dem zu tun, was er als Wüstenwinde in all ihrer Scheußlichkeit schon zu kennen geglaubt hat; da ist nichts als die fremde Gewalt: er erfährt sie mit einer gewissen Lust, für diesen langen Augenblick ist er einer wie alle anderen, und gerade seiner Lust wegen ist er sogar mehr als das, er ist der, der zuschaut, wie alle anderen hilflos wie er sind und derselben Zerstörungskraft ausgesetzt wie er. Die Zelte und die Waren werden durcheinandergeschleudert, die Menschen und die Tiere ducken sich und krallen sich am Boden fest, um nicht mitgerissen zu werden; man verschluckt Sand und sieht nichts als Sand, ein dichtes Dunkel ist um ihn und ein seltsamer Lärm, aus dem er bald die langgezogenen Klagerufe der Kamele heraushört, ein süßes verheißungsvoll schreckliches Geräusch, im Gegensatz zum schrillen Geschrei und den Gebeten der Mauren und ihrer Sklaven. Er glaubt zu sterben, aber da ist nichts, was ihn betreffen könnte und was ihm entgeht, egal ob er die Augen offenzuhalten versucht oder sie schließt: nur das Greifbare, die Welt, die über ihm und allen seinen Feinden einstürzt, kein Außerhalb, kein Davor und kein Danach. Dann schaut er nach oben, und er sieht durch den dichten gelben Schleier die Sonne, fest abgegrenzt, eine schwebende Lichtkugel, ein Kreis; der Sand in seinen Augen schmerzt, aber er stört ihn nicht; vielleicht kann es für einen Moment wieder Orte geben und ein Maß, unabhängig von der Erde, auf der er sich bewegt, unabhängig vom Sturm, dem Durst und den Menschen, die ihn aufzuhalten und zu töten versuchen. Das Sonnenlicht dringt nicht bis zum Boden durch, sondern bleibt jenseits des Schleiers, der Grenze, im Innern des Kreises bewahrt; er denkt an die Geier, die alle gleich sind und denen alles gleich ist, zum Verzweifeln nichtig, aufzuzehren, das ist das ganze Geheimnis, das ist die Wahrheit. So plötzlich wie der Sturm angegriffen hat, läßt er nach einigen Stunden auch wieder los; man rappelt sich auf, erstaunt, überlebt zu haben, in einer verwüsteten Welt (einer Welt, in der die Wüste beiläufig die winzigen festen Stützpunkte der Menschen zerstört und die immer wieder jungfräulich scheinen kann, offen und unbeschrieben). Die Kamele beuteln sich und dehnen ihre langen Hälse durch; man darf einen tiefen Schluck Wasser nehmen, der sogleich wieder als quälender Fehlbestand in den Reserven bemerkbar wird. Die Kamele zehren von den Vorräten in ihren Mägen, Caillié lehnt sich an Gagebas Flanke, während das Wasser in seiner Kehle gurgelt und scharf an seinen Gaumen drängt; er hat fast das Bedürfnis zu kotzen.

Der Wassermangel wird immer drängender, eines der Wasserlöcher, auf die man vertraut hat, ist vertrocknet, die jungen Männer, die man zur nächsten Quelle vorausgeschickt hat, kehren nicht zurück. Keiner kümmert sich um Caillié, der sich wiederum bestätigt fühlt (so wenig er auch die Methoden durchdenken möchte, die er vorgeschlagen hätte, und so wenig er an irgendeinen Nutzen seines Triumphes glauben kann), alle anderen haben seine gewaltige Angst aufgenommen und in ihr Fleisch übergehen lassen. Man schlachtet ein paar Lastkamele (noch vorher verteilt man, während das Tier mager und ratlos, mit pochendem Herzen, dasteht, die Ladung auf seine Genossen) und sammelt das wenige grünlich-trübe Wasser aus ihren Mägen auf (es scheint noch zu leben, minutenlang, den Hals bis zum Rückgrat durchgeschnitten, das Messer schon in seinem Bauch). Caillié fürchtet, keinen Anteil zu bekommen, aber niemand scheint sich in diesem Moment an sein Anderssein zu erinnern; das Wasser schmeckt so ekelhaft wie zu erwarten, kein Durst kann so stark sein, daß der Beigeschmack von Ausscheidung und Verwesung zu vergessen ist; das reizvollere dunkle Blut, das wie Wein aus der klaffenden Wunde an der Halsschlagader strömt, nur um im Sand zu versickern, ist tabu, weil der Prophet seinen Genuß verboten hat. Niemand spricht mehr, als würde man fürchten, langsamer voranzukommen, wenn irgendetwas, noch der winzigste Reibungsverlust, das kleinste abweichende Interesse der zielgerichteten Bewegung entgegensteht. Er sieht (während der Sand zwischen seinen Zähnen knirscht und am wunden Zahnfleisch reibt) Meere und Seen am Horizont, einen Fluß, dessen Rauschen er zu hören glaubt; er sieht eine Stadt aus Wasser, zu der ihn Gagebas Schritte hintragen, eine Architektur von ganz zarten Fontänen (wenn es Bewohner gibt, können sie durch Wände gehen, oder sie bestehen selbst nur aus Wasser, ihre Haut ist durchscheinend weiß), die Straßen sind Bäche und Ströme und tragen die Bilder der glitzernden Gebäude weiter, die sich darin spiegeln. Er glaubt sich zu erinnern, daß er als Kind von dieser Stadt gelesen hat, und sucht eine Zeitlang vergeblich nach dem Namen; er geht das Alphabet durch, um wenigstens auf den Anfangsbuchstaben zu kommen, bevor er merkt, daß er nur träumt oder daß er schon dabei ist, in einen ihm ganz fremden, fernliegenden Wahnsinn zu rutschen. Am letzten Tag sind (nach der Rückkehr der erfolglosen Wassersucher) für die elf Leute in Alys Gruppe noch einundeinhalb Wasserschläuche übrig; Caillié muß zugeben, daß Aly wenig Sicherheit aus seinem versteckten Vorrat schöpft, er wirkt nervös und durstig wie alle anderen, von Zeit zu Zeit wirft er böse Blicke auf den kleinen Abdallah, als könnte der schuld an den Mißgeschicken dieser eigentlich ganz gewöhnlichen Handelsreise sein. Ein Maure aus einer anderen Zelle der Karawane, der einen größeren Vorrat an Wasser mitgenommen oder besser mit seinem Wasser hausgehalten hat, erscheint am Abend mit ernster Miene an der Kochstelle vor ihren Zelten, wo alle still herumsitzen, ohne daß etwas gekocht oder gegessen wird, und teilt ein Schälchen Wasser so gewissenhaft auf alle elf Männer auf, daß keiner mehr als ein paar Tropfen abbekommt. Am nächsten Tag soll man die Wasserstelle von Télig erreichen, ohne es auszusprechen, weiß jeder, daß das die letzte Chance ist. Man bricht wie schon gewohnt im Dunkeln, mit leerem Magen, auf; um fünf Uhr früh, knapp nach Sonnenaufgang, glaubt Caillié riesige Ruinen zu sehen, aus der Nähe sind es dann weiße Erdblöcke, die Vorwegnahme oder Parodie einer Stadt, vor der Zeit der Menschen oder nach ihr entstanden. Man muß drei Meilen weit einer riesigen Sanddüne ausweichen und verzweifelt beinahe, die Zeit verlangsamt sich, solange man in dieser Schleife festgehalten ist. Ein rotes Leuchten im Westen bringt wieder Leben in die Karawane, weinrote Felsen kommen ganz langsam näher, er hat den Eindruck, die Kamele würden schneller laufen, um diesen Prozeß zu beschleunigen, sie würden ihre Hälse vorstrecken, als könnten sie über Meilen hinweg eine Witterung aufnehmen oder als würden sie die Strecke (es ist ihr Weg, ihr Schicksal) auswendig kennen und sich an alle Orte oder zumindest das Muster der Orte erinnern. Sie sind fast schon nicht mehr zu bändigen, als man den Hohlweg erreicht hat, der durch die von Nahem rosa erscheinende Felslandschaft hindurchführt. Die Karawane zieht sich in die Länge, ein weiter Kessel nimmt sie auf, wo auf den ersten Blick keine Spur von Wasser zu sehen ist, höchstens ein paar verstaubte Pflanzen können als Hinweis auf irgendwelche verborgenen Quellen gelten; gleich stürmen aber die Kamele auf ein paar Stellen im Sand zu und stecken ihre Köpfe in den Boden, man treibt sie mit Peitschenhieben zurück und beginnt, den Sand abzugraben, nach kurzem sind einige Teiche (Caillié vergißt zu zählen und zu messen) freigelegt, mit schwärzlichem, mit Erde durchsetztem Wasser, das aber zweifellos genießbar ist. Caillié kriecht zwischen den Kamelen hindurch und taucht den Kopf ins Wasser, als er nach einer halben Minute mit rotem Schädel und verrutschtem und durchtränktem Turban wieder auftaucht, reicht ihm ein lässiger Kerl einen Lederbeutel voller Wasser hin, er ist tief dankbar und denkt nicht über die weitere Bedeutung der Geste nach, ein letztes schon ironisch gefärbtes Angebot zur Aufnahme in die Kategorie der Menschen, eine Handreichung, die zugleich Bestätigung des Urteils ist. Caillié fühlt sich gestärkt und spaziert ein wenig in dem Kessel herum; einige Häuser einer kleinen Ortschaft, die bis zum Dach im Sand versunken sind, fallen ihm auf, nichts sagt ihm, ob diese Katastrophe mit einem Schlag oder ganz langsam über ihre Bewohner gekommen ist, ob vor wenigen Monaten oder vor Jahrhunderten oder Jahrtausenden; er wüßte auch nicht mehr genau zu sagen, was das für eine Rolle spielen soll. Man schlachtet abends wieder ein paar Kamele, für die das Wasser zu spät gekommen ist, ihr Fleisch ist zäh und widerwärtig, das Essen macht Caillié auch viel trauriger als das Hundeessen in er weiß schon nicht mehr welchem Ort; er sieht mit Argwohn, daß es seine Reisvorräte sind, die mitgebraten werden. Er hört aus seiner Entfernung die Witze und die fröhlichen Rülpser seiner Reisegenossen, während er jeden Bissen minutenlang vergeblich zu kauen versucht und dann im Ganzen hinunterschluckt. Die ganze Nacht ist ihm schlecht von diesem Essen, vielleicht auch vom Schlamm, den er mit solcher Gier und Begeisterung getrunken hat, trotzdem ist es für lange Zeit oder für immer die letzte Nacht, an die er sich erinnern wird, weil er sich damals ruhig und glücklich gefühlt hat und seinen Kopf im Schlaf oder Halbschlaf auf weiche blaßgrüne Kräuter drücken hat dürfen (er glaubt, so wie er seine Nasenflügel wieder zu weiten und die Atemwege zu öffnen versteht, ihren Duft, wie ein fremdes Parfum, in sich aufzunehmen).

Am zehnten November 1826, der Adressat ist seit beinahe zwei Monaten tot, schreibt Emma Gordon Laing einen letzten Brief an ihren Ehemann. Mein geliebter Laing, schreibt sie, ich beginne jetzt einen Hauch von Trost zu verspüren, nach so vielen Monaten des Wartens & der Verzweiflung, in denen das Glück mir etwas Fremdes geworden ist. Ich weiß nicht, ob man mich aus Grausamkeit oder aus Zartgefühl in Unkenntnis über die schrecklichen Dinge gehalten hat, die über Dich berichtet werden, den Monat, für den Deine Ankunft geplant war, habe ich zitternd vor Hoffnung und krank vor Traurigkeit durchlebt, und ich habe meine Hoffnung und meine Angst auf den nächsten Monat und nach jeder Enttäuschung, mit immer größerer Traurigkeit und immer größerer Angst, auf immer wieder den nächsten Monat verschoben – bis mir vor wenigen Tagen die furchtbare Wahrheit eröffnet wurde (ganz unvermittelt gibt ihr der Konsul nach einem Abendessen wie alle anderen Abendessen dieser Zwischenzeit einen Zettel, den sie lange ratlos anstarrt, bevor sie einen Brief darin erkennt, doch die Handschrift ist ihr weiter fremd und die wenigen Worte, außer dieser halb vertrauten Unterschrift, besagen nichts; sie sucht vergeblich nach einem Datum: nach einem Zögern von fast sechs Wochen und erst nachdem neue Nachrichten das Bild klarer werden lassen, hat der Konsul seiner Tochter den einzigen an sie adressierten Brief Laings überreicht, du hast die harte Pflicht übernommen, diesen Mann zu lieben, sagt er zu ihr, und beschreibt mit ziemlich deutlichen Worten die Verletzungen und die Krankheit, die den Major für Monate in irgendeinem Wüstenkaff festgehalten haben). Ich spürte die Kälte des Todes, schreibt Emma, kein Wort konnte sich aus meiner Kehle lösen & keine Träne konnte von meinen Lidern fallen und den Druck erleichtern, der auf meinem Herzen lastete. Die ganze Nacht blieb ich gelähmt und betäubt; erst als am Morgen, kaum daß ich die Augen auftat, mein Blick auf Dein Bild fiel, das ich immer an meiner Brust trage, kehrten Denken, Erinnern und Gefühl in mich zurück & ich weinte bis mein Herz beinah zerbrochen & aufgelöst war. Sie glaubt (entschlossen, etwas an Verstandeskälte und an Kraft zu bewahren) bald sehr gut zu verstehen, warum ihr Vater ihr gerade den kargsten und finstersten von den vermutlich zahllosen Briefen ihres Geliebten übergeben hat (doch der Moment muß nahe sein, in dem das, so oder so, keine Rolle mehr spielen wird)(denn an dem Laing, der sich fern von ihr befindet und ihr Bild mit sich trägt, in all die unbekannten Gegenden, in die sie ihn gern begleitet hätte und in die sie ihm gern vorausgegangen wäre, kann sie weniger zweifeln als an dem Laing, der ihr mit seinem fast zu schönen Gesicht und mit seinen fast zu gelungenen Geschichten gegenübergesessen ist und ihre Hände in den seinen gehalten hat). Mein Wanderer, geliebter, liebster Laing, schreibt sie, während die Finger ihrer linken Hand sich an ihr Brustbein drücken und eine Furche in die Knochen graben wollen, wie gerne hätte ich, um Dir nur ein bißchen von Deinen Schmerzen zu ersparen, jeden Tropfen Blutes vergossen, das dies mein Herz erwärmt – wäre ich in diesem Augenblick bei Dir gewesen, meine Arme hätten sich um Dich geschlossen, um die Schwerter der Dämonen von Dir abzuwehren – und schließlich hätte uns derselbe Streich durchbohrt und niedergeworfen, und unsere Seelen wären in einander verschlungen gemeinsam in das Land geflogen, wo Schmerz & Sorge nimmer hin gelangen. Du mein Mann, Du bist mir lieber als das Leben, möge GOtt Dich immer schützen und segnen; im Schlaf und Wachen bist Du immer in mir; der Körper Deiner armen Emma soll tot und kalt daliegen, ehe sie noch einmal von etwas Bösem hört, das Dir widerfahren ist, ach möge der Himmel Dich zurück in meine Arme leiten – – – . Der Brief wird den Boten übergeben, die Major Laing (weil man an einen der Pläne glaubt, die er aus Blad Sidi Mohammed übermittelt hat) in Ghadames abholen sollen (und deren Abreise die Quelle von Emmas kurzlebigem Trost ist), und kehrt mit diesen bald wieder nach Tripolis zurück; schließlich wird er vom Konsul, vielleicht nur für uns, die wir an diese Geschichte glauben sollen, oder weil er sich in einer Frage, wo er ohnehin keiner Kritik ausgesetzt ist (an einer dunklen Stelle, die nur er im Blick hat), rechtfertigen will, dem Archiv des Königlichen

Britischen Konsulats in Tripolis eingefügt, mit dessen Beständen er unter der Aktenzahl 2/20 ins Public Record Office in London überführt wird.

Er weiß nach dieser Nacht, daß er überleben wird (fast hätte er sich doch noch getäuscht), aber das Tageslicht zeigt ihm, daß sein Überleben keine Bedeutung mehr hat, in diesem Danach, in dem er sich aufhält. Egal wie schnell es vorbeigeht (nur wenige Wochen, nur wenige Monate, sagt er sich, im Vergleich zu dem, was er bisher überstanden hat, ist das nichts), in Wahrheit ist nie eine Änderung zu erwarten, jede der Gesten, die ihm gegenüber gemacht werden, zerstört ihn und vernichtet alles, was er besessen und gekonnt hat. Vor ihm Wiedergänger der Vormünder und Gouverneure, die ihn nicht ernstnehmen, und der Soldaten, die ihn auslachen, so als würde nicht dazwischen ein Ort oder auch nur ein Ortsname stehen, durch den er in einer großen Verwandlung hindurchgegangen wäre: oder ist eben dies die einzige Verwandlung: daß dieser Ort nun verloren ist, daß er den Namen nicht wiederfindet, das unsichtbare Gerüst verloren hat, das ihn aufrecht erhält. In den Momenten des Übergangs, wenn er (ohne zu merken, daß jedesmal schon weniger von ihm da ist) eine Wüste mit einer anderen vertauschen kann, ist er vielleicht noch glücklich, sonst ist da nur die immergleiche zähe, aussichtslose Anwesenheit, fremde Menschen, die es nur noch seinetwegen zu geben scheint: um ihn zu behindern, zu quälen, ihm in dämonischer Weise (sogar wenn er zu beten versucht) das Wort im Mund umzudrehen (wie oft begegnen sie ihm in der Wüste der Wörter, beim Schreiben und beim Gelesenwerden erneut).

Er kann nicht alleine aufs Kamel steigen, und an jedem Morgen scheint sich das ganze Lager schon auf die Szene seines Aufsitzens zu freuen; der Maure, der mit der Aufgabe, ihm hinaufzuhelfen, betreut ist, zieht diese Szene an jedem Morgen etwas weiter in die Länge; während sich Caillié an Gageba festzuhalten versucht, faßt er ihn im Schritt und spannt die Coussabe über seinen Hinterbacken; er streichelt über das magere Fleisch und fährt mit dem Handrücken durch den Spalt, dann greift er nach vorn und tut abwechselnd so, als würde er gar nichts oder etwas ganz Überraschendes in die Hand bekommen, die Heiterkeit erreicht dann jeweils ihren Höhepunkt. So haben immer gerne die Soldaten mit Caillié gespielt. Er gibt es bald auf zu protestieren, weil er damit das Gelächter höchstens noch verstärken kann, er denkt, die Männer sind über ihre natürliche Gemeinheit hinaus von Aly dazu aufgestachelt, ihn niederzumachen. Man geht dazu über, ihn Gageba zu nennen, weil seine lange Nase ausschaut wie eine Kamelschnauze, haben die Christen alle so große Nasen, fragt man ihn, ich bin kein Christ, sagt er, ach ja, du bist wohl Jude, Caillié holt

tief Luft: es gibt keinen Gott außer Gott und Mohammed ist ... ach hör schon auf. Bei jeder Mahlzeit unterhalten sich die Mauren damit, seine Eßweise zu imitieren, sie reißen den Mund auf und fahren mit zitternden Fingern die Reiskügelchen in die Öffnung, sie schneiden Grimassen und betteln einander à la Abdallah mit verdrehten Augen bei der Barmherzigkeit Gottes um ein Schlückchen Wasser an. Nach kurzer Zeit haben auch die Sklaven gemerkt, daß es hier jemanden gibt, der in der Hierarchie noch unter ihnen steht; sie ahmen das Verhalten ihrer Herren nach und verstärken es nach Maßgabe ihrer Phantasie und ihrer neuentdeckten Freiheit. Er schaut auf ein Grüppchen feixender Schwarzer, die ihn mit Gageba- und Hühott-Rufen bedenken und wendet sich traurig ab; gleich spürt er kleinere oder größere Steinchen auf seinem Rücken und seinem Hinterkopf und dreht sich unwillkürlich wieder um; alle wenden ihm jetzt den Rücken zu, scheinen mit irgendeiner Arbeit beschäftigt, sie erwidern seine bösen Blicke mit Unschuldsmienen; sobald er sich wieder abwendet, bricht das Gelächter aus. Später gehen sie dazu über, lachend um ihn herumzutanzen, das Schlimmste dabei ist, daß er eigentlich gar nicht mehr weiß, worüber sie sich lustig machen, und egal, was er tut, er bietet nur neuen und noch herausfordernderen Anlaß zu Spott; auch seine afrikanischen Sprachkenntnisse bringen ihm keinerlei Nutzen mehr, er hat im übrigen das meiste vergessen und wagt aus gutem Grund nicht, sein Wörterbuch hervorzukramen. Man wedelt mit den Zweigen von Dornbüschen vor seinem Gesicht und tut so, als wollte man ihm die Augen ausstechen (dann mußt du nicht mehr weinen)(dann kannst du nicht mehr das Land schreiben). Man nimmt ein Stück Holz und will es ihm durch die Nüstern bohren, damit man auf ihm reiten kann (wozu soll er sonst eigentlich gut sein?). Man fragt ihn, ob er seine Gageba fickt, er versteht das Wort *ficken* nicht, aber die entsprechenden Gesten, er sagt, so ein Unsinn, angeblich ist er doch selbst Gageba, und versucht, einen langen Bambara (vielleicht den vom ersten Tag) zu treten, das ist sein größter Lacherfolg. Obwohl es jetzt genügend Wasser gibt (daher auch der allgemeine Hang zur Fröhlichkeit), hat er immer noch Durst; seine Bitte um eine höhere Wasserration, durch einige Silbermünzen unterstrichen, beantwortet Aly (der allerdings die Silbermünzen entgegennimmt) mit einem glatten Nein, was bist du doch für ein reicher Mann, Abdallah, sagt er, du weißt nicht, wieviel Glück du hast, daß du mit uns reist und nicht mit anderen, du weißt nicht, wie böse die Menschen zu jemandem sein können, der ungeschickt ist und nicht hierhergehört.
Seine Sinne betäuben sich im Lauf der Wochen, er hat das Gefühl, niemals wirklich wach zu sein. Jeden Morgen muß er noch vor Sonnenaufgang auf die

Beine, während des Reitens hat er Angst einzuschlafen, vom Kamel zu fallen und einfach liegengelassen zu werden. Die schlafenden Männer um ihn und die ruhig dahintrottenden Tiere lassen ihn seine Müdigkeit und Einsamkeit nur umso deutlicher spüren, wie das Wachen ist ihm auch der Schlaf nicht erlaubt. Die Bilder von Flüssen und Meeren kehren in seine Vorstellung zurück, aber diese Träume verlieren gleich die Form; er wartet nur noch auf die Enttäuschung. Auch in der Landschaft nimmt er nur noch selten Formen wahr, die es wert sind, registriert zu werden (eine verlassene Mine mit Häuserruinen aus Salz, die Skelette von Gazellen, eine Schlucht zwischen enormen in den Regenbogenfarben schillernden Granitblöcken, sonst immer wieder die weißen Sanddünen), die meisten Tage bestehen nur aus einem Datum und dem Eindruck der unendlich langsamen Bewegung. Mit dem Anwachsen seiner Müdigkeit weiß er wieder, warum er denken muß, er kann fliegen (er müßte bloß die Beine schließen, sich tragen lassen, parallel zum flachen Boden, den Richtungslinien entlang, von Gageba und ihren sanftmütigen Gefährtinnen gelöst: am Ende des Durstes und der Erschöpfung stünde, seit langem vorgeschrieben, diese Gabe, vielleicht wissen sogar die Kamele, in Reihen gereiht, davon, besser als die Menschen, die kaum über ihre Nase hinaussehen und kaum zu lesen verstehen). Nach einer Nacht der allgemeinen Angst, durchmischt mit einer leisen Befriedigung des Fremden, der gemeinsam mit ein paar älteren Männern allein im Lager zurückbleibt, während die anderen Männer die Kamele bewachen und bewaffnete Patrouillen (er hört ihre Warnrufe, die vielleicht nur der Selbstermutigung dienen) ums Lager kreisen, stellt sich heraus, daß zwei Karawanen einander wechselseitig für Räuber gehalten und belauert haben; man tauscht Geschenke aus und tut sich zusammen. Anfangs findet es Caillié ganz angenehm, wieder Leute um sich zu haben, für die er ein undefiniertes und attraktives Wesen ist und nicht ein Vieh oder ein Christ oder ein Stück Dreck. Er kann fast so wie früher seine Geschichte erzählen, und Aly dolmetscht ihm sogar mit einem Anflug von Stolz; ein oder zwei Mal wird er gebeten, jemandem ein Grisgris zu erstellen, trotz Alys von einem breitmäuligen Grinsen begleiteter Ermutigung wehrt er das Ansinnen aber aus Bescheidenheit oder aus Überdruß ab. Es ist klar, daß diese Phase eines schwachen Glanzes nur wenige Stunden oder höchstens Tage andauern kann. Sidi Body und einer der neuhinzugekommenen Tajacante-Mauren unterhalten sich, während er mit dem Rücken zu ihnen an einer Kamelsehne herumkaut, scheinbar ganz zufälligerweise über die Europäer, ihren Häuptling in der wunderbaren Stadt Rom mit ihren Türmen, kristallenen Pfeilern und Mauern (diese ungebildeten Dummköpfe, denkt Caillié), und über die zahlreichen Sklaven der

Christen im allgemeinen und dieses großen Chefs im besonderen: der Sultan von Marokko, sagt der Tajacante, hat einen Vertrag mit dem Christenchef, für einen Christensklaven bekommt er zehn Moslems oder tausend Piaster, wie wärs, sagt Body, und zeigt nachlässig mit dem Finger auf Caillié, verkaufen wir Abdallah, das wäre ein gutes Geschäft; aber, meint der Tajacante mit gespielter Empörung, der Kleine ist doch kein Christ, und ein Moslem wiegt alles Geld der Welt und alle Christen der Welt auf. Caillié dreht sich um und sammelt seine ganze Verachtung für den Blick, den er, um in den Augen des Tajacanten seinen Wert zurückzugewinnen, auf Body zu werfen versucht, wäre der da mein Herr, sagt er, dann würde er mich verkaufen, ganz gleich, welche Religion ich habe. Die beiden Mauren lachen fröhlich, nicht wahr, sagt Body kokett, ich bin wirklich böse, er schenkt ihm ein süßes Lächeln seiner dunklen Augen. Caillié träumt in der nächsten Nacht von Lamfia und seiner Frau und ist tief verzweifelt, als er erfährt, daß ihm alles noch einmal bevorsteht, weil seine bisherige Reise nicht gültig ist, er hat das Land nicht gut genug festgehalten und niemand glaubt ihm, daß er diese Tage, Wochen und Monate wirklich erlebt und daß er wirklich gelitten hat; er kann nicht einmal seine Existenz beweisen, und er hat nicht nur den Regenschirm verloren, sondern auch alle seine Kleider. Es ist nicht viel an ihm dran, sagt Lamfias Frau, zwei drei Hühner, viel mehr wird für ihn nicht zu bekommen sein. Die Hühner werden am Spieß gebraten, von da an fühlt er sich etwas getröstet, er erinnert sich, daß er bereit war zu sterben, und daß diese Bereitschaft allen zu Bewußtsein kommen und einen tiefen Eindruck hinterlassen muß. Er glaubt, den Bratenduft oder was auch immer zu riechen, das Wasser läuft ihm im Mund zusammen. Er erinnert sich, er schaut in die dunklen Augen von Lamfias Frau, wenn sie es noch ist, und wartet auf ihr Lächeln.
Ende Juni sind sie nur noch wenige Tagesreisen von Alys Heimatort entfernt, die Landschaft ist kaum noch als Wüste zu bezeichnen. Das flache Land beginnt sich zu Gebirgen aufzufalten, Pflanzen treiben durch den Boden, der Druck der Hitze lockert sich. Von Zeit zu Zeit verprügelt ihn Body oder wirft Steine nach ihm, das allgemeine Interesse an derlei Episoden hat aber stark nachgelassen. Die Kamele, die nicht als Proviant verwendet wurden, scheinen fröhlich, weil sie die Nähe ihrer Heimat spüren (schreibt Caillié später, nahe seiner Heimat, traurig); er betrachtet mit Zärtlichkeit, wie sie vorsichtig an dornigem Gestüpp nagen oder wie zum Zwiegespräch ihre Köpfe zueinanderneigen. In einer Schlucht, zwischen zerklüfteten Granitfelsen, wächst ein Wäldchen von Dattelpalmen nahe an einem kleinen Teich, in dem er nachts ein Bad nimmt, alleine mit dem schwarzen Wasser, eine weiße Gestalt im

Mondschein, unbeobachtet, wie er glaubt, und sogar einige Züge schwimmt, ohne daß er sich aber zu weit vom Ufer wegwagt, aus Angst, er würde im schwachen Licht nicht zurückfinden. Er kriecht auf allen vieren an Land, scheuert seine Knie auf, es ist ganz still, er bleibt einige Minuten lang, zitternd vor Kälte, mit aufgerichtetem Penis, stehen (wenn es niemanden außer ihm in dieser Nacht, in der ganzen endlosen Welt gäbe –), bevor er seine dünne, löchrige Hose und seine staubige Coussabe wieder anzieht. Er sucht nach seinem Koran mit den Notizen, den er immer an seinem Leib trägt, und findet ihn nicht gleich; sein Herzschlag beschleunigt sich. Er ist sich, während er am Boden herumtastet, fast sicher, eine fremde menschliche Gegenwart (seit wie langer Zeit schon, wie gut versteckt?) ganz in seiner Nähe zu spüren, mit der ganzen Sicherheit seiner Angst: jemand, wahrscheinlich Body oder Aly, muß hier sein, unsichtbar, und er wird ihn (so als hätte er in dieser kurzen Zeit alles gelesen, was er je geschrieben hat) schon vollkommen durchschauen, er hat sich tiefer vor ihm entblößt als je zuvor. Ein paar Mal schaut Caillié auf, die Stille ist unberührt; dann findet er, was er sucht, und macht, ohne viel zu sehen, wie als Ersatz, eine sinnlose kurze Notiz, eine schiefe unleserliche Zeile, nur das Datum, die Erwähnung dieser Oase, deren Namen er nicht kennt, und vor allem die Erwähnung seines Bades, die ihm ungemein wichtig erscheint, will er bleiben oder wieder werden, wer er ist.

Zwei Tage vor der Ankunft in El-Harib verläßt Aly die Karawane und geht ihr zur Vorbereitung des Aufenthalts so vieler Menschen und Tiere voraus in seine Heimatstadt. In dieser Nacht hat die Karawane einen Gebirgspaß zu überqueren; ein schmaler Pfad, der durch salzige Pfützen glitschig geworden ist, führt unter überhängenden Felsen durch eine enge Schlucht hinab in den Norden; er windet sich den Felswänden entlang, zur linken ein Abgrund; ganz langsam setzen die Kamele Fuß vor Fuß, die meisten Reiter sind abgestiegen, um die Gefahr zu verringern. Caillié fühlt sich, als würde er in der Luft hängen, der Boden unter seinen Füßen scheint ihm weniger fest als die Massen von Granit über seinem Kopf, die im Dunkel der Nacht noch weiter angeschwollen scheinen und jederzeit bereit sind, auf ihn herabzustürzen und ihn in den Abgrund mitzureißen. Er ist wach genug, um, für diesen Moment, nicht daran zu glauben, daß er fliegen kann, und schläfrig genug, um keinerlei Kontrolle über seinen Körper und über den Weg auszuüben, oder zumindest, was auf das gleiche herauskommt, um nicht daran zu glauben, daß er irgendeine Form von Kontrolle über seinen Körper und über den Weg ausübt. Vielleicht überträgt sich seine Angst auf Gageba. Es muß ziemlich genau (jedenfalls ist er später davon überzeugt) Mitternacht sein, als sie plötzlich, wie ein wildes Pferd, scheut, er hat weder die Mittel noch die Geistesgegenwart, sie zurückzuhalten und sich auf ihr festzuhalten. Der Ballen mit den Straußenfedern in seinem Rücken verschiebt sich, aber er fällt unglücklicherweise nicht zu Boden, während Caillié sich langsam (und doch zu schnell, um zu reagieren) abrutschen spürt oder, so scheint es im nachhinein fast, sieht, aus der Perspektive des Mondes, der ihm näher ist als alle seine Reisegenossen. Dann sieht er gar nichts mehr und hört nur noch den Lärm, mit dem sein Hinterkopf und sein Kreuz auf dem Boden aufschlagen; er verliert nicht das Bewußtsein, aber allein der Lärm seines Aufkrachens sagt ihm, daß alle Knochen, vielleicht der Schädel, gebrochen sein müssen; er versucht, die Beine und die Arme zu bewegen, doch sie antworten ihm nur mit einem durchdringenden Schmerz. Er weiß, daß es zu Ende ist, daß gerade hier, fast schon am Ziel, alles verloren ist, auf eine so dumme und zufällige Art, daß er eigentlich darüber lachen müßte. Kaltes Wasser beginnt seine Kleider zu durchtränken; er macht gar keinen Versuch aufzustehen, weil er weiß, daß er nie mehr aufstehen wird, die Raben und die Geier, sagt er ganz leise, wahrscheinlich auf Französisch, obwohl er andererseits den Eindruck hat, daß jemand diese Worte wiederholt. Dann greift sich dieser jemand den schlaffen, willenlosen Körper, faßt ihn unter den Achseln und hebt ihn hoch, als hätte er kein Gewicht; Caillié spürt, wie er gegen eine harte Brust gedrückt wird; er spürt und er hört das Knacken seiner Knochen, etwas löst sich, für einen Moment meint er, er löst sich als Ganzes auf, er wird gerade getötet; dann fassen ihn die Hände des Mauren, den er nicht erkennt oder nicht erkennen will, erneut um die Schultern und am Hintern; die Lasten Gagebas werden zurechtgerückt, so daß er fast gefesselt ist, als er wieder aufsitzt; eine Stimme redet dem Kamel ins Ohr und er hört mit und scheint so wie sie zu verstehen. Er ist, sobald sie sich wieder in Gang setzt, eins mit ihrer Bewegung und spürt mit ungeahnter Intensität, in einem Wechsel der Betonung, einer sich stetig verschiebenden Ordnung von den Schläfen bis ins Kreuz und bis in die Arme und die Fingerspitzen, jeden Schritt; er ist sich immer noch nicht ganz sicher, ob er nicht gelähmt ist, und kann sich kaum vorstellen, daß er je wieder vom Kamel absteigen wird können, doch er weiß, daß er nicht noch einmal herabfallen wird; etwas wie ein notwendiger Zufall, eine dunkle Harmonie, die seine Existenz zusammenhält, hat dafür gesorgt, daß er auf dem Weg gelandet ist und nicht im Abgrund, daß er weder hinabgerollt ist noch liegengelassen oder zertreten wurde. Der Pfad wird jetzt noch schmaler, mittlerweile sind alle anderen abgestiegen; als einziger Berittener erscheint er wie ein großer Herr inmitten seines Gesindes, von allen Enden der Karawane schießen Beschimpfungen auf ihn ein, weil fast niemand seinen Unfall gesehen hat, doch all das geht an ihm vorbei. Das Fliegen hat, nun ist das Bild klar und deutlich geworden, nichts mit Leichtigkeit zu tun (so etwas gibt es für ihn nicht), sondern mit Langsamkeit und Schmerz, er muß jeden einzelnen Punkt seines Körpers als einen Schmerzpunkt spüren.

In El-Harib wird Abdallah (ein steifer Körper, ein verzerrter Mund) vom Kamel geladen und ins Haus von Alys Schwester gebracht; er bemüht sich bewußtlos um Höflichkeit einer Dame gegenüber und schläft dann ein paar Stunden oder einen ganzen Tag. Beim Aufwachen sieht er den Rücken der Dame und ihr Haar, das bis zu den Hüften herabhängt; er tastet nach seinem Notizbuch; er sieht nackte gelbbraune Arme, an denen einige silberne Reifen klimpern, und fetttriefende Finger mit schwarzgefärbten Nägeln, die durchs Haar streichen, um ihm Glanz zu verleihen. Er riecht die Butter und merkt, daß er Hunger hat; die Frau zuckt zusammen, als sie ihn husten hört, und dreht sich zu ihm um. Im Grunde schaut sie genau so aus wie Aly; vielleicht ist sie seine Zwillingsschwester: dieser breite Mund, diese kleinen Augen, sie scheint aber ängstlich zu sein und deutet ihm, ja nicht näher zu kommen; dann führt sie ein paar Mal schnell ihre Hand zum Mund, und Caillié nickt, er fragt sich, ob sie stumm ist, oder ob sie glaubt, daß er taub ist oder keine menschliche Sprache versteht. Er bleibt liegen, weil es ihm ohnehin schwerfällt, sich zu rühren, während die Schwester eine Riesenportion Sanglé zusammenmischt. Er sieht, wie sie in den Buttertopf greift, und entscheidet sich, lieber wieder die Augen zu schließen. Nach einigem Zögern taucht er später den Löffel in den Brei; als er ein Büschel Haare an seinem Gaumen spürt, steigen ihm die Tränen in die Augen und es dreht ihm (er kämpft lange genug mit sich selbst, bis es ihm gelungen ist, sich das Taschentuch vor den Mund zu halten) den Magen um, zum Glück hat die Frau ihn alleingelassen, und sein Kotzen ist eher eine Art von tiefem, trockenem, die Eingeweide zerreißendem Husten, der, abgesehen von dem unzweifelhaften Erfolg, die Haare wieder aus seiner Kehle zu entfernen, wenig Erleichterung bringt. Er trinkt einen Schluck Wasser (seltsamerweise kümmert ihn der traumhafte Zustand, immer Wasser zu seiner Verfügung zu haben, kaum) und ißt einige von den Datteln, die ihm jemand aus Alys Familie während seines Abladens vom Kamel geschenkt hat; sie sind so hart, daß das Kiefer ihm vom Kauen wehtut und die Wunden an seinem Gaumen sich wieder öffnen. Eine Horde von Frauen und Kindern strömt plötzlich ins Haus, alle reden durcheinander, zupfen ihn an den Kleidern und am Turban, versuchen seine Nase anzugreifen und ihn am Hinterkopf zu berühren, klopfen ihm (er stöhnt leise) auf die Schultern und auf den Rücken; der kleine Schock gibt ihm die Gewißheit, daß er sich aufrichten und aufstehen, gleich auch

vermittels eines einzigen angstgeweiteten Blickes das Haus leeren kann. Die Stadt erweist sich als Ansammlung von einem guten Dutzend weit verstreuten Lehmhäusern, um die herum sich das Zeltlager ausbreitet, er sieht mit Freuden, wie ein fetter Hammel geschlachtet wird. Er geht langsam, den Kopf in den Nacken gedrückt; bei jeder falschen Bewegung könnte es ihn zerreißen; die Leute weichen ihm schon wieder aus. Abends sitzt die ganze Sippe seines Gastgebers beisammen, es gibt ein Couscous ohne Haare und ohne Würzung, in dem einige fette Brocken vom Bauchfleisch des Hammels treiben, an dessen letzten Blick, während das Blut aus der Wunde am Hals strömte, sich Caillié erinnert. Das Fleisch ist nicht zu zerkauen, Hunger und Ekel kämpfen in Caillié miteinander, und während der Hunger siegt und er es im Gegensatz zum Sanglé vom Morgen schafft, das Fleisch hinunterzuwürgen, zeigt sich der Ekel dank einer geschickten Ausweichbewegung sehr deutlich auf seinem Gesicht. Aly stellt ihm während der Mahlzeit seine fünf Töchter vor, die alle nicht wesentlich anders und nicht wesentlich jünger aussehen als seine Schwester; sie schauen ihn finster an (kurz fragt er sich, was sie von ihm denken mögen – was ihr Vater alles über ihn erzählt haben mag). Er erkundigt sich, nachdem er vergeblich versucht hat, die Blicke zu erwidern, bei seinem Gastgeber, was die Leute vormittags von ihm wollten (er erinnert sich, daß einige dieser Töchter mit dabei waren, an diese schiefen Münder und die ernsten Mienen, die wie Wiedergänger des frommen Grinsens erscheinen, auf das ihr Vater spezialisiert ist). Aly sagt, lächelnd, er hat natürlich seine Ankunft gebührend angekündigt, und ebenso natürlich sind seine Leute aufgeregt, wenn ein Heiliger Mann und Mekkapilger in ihrem kleinen bescheidenen Ort Halt macht. Aly scheint leicht enttäuscht, daß Abdallah keinerlei Begeisterung über diese freihändige Vermehrung seines Ruhms zeigt; wenn es wenigstens ein Lächeln sein sollte, zu dem der Fremde sein Gesicht verformt, so handelt es sich jedenfalls um eine neue und ihm unbekannte Form von Lächeln; vielleicht leidet er ja wirklich, ansonsten möchte er nicht wissen, was in diesem weinerlichen, verweichlichten Wesen vorgeht, das besser bei den Ungläubigen in seinem kühlen Palast geblieben wäre.
Zwei Tage lang rennen die Bittsteller Caillié die Tür ein, man verlangt von ihm Grisgris gegen alle möglichen Dinge, Krankheiten, Kameldiebe, mangelnde oder nachlässige Ehemänner, Impotenz, Frigidität, Kinderlosigkeit, den Tod und das Leben, lauter Zeug, das ihn nichts angeht und von dem er wenig Ahnung hat. Sie weiß, sagt die Schwester Alys (die alles andere als stumm ist), nachdem sie eines ihrer furchtbaren Sanglés für ihn gekocht hat, daß die Christen Mittel gegen alle Krankheiten erfunden haben; wenn er ihrer Nichte

(zwei fast identische Frauen sitzen ihm gegenüber) einen Mann verschafft, wird sie ihm kochen, was auch immer er möchte und wie auch immer er es haben möchte, bitte ohne Butter, sagt er begeisterungslos. Er arbeitet unkonzentriert (seine Aufmerksamkeit mehr als auf seine Patienten auf die Vorgänge in seinem Inneren gerichtet: aber vielleicht gibt ihm das erst die richtige Aura) und wiederholt alle möglichen Tricks, die er im Laufe seiner Reise kennengelernt hat; mit einem gewissen Vergnügen malt er immerhin Koransuren oder wilde Krakel, die er für Koransuren erklärt, auf Tafeln und befiehlt arglosen Patienten, die Kreide abzuwaschen und das Kreidewasser zu trinken; diese Mauren sind noch wesentlich naiver als die Mandingos oder gar seine nun aus der Ferne beinahe geliebten Fulahs, er verspricht für die nächsten Wochen, Monate oder Jahre, wenn er längst über alle Berge ist, den jeweils gewünschten Erfolg. Eine Augenkur, für die er etwas von seinem Chininsulphat opfert, führt zwar zu ziemlichem Geschrei, Schmerzen und einer Entzündung, die ihm fast selbst die Tränen in die Augen treibt, sein Ruf leidet darunter aber kaum, auch dank Aly, der mit einer selbsterfundenen Geschichte für ihn Werbung macht, er hat, sagt er, mit eigenen Augen gesehen, wie Abdallah auf dem Weg nach Temboctou mit geschwollenem Bauch im Sterben lag und einfach ein Buch dagegen geschrieben, das Buch in Wasser getaucht und das Wasser dann getrunken hat; sofort ist die Schwellung verschwunden. Was muß Caillié anstellen, um die Freundlichkeit und Hochachtung ihm gegenüber in der Sippschaft seines Gastgebers abzutöten. Er ist überzeugt, daß er von den harten Datteln (vor ungefähr einem halben Jahr geerntet, sagt man ihm beiläufig) erneut Skorbut bekommen wird, alle paar Stunden geht er zu seinem Gastgeber, um sich über die Ernährungssituation zu beschweren, was ist eigentlich mit seinen Reisvorräten, könnte er nicht frische Kamelmilch bekommen, was passiert mit den wohlschmeckenderen Bestandteilen des geschlachteten Hammels? Das Wohnen im Haus der Schwester geht ihm auf die Nerven, auch wenn sie sich immer in der entgegengesetzten Ecke des Raumes aufhält; schon ihr Geruch ist ihm widerlich (wie ihm auch, das Bad ist bald eine Woche her, sein eigener Geruch widerlich ist, jedenfalls hat er noch nirgends in Afrika, abgesehen von den europäischen Stützpunkten an der Küste, solchen Schmutz und solche Armut gesehen). Anstatt dafür zu danken, daß man ihm die Ehre erwiesen hat, ihn in einem festen Haus unterzubringen, bittet er darum, in einem eigenen Zelt wohnen zu dürfen; Aly verdreht die Augen, schimpft und läßt ein Zelt für Abdallah herrichten, schon in der ersten Nacht kehrt er aber wieder ins Haus der Schwester zurück, weil dieses Zelt ohne Fenster und Türen keinen Luftzug einläßt und er glaubt, sich in dem stickigen Gefängnis seine Lungen auszuhusten anstatt schlafen zu können, wie es eigentlich seine einzige verbliebene Sehnsucht ist. In der nächsten Nacht (die Alte hat sich zur Wand gedreht und schnarcht friedlich vor sich hin) ist er gerade dabei einzudösen, als sich die Türe öffnet und zwei Gestalten mit länglichen Gegenständen in den Händen erscheinen, er merkt aber gleich, daß er sich in seiner Unschuld hier getäuscht hat, natürlich hat er im ersten Moment angenommen, daß endlich jemand kommt, um ihn zu erstechen oder zu erschlagen so wie alle seine Vorgänger (aber Gott bewahrt ihn, bewahrt ihn auf). Die Gestalten sind zwei der jüngeren Söhne Alys, ihre Gesichter sind rot, vielleicht auch nur vom Licht der Kerze, die einer in seiner linken Hand hält. Sie kommen ganz nahe zu Cailliés Matte, er zieht sich die Decke bis zum Kinn hoch, sobald er sich (bisher hat er es nur gesehen) auch vorgesagt hat, daß die beiden splitternackt sind; er würde sich ganz gerne die Decke über den Kopf ziehen, um in der tiefen Höhle mit seinem eigenen Körper (was auch immer sich an und in ihm abspielen mag) allein zu sein, aber er weiß, daß er damit die Grenze nur noch weiter hinaustreiben würde, das heißt, tiefer in sich hinein, in das ihm eigenste. Die behaarten Schenkel, die haarigen flachen Bäuche vor seinen Augen erinnern ihn an das Sanglé der Tante (schläft sie eigentlich noch oder schaut sie aus ihrer Ecke zu); gefällt dir das, du Affe, du Affe, sagen rauhe gepreßte Stimmen immer wieder, während die Finger auf und abfahren und die sauberen, glatten, rotbraunen Gegenstände fast verdecken, die man ihm vorzeigen will, siehst du, er fürchtet sich, er ist ein kleines Mädchen, er hat so etwas noch nie gesehen, die arme Kleine, der Affe, der Affe. Er hofft nur, daß sie ihre Sache nicht zu Ende bringen, nicht hier und nicht über ihm. Er versucht, an den Himmel über seiner Stadt zu denken, die endlose Ebene aus Treibsand, den nahen Fluß in seinem Rücken. Aus der Erinnerung wird sein Körper entstehen, fester als jeder andere Menschenkörper, fester und einsamer. Später träumt er von dünnen Männern, die auf einer weiten Ebene mit großer Leichtigkeit Räder schlagen, er muß nur sanft ihren Fußknöchel anheben, um sie in Bewegung zu setzen. Sie tragen Lendentücher, die sich später (er hat sich also über das Geschlecht getäuscht) in dichte schwarze Schamhaardreiecke verwandeln. Obwohl es ihm schon wieder fast egal ist, beschwert er sich der Form halber am Morgen bei Aly über das Betragen seiner Söhne, aber sein Gastgeber lacht nur laut auf, sind sie nicht prächtig, sagt er, und Caillié weiß nicht genau, was er damit meint, er zuckt die Achseln und verbringt trotz der Schmerzen in seinem Rücken und in seinem Kopf und trotz seiner Müdigkeit die letzten Tage in El-Harib möglichst außerhalb des Familienkosmos, mit kleinen Ausflügen in einen Nachbarort, wo ein großer Marabut wohnen soll, der ihn allerdings nicht empfängt (dafür reitet er gemeinsam mit zwei jungen Frauen auf einem Esel zurück, und sie nehmen ihre Schleier für ihn ab, streicheln, weil es so eng ist, daß zufällige Berührungen sich ohnehin nicht vermeiden lassen, den kleinen Fremden und lassen sich streicheln; er schreibt, auf den Schenkel einer der Frauen gestützt, ein Grisgris, das ihr die Treue ihres Ehemanns sichert), und Abstechern in die Zelte freundlicher Mauren, wo er sich bewirten und bemitleiden lassen möchte, während er seine Geschichte anbringt, die schon jeder kennt, und über seine Behandlung durch Aly schimpft; man nickt nachsichtig, doch seine Bitten um Lebensmittel bleiben immer erfolglos. Er schläft zwölf Stunden in jeder Nacht, die Decke bis zum Hals gezogen, die Hand zwischen seinen Beinen. Manchmal läuft ihm die eine der Aly-Töchter (es fällt ihm schwer, sie von ihren Schwestern zu unterscheiden) über den Weg, der er für die Zukunft einen Ehemann verschafft hat, indem er den Namen des gewünschten Herrn, den Namen des Mädchens und einen Satz, in dem das Wort Allah vorkommt, auf einen Fetzen Papier gemalt hat; sie lächelt ihn beinahe an und er (der sie an dieser Verformung der Lippen erkannt zu haben glaubt) lächelt beinahe zurück; sie steckt ihm eine Handvoll Datteln zu; er denkt, angesichts der hiesigen Männer und ihrer Art, mit Frauen umzugehen, sollte sie eigentlich froh sein, wenn sein Zauber mißlingt.

Nachdem Cailliés Ausweichversuche ziellos bleiben, ist es wiederum Aly, der ihn in den Tafilet (nein, das ist keine einzelne Stadt, sondern eine Ansammlung von Oasen, ein paar Tagesreisen übers Gebirge, keine zwei Wochen, kein Problem) führt, obwohl das eigentlich eine Berberregion ist, in der er als Zenaghe nicht viel verloren hat; ich bin ein Mann, der seine Versprechen hält, sagt er, kommt gar nicht in Frage, daß ich dich alleine lasse, mein Sohn. Er rasiert ihm eigenhändig den Kopf, damit er nicht gar so sehr wie ein Kaffer aussieht, das kalte Wasser auf seinem Schädel, die Berührung dieser nassen Hände und der Klinge, die ihn genauso gut verwunden oder töten könnte, sind Caillié widerwärtig, er schließt die Augen und verkrampft sich, um den Kopf still zu halten. Lieber Mann, sagt Aly ruhig, es ist uns ja egal, wer du bist und woher du kommst, solange du dich an die Regeln hältst, wenn du das nur verstehen könntest, wäre alles schon viel leichter. Er spuckt nach beendeter Arbeit auf den Boden, wie er fast immer auf den Boden gespuckt hat, wenn er Abdallah in den letzten Tagen zu Gesicht bekommen hat. So gut wie möglich hält sich Caillié in der neuen Karawane von seinem Führer fern. Er reitet auf einem neuen Kamel, niemand nennt ihn mehr Gageba. Sie reiten vorbei am Mausoleum eines Marabuts, hängen bunte Stoffetzchen an einen Strick und türmen Pyramiden aus Kieselsteinen auf, vorbei an einer verlassenen Stadt (die Wände der Häuser aus rohen Steinen stehen noch, mit toten Fenstern und ohne Dächer, ein Minarett und ein Mausoleum sind unberührt) und durch Dattelwälder, sie machen Halt vor der Stadt Mimcina, mit niederen Häusern, die zwischen die Stadtmauern gepreßt sind, und engen schmutzigen Straßen, mit moslemischen Frauen, die von Kopf bis Fuß von schwarzen Schleiern verdeckt sind, und jüdischen Frauen, die keine Schuhe tragen, aber ihre Gesichter zeigen dürfen, und in der Stadt El-Drah, vor der Berberfrauen mit bunten Kopftüchern, Fußketten und blauen Bemalungen im Gesicht Schafherden hüten, einmal wird Caillié von einem Rudel Hunde angefallen und gebissen, als er fremden Zelten zu nahe kommt (er hält sich die Hand vor die Augen, zählt die Sekunden und wartet, bis Hilfe kommt), oft muß er zu Fuß gehen, weil Aly sein Kamel schonen will. Am zweiundzwanzigsten Juli steigen sie frühmorgens aus dem Gebirge hinab in eine sandige Ebene voller Dattelbäume, am Horizont wird die Stadt Ghourland, am Südrand von Tafilet, sichtbar. Die Karawane kommt zum Stillstand. Caillié will, weil er denkt, daß es sich so gehört, Herrn Aly zum Abschied ein kleines Geldgeschenk überreichen, der lacht aber nur mit größter Freundlichkeit und findet sich auch nach Absolvierung des üblichen umgekehrten Feilschens (aber ja, aber nein) nicht dazu bereit, etwas anzunehmen, er sagt den oft gehörten Satz, in dem nur der Stadtname wechselt, nun ist es nicht mehr Tombuctou und nie mehr Alexandria (denn seine Geschichte hat sich schon vorzeitig aufgelöst), du wirst das Geld noch brauchen, um nach Fez zu kommen. Können es Gewissensbisse sein, fragt sich Caillié, wegen derer sich dieser böse, gierige Menschenfeind so verwandelt hat, oder ist es ein allgemeiner Brauch bei allen Afrikanern, schwarz oder braun, Abschiedsgeschenke abzulehnen, ein so tief verankerter Brauch, daß selbst er ihm nicht entkommt? Aly umarmt ihn zum Abschied und hat Tränen in den Augen, Body steht grinsend daneben; wie schön, daß alles gut gegangen ist, sagt Aly, es war nicht leicht, dich sicher ans Ziel zu bringen, ich bin fast stolz, daß es mir gelungen ist, Caillié schweigt, er ist froh, allein und ohne Führer weiterzuziehen. Das Bettlerdasein bleibt ihm.

Weil nun fast schon die Geschichte der Nachfolger beginnt, der verbrannten Städte (im Bild oder in der Wirklichkeit), die Geschichte jener, die wissen, was sie tun –

Sein Stolz droht sich in einem sinnlosen Zwang aufzulösen, wenn er nicht mehr der erste ist, als Vorhut eine Welt hinter sich herzieht, die in alle Zukunft hinein wächst, gedeiht und an Farbe gewinnt, sondern ganz im Gegenteil der letzte; wenn er jeden Ort zum letzten Mal sieht, das letzte Bild jedes Ortes festhalten muß, und es doch verblassen und ihm entgleiten wird. Zunächst, in den ersten paar Stunden, vielleicht auch länger, wir wissen es nicht, kann es ihm noch scheinen, als würde er einfach dort weitermachen, wo er, vor kaum einem Monat, aufgehört hat, als würde alles immer so weitergehen (nur der Uringeruch der Kamelhengste, sobald er sich inmitten der größeren Karawane befindet, erscheint ihm beißender und störender als je zuvor, selbst zur Zeit seiner Krankheit); derselbe Verdacht hätte nur einen anderen Gegenstand, dieselbe Landschaft wäre nur umgedreht, die Sonne jetzt in seinem Rücken, und dazwischen wäre nichts gewesen: da ist so wenig, das seine Erinnerung stützt, kaum etwas, das er mit seinen Händen greifen kann: auch die Erinnerung verliert sich, dieses noch ganz nahe Erleben, die Gassen der Stadt unter seinen Füßen, ist das erste, das verschwindet. Bald tritt ein ganz abstraktes Wissen an seine Stelle; auch was ihm zustößt, weiß er, anstatt es zu erleiden oder darauf zu reagieren. Ganz schnell hat die Ungeduld sich gelegt, die ihn dazu getrieben hat, alleine mit Bungola und einem arabischen Jungen, den er mit in den Tod nehmen wird, loszuziehen, am frühen Nachmittag des zweiundzwanzigsten September, nachdem er schon wieder einen halben Tag mit nutzlosem Warten auf seine Reisegenossen verschwendet hat, die nur ihre Kamele pflegen, das Gepäck umordnen und zwischendurch (obgleich er versucht, sie mit gekrächzten Bitten anzutreiben) plaudern oder schlafen. In der Früh ist Alkhadir mit seinen Briefen Richtung Tripolis abgereist. Es tut mir weh, dich alleinzulassen, sagt er noch; du weißt, wie sehr dich mein Onkel gemocht hat, und daß er alles für dich getan hätte, und ebenso ist es mit mir, in einer seltsamen Geste legt er ihm die Hand an die Wange und streicht über seine Stirn, als wollte er ihm die Augen schließen. In Laings letztem Brief stehen über Alkhadir die etwas greisenhaften Worte, *er ist ein anständiger junger Mann*; Othman Al Kaidi Boubacar, der Scheich von Tinbuctu (der wenig von dem Lob hat und nicht eigens zur Verabschiedung kommt, aber aus Freude, seinen Gast loszuwerden, ein Dutzend Hühner schickt), ist sogar *ein exzellenter guter Mann*, sein letzter Führer ist Laing an diesem Vorabend noch kaum bekannt, er kommt nicht dazu, eine Beschreibung zu liefern. Die kleine Karawane aus zwei Kamelen (auf deren einem der Major transportiert wird) und zwei Fußgängern kommt, obwohl der Junge angeblich den Weg kennt, ganz langsam voran, aus Angst sich zu verirren oder um den immer noch fragilen Leib Laings zu schonen. Bis zum Abend hat ihn die Gruppe eingeholt, die nicht, wie er anfangs meinte, aus Zenagha sondern aus Berabich-Mauren aus der Gegend von Araouane besteht und von einem Scheich namens Ahmed Labeyda angeführt wird (er hat geglaubt, sich an einen anderen Namen zu erinnern und spricht ihn einmal falsch an). Als er sich bereits vom Kamel heben lassen und sich hingelegt hat, kommt dieser Mann (nichts als Bart und stechende Augen, die konventionellsten Attribute, sind sichtbar: Laings Lampe, in deren Schein er noch etwas liest oder schreibt, oder der Mond, der durch die Zweige der einsamen Palme leuchtet, in deren Schatten man schlafen will, lassen die Augäpfel weiß erstrahlen und senken zugleich tiefe Furchen in die Wangen) auf Laing zu, hockt sich zu ihm hin und sagt, ist es nicht schön für den Rais, daß er wieder unter freiem Himmel schlafen darf, ein Haus ist doch nur ein Grab für Lebende. Laing hat seine linke Hand, wie zur Kühlung oder als Halt oder als Wiederholung der Geste eines anderen Eroberers (lauter automatische und sinnlose Manöver), auf dem kleinen goldenen Anhänger mit der Figur eines Hahnes liegen, den er um den Hals trägt und den neunzig Jahre später ein Neffe seines Mörders noch besitzen wird. Könnte er die weißen Augäpfel zwischen seinen Fingern spüren, den Blick eines Feindes oder einer Freundin darin, der Unterschied verschwimmt vor seinen Sinnen. Er antwortet nicht, weil er seine Stimme nicht findet und auch keine Antwort weiß. Eine Zeit lang verharrt der Blick über ihm, die Lippen verformen sich zu einem Lächeln, dann verschwindet er, in einem leisen Rückzug wie vom Bett eines Kindes oder eines Kranken, in der Nacht.

So wie sich die Landschaft einmal, bei der Annäherung an die Stadt, mit Gewächsen und mit Vögeln gefüllt hat, so leert sie sich jetzt wieder von Gewächsen und Vögeln und überhaupt von allen Merkmalen, die es erlauben, von einer Landschaft zu sprechen. Es ist gut, keinen Bezug zu den Leuten um sich zu haben, er spricht auch nicht mit Bungola. Da ist nur mehr Sand, die Erde und der Himmel sind von der gleichen Konsistenz, die Kamele scheinen den Boden gar nicht zu berühren, als bewegten sie sich wie Schiffe mit ihrem Bug fort, als würden sie davongetragen und weit über den Boden gehoben, bis zum Bauch in Wolken eingesunken. Alle Formen von Bewegung scheinen ihm möglich, während er sich mit verkrampften Muskeln auf seinem Vieh hält und sich bemüht, nicht einzudösen (er liest nicht mehr und trinkt nur noch Wasser); ein Netz von Wegen, das ohne sein Zutun, eher durch sein Vergessen und seine Abwesenheit, offen steht; für ihm und allen Menschen unbekannte, beinahe sichtbare Wesen, seltsame Tiere, die räderschlagend blitzschnell durch die Wüste und über die Kontinente treiben, dann wieder unter der Erde, in den Häusern, in geheimen Kammern schlafen, Techniken aus der fernsten Zukunft oder der fernsten Vergangenheit anwendend, er kann nur hoffen, an dieser Freiheit zu schmarotzen, in Träumen, die nicht die seinen und, was auch immer gesagt ist, die von niemandem anderen sind. Er erinnert sich an den Kometen, den er einmal am Himmel gesehen hat; seine selbstgezeichneten

Landkarten sind, mit den winzigen Fehlern, die ihm wehtun und die wiedergutzumachen er sich sehnt, in einer seiner vielen Taschen auf dem zweiten Kamel verstaut, und in einer Kopie – jedoch makellos rein und unmöglich wiederzugeben – in sein Gehirn geprägt; als hätte er eine zweite Reise, mit klarerem Blick und ohne Hindernisse, in einer anderen Dimension hinter sich, nicht nur diese kriechende, stockende Bewegung auf Bodenhöhe, deren Spuren er allzu deutlich an seinem Körper trägt. Alle Orte, an denen er gewesen ist, alle Häuser, in denen er gewohnt hat, auf dieser und auf allen früheren Reisen, bis zurück in seine Kindheit in Edinburgh, formen eine Ordnung, für die er gerne Worte hätte; vielleicht besitzt ein anderer (der Gott, der ihn auserwählt hat und über ihn wacht) den Schlüssel, kennt das Prinzip dieser Ordnung und kann es benennen; er vertraut auf diese Verschiebung, auf die anderen Welten, mehr als auf jeden Führer und jeden in diesem oder jenem Land Mächtigen, die ihn ohnehin nur alle verraten. Von der Ordnung der Orte abhängig, ihr nachrangig, gibt es auch eine Ordnung von Menschen; wüßte er nicht, daß sich jedes Opfer lohnt und daß er sich selbst so tief zerstört hat wie jeden anderen (nur mehr sein Name ist übrig, sein Körper als schmerzendes Gerüst, gleichgültige Stütze), der Schrecken darüber, wer alles für ihn gestorben ist, wäre kaum zu ertragen, doch vielleicht wird er diese Namen, den von Jack an erster Stelle, mit sich in die Rettung ziehen, die anderen in die Verdammung stoßen. Er kann auch wieder an Emma denken und versucht es häufig (als wäre es seine Pflicht), doch wenn er sich die Rückkehr vorstellt, sieht er sie nicht, viel eher noch die banalsten Dinge, Zeitungen, frische Socken oder der Empfang beim König, seinem geheimen neuen Verwandten, in Anwesenheit des stolz aufgeplusterten Konsuls. Wie ist es möglich, fragt er sich in einem Moment der Schwäche, sie ist die Liebe seines Lebens und sie ist ihm völlig gleichgültig. Der zweite Tag geht ohne irgendwelche Vorkommnisse zu Ende, er schaut der Sonne zu, die im Westen in dem Dunstschleier verschwindet, der den Horizont ersetzt; nach einer schwachen Verfärbung der Luft, des Sands, des Dunsts legt sich die Dunkelheit über das Land, Laing ißt ein Huhn und ein Fladenbrot, das ihm sein Gastgeber in Tinbuctoo geschenkt hat, während Labeyda und seine Männer sich um einen Topf mit Sanglé, dem grünlichen Mehlbrei, versammeln, den er aus den letzten Wochen vom Wegschauen zur Genüge kennt.

Sie spricht nicht während der Abendessen, an denen man sie aus ihrem Zimmer herabführt, und sieht die Gäste nicht an (ein Blick, der auf der weißen Fläche ihres Gesichts ruht), in ihrem Innern Szenen und Landschaften, die sie vergeblich festzuhalten versucht, eine Gestalt, die sie vergeblich diesen Szenen und Landschaften einzuordnen versucht oder zum Beherrscher all der

Szenen und Landschaften zu machen (könnte sie das, so wären sie gerettet); für Momente haßt sie ihn, weil er sie nicht mitgenommen hat (so als hätte er nichts verstanden), dann haßt sie gleich nur sich selbst für diesen Haß und glaubt ihn nur noch mehr, noch tiefer, trauriger, verzweifelter zu lieben. Die erste Meldung über den Tod des Major Laing (der Konsul sagt kein Wort zu seiner Tochter und läßt sich nichts anmerken) erscheint im Mai 1827 in der französischen Zeitung L'Étoile, sie beruft sich auf einen Brief, den der Bashaw von Tripolis von einem Kaufmann aus Ghadames erhalten haben soll, und besteht kaum zur Hälfte aus Fakten, dafür wird behauptet, Laing sei mitsamt einer Eskorte von fünfzehn Mann, die ihm aus Tombuctou mitgegeben worden sei, von Fulahs verfolgt und *erwürgt* worden. Für einige Monate ist diese Nachricht (von der er offiziell kein Wort glaubt) der Ausgangspunkt der Aktivitäten des Konsuls. Jemand hinterbringt ihm das Gerücht, Herr D'Ghies sei die Quelle des Artikels, und er lädt sich zum ersten Mal zum Bashaw ein, um ihn zu verhören; der Bashaw versichert ihm im Verlauf einer Unterhaltung, die mehrere Stunden dauert und sich auf einer halben Seite protokollieren läßt, daß es zwar ein Gerücht gibt, wonach der tapfere junge Freund umgekommen sein soll, daß er aber nicht den geringsten Grund sieht, an dieses Gerücht zu glauben, und daß er von den fünfzehn Mann, von denen in dem Artikel die Rede ist, überhaupt noch nie gehört hat; irgendjemand hat offenbar die vagen Informationen, die ihm zugekommen sind, gewaltig aufgeblasen; ganz sicher aber nicht Herr D'Ghies, in den er volles Vertrauen hat. Der Konsul ist zufrieden, einerseits mit dem Dementi, andererseits im Gegenteil aber auch mit der Vertiefung seines Verdachts, die Konturen einer Verschwörung, einer geheimen Verbindung zeichnen sich ganz deutlich ab, und die Spuren weisen schon jetzt nach Frankreich; welchen Zweck auch immer der Feind mit seinen Erfindungen verfolgen mag. Aus der Entferntheit des Majors, seinem ungewissen Status, dem Zwischenzustand, in dem er sich befindet (wie ein nur noch halbes Lebendigsein), eröffnet sich ein weites Feld von Möglichkeiten, womöglich mit einem Nutzen, den er als Anwesender kaum erbringen könnte.

Der letzte Tag, ein Sonntag, erscheint (es könnte immer so weitergehen) wie eine Wiederholung des Vortags, nur warnt man ihn, seine Wasservorräte gut einzuteilen, vor Araouane gibt es keine Quellen mehr; beim Trinken aus dem Schlauch hat er immer das Gefühl, einen feisten aufgeblähten Leichnam in den Händen zu halten und dann auf zähes Ziegenfleisch zu beißen. Er betet morgens, von den betenden Mauren entfernt, zu seinem eigenen Gott, dessen Tag heute zu begehen ist, er will glauben, er wäre, wenn schon nicht Gott, dann den Orten, wo derselbe Ritus, wenn auch in ordentlicher Weise, vollführt wird, in diesen Momenten näher, doch die imaginäre Gesellschaft ist ihm zumindest so widerwärtig wie die reale, vielleicht ist auch sein Gott schon ein anderer. Er denkt manchmal, er wäre gern in Afrika. Dieser Gedanke hat nichts Absurdes an sich: genau so könnte sich jemand, der in die Heimat zurückgekehrt ist, nach der Rückkehr in die Heimat sehnen; genau so wird sich jemand, der in die Heimat zurückgekehrt ist, nach der Rückkehr in die Heimat sehnen. Der Wind hält sich in Grenzen, er kann durch das Tuch, das er um seinen Mund geschlungen hat, gut atmen. Der arabische Junge, der neben seinem Kamel hertrottet, pfeift leise vor sich hin, eher aus Langeweile als zum Vergnügen, und geht dem Major damit ziemlich auf die Nerven; er würde sich gerne hinunterbeugen und ihm eine Ohrfeige geben, aber zum Glück ist ihm das zu anstrengend. Laing glaubt, daß er nie mehr wissen wird, wie es ist, ohne Kopfschmerzen zu leben; wenn das Verhältnis von Ungeduld (so schnell wie sie sich gelegt hat, ist sie zurückgekehrt) und Müdigkeit in ihm sich wandeln würde, ins Gleichgewicht kippen statt sich aufzuschaukeln; wenn die Bilder ihm näherkommen würden und er in sie eingehen könnte, wie es ihm doch vor kurzem noch möglich war (er weiß es, ohne sich zu erinnern, er weiß von Falaba oder Tinbuctoo, hinter ihm, wieder unerreichbar geworden), hätte er nicht dann erst wirklich zu reisen verstanden? Es wäre gut möglich, das Atmen zu verlernen, schon der Gedanke daran kann ausreichen, nicht nur seine Lungen und Bronchien zu verkrampfen, sondern die Luft selbst in Bewegung zu versetzen und Sandstürme auszulösen. Er führt seine Idee nicht weiter, das Gepfeife ohne jede Harmonie hilft ihm immerhin, seine Gedankengänge zu zerstückeln, der Raum wird so aber nur immer enger, seine Knochen, mit den Bruchstellen, sind bei jedem Schritt zu spüren, und kaum eines der Bilder, kaum eine der Bewegungsformen bleiben auch nur vorstellbar. Emma stöbert in der Bibliothek nach Landkarten, um den Punkt zu fixieren, an dem ihr Geliebter sich aufhält, sie sucht das blaß eingefärbte Papier nach Namen ab und mißt zwischen Daumen und Zeigefinger die Distanzen, die Schichten von Leere, wo kein Buchstabe und keine Geländeform vertrauten Anblick verspricht, auf dem Bett liegend, auf dem Bauch, Matratze und Laken wie ein Körper, der an den ihren gepreßt ist, seine täuschende Wärme aber doch nur aus ihr beziehend, sie stellt sich Hände vor, eine Berührung ohne ein Außen, keine Stelle von ihr darf leer und für sich bleiben. Es ist heiß und stickig im abgeschlossenen Zimmer, die Kleider kratzen an der verschwitzten Haut, sie würde sich ausziehen, wenn sie es für möglich halten würde oder wenn sie es ertragen könnte, allein mit ihrem Körper zu sein, von den Wänden, dem Fenster (mit der Kulisse von Palmen und Meer, die wegzuwischen und in

Nichts aufzulösen ist), von ihren Möbeln stumm und grausam betrachtet, ein weißes Ding, von dem sie selbst kein Bild hat. Aus der Entfernung muß sie versuchen zu wissen, was er träumt und denkt, wie er sich bewegt, was ihm widerfährt, eine zarte Überbrückung auf eingebildeten Wegen, im Traum über die Abgründe hinweg; vielleicht stellt die Entfernung auch erst die Nähe her, eine tiefere Nähe, als sie in seiner Gegenwart je möglich war (denn sie kommen nie so weit, um die Kluft zwischen ihnen zu erfahren, in den Momenten, in denen sich ihre Körper aneinanderpressen und voneinander lösen). Sie hätte ihn schon lange in sich getragen, dann (durch einen ersten, einzigen Blick, der aber alle Gleichgewichte verändert und alle festen Verschränkungen löst) aus ihrem Körper herausgeschält, ein wildes Kind, sie wird immer wieder ihren Körper zerteilen müssen, um das blutige Stück Mann zu sich zu holen. Sie muß seine Verzweiflung und Einsamkeit aufnehmen, sie muß, so kann sie es sich in den äußersten Momenten, wenn das Fehlen von Nachrichten zur Nachricht wird, vorstellen, den selben Tod wie er sterben: die Orte verschmelzen (ein Glühen), vor ihren Augen wird der dritte Ort erscheinen, der Schauplatz seiner Erzählung, nahe der Quelle des Flusses, an einem geheimen Platz inmitten des Dschungels, die kleine Stadt und ihr guter König wie aus dem Märchen, mit dem Turban und den ausgeschossenen Zähnen und den Reden, die aus seinen Träumen kommen.

Gegen Sonnenuntergang macht man Halt bei einer Gruppe von Bäumchen, die noch grün von der nahen Regenzeit sind, sie können als Ersatz für die Zelte dienen und einem (das heißt Laings Dienern und den schwarzen Sklaven Labeidas und der anderen Araber) so die Arbeit des Abladens und des Zeltaufbauens ersparen. Laing versucht, abseits von den plaudernden, schmatzend essenden Reisegefährten (wenn man sie so nennen kann) diese staubigen Bäume, die erst von ganz nahe sichtbar wurden, und die Erfahrungen des vergangenen Tages zu beschreiben, es fällt ihm schwer, nicht so sehr wegen der Krämpfe in seiner neuen Schreibhand, sondern weil es eigentlich keine Erfahrungen und nichts zu beschreiben gibt: nichts Wahrgenommenes, sondern eine nebelhafte Umgebung, die sich, ohne sich je zu verändern, der Wahrnehmung entzieht und ihn mit Empfindungen zurückläßt, die er, in diesem Tagebuch, das für fremde Augen und offizielle Zwecke bestimmt ist, nicht beschreiben kann und will, für die er vielleicht auch keine Worte hat, denn die Zeiten, in denen seine Worte über jeden Gegenstand und jeden Moment seines Lebens locker hinwegstreichen konnten, um ihm die notwendige Bedeutung zu geben, sind vorbei. Einige Schritte von ihm entfernt stehen die Kamele herum und schieben ihre Lippen, feuchte fleischige Lappen, wie selbständige Lebewesen, hin und her. Er fühlt sich mit bösartiger Ironie von diesen Tieren betrachtet. Nachts wird es nicht wirklich kalt, dennoch hüllt er sich in seine Decke; er steckt die Papiere zurück in ihr Etui, die Feuer werden gelöscht, es wird langsam still. Obwohl er nichts für den nächsten Tag zu erwarten, nichts im vorhinein zu bedenken hat, kann er längere Zeit nicht einschlafen. Das wenige Trinken und das Fleischessen kurz vor dem Hinlegen erzeugen ein Ungleichgewicht in seinem Innern, das wie eine Kopie oder eher eine Übersetzung des seelischen Ungleichgewichts erscheint (es wäre auf eine neue Stufe der wechselseitigen Beeinflussung, des Aufschaukelns zu heben). Der Junge liegt sehr nah bei ihm, er könnte ihn berühren, umarmen, seine Brust an seinen Rücken, das Gesicht in seinen Nacken legen, natürlich tut er es nicht, seine Hand schließt sich (bevor er loszulassen hat) auch in dieser Nacht um den Anhänger an seiner Brust, nicht jenem mit dem Bild Emmas darin. Vielleicht fehlen nicht nur die Worte, er ist auch schon empfindungslos geworden: solange ein dünner Strom von Leben weiterläuft, eine Art von haltlosem Bewußtsein, ist es gut so. Ein Denken, das unpersönlich geworden ist, fremd, und gegen ihn gerichtet: doch das verzweifelte Wissen auf seinem Grund hat er nicht zu berühren. Er weiß nicht, wer die Herrschaft über seinen Körper ausübt, auch wenn er darauf vertraut, daß er ihn immer neu organisiert, Lücken können entstehen, Körperteile abfallen, immer wird die Aufgabe von anderen Agenten übernommen werden können; er berührt dieses Zentrum nicht, sondern entfernt sich immer weiter davon (und was heißt das: er); er kennt das Ziel, das hinter ihm liegt (an der Grenze, am Fluß zurückgestoßen), aber nicht das Ziel vor ihm (was heißt das: kennen). Die Finger seiner linken (der bösen) Hand am Metall: pochendes Blut. Szenen seines vergangenen Lebens werden vor seinen Blick treten, aus einer veränderten Perspektive, wenn die Veränderung vielleicht auch nur mehr eine minimale ist, ein leichtes Verschieben von dem Traum her, in den er sich verfangen hat, gerade Emmas Gegenwart (er weiß gar nicht, woran er sie erkennt und wie er sie von den anderen Frauen- oder Mädchen- oder auch Männergestalten unterscheidet) zeigt ihm, daß er sie nicht erreichen kann und keine Ahnung hat, wie er mit ihr sprechen sollte, denn sie würde ihn nicht wiedererkennen, weder an seinem Aussehen, noch an den Worten, die er mit seinen zerstörten Stimmbändern formen könnte, schon gar nicht an seinem Blick, in dem nichts mehr von dem Wesen liegt, das er einmal dargestellt hat. Er sieht Emma vielleicht besser als er sie früher sehen hat können, vielleicht ist es diese Bereitschaft (aber was heißt das: er, wer ist die Leitfigur dieses Traums, wenn es noch ein Traum ist), die ihn entstellt. Was er wiedererkennt, sind die Blicke, die ihn, vom ersten Tag in Tripolis an, gefangenhielten und befreiten, und er muß merken, daß er nie versucht hat, in diesen Blicken etwas zu lesen, daß er in seiner freundlichen Gelassenheit, seiner gewinnenden Weltläufigkeit niemandem als sich selbst gerecht zu werden suchte und von niemandem je anderes erwartete, als daß er ihm und nur ihm gerecht würde. Sie bewohnt ihn seither, ohne daß es in seiner Macht steht, etwas daran zu ändern, aber weder für ihn, noch für sie (das heißt, ihr Bild) hat das die geringste Bedeutung, er kann den Platz, an dem sie sich aufhält, nicht erreichen. Er hat jedem, so auch ihr, nur glauben können, weil er sich selbst glauben hat können: mit jedem Schritt, den er in sich tut, zerstört er sich, doch das spielt nur in der Ordnung der Menschen eine Rolle, ihm macht es kaum noch etwas aus, es ist ihm in fast allen Punkten gleichgültig.

Nach zwei Jahren kehrt Bungola, der einzige Überlebende der Expedition, nach Tripolis zurück; sein Zeugnis, dem wir vertrauen, widerspricht allerdings dem Zeugnis, das viel später, als das Land unterworfen ist, vor französischen Militärs der dann über achtzigjährige Neffe des Ahmadou Labeida ablegt (er zeigt einen Anhänger mit der Figur eines Hahnes vor). Sein Onkel hat ihm die Tötung des Rumi als einen feierlichen und würdevollen Akt geschildert, in der er zu Mittag mit drei anderen Reitern gemeinsam vor dem unter einer Gruppe von Bäumen ruhenden Fremden erschien und ihn drei Mal dazu aufforderte, seinem Irrglauben abzuschwören; drei Mal weigerte sich der Fremde; er befahl seinen Sklaven, ihn zu töten; die Sklaven zögerten, weil die edle Haltung des Fremden ihnen imponierte; so trieb er ihm selbst den Speer durch die Brust, sein Gefährte Mohammed Faradji uld Abdallah schlug den Kopf ab. Der Neffe führt die Franzosen zu einer Stelle, wo Knochen verscharrt sind, die zu zwei menschlichen Skeletten gehören, sie werden, mit Militärpfarrer, Weihwasser, Salut und allem Drum und Dran auf einem der neuangelegten christlichen Friedhöfe begraben. Das Zeugnis widerspricht auch der ähnlich pathetischen, etwas bizarren Version, die René Caillié von einem dicken, freundlichen Herrn in Tombuctou gehört zu haben behauptet: Was! soll empört der Maure ausgerufen haben, der den Tötungsbefehl bekam, ich soll diesen tapferen Mann, den ersten Christen, der unsere Länder besucht, ihn, der uns nichts getan hat, der uns nur Gutes wollte, töten! mach es doch selbst, wenn du unbedingt willst. Man hätte dann, zur Ermüdung des Reisenden, der inzwischen an den Armen festgehalten wurde (schmerzhaft, wie der rechte Arm hinter den Rücken gebogen wird), einige Zeit herumdiskutiert und es schließlich, um zu einem Ende zu kommen, den Sklaven überlassen, den Fremden mit einem Turban zu erwürgen, um seine Reste kümmerten sich die Vögel. Die gleich mehreren wilden Versionen, die Oskar Lenz, der österreichische Rassist und Antisemit,

erzählt bekommt, kann man wohl, von Details abgesehen, von vornherein außer acht lassen, schon weil sie die Geographie durcheinanderbringen und Laing über Walata nach Timbuktu reisen lassen: er hätte, in perfektem Arabisch, in Walata wie in Timbuktu mit den Schriftgelehrten über Fragen der Religion, der Wissenschaften und der Dichtkunst disputiert und ihnen die Vorzüge der europäischen Medizin nahezubringen versucht; daran sei einer der Weisen gestorben, woraufhin man im Araouane, der nächsten Station, Angst um die ortsansässigen Cherifs bekommen und den Tod des Rumi beschlossen habe, das erzählt ihm der Sohn eines auf diese Art geretteten Cherifs, der auch behauptet, im Besitz des jetzigen Scheichs der Berabich, des Sohnes oder Neffen jenes Ahmadou Labeida, seien noch *sämmtliche Effecten* Laings aufbewahrt: Phiolen mit Medizin (oder Gift), *geschriebene Bücher*, Wäsche und Schmuck, außerdem zwei Flaschen Wein, die seit über fünfzig Jahren niemand anrühren wollte. Herr Lenz besucht das Haus dieses Scheichs in der schrecklichen Stadt Araouane mit ihren Sandstürmen, ihrem brackigen Trinkwasser und den leeren Flächen zwischen den Gebäuden, findet den Hausherrn aber nicht vor, sondern nur seinen Sohn oder Neffen, der eine weitere Generation von der Geschichte entfernt ist und ihm eine große Kiste mit einem eisernen Vorhängschloß zeigt, für das er leider keinen Schlüssel besitzt. Jeder zweite, den Lenz hier trifft, erinnert sich an den Rumi, der diese Stadt nie erreicht hat (das heißt, man erinnert sich, von seinem Vater, Onkel oder Großvater Geschichten über den Rumi gehört zu haben); viele erzählen ihm, hinter vorgehaltener Hand, der wirkliche Grund für die Tötung habe weder etwas mit Religion noch mit irgendwelchen Raubabsichten zu tun gehabt, sondern mit einer viel delikateren Geschichte, in der die Frau eines wichtigen Herrn (niemand nennt einen Namen) die Hauptrolle spielt, ihr sei der Rumi zu nahe gekommen, oder sie habe ihn zu nahe kommen lassen, Lenz glaubt daran genau so gerne wie an alles andere. All diese Versionen aus dem Reich des Erzählens, Weitererzählens und Übersetzens erklären nicht das zweite Skelett, es sei denn der arabische Junge hätte in einer Art von verwirrter Liebe seinen Herrn (der noch nicht einmal seinen Namen notiert hat) verteidigen wollen; sie weichen, aus der Sicherheit des Nachträglichen, der Nacht und dem Element des Zufälligen aus.
Für einen Moment, im langen Davor oder im kurzen (doch, von hier aus, unbestimmbaren) Danach, in der Stille, die dem Schlaf vorausgeht, oder in dem betäubenden Lärm, der ihn unterbricht und selbst zur Stille wird, bekommt der Gedichtband, von dem der Konsul geredet hat, Gewicht, er hat ja nie etwas von diesem Mann gelesen, erinnert sich kaum an die eine Zeile, die ihm Emma zum Abschied zugeflüstert hat, alles verwaist und entvölkert,

er folgt ihr nicht in die Tiefe der Bedeutung, von der sie vielleicht selbst noch nicht weiß, auch nicht im Erinnern, nur der Verdacht bekommt Konturen, ohne die Zeit oder die Macht, Klarheit zu gewinnen. Alles kann Täuschung gewesen sein, niemand der, für den er ihn gehalten hat; er ist eine beliebige Figur, fast jeder hätte an seine Stelle treten können, er ist ein Clown, fast finsterer als alles andere erscheint ihm jetzt die Reihe der Besucher, die ihn, je nach dem Auftreten, nach der Laune des Konsuls, ersetzen könnten oder ersetzen hätten können, wie weit in die Zukunft mag sie sich noch fortsetzen, durch keinen Vertrag und keine körperliche Spur (da sind nur eine vage Erinnerung und ein lächerliches Papier) daran gehindert, so wenig wie die Spitze sieht er das Ende, nur die wenigen, immer gleichen Namen: Clapperton, nach drei Flaschen Portwein so betrunken, sagt der Konsul, daß er die Frauen wegsperren hat müssen und Angst um seine Möbel und Vasen bekam, der junge Rousseau, so lange er ins Haus durfte, die Figuren, die nach ihm kommen, blasse Gesichter, vor denen seine eigne Gespenstergestalt sich auflöst. Er sieht Clapperton selbst und Rousseau, den er nie gesehen hat, mit seinem süßlichen Lächeln, er sieht andere Männer, aus Tripolis, London oder Edinburgh. Dieses Wissen kann ganz am Ende stehen (wenn die Orte zusammenschießen und die Entfernungen ihre Bedeutung verlieren, wie auch die Zeit ihre Bedeutung zu verlieren scheint), denn irgendwann vorher spürt Laing noch, als wäre es eine gewöhnliche Nacht, über seinen Augen die warme Hand des Schlafs, eine nicht mehr menschliche Berührung, und eine Lähmung seiner Glieder, über jeden Schmerz hinweg, als sollte er in den Boden versinken, er wird in ihr schutzlos, ein Kind. Er steigt über die weiten geschwungenen Treppen des Mound, zum Teil auch über schlammige Feldwege hinauf in die Altstadt, die Grünflächen mit den paar moosigen Gräbern aus dem vorigen Jahrhundert unter ihm, möglich, daß er fliegt, aber höchstens knapp über dem Boden, mit eher schwerer als leichter gewordenem Körper und mit äußerster Langsamkeit. Ockergelbe Mauern über dem Hang, zur linken der Turm der Kathedrale, zur rechten das Schloß, dazwischen wie in eine Kassette eingefaßt die Gäßchen und Straßen und die hohen Gebäude aus anderen, dunkleren Zeiten. Die Stadt ist völlig menschenleer und besteht nur aus Stein, er kann das Meer im Osten nicht mehr sehen. Es scheint, als wäre über der Stadt nicht der Himmel, sondern eine undurchdringliche lichtlose Decke, als wäre sie mitsamt ihren Hügeln, ihren Felsen und Türmen unter die Erde gesunken, um für immer hier zu bleiben; so ist es auch nicht möglich, einen Weg hinaus zu finden, die Straßen verschließen sich wie in einem Labyrinth; man steigt Treppen hoch und gelangt nur auf Brücken, die die Straßen überqueren, auf denen man zuvor unterwegs war; man steigt Treppen hinab und gelangt nur zu Torbögen und muffigen Tunneln kreuz und quer durch die Stadt. Die Häuser liegen gleichsam in mehreren Schichten übereinander, sie sind nicht zu betreten und geben die gleichgültigen Geheimnisse, die sie enthalten, niemals Preis. Gäbe es Bewohner, sie würden Laing nicht erkennen und sich nicht für ihn interessieren; so braucht er keine Angst zu haben. Anfangs ist er ein wenig enttäuscht, daß das das Ziel sein soll, das hätte er einfacher haben können, doch zugleich reizt ihn das Unbekannte dieser so vertrauten Umgebung, als hätten sich die alten Gemäuer angereichert mit Spuren und Partikeln der fernsten Orte, all dies in sich eingesaugt, um es nie mehr freizulassen. So tief hat er schon lange nicht geschlafen, wenn er auch erst im Moment, in dem er geweckt wird, merkt, wie wohl er sich gefühlt hat, er kommt gar nicht mehr dazu, sich zu bewegen, die schweren Beine vom Boden zu lösen, an den sie angeschmiedet sind. Zunächst ist ihm gar nicht klar, wer er überhaupt ist, da ist nur der Wechsel der Orte, der Wechsel von Wohlgefühl und Angst. Er versucht weniger, zu begreifen, was jetzt geschieht, als sich zu erinnern: als wäre es überhaupt nur darum gegangen, eine Erinnerung zu fassen, alle Anstrengungen wären bloß scheinbar oder sogar überflüssig, in seinem Inneren war die Geschichte von Beginn an geschrieben und er mußte nur den Schutt wegräumen, der diese Schrift bedeckte, in der Leichtigkeit, die dieser einsamen Arbeit folgte, würde sich von selbst die Welt vor ihm auffalten (denn die Welt, das ist im Kern nur ein einziger Ort, dieser Ort). Dann begreift er aber, was jetzt geschieht, und im selben Moment, daß es zu spät ist: er erkennt die Gestalt oder die Gestalten über ihm nicht (fast könnten es genausogut die Bäume sein, doch da ist das Weiß der Augen), er schafft es, sinnloserweise, sich die Hand vors Gesicht zu halten, bissim allah hi, ruft er oder ein anderer aus, er ist nur ein Stück Vieh, es ist nur eine Schlachtung. Er spürt das Eisen, das durch seine Brust dringt, den Schwall von Blut, der (wie soll er das schließen, wenn er es nicht geöffnet hat) aus ihm herausströmt, er spürt die Nässe auf seiner Hand, die, weil nichts mehr an seinem Gesicht zu schützen ist, zur Wunde oder zur größten seiner Wunden hinabfährt (als wollte er sie sich dann vor die Augen halten, um das Blut zu betrachten, den klebrigen, warmen Fluß aus seinem Innern; darin eintauchen, zuerst mit der Hand, dann mit dem ganzen Körper, doch er wird nichts mehr sehen und sich nicht mehr rühren); neue Stiche registriert er nur mehr, als würden sie in einen fremden Körper, in etwas Lebloses eindringen. Er möchte jemandem etwas sagen, der nicht da ist, sein Mund öffnet sich, eine dunkle Höhle. An diesem Tag oder in dieser Nacht (sobald sie das Datum erfährt und daran glauben muß, versucht sie sich zu erinnern) hat sie nicht besser und nicht schlechter geschlafen und geträumt als sonst; immer sind ihre Nächte von wirren Wünschen durchkreuzt, von Serien von Übersetzungen, die niemals in eine Erfüllung münden. Sie hat nichts anderes getan und nichts anderes gedacht als an all den endlos vielen anderen Tagen, aus deren zäher Masse sie ihn nicht lösen kann. Auch das hat sie also versäumt: sie fühlt sich schuldig: wie sie sich schuldig fühlt zu leben, hier zu sein, eine Frau, die Tochter ihres Vaters, mit keinem, nicht mit Frederic, nicht mit ihrem Mann, nicht mit einem anderen davongelaufen, ohne die Kraft, jemanden zu töten, leer in der Leere, an der sie doch ersticken soll. Vielleicht die letzte Erinnerung, nachdem die Reihe seiner Feinde verschwindet, ist der Satz, den er wiederhört (die drei Orte, die jetzt verschmelzen, sind Falaba, der Garten und dieser namenlose Ort zwischen Tinbuctoo und Araouane), die weiche Stimme mit der kleinen Spur von Heiserkeit darin, ich wünschte, ich wäre in Ihrem Kopf gewesen, er erinnert sich: er hört den Satz wieder: glaubt er ihr oder nicht? Ein schöner, voller Schwung des Schwertes durchschneidet (wie lange läuft das Denken noch weiter) den Hals, der Kopf rollt, mit dem Gesicht nach unten, in den Staub; ein einziger Moment der Gewißheit: endlich ist er nicht mehr abgetrennt vom Land, er gehört diesem Boden an (doch auch das ist nur Täuschung). Er begreift plötzlich, was jetzt geschieht, er hat es nicht erwartet. Er hat Angst, eine Angst, wie er sie noch niemals gespürt hat: aber Angst vor etwas, das schon geschehen und nie mehr zu heilen ist.

Bungola, der etwas von Laing entfernt geschlafen hat, ist nur leicht verwundet worden (ich bin es nicht, ich bin es nicht, bei Allah, ruft er einige Male aus, er hört ein Gelächter); er läuft nicht davon, weil er nüchtern genug ist, zu wissen, daß ihm das nichts bringen würde; es dauert eine Zeit lang, bis er wieder einschläft, vom Lager der Mörder her ist kein Ton mehr zu hören. Am Morgen sieht er den abgeschlagenen Kopf, gelbes Haar, es ist gut, daß das Gesicht verborgen ist. Der Rumi hat ihm sechs Taler monatlich an Bezahlung, bis zur Rückkehr nach Ghadames, versprochen und ihm ein Papier übergeben, auf dem dieses Versprechen fixiert sein soll; weil er keine anderen Vorstellungen darüber hat, was er tun könnte, und im Grunde niemanden an irgendeinem Ort auf der Welt kennt, zu dem er gehen wollte (er könnte sich höchstens selbst auf dem Markt wieder als Sklave verkaufen), kehrt er zunächst, mit Hilfe eines der Mauren aus der Karawane, in der man weder für ihn Verwendung hat noch einen Grund dafür sieht, ihn zu töten, nach Timbuktu um, um sich dann zu den Europäern durchzuschlagen und seinen Lohn abzuholen, auch wenn er es genausogut für möglich hält, daß man ihn gefangennimmt oder tötet, warum auch nicht. Die Leiche des jungen Arabers liegt neben dem Rumpf seines Herrn, fast berühren sie einander, sie ist weniger entstellt, man hat den Kopf auf dem Körper belassen, er scheint ihn anzuschauen, aber er weiß keine Erwiderung auf solch einen Blick und wendet sich ab. Am ersten September 1828 wird Bungola von Konsul Warrington verhört, der Konsul glaubt mittlerweile an den Tod des Majors, er weiß aber auch, daß dieser Neger, bevor er ihm zur Verfügung gestellt wurde, durch die Hände von Herrn D´Ghies und dem Bashaw gegangen ist, so daß die verschiedensten, durchaus aufregenden Perspektiven für sein Mißtrauen gewahrt bleiben. Vor allem möchte er in Erfahrung bringen, was mit den Papieren des Majors geschehen ist, denn er hat dessen letzten Brief, mit den vagen Angaben über die Records of the Town schon empfangen und ist plötzlich fest überzeugt von der Existenz jener geheimnisvollen Manuskripte, über die er sich vor kurzem noch lustig gemacht hat, und glaubt sogar zu wissen, wo sie verblieben sind, mitsamt den Aufzeichnungen des Majors, deren Diebstahl die besondere Perfidie ist: er braucht nur noch einen Beweis dafür, daß die Franzosen hinter der ganzen Sache stecken. An der größeren Haltbarkeit von geschriebenen Büchern, im Vergleich mit Menschen, hat er keinen Zweifel. Leider ist aus Bungola in dieser Hinsicht nichts herauszuholen, er redet nur von den Leichen, von seiner eigenen Verletzung und vom Mangel an Wasser, der Konsul nickt ungeduldig, während der Dolmetscher dieses Gerede wiedergibt und der Sekretär mitschreibt. Die Version des alten Neffen von Ahmadou Labeida, den eine französische Untersuchungskommission aufspürt, wird der Konsul nie erfahren, er ist dann seit Jahrzehnten tot und im Garten unter einem pompösen marmornen Grabstein bestattet, neben seiner Frau, einer seiner Töchter und letztlich auch seinem verlorenen Sohn Frederic, der alle aus der Familie überlebt und zum Mentor späterer Forscher wird: alle Papiere, erklärt der maurische Greis Herrn Bonnel de Mezières, dem Leiter der Kommission (von Anfang an interessieren sich die Franzosen weit mehr für Laings Schicksal als die Engländer und bedenken ihn mit Ehrungen, die ihm allerdings auch nichts mehr nützen, nicht einmal seinem Namen, den sie kaum vor dem Vergessen retten), haben sein Onkel und dessen Leute zerrissen und in den Wind verstreut, aus Angst vor der Magie, die sie enthalten, oder weil sie den Feinden des Landes dessen Geheimnisse preisgeben könnten, wenn sie in ihre Hände kämen; die Bücher haben sie verbrannt. Man gibt Bungola, der nicht interessant genug ist, für mitschuldig gehalten zu werden, und aus der Geschichte entlassen werden soll, sein Geld, mit einem geringen Abzug für die zwei Jahre seit Laings Tod, über den er sich nicht zu beschweren wagt. Der Konsul schreibt einen gefühlstriefenden Brief an die Familie seines (zum Glück nur halben) Schwiegersohns, auf den er ebensowenig eine Antwort bekommt wie auf den Brief drei Jahre davor, in dem er die glückliche und, wie er meinte, für diese Schotten höchst ehrenvolle Verbindung der beiden Familien verkündet hat; diese Leute scheinen nicht zu wissen, mit wem sie, auch wenn es nicht gesagt werden darf, in weiterem Sinne beinahe Verwandtschaft geschlossen hätten; wäre es ihm nicht im Grunde gleichgültig, hätte er beleidigt zu sein. Viel interessanter ist es für ihn, als, wenige Wochen später, in Tanger dieser kleine Lump namens René Caillié auftaucht und seine Geschichte offiziell beglaubigt und in der Welt verbreitet wird; nun weiß Warrington endgültig, daß er schärfere Saiten aufziehen muß; vielleicht schaut am Ende ein schöner kleiner Krieg oder Eroberungsfeldzug heraus. Er steht im Zentrum: das Konsulat hier am Ende der Welt (er weiß genau, daß man ihn und seine Frau einfach abschieben wollte) ist der Ort, an dem die Fäden sich zusammenfügen, die Opfer ihre Bedeutung fürs größere Ganze erlangen. Er befiehlt (weil es für ihn keine Trennung zwischen dem Beruf und dem Privatleben, seinem Amt und seinem Namen, dem Vaterland und der Familie gibt) der Konsulsgattin, ihrer Tochter Manieren und Realitätssinn beizubringen; dieses wächserne Geschau ist nicht zu ertragen; die junge Dame hat sich (sei es auch, wie früher, scheinbar auf seine Kosten) von ihrer besten Seite zu präsentieren, wenn er nicht zuletzt ihretwegen Besucher in Den Garten einlädt.

An der Gruppe von Bäumchen vor Araouane kommt gegen Abend ein Berabich namens Brahim uld Omar uld Salah vorbei, eine feine Staubschicht bedeckt schon die Körper. Da und dort ist die Kleidung zerrissen; die Rippen sind freigelegt, die Augen fehlen, doch von den Vögeln ist keine Spur mehr zu sehen. Sidi Brahim murmelt die passende Sure, wie sein ruhiger Blick sollen die Worte, etwas Fließendes und Weiches, sich über die Szene legen. Er erkennt die Spuren einer Geschichte, wie sie in der Wüste nicht allzu selten ist und über deren genauen Ablauf er sich keine Gedanken macht, Leben und Tod liegen hier ganz nahe beieinander, wie Traum und Erwachen; nur die seltsame Kleidung an dem Rumpf fällt ihm auf, die Lederstiefel an den Füßen (für die die Mörder offenbar keine Verwendung hatten), die Hose, die bis zu den Knien hintergerutscht oder hinuntergezogen ist, der feste Rock, der sich wie ein Korsett um diesen Körper schließen hat müssen, außerdem das dichte grau gewordene Haar an dem in einer eingetrockneten Blutlache liegenden Schädel. Sidi Brahim läßt zwei flache Gräber ausheben und die Leichen hineinlegen, ordentlich ausgerichtet, mit dem Kopf in Richtung der Qibla; es hat diesem Toten, der sich all den anderen Toten, bloßen Fremden, zugesellt, nichts genützt, daß er sich geweigert hat zu spielen. Wind kommt auf: da ist nur mehr Sand, die Erde und der Himmel sind von der gleichen Konsistenz.

Hier, am Übergang zwischen zwei Formen von Barbarei (vom Sklavenhandel, mit den Atlantikschiffen, die späteren Güterzügen ähneln, zu den Trägerdiensten, den Konzessionsgesellschaften, der Kopfsteuer, dem Militär, den Rassentheorien), wäre für einen kurzen Zeitraum eine gewisse Offenheit, ein gewisser Humanismus möglich, in einer Zwischenzeit, die kaum durch Jahreszahlen einzugrenzen ist und vielleicht auch nur in der flüchtigen Illusion Einzelner, vielleicht nur in seiner Illusion besteht, in manchen seiner Sätze, in manchen seiner Blicke, selbst wenn er fast niemals Menschen gesehen hat, sondern bloß Repräsentanten ihres Landes, ihres Volkes, ihres Geschlechts (jedoch nicht, im Sinn der Nachfolger, einer Rasse). Dieses *fast* aber ist der Moment der Unsicherheit, des Witzes, der Angst, der Sympathie oder der Empörung, der Moment der Absichtslosigkeit.

Die Namen von Männern, die nichts erobert haben; ihre Erzählung hebt sich kaum ab vom Boden, vom Augenblick, den Details einer Landschaft, den Verwicklungen ihrer zufälligen Gesellschaft, der befremdenden Alltäglichkeit, der alltäglichen Fremdheit ihres Unterwegsseins.

Für diese Mängel und Schwächen, für diese Momente die Geschichten ausgesucht haben: deshalb weitererzählen, die Lücken ausfüllen, sich in den Lücken verbohren.

Gleich beginnt das neue Nachleben, ein Herumirren von Stadt zu Stadt, zuerst im Tafilet: Ghourland, Boheim, Ressant, Marca, N´Zéland (Herr Jomard runzelt die Stirn), Städte mit an die tausend Einwohnern, Mauren, Berbern und Juden, und mit Stadtmauern, deren einziges Tor nachts verschlossen wird, er schläft in den Moscheen, neben anderen Fremden, wenn ihn nicht ein Wächter seines zerlumpten Aussehens wegen hinauswirft, und er ißt das Sklavenessen, das ihm Wohltäter bereitstellen, Couscous und Datteln, die immerhin weich sind, während die Herren Hühner, Obst und frisches Brot zur Verfügung haben und seine neidischen Blicke nicht beachten. Einmal versucht er, bei einem Juden etwas von dem westafrikanischen Gold, das er hier nicht zu verwenden wagt, einzuwechseln, in einer kleinen Menge, obwohl er gleich weiß, daß er dem Mann eher vertrauen kann als allen anderen und sich später über seine Vorsicht ärgert (*von der Habgier der Mauren und Juden verfolgt*, schreibt im Automatismus und der Sicherheit des wissenschaftlichen Geistes freihändig Herr Jomard in seinem verquält hagiographischen Nachwort zu Cailliés Reisebericht), andererseits hat er auch Angst, mit Juden gesehen und ihnen gleichgestellt zu werden, denn er beobachtet, daß sie (ein zivilisierter Europäer, denkt er, wäre nie zu einer solchen Gemeinheit fähig) auf der Straße bespuckt, mit Steinen beworfen und nach Belieben beraubt werden können. Er wird von dem Mann namens Jacob in sein Haus eingeladen, wagt nicht (Jacob lächelt) von dem Bier zu trinken, das ihm angeboten wird, obwohl er sich noch niemals mit solcher Begierde nach einem Getränk gesehnt hat (der drohende Abgrund ist fast schon egal), und freut sich, mit den Frauen des Hauses, deren Gesichter nackt und deren Augen blau sind, unbefangen plaudern und lachen zu können. Er ist fast traurig, wieder ins Freie zu müssen, diese Leute so wie alle anderen in einen Namen und eine Episode zu verwandeln, das heißt, zu vergessen; eine Stadt ist für ihn wie die andere, leer und feindselig, auch wenn die Märkte bunt und reichhaltig sind und die Menschen ihn nach der ersten bescheidenen Neugier kaum mehr beachten. Er merkt hier im Tafilet, daß eigentlich niemand ihn für einen Araber hält (vor allem, weil die meisten Leute selber Araber sind) und man ihn trotzdem zu seiner Heimreise beglückwünscht, allerdings ohne ihn einzuladen oder ihm wirklich zu helfen; er muß, den Großteil des Goldes, mit lästiger englischer Prägung, weiterhin in seinem Seesack versteckt, seine schönste Coussabe verkaufen, um überhaupt Esel oder Maultiere für sein Fortkommen mieten zu können. Er wäre, schreibt er, bereit, auch ganz nackt dieses Land zu durchqueren, um wieder heimzukommen. Ein älterer Mann setzt sich neben ihn auf die Straße und teilt seine Datteln mit ihm, er zeigt, nachdem Abdallah seine Geschichte vorgebracht hat, ein Gerät vor, das ohne Zweifel der Taschenkompaß des anderen europäischen Reisenden ist, und Caillié gibt sich uninteressiert, er fragt nicht, wie Sidi Boubacar an das Ding gekommen ist, sie unterhalten sich (die Wissenschaft der Europäer ist leider viel weiter fortgeschritten als die von uns Moslems, Abdallah nickt geistesabwesend) damit, ihre Kenntnisse in den Grundrechnungsarten auszutauschen; Caillié kämpft mit den arabischen Zahlen, doch der ruhige, weitgereiste Herr Boubacar, der Ägypten und den kleinen Kaiser der Christen kennt (Caillié haßt und liebt diesen Toten), ist allem Anschein nach gleichgültig gegen seine Geschichte und dagegen, wer Abdallah in Wahrheit sein mag, das Multiplizieren, Dividieren und Verzehren der Datteln macht ihm oder letzten Endes allen beiden großen Spaß. Nachts werden die Tore der Moscheen von außen versperrt, Caillié schläft in seinem eigenen Gestank und im Gestank der anderen Fremden und schleicht zwischen den Winkeln der finsteren Innenräume und Höfe herum; als man (ist es in Boheim, in N'Zéland, in Marca oder in Ressant) morgens eine Lache und einen Haufen Scheiße am Grabmal eines Heiligen entdeckt, möchte man ihn lynchen (denn niemand zweifelt an der Schuld dieses Christenhunds)(er sieht sich am Boden liegen, zusammengekrümmt, die Hände vorm Gesicht, wie schon einmal und wie immer wieder;

er sieht das Schwert, das seinen Kopf abtrennen wird, einer von vielen Köpfen, eine Episode, nichts sonst), gutmütige alte Männer verteidigen ihn aber: er ist nur ein dummer Ausländer, ein Kind, er hat keine Erziehung; er weiß nichts und er weiß nicht, was er tut, er kennt die Heiligen nicht, läßt ihn sich entschuldigen und abhauen und Schluß mit der Sache.
Es ist (von Stadt zu Stadt, von Moschee zu Moschee, von Fondak zu Fondak, von Straße zu Straße) nicht die Körperlosigkeit, die Cailliés Zustand ausmacht, sondern die Schwere, ein Schmerz, der über Vergangenheit und Zukunft hinwegzieht, ohne Grenzen, und jeden Moment in einen seltsamen Rausch oder in völlige Verzweiflung übergehen kann, nur nicht in den Tod, denn er hat den Tod hinter sich, seit Tiémé oder erst seit Temboctou, und der Tod hat ihm seine Gestalt wiedergegeben und seine Freiheit zerstört. Er war ausgelöscht, eine Funktion, nun sieht er sich selbst, vorzeitig alt geworden und zugleich wieder das Kind, das er gewesen ist, für immer eingesperrt in diesen Körper, diese Gruft. Er möchte sich ein Tuch ums Gesicht wickeln oder sich Narben schlagen, um nicht mehr wahrnehmbar zu sein (könnte er sich die Haut abschälen und darunter einen anderen freilegen). Sein Husten wird immer heftiger und er spuckt wieder Blut, es beginnt während der mühsamen Bergwanderungen, die ihn oft, inmitten der beängstigenden Gipfel ringsum, den Weg aus den Augen verlieren lassen, er ist jenseits der Erschöpfung und muß doch, wenn der Weg zu steil für die Maultiere ist, immer wieder marschieren, abends fällt er grenzenlos müde einfach hin und kann doch nicht schlafen, er spürt, flatternde, mit Blut und mit Luft angefüllte Wesen, die Lungenflügel in seiner Brust; sein Herz schlägt ganz ohne Regel und Maß. In einer Moschee wird er von den anderen Nachtgästen mit Stockschlägen verjagt, weil man seinen ekligen Husten nicht erträgt. Er beginnt, obwohl er noch Datteln aus Boheim bei sich hat, wieder um Essen zu betteln, mit wenig Erfolg. Ein zartfühlender junger Cherif verköstigt ihn einmal, an einem Tag wie ein schöner Traum, in einem Garten vor einer Stadt, in der er am Turm der Moschee eine Uhr entdeckt, er reicht ihm die schönsten Früchte und schält sie sogar für ihn; er sagt, daß er seine weiße Haut und seinen traurigen Blick mag und daß er sich nicht schämen soll, und bietet ihm an, ihn gratis bis nach Fez und noch weiter zu führen, wenn er nur ein paar Tage hierbleiben will, Caillié weiß gleich, daß er ablehnen muß, weil jeder Aufenthalt ihm unerträglich ist.
In Fez kann er noch in einem Fondak, einem Quartier für Menschen und Tiere, übernachten, ein großes, schön symmetrisches Tor wie ein Triumphbogen empfängt ihn in der Stadt, und er ist doch ein Niemand, ein Bettler, ein beliebiger Vagabund; in den Straßen sieht er viele Brunnen; er sieht Gärten

außerhalb der Stadt und verwesende Katzen und Hunde in den engen, von Mauerbögen und Weinlauben überdachten Gassen, deren Gestank den seinen noch übertrumpft, er wagt sich, in seinem unbewußten Vertrauen zu anderen Ausgestoßenen, wieder zu einem Juden (kein Wort über Bier und Frauen) und tauscht zwei Goldmünzen ein, für den Erlös kauft er am Markt Brot und Weintrauben. Nach zwei Tagen zieht er in der Gesellschaft eines Maultiertreibers und -vermieters weiter nach Meknes, um sieben Uhr früh bricht er auf, um fünf Uhr nachmittags ist er angekommen, zurück auf dem tiefsten Punkt (*ein lebendiges Grab*, Ende der Reihe, Ort der Wiederholung). Er läßt sich zu einem Fondak führen, wird aber wegen seiner schlechten Kleidung und seines Geruchs abgewiesen; er versucht in einer Moschee unterzukommen, mischt sich bei Sonnenuntergang unter die Betenden und bleibt zurück, als sich das Gebäude leert; in einer Mauernische breitet er seine Matte aus und bettet den Kopf auf seinen Seesack, der schon die Spuren seines Speichels und seines Blutes von so vielen Nächten trägt, kaum ist er, gegen Zehn, am Einschlafen, schreckt ihn ein alter Wächter auf und wirft ihn unter lautem Geschimpfe auf die Straße. Er weiß nicht, wo er hingehen soll und irrt durch die finsteren Gassen, für Stunden, ohne jede Orientierung, fast schon nicht mehr auf der Suche nach einem Schlafplatz, sondern nur in der Hoffnung, die Nacht vergehen zu lassen, sie zu überleben, was ihm immer weniger selbstverständlich erscheint. Er hat Angst vor den streunenden Hunden, die er versehentlich aufstören oder deren Revier er verletzen könnte, sie haben mehr Rechte als er, niemand würde ihm zur Hilfe kommen. Er spürt, wie die Welt sich leert, und egal, wo er hingeht, er hat niemals einen Platz für sich, er wird immer ein Niemand für alle anderen sein, kann kaum seinen Namen sagen oder erkennen, alles, was er erreicht hat, die ungeheure Eroberung, von der er selbst schon kaum noch eine Vorstellung hat, ist nichts gegen seine Müdigkeit und Einsamkeit. Er spürt die Tränen in seinen Augen, das Würgen in seiner Kehle, er kann sein Schluchzen nicht unterdrücken, das doch nichts Befreiendes an sich hat; die Dunkelheit umhüllt ihn nicht und gibt ihm keinen Schutz, sondern stellt ihn aus, auch wenn keiner ihn sieht; es ist genug und zuviel, daß eine Welt rund um ihn da ist; daß er selbst sich sieht und von sich weiß. Später erinnert er sich an dieses Weinen und weiß, daß er es jederzeit zurückrufen kann; er beschreibt, ohne Rücksicht auf seine Ehre (er hat keine Ehre), in seinem Buch diese Nacht und bittet die Leser, ihm seine Schwäche zu verzeihen. Nach Mitternacht kriecht er beim Stand eines Gemüsehändlers unter, der Geruch nach Grünzeug in seiner Nase, die halbleeren Körbe neben ihm, die Plane über seinem Kopf kaum die Parodie eines Dachs. Er zittert vor Kälte (falls es nicht Fieberfröste sind) und

kann die ganze Nacht nicht schlafen, von einem kurzen, trügerischen Moment abgesehen, aus dem ihn der Anblick seines Vaters grausam weckt. Er wird das Bild nicht mehr los: das hochgebundene Kinn, die eingefallenen stoppeligen Wangen, die unbeweglichen Lider, der zu weite Kragen über dem Hals, der hölzerne Deckel, der sich mit einem rumpelnden Geräusch über diesem Gesicht schließt, das nun plötzlich wieder da ist und immer wieder da sein kann. Fleischgeworden an dem Tag vor zwanzig Jahren, zum ersten und einzigen Mal, nach einer letzten in einer fremden unpersönlichen Schönschrift verfaßten Nachricht; das Wort *freigegeben* gehört dazu und die Tränen, die er ratlos und beunruhigt über die Wangen seiner Mutter laufen sieht, es ist das einzige Bild: kleine Wirbel nahe dem Abgrund, der ihn anzieht (hinabgerissen werden, wie ein Stück Holz). Generationen von Leichnamen, die aufeinanderfolgen, seine Geschwister, die ihm, bis auf eine, vorausgegangen sind, vor seiner Geburt, wie seit jeher tot, doch immer gegenwärtig durch die Stimme, die Erzählung und die Ahnung eines unbegreiflichen Vorwurfs an ihn, der sinnloserweise da ist, viel zu spät gekommen, als alles schon verloren ist; diese Stimme einer Toten, wie seit jeher: die erste in der Reihe der vier oder fünf verlorenen Trauergäste, vor der Großmutter, der Schwester und ihm, die dem Sarg in seiner Grube aus einer kleinen Schaufel Erde mitgibt, ist die erste, die (vor der Großmutter, der Schwester und ihm) nachfolgt: sein Blick von der Türe her, sein Blick auf das fremdgewordene, stillgestellte, nicht friedliche sondern fast gewaltsame, fordernde Gesicht. Jeder dieser Orte ist der einzige Ort, hier, jedes dieser Bilder ist das einzige Bild, wo auch immer er sich befindet. Er preßt seine Wangen auf den nassen, rauhen, kalten Seesack; zehn Jahre hat er noch, so viel wie nichts, er kennt schon das Gefühl, das Bild ist schon da, er kehrt schon zurück.
Um sechs Uhr, so früh wie möglich, ein Schleier vor seinen Augen und ein pochender Schmerz hinter seinen Schläfen, verläßt er zu Fuß die Stadt, vergißt allerdings einen Teil seines Gepäcks, kehrt wieder um, findet aber kaum seinen Schlafplatz und jedenfalls nichts vom Verlorenen wieder, die Straßen in Meknes scheinen ihm im Tageslicht, auch wenn sie vor Menschen wimmeln, nicht weniger leer und abweisend als nachts, der gleiche Stein, ins Licht gesetzt, das Schwarz ins Weiß verkehrt und doch ebenso feindselig. Er sieht eine Gruppe von schiffbrüchigen Spaniern, die von Soldaten zum Palast geführt werden, und versteckt sich hinter den Rücken der kleinen Menge von Zuschauern. Er kann nicht ein zweites Mal zu Fuß aufbrechen und mietet, mit Hilfe eines jüdischen Dolmetschers, den er ganz bedenkenlos auf dem Markt anspricht, einen Esel für den Weg nach Rabat, zum Herrscher der Gläubigen, sagt er ganz leise. Sein Fieber ist zweifellos gestiegen, wenn die Rückenschmerzen, die ihn quä-

len, nicht noch von seinem Sturz herrühren, er kann gar nicht mehr alleine auf den Esel aufsteigen. Die Reise dauert länger als einen Tag, er fragt weder seinen Führer noch die paar anderen Reisenden um ihre Namen; man hält abends bei einigen Nomadenzelten rund um eine Lehmmoschee Rast; um zwei Uhr früh (er hat geschlafen und ist doch kaum erholt) bricht man wieder auf, von dreißig Hunden verfolgt, die eine Spur zu spät kommen, um sie zu erreichen und zu zerfleischen, doch er sieht von ganz nahe die leuchtenden Augen, die Zähne, die sich in die Kruppe seines Esels schlagen wollen. Vielleicht aus Mitleid läßt man ihn in Rabat im Fondak schlafen; er weiß, daß es in dieser Stadt ein Konsulat seines Landes gibt, und kann hoffen, er wäre gerettet, zugleich scheint die Gefahr ihm größer denn je. Er zeigt die Shillingmünzen, die er bisher sorgsam versteckt hat, nun vor, um eine Erklärung für seine Frage nach dem Weg zum Konsulat zu haben. Ein einheimischer Diener, am weißen Umhang leicht als Jude zu erkennen, öffnet ihm die Tür und erklärt ihm (obwohl er sich nicht als Europäer zu erkennen gegeben hat) auf Englisch, daß der Konsul gerade beim Sultan ist, nach einem kleinen Rundgang kommt Caillié zurück, im ersten Moment ist er entsetzt, als er sieht, daß auch der Konsul selbst ein ansässiger Jude ist, er wagt sich aus seinem Geldumtauschmanöver nicht heraus, obwohl oder weil er fast verwirrt über das ausgezeichnete Französisch dieses freundlichen Herrn ist, zum ersten Mal seit zwei Jahren hört und spricht er seine eigene Sprache, falls er noch eine eigene Sprache hat und falls es noch eine Übereinstimmung zwischen Reden und Denken für ihn gibt. Er tut sogar so, als wüßte er nicht, daß es englisches und nicht französisches Geld ist, das er hier umtauscht, eine etwas bizarre Verstellung, wenn man seinen Akzent und seine Entführungsgeschichte bedenkt. Ein englischer Kaufmann redet ihn an, und Caillié, der den Unterschied zwischen England und Frankreich, der ihm (er hätte sich in Westafrika jedem angetragen) nie besonders wichtig war, jetzt gar nicht mehr recht begreift, erzählt, so als könnte das Reden, die Offenheit ihn schon retten und alles in seinem Innern Verschlossene befreien, ohne lang zu überlegen und ohne Rückstände der so lange gepflegten Version, wer er ist, woher er kommt und was er möchte. Dabei bedeutet es ihm gar nichts, zum ersten Mal wieder mit einem Europäer zu sprechen, wie es ihm in Meknes gar nichts bedeutet hat, zum ersten Mal wieder Europäer zu sehen, und wie ihm auch jedes Mitleid für die Spanier fehlte, fast hat er schon kein Mitleid mehr mit sich selbst. Er kann dem Konsul vertrauen, sagt der Engländer, und Caillié wagt, um eine Privataudienz zu bitten. Der Konsul ist eigentlich Konsularagent, er zeigt Caillié seine Ernennungsurkunde vor, einen Brief des Generalkonsuls Monsieur Sourdeau, bezahlt wird er für seine Aufgabe allerdings nicht und seine Kompetenzen sind eher bescheiden. Er holt eine Landkarte hervor, läßt sich den Senegal zeigen, Caillié fährt mit dem Finger, unter leichtem Zittern, seine Route nach, sagt ein paar Worte zu jedem Ort, seine Augen sind blutunterlaufen, der Konsularagent ist beeindruckt. Er gibt Caillié drei Drachmen und rät ihm, seine Tarnung beizubehalten; wenn die Marokkaner merkten, wie er sich ins Land geschlichen hat, würden sie ihn einen Kopf kürzer machen. Sonst kann er nicht wirklich etwas für ihn tun, er sollte vielleicht einen Brief an Monsieur Sourdeau nach Tanger schreiben, und er kann ihn (sein Name ist übrigens Ismayl, sehr erfreut) natürlich in den nächsten Tagen besuchen, so oft er will, aber bitte ohne Aufsehen zu erregen. Ismayl verbucht die Ausgaben im Budget unter der Rubrik Sonstiges.

Erst als er das Konsulat wieder verlassen hat, gewinnt Caillié den Eindruck, daß er eigentlich gar nicht weitergekommen ist. Er geht zum Markt und kauft Essen für sich und für seinen schrecklich netten Führer, der ihn immer dazu drängt, doch zum Sultan zu gehen und Hilfe zu erbitten, der Herrscher der Gläubigen würde ihm in seiner Großzügigkeit alle Mittel für seinen Weg nach Ägypten zur Verfügung stellen und ihm auch neue Kleider schenken, warum macht er sich so schwer und will alles auf eigene Faust unternehmen, keiner versteht das. Nachdem ihm die Ausreden ausgegangen sind, haut Caillié einfach aus dem Fondak ab und übersiedelt zunächst auf die Straße (die Hunde wecken und ein Wächter rettet ihn), dann, von der Einsamkeit dieses Ortes und dem wunderbaren Ausblick angezogen, in einen Friedhof über dem Meer, vor ihm die Grabsteine, die blaue Atmosphäre, die am Horizont mit dem Wasser verschmilzt, hinter ihm der Schutz der Mauern eines Mausoleums, der stumme Stein, an den er sich lehnen kann, weder von Menschen noch von Hunden (warum hassen sie ihn so?) gestört; er beobachtet die Sonnenuntergänge, läßt das Meer unter sich im Mondlicht versinken, tagsüber bettelt er vor einer Moschee, möglichst weit entfernt vom Fondak, in dem sein Führer vielleicht noch wohnt, um Brot, Rosinen und Wasser; manchmal läßt er sich von Ismayl Geld geben (Sonstiges, zwei Drachmen) und kauft auf dem Markt gebratenen Fisch und Reis. Es ist zwar ziemlich kalt auf seinem Friedhof, aber er fühlt sich hier sicher und heimischer als überall unter den Menschen, Abdallahs arabischen Landsleuten; er glaubt, über die Klippen und über das Rasseln der eigenen Atemzüge hinweg, das Rauschen des Meeres zu hören. Am zweiten Abend schreibt er, mit einem seiner Bleistiftstummel, den Brief an Monsieur Sourdeau, in dem er auf zwei, drei Seiten die Grundzüge seines Abenteuers skizziert; als er Ismayl den Brief überbringen will, erfährt er, daß der Generalkonsul vor wenigen Tagen gestorben ist, gerade ist die Nachricht angekommen (ganz knapp hat der arme Diplomat versäumt, was er für den Höhepunkt seiner Karriere halten hätte können); die Pietät verlangt die Abfassung eines neuen Briefes, der an den Stellvertreter, Herrn Delaporte gerichtet ist, Caillié verliert wieder einen Tag. Zwei Wochen lang hält er es in Rabat aus, Ismayl, den er fast schon nicht mehr aufzusuchen wagt (wer sagt ihm, daß das Konsulat nicht überwacht wird) hat ihm nie etwas Neues zu berichten, keine Antwort auf seinen Brief: was, wenn alle seine Beweise nichts gelten, weil ihm, so wie früher, keiner zuhört und keiner liest, was er schreibt; was, wenn er hier gar nicht mehr herauskommt, aus dem Bettlerdasein in Nordafrika, und sein Leben lang (zwei, zehn, zwanzig, fünfzig Jahre, ganz egal) in Nordafrika herumirren wird und schließlich vergessen, wer er einmal gewesen ist, weil die Wahrheit, wenn es eine Wahrheit gibt, mit der Zeit vollkommen unwahrscheinlich geworden ist? Wenn er sich an einem fernen Punkt seiner Geschichte sogar in Alexandria wiederfindet, um zu suchen, was er nicht finden kann, im Zentrum der Lüge, im Innersten seiner Existenz, im Nichts (er steigt eine Treppe hoch, in einem verfallenen Haus, er sucht unter den Gräbern eines fremden Friedhofs nach den erfundenen Namen)? Er fühlt sich zwar durch seine zerfetzte Kleidung halbwegs geschützt, weil sie ihn den örtlichen Bettlern gleich macht, je zivilisierter die Städte sind, desto mehr Bettler gibt es auf den Straßen, aber er glaubt sich dennoch durch seine Nähe zum Konsulat vor wem auch immer verdächtig zu machen, vor allem wird ihm das Warten zu lang, er beschließt, sich auf eigene Faust nach Tanger durchzuschlagen. Ismayl wünscht ihm viel Glück, obwohl er ihm aus seiner Kenntnis des Landes von seinem Plan nur abraten kann (Caillié versucht nicht mehr gegen derlei Warnungen zu argumentieren); wieviel Geld braucht er noch, fragt Ismayl, Caillié nennt eine Summe und erhält sie.

Er mietet einen Esel, der allerdings, wie sich herausstellt, schon so schwer beladen ist, daß für ihn als Reiter gar kein Platz mehr bleibt, und geht neben diesem Tier und seinem Besitzer nach Tanger; das Fieber höhlt ihn ganz aus, sie gehen der Küste entlang, durch tiefen Treibsand, in den die Esel bis zum Bauch einsinken; der Eselsbesitzer erinnert ihn an Aly, und er haßt ihn noch etwas mehr, als er Aly gehaßt hat; wenn er im Lauf dieser Etappen etwas gewinnt, dann ist es die Kraft zu hassen. Bei einem Halt unter einer Gruppe von Bäumen (er schaut zu den Ästen, zum wolkenlosen Septemberhimmel empor und fühlt sich zerstückelt) bekommt er einen neuen Blutsturz; der böse Eselsbesitzer sitzt ängstlich an seiner Seite und füttert ihn (noch ein Löffelchen, mein Kleiner, noch ein Löffelchen) mit Couscous. Nach fünf Tagen durchschreitet er, vom Türhüter unbeachtet, bei Sonnenuntergang das Stadttor von Tanger;

er deponiert sein Gepäck in einem Fondak und will gleich das französische Konsulat suchen, im Dunkeln kann er die Flaggen vor den Konsulatsgebäuden aber nicht auseinanderhalten. Nachts ist er schlaflos vor Aufregung; er kann nicht glauben, daß er womöglich am Ziel ist. Er findet am nächsten Morgen das britische Konsulat und geht durch die offene Türe ins Haus; er fragt einen Beamten nach dem französischen Konsul, der ist tot, bekommt er geantwortet; doch ein jüdischer Konsulatsangestellter bringt ihn zum Haus des Vizekonsuls, was sucht er denn bei den Christen, fragt er Caillié unterwegs, der jetzt offenbar überzeugend die Gestalt Abdallahs angenommen hat und der Einfachheit halber keine Antwort gibt. Er bekommt das Haus gezeigt, wagt aber (man könnte ihn beobachten) nicht zu klopfen und spaziert eine halbe Stunde lang, fast verirrt er sich dabei, durchs Stadtviertel; dann steht die Türe zufälligerweise halb offen und er schlüpft hindurch, eine Dienerin kreischt, er flüstert, ich bin Franzose, ich bin Franzose. Herr Delaporte ist Mitglied der Geographischen Gesellschaft und hat Cailliés Brief bereits gelesen (wenn auch noch nicht beantwortet); er umarmt, tief gerührt, weinend vor Glück und vor Stolz, den stinkenden Araber, der gleich in seinen Armen zusammensackt. Caillié wird reich bewirtet; Delaporte ist allerdings noch nicht dazu gekommen, einen Plan zu entwickeln, wie er aus dem Land zu schaffen ist, und ihn solange im Konsulat unterzubringen, scheint ihm gefährlich; er hielte es für gescheit, wenn Caillié eine Zeit lang noch so weitermacht wie bisher. Vor der Türe erwartet Caillié, gespenstisch stumm und lächelnd, sein Eseltreiber; er erschrickt tief und versucht blitzschnell eine Ausrede zu finden, aber sein Führer scheint gar nicht zu wissen, daß er aus dem Haus eines Europäers kommt, Abdallah sagt, ein guter Marabut hat mir hier drin ein Frühstück spendiert und rülpst zur Bestätigung.
Den ganzen Tag lang liegt er im Fondak herum, mit Kopfweh und Magenschmerzen vom ungewohnten Essen; er versucht, seine Lage zu verstehen und sich die Wege und Auswege vor Augen zu halten, doch er kann kaum irgendeinen Gedanken fassen; er wünscht sich, daß die ganze Stadt, von der Kasbah angefangen, mit Ausnahme der Residenz des Herrn Vizekonsuls, durch ein Wunder des Herrn oder die Kanonen seiner Landsleute mit einem Schlag ausgelöscht und dem Erdboden gleichgemacht wird. Am nächsten Abend versucht er wieder Delaportes Haus zu betreten, die Übernachtung im Fondak hat er, in der Hoffnung, nicht mehr zurückzukommen, schon bezahlt. Er wartet ab, bis es dunkel wird, dann öffnet er einfach die Tür, wieder kreischt die Dienerin, die ihn anscheinend nicht wiedererkennt oder zu gut wiedererkennt, auf, ein Soldat packt ihn, Herr Delaporte schaut aus dem Fenster, ihre Blicke begegnen

sich kurz, schmeißt diesen Hund von Bettler raus, schreit Delaporte dann in sehr schlechtem Arabisch, Caillié flüstert, ich habe mich wohl im Haus geirrt, er fühlt sich stürzen. Er geht bemüht langsam davon, von dem Soldaten über zwei oder drei Gassen hinweg verfolgt. Er will den Versuch noch nicht aufgeben und treibt sich wieder auf den jetzt fast leeren Straßen herum, einmal führen ihn die engen Gäßchen und finsteren Treppen bis zum Hafen und er träumt davon, einfach ein Schiff zu besteigen und es nach Marseille oder Le Havre oder noch besser nach Rochefort zu dirigieren, hinter ihm verschwindet Tanger, so als würde es nicht mehr existieren, als ob, das genügt. Er geht noch einmal zurück zum Haus des Vizekonsuls, vielleicht hat Herr Delaporte jemanden damit beauftragt, ihn abzuholen, aber die Straße ist leer, in den Fenstern des Hauses kein Licht, er verbringt die Nacht wieder in seinem Fondak. Er weiß jetzt, daß er alleine bleibt, er entwickelt den Plan, wie er die Figur Abdallah morgen zum Verschwinden bringen wird, auf den Weg nach Algier, so wird er bei der Bezahlung seines Quartiers sagen, während er, René Caillié, mit seinem wirklichen Körper und beinahe schon wieder seinem wirklichen Namen, sogleich noch einmal fast gewaltsam ins Haus des Herrn Delaporte eindringen wird und diesem Wohltäter erklären, wie er ihn in der nächsten Nacht durch eine Hintertür in sein Haus bringen und in ein paar Tagen, unter Matrosenkleidung getarnt, auf ein französisches Schiff schmuggeln kann. Ich habe so gelitten, daß ich Sie vertreiben mußte, sagt Vizekonsul Delaporte, mit Tränen in den Augen, aber ich weiß, daß Sie mich verstehen. Fast ist die Auslöschung vollbracht, sein Fieber, ungehindert durch anstehende Aufgaben und Zwänge, steigt, er liegt in einem Bett, in einem weißen Nachthemd, auf das mit rotem Zwirn die Initialen Herrn Delaportes gestickt sind. Er spürt keinen Triumph, sondern nur den Wunsch zu schlafen, vor ihm das Meer, er spürt nur das Erstaunen, daß es eigentlich nun wirklich nicht mehr weitergeht.

Sie glaubt, sie wird nie mehr aus diesem Zimmer im ersten Stockwerk (Bett, Kommode, Schrank, kleiner Schreibtisch; eine Tür und ein Fenster, hinter denen nichts ist; hinter denen nichts sein soll) herauskommen; sie glaubt, sie wird nie aufhören zu warten, auch wenn der, auf den sie wartet, niemals kommen wird; manchmal glaubt sie, seine Schritte am Korridor zu hören (sie kann ja niemals wirklich wissen, ob es die Wirklichkeit ist, in der sie lebt, oder nur Traum oder Täuschung), es ist bestenfalls ihre kleine Schwester, die sich nicht mehr in ihr Zimmer wagt, weil sie ihr fremd geworden ist: sie will allem und jedem fremd sein, abgeschnitten von allem und jedem, von dieser Familie, dem Boden, an den sie doch festgenagelt ist. *Un seul être vous manque, et tout est dépeuplé*, sagt sie sich vor, als würde ein anderer es ihr vorsagen, als gäbe es die Festigkeit von Sätzen (in beständiger Wiederholung; jedes Wort will sie sich ins Fleisch hämmern; alles Weiche gehört aus den Wörtern und aus ihrem Innern verjagt). Sie betrügt sich und ihn, indem sie diesen anderen erfindet, auf Sätze, auf etwas Festes, die Wiederholung und Bestätigung des Schmerzes vertraut; sie betrügt sich und ihn mit den Zeilen, die sie an einen erinnern könnten, den vergessen zu haben und nun, für das, was ihr angetan wurde, sogar zu hassen ihre Pflicht ist und für den sie Ersatz und mehr als das zu haben glaubte. Jeder Gedanke zieht Bilder und Ideen mit sich, die nicht zu ertragen sind, und mündet in der Auflösung der Bilder, in der Idee von Auflösung: doch das Nichts ist genauso schrecklich wie irgendein Mensch oder Gegenstand, irgendein Inhalt ihres Denkens. Im Traum sieht sie ihn manchmal neben sich hergehen, in einer gleitenden Bewegung, die die Räume erst hervorbringt, im Garten, im silbrigen Mondlicht. Es kann geschehen, daß seine Hand zu spüren ist, nach ihren Wangen, ihren Hüften greift. Sie will ihn ansehen, aber anstelle des Gesichtes ist da nur eine weiße Fläche; dann das Erwachen, ein Aufschrecken aus dem Schlaf, mit klopfendem Herzen, in eine eisige, unbekannte Wirklichkeit hinein, ein Wissen, daß er neben ihr und zugleich fort ist, daß er zerstört ist und zugleich nach ihr greift. Manchmal ahnt sie auch nur, daß er so wie sie durch das Gebäude oder den Garten geht, mit ihr verbunden, auch wenn sie ihn nicht sieht; auf der Suche nach einem Dritten, an den sie sich fast erinnert, nach einem Punkt oder Zeitpunkt, den sie fürchtet und ersehnt; es sind Räume, in denen die Nähe wieder möglich ist, für Momente, sie sind einander nahe wie ein Satz dem Satz, der ihm vorangeht oder ihm folgt, ihm seine Bedeutung gibt oder sie verwandelt oder zerstört, und doch, gleich weiß sie es wieder, unendlich weit voneinander entfernt, wie Leben und Tod, es gibt keine größere Entfernung. *Ein schwaches Rascheln läßt sich jetzt vernehmen, doch müht sie sich vergebens, die Worte zu verstehen, die sie hört, – und auch die eigenen versteht sie nicht. Nur Finsternis und Nebel ist um sie, – nur dumpfes, unverständliches Gemurmel, – sie fühlt den Druck der Hand nicht mehr, doch eines fühlt sie: daß jene andre, die ihrer beiden Hände nun vereint, so grabeskühl ist wie die Hand des Todes.* Sie wirft das Buch, das sie nicht mehr lesen kann, ins Feuer; sie nimmt ihre Steine aus den säuberlich beschrifteten Schachteln und wirft sie einen nach dem anderen aus dem Fenster, man hört die dumpfen Aufschläge, läßt die unnützen rötlich und silbern schillernden Brocken liegen, wo sie zu Boden gefallen sind. Niemals sind die Türen fest genug verschlossen, in Emmas Raum dringen, dumpf und fast unhörbar, die Echos der Reden ihres Vaters, die Fäden der Geschäfte, in die sie, ohne es zu merken, langsam wieder verwickelt wird; dann sieht sie ihr Bild im Blick Janes gespiegelt und ahnt, wie die kleine Schwester ihre eigene Zukunft durch ihr Bild schon im Dunkel, in einer großen Traurigkeit verschwinden sieht (sie sind Schwestern, mehr als je zuvor, aber in einer neuen, hoffnungslosen Form, auseinandertreibend im selben Medium), dann ist es die Mutter, die ihr, wie zum Trost, die Hand auf die Stirn legt: sie glaubt für einen Moment verstanden zu werden, doch auch das ist am Ende ein eisiges Gefühl, der Blick in einen Abgrund, der sich unter dem Schweigen und der Demut dieser Frau öffnet, die nicht wissen darf, was sie weiß, und nicht sagen darf, wer sie ist, verräumt, zur Ehre von König und Vaterland, in diesen Kontinent, diese enge Kiste, den traumhaften Garten, in die Auslöschung.

Dies ist seine Zeit, dies ist seine Zeit gewesen, natürlich geht nun alles viel schneller, nichts mehr wird je passieren, bloß die Bedeutungen kommen hinzu und zerstreuen sich wieder. Gleich setzt sich, während er noch in Tanger wartet, die Maschinerie der Öffentlichkeit, des Ruhmes im Gang. Herr Delaporte schreibt Briefe an den Kommandanten von Cadiz, an Herrn Jomard und andere hohe Funktionäre der Geographischen Gesellschaft und an das Außenministerium, stolz, an der *größten Entdeckung in der Geschichte der Geographie* beteiligt zu sein; *ein Europäer – besser noch, ein Franzose!* hat in Afrika *ein riesiges Territorium für die Geographische Gesellschaft erobert*, schreibt er in seinen Brief an Baron Couvier, den Präsidenten der Geographischen Gesellschaft. Vicomte Laine, Pair, Vicomte de Martignas, Innenminister, und Baron Hyde de Neuville, Marineminister (in zwei Jahren wird eine Revolution all diese Leute aus ihren Ämtern fegen) werden mit dem Fall befaßt; der Marineminister besucht René sogar höchstpersönlich, sobald die Quarantäne aufgehoben ist, und findet den kleinen, bleichen, wortkargen Mann, der von bleistiftbeschriebenen Zetteln und Stößen von weißem Papier umgeben ist, irgendwie rührend, er läßt sich dazu herab, ihm eine halbe Minute lang die Hand zu schütteln, bevor er sich noch, wie so viele andere in diesen Tagen und Monaten, die Geschichte erzählen läßt, in einer Form und in Worten, die, in der beständigen Wiederholung, die Erlebnisse schon fast ersetzt haben (im Schreiben muß René sie neu zu träumen versuchen). Die Fakten über die unbekannten Gegenden, die der Reisende durchquert hat, sind etwas enttäuschend, nicht nur, daß der Geschichte die wilden Tiere und die Kampfszenen abgehen, auch die Stadt Temboctou hätte man sich, nicht nur in der breiten Öffentlichkeit, sondern auch in der geographischen Fachwelt, die weder goldgepflasterte Straßen wie spiegelnde Flüsse, noch kristallene Pfeiler und Mauern und glockenklingende Pagoden erwartet hat, eindrucksvoller vorgestellt, zumindest hätte man hunderttausende Einwohner vermutet, nicht die knapp zehntausend, von denen Caillié berichtet. Streng katholische Kreise, die den Mächtigen der Restaurationsregierung nahe stehen, kritisieren auch den Glaubenswechsel, mag er vorgetäuscht sein oder nicht, wer kann schließlich die Täuschung von der Wirklichkeit unterscheiden, sobald jemand erst einmal angefangen hat, sich zu verstellen, und wer beweist einem, daß nicht René Caillié nur die Hülle ist, unter der sich Abdallah verbirgt, und nicht umgekehrt? Wie kann man einem Mann Vertrauen schenken, der zu seinem eigenen Vorteil die gottgegebenen Formen nicht einhält, mag es auch zugleich der Vorteil des Landes sein? Dennoch bekommt Caillié einstimmig den von der Geographischen Gesellschaft als *Encouragement pour un Voyage á Temboctou* gestifteten Preis von zehntausend Franc zugesprochen, dazu innerhalb weniger Wochen eine Pension von dreitausend Franc jährlich und den Titel eines Ehrenbürgers von Bamako, noch im Dezember des Jahres 1828 ernennt ihn König Charles X. auf Vorschlag des Marineministers zum Ritter der Ehrenlegion; er schenkt ihm während der Zeremonie ein Allerhöchstes Grinsen, das wohlwollend erscheinen will, aber nur bösartig wirkt, Caillié ist enttäuscht von diesem schmierigen Greis mit seinem breiten Mund (wie dem Alys) und der langen Nase (wie der seinen), wie er im Grunde von allen anderen und allem anderen enttäuscht ist, er hat das Glück, daß seine Enttäuschung als Demut durchgehen kann: er steht neben sich und beobachtet, wie ihm die Dinge widerfahren, auf die er sein Leben lang gewartet hat; er sieht darauf voraus, wie sie ihm wieder entgleiten werden. Ein Leben ist durch ein anderes ersetzt: den Zusammenhang mit seiner Vergangenheit kann er kaum herstellen. Vor dem ersten Treffen mit seiner Schwester, die sich jetzt wieder Elisabeth nennt, ist er aufgeregt; dann erkennt er die alte Frau, die ihm auf ihren Krücken mit einer gewissen Scheu entgegenkommt, kaum wieder, Céleste, flüstert er, sie wagen nicht, einander zu umarmen. Sie sieht ihren kleinen Bruder, einen hohlwangigen abgemagerten Mann mit irren Augen. Seine Haut ist braun wie altes Pergament; er wirkt linkisch in seinem feinen Anzug, ein Burnus oder wie man das nennt würde ihm eher stehen. Sie sagt ihm, wie stolz sie auf ihn ist, und er lächelt, fast erkennt sie sein altes Lächeln wieder. Sie haben sich wenig zu sagen.

Emma stirbt im Herbst 1829 in Pisa, kaum älter als zwanzig Jahre, eine Zeit lang denkt sie, es wäre alles ganz einfach gewesen, es ist alles ganz einfach, sie hätte auf nichts bestehen müssen und nichts ernst nehmen müssen, so kann sie sich fast frei bewegen, mit einem beliebigen Mann neben ihr, in ihrer eigenen Welt, die sie Italien, Portugal oder England nennt und mit Stellen aus gelesenen Büchern in Einklang bringt. Zunächst ihre Träume, dann auch ihr Körper sagen ihr das Gegenteil: schon kurz nach der Hochzeit mit dem Vizekonsul von Benghazi (der sich in den letzten Jahren mehr in Tripolis als in Benghazi aufgehalten und ihr Vaterhaus mit Blumen und exotischen europäischen Süßigkeiten angefüllt hat, die er vielleicht zuvor vom Konsul bekommen hat) beginnt sie Blut zu spucken; sie verheimlicht es so gut es geht, auch vor sich selbst, denn tagsüber spürt sie nichts, und sie denkt auch nichts, solange sie auf Reisen ist und nicht daheim, weder im alten noch im neuen Zuhause (das sie letztlich nie erreicht). Sie sagt sich, in einer dieser Nächte, die sie in ihrem Zimmer, neben dem Zimmer ihres Mannes, schlaflos umhergeht, den offenen Morgenrock über das Nachthemd gestreift, aus dem Fenster auf den dunklen Himmel, die Pinien, einen Streifen Meer in der Ferne schaut und auf den nächsten Anfall und das Blut wartet, es ist gar nicht ihre eigene Krankheit, die ihre Lungen ausbrüten, sie hat den anderen in sich aufgenommen, unter ihre Haut. Am Morgen ist sie bleicher und schwächer als am Tag davor, immer schafft sie es, doch ein paar Stunden zu schlafen und dann, während die Blicke des Vizekonsuls immer besorgter werden, fast zufrieden aufzuwachen. Trotz der Wut ihres Vaters hat sie im letzten Winter die Goldmedaillie der Französischen Geographischen Gesellschaft entgegengenommen, die Besucher vom feindlichen Konsulat im Garten empfangen und sich als Stellvertreterin des Majors Laing auszeichnen lassen, für ihre Tapferkeit im Stillstand, als die Spiegelung und den notwendigen Widerpart seiner Tapferkeit in der Bewegung. Nachdem diese Bedingung erfüllt und die Zeremonie abgeschlossen war, konnte sie in die Heirat einwilligen, eine neue Existenz nach diesem Abschluß der alten und eigentlichen, vollständig gescheiterten und doch bestätigten Existenz als Emma Warrington, Emma Gordon Laing beginnen: ihr Nachleben, die Vortäuschung von Glück akzeptieren. Sobald sie ihr eigenes Zimmer zugestanden bekommen hat, funktioniert die Teilung zwischen den Tagen und den Nächten, dem neuen und dem alten Leben für einige Wochen: dann, schon während der Schiffsreise nach Livorno (der Stillstand im Schaukeln der Brigg auf den Wellen, ein Rauschen und eine Stille, vom Rauschen des Bluts in ihren Adern, ihren schweren Atemzügen beantwortet), breitet sich die Krankheit aus und nimmt sie als Ganzes in Besitz, sichtbar für jeden. Sie weiß, daß sie stirbt, und sie freut sich darüber, so als würde sie damit einen Beweis erbringen. Sie hat etwas Mitleid mit dem Vizekonsul, seiner hilflosen Zärtlichkeit, seinem Glauben, er könnte sie berühren und halten: der andere ist von ihr fortgegangen, jetzt ist es sie, die fortgeht. Es ist ein langsamer Rückzug auf den engsten Raum: zuerst weiß sie, daß sie diese Stadt (sie schaut sich noch den Fluß und den weiten grasbewachsenen Platz mit Camposanto, Battisterio, Dom und Turm an, all das ist vor ihr dagewesen und ist nach ihr noch da) nicht mehr verlassen wird, dann weiß sie, daß sie das Zimmer nicht mehr verlassen wird, dann weiß sie, daß sie ihr Bett nicht mehr verlassen wird; was sie sieht und was sie berührt, ist ihr gleichgültig, es ist ihr gleichgültig, von wem und wie sie gesehen und berührt wird. Nur noch ihr Inneres ist da: es ist, als würde ihr Inneres auseinanderbrechen, das Gestein eines Vulkans, flüssig und glühend, grenzenlos und alles, am Ende sich selbst zerfressend. Das ist das einzig Wirkliche, das sie jemals hervorgebracht hat, das einzig Wirkliche, was ihr jemals zugestoßen ist, fällt ihr ein, es ist lustig: diese Schmerzen, dieses Blut aus ihren Lungen, aus unbekannten Tiefen; sie verzichtet auf jede Gewalt, über sich selbst, über die Welt, die endlich ohne Außen ist, da ist auch kein anderer, der in ihr arbeitet, sie zersetzt und auflöst, keine Erinnerung. Sie ist allein.

Im Konsul bestärkt dieses unschuldige Opfer, sein eigen Fleisch und Blut, das Verlangen nach Genugtuung; er verdoppelt seine Anstrengungen und ist bereit, alle Mittel, sei es auch Täuschung, Betrug und Gewalt, einzusetzen; dennoch beginnt er etwas wie Schwäche zu spüren (er darf es sich nicht eingestehen), eine Art von Unsicherheit, ein Ungleichgewicht: was, wenn die Fäden ihm entgleiten, was, wenn es von Beginn an nicht er war, der die Fäden in der Hand hielt, wenn sein Überblick immer ungenügend war; wer würde ihm schon wirklich zur Seite stehen, die Hilfe aus London ist halbherzig, durch Fragen und Zweifel angekränkelt, selbst die eigene Tochter verweigert sich dem Dienst an der Sache, nicht erst jetzt, in Wahrheit fast von Beginn an, indem sie allen seinen Planungen einen falschen Wert beimaß und ihm schließlich, nachdem er sie allem Anschein nach, wie auch immer die Laing-Geschichte ausgehen würde, glücklich an ihren Platz gebracht hatte, im Lauf der Monate und Jahre so fremd wurde, daß er sie nur mehr mit Widerwillen ansehen konnte und fast froh war, wenn sie sich in ihrem Zimmer einschloß. Er setzt seinen Kampf noch endlos lange fort, von seinem Sohn Frederic unterstützt, die Aktenberge in den Konsulaten in Tripolis und den Ministerien in London und Paris wachsen über die Jahre hinweg; einmal erreicht er, im Glauben, dem Triumph nahe zu sein, eine Entzweiung zwischen dem Bashaw (der seinen Anschuldigungen an einem bestimmten Punkt der Verwicklungen plötzlich Recht gibt und behauptet, selbst von seinem Minister Hassuna D´Ghies, Sohn des Mohammed D´Ghies, und den Franzosen hinters Licht geführt worden zu sein) und Herrn D´Ghies, der um sein Leben und die Ehre seiner Familie fürchten muß und in seiner Verwirrung nach England flüchtet und eine dicke Broschüre als Verteidigungsschrift verfaßt, von deren Veröffentlichung man ihm im Interesse (fast) aller Beteiligten abrät, dann geht der Bashaw zu neuen Versionen über, niemand hat Durchblick und niemand außer Hanmer Warrington glaubt Durchblick zu haben, die Geschichte löst sich in nichts auf und interessiert keinen mehr. Als Baron Rousseau sein Konsulatsamt aufgibt und nach Amerika übersiedelt, schickt ihm Warrington, von allen Zwängen diplomatischer Rücksichtsnahme befreit, einen Brief nach, in dem er ihn als *überführten Gauner* bezeichnet, an den überhaupt Worte zu richten schon seine Feder beschmutzt, und ihm (*with Infimy I will brand your name to the extremity of this world*) mit dem *Tribunal* droht, vor das er ihn am Ende ohne jeden Zweifel bringen wird, wobei das Wort *Tribunal* in seinem Geist und in seinen Zeilen eine dunkel überirdische Bedeutung gewinnt: ein Finale, das nichts offen lassen würde, voller Gerechtigkeit, Gewalt und Trost. Es fällt ihm kaum auf, daß vom angeblichen Beweisstück, Laings Tagebüchern, niemals eine Spur auftaucht; für einen gewissen Zeitraum, fast bis zu seinem Tode, verschließt sich das Land wieder unter ihm, unberührt und unbeschrieben.

Caillié heiratet eine Frau, die Opfer eines Bigamisten war; ihr Mann sitzt im Gefängnis (von ihm wird niemals gesprochen), Caillié gibt ihren Kindern seinen Namen und zeugt eigene Kinder, ohne daß er diesen Namen damit vor dem Aussterben retten kann. Er kauft sich ein Landgut, dessen Bewirtschaftung ihn langweilt, wird für kurze Zeit ehrenhalber Bürgermeister von Mauzé und ist überfordert; meistens ist er halb gesund und halb krank, er hält sich jedoch für stärker als je zuvor (nur wird er seine Verkühlung nun schon jahrelang nicht mehr los). Er träumt bis zum Ende von Afrika, wenige Wochen vor seinem Tuberkulosetod im Jahr 1838, keine zehn Jahre nach seiner Rückkehr, die Kinder sind noch klein, schreibt er einen letzten Brief ans Außenministerium, in dem er die Bereitschaft erklärt, als Konsul nach Bamako zu gehen, der Brief wird aus Pietät nicht abschlägig beantwortet, man weiß, daß es sich von selbst erledigt. Während lange Zeit keiner seinen Weg folgt, lebt, wie man so sagt, der Traum weiter: in Wahrheit zwei voneinander getrennte Träume, in seinem Kopf und dann in Romanen, Strategiepapieren, wissenschaftlichen Abhandlungen: der Kontinent mit seinen Landschaften, den Städten und den Bewohnern, wie er ihn sich vorgestellt und gesehen hat, und andererseits die Eroberung dieses Kontinents, seine Unterwerfung unter die europäische Zivilisation und die französische (oder eine beliebige andere) Nation. Der zweite Traum überlagert und verdeckt den ersten, in seinem Kopf, dann in Romanen, Strategiepapieren und wissenschaftlichen Abhandlungen, dann in der Wirklichkeit, gerade noch

gestützt von den Vorstellungen, Erinnerungen und Reiseberichten, die sich schon in Lügen und Vorwände verwandeln.
Im Todesjahr Cailliés erscheint das Buch *Über die Auslöschung der Menschenrassen* eines gewissen J. C. Pritchard: da das Fortbestehen der wilden Rassen unmöglich ist, schreibt er, sollte sich die Wissenschaft die Aufgabe stellen, möglichst viele Informationen über deren moralische und physische Eigenschaften zu sammeln und zu ordnen; in den nächsten Jahrzehnten verfeinern sich die Methoden der Auslöschung und der Ordnung immer weiter. Die Idee eines beständigen Fortschritts bekommt durch die darwinistische Evolutionstheorie ihre besondere Akzentuierung: die eigene (weiße, arische, angelsächsische, französische) Rasse wird zum Zielpunkt einer Entwicklung, die seit Millionen Jahren abläuft und bestimmt ist, das Licht des Fortschritts über die Welt zu breiten; die Afrikaner (die Rassen, die *keine Vergangenheit und keine Zukunft haben*) sind bloße Zwischenstufen, dem Affen noch nahe, zur Zwangsarbeit beim Bau von Eisenbahnlinien oder der Bewässerung der Wüste oder für sonstige niedrige Dienste zu gebrauchen und ansonsten zum Aussterben bestimmt, da sie (fanatisch, abergläubisch und dumm) den Werten der westlichen Zivilisation nicht genügen können und (faul und ohne Unternehmungsgeist) den Erfordernissen eines globalen Freihandels im Wege stehen. Der Fortschritt und seine Träger brauchen Raum: Lebensräume, Handlungsräume, Karten ohne dunkle Flecken. Am Ende des Jahrhunderts, während die Flüsse Afrikas von modernen Kanonenbooten befahren werden, während im Kongo eine Gesellschaft im Privatbesitz des Königs Leopold, bald einer der reichsten Männer der Welt, einen *Freistaat* zum Zweck des (unbezahlten) Handels mit Kautschuk und Elfenbein errichtet und fünf bis acht Millionen Menschen zu Tode bringt (Verstümmelte und Vertriebene nicht mitgerechnet), während in Namibia General von Trotha einen Aufstand der Hereros mit der Ausrottung dieses Volkes beantwortet, während in Ostafrika Carl Peters, wie er in seinem populären Abenteuerbuch *Die Deutsche Emin Pascha Expedition* berichtet, unter dem Ausruf »Der Sultan soll Frieden haben, und zwar den ewigen Frieden. Ich will den Wagogo zeigen, was die Deutschen sind!« einige Dörfer mitsamt ihren Bewohnern niederbrennen läßt, und während in der europäischen Geisteswelt einerseits die Idee von der Vernichtung der Untermenschen populär wird, andererseits die Ethnologen Beschreibungsformen für die untergehenden Völker entwickeln, sind die Länder Massina, Segou, Ougadou, Mossi, Fouta-Djallon, Sokoto, Kong nach und nach durch Gewalt oder bald gebrochene Verträge zu Teilen des Französischen Soudan geworden. Cpt. Paul Voulet, Ritter der Ehrenlegion, und Lt. Charles Chanoine, Sohn

des Kriegsministers, ziehen im Jahr 1898, nachdem sie in Ouagadougou einen Aufstand der Mossi niedergeschlagen und die Stadt eingeäschert haben, mit einigen Dutzend Offizieren und senegalesischen Söldnern, mit Verstärkung, die ihnen in der Garnison von Tombouctou vom Kommandanten Klobb zur Verfügung gestellt wird, und mit von da und dort her verschleppten Trägern, in Fünfergruppen an den Hälsen zusammengebunden, die an der Ruhr leiden und denen der Kopf abgehackt wird, sobald sie nicht mehr weiterkönnen (die Sklaverei ist abgeschafft, sie sind Angestellte), durch die Länder am Nigerbogen und ostwärts bis nach Bornu, einem immer noch unabhängigen Sultanat, das tausend Jahre lang bestanden hat. Die Expedition, die Voulet und Chanoine, weil man Nachricht bekommt, daß sie in ihren Methoden etwas übertreiben, nachgeschickt wird, berichtet von abgemagerten Hunden, die in ausgebrannten Dörfern an menschlichen Leichenteilen knabbern, von Büscheln von erhängten Frauen an den Bäumen rund um die Stelle, wo einmal das große Dorf Tibery gestanden hatte, von auf Stangen aufgespießten Köpfen, von an einen Ast geknüpften kleinen Mädchen, deren Beine von Hyänen angenagt worden sind, von Brunnen, die mit menschlichen und tierischen Kadavern vollgestopft sind, deren Gestank meilenweit durchs Land zieht. Am Tag vor ihrer Erschießung durch eigene Soldaten lassen Voulet und Chanoine, als Strafe für den Tod zweier ihrer Männer hundertfünfzig Frauen und Kinder hinrichten. Nach dem Tod ihrer Anführer wird die Expedition fortgesetzt, Zinder und Bornu werden eingenommen, der Sultan erschossen, eine Untersuchungskommission kommt zum Ergebnis, daß Voulet und Chanoine das Klima schlecht vertragen haben, und verzichtet auf eine posthume Verurteilung. In Tombouctou selbst geschieht wenig, die Franzosen lassen die alten Häuser in Ruhe zerfallen, auf zwei einander gegenüberliegenden Häusern bringen sie Plaketten an, die heute noch zu lesen sind, ihre Forts errichten sie (ohne wie ihre Vorgänger ein ganzes Stadtviertel niederzureißen) nördlich der Sankoré-Moschee und südlich der Großen Moschee, in der Gegend des alten Friedhofs, strategisch günstig, weniger gegen die nicht mehr ernst zu nehmenden Bewohner als gegen neue Feinde, die einem das Eroberte streitig machen wollen. Die Stadt verschwindet wieder in ihrem Namen.

Nach der Zerstörung kann man das Bild zurückkehren lassen, geschlossene Lider, eine Umgebung, die in ihrer Weite und Nichtigkeit den Ort ins Ortlose verschiebt und aus den Koordinatensystemen der Geographie heraushebt. Unbeweglich, sich verengende Räume; eine Fokussierung des Blicks; hin zum engsten Raum, der letzten Faltung der Illusion: vom engsten Raum her, dem

dunklen Inneren, der ersten Faltung, über Raum und Zeit, in einer gleichmäßigen Ausdehnung, im Nachträglichen.
In den Kasernen in Toulon (dem Quarantäneort) und in Paris, wohin er verbracht wird, in seinen Einzelzimmern, langgezogene leere Gänge vor seiner Tür, in denen jeder Schritt hallt, schreibt der Heimgekehrte ein Jahr lang, fast ohne das Haus zu verlassen, am Bericht über seine Reise; eine Anhäufung von Details und Beobachtungen, die einander oft im Weg stehen und widersprechen, er legt Wert darauf, sich nicht helfen zu lassen, obwohl er nicht imstande ist, irgendeine Ordnung in seine Sätze zu bringen; man wird immer wieder zurückgerissen, kommt nicht vom Fleck, schläfrige Winternachmittage im Augustinerlesesaal der Nationalbibliothek, Buchstabe für Buchstabe, Wort für Wort, Schritt für Schritt, angestrengt, halb im Schlaf durch die drei Bände der *Voyage*, während die Dunkelheit einfällt, die Deckenfresken und die ledergebundenen Bücher in den Regalen hinter einer niederen Galerie unsichtbar werden, durch die Fenster an der Mauer zur linken und an der Kopfseite des Raumes ist der Himmel über den Burghöfen noch zu sehen und die Schräge eines Daches, auf dem von Zeit zu Zeit ein Arbeiter auftaucht; von Zeit zu Zeit dringt der gedämpfte Lärm von Umbauarbeiten in den Raum; während der Bleistift, der ganze Abschnitte abschreibt und übersetzt (jetzt im Licht der auf dem Schreibtisch festgeschraubten schweren Messinglampe mit dem grünen Schirm), langsam stumpfer wird, ein dumpfes Gefühl im Schädel, hinter den Augenhöhlen, schaler Speichelgeschmack am Gaumen, Mund und Nasenlöcher füllen sich mit Sekunden und mit Buchstaben wie kleinen Sandkörnchen, da ist kein Von-der-Stelle-Kommen, in der Reise ist keine Bewegung, das Festhängen ist die Reise, das immer dichtere Schwirren von Sand, die Schwaden, Teppiche, Fallen aus Staub. Kleine Aussetzer, unmerkliche Flüge dann, geschlossene Lider, geschlossene Beine, kleine Eigenheiten, Momente von Leben blitzen auf, in diesem dichten toten Ganzen, das die Schädelhöhle (ein Ding unabhängig von unserem Ich, von jedem Eigenen) ausfüllt, ein Heraustreten der Blicke oder Gedanken aus der Zeit, als könnte man getrost den Verrat begehen, die Erinnerung erfinden, in einer neuen, dichten Atmosphäre, in einem Leuchten: es ist hier, in diesem Raum, in der Übersetzung: als wäre alles wieder vorhanden, jedes Gesicht, jedes Haus, jede Bewegung, jeder gesprochene, verschwiegene oder mißverstandene Satz, jeder Stein und jeder Schmerz.
An einem Wintervormittag, ein Jahr danach, ist eines von einer Handvoll aus einer Mülltonne in der Czerninpassage (*Freiwillig bis auf Widerruf gestatteter Durchgang, 1898*) in der Leopoldstadt geretteter Bücher das Taschenbuch mit dem Text von Borges, der im Wiederlesen gleich seinen Platz in dem Ganzen

anzeigt, der Stadt ihren Platz in der Reihe der Städte zuweist und den Reisenden, halb lebend und halb unsterblich (oder tot), halb aus Fleisch und Blut und halb aus Wörtern und Sätzen, halb sie selbst und halb ein anderer ihre Gestalt gibt. Als wären die weitergegebenen Sätze und Texte ein Halt, der Fluß der Wörter kommt in dem Niedergeschriebenen (Orte, Geschichten und Namen) ins Stocken, ein dunkles Medium, das uns trägt, die Augen geschlossen, reglos, Arme und Beine ausgestreckt, den Kopf zurückgelegt: es ist, sagen die Griots, nur ein Grab für die Überlieferung: das Entscheidende, das Geheimnis und die Magie, ist ohne ihre Präsenz, ihre Intonation, ohne den Palaverbaum im Rücken, das Dorf und die Zuhörer im Umkreis, ohne die Stimme und das Hören, ohne das Verschweigen und das Wissen vom Verschwiegenen, das Wissen von den Orten und von den Grenzen vernichtet: stumme Blicke, eine notwendige Feindseligkeit.

Wasser oder Sand umschließen den Körper, ein dunkler Raum, der sich im Aufblitzen weitet, im Aufleuchten von Farben und von Formen, klarer und reiner, in diesem Moment, als es die Farben und Formen wirklicher Gegenstände waren. Der andere, oder ein Dritter zu einer anderen Zeit, kann den gleichen Traum, oder fast den gleichen Traum, haben wie er; die Schauplätze sind wiederzuerkennen; die kleinen Abweichungen und Lügen, zufällig oder notwendig, ermöglichen erst Gewinn und Verlust, das Scheitern und das Gelingen, Gegenwart und Distanz, das täuschende bißchen Leben. Er kann den gleichen Traum haben wie der andere, wie ein Dritter, später, nur die Aufpfropfung ist da und bringt ihn zum Erscheinen, halb verschwommen, in andere Gestalten verwoben und doch einsam, eine Gegenwart im Nachträglichen, die nachträgliche Gegenwart.

Der eine Ort der Ortlosigkeit, schon außerhalb der Geschichte; der eine Augenblick, ein Block in der Zeit, für jeden, eine Ohnmacht und ein Wissen, die alle Träume von der Eroberung fremden Territoriums, von Größe und Herrschaft, vom Ruhm des eigenen Namens aufheben, Ort und Erleben aufsaugen und verschlucken. Die Nacht unter dem Baum bei Araouane, die Wochen ohne Schlaf in Tiémé, hierhin führen die Linien, während das große Ziel nur noch ein zufälliger Punkt auf dem langen, verschlungenen Weg ist, fast schon vergessen. Er liegt in seinem Zimmer, hierher (es ist fast nicht mehr als eine Wiederholung, so scheint es ihm zunächst) führen die Linien, sein Bett, die Kissen in seinem Rücken, kurz richtet er sich noch auf, die Augen aufgerissen, als würde er etwas Besonderes sehen, etwas, das allen anderen im Raum unbekannt ist, unwahrnehmbar, vielleicht zu erschrecken, denn selbst der Pfarrer, der die Hand auf seiner Stirn hat, senkt den Blick, die Ehefrau sitzt tränenlos, wie erstarrt an seinem Bett, der Arzt ist, mit einem fast unmerklichen Kopfschütteln, aus dem Raum gegangen, die Tasche in der Hand, ein Lächeln aus seinem Repertoire bereit und ein Tätscheln des Haares für das Kind, das an der Türschwelle steht, das Zimmer nicht zu betreten und nicht zu verlassen wagt. René (wenn er es noch ist) sieht ihn an, den Sohn, der nicht lange leben wird, in die Reihe der toten Geschwister gefügt, die in dem Raum vor seiner Geburt, der zugleich jetzt vorhanden ist, warten, Blicke, die sich begegnen, weitergeben, was doch vergessen wird, um am Ende wiederzukehren, es sind immer nur Wiederholungen, mehrfach, alles Aufgelesene muß wiederkehren, und es ist dann doch immer zu viel oder zu wenig, unerwartet. Es schien, nichts wäre verloren, auch wenn er es nie mehr wiedersehen würde, nun, im Wiedersehen geht es ihm voraus in die Vernichtung oder folgt ihm, er weiß es. Wir gehen noch einmal zurück (oder vorwärts, das ist nicht mehr zu unterscheiden) zu dem Moment, jetzt, wenn das Schwert durch ihn hindurchgegangen ist und er für einen einzigen Augenblick den eigenen Körper sieht und sich weggehen sieht von diesem Körper; er geht in uns über, in Sprache, in nichts. Die Stadt, durch deren Straßen der Sand treibt, über die Häuser, Märkte, Moscheen hinweg, sie verschließt. Im letzten Moment zu merken, was er vermißt, wovon er sich entfernt hat, was er nicht wiederfinden wird und keiner für ihn. Keiner für keinen.

Literaturanmerkung

Die Erzählung der Geschichte von Soundjata folgt weitgehend Djibril Tamsir Niane, *Soundjata* (Reclam, Leipzig, 1987) und *Recherches sur l'Empire du Mali au Moyen Age* (Recherches Africaines, No. 1, janvier 1959). Briefe und Dokumente zu Alexander Gordon Laing sind gesammelt in E.W. Bovill, *Missions to the Niger, Vol 2.*, Cambridge, 1964 (Works issued by the Hakluyt Society, Second Series, Nr. CXXIII). Laings Buch *Travels in the Tinamee, Kooronko and Sootina Countries in Western Africa* ist 1825 bei Murray in London erschienen. Cailliés dreibändige Reisebeschreibung erschien 1830 in Paris, wurde anfangs viel gelesen und ins Englische übersetzt, dann aber nie wieder aufgelegt, allerdings von der Journalistin Galbraith Welch in den dreißiger Jahren des zwanzigsten Jahrhunderts für ihr Buch *The Unveiling of Timbuctu* (Neuauflage, New York, 1991) abgeschlankt und mit rassistischen und anderen Klischees aufgefettet. Die Stellen aus *Melmoth der Wanderer* sind nach der Übersetzung von Friedrich Polakovics zitiert. Die Anmerkungen zur Kolonialzeit folgen unter anderem Sven Lindqvist, *Reisen in das Herz der Finsternis* und dem *Afrikanischen Geschichtsbuch* von Djibril Tamsir Niane und J. Suret-Canale.

© Literaturverlag Droschl Graz – Wien 2004
2. Auflage 2004

Umschlag: & Co
Layout + Satz: AD
Herstellung: Finidr, s. r. o.

ISBN 3-85420-649-6 Normalausgabe
ISBN 3-85420-650-X Vorzugsausgabe

Literaturverlag Droschl Alberstraße 18 A-8010 Graz
www.droschl.com